KB052563

3

시아란 지음

저승
최후의
날

저승 최후의 날 3

차례

4장

염라대왕부 광명왕원 대심판정은 생존자 상황실로 완전히 개장되었다.

심판정 벽에 대형 반사 스크린을 걸고, 그 위에 빔 프로젝터로 투광 필름에 그려진 화상을 비추었다. 벽에 나타난 화상에는 한반도와 세계 지도가 나란히 배치되어 있었다. 지도가 그려진 필름 위에 현재 파악된 생존자들의 위치를 수성펜으로 마킹한 필름을 겹치자, 생존자들의 위치가 일목요연하게 나타났다. 스크린 아래에 마련된 대형 화이트보드에는 지역별 생존자 숫자가 기록되어 있다.

상황실 한쪽에는 생존자들의 현재 상황과 동선을 실시간으로 파악하기 위한 업경들도 배치해 두었다. 애초에 상황실을 계획할 때부터 생존자의 수와 같은 업경을 준비했다. 그리하여 심판정의 한쪽 벽면을 가득 채운 100여 개의 업경이 줄을 맞춰 세워져 있었다.

하지만 지금 그중 가동 중인 것은 소수에 불과했다. 생존자들의 상태를 모니터링하던 시영은, 이미 꺼져 버린 업경들을 가만히 바라보았다.

6월 17일 현재 총 열두 명의 생존자만이 살아 남은 것으로 파악되고 있었다. 그중 네 명은 대한민국 서울의 군부대 지하 벙커에 있었고, 한 명은 미국 미시건 주의 지하 천문대에 있었다. 이 두 그룹의 생존자들은 장기간 거주 가능한 지하 거점에 다수의 인원들과 함께 생존하고 있는 것으로 확인되고 있었다. 그 밖에 일곱 명의 생존자들은 개인 단위로 고립된 상태로, 저승에서 추진하고자 하는 '계획'에 협조를 요청하는 게 도저히 불가능한 이들이었다.

처음 상황실을 개설했을 때만 해도 전 세계에 시왕저승과 연관된 생존자가 여든 명 가까이 남아 있었다. 불행히도, 그중 대부분은 장기적 생존을 장담하기 어려운 상황이었다. 당장 방사선에 직격으로 노출되는 것은 피할 수 있었지만 식량이나 거주 여건이 충분치 못했다.

시영은 특히 고리원자력발전소 내부에 살아 남았던 여섯 명의 생존자 그룹을 지켜 내지 못한 것이 못내 아쉽고 안타깝고 미안했다. 두꺼운 원전 돔 내부의 가장 깊은 시설에 고립되어 있던 근무자들이었다. 그중 세 명은 시왕저승에 올 수 있는 생존자로 확인되었다. 가장 먼저 생존을 도와줄 저승사자가 파견되었지만, 불행히도 그들은 안정된 휴식 공간도 충분한 식량도 확보할 수가 없었다. 안심하고 이동할 수 있는 공간이 극히 제한적이었고, 공조 설비마저 멈추면서 건물 내부는 점점 찜통 같은 더위에 집어삼켜져 갔다. 결국 여섯 명 모두가 며칠을 버티지 못하고 각자 다른 이유로 목숨을 잃고 말았다. 시왕저승으로 맞이할 수 있었던 영혼들은 즉시 맞아들여 예우했으나, 이승의 생존자 그룹을 잃은 것은 너무나 큰 손실이었다.

천수과의 이차 정밀조사 결과, 이제 저승에 남은 시간은 앞으로 최소 55일.

오차 범위상 최대 58일까지도 바라 볼 수 있다고 엔지니어들은 말했지만, 시영은 앞으로 남은 시간에 대해서는 최대한 보수적으로 판단하고 싶었다.

시영은 업경을 바라보다가 서울의 생존자들의 모습을 비추는 업경 쪽으로 고개를 돌렸다. 그쪽 생존자들은 군부대로 파악되었기에, 그들을 설득하기 위해 공무원 출신인 유혜영 월직차사를 지목해 파견한 상황이었다. 조금 전 이승에서의 교섭 장면을 확인하였지만, 썩 원만히 진행되지 못한 모양이었다. 정확히 어떤 이야기가 오갔는지는 알 수 없었기에, 시영은 유혜영 차사가 저승으로 복귀하기를 기다리고 있었다.

잠시 뒤, 상황실 문을 열고 유혜영 차사가 들어섰다. 원래 진광대왕부에 설치되어 있던 저승사자 파견 장치인 하계문下界門

을 몇 개 떼어다 광명왕원 지하에 설치해 놓은 덕분에, 업무상 이승에 내려갔던 저승사자들은 이제 복귀하자마자 바로 상황실에 보고할 수 있게 되었다.

"비서실장님, 복귀했습니다."

시영은 고개를 끄덕이며 혜영의 수고를 치하했다.

"정말 애쓰셨습니다. 반응이 어땠습니까?"

혜영은 고개를 가로저었다.

"본론도 꺼내지 못하고 왔습니다. 예상했지만 좀 지난한 설득의 과정이 필요할 듯합니다."

"정확히 어떤 상황입니까?"

시영은 회의 탁자에 앉으며 물었다. 혜영은 자연스레 맞은편에 앉아 상세 보고를 시작했다.

"실제로 내려가서 보니, 저희가 직접 접촉할 수 있는 생존자들은 부대 지휘권자들이 아니었습니다. 가장 높은 사람이 중간 관리자고요. 부대장으로 추정되는 사람까지는 만나 봤는데 타종교인이었습니다."

혜영은 어깨를 으쓱했다.

"귀신 취급 받고 왔다니까요?"

시영은 쓴웃음을 지으며 혜영을 격려했다.

"고생 많으셨습니다."

하지만 험한 소리를 들은 당사자였던 혜영은 별 거 아니라는 듯 담담했다.

"아니요, 말씀드렸지만 이 정도는 예상했으니까요."

저승사자가 갑자기 눈앞에 나타났는데 이야기가 쉽게 통하고 협조가 원활하게 진행될 거라고 믿는 것이 이상한 일이긴 했다. 물론, 예상한 일이었다고 해도 극복해야 할 문제임은 분명했다. 시영이 물었다.

"그럼 대책은 있습니까?"

혜영은 머리카락을 뒤로 쓸어 넘기며 시영에게 토로했다.

"실은 그 대책에 관련해서 좀 상의 드리고 싶은데요. 곤란한 건 언제나 말씀하라고 하셨으니까, 곤란한 걸 있는 그대로 말씀드리겠습니다……."

"네. 그걸 원했습니다."

베테랑 저승사자라는 이유로 갑자기 진광대왕부에서 차출되어 온 유혜영 차사는 염라대왕부 비서실장에게 직보하는 입장이 약간 조심스러운 모양이었다. 하지만 시영은 직제로 인해 소통이 가로막히는 상황을 원하지 않았다. 혜영은 잠깐 주저하더니 생각하던 바를 이야기했다.

"그 부대장을 어떻게든 설득해야 하겠는데요. 원체 태도가 적대적인 데다 종교적 배경도 달라 보통 방법으로는 어려울 것 같고요. 방법으로 생각해 본 건…… 뭔가 이적異跡을 보여주는 것 정도겠는데요."

저승은 이승에서 보면 다분히 초자연적이고 영적인 공간이다. 그런 곳에서 찾아왔다는 걸 믿게 할 수 있는 가장 쉬운 방법은 이승에서 불가능한 것을 보여 주는 것이리라. 사실 이적으로 말할 것 같으면 방사선조차 들지 않는 지하 벙커 벽을 저승사자가 뚫고 들어온 것 자체부터가 그랬었지만, 그걸 믿지 않는다면 다른 이적을 더 보여 주는 것 말고 다른 길이 없어 보였다.

문제는, 아무리 저승사자들이 초자연적 존재라고 해도 전능한 초능력자는 아니라는 데 있었다. 이승과 저승을 오가고, 벽을 뚫고 다니고, 산 사람들에게 말을 거는 것은 가능하지만, 거기까지였다. 이승의 물건을 건드릴 수도 없고, 마법 같은 화려한 힘을 쓸 수 있는 것도 아니었다. 뽐낼 만한 능력을 굳이 찾자면 사람의 목숨을 거두어 가는 것이지만, 지금 국면에서는 가장 쓸모없는 능력이었다.

혜영은 아이디어를 짜 냈다.

"……저희가 보여 줄 수 있는 다른 이적이 딱 하나 있긴 합니다. 정보적 이적이죠"

영혼인 저승사자는 방사능의 영향을 받지 않고 지상을 자유로이 돌아다닐 수 있다. 재해를 입은 지상의 모습이 어떤지를 있는 그대로 증언해 줄 수 있었다. 그리고 시왕저승이 천문학자 망자들을 통해 정리해 둔 대재해에 관한 가설들도 있었다. 이렇게 벙커 내부에서는 절대 알 수 없는 정보를 그들에게 공유해 줌으로써 초자연성을 인정받자는 계획이었다.

시영은 고개를 끄덕이며 동의했다.

"합리적이군요."

하지만 혜영은 그 방안을 대안으로 제안하려는 게 아니었다.

"좀 더 들어 주세요. 사실 제가 그걸 아주 생각을 안 한 게 아니라서, 그 자리에서 말을 꺼내 봤거든요. 그런데 바로 논파를 당했지 뭡니까. 귀신이 하는 말을 어떻게 믿느냐고 하더라고요."

시영은 한숨을 쉬며 고개를 끄덕였다. 좋은 방안이라고 생각했지만, 거절당한 이유도 충분히 납득할 수 있었다. 지하에 갇혀 있는 사람들에게 뭘 말해 주든, 그들이 그게 사실이 아니라고 의심한다면 사실이라고 확인시켜 줄 방법이 없었다. 전부 지어낸 말이라고 몰아붙이면 이야기를 더 진전시킬 방법이 없었다.

혜영은 결론을 말했다.

"그래서 다른 대안이 없을지 의견을 여쭙고 싶은 겁니다."

도움 요청이었다. 시영은 신중하게 고민을 시작했다. 저승사자의 존재를 믿지 않는 사람에게 어떻게 저승의 존재를 납득시키고 협조를 요구할 것인가? 시영은 문제를 분리해 보기로 했다. 저승사자의 존재를 납득시키지 않고도 무조건 협력을 얻어낼 수 있는 방법은 없을까?

시영은 생존자 그룹이 군 특수부대라는 점에 착안했다.

"……군인이라면, 지휘권자의 명령을 전달하면 안 되겠습니까?"

"지휘권자라면, 국군 고위 장성 말씀이신가요?"

"예. 사망해서 오신 분이 계시지 않겠습니까?"

시영의 제안에 한순간 설득력을 느꼈던 혜영은, 곧바로 여러 가지 문제점을 떠올리게 되었다.

"좋은 방법이지만…… 현실적으로 문제가 많겠는데요……."

혜영은 차분히 자기 의견을 개진했다.

"우선 지금 쏟아져 들어온 망자분들 중에 군 수뇌부가 있기는 한지, 그것부터 확신할 수가 없습니다. 이름 기록도 생략하고 들여 보낸 망자 인파 속에서 제때 군 상급자를 찾아 낼 수 있느냐는 문제도 있고요. 다음으로는 그렇게 찾아 낸 분이 지휘계통상 적법한 지휘권자라는 보장이 없다는 겁니다. 그리고 그 분에게 협조를 설득하는 건 또 별개의 문제가 되겠고요……."

곤란한 점들을 차례로 지적하던 혜영은, 그 모든 고민거리들을 의미 없게 만드는 결정적인 문젯거리에 생각이 미쳤다.

"가장 근본적인 문제는, 만약 정말 운이 좋아서 참모총장님이 계셔서, 설득까지 해서 모셔간다 칩시다. 그런다고 그걸 그 부대장이 믿을까요?"

시영은 탄식했다.

"이해했습니다. 또 환각 취급한다면 대응할 방법이 없군요."

혜영은 고개를 끄덕였다. 지상의 모습을 전해도 거짓말이라며 안 믿을 사람이, 지휘권자의 영혼을 데려와 명령한다고 해서 그 정체를 의심하지 않을 리 없었다. 오히려 더 악질적이고 정교한 환각으로 사람을 속이려 한다고 받아들일지 모르는 일이다. 대화를 촉진하기는커녕 불신을 키우는 길이 될 수도 있다.

"그때는 귀신 정도가 아니라 아예 사탄이라는 소리를 듣고 오지 않을까 싶네요."

혜영은 난감한 기색을 드러내며 투덜거렸다.

그때, 상황실 문이 열렸다. 문을 열고 들어선 것은 강수현 비서관이었다. 검은 갓과 도포를 차려 입은 저승사자 행색이었다. 수현은 현재 나사 쪽 생존자 그룹과의 접촉을 담당하고 있었다.

"실장님, 다녀왔습니다."

"수현 군, 애썼습니다."

처음에 나사 쪽으로 내려갔던 것은 사자파견국의 일직차사였다. 하지만 시왕신앙을 가진 생존자를 찾아가자마자, 그 생존자는 너무 놀란 나머지 기절해 버렸다. 그리고 그곳에 있던 다른 생존자들이 쓰는 영어를 일직차사가 알아듣지 못했다. 저승에서는 영혼 간에 언어의 장벽이 없었지만, 이승에 내려가서는 이승의 언어를 써야 했다.

이승에 혼란만 일으키고 온 셈이 되었기에, 상황 수습을 위해 급하게 영어를 할 줄 아는 수현이 자원해서 내려갔다. 그리고 그 길로 수현이 고정 담당자로 낙점되었다. 시설 책임자와 이야기가 잘 통했을 뿐 아니라, 과학 전문가가 대량 생존해 있는 시설인 점을 고려해 시왕저승 측에서도 어느 정도 권한 있는 관원이 담당하는 것이 낫다는 판단에서였다.

수현은 갓을 벗으며 혜영에게 인사를 건넸다.

"유 차사님도 올라오셨군요. 고생하셨습니다. 무슨 이야기 중이셨어요?"

"서울 쪽 상황 보고 드리고 있었습니다."

혜영은 앞서 시영과 나눈 이야기를 요약해서 수현에게 전했다. 수현은 신중하게 혜영의 이야기를 듣다가, 아이디어가 있다는 듯 오른손 검지를 세워 보이며 말했다.

"……어, 저한테 아이디어가 하나 있는데요. 저승이 아니면 모르는 사실을 밝혀서……."

"수현 군, 그 이야기는 이미 했습니다."

시영이 조용히 지적했다.

"어, 그래요?"

머쓱해진 수현은 조금 더 생각을 가다듬고, 다시 야심차게 이야기를 꺼냈다.

"……음, 하지만 저승만이 갖고 있는 정말 좋은 정보가 한 가지 더 있죠."

궁금하다는 듯 바라보는 시영과 혜영을 향해 수현은 말했다.

"행실록이요."

시왕저승은 생전의 행실을 통해 사후의 심판을 내리는 관료적이고 권선징악적인 저승. 당연히 한 명의 사람이 일생을 사는 동안 무슨 일을 어떻게 저질렀는지 요약한 기록을 전부 가지고 있었다. 그것이 바로 행실록이었다. 행실록은 수명부와 연결되어 있는데, 생존자의 수명부는 피난 과정에 모두 확보했기 때문에, 지금 살아 있는 사람들의 자료는 전부 수중에 보존되어 있었다. 하지만 정보의 확보만이 문제는 아니었다.

혜영은 수현의 제안을 듣자마자 화들짝 놀라며 강하게 수현을 다그쳤다.

"강수현 비서관님, 지금 무슨 말씀을 하고 계신지 스스로 이해하고 계시지요? 죽지 않은 사람의 행실록을 열람하는 것은 원칙적으로 금지되어 있습니다!"

질책이나 비난에 가까운 어조였다. 아직 죽지 않은 사람에게 저승이 함부로 손을 대서는 안 된다는 것은 시왕저승의 가장 기본적인 원칙 중 하나였고, 사자왕부의 인사 교육 과정에서 거듭 강조되는 내용 중 하나였다. 그런데 지금 시왕저승 최상층부인 염라 비서실의 관원이 그 원칙을 우회하자고 주장하고 있었다.

하지만 수현은 예상했다는 듯 고개를 끄덕이며 되받아쳤다.

"저승사자가 산 사람 앞에 불쑥불쑥 나타나는 것도 원래 금지되어 있었죠."

"열어 보더라도 심판 중에 증거물로만 열어 봐야 합니다!"

"그 심판도 다 멈췄고요."

수현의 주장은 단순하고 강했다. 저승 자체가 사라질지도 모르는 위기 앞에 이미 원칙을 잔뜩 양보한 상태이지 않느냐는 것이었다. 혜영은 부당하다는 느낌을 지우지 못하면서도, 달리 반박할 말을 찾을 수 없었다. 비상 상황인 것은 사실이었으니까.

고뇌하는 혜영에게 수현이 다시금 말했다.

"기왕 심판 이야기를 하시니 말입니다만, 원래부터 생자生者의 행실록 열람 허가 전결권은 각 대왕부 판관실장 레벨에서 가지고 있었을 텐데요. 위임 전결 규정상 이시영 비서실장님께서 재가만 해 주시면 가능할 겁니다."

원칙을 어겨야 하는지 고뇌하는 혜영에게, 수현은 사실 이 정도는 원칙 범위 내라고 설득했다. 그래도 온전히 납득할 수 없었던 혜영은, 원칙에서 물러나 당위를 말했다.

"……신상털기입니다. 꼭 그렇게까지 해야 할까요?"

수현은 그런 혜영을 진지한 표정으로 마주 바라보면서 되물었다.

"그럼 다른 설득 방법이 있겠습니까?"

수현은 가능성을 말했다. 혜영은 자신이 막다른 곳에 몰렸음을 깨달았다. 무슨 수를 써서라도 박인영 대위를 설득해야 한다는 것에는 의문의 여지가 없었다. 다소 엇나간 수단을 써서 설득하는 편이, 설득에 실패하여 소중한 생존자 그룹 하나로부터 일체의 협조를 얻지 못하는 것보다는 낫지 않을까?

그렇게 설득되어 가는 자신이 싫었다. 혜영은 좀 더 현실적인 문제를 제기하기로 했다.

"……다른 문제도 있습니다. 누구의 행실록을 열람할 생각이시죠?"

"네? 물론 그 부대장 분의……."

아무렇지도 않게 말하는 수현에게, 시영이 중요한 오류를 지적했다.

"수현 군, 그 부대장이 타교인이라고 하지 않았습니까."

수현은 뜨끔한 듯 머리를 긁적였다.

"아, 참. 그랬죠."

산 사람의 행실록을 살피려고 해도, 일단 그 사람의 수명부가 시왕저승에 비치되어 있어야 했다. 하지만 다른 종교의 신자인 박인영 대위의 수명부는 시왕저승에 존재하지 않았다. 당연히 열어 볼 수 있는 행실록도 없었다. 혜영은 처음부터 이 부분을 지적할 걸 그랬다고 생각했다.

하지만 염라대왕부 비서실의 비서관은 각종 행정적인 꼼수에 능했다.

"……그럼 주변 사람들의 행실록을 모조리 뒤져 보면 되지 않겠습니까?"

혜영의 입이 떡하니 벌어졌다. 수현은 거침없이 무시무시한 이야기를 이어 나갔다.

"비상 상황이니까요. 일단 지금 관찰되는 같은 부대 생존자 분들의 행실록에서 부대장과 연관 있는 내용들을 다 뽑아 내는 것부터 시작하죠. 그걸로 만약 가족관계나 그런 게 파악되면 그걸로 다시 색인해서 과거 심판 기록들까지 확인하면……."

"대체 몇 명분을 열람할 생각이십니까!"

수현은 별로 즐거운 일도 아니고 야심찬 일도 아니지만, 그저 할 수 있는 일이니까 한다는 식으로 차근차근 제안을 설명하고 있었다. 하지만 결국 그 내용은 생자와 망자를 불문한 전방위적 개인정보 사찰에 다름없었다.

혜영은 깊은 고민에 빠졌다. 과연 이렇게까지 해야 하나? 그렇다고 다른 수가 있는 상황도 아니었다. 완고한 부대장에게 충격 요법이라도 주려면, 정말 사적인 내용을 들이밀고 놀라게 하는 수밖에는 없었다.

하지만 정말 이 정도로 일을 크게 벌여도 괜찮은 것인가?

혜영은 시영의 눈치를 보았다. 이시영 비서실장은 수현과 혜영의 대화에 깊이 관여하지 않으려는 모양이었다. 그걸 바라보는 혜영은 복잡한 심정이었다. 염라대왕을 제외하면 최고위급 관원인 비서실장이 원칙의 수호보다는 변칙의 보증에 나서는 것처럼 보였다. 그 모습은, 평소 전해 듣던 이시영 비서실장의 모습과 전혀 달랐다. 염라대왕부 비서실장으로 말할 것 같으면 오히려 원칙밖에 모르는 일벌레로 유명했다.

그 소문이 뜬소문이었다는 생각은 드는 건 아니었다. 오히려 그런 이시영 비서실장이 기존의 원칙을 묵살할 만큼, 나아가 염라대왕이 그런 것을 두고 볼 만큼, 상황이 위중하다는 현실을 실감하였다.

그래도 자기 손으로 변칙을 부리자면, 마지막까지 최소한의 고집은 부리고 싶었다. 혜영은 한숨을 쉬고 시영에게 요청했다.

"······비서실장님, 제가 부탁 좀 드려도 될까요?"

"말씀하십시오."

담담히 듣는 시영에게, 혜영은 다짐을 받았다.

"첫째, 허가를 하실 거면, 문서로 남겨 주셨으면 좋겠네요. 특례사항이고 전례가 없는 일이니 추후에는 반복하지 말라고. 둘째, 만약 그렇게 얻은 정보가 지상에서 별 효과가 없게 되는 경우, 문서 자체를 폐기해 주십시오."

비상 상황에서 벌인 일이 후대의 관원들과 사자들에게 잘못된 신호를 주지 않기를 바라는 마음에서였다. 정말 소문대로 원칙을 중시하는 비서실장이라면 이 정도 요구는 받아들일 거라는 믿음을 놓고 싶지 않았다.

그리고 혜영의 예상대로, 시영은 요청을 수락했다.

"당연히 그래야겠지요."

그리고 첨언했다.

"아무쪼록 그 서류를 후대에 볼 일이 생기기를 바랍니다."

혜영은 조금 마음이 놓였다. 시영의 말대로였다. 이 조치가 원칙이든 변칙이든, 그 사실을 훗날 회고하려면 일단 그 변칙적 조치가 성공하여 저승이 생존하거나 무사히 부활해야 했다.

"······그러자고 하는 일인걸요."

혜영은 일단 큰 목표에 일조한다는 마음을 먹기로 했다. 혜영은 한 가지 부탁을 더 얹었다.

"알겠습니다. 세 번째 부탁을 드릴게요. 정보의 최종 활용 방법은 제가 결정하겠습니다."

수현은 고개를 끄덕였다.

"당연하죠. 모아 드린 뒤의 전략은 전적으로 사자님께 맡기겠습니다."

모여 앉은 세 명의 의견이 합치되자, 시영이 결론을 지었다.

"그럼 확인하겠습니다. 서울 생존자 그룹 부대장 설득을 위한 행실록 및 심판 기록 조사를 승인합니다. 강수현 비서관이 실무 지시를 내려 주시고, 기록에 남기기 위해 기안서도 바로 만들어서 올리십시오. 유혜영 월직차사의 지적대로 특례사항인 점 기재 바랍니다. 전결권자는 저로 합니다. 자료 나오는 대로, 유혜영 차사께서는 적극 활용해 주시기 바랍니다."

"알겠습니다."

"그렇게 하겠습니다."

수현과 혜영이 차례로 고개를 끄덕였다.

바로 조사 업무에 착수하려는지 자리에서 일어나는 수현을 시영이 불렀다.

"수현 군, 나사 쪽에 다녀온 것에 대한 보고사항은 없습니까?"

수현은 깜빡했다는 듯 머리를 긁적이고는 대답했다.

"네, 아직은 자료 취합 중이라고 합니다. 내일 내려갈 때면 좀 더 구체적인 내용을 얻어 올 수 있을 것 같습니다."

시영은 고개를 끄덕였다.

"알겠습니다. 그럼 수고해 주십시오."

"네."

이번에야말로 수현은 상황실을 종종걸음으로 걸어 나갔다. 서두르는 모습으로 보아 하니 금세 이런저런 결과물을 만들어 올 모양이었다.

혜영은 시영에게 물었다.

"강 비서관님은 지상에서 어떻게 진행하고 계시죠?"

"나사 쪽 책임자가 한국계인데, 이야기가 잘 통한다는 모양입니다."

시영의 대답에 혜영은 어림짐작으로 물었다.

"그분이 저희 관할 생존자인가요?"

"그건 아니라고 알고 있습니다."

"그럼 어느 종교시길래 말이 잘 통하는 거죠?"

다른 종교를 믿는 책임자를 상대하느라 고생한 혜영이 건넨 말한 질문이었다. 혜영은 순전히 지나가는 궁금함으로 가볍게 물어본 것이었지만, 시영은 그 질문으로부터 수현이 첫 방문 뒤 들떠서 보고했던 책임자 이야기를 떠올렸다. 신기하게 말이 잘 통하는데, 신기하다기보다도 비범한, 마음이 열리다 못해 너무 열려 있고, 여러 종교적 상징에 너무 둘러싸이다 보니 어느 종교인지도 감이 잡히지 않는다는 희한한 센터장.

"……그러게 말입니다."

시영은 보고 속의 에니스 최 박사를 떠올리며 중얼거렸다.

어떤 사람인지 궁금한 인물상이었다.

*

COIL 시설에 위치한 세미나 룸에 직사각형으로 둘러앉을 수 있는 의자가 세팅되었다. 보통 화이트보드로 쓰이는 쪽 유리벽에는 레터지에 한 글자씩 큼직하게 뽑아 낸 행사 제목이 나붙어 있었다. 종이에는 '제1차 국제 사후세계 대표단 간담회'라고 적혀 있었다.

다른 연구원들을 도와 간담회 준비 작업을 돕기는 했지만, 알버트 피네건 박사는 영 미덥지 못한 얼굴이었다. 피네건 박사는 자리에 앉아 노트북을 만지고 있는 에니스 최 박사에게 물었다.

"닥터 최, 이거 꼭 붙여 놔야 합니까?"

그렇게 물으며 피네건 박사는 등 뒤의 사후세계 운운하는 글자들을 가리켜 보였다. 하지만 최 박사는 어깨를 으쓱하며 대수롭지 않다는 듯 대답했다.

"왜? 그럴싸해 보이고 좋잖아?"

피네건 박사는 한숨을 내쉬며 말했다.

"닥터 최, 솔직히 말하겠습니다. 나는 유령을 믿지 않습니다. 유령이 하나도 아니고 여럿이 들락거리는 이 상황을 어떻게 받아들여야 할지 아직도 혼란스럽단 말입니다."

신념의 혼란을 나름의 고민 끝에 토로한 것이었지만, 그에 대한 최 박사의 이해는 좋은 의미로든 나쁜 의미로든 단순하고 간략했다.

"쉽게 생각해. 외계인이라고 생각하면 마음 편해."

"닥터 최, 그게 말이 된다고 봅니까?"

피네건 박사는 익숙한 당혹감에 잠겼다. 하지만 최 박사는 거리낌이 없었다.

"반대로, 뭐가 문제인데? 알파 센터우리에서 날아왔든 사후 세계에서 날아왔든 우리가 알 게 뭔데. 우리가 모르는 어디선 가 날아온 우리 말을 할 줄 아는 존재라고 생각하면 되잖아. 심지어 외계에서 날아온 것도 아니고 지구 출신들이니까, 어떻게 보면 외계인보다도 가깝지."

상당히 파격적인 프레임의 해석이었다. 피네건 박사는 그 어처구니없음을 규탄해 보려 했지만, 너무 어처구니없어서 어디서부터 문제 삼아야 할지도 곤란한 지경이었다. 썩 틀린 말이 아닌 것 같다는 생각이 들 정도였다. 이해할 수 없는 영적이고 무속적인 존재들이 출몰하기 시작했다고 생각하며 현실 감각에 혼란을 일으키느니, 차라리 지구를 감시하던 외계인들이라고 생각하는 편이 기독교인이자 과학자로서는 차라리 마음이 편할 듯했다.

"……좋습니다. 외계인이라고 이해하겠습니다. 그걸 원하십니까?"

반항과 체념이 가득한 대꾸였지만, 에니스 최 박사는 시원하게 웃으며 답했다.

"응, 그게 마음 편할 거야."

피네건 박사는 생각을 그만두기로 했다. 머릿속이 표백된 피네건 박사가 영혼 없이 앉아 있는 옆자리에서, 최 박사는 간담회 시작에 앞서 연구진들을 불러 모았다.

"어서들 와! 곧 사후세계 대표들이 올 거야."

잠시 후 저마다 노트북이나 인쇄물, 필기도구 등을 들고 COIL 소속의 정예 과학자들이 자리에 앉았다. 직사각형으로 배치된 좌석들 중 한쪽 면은 통째로 비어 있었는데, 그곳이 사후세계에서 오는 이들의 자리였다.

중부 표준시로 6월 18일 오후 5시가 되자, 허공에서 모습을 드러내듯 사후세계의 영혼들이 회의실에 나타나기 시작했다.

가장 먼저 도착한 것은 시왕저승의 섀넌 강, 즉 강수현 비서관이었다. 수현이 인사를 꺼내려던 차, 엘리시움의 페레이라 박사가 나타났다. 그리고 뒤이어, 동양풍의 어두운 색 옷을 입고 얼굴은 여우 가면으로 가린 영혼이 나타났다.

에니스 최 박사가 모두를 환영했다.

"어서들 오십시오! 앉는 게 편하면 앉으시죠. 나는 앉아 있을 테니까."

"네, 감사합니다. 영혼도 자세에 따라 불편함을 느끼곤 합니다."

수현은 사교적으로 웃으며, 테이블 앞에 사람이 앉을 만큼의 간격을 두고 놓인 의자를 통과해 들어가 앉았다. 뒤따라 페레이라 박사도 착석했다. 페레이라 박사는 물질을 뚫고 다니거나 현실의 물체에 앉는 데 익숙하지 않아 조금 허둥댔지만, 막상 자리를 잡아 보니 영적인 편안함을 느꼈는지 만족스러운 표정이었다.

하지만 곧 그 만족감에 다른 의혹이 스며들었다.

"그런데 닥터 최, 저 분은 누구신지……?"

페레이라 박사는 의자에 앉을 생각도 하지 않은 채 회의실 한편에 고요히 서 있는 세 번째 영혼을 넌지시 가리키며 최 박사에게 물었다. 최 박사가 운을 떼려는 순간, 아무 전조 없이 영혼이 입을 열었다.

"내 이름은 시샤무카이노이나리가츠카이."

영어이긴 했으나, 스스로 밝힌 긴 이름은 목소리가 빨라 곧바로 알아듣기 어려웠다. 영혼은 약간의 악센트가 섞인 영어로 간략한 자기소개를 이어갔다.

"대사원의 신이 나를 보내, 이곳을 살피도록 했다."

영어로 '대사원Grand temple'이라고 불렀지만 어디 소속인지 아리송했다. 수현은 영혼의 옷차림과 악센트로 미루어 영혼의 정체를 대략 짐작할 수 있었다. 수현은 약간의 반가움을 느끼며 말을 걸었다.

"아, '요미黃泉, よみ'에서 오셨군요."

일본 전통 종교의 사후세계, 황천에서 온 사신임에 틀림없었다.

황천은 평소 시왕저승과도 정기적으로 연락을 주고받곤 했다. 최근에도 지상의 재해 건으로 근황을 물은 적이 있었다. 저승 간의 대표자로 나서는 신격인 수로인壽老人은 태도가 정중한 편이었고, 이른바 팔백만 신들 가운데는 호의적인 편에 속했다. 먼 미국 땅에서 같은 동양계를 만난 반가움도 조금 들었다.

"대사원이라면 혹시 이나리 대사大寺의……."

하지만 지금 이 자리에 내려온 사신은, 수현이 걸어오는 환담에 매몰차게 답했다.

"나는 들으러 왔지, 대화하러 오지 않았다."

수현은 머쓱해져 입을 다물었다. 듣고 있던 페레이라 박사마저 당혹스러워했다. 감정을 읽을 수 없는 여우 가면의 사신은 그 사나운 말만 남긴 채 미동 없이 서 있었다.

분위기를 풀 생각으로 에니스 최 박사가 입을 열었다.

"좋아요, 청중은 세 분? 하나님께서 천사라도 좀 안 보내 주시나?"

수현은 순수하게 농담으로 받아들이고 조금 웃었지만, 옆자리의 페레이라 박사는 조금 진저리를 쳤다. 조수 파트릭을 잡아갔던 눈알투성이 천사의 모습을 생각하면 솔직히 보내지 않기를 바라는 마음뿐이었다.

"그럼 시작합시다! 닥터 찬트라세카?"

최 박사의 호명에, 앉아 있던 연구원들 중 한 명이 자리에서 일어나 발표용 연단으로 나아갔다.

"COIL 비상연구계획Emergency Research Plan, ERP의 책임자인 프리스틴 찬드라세카 박사입니다."

여성 연구원이 자신을 소개하고는 노트북에 케이블을 연결해 프레젠테이션을 시작했다.

"이번 간담회에서 저희는 COIL의 현재 상황을 설명하고, 관측 및 예측을 통해 도출한 지상의 생존 환경에 대하여 소개하고자 합니다."

프레젠테이션은 먼저 나사의 연구조직 조직도를 보여 주었다. COIL을 제외한 모든 연구조직들이 회색으로 지워져 있었다.

"비상 전산 규정에 따라, 나사의 전체 관측 장비에 대한 원격 제어 권한이 최종 생존 연구시설인 저희 COIL에 부여되었습니다. 그리하여 에니스 최 센터장의 지시에 따라 우리는 ERP를 구성하였습니다. ERP에서는 COIL 시설에서 조작 가능한 모든 관측 장비를 동원해 지상의 상황과 우주 상황을 확인하기 위해 노력해 왔습니다. 장비 현황은 다음과 같습니다."

커다란 표에 수많은 관측 장비의 목록이 나타났다. 일부는 COIL 내부에 있었지만, 대부분 외부에 있는 것들이었다. 외부의 전파망원경이나 기타 관측 장비는 모두 원격 접속 시도 중인 상태로, 관측에 사용할 수 있는 단계는 아니었다. 하지만 COIL 내부의 관측 장비들 중 의미 있는 결과 값을 얻어 낸 것이 있었다.

"COIL에는 중력파와 병행해 우주방사선Cosmic Ray의 변화량을 측정하기 위한 지하 관측 장비가 설치되어 있습니다. 이름은 'CRI-3'이라고 합니다. 이 장비를 재프로그래밍하고 설치 깊이에 따른 감쇄치를 보정하여, 지상에 얼마나 강한 방사선이 내려오고 있는지 측정해 보았습니다."

CRI-3 관측 장비를 이용해 어떻게 방사선량을 측정했는지를 설명하는 여러 도면과 수식들이 프레젠테이션 화면 위를 지나갔다. 이어, 관측 결과가 소개되었다.

"요약하면, 지구는 매일 밤 블랙홀 방사선에 직격당하고 있습니다. 강력한 감마선이 고밀도로 지상에 조사照射되고 있는 것으로 추측됩니다. 인간이 노출될 경우 단시간 내에 사망할 것으로 예상됩니다. 실내에서도 극도로 위험한 수준입니다."

화면에는 측정된 방사선량을 나타내는 여러 물리학적 단위가 복잡하게 제시되어 있었다. 그 모든 양을 종합하면 치명적이라는 결론이 함께 제시되어 있었다.

페레이라 박사가 심난한 목소리로 물었다.

"정말 확신할 수 있습니까?"

찬드라세카 박사는 고개를 끄덕였다.

"인류 역사상 가장 심했던 방사선 피폭 사례보다 열 배 이상 강할 겁니다. 당시에 즉각적인 발작, 착란, 운동 실조 등이 일어난 바 있는데, 그보다 심하다면…… 신경계 이상은 물론이고 방사능 화상의 가능성도 있다는 것이 저희 추측입니다."

COIL 연구진 중 방사선의학 전문가가 없어 단언할 수는 없다고, 찬드라세카 박사는 학술적으로 덧붙였다.

그러자 수현이 손을 들고 질문했다.

"낮에는 괜찮은가요?"

"낮에도 조금 덜하다 뿐이지 위험하기는 마찬가지입니다."

찬드라세카 박사는 프레젠테이션 화면을 전환했다. 지구에서 밤을 맞이한 반구 방향으로 쏟아진 우주 방사선 중 전하를 가진 것들이 지구의 자기장을 따라서 낮을 맞이한 반구 방향으로 흘러 넘칠 수 있다는 것을 예측한 도면이 화면에 나타났다. 또한 지구를 스쳐 지나간 우주 방사선 중 일부는 태양에서 뿜어져 나온 우주 입자의 바람인 태양풍太陽風을 타고 방향을 바꾸고, 그 결과로 지구에서 낮인 반구 방향으로 유입된다는 예측도 있었다.

낮에 정상적으로 활동할 경우 노출되는 방사선 수치도 제시되었다. 역시 혹독한 수치였다.

"그나마 낮에는 튼튼한 방사선 방호복을 입고 단시간 활동은 가능할 것으로 예상됩니다만, 생명체가 자연적으로 생존하기 어려운 상황임에는 분명합니다."

찬드라세카 박사는 희망적이지만 차마 희망이라고 말하기 어려운 내용을 담담하게 설명했다. 그리고 화면이 전환되자, 그 작은 희망조차 나락으로 집어던지는 내용이 등장했다.

"한편 저희는 고에너지 방사선이 지구의 대기 조성이나 지구의 공전 궤도에까지 영향을 줄 수도 있다고 보고 있습니다. 따라서 다양한 예측 모델을 만들어 시뮬레이션해 보고 있습니다."

이 부분은 아직 결론이 나지 않았다며, 찬드라세카 박사는 다시 프레젠테이션 화면을 전환했다.

지상의 상황에 대한 소개가 끝나고, COIL의 현재 상황에 대한 소개가 시작되었다. 시설 내에 생존한 인원은 연구진과 지원 인력을 합해 총 예순다섯 명이었다. 재해 상황을 맞이해 생존자 전원에게는 식량을 포함한 생활 물자를 배급제로 관리해 지급하고 있다는 것과, 절망적인 고립 상황에 극단적 선택을 하는 일이 없도록 정신의학적 지원이 이루어지고 있음이 설명되었다.

"COIL 내부에 저장되어 있는 비축 식량의 양으로는 앞으로 약 2개월 내외, 즉 8월까지 버틸 수 있을 것으로 파악됩니다. 그 시점까지 저희는 지상 관측을 계속할 것이며, 사후세계의 여러분들에게 제공할 수 있는 정보나 도움도 최대한 제공할 예정입니다."

길다면 길고, 짧다면 짧은 시간이었다. 수현은 찬드라세카 박사에게 질문했다.

"낮에 잠시라도 나갈 수 있다면, 더 오래 버티기 위한 식량을 바깥에서 구해 오는 것은 불가능할까요?"

찬드라세카 박사는 그 가능성을 부정했다.

"밖에 있는 식료품의 안전을 장담할 수 없습니다. 물론 식품의 위생 처리 과정에서 일정 정도의 방사선 노출은 일상적으로 사용됩니다만, 노출 방사선량에는 기준이 있습니다. 방사선에 과잉 노출된 식품은 전체적으로 높은 에너지에 의한 열변성熱變成을 일으켰을 가능성이 있으며, 특히 영양 성분이 크게 파괴되었을 수 있습니다. 그리고 무엇보다, COIL의 출입구는 가장 가까운 도시로부터 너무 멀리 떨어져 있습니다."

수현은 조금 낙담했다. COIL의 사정이야 그렇다 쳐도, 시왕저승은 서울 생존자 그룹도 관리하고 있었다. 지상에 편의점과 상가가 넘쳐나는 서울 시내 한복판에서라면 식량 조달이 가능할지도 모른다고 생각하고 있었는데, 식료품 자체의 안전성이 문제가 된다면 곤란한 일이었다.

잠시간 다른 질문을 기다리던 찬드라세카 박사는, 곧 자신의 순서를 마무리했다.

"그럼 이상 저희 COIL-ERP의 발표를 마치겠습니다."

이어지는 순서는 사후세계에서 찾아온 이들의 몫이었다. '간담회'라는 표현대로였다. 에니스 최 박사는 사후세계에서 찾아온 수현과 페레이라 박사를 잇따라 접견한 그날, 연구소를 정기적으로 방문해서 정보를 공유하는 시간을 갖자고 제안했었다. 나사가 알아 낸 정보를 알고 싶어 하던 이들에게, 에니스 최 박사는 지식의 물물교환을 요구했다.

발표자로는 먼저 수현이 나섰다. 수현은 수명부에 적어온 노트를 참조하며 발표를 시작했다. 시왕저승이 현재 파악한 사실들과 대책에 대해서였다. 소육왕부 붕괴에 대해 자체적으로 연구한 끝에 지상에서 종교적 믿음이 사라지는 것이 곧 사후세계의 붕괴로 이어짐을 알게 되었다는 내용이 먼저 설명되었다. 이 내용이 에니스 최 박사 등 최초 접촉자들 외에 COIL의 여러 연구진들 앞에 공개되는 것은 처음이었다. 그래서인지 많은 이들이 흥미를 보였다.

곧이어 후대에 다른 문명이 신앙을 되살려 저승이 다시 살아날 수 있도록 신앙 기록물을 남기는 작업에 대한 계획을 설명했다.

"……따라서 저희는 여러분께도 도움을 요청하려고 합니다. 적극적인 검토를 부탁드립니다."

수현이 발표를 마치자 다음 순서는 페레이라 박사였다.

페레이라 박사는 무신론자들이 모인 사후세계인 엘리시움의 존재에 대해 설명했다. 최근 200여 년 사이 급격하게 성장한 엘리시움은 신앙 없이 죽은 서구인들을 다수 받아들이고 있는 사후세계의 도시로, 대의제 민주주의를 채택하고 자체적으로 법률 행정과 통화정책을 운용하는 등 지상과 크게 다르지 않은 구조로 운영되고 있었다.

사후세계답게 많은 이들이 안락과 여유로운 삶을 목표로 하지만, 그중에는 무한한 시간 동안 지적 탐구를 누리기를 원하는 이들도 있었다. 그들이 모인 곳이 엘리시움 학술원이며, 페레이라 박사가 소속된 기관이었다. 시영과 호연의 방문 이래로 다른 저승을 오갈 수 있다는 것이 알려지자, 엘리시움 학술원의 멤버들은 너 나 할 것 없이 연구에 뛰어들었다. 불과 일주일 만에 여러 저승으로의 통행로를 연 것은 물론, 금세 이승으로의 안전한 여행 방법을 확보해 내기에 이르렀다. 그들은 사후 세계의 향후 운명에 대해서도 치열하게 논쟁하고 있었다.

"……지구상의 재해로 인해 무신론자 저승이 앞으로 어떻게 될지에 대해서 세 가지 가설이 대립하고 있습니다."

페레이라 박사는 학술원 멤버들이 엘리시움의 미래에 대해 예측한 것을 설명했다. 하나는 무신론자들의 사후세계는 종교와 무관하게 영원히 존재할 수 있다는 것이고, 다른 두 가지는 그렇지 않다는 쪽이었다. 한국 저승에서 전한 이론을 차용해, 무신론적인 사후세계의 존재에 대한 기록을 남겨서 사후세계의 연속성을 얻어야 한다는 주장도 소개되었다.

"마지막으로, 무신론 사후세계에 대한 기록은 곧 종교 경전인데, 경전을 남기면 무신론이 아니게 되니 이는 모순된다는 주장도 있습니다."

수현이 손을 들고 질문했다.

"그에 대한 페레이라 박사님 의견은요?"

페레이라 박사는 차분한 표정으로 대답했다.

"저는 방금 말한 쪽을 주장하고 있습니다. 엘리시움은 종교가 없는 지구인들의 사후 관념이 만들어 낸 장소이고, 아마 영속하지 못할 것입니다. 기록을 남겨서 스스로 종교가 되어 가면서까지 존재해야 할 이유는 없어 보입니다."

수현은 조금 놀랐다. 자신이 속한 저승이 모순을 극복하지 못하고 붕괴하리라고 담담히 선언하는 페레이라 박사의 모습에서 학술적 당당함마저 느껴졌다.

마찬가지로 조금 충격을 받은 듯한 표정의 피네건 박사가 질문했다.

"……닥터 페레이라는 상당히 강경한 무신론자로군요. 스스로 유령이 되신 것에 대해 위화감은 없습니까?"

순수한 궁금증에서 던진 질문이라기보다는 자신의 마음속 문화적 충격을 극복해 보려는 의도였다. 페레이라 박사는 그런 피네건 박사의 마음을 대략 짐작할 수 있었기에 차분하게 설명했다.

"저는 단지 종교적 사후관을 가지지 않았다 뿐이지 영혼의 존재 자체를 부정하지는 않습니다. 저나 다른 망자 분들이 영혼의 모습으로 존재하는 현상은 단지 과학이 아직 해명하지 못한 현실이겠죠."

페레이라 박사의 인식은 에니스 최 박사가 말하던 것과 닮은 구석이 있었다. 과학적으로도 종교적으로도 이해하기 어려운 현상이 아니라 그저 모르는 행성의 외계인처럼, 규명되지 않은 과학처럼 여기는 것. 피네건 박사는 자신이 겪던 부조화가 조금은 안정되어 가는 것을 느꼈다.

그때 수현이 슬며시 페레이라 박사에게 물었다.

"혹시 다른 사후세계로 옮겨 가는 것도 고려해 보셨습니까?"

무신론자들의 사후세계가 사라진다고 해서 그곳에 속한 영혼들까지 다 함께 사라져야 할 이유는 없었다. 수현은 상사인 시영을 떠올리며, 시영이 그러했듯이 엘리시움의 뜻 있는 영혼들이 살 길을 찾아 다른 곳으로 이주하지 않을까 기대했다.

수현은 좀 더 야심찬 제안을 꺼내 보았다.

"한국의 사후세계로 오셔도 좋습니다. 생각이 있으시다면 제가 돌아가서 비서실장님께……."

꽤 파격적인 제안이었음에도 페레이라 박사는 새롭지 않다는 듯 그저 턱을 쓰다듬을 뿐이었다.

"음, 그게 말이지요……."

뜻밖의 반응에 수현이 의아해하던 순간, 에니스 최 박사가 툭 던지듯 말했다.

"그거 이미 진행하고 있는데."

"네?"

갑작스러운 이야기에 수현이 되묻자, ERP 책임자인 찬드라세카 박사가 좀 더 자세한 이야기를 시작했다.

"강 사자님, 그와 관련해서는 저희가 닥터 페레이라와 함께 최근 시작한 이니셔티브가 있습니다. 첫날 강 사자님이 돌아가신 이후, 닥터 페레이라로부터 제안을 받은 건입니다."

페레이라 박사도 고개를 끄덕였다.

"나는 사후세계의 영속에 대해 그리 기대하지는 않는 편이

긴 한데요. 엘리시움 학술원에서 보편적 사후세계 가설을 주장하는 몇몇 박사들이 다른 저승으로 전향하는 방법을 찾는 연구를 진행해 줄 것을 요청했습니다. 애초에 이곳에 방문한 목적중 하나도 그것이었고 말입니다."

요컨대 며칠 전부터 이미 밑밥을 깔고 작업해 오고 있었던 것이다. 수현은 조금 힘이 빠졌다. 자신이 참신하고 도전적인 제안을 했다고 생각했는데, 페레이라 박사는 아예 처음부터 그걸 의도하고 지상에 내려왔다니.

"그렇군요…… 그럼 혹시 행선지는 어디로……?"

무엇을 어떻게 진행하고 있는지라도 알아 가야겠다는 마음에 수현이 다급하게 질문했다.

그때 에니스 최 박사가 찬드라세카 박사를 바라보며 물었다.

"닥터 찬드라세카, 강 사자에게 '예배실'을 공개해도 되지 않겠어?"

찬드라세카 박사는 잠시 고민하다가 결정을 내렸다.

"……그렇군요. 설명을 하기보다는 현장을 바로 보시는 편이 나을 겁니다. 닥터 페레이라, 괜찮으시겠지요?"

"나도 문제 없습니다."

페레이라 박사도 수현이 '예배실'을 보는 것에 동의했다. 수현은 대체 이들이 며칠 사이에 어떤 계획에 착수했는지 점점 궁금해지기 시작했다.

찬드라세카 박사는 페레이라 박사와 함께 수현을 인도해 세미나실을 나서다가, 한쪽 구석에 여전히 미동 없이 서 있는 일본 측의 사신에게 물었다.

"그러고 보니, 일본 분은 어떻게 하실 겁니까? 혹시 참관하실 생각이 있나요? 또는 공유하고 싶은 사항이라도 있으신지?"

그 물음에 여우 가면의 사신은 침묵하면서 고개를 천천히 가로저을 뿐이었다. 수현은 그런 그를 께름칙하게 바라보다가 세미나실을 나섰다.

찬드라세카 박사의 인도로 도착한 곳은, COIL 시설의 지하 복도를 두 번 꺾어 들어간 곳에 위치한 또 다른 작은 세미나실이었다. 방에는 큰 창문이 달려 있어 안을 들여다볼 수 있게 되어 있었다. 방 안에서 한 연구원이 강단에 서서 책을 읽고 있었다. 그리고 열 명이 넘는 영혼들이 그를 바라보며 의자에 앉아 그 내용을 듣고 있었다.

"이곳이 '예배실'입니다."

찬드라세카 박사가 간략하게 소개했다. 수현은 깜짝 놀랐다.

"저 영혼들, 혹시 엘리시움에서 오신 분들인가요?"

"그렇습니다."

페레이라 박사가 긍정했다. 수현은 조금 놀라웠다. 시왕저승에서야 그동안 저승사자로 관원을 지상에 파견하는 일이 많았지만, 무신론자들의 사후세계인 엘리시움은 여태껏 그렇게 해본 경험이 없었던 것으로 알고 있었다. 시영의 왕래로 인해 다른 저승의 존재와 이승을 오갈 수 있다는 가능성에 눈뜬 지 그리 오래지 않았을 터였다. 그런데 적극적으로 대표를 파견하는 걸로 모자라서 벌써 한꺼번에 열 명 이상의 망자들을 내려 보내기에 이르렀다. 새로운 가능성의 문호가 열리자마자 무서운 속도로 지식을 습득하고 있는 것이었다.

"대체 몇 분이나 내려오신 건지…… 다들 임무가 있어서 오신 건가요?"

페레이라 박사는 고개를 끄덕였다.

"임무라기보다 목적이 있어서요. 일반 망자들 가운데 지원자를 뽑아서 오도록 했습니다."

심지어 학술원 멤버라든지 하는 정예 인원도 아니고 일반인들이라니. 수현은 자연히 사후세계의 영혼을 이승에 모아 놓고 무슨 일을 하고 있는 것인지 알고 싶어졌다.

"대체 다들 여기 모여서 무엇을 같이 읽고 있는 거죠? 들어가 봐도 되나요?"

찬드라세카 박사는 고개를 끄덕였다.

"물론입니다."

페레이라 박사는 크게 환영하는 기색이었다.

"얼마든지요!"

승낙을 얻은 수현은 살며시 유리창에 얼굴을 가까이 가져다 대었다. 그러고는 유리창을 통과해 들어갔다. 저승사자는 이승의 물질을 만질 수 없었고, 그 물질에 구애받지 않고 이동이 가능했다. 그렇게 수현이 머리를 방 안으로 들이밀자, 방 안의 소리가 들려오기 시작했다. 연구원이 책을 손에 들고 계속해서 문장을 읽어 나가고 있었다.

"……우리를 유혹에 빠지지 않게 하시고, 다만 악으로부터 구하소서."

시왕저승에 와 있고 생전에 불교도였던 수현이지만, 이 문장만큼은 바로 무엇인지 알 수 있었다. 주기도문의 마지막 문장. 강단의 연구원은 기독교의 성경을 읽고 있었다. 그리고 그 강독을 다른 영혼들이 귀기울여 듣고 있었다.

수현은 엘리시움의 일부 영혼들이 어느 사후세계를 향해 떠나려 하는지 깨달았다.

*

염라대왕부 광명왕원의 소강당. 여러 전문가들로 이루어진 기록물 생산 그룹 멤버들이 소강당에 내걸린 빔 프로젝터 화면을 바라보며 기록물의 중간 정리 작업을 진행하고 있었다. 원래 모여 있던 천문학 전문가 그룹과 저승 기록 그룹에 더해, 망자들 중 수소문을 거쳐 새로이 발탁한 몇 명의 문화 및 기록물 관련 전문가들이었다.

반사경식 빔 프로젝터는 두 대가 설치되어 있었는데, 각각의 조명판 위에는 프레젠테이션용 투명 필름 대신 기록용 두루마리가 엎어져 있었다. 두루마리에 적힌 내용을 큰 화면에 보여 주기 위해서였다. 두 대의 프로젝터에는 각각 한 개씩의 두루마리가 얹혀져 있었다. 한쪽 두루마리는 펼쳐 보는 용도로 사용하고, 다른 쪽 두루마리에는 작성자가 붙어 앉아 새로운 내용을 써 내려 가고 있었다.

기록물 생산 그룹의 관리 책임을 맡은 호연과 예슬이 가장 먼저 만든 것이 이 편집 시스템이었다. 예슬과 두 전문가들이 필기한 대량의 시왕저승 탐방 기록을 정리하기 위해서는 먼저 기록물을 검토하고 정리하는 과정이 필수적이었다. 컴퓨터나 타자기 따위의 도구를 쓸 수 없었기 때문에, 작성은 필기에 의존할 수밖에 없었다. 대신에 그 과정을 효율화하고 다수의 전문가들이 동시에 관여할 수 있도록 여러 도구를 사용하였다.

빔 프로젝터를 이용해 대형 화면에 두루마리의 내용을 띄우자는 아이디어는 홍기훈 박사에게서 나왔다. 동시에 화면 두 개를 보면서 비교나 검토를 하자는 것은 호연의 아이디어였다. 또 서기가 한 명 붙어서 정리한 내용을 실시간으로 화면에 띄우자는 제안은 BJ고려맨 진성관이 꺼냈다. 그는 발안에 대한 책임을 지고 서기로 임명되었다.

세 명이 각각 작성한 탐방 기록에서 중복되는 부분을 합치고, 그 기록을 다시 순서대로 정리한 다음 정리된 원고로부터 실제 기록물의 초고를 만드는 전체 과정은 예슬과 조성영 선임이 같이 고민해 제안했다. 이미 작업이 적잖이 진행되어 저승의 모습 중 어떤 부분을 주로 서술할지에 대해서는 어느 정도 정리가 된 상태였다.

"그럼 기록물 초안 작업을 시작하기에 앞서서, 서술 방법을 어떻게 할지에 대해 토의하겠습니다."

검토 회의를 위해 호연이 직접 주재하며 발언했다.

"아시다시피, 지금 저희가 생산하려는 기록물의 목표는 시왕저승의 모습을 단순히 서술하는 데서 그치지 않습니다. 최종 목표는 그걸 읽은 후대의 문명이 사후세계관으로 저승을 받아들이도록 돕는 것입니다. 다양한 방법으로 서술을 할 수 있겠는데요. 어떤 서술 형태가 좋을지 생각해 보실 것을 여러분들께 미리 요청 드렸었습니다. 이제 각자 가져온 의견을 나누는 시간을 갖겠습니다."

토의 주제가 주어지자, 배석한 전문가들이 저마다 의견을 내기 시작했다. 조성영 선임이 먼저 손을 들고 제안했다.

"역시 불경의 형식을 취하는 것이 제일 좋지 않을까요?"

"구체적으로는요?"

호연의 물음에 조 선임은 어깨를 으쓱하고는 대답했다.

"시왕경도 따지고 보면 인도에서 유래하지 않은 불교의 위경들 중 하나잖아요. 하지만 후대 사람들이 볼 때 불교의 전통을 알 게 뭔가요? 그러니 저승에 대한 묘사가 부처님 말씀이라고 써 버리면 어떻겠느냐는 거죠."

그러자 홍기훈 박사가 조심스레 손을 들고는 진지한 눈빛으로 말했다.

"저는 그보다는 조금 신중하게 접근했으면 합니다. 만약 지구상에 오랜 기간 인류의 단절이 온다면, 훗날 이 기록을 읽는 이들이 부처님이 누군지 알기나 하겠습니까?"

한때 자신의 전문성 부족을 우려해 참여를 고사했던 기훈은, 막상 합류하고서부터는 굉장히 적극적으로 목소리를 내고 있었다.

"그래도 부처의 권위를 빌려 오는 것 정도는 괜찮지 않을까요……"

조 선임은 겸연쩍은 듯 머리를 긁으며 자신의 주장을 방어했다. 하지만 기훈은 여전히 차분한 목소리로 반론했다.

"석가모니 부처님의 권위를 빌어 오기 위해 이런 말 저런 말을 갖다 붙일 거라면, 차라리 염라대왕님을 높여 적는 편이 시왕저승의 기록물로서는 더 큰 효과가 있겠지요."

듣고 보니 일리가 있다고 생각했는지, 조 선임은 작게 고개를 끄덕이며 더는 말을 이어 가지 않았다. 그러자 의자에 앉아 있던 마른 체격의 양복을 입은 남성이 손을 들고 발언권을 요청했다. 호연은 그를 지목했다.

"전오석 교수님."

호명되자 그는 비로소 말하기 시작했다.

"아동문학으로 간주하는 것이 어떻겠습니까?"

앞서 모여 있던 전문가 망자들과는 다른, 약간 튀는 억양이었다. 전 교수는 거침없이 발언을 이어 갔다.

"우리가 생산하는 기록물을 후대에 읽을 사람들이, 과연 어떠한 수준의 지능을 가지고 있을지 예측할 수 없지 않습니까? 그러니 아동이 읽는다고 생각하고 쉽고 설득하는 듯한 문장으로 적는 것이 리롭겠다고 보입니다."

전 교수는 발언을 마치고는 곧추 세운 등을 의자에 기대어 앉았다. 그의 양복 가슴팍에는 낫, 망치, 그리고 붓을 한데 모은 형상의 금속 배지가 반짝이고 있었다. 전오석 교수는 평양문화대학 소속으로, 시왕저승이 드물게 맞이한 북한 주민 중 한 사람이었다.

전 교수의 발언이 마무리되자 맞은편에 앉아 있던 나성원 책임이 고개를 설레설레 저으며 말했다.

"그래도 종교적인 센스가 조금은 있어야 하지 않겠습니까? 잘못을 저지르면 천벌 받는다는 내용도 없으면 사람들이 믿겠어요?"

성원이 능청맞게 꺼낸 반론이었지만, 전 교수는 엄격한 표정으로 맞받아쳤다.

"권선징악으로 사람들을 단속하는 것이 종교가 하는 일이긴 합니다만, 과연 미래에 종교가 남아 있다고 단언할 수 있습니까?"

종교의 영속성을 부정하듯 그렇게 단언하는 전 교수의 말에서 다분히 유물론적인 확신이 묻어 나왔다. 머쓱해서 입을 다물어 버린 성원 대신에 조 선임이 입을 열었다.

"아동이 읽는 글이라면…… 동화 말씀이시죠? 그렇게 쉬운 글로 쓰자면 디테일을 반영하기 어렵지 않을까요?"

그러자 조 선임 곁에 앉아 있던 성관이 고개를 갸우뚱하며 첨언했다.

"그런데 사실…… 디테일한 부분들을 적어 놓는다고 해서 읽는 사람들이 전부 알아듣기나 할까요? 문명이 한번 홀라당 망한 뒤인데, 해석할 수 있는 능력이 있을지 없을지도 알 수 없 잖아요?"

그의 지적에 다들 공감하는 모양새였다. 결국 어떤 방식으로 기록하든지 간에 지금 만드는 기록물은 너무 길거나 복잡해서 는 안 되었다.

기훈이 전오석 교수의 의견에 찬동하고 나섰다.

"맞습니다. 차라리 전 교수님 말씀처럼 과감하게 생략해서 동화처럼 만드는 것이 낫겠습니다. 문화적 배경으로부터 독립 적이라면 후대의 독자들에게 좀 더 설득적일 거고요."

예슬도 동의하는 의견을 덧붙였다.

"네. 예를 들면 송제대왕부 같은 경우에는, 은혜를 모르는 이들 을 추운 감옥에 가두어 놓고 은혜가 무엇인지 온기로 가르쳐 준 다는 식으로 두루뭉술하게 설명해야 알아들을 수 있을 듯해요."

"그래도 너무 많이 생략해 버리면…… 여태껏 정리한 게 아 깝잖아요."

조 선임이 팔짱을 끼고서 걱정하자, 곁에서 듣고 있던 성원 이 시큰둥하니 말했다.

"정리한 게 아까운 건 둘째 치고, 그렇게 쉽고 착한 글로 메시지 전달이 되겠어요?"

성관은 아리송한 듯 고개를 갸웃거리더니 곧이어 의견을 꺼냈다.

"어차피, 염라대왕 정도만 알아도 여기로 온다고 그러잖아요? 메시지는 단순하지만 확실하게 전달되기만 하면 되는 거 아닐지요……."

자연스럽게 오가는 토론을 듣고 있던 호연이, 문득 생각났다는 듯 입을 열었다.

"그러고 보니 SF 소설이 하나 생각나는데요."

"소설이요?"

성관이 되묻자, 호연은 떠올린 책에 대한 설명을 이어 갔다.

"아이작 아시모프가 쓴 단편소설 중에, 하늘에서 계시를 받은 청년이 동생한테 받아적으라면서 150억 년 전 빅뱅에서부터 운을 떼는 이야기가 있어요."

기훈이 고개를 끄덕이며 알은척했다.

"본 기억이 있습니다. 모세 이야기죠?"

"모세?"

예슬이 조금 놀란 듯 호연을 돌아보며 묻자, 호연은 고개를 끄덕이고는 소설의 내용을 소개했다. 성경에 나오는 유대인들의 출애굽 이후, 모세는 산에 올라 신으로부터 우주의 창세 이후 역사에 대한 152억 년어치의 계시를 받고 내려온다. 그리고 형인 아론과 함께 그 내용을 파피루스에 기록으로 남기기로 한다. 하지만 그 방대한 역사를 받아 적을 종이 값이 무섭지 않느냐는 아론의 지적을 듣고서는 그 내용을 6일분으로 축약하기로 한다는 이야기였다.

"그런 소설도 있구나……."

예슬은 신기하다는 듯 중얼거렸다. 호연은 간략한 소개를 마치고, 하려던 주장으로 되돌아갔다.

"이 상황에 잘 들어맞는 교훈 같네요. 잔뜩 길게 적으면 읽는 사람도 문제지만, 쓰는 우리도 기록을 남기기 쉽지 않을 듯하죠? 이승의 생존자들에게 얼마나 도움을 구할 수 있을지도 아직 불확실하고요."

시사점이 있는 지적이었다. 배석한 전문가들은 대부분 동의하는 눈치였다. 아무 의견도 내지 않고 침묵하며 회의에 영 비협조적인 어떤 전문가도 있었지만…… 호연은 그를 무시하기로 했다.

"일단 지금 가장 유력한 의견은 아동문학으로 써 보자는 접근법인 것 같은데요. 이견 내셨던 분들은 여전히 같은 의견이신 거죠?"

조성영 선임과 나성원 책임이 제각기 손을 들고 의견을 제시했다.

"저는 역시 너무 축약하는 게 아닌지 걱정됩니다."

"저는 징벌적인 메시지가 빠지면 곤란하다고 보거든요."

조율이 필요해 보였다. 호연은 우선 회의를 여기서 한번 멈추기로 결심했다.

"네, 그럼 잠시 쉬었다가, 다시 차분히 토의해 보기로 하죠. 수고하셨습니다!"

호연이 휴식 시간을 선포하자 모여 있던 전문가들은 저마다 자리에 앉아 한숨을 돌리거나 일어나 기지개를 켜는 등 영혼의 긴장을 풀기 시작했다. 예슬도 의자에서 일어나 강당 밖으로 걸어 나갔다. 염라대왕부 광명왕원의 드넓은 로비가 눈앞에 펼쳐졌다. 예슬은 힘껏 기지개를 폈다.

"피곤해?"

뒤따라온 호연이 물었다. 예슬은 팔을 이리저리 비틀며 대답했다.

"응? 응…… 피곤할 몸도 없는데 이상하지?"

기지개란 건 뭉친 근육을 푸는 것인데, 이미 몸은 죽어 영혼만 남은 마당에 기지개로 피로가 풀린다는 것이 예슬에게는 꽤나 신기하게 느껴졌다. 호연은 이미 적응했는지 웃어 넘겼다.

"에이, 머리 쓰잖아. 영혼에 쌓이는 피로인가 보지."

"그런가."

전혀 근거 없는 이야기였지만, 예슬은 왠지 모르게 '호연이 그렇게 말한다면 그런 거겠지' 하는 생각이 들었다.

그때 로비 맞은편에서 걸어오는 이가 호연의 시선에 들어 왔다. 상대는 호연과 눈이 마주치자마자 제법 겸손히 고개를 꾸벅 숙였다. 정상재 교수였다.

정상재 교수는 며칠간 이어진 토의 내내 쭉 침묵으로 일관했다. 기록물 생산 그룹에 합류하지 않겠냐는 수현의 제안에도 굉장히 수동적으로 승낙했다. 게다가 호연이 책임자로 내정되었다는 전언에도 별다른 반응을 보이지 않았다. 그 이후 회의에 꾸준히 참석하고는 있었으나, 아무런 의견을 내지 않은 채 구석 자리에서 가만히 듣고만 있었다.

그에게 아무 의견이 없느냐고 한 번은 물어야 한다고 호연은 줄곧 생각했지만, 사실 말을 걸고 싶지 않은 마음이 더 컸다. 결국 먼저 뭔가 의견을 낼 때까지 내버려 둔 상태였다. 이번에도 호연은 그가 그냥 지나쳐 가길 바라며 대충 마주 고개 숙여 인사하고 넘기려 했다. 그런데 웬일로 저쪽에서 먼저 호연에게로 다가왔다. 호연은 그가 더 가까워지기 전에 그에게 물었다.

"무슨 일이세요? 내내 조용하시더니."

정 교수는 걸어오는 걸 멈추고 머뭇거리더니 조금 떨어진 곳에서 호연에게 답했다.

"……미안합니다. 의견을 내기 조심스럽다 보니, 침묵하게 되었습니다."

힘없는 그 목소리는 이전에 조사를 주도할 때 보여 주던, 당당하다 못해 억압적이던 모습과는 판이하게 달랐다. 호연은 경계심을 풀지 않은 채로 정 교수에게 말했다.

"염라대왕님께서 가능한 많은 분들 의견을 들어 가며 진행하라고 하셨어요. 의견이 있으면 내세요."

답답한 마음에 그렇게 말을 꺼내 놓자마자 호연은 후회가 밀려 왔다. 정말로 이 자의 의견을 듣겠다고 해도 되는 걸까? 발언권을 허락해 주면, 또 앞서 그랬던 것처럼 회의를 장악하고 말도 안 되는 주장을 관철시키고 업무의 흐름을 뒤틀어 놓으려하지 않을까?

그렇게 걱정하는 호연에게 정 교수는 처량하기까지 한 표정으로 말했다.

"아닙니다. 재석을 허락받은 것만으로도 과분합니다. 이미 신뢰를 잃은 몸, 경거망동하지 않겠습니다."

호연은 순간 갈등했다. 과분한 줄 알면 당장 나가라고 지금 그를 쫓아내야 한다는 욕구가 솟아올랐다. 몸을 사리고 있다는 핑계로 아무 의견도 내지 않는 것은 충분히 비협조적인 행동이 아닐까? 책임자로서 비협조적인 멤버를 축출하겠다고 선언해도 아무 상관없지 않나? 제법 사나운 권력욕이 호연의 마음속에 치솟아 오르던 그 순간이었다.

"앗, 안녕하세요."

지하층으로 이어지는 계단에서 강수현 비서관이 걸어 올라오며 인사를 건넸다. 살얼음 같던 분위기에 불안해하던 예슬이 얼른 마주 인사를 건넸다.

"안녕하세요! 이승에 내려갔다 오시는 거예요?"

수현은 고개를 끄덕였다.

"네, 나사 쪽에 갔다가…… 지금 비서실장님께 보고 드리러 가는 길인데, 같이 가실래요? 어차피 나중에 말씀드려야 할 내용들이 있어서요."

조금 전까지 으르렁대던 분위기를 아는지 모르는지, 알면서 모른 체하려는 건지 달래려는 건지 분간하기 힘든 천진한 제안이었다. 하지만 거부할 이유가 없는 정직한 제안이기도 했다. 호연과 예슬은 자연스레 수현을 따라 상황실로 발걸음을 향했다. 무슨 생각인지 정상재 교수는 그 뒤를 따라왔다. 호연은 새삼스레 그를 제지하고 싶지 않았다.

상황실로 들어서자 이시영 비서실장이 기다리고 있었다.

"수현 군, 돌아왔습니까. 여러분도 어서 오십시오."

뒤따라 들어오는 전문가 일동에게 인사를 하고선 시영은 모두에게 회의용 탁자 좌석을 권했다. 수현은 자리에 앉자마자 신속하게 이승 방문 브리핑을 시작했다.

"일단 안 좋은 소식부터 말씀드리겠습니다. 지상의 방사선이 여전히 치명적이라고 합니다. 밤 시간 동안에는 지상 활동이 사실상 무리이고, 낮에도 오랫동안은 힘들 겁니다."

빠르게 쏟아져 나오는 수현의 보고를, 호연은 놓치지 않고 귀담아들었다. 그리고 걱정스럽게 어깨를 늘어트렸다. 지상 활동이 어렵다는 것은…….

"기록물을 남기는 작업이 그만큼 어려울 수 있겠군요."

시영은 깊이 염려하는 듯한 반응이었다. 수현 역시 근심 어린 목소리로 덧붙였다.

"네. 서울의 생존자 분들이 과연 바깥에 나갈 수 있을지 걱정입니다."

지금껏 많은 이들이 달라붙어 기록물을 생산하기 위해 노력하고 있지만, 그 기록물을 이승에 남길 방법이 확보되지 않는다면 헛수고가 되고 만다. 지상에서의 활동 시간이 줄어든다는 것은 기록을 남기는 데 있어 다양한 수단을 동원하기 어려워지며 분량 또한 제한될 수 있다는 의미였다.

수현은 방사능 수치에 대한 좀 더 진전된 정보를 계속해서 확보 중이라고 덧붙인 뒤, 다음 보고 주제로 넘어 갔다.

"엘리시움에 이어 일본의 황천에서도 나사에 대표를 보내 왔습니다."

"누가 왔습니까?"

시영의 물음에 수현은 기억을 더듬으며 답했다.

"여우 가면을 쓴 사신이었는데요. 사실 저는 누구인지 모르겠습니다…… 이름을 듣긴 했는데 너무 길고 빠르게 말해서 기억을 못 했습니다. 수로인 쪽에서는 말씀 없습니까?"

시영은 몇 차례 연락을 주고받은 적이 있는 일본 황천의 수로인을 떠올렸다. 그리고 고개를 가로저었다.

"예. 좌도왕부에서 최근에 인접 저승 간 정기 연락을 재개했는데, 황천 쪽은 그때부터 쭉 응답이 없는 것으로 보고 받았습니다."

비교적 우호적이었던 황천과 정기 연락이 두절된 뒤에 타지에서 간신히 만난 유일한 황천의 존재가 그렇게나 완고한 사신이라니. 수현은 마음이 썩 편치 않았다.

"속사정이 좀 복잡한가 보네요."

저쪽에도 이런저런 사정이야 있겠지만, 구체적으로 어떤 사정인지 알지 못하는 상황에서는 비협조적으로 바뀐 태도가 영 불만스러울 따름이었다.

수현은 이어서 엘리시움 측에서 자신들의 저승에 대한 기록물을 남길지 말지 검토를 시작했다는 내용을 보고했다. 무신론 저승의 정체성에 대한 토론 내용을 소개하자, 시영과 예슬이 굉장히 흥미를 보였다.

"그 밖에도 이승에 적극적으로 오가면서 이런저런 대책들을 고민하는 모양이었습니다."

보고 내용을 적당히 마무리 짓던 수현에게 시영이 물었다.

"혹시 그 대책들 가운데 착수에 들어간 것이 있습니까?"

질문을 들은 수현의 뇌리에 COIL 시설에서 목격했던 놀라운 장면이 스쳐 지나갔다.

"어, 좀 신경 쓰이는 게 있는데요…… 엘리시움 측 영혼을 지상에 대량으로 내려 보내서 사후에 새 종교를 받아들이게 하던데요?"

"무신론자 저승인데 말입니까? 신기하군요."

신기하다고는 말하지만 시영은 딱히 놀란 기색이 아니었다.

일전에 목격한 바가 있다 보니 쉽게 납득하는 듯했다. 천사에게 이끌려 사라져 버린 무슈 그리모를 떠올려 보면, 아예 그렇게 다른 사후세계로 떠나려는 영혼들을 여럿 더 모집했다고 해도 충분히 이해할 수 있었다.

"저기, 죄송한데요."

그때 예슬이 끼어들었다.

"방금 그 이야기 조금만 더 자세히 들려 주시겠어요?"

수현은 예상치 못했던 질문에 조금 놀라면서도, 목격했던 내용을 더 상세하게 전하기 시작했다.

"아직 뭔가 대단한 게 이루어지고 있지는 않고요. 사후에 성경을 읽고 기독교 저승으로 들어가려는 시도를 하는 모양입니다만⋯⋯."

거기까지 말을 꺼냈을 때 수현은 마음속에서 뜨끔한 느낌을 받았다. 실수했다. 그리고 왜 실수라고 느꼈는지 곧 깨닫게 되었다. 질문을 던진 예슬이 휘둥그레진 눈으로 자신을 보고 있는 것을 알아차린 것이다. 수현은 예슬이 시왕저승 조사 도중에 부탁했던 것을 떠올렸다. 예슬을 더 섬세하게 대하지 못했다. 뒷말을 집어삼킨 수현이었지만, 예슬은 떨리는 목소리로 되물어 왔다.

"⋯⋯사후에 성경을 배워서요?"

그런 예슬의 동요를 눈치채지 못했는지, 호연은 순전히 호기심만 느껴지는 말투로 질문했다.

"그게 가능한가요?"

그리고 수현이 뭐라 더 말을 덧붙일 틈도 없이, 시영이 차분한 목소리로 질문을 긍정하기 시작했다.

"저는 가능한 것으로 보고 있습니다. 실은 이번에 발할라에 다녀오는 과정에 목격한 사건이 한 가지 있습니다만……."

그 길로 시영은 자신이 페레이라 박사의 실험을 도우며 목격했던 것을 이야기했다. 기독교인들의 사후세계와 거의 동일한 모습이었던 무슬림들의 사후세계. 그곳에 따라갔던 연구원이 천국의 풍경에 매료되어 천사와 접촉한 것도. 사후에 교리를 접했던 무신론 사후세계의 영혼 파트릭 그리모는 천국에 도착하고 오래지 않아 눈부신 빛과 함께 사라져 흔적도 남지 않았다.

시영이 목격담을 담담히 설명하는 와중에 수현은 끼어들 타이밍을 놓치고 말았다.

"……받아들여진 거네요? 천국에?"

예슬의 입술은 더욱더 떨리고 있었다. 시영은 예슬이 거듭 묻는 이유가 궁금해졌다.

"그렇게 보고 있습니다만……."

수현은 차마 뭐라 말을 꺼낼 수 없었다. 굉장히 뚜렷하면서도 막연한 걱정이 마음속에서 치솟았다. 하지만 그 걱정에 대해 뭐라고 말을 꺼내야 할지 알 도리가 없었다. 예슬의 프라이버시였거니와, 과연 그것을 근거로 예슬이 하는 질문이나 생각을 막을 권리가 자신에게 있을지 주저스러운 마음이 한가득이었다.

평소답지 않게 매우 당혹해하는 수현의 모습을 보고 의아해하던 호연은, 곧 수현과 같은 생각에 도달했다. 호연은 황급히 예슬에게 물었다.

"혹시 너⋯⋯."

"어디까지나, 어디까지나 제안인데요."

예슬이 목에 무엇인가가 차오른 듯 벅찬 목소리로 시영에게 물었다.

"저희 저승에서도 그걸 한번 시도해 볼 필요는 있지 않을까요?"

시영이 의아해하며 되물었다.

"사후 개종을 말씀하시는 겁니까?"

"네."

예슬은 고개를 크게 끄덕였다.

그러자 호연과 수현은 시선을 교환했다. 둘은 서로가 같은 걱정을 하기 시작했음을 직감했다. 둘 사이에 퍼져 가는 당혹감을 전혀 눈치채지 못한 채, 시영은 계속 차분한 목소리로 예슬에게 대답했다.

"추진하려는 이가 있다면야 여러 가지를 시도해 보는 것이 나쁠 리 있겠습니까만, 누가 추진을⋯⋯."

"제가 할 수 있을 것 같고요."

시영이 살짝 운만 떼었음에도 불구하고, 예슬은 빠르게 확답했다.

수현은 마침내 뭐라도 말을 꺼내야겠다고 결심했다.

"저기, 김예슬 망자님?"

누가 봐도 명백하게 말리고자 끼어드는 급한 말투였다. 그리고 예슬은 그보다 더 단호한 목소리로 수현의 개입을 막아섰다.

"강수현 비서관님은 아시잖아요? 그럴 만한 이유가 있어서 꺼내는 이야기라는 거."

"예슬아, 너 역시 지금……."

호연도 이 시점에서 예슬이 할 법한 생각이 무엇인지 확신했다. 기독교 집안 출신이었던 예슬. 동생을 어린 나이에 떠나 보내야 했던 예슬. 사후에도 가족들과의 연결점을 찾아 보려던 예슬. 가족과의 영원한 이별이 되지 않을까 두려워하던 예슬…… 그런 예슬의 눈앞에 조금 전 어떤 가능성이 내밀어졌던가.

사후에라도 예수 그리스도의 교리를 접하면 천사와 만날 수 있다. 천국에 받아들여질 수 있다. 어쩌면 예은과 다시 만날 수 있을지도.

호연은 겁이 나기 시작했다. 갑자기 너무 엄청난 정보가 주어졌다. 예슬이 그 아이디어에 한순간에 매료된 것을 알 수 있었다. 조금 전까지만 해도 사후세계의 기록물에 대해 토의하고 있었는데, 그동안 보여 왔던 모습보다 훨씬 단호하고 적극적인 태도로 발언하고 있었다. 시왕저승의 기록물과는 전혀 무관한,

어떤 가능성을 향해.

상황을 먼저 정리해야 했다. 그에 따라 어떤 태도를 취해야 할지도 정해야 했다. 호연은 갑작스러운 상황 변화에 생각이 잘 정돈되지 않았다. 가장 먼저 떠오른 것은 기록물 프로젝트에 영향을 끼치지 않을까 하는 걱정이었다. 그다음으로는 오랜 친구에 대한 연민의 마음이 떠올랐다. 그리고 그 두 가지가 완전히 상충된다는 슬픈 사실을 깨달았다.

"혹시 제가 짤막히 의견을 드려도 괜찮으시겠습니까?"

탁한 목소리가 혼란에 빠져 있던 호연의 주의를 끌었다. 잠긴 목소리로 조심스럽게, 하지만 분명한 어조로 의견을 꺼내려는 이는 정상재 교수였다. 당혹스러운 표정으로 바라보는 호연과 눈이 마주치자, 정 교수는 살짝 눈을 내리깔고는 시선을 피하며 말을 이어 갔다.

"제가 이런 말씀을 드리기도 조심스럽습니다만, 시도해 볼 만한 가치가 있는 일이 아닌가 생각됩니다."

다음 순간, 호연의 인내심이 잠시 끊어졌다.

"말도 안 되는 소리 하지 마세요!"

호연은 쏘아붙였다. 찰나의 분노가 호연의 마음속 평형추를 쓰러뜨렸다. 호연은 스스로의 마음이 굳어져 가는 것조차 인식하지 못한 채로 정 교수에게 항변했다.

"지금 기록물 생산의 총책임자가 프로젝트에서 이탈하려고 하는 상황이에요. 하던 일이 엉망이 될 수도 있다구요. 함부로 말씀하지 말아 주시겠어요?"

그렇게 버럭 소리를 치고 나서야 호연은 자신이 나서서 예슬의 행동을 반대하고 말았다는 걸 자각했다. 걱정과 연민 중 연민을 집어 던져 버린 셈이었다. 호연은 조심스레 예슬을 돌아보았다. 예슬은 고개를 돌려 호연에게서 눈을 뗐다. 호연은 갑자기 혼란스러워졌다. 입단속을 하지 못했다는 자책감과 미안함이 가장 먼저 솟아올랐다. 하지만 곧이어 틀린 말을 한 건 아니라는 억울함이 밀려 왔다. 이윽고는 정상재 따위가 함부로 의견을 얹지 말았으면 한다는 분노가 치밀었다. 탄식은 온갖 울화에 사로잡혀 침식되어 갔다. 호연은 분하다는 듯 입술을 깨물었다.

갑자기 오락가락 엉망이 된 대화를 보고, 시영은 비로소 뭔가 내막이 있음을 눈치챘다. 시영은 수현에게 다급히 물었다.

"수현 군, 김예슬 망자께 무슨 특별한 사정이라도 있으신 건가요?"

"아…… 저기, 그게 실은……."

아예 처음부터 말을 꺼내지 말았어야 했다. 시영에게만 독대 보고를 했어야 했다. 방파제에 부딪혀 몇 번이고 되돌아 나오는 파도처럼 마음을 때리는 후회를 붙잡으며, 수현은 시영에게 전후사정을 이야기했다. 예슬이 기독교 가정 출신인 것과 만날 수 없게 된 가족들에게 깊은 애착을 갖고 있다는 것을.

그렇게 수현의 뒤늦은 보고가 이어지는 동안, 호연은 생각했다.

당장 예슬에게 사과해야 한다. 말이 너무 심했다고. 좀 더 조율해서 설득할 생각이었다고. 가장 갈등스러운 순간에 편을 들어주지는 못할망정, 일 걱정부터 하고 말았다고.

하지만 마음 한구석의 다른 목소리가 계속 발목을 잡았다. 틀린 말은 아니잖아. 예슬이 지금 하던 일에서 손을 놓고 다른 곳으로 떠날 생각을 했잖아. 태도가 너무했을 뿐, 다시 말한다고 해도 같은 내용의 말을 하고 싶잖아.

호연은 예슬을 바라보았다. 자신에 대해 이런저런 말이 오가는 것을 듣고 있기가 버거운지 예슬은 눈을 질끈 감은 채 침묵하고 있었다. 이를 악물고 있는 듯 보였다. 그런 예슬의 모습을 보던 호연은 마음속이 난장판이 되는 기분이었다. 호연은 이어서 정상재 교수를 돌아보았다. 말없이 묵묵하고 차분한 태도로 그저 앉아 있기만 하던 그가 조금 전 꺼낸 그 한마디 의견이 참 미웠다. 하지만 그 한마디에 마치 도발이라도 당한 듯이 언성을 높여 버리고 만 자신이 대체 무슨 항변을 할 수 있을까.

호연은 한숨을 내쉬었다. 그리고 예슬에게 물었다.

"……너는…… 어떻게 하고 싶어?"

자신은 도저히 입장을 정할 수 없었다. 예슬의 뜻이 중요했다. 어떻게 하고 싶은지, 어느 쪽을 고를 생각인지. 이것이 상대의 의사를 존중하는 것인지 상대에게 책임을 떠넘기는 것인지도 스스로 결론 내리지 못한 채, 호연은 예슬의 답을 기다렸다.

"……."

질문을 받은 예슬은 단지 침묵했다. 예슬은 갈등하고 있었다. 예슬은 바보가 아니었다. 호연이 무엇을 걱정하고 있는지 충분히 알고 있었다. 논리와 이성이 분명히 말하고 있었다. 침착하라고.

하지만 그럴 때마다 예은이의 웃는 얼굴이 눈앞에 선명히 떠오르는 것을 도저히 막을 수 없었다. 깨끗하다는 표현이 가장 잘 어울리던 상쾌한 미소. 즐거웠던 자매 간의 시간들. 더운 여름날, 머리 위로 부서지던 나무 그림자. 우렁찬 계곡 물소리, 꺄르르 웃으며 뛰어 가던 뒷모습, 그리고…….

예슬은 갑자기 앞뒤로 가로막힌 느낌이었다. 등 뒤에는 신뢰에 찬 호연과 기록물 생산 그룹의 전문가들이 예슬을 붙잡고 있었다. 눈앞에는 예은과 부모님의 얼굴이 아른거리며 손짓하고 있었다.

선뜻 대답하지 못하는 예슬을 바라보며, 호연은 눈을 질끈 감았다. 그리고 결심한 듯 숨을 들이켜고는 작심한 목소리로 시영에게 말했다.

"……비서실장님. 건의 드릴 게 생겼는데요."

"말씀하십시오."

시영이 응하자 호연은 또박또박 말을 이어 갔다.

"김예슬 망자가 지금 너무 심하게 동요한 것 같은데, 다음 회의부터 당분간 들어오지 않는 게 좋겠습니다."

예슬은 깜짝 놀라 호연을 돌아보았다. 호연은 그런 예슬을 보며 말했다.

"그 대신 '사후 개종'이란 게 가능한지 검토하는 작업을 요청하고 싶어요."

"호연아?"

예상하지 못했던 말에 예슬은 되묻지 않을 수 없었다. 그때 시영이 예슬에게 질문했다.

"업무를 바꿔도 괜찮겠습니까?"

시영은 어떠한 당혹도 없이 곧장 핵심으로 파고드는 질문을 던졌다. 예슬은 더듬거리며 대답하기 시작했다.

"……그, 어, 제가 기록했던 내용을 다 넘겨 놓기는 했어요. 이제부터는 본문을 쓰는 과정인데, 다른 전문가 분들도 많이 오셨고, 꼭 제가 아니어도 되지 않을까 생각은 하는데요……."

그리고 말을 이어 가면서, 예슬은 지금 자신이 바라보는 방향을 스스로 깨달았다. 이미 한순간에 마음이 붕 떠 버린 자신을 알 수 있었다. 자신이 당장 빠져도 영향이 없을 거라는 말만 핑계처럼 하고 싶었다.

"정말 괜찮으시겠습니까?"

조마조마하게 지켜보고 있던 수현은, 예슬을 향해 걱정스럽게 물었다. 시영은 도리어 그런 수현에게 질문을 던졌다.

"강수현 비서관은 어떻게 생각합니까?"

순간 말문이 막힌 수현에게 시영은 말했다.

"다른 후회나 걱정은 접어 두고, 오직 일반 망자들의 복지 관점에서만 생각하십시오.”

생각의 폭을 좁힌다면. 괜한 말을 꺼냈다는 후회나 지금 진행되고 있는 기록물 프로젝트에 대한 염려를 접어 둔다면. 수현은 가능한 한 끓어오른 마음을 식히려고 노력했다.

전문가는 여럿 있었다. 계속 새로운 전문가를 찾아서 데려오는 것도 가능할지 모른다. 시왕저승을 돌아다니며 관찰한 기록 역시 이미 정리가 끝났다. 그 모든 것은 기록물 생산이라는 단 한 가지 목표를 위한 것.

“……선택지가 다양한 것은 분명 도움이 될 거라고 생각합니다.”

엘리시움이 하는 일을 시왕저승에서라고 못 하리라는 법은 없다. 그리고 만약 시도한다면, 예슬 이상으로 적절한 책임자는 달리 없으리라. 그렇게 생각하며 대답하면서도, 수현은 호연에게 미안한 듯한 시선을 보냈다. 하지만 호연은 오히려 마음이 차분해지는 것을 느꼈다. 수현의 대답을 듣고 호연의 다른 의견도 나오지 않자, 시영은 곧바로 결론을 내렸다.

“승인하겠습니다. 김예슬 망자께서는 해당 업무를 새로 담당하여 주십시오.”

“어, 그럼, 저기…….”

호연은 머뭇거리는 예슬의 어깨를 짚고 다독였다.

“좋은 기회잖아. 해 봐. 이건 여기서 너밖에 할 수 없는 일일지도 몰라.”

"정말 괜찮아?"

예슬은 떨리는 목소리로 물었다. 호연의 태도에서 호연의 마음속이 빤히 드러나 보였다. 호연은 여전히 갈등하고 있었다. 호연이 정상재 교수를 향해서 내뱉었던 말 또한 진심이었음을 예슬은 알았다. 그 입장을 온전히 돌이킨 것이 아니라는 것 역시 충분히 짐작 가능했다. 그래서 예슬은 묻지 않을 수 없었다. 그렇게 갈등하는 마음을 어느 한쪽으로 확실히 하라고 요구하고 싶었다. 비겁한 생각이지만 호연이라면 그 요구에 응해 주리라 믿었다.

호연은 눈을 감고 깊은 한숨을 쉬었다. 그러고 나서 예슬에게 물었다.

"……예은이, 만나고 싶은 거지?"

호연이 그렇게 묻자 예슬은 왈칵 울음을 터트렸다.

"……미, 미안해. 갑자기 내가 이야기를 꺼내서, 그게……."

호연은 그런 예슬의 어깨를 다독이며 얼렀다. 이렇게 행동으로 표현하지 않으면, 마음속에 남아 있던 앙금이 언제라도 다시 표면으로 뚫고 나올 것만 같았다. 원하던 일을 하게 해 줘야 한다. 친구라면 그래야 한다. 조금 전 자신의 무신경한 노성을 불식하려면 허락해 줄 수밖에 없다. 비서실장의 승인까지 떨어진 상황이다. 반대할 이유가 없었다. 호연은 예슬을 계속 다독이면서 말했다.

"응. 괜찮아. 할 만큼 했어. 아이디어 내는 것부터 실제로 조사하고 내용 정리하는 것까지 충분히 고생했잖아. 이제 하고 싶은 거 해도 돼. 가고 싶은 데 있으면 가도 되고."

"호연아."

"괜찮아. 하고 싶은 대로 해. 억지로 붙잡고 있을 필요 없어."

호연은 예슬이 바라는 바대로 따르고 싶었다. 예슬의 결정을 지지하고, 응원하고, 용인하고 싶었다. 행동으로 마무리짓지 않으면 끝없이 혼란스러울 것만 같았기 때문에.

"……그러니까 원하는 대로, 하고 싶은 대로 해."

그렇게 말하면서도, 호연은 과연 이 말이 예슬에게 전하는 말인지, 아니면 스스로 속상함을 지워 버리기 위해 자기 마음 속으로 욱여넣는 말인지조차 구분할 수 없었다.

*

혜영은 또다시 솔개부대에 내려 와 있었다. 이번에는 생활관이 아닌, 좀 더 버젓한 회의실이었다. 넓은 테이블 양편으로 각각 다섯 개의 좌석이 마련되어 있고, 혜영은 그중에서 안쪽 제일 가운데 자리에 앉도록 안내되었다. 혜영은 이들이 어떤 구도를 원하는지 짐작했다. 정체불명의 존재인 자신을 방 한가운데에 앉히고는 그 맞은편에 우르르 몰려 앉아 취조하듯이 몰아붙일 셈이리라.

부대장 박인영 대위를 포함한 소위 협상 담당자들이 도착할 때까지 혜영은 대화 전략을 곱씹었다. 하루 동안 수현의 지시 하에 온갖 민감한 정보를 모았다. 이를 동원해서 일단 상대측을 회의실로 끌어내는 데까지는 성공했다. 이제 이다음이 관건이었다.

회의실 문이 열리고 박인영 대위가 들어섰다. 뒤따라서 생활관 및 시설물 책임자인 김인국 소위가 들어왔고, 하사관 두 명과 기간병 한 명이 더 들어왔다. 테이블 한쪽을 가득 채울 수 있는 인원인 다섯 명. 최대한 압박할 셈인가 보다.

박인영 대위는 자리에 앉자마자 흔한 인사치레도 없이 사납게 몰아붙였다.

"요즘 저승사자는 인질극도 벌이나?"

예상했던 적대감이었다. 켕기는 일을 벌인다는 자각은 하고 임했던 일이다. 혜영은 평정을 유지하려 애썼다.

"저희도 명령을 받고 하는 일인데, 필요한 수는 써야 하지 않겠습니까?"

인영은 코웃음을 쳤다.

"그래서, 저승의 염라대왕이 산 사람의 신상을 털어서 폭로 협박을 하라고 했다, 이 말이야?"

하지만 혜영은 동요하는 대신 오히려 대담한 미소를 보였다.

"그만큼 비상 상황이니까요. 저희는 더한 일도 각오하고 있습니다."

인영은 불만스럽게 콧숨을 뿜으며 따져 물었다.

"더한 거라…… 이미 충분히 치사하지 않나? 협박을 하려거든 나한테 할 일이지, 백재완 병장을 인질로 삼은 시점에서 도가 지나쳤다고 생각한다."

상황은 이랬다. 조금 전 부대 생활관에 다시 나타난 혜영이 부대 간부를 불러오라고 요구한 것이다. 그러고는 불려 온 생활관 책임자 김인국 소위에게 협박성 전언을 남겼다. 자신과 저승 당국이 부대 인원들 가운데 한 명인 백재완 병장의 극히 사적인 비밀을 알고 있다고. 그리고 부대장인 박인영 대위가 대화에 응하지 않으면 저승사자를 통해 그 비밀을 공개하겠다는 것이었다.

정말 이렇게까지 하고 싶지는 않았지만, 혜영은 저승에서부터 몇 번이나 각오를 다잡은 상태였다. 혜영은 인영을 빤히 바라보면서 또박또박 대답했다.

"합리적인 판단에 따른 것입니다. 제가 대위님의 부끄러운 과거를 폭로하겠다고 이야기해도 강직한 대위님은 전혀 신경 쓰지 않으시겠죠. 하지만 부대원이 곤란해지는 상황은 두고 보지 않으실 거라 생각했습니다."

인영으로서는 부정할 수 없는 내용이었다.

"나는 부대원들을 보호할 의무가 있으니까."

인영은 분노와 불만을 뒤섞어 토로했다. 혜영은 대화를 이어 나가기 위해 계속해서 말을 걸었다.

"그럼 이제 제 이야기를 들어 주시겠습니까?"

"아니, 그에 앞서 한 가지 질문을 하겠다."

인영은 혜영의 대화 시도를 가로막고서는 혜영에게 물었다.

"네가 폭로하겠다는 백재완 병장의 비밀이란 게 어떤 것인지, 과연 뭔가를 알기는 하는지, 이 자리에서 그 내용을 말하지 않고 증명할 수 있나?"

협박의 진정성에 대해 묻고 있었다. 박인영 대위는 백재완 병장에게 민감한 비밀이 한 가지 있다는 걸 알고 있었다. 하지만 만약 혜영이 아무나 지목해서 중요한 비밀을 알고 있다고 공갈을 한 것이고, 하필 백재완 병장이 지목되었을 뿐이라면?

비밀을 제대로 알고 협박한 게 맞느냐는 걸 증명하려면 그 내용을 발설해야 한다. 하지만 이 자리에는 다른 배석자들이 있다. 여기서 말해 버린다면, 요구에 따를 경우 함구하겠다는 조건을 스스로 저버리는 셈이 된다. 그 딜레마를 피해서 본인에게 증명해 보라는 것이 인영의 요구였다.

혜영은 이미 응답할 준비가 되어 있었다. 이 시나리오를 구상할 때부터 예상했던 바였다. 백재완 병장은 시왕저승이 관리할 수 있는 생존자 중 하나였다. 그리고 그의 수명부 행실록은 우도왕부 대피 당시 반출된 두루마리들 중에 있었다. 행실록을 조사한 결과, 그의 어떤 사적인 비밀을 포착할 수 있었다. 또한 백 병장이 부대장인 인영에게 그 비밀을 털어 놓았던 사실도 기록되어 있었다.

"지난해 12월 28일 오후 7시 40분경 개인 면담에서 들으셨을 겁니다."

비밀의 내용을 노출하지 않으면서도, 설득해야 할 대상인 박
인영 대위에게 정보의 진실성을 납득시켰다. 인영은 혜영의 답
을 듣고 이를 살짝 악물었다. 자신이 짐작하던 그 비밀이 맞았
다. 그리고 그렇다는 증거를 가장 부정하기 어려운 형태로 들
이밀고 있었다. 정말 사후세계에서 이승을 손바닥 안을 들여다
보듯 보기라도 했다는 것인가? 인영은 귀신 따위가 그렇게 유
능할 거라고 믿고 싶지 않았다.

"나는 백 병장을 믿는다. 네가 백 병장을 다른 수단으로 겁박
하여 그 정보를 얻어 냈을 수도 있지 않나?"

초자연적인 현상을 배제하면 이런 가능성밖에 없었다. 하지
만 인영이 던진 질문에 답하는 차원에서, 혜영은 좀 더 강한 초
자연적인 힘을 보여 주기로 마음먹었다.

"박인영 대위님, 친할아버님 댁이 원주에 있으셨죠?"

인영의 미간이 구겨졌다. 혜영은 박인영 대위의 사적인 정보
들 가운데, 민감하지 않은 것들을 폭로하기 시작했다. 인영의
좌우에 배석해 있던 부대원들이 인영의 눈치를 살피며 안절부
절못하는 가운데, 혜영이 말을 이어 갔다.

"여섯 살 때 부모님과 함께 추석 문안을 드리러 가셨을 때를
기억하시나요? 삼촌 분 차를 타고 읍내로 나갔다가 돌아오시
는 길에……."

"그만."

인영은 성난 목소리로 혜영의 말을 가로막았다.

"어떤 이야기인지 안다. 나에 대해서도 조사했나?"

부대 내에 정체불명의 존재가 나타난 것에 대해 인영은 꾸준히 당혹감과 짜증을 느껴 왔다. 그런데 이제는 위협감마저 느껴졌다. 대체 우리에 대해 어디까지 알고 있는 거지? 어떤 힘을 가진 존재들인 거지?

혼란스러워하는 인영을 마주한 혜영은 고개를 끄덕였다.

"그럼요. 대학생이 되고서 동아리 분들과 엠티 가셨다가 혼자 산책 중에 계곡에서……."

혜영이 또 다른 이야기를 하기 시작했다. 그 내용을 듣던 인영은 혜영의 말을 가로채 이었다.

"……계곡가를 산책하다가 발을 헛딛는 바람에 물에 빠져 엉망으로 젖은 적이 있었지."

인영의 그 반응을 혜영은 상황을 받아들이는 것으로 이해했다. 혜영은 만면에 담대한 미소를 띄며 인영에게 물었다.

"네. 이 정도면 제가 정말 저승에서 온 존재라는 걸 믿어 주실까요?"

입술을 꾹 다문 채 잠시 깊은 생각에 잠겼던 인영이 마침내 대답했다.

"……믿지."

혜영은 안도의 한숨을 내쉬었다. 그런데 이내 인영이 쏘아붙였다.

"대신, 당신이 거짓말을 했다는 것도 알게 되었군."

혜영의 표정이 굳어졌다.

"무슨 말씀이시죠?"

인영은 의자에 조금 편하게 기대어 앉았다.

"그쪽은 나를 조사한 적이 없어. 내가 만난 다른 사람들에게서 나의 과거사를 끄집어 낸 거지."

혜영은 없는 심장이 멎는 기분이었다. 이 짧은 대화로 그게 들통이 났다고? 최대한 술렁임을 감추려 하면서 혜영은 인영에게 물었다.

"어떻게…… 그걸 확신하시죠?"

"단순한 추론이다. 백재완 병장은 불교 신자다. 돌아가신 할아버지께서도 종교는 없으셨지만 근처 사찰 일을 도우셨다. 그리고 여행 동아리 사람들 중에는 지현이…… 오지현이란 동기가 있었지. 절에 다닌다는 말은 못 들었지만, 염주를 들고 다니는 건 본 기억이 있다."

인영이 지목한 대로였다.

기독교인인 인영에 대한 정보를 직접 얻을 수는 없었다. 하지만 생존자인 백재완 병장 외의 두 명은 모두 시왕저승을 앞서 거쳐 간 망자들이었다. 그들의 염라대왕부 심판 기록을 조회해 보니 보존된 행실록 사본에서 인영이 언급되는 부분들을 파악할 수 있었다.

혜영은 그렇게 짜맞추어 모은 인영에 대한 정보를 되도록이면 활용하고 싶지 않았다. 목격 증언에 불과하다 보니 정밀도가 떨어질 거라는 우려도 있었다. 그래서 부대원의 신상 정보를 이용해 대화를 이끌어 낸 뒤, 저승사자가 허튼 소리를 하지 않는다는 믿음을 주는 마지막 쐐기 정도로만 쓸 생각이었다. 그런데 쐐기를 너무 깊이 박다가 튕겨 나온 듯했다. 혜영은 대체 어디서 틈이 생겼는지 궁금했다. 인영이 그런 혜영의 마음을 읽었다는 듯 대꾸했다.

"그런데 지현이한테는 내가 거짓말을 했었거든. 혼자 산책하다가 빠졌다고."

수긍하듯 혜영의 말을 이어 받던 인영은, 사실 혜영의 반응을 떠 보고 있었던 것이었다.

"그날 계곡에서 실제로 있었던 일은 내가 꿈에도 잊지 못 하지. 끔찍한 기억이거든. 그런데 내 삶을 들여다봤다면서 그걸 잘못 알고 있다? 의심할 수밖에 없지."

걱정했던 지뢰를 밟았구나, 혜영은 속으로 탄식했다. 인영은 코웃음을 치며 말을 이어 갔다.

"공교롭게도 당신이 언급한 에피소드에 나오는 세 명 모두 불교와 연관이 있지 않나? 그중 둘은 이미 죽었군. 산 사람 죽은 사람 가리지 않고 염라대왕 앞으로 올 사람들의 정보를 털어서 나를 위협해 보려 했나 본데."

대단한 사람이었다. 아주 작은 의심에서 출발해서 바로 덫을 놓았다. 혜영이 그 덫에 걸려들자마자, 짧은 시간 내에 단서를 조합해서 역으로 저승에서 무슨 일이 계획되었는지 그 진상까지 짐작해 냈다. 혜영은 이 수싸움에서 졌다는 걸 깨달았다.

"……네, 인정하겠습니다."

어깨를 늘어트리고서 혜영은 침통하게 고개를 끄덕였다. 무리였나. 혜영은 낙담했다.

하지만 인영은 애초에 논파만 하고 대화를 멈출 작정이 아니었다. 오히려 인영은 이제야 비로소 혜영과 진짜 이야기를 할 수 있겠다고 생각하던 참이었다.

인영이 귀신 이야기를 믿지 않는 것은 물론 종교 때문이기도 했지만, 가장 큰 이유는 귀신이라는 존재의 불합리성에서 비롯한 비호감 때문이었다. 옛날 이야기 속에 언급되곤 하는 귀신이란 존재는 대개 원한에 사무쳐 미쳐 있든가 초월적 힘을 지닌 사악한 존재이든가 둘 중 하나이곤 했다. 그런 해괴한 존재가 세상에 돌아다닌다고 믿고 싶지 않았다.

하지만 자신을 협박해 말을 듣게 하기 위해서 제한된 역량으로 정보를 모아 조합하고, 그걸 이용해 적극적인 기만을 시도하기까지 한 존재가 눈앞에 앉아 있었다. 죽은 귀신이라기보다는 이승의 교활한 협상가를 떠올리게 하는 모습이었다. 도깨비와 대화할 수는 없지만, 이념을 가지고 사유하는 존재와는 대화가 가능한 법이다.

"왜 이렇게까지 하지?"

인영은 혜영에게 물었다. 혜영은 맥없이 대답했다.

"……앞서 말씀드렸다시피, 비상 상황이니까요. 저희는 무슨 수를 써서든지 여러분들께 드려야 하는 부탁이 있습니다."

인영은 장화홍련전의 시작 부분을 떠올렸다. 죽은 자매의 귀신이 억울함을 풀어 달라며 밤중에 사또의 침실에 나타났던가.

"만약 내가 이런 여러 위협에도 불구하고 대화를 거절한다면 어쩔 셈이지?"

전래동화 속 자매 귀신은 심약한 사또 여럿을 혼절하게 만들었다. 인영은 눈앞의 저승사자가 대화를 거부당했을 때 과연 어떻게 나올지 궁금했다. 혜영은 체념한 듯 의자에 기대어 앉으며 말했다.

"솔직히 말씀드리죠…… 정말 소통할 의지가 없으시다면, 저희로서도 군이 여러분을 더 위협할 이유가 없습니다. 저희 부탁을 들어 주지 않으신다고 해서 여러분들에게 군이 상처만 남기고 갈 생각은 없습니다."

혜영은 정말 이런 식으로 개인정보를 동원해 사생활 침해까지 하고 싶지는 않았다. 무엇보다도 그런다고 해서 시왕저승이 득을 볼 것도 없었다. 말을 안 듣는다고 협박의 내용대로 보복을 저지르는 것은 또 다른 협박을 할 여지가 있을 때나 의미 있는 일이다. 하지만 시왕저승에게는 더 이상의 카드가 없었다. 이제 할 수 있는 것은 순수한 호소뿐이었다.

"하지만 그래도 여러분과 저희가 다같이 손해 보는 상황이라는 점은 변하지 않습니다. 저희는 저승의…… 사후세계의 존망을 걸고 드리는 부탁입니다. 곧 이승과 저승이 함께 망하게 생겼으니까요."

인영은 혜영이 처음 나타났을 때 꺼냈던 이야기를 떠올렸다. 이승의 산 사람이 모두 죽고 나면, 저승도 위험해진다고 했던가. 너무 터무니없어서 귀담아들을 생각도 하지 않았던 이야기였다. 그런데 지금 와서 돌이켜 보니 혜영의 입장은 항상 같은 결론으로 귀결되고 있었다. 저승이 비상 상황이기 때문에 대책을 마련하기 위한 부탁을 하러 왔다는 것.

인영은 혜영에게 물었다.

"그 부탁이라는 것이 뭔지 알고 싶군."

혜영은 조금 놀랐다. 이야기를 이어 갈 구실이 완전히 사라졌다고 생각했는데, 인영이 먼저 질문을 던진 것이다. 혜영은 마음을 가다듬고는 차분히 설명했다.

"저희가 드리려는 부탁이 무엇이냐면…… 시왕저승의 모습에 대한 종교적 기록물을 세상에 남기는 데 협조하여 주셨으면 합니다."

혜영은 사후세계가 사라졌다가도 다시 나타날 수 있다고 소상히 설명했다. 만약 기록물을 남긴다면 시왕저승의 소멸을 막거나 부활을 이끄는 데 중요한 역할을 할 것이라는 점도.

"그걸 꼭 우리가 해야 하는가?"

인영이 반박했다. 혜영은 섣불리 기대하지 말자고 되뇌면서 똑부러지게 대답했다.

"대한민국 영토 안에서 이만한 인원이 생존해 있는 곳은 현재 이곳뿐입니다."

인영은 흠 하고 긴 신음을 흘렸다. 어느 정도는 내내 예상하고 있었던 일이었다. 하지만 자신들이 정말로 대한민국 최후의 생존자 집단이라는 이야기를 듣고서 심사가 어지러워지지 않기란 어려운 일이었다.

그때 곁에서 시종일관 가만히 듣고 있던 김인국 소위가 인영에게 말했다.

"대위님, 의견…… 드려도 되겠습니까."

인영이 고개를 끄덕이자 김 소위는 머뭇거리면서도 또박또박 자기 의견을 말했다.

"이런 상황에서 굳이 초자연적인 존재가 나타나서 거짓말을 할 것 같지는 않습니다. 이야기의 앞뒤도 맞는 편이지 않습니까? 통신반에서 외부 인터넷 사이트들을 확인했다는 이야기를 들었습니다. 종말이 찾아 왔다고…… 저희가 30일간 격리를 마치고 지상에 올라가게 되더라도 죽는 것 말고 다른 일이 벌어지겠습니까?"

이야기를 이어 가면서 김 소위의 표정은 점점 침통해졌다.

"석연치 않은 부분이 있더라도 제2의 목적을 가지는 것은 의미가 있어 보입니다. 솔직히 말씀드리면, 부대원들의 사기가 많이 떨어져 가고 있습니다. 가치 있는 목표가 절실합니다……"

이미 전멸해 버린 상부가 내렸던 격리 근무 명령을 이행하기만 할 뿐이라면, 예정된 죽음 앞에서 삶의 의지를 붙잡기 어렵다는 것이었다. 저승사자의 부탁이라도 들어 주면서 미래를 위해 뭔가 의미 있는 일을 한다면, 설령 그 목적이 허황되었다고 해도 상관없는 것이 아닐지.

"일리 있는 의견이다."

인영은 김 소위의 지적에 공감했다. 그러나 그는 곧 자신의 입장을 확실히 밝혔다.

"하지만 나는 여전히 반대하는 입장이다."

혜영은 다시 힘겨운 대화가 이어질 것임을 짐작했다. 아니나 다를까. 인영은 혜영을 바라보며 질문했다.

"그쪽에게 묻겠다. 내 반대 의사를 불식시키지 못한다면, 그쪽의 제안을 부대에 공식화하지 않을 생각이다."

여전히 매우 적대적인 말투였지만, 혜영은 실낱같은 희망을 보았다. 대놓고 귀신 취급하던 선에서 나아가 논리가 통하는 대화로 접어들었다. 혜영은 인영의 주장을 경청하기 시작했다.

"하나. 만약 정말로 우주 방사선에 의한 지구 종말 상황이라면, 지상에 나가는 것은 극도로 위험하다. 이곳 벙커 안에 머무르다가 큰 고통 없이 죽는 것보다 지상으로 나가서 모종의 활동에 임하다가 더 일찍 고통스럽게 죽는 게 더 마땅하다고 나는 말할 수 없다."

예리한 지적이었지만, 혜영은 이에 대해선 자신이 충분히 설득할 수 있다고 생각했다. 인영의 주장이 이어졌다.

"둘. 그리고 여전히, 그런 일에 협조함으로써 얻을 수 있는 가치나 이익이 무엇인지 알 수 없다."

그렇지만 이렇게 부탁의 근본 자체를 의심하고 나선다면 곤란하다. 혜영은 곧바로 인영에게 자신의 입장을 설명하기 시작했다.

"방금 지적하신 부분은 제가 설명드렸다시피, 여러분들이 죽어서 향할 사후세계를 지켜 낸다는 의미가 있습니다. 저희가 맞이할 수 있는 분들은 맞이한 후에 최대한의 예우를⋯⋯."

인영은 혜영의 말을 가로막고 나섰다.

"아니, 바로 그렇기 때문이다. 나는 소위 저승세계의 존재를 받아들이는 사람이 아니다."

대화가 통하는 것 같았는데 다시 원점으로 회귀한 듯한 기분이었다. 혜영은 항변했다.

"대위님의 종교관과는 다르겠지만, 저희는 이렇게 존재합니다."

짧은 시간 동안 혜영의 머릿속은 온통 실망으로 가득 찼다. 백재완 병장과 나눈 상담 내용을 보면 그렇게까지 꽉 막힌 사람은 아니라고 믿었는데 결국 이런 데서 자기 신앙을 내세워 논리의 벽을 치다니. 혜영은 속상한 마음에 거친 말투로 인영에게 따져 물었다.

"대위님, 대위님의 신앙으로 판단하실 게 아니라요⋯⋯."

그러자 인영이 양 손바닥을 들어 보이는 몸짓을 취하며 혜영에게 해명했다.

"오해하지 말았으면 좋겠군. 그쪽의 존재를 부정하겠다는 게 아니다."

혜영은 멈칫했다. 인영이 자신의 입장을 더 자세히 설명하기 시작했다.

"그냥 나는 그쪽과 발 딛고 있는 세계가 다른 사람이라는 소리다. 대체 그쪽이 말하는 저승세계를 살리는 일이 나를 포함한 다른 종교를 가진 이들에게 무슨 득이 되냐는 말이다."

혜영은 아차, 싶은 당혹감을 느꼈다. 인영이 신앙을 근거로 독선을 부리고 있다고 섣불리 판단했지만, 실제 인영이 가진 생각은 그와는 조금 달랐던 것이다.

"좀 사납게 말해 볼까? 무속 신앙의 저승에서 소위 신들이 내게 사후에 복을 내리고 예우를 약속한들 죽어서 하나님 곁으로 갈 사람들에게 그게 대체 무슨 의미가 있나? 내가 그쪽을 돕는다면 그 대신 무엇을 약속할 수 있는지 묻고 있는 거다."

인영이 하려던 말은 자신의 신앙에 기초한 독선이라기보다, 인영 자신처럼 신앙과 다른 방향으로 사후세계관을 수정할 의사가 없는 사람들을 어떻게 설득할 것이냐는 질문이었다. 죽어서 염라대왕을 만나는 게 확실하다면 사후의 안녕을 위해 저승을 지키는 일에 나설 명분이 있다. 하지만 사후의 삶이 그런 모습이기를 바라지 않는 이들이 무슨 이유로 협조하겠는가?

혜영은 인영의 진의를 비로소 파악하고는 고개를 천천히 끄덕였다. 그런 혜영을 향해 인영은 말을 이어 갔다.

"내가 아직도 내 신앙만 우선하고 있는 것처럼 보이나?"

혜영은 그의 목소리에서 실망감을 감지했다. 자신의 입장이 잘못 받아들여진 사실에 대해 인영이야말로 자신에게 실망을 표하고 있었다. 혜영은 부끄러움을 느꼈다. 자신이 먼저 오해를 키웠다.

하지만 대화의 날은 아직 팽팽하게 서 있었다. 실망을 할 수 있다는 것은 상대에게 기대하는 바가 있다는 것이다. 어느새 인영과 혜영의 사이에서는 서로의 논리와 입장, 그리고 감정이 실려 있는 진지한 대화가 오가고 있었다. 혜영은 천천히 신중하고도 진중한 답변을 하려고 말을 골랐다.

"……첫 번째 말씀에 대해서는, 저야말로 사납게 말씀드리겠습니다. 이르든 늦든 여기 계신 모든 분들은 어차피 머지않아 다 죽습니다. 긴 여생이 남은 분들을 사지로 떠밀고자 하는 것이 아님은 모두들 이해해 주시리라고 믿습니다."

가볍게 모두를 도발한 혜영은 곧 간절한 목소리로 부연했다.

"하지만 저희들이야말로 여러분들이 가급적 오래 생존하여 주시기를 바라고 있습니다. 여러분들이 일찍 사망하시면 당장 저희 시왕저승의 존재가 그만큼 더 위태로워지게 됩니다. 더욱이, 거듭 말씀드리지만 저희는 유의미한 기록물을 남겨야만 합니다. 협조를 요청 드리고는 있지만, 결코 여러분들을 함부로 사지에 내몰지 않을 겁니다."

아무리 저승을 대변한다고는 해도 도움을 구하는 입장에서 살아 있는 이들의 목숨을 함부로 할 수 없는 것이 당연했다. 혜영은 설명을 이어 갔다.

"저희는 저승사자를 통해 지구 반대편의 나사와도 커뮤니케이션을 주고받고 있습니다. 저희는 과학적이며 진지합니다. 이 모든 시도가 고통스럽고 무의미한 결과를 낳지 않도록, 누군가가 쉽게 다치거나 목숨을 잃지 않도록, 저희로서도 최선을 다할 겁니다."

인영의 질문에 대한 대답을 찾으면서, 혜영은 인영의 입장이 어떻게 변했는지 조금쯤 알 수 있을 것 같았다. 오늘 대화를 시작했을 때만 해도 인영은 혜영을 초자연적 힘으로 위협을 가해 오는 불가사의한 존재라고만 여겼다. 하지만 인영은 점점 혜영을 논리가 통하는 대화 상대로 인식하기 시작한 듯했다.

혜영은 잠시 고민한 끝에 자신과 시왕저승의 입장을 다른 방식으로 포장하기 시작했다.

"두 번째로 지적하신 부분은…… 어떤 말씀인지 이해했습니다. 그러면 관점을 바꿔서 생각해 주시면 어떻겠습니까?"

혜영은 자신을 비롯한 저승의 것들을 합리적이고도 논리적인 의견 교환이 가능한, 예측 가능하며 초월적이지만은 않은 존재로 프레이밍하기로 마음먹었다.

혜영은 일전에 수현으로부터 전해 들은 이야기를 되새겼다.

"제가 비록 지금은 영혼의 모습으로 나타났지만 한때는 인간이었습니다. 저를 귀신이 아니라 그냥…… 물리적 형태가 달라졌을 뿐인 한 명의 인간으로 봐 주실 수는 없을까요? 시왕저승의 존재 또한 신앙적인 측면을 떠나서, 어떤 자연 현상의 일부분이라고 보셔도 좋겠습니다. 여러분들이 한 번도 들어 보지 못한 먼 이국이나 외계라고 생각해 주셔도 되겠네요."

나사 연구소의 대범한 한국계 책임자가 같은 말을 했다고 들었다. 사후세계를 외계 행성으로 보거나 영혼을 외계인과 비슷한 존재라고 생각하는 게 무엇이 이상하냐고.

혜영에게는, 그리고 시왕저승에게는 달성해야 할 목적이 있었다. 그 목적을 달성하는 것은 저승의 정체성 따위를 지키는 것보다 더욱 중요한 일이었다. 혜영은 마음을 굳게 먹고 말했다.

"만약 뜻하신다면, 저희를 종교적 존재로 대우하지 않으셔도 좋습니다."

혜영의 단언에 인영은 조금 놀란 듯 눈썹을 치켜떴다. 혜영으로서도 이 선언은 승부수였다. 사후세계에 대한 종교적 기록물을 남기려고 애쓰는 마당에, 종교적 대상으로서의 지위를 부정당해도 좋다니. 그러나 혜영은 모험을 할 가치가 있다고 생각했다. 어차피 기록물을 통해 포교하려는 대상은 미래의 문명을 살아 갈 이들이지, 지금 이 자리에 있는 부대원들이 아니었다.

"신앙의 관점에서 바라보기보다는, 군인으로서 조금 특이한 곳에 살고 있는 민간인들을 돕는다는 관점에서 생각해 주실 수 있겠습니까?"

필요하다면 상대의 종교는 종교로서 대우하고 시왕저승은 세속인 것처럼 취급하는 것 또한 전략이 될 수 있으리라.

"유일하신 하나님을 믿는 분들이 향하는 천국은 따로 있습니다. 그곳은 영원불멸할 거라는 이야기도 있지요. 대위님을 포함한 많은 분들께서는 아마 그곳에서 맞이할 영원한 안식과 부활의 날을 기다리시겠죠. 하지만 이 부대에 소속된 몇몇을 포함해 대한민국 땅에서 목숨을 잃고 시왕저승으로 찾아 온 1400만 명의 영혼들은 이대로는 영영 사라지게 됩니다."

그리고 시왕저승이 또 하나의 세상에 불과하다고 본다면 상대의 종교관 역시 온전히 수용할 수 있다.

혜영은 조금은 작심한 듯 찰나의 고민을 거쳐 말했다.

"그리고 이미 죽은 뒤에 새 신앙을 꽃피우는 이들도 있습니다. 그들을 지켜 주십시오."

논리의 대전환을 흥미롭게 듣던 인영은 눈을 치켜뜨며 놀라워했다.

"새로운 신앙? 그게 무슨 소리지?"

혜영은 기왕 말을 꺼낸 김에 약간의 과장을 섞기로 했다. 이시영 비서실장으로부터 기록물 연구를 담당하던 전문가 망자 한 명이 사후 개종 연구에 착수했다는 이야기를 들었다. 혜영은 이 사실을 약간 부풀려 소개했다. 생전에 무신론자였던 이들 중에 몇몇 이들이 사후에라도 기독교에 입교하고자 자발적인 공부 모임을 시작했다고.

아주 틀린 말은 아니었다. 이른바 '사후 개종 연구반'이 창설되었다면 염라 비서실의 성향상 혼자서 외롭게 연구하도록 내버려 둘 리 없었다. 당연히 추후에 참가자를 자원받을 것이다. 그러면 조만간 제법 그럴싸한 모임의 모습을 갖추게 되리라.

"그분들이 앞으로 성경을 제대로 배울 시간을 벌기 위해서라도 필요한 일입니다."

혜영이 열변을 마치자 인영을 포함한 부대원들 모두가 고민에 잠겼다. 오래지 않아 김인국 소위가 인영에게 말을 꺼냈다.

"대위님, 역시 응하는 방향으로 결정하시면 어떻겠습니까."

다른 하사관도 동의를 표했다.

"저도 같은 생각입니다. 조금 전 설명대로라면…… 먼 곳의 교회를 하나 구하는 셈이 됩니다."

인영을 제외한 네 명의 부대원들은 혜영의 이야기에 설득되어 고개를 끄덕이며 찬성의 뜻을 표했다. 하지만 결국 중요한 것은, 부대장인 인영의 결심이었다. 인영은 좀 더 오랜 시간 고민을 하다가 천천히 입을 열었다.

"……궤변이라는 의심을 지우기 힘들다."

하지만 혜영은 이제는 더 이상 낙심하지 않았다. 이 분위기대로라면 승산이 있다. 혜영의 예상대로 인영은 곧바로 깊은 한숨을 쉬며 덧붙였다.

"그렇지만 일말의 설득력이 있는 것도 부정할 수 없군."

혜영은 안도의 한숨을 내쉬었다. 드디어 교섭이 성립되어 가고 있었다. 인영은 그런 혜영을 좀 더 신중한 시선으로 바라보며 말했다.

"유혜영 사자라고 했나? 조건을 달겠다."

"말씀하시죠."

혜영은 인영이 자신을 부르는 호칭이 바뀌었음을 알아챘다.

"하나, 그쪽에서 어떤 협조를 요청하든지 간에 부대원들을 동원하는 데 있어 최종 결정과 지휘는 내가 한다. 둘, 결정을 내리는 과정에서 충분한 확신이 없으면 섣불리 움직이지 않을 것이다."

인영의 말투에는 처음에 팽배하던 적개심이 많이 누그러져 있었다. 물론 그렇다고 해서 그의 경계심이 완전히 사라진 것은 아니었다. 인영은 곧 세 번째 요구 조건을 덧붙였다.

"셋, 부대원들의 종교관에 간섭하지 않을 거라는 걸 보장해라. 지금 나눈 이야기를 포함해서 사후세계의 모습에 대한 그 어떤 이야기도 부대원들 앞에서는 공개적으로 하지 말 것. 그리고 그쪽 저승으로 올라가게 될 사람의 목록도 이미 가지고 있는 모양인데, 그것 또한 언급하지 말 것을 요청한다. 부대원들이 생전의 신념을 최대한 유지한 채 최후를 맞이할 수 있도록 간섭하지 말기를 원한다."

첫 번째와 두 번째 요구 조건은 너무나 당연한 것이었다. 하지만 세 번째 요구 조건에 대해서 혜영은 조금 복잡한 마음이 들었다. 역시 신앙의 충돌을 가장 걱정하는 것인가 의심되다가도, 조금 전의 오해를 떠올리면 딱히 독선에서 나온 의견은 아닐 거라고 믿게 된다.

혜영은 차분히 생각을 정리했다. 인영은 부대원들의 안전을 최우선으로 삼고 있었다. 앞선 두 가지 요구 조건이 부대원들의 신체를 지키기 위한 것이라면, 세 번째 조건은 그들의 정신 세계를 혼란스럽게 하지 말라는 것이다. 충분히 납득하고 동의할 수 있었다. 혜영은 고개를 끄덕였다.

"그렇게 하겠습니다."

교섭이 타결되는 순간이었다. 혜영은 깊은 안도감을 느꼈다. 인영 또한 영문을 알 수 없는 상태로 시작했던 대화가 제법 상식적으로 마무리된 데 만족감을 느꼈다. 서로의 입장에 일치를 본 다음엔 자세한 이야기를 나눌 차례다. 인영은 이어서 대화를 이끌었다.

"그래서, 자세한 요구사항이 무엇이지?"

하지만 혜영이 준비한 건 여기까지였다. 완고한 인영을 설득하는 전략을 짜는 것까지가 현재로서는 최대한이었다. 그 뒤에 구체적으로 어떻게 행동할지에 대해서는 아직 충분히 검토하지 않은 상태였다. 혜영은 염라대왕부 비서실에 우선 설득에 성공한 것을 보고해야 한다고 판단했다.

"협조 제안에 수락해 주셨으니, 이 사실을 먼저 상부에 보고드리고 나서 전달해 드리도록 하겠습니다."

혜영의 그 말을 듣고 인영은 생각했다. '상부'가 있단 말이지.

귀신인가 싶던 수상한 존재가 실제로는 어떤 큰 조직에서 파견된 협상가여서, 교섭 타결에 대한 결재를 받아야 한다고 말하고 있었다. 저승사자라는 존재는 여전히 선뜻 받아들이기 어려웠지만, 이제는 다르게 보였다. 적어도 논리로서 이해할 수 있는 범위 안에 들어오기 시작한 느낌이었다.

혜영이 인영에게 고개를 숙이며 말했다.

"그리고 조금 전에 백재완 병장님을 교섭 수단으로 삼은 점에 대해 사과드립니다. 저희로서는 다른 방법이 없어서 그랬습니다. 도가 지나쳤다는 지적은 전적으로 타당합니다. 하지만 저희는 그런 비밀을 가볍게 여기지도, 문제 삼지도 않습니다. 이제 와서 드리는 말씀이지만, 대화를 거절하셨다 해도 정말로 폭로하거나 문제를 일으키지는 않았을 겁니다. 그것은 명백히 저희의 윤리에 반합니다."

사과를 듣고 인영은 저승사자에 대한 자신의 판단을 조금 더 굳힐 수 있었다. 상대는 그들 나름의 체계와 이념, 윤리를 가진 존재들이었다. 인영은 한숨을 내쉬며 말했다.

"……내게 사과하거나 설명할 필요는 없다. 당사자는 백 병장이다."

"네."

혜영은 짧게 답했다. 그리고 이어서 우물쭈물하더니 말을 꺼냈다.

"참, 그리고…… 조금 다른 맥락의 부탁 하나를 드려도 될까요?"

눈빛으로 수락하는 인영에게 혜영은 물었다.

"혹시 부대 안에 소각 시설이 있습니까?"

솔개부대 시설 안에는 시설 내에서 발생하는 쓰레기 중 일부를 은밀히 처리하기 위해 특수 소각 설비가 구비되어 있었다. 인영이 긍정의 의미로 고개를 끄덕이자 혜영이 본론을 꺼냈다.

"그럼 부대 안에 남는 성경책 한 권을 소각해 주시겠습니까?"

인영은 눈살을 찌푸렸다. 방금 막 이해할 수 있는 존재가 아닐까 생각하기 시작한 상대의 입에서 영 이해하기도 어렵거니와 불쾌하기까지 한 수준의 말이 튀어나왔다. 인영의 심상치 않은 표정의 변화를 목격한 혜영이 황급히 덧붙였다.

"아, 저기, 오해하지 말아 주십시오. 조금 전에 말씀드린 사후 입교자들이 한글 성경을 구하는 데 어려움을 겪고 있어서요."

인영은 불편한 신음을 흘렸다. 흔히들 죽은 이에게 물건을 보낼 때 물건을 태워 없애곤 하는데, 그걸 요구한 것이다.

"……태우면 그쪽에서 받는다는 건가? 무슨 무당 놀음 같은 소리람……."

역시 사후세계는 인영의 상식 세계 가장자리에 아슬아슬하게 걸쳐 있는 듯했다. 인영은 난처해하면서도 진지한, 뒤가 반쯤 비쳐 보이는 혜영의 얼굴을 한참 바라보았다. 인영은 곧 의심을 유예하기로 마음먹었다. 기왕 이렇게 된 거 조금만 속아 보기로 했다.

"김 소위, 비품 창고에 가서 군종軍宗 물자로 색인하면 입문자용 성경 전서 몇 권이 있을 거다. 상태 봐서 한 권을 소각로에 폐기하도록."

"네."

김인국 소위가 인영의 지시사항을 접수했다. 그런 김 소위에게 혜영이 한마디 덧붙였다.

"소각하실 때 쪽지 한 장을 같이 태워 주시겠습니까? 받으시는 분의 성함과 생전 주소를 적어야 저희가 받아서 전달할 수 있어서요."

참 별 것을 다 한다는 듯 인영이 바라보는 가운데, 김 소위는 혜영이 불러 주는 주소를 받아 적었다.

"전라북도 남원시 도화면 서당마을로 182 기숙사 304호 김예슬, 이라고 적어 주십시오."

*

광명왕원 소강당에 염라대왕이 왕림했다. 염라대왕이 앉은 의자의 좌우로는 파초선을 든 의전관이 자리했다. 위풍당당하게 앉은 염라대왕이 청취하는 가운데, 호연은 목소리를 고르고 발표를 시작했다.

"'신시왕경新十王經'의 초안입니다."

게시된 빔 프로젝터 화면에 기록물의 첫 머리 부분이 보인다. 또박또박한 굵은 글씨로 적힌 '신시왕경'이라는 제목. 이 자리는 바로 기록물 연구 그룹이 탈고한 신시왕경의 초안을 염라대왕 앞에 소개하는 자리다. 다 함께 일차 안을 읽고 이후의 대책을 논의하기 위한 중간 평가가 진행될 예정이었다. 호연은 신시왕경에 대해 차분히 소개했다.

"신시왕경은 경전이라 이름 붙이긴 했지만, 내용 면에서 읽기 쉽고 설득에 최적화된 형태로 작성하고자 했습니다. 동화와 같은 아동문학의 관점을 많이 도입했고요. 잔인한 위협보다는 사후의 합리적 심판을 강조하며 권선勸善을 강조하되 가급적이면 징악懲惡하지 않는 관점에서 작성하였습니다."

호연은 편찬위원으로 선임된 두 전문가에게 발언권을 넘겼다.

"그럼 전문 편찬위원들께서 상세 편집 기조에 대해서 소개해 주시겠습니다."

애초에 위원 자리는 예슬을 포함해 구성했었지만, 예슬은 자리를 비웠다. 실제 작업에 임해 보니 이곳에 있는 인원만으로도 큰 문제는 없었지만, 호연은 계속해서 예슬의 빈자리가 아쉬웠다.

편찬위원으로서 조성영 선임이 발언권을 받아 설명을 시작했다.

"콘텐츠문화원 출신 조성영입니다. 과거로부터 전해져 내려오던 시왕저승에 대한 경전들은 대체로 도교나 대승불교 신앙을 완성하는 형태였습니다. 동양의 신화나 불교에서 유래한 여러 신격들을 사후세계에 배치해, 인간이 가장 궁금해하는 죽음 뒤의 세계를 보장하는 게 목적이었습니다."

조 선임은 사후세계 신앙을 통해 도교와 불교가 대중들에게로 전달된다는 내용의 그래픽을 프레젠테이션 화면을 가리키며 설명을 이어 갔다.

"시왕저승에 대한 서술을 보면 주로 죽은 뒤에 겪는 여러 고통을 강조해 겁을 주는데요. 이를 통해서 이승에서의 바람직한 장례 풍습을 장려하고 천도제와 같은 종교 활동에 꾸준히 참여하도록 신도를 결속하는 수단이었습니다."

조 선임이 손짓하자 담당 관원이 빔 프로젝터의 필름을 갈아 끼웠다.

"하지만 새로 짜는 시왕경은 과거의 종교에 기댈 수 없습니다. 저희는 토론 끝에 죽음 뒤의 고통을 보여 주기보다는 사후에도 편안한 세계가 존재한다는 방향으로 서술하기로 하였습니다. 이를 위해서는 동화와도 같은 문장으로 작성하는 게 유익할 겁니다."

처음 편집 방향을 정하고 나서도, 정말 좋은 말 위주로 쉽게 적는 게 능사일지에 대해 꾸준히 의견이 오갔다. 여러 번의 토론을 거쳐서 확정된 방향이었다. 처음에는 썩 납득이 가지 않아 주저하던 조 선임 또한 지금은 편집 방향에 확실하게 옹호하는 편에 서게 되었다.

다음 순서는 또 다른 편찬위원인 전오석 교수의 차례였다.

"평양문화대학의 전오석입니다. 아동문학이라는 관점에서 집필했음에도 불구하고, '신시왕경'이라는 종교 경전의 이름을 붙인 것은 만약 미래의 문명이 과거의 불교 시왕경 원본을 발굴해 내는 경우에도 리해의 련속성을 보장하기 위해서입니다."

제목에 경전이라는 명칭이 들어가야 한다고 강하게 주장한 것은, 종교 경전과 가장 거리가 멀어 보이던 전 교수였다. 가능성의 측면에서 합리적인 주장이었기에 제안은 곧바로 받아들여졌다.

"사람이 죽더라도 사후에 고통 없이 합리적인 법규와 원칙에 따른 심판을 받을 수 있다는 믿음을 주는 책이어야 합니다. 그리하여 이 책을 읽을 미래 문명인들이 사후에 도달할 수 있는 세계에 확신을 갖도록 돕자는 것이 본 원고 작성의 대원칙으로 되었습니다."

전 교수는 살짝 선전 연설처럼 들리는 만연한 말투로 또박또박 설명해 나갔다. 전 교수의 말이 끝나자 호연은 보조 편집자로 참여했던 홍기훈 박사를 지목했다.

"나사의 홍기훈입니다. 편집 과정에서는 각 대왕부의 심판 대상이 되는 죄목을 최대한 단순화하였습니다."

자신은 문화 기록물을 솜씨 좋게 써 낼 능력이 없다면서 극구 선을 그었던 기훈은, 실제 편집 과정에서는 그 말이 무색할 정도로 꼼꼼하게 작업에 임했다.

"후대에 이 기록을 접하게 될 존재가 과연 어떤 문화적 배경을 가졌을지, 어떤 수준의 문명 사회를 구축한 상태일지 예단할 수 없습니다. 따라서 신뢰, 선량함, 정직함과 같은 가장 기본적인 가치들에서 시작하여, 차츰 서술의 밀도를 높이도록 조정하였습니다."

기훈이 직접 그린 설명도가 화면에 나타났다. 각 대왕부의 심판에서 공통적으로 다루는 선한 가치에 대해 먼저 다루었다. 그리고 이어지는 각 대왕부의 설명에서 그 가치를 어떻게 위반한 것인지 상세한 내용을 배치했다.

"또한 사후세계 신앙을 가지게 하는 데 있어서 꼭 필요하지 않은 서술이나 중언부언하는 내용은 대부분 제거했습니다. 이 과정에서 편찬위원 분들의 조언과 감수를 받았습니다."

프레젠테이션 화면을 통해으로 기훈이 발췌해 둔 몇 가지 편집 사례들이 소개되었다. 다소 장황했던 문장들이 꼼꼼하게 수정된 것을 한눈에 알 수 있었다.

기훈은 사례들을 보여 준 뒤 힘주어 말했다.

"이렇게 분량을 줄이고자 한 것은 읽는 이의 부담을 덜기 위해서이기도 하지만, 기록하는 이의 부담을 덜기 위해서이기도 합니다. 지상의 몇 안 되는 생존자들이 제한된 환경에서 빠른 시간 내에 정돈된 기록물을 남겨야 하는 절체절명의 상황이기 때문입니다. 한 글자라도 짧아야 한다고 판단해서, 더 들어 낼 수 없을 정도까지 압축했습니다."

그렇게 모두가 설명을 마치자, 호연이 소개를 마무리했다.

"이상 편집 기조를 소개해 드렸습니다."

염라대왕은 잘 이해했다는 듯이 천천히 고개를 끄덕이고는 호연에게 물었다.

"그렇다면 이후의 계획은 어떻게 됩니까?"

호연은 이미 준비되었다는 듯 자신 있게 즉답했다.

"현재 초고를 저희가 교정하는 한편, 시왕저승의 각 부에 협조를 요청해 초고 내용상에 이상은 없는지 교차 검증을 할 계획입니다. 기록의 완성도를 높이기 위해 최소 세 번 이상 교정할 예정입니다."

이런 원고를 만들 때 외부의 교차 검증을 받기에 앞서 내부적으로 완성을 짓는 것이 상식적이었다. 어쩌면 수만 년 동안 남을지도 모르는 기록물이니만큼, 교정에는 최대한의 신중을 기할 필요가 있었다. 문제는 검증 과정에 문제가 생겨 다시 내용을 수정하게 되는 경우가 생길 수 있다는 것이었다. 그럴 경우 작업 시간이 지나치게 허비될 우려가 있었다. 이 절차는 속도와 정확도를 모두 잡기 위한 고육지책이었다.

염라대왕 역시 그에 대해 충분히 납득한 듯 끄덕였다.

"그렇군요. 비서실에서 모든 절차가 원활히 진행될 수 있도록 협력하여 주십시오."

"그렇게 하겠습니다."

시영이 염라대왕에게 고개를 조아렸다.

그때 배석해 있던 전문가 사이에서 누군가가 손을 들었다.

"의견이 있습니다."

나성원 책임연구원이었다. 그는 피곤해 보이는 얼굴로 염라대왕 쪽을 바라보며 손을 들어 발언권을 요청했다. 초안 관련 보고를 이끌어 가던 호연은 마른침을 삼켰다. 올 게 왔구나 싶었다.

나성원 책임은 줄기차게 편집 기조에 대해 이의를 제기하고 있었다. 다른 모든 전문가들과 배치되는 의견이었음에도 불구하고 성원은 자신의 주장을 굽히지 않았다. 보고 회의를 준비하는 시점에 이를 때까지도 이견은 봉합되지 않았다. 그런 상황이었으니, 나성원 책임이 이목이 집중된 이곳에서 직접 호소하리라는 것은 충분히 짐작할 수 있었다.

염라대왕은 호연에게 시선을 돌렸다. 책임자에게 발언을 허가해도 될지 눈짓으로 묻는 것이었다. 호연은 고민했다. 식순에 없는 발언이라는 명분으로 침묵하게 하는 것도 가능하리라. 호연이 뜻을 밝히면, 염라대왕은 그렇게 명령하리라.

하지만 호연은 앞서 정상재 교수의 한 마디 의견에 자신의 인내심이 끊어졌던 일을 떠올렸다. 또 같은 식으로 유치하게 분노하고 싶지 않았다. 호연은 말없이 고개를 숙였고, 염라대왕은 그 뜻을 이해했다.

"나성원 망자는 발언하세요."

염라대왕이 발언을 허락했다. 성원은 머릿속에 말할 내용을 미리 생각해 놓았던 듯, 곧바로 쏟아 내듯이 직소直訴했다.

"회의 중에 여러 차례 이견을 제시했지만 거듭해서 고려가 되지 않아서, 이건 염라대왕님께 직접 말씀드려야겠다 싶어서 말씀드립니다."

호연은 물론 이 자리에 재석한 기록물 생산 그룹의 망자들 모두 그가 무슨 이야기를 하려는지 알고 있었다.

"저로서는 현재의 방침이 이해가 가지 않습니다. 저는 저승의 존재가 설득력을 가지려면 겁을 좀 줘 가면서 이야기를 풀어야 한다고 생각합니다. 이 내용대로 안 믿으면 죽어서 큰일 난다는 식으로 위협도 가하고 해야 되지 않겠습니까?"

정확히 같은 주장을 이미 여러 차례 제기한 바 있었기 때문이었다. 그때마다 내내 품고 있다가 다시 꺼내 놓는 참이라서인지 성원의 목소리에는 오기가 서려 있었다.

"쉽게 쓰자는 건 이해를 합니다. 아니, 그런데 지옥이 다 없어졌다고 그걸 곧이곧대로 적으면 됩니까? 좀 사는 동안 나쁜 짓 못 하게 확 겁이라도 줘야 하는 거 아닙니까? 대체 밍숭맹숭한 내용으로 어떻게 신앙을 키우고 저승을 받아들이게 하겠다는 건지, 제가 이해가 안 돼서 묻는 겁니다. 염라대왕님께서는 어떻게 생각하시는지 여쭙니다."

경전을 무섭고 위협적으로 써서 그야말로 지옥을 보여 줘야 한다는 주장은 성원 혼자만의 것이 아니었다. 몇몇 다른 전문가들도 주장하다가, 토론을 통해 차츰 부정되고는 넘어 간 터였다. 호연은 며칠간 계속된 지난한 토론을 다시 떠올렸다. 다시 머리가 아파 오는 기분이었다.

성원의 호소를 끝까지 들은 염라대왕이 호연에게 물었다.

"이 내용에 대해서 그룹 책임자의 의견은 어떻습니까?"

"아니, 그러니까 이미 저쪽에서는 묵살을……."

나성원 책임이 끼어들며 거침없이 따졌지만, 호연은 그를 가로막으며 염라대왕의 물음에 답했다.

"이미 충분히 고려해서 채택하지 않기로 했습니다. 저 분만 그런 의견을 낸 게 아니라 이 자리의 여러 전문가들께서도 이미 꺼낸 적 있으셨지만, 합리적 토론 끝에 그렇게 안 하기로 결론지었습니다."

옆에서 조 선임도 거들었다.

"저도 처음에는 의문이 들었는데요. 지금은 마음을 돌려 편집 기조에 공감하고 있습니다. 이 신시왕경을 어렵고 무섭게 적어서 굳이 진입 장벽을 높일 필요가 있을까요. 저희는 지금 후대의 신문명 사람들에게 이 경전을 그럴싸하게 포장해서 제발 좀 읽어 주시고 믿어 주시라 간청해야 하는 입장이거든요?"

처음에는 정면의 염라대왕을 보며 보고하듯 말하던 조 선임은, 말을 마칠 때쯤에는 고개를 돌려 성원을 직접 바라보며 따지고 있었다. 성원은 잔뜩 스트레스를 받은 표정으로 맞받아쳤다.

"그러니까 그렇게 간청만 해서 사람들이 '아 그렇구나' 하고 받아 주겠냐는 거죠. 믿어야 할 이유가 없잖아요, 이유가."

호연은 한숨을 쉬며 조곤조곤 말했다.

"나성원 박사님, 이야기가 계속해서 평행선을 달리고 있는 거 알고 계시죠?"

그 말을 들은 성원은 곧 눈살을 찌푸리며 반응했다.

"아니, 그게 뭐가 잘못이라고 말을 그렇게 해요?"

"잘못이라는 게 아니고요."

호연이 애써 침착하게 말했지만 성원은 바로 맞받아쳤다.

"나는 동의를 못 하겠다니까요."

"같은 주장을 하시던 분들도 모두 납득하셨어요."

"그건 그 분들 사정이고."

계속해서 타일러 보는 호연을 성원은 단호하게 막아섰다. 이러니까 평행선이라고 한 거였는데. 답답해하던 호연이 물었다.

"……여기서 이렇게 말씀을 꺼내신 이유를 알려 주세요."

말투에 신경질적인 기운이 묻어 났을까 두려워 호연은 굳이 부연했다.

"따져 묻는 게 아니에요. 정말 궁금해서 여쭙는 거예요. 그래야 진짜 대화를 하죠."

성원은 불만 가득한 얼굴이었다. 침묵하는 성원을 바라보며 호연이 다시 물었다.

"저희가 방향을 전면 수정하기를 원하세요? 그걸 바라시는 거예요?"

그러자 성원은 여전히 불만스럽지만 조금은 기세가 꺾인 듯 우물쭈물 입을 열었다.

"……아니, 어차피 내가 백날 이야기해 봤자 방향이 바뀔 것 같지도 않고, 바꾼다고 님들이 바꾼 방향대로 써 내겠냐고요. 그래도 내가 이해가 안 되는 걸 어쩌란 겁니까. 그래서 내가 염라대왕님께 묻는 거예요."

그러고 나서 성원은 염라대왕을 바라보며 물었다.

"대체 지옥이 왜 그렇게 변한 겁니까? 아무도 왜 벌을 안 줘요? 세상에 이상한 놈들이 한둘이 아닌데, 곱게 곱게 대접하다가 보내면 그게 저승입니까, 놀이터지?"

저승이 왜 이러느냐고 염라대왕에게 직접 따지는 걸 보면서 호연은 이마를 짚었다. 큰 회의에 불러 낼 때 이런저런 볼멘소리를 할 수도 있겠다는 예상은 했지만 예상을 넘어섰다. 지금 호연은 예슬의 부재가 너무나 안타까웠다. 내부 회의를 진행하는 동안 여러 충돌하는 의견들을 저승의 문화적 배경에 대한 비교적 해박한 배경 지식으로 설명하며 조율해 온 것이 예슬이었다.

예슬이 여기에 있었다면 조금 더 수월하게 대처할 수 있었을 텐데. 아니, 애초에 예슬이 하필 그 시점에, 서술 방법을 결정하기 직전에 그룹에서 빠져 나가지 않았더라면 성원을 이 자리에 오기 전에 설득할 수도 있지 않았을까 하는 데까지 생각이 미쳤다. 호연은 마음 속에 쌓여 가는 아쉬움이 고스란히 예슬에 대한 원망으로 바뀔 것만 같은 기분을 느꼈다. 그러고 싶지 않왔다. 호연은 애써 마음을 다잡았다.

곁에서는 조 선임이 다시 목소리를 높였다.

"여전히 곱게 대접하지 않는 곳들도 있는 거 들어서 아시면서 왜 그러세요, 진짜!"

"그렇다고 그게 우리가 생각하는 지옥입니까?"

성원도 그에 질세라 반박하며 언성을 높였다. 호연은 갈수록 피로를 느꼈다. 이걸 어떻게 수습해야 할지 감도 오지 않았다.

그때였다.

"나성원 망자, 묻고자 하는 것은 그것이 전부입니까?"

염라대왕이 마침내 입을 열었다. 근엄한 목소리에 옥신각신하던 성원도, 조 선임도, 입을 닫았다. 잠시 후 성원이 살짝 주눅든 목소리로 대답했다.

"……예."

대답을 들은 염라대왕은 고개를 끄덕이고는 말했다.

"그렇다면 답하겠습니다."

운을 땐 염라대왕은 성원 쪽을 지긋이 바라보며 그에게 이렇게 물었다.

"지금 그대는 다른 망자들이 내린 결론에 동의할 수 없을 것입니다. 그건 그대가 생전부터 가진 여러 가치관에 따라 내린 판단일 것입니다. 맞습니까?"

"예, 그야 그렇죠."

"만약 그대가 지금 회의의 질서를 어지럽힌 죄로 처벌을 받는다면, 그대는 어떻게 여길 것 같습니까? 정당하다고 생각합니까?"

조금 도발적인 염라대왕의 질문에, 성원은 마치 그런 질문쯤은 예상했다는 듯이 당당하게 대답했다.

"저는 정당하다고 생각합니다. 경우에 따라서 처벌은 필요한 거고, 높으신 분이 보기에 그러시고 싶으면 그러셔야죠. 저야 불만이지만, 저 하나 때문에 회의가 진행이 안 된다면 쫓아 내시면 됩니다."

어느 정도 오기로 한 말이었다. 자신이 주장하는 바가 절대적으로 옳으니, 자신을 다소 부당하게 뒤집어씌우더라도 개의치 않겠다는 성원의 말에서 상당한 고집이 느껴졌다. 호연으로서는 당황스러울 정도였다. 그래도 대화가 아주 안 통하는 사람은 아니라고 생각했는데, 저렇게까지 의견을 굽히지 않는 이유가 대체 무엇인지 알 수 없었다.

그런데 염라대왕이 조금 씁쓸한 미소를 짓더니 성원에게 물었다.

"처벌이 고작 그 정도에서 그칠 것 같습니까?"

"예?"

반사적으로 되묻는 성원을, 염라대왕은 조금 다른 눈빛으로 응시했다. 눈을 조금 더 부릅뜨고, 바르던 자세를 조금 더 꼿꼿이 했을 뿐인데 한순간에 염라대왕의 분위기가 바뀌었다. 그 자리에 앉아 있는 이가 저승의 한낱 행정 책임자가 아니라 저승의 왕중왕이요, 심판자임이 느껴졌다. 탱화 속의 시왕처럼 눈을 부라리며 성원을 바라보던 염라대왕은, 곧 강당 안을 크게 울리는 엄한 목소리로 말했다.

"나는 지금 그대에게 염라대왕전에서 질서를 어지럽히고 저승의 공무를 어지럽힌 죄를 묻겠다고 한 것입니다. 그대를 엄벌에 처하여, 염라대왕부의 발설지옥에 하옥시키고 그대의 혀를 뽑아 버려도 되겠습니까?"

"아니, 저기, 잠깐만……."

혀를 뽑겠다는 말에 성원이 사색이 되어 당황하는 것을 보면서도, 염라대왕은 더 잔인한 말들을 이어 나갔다.

"발설지옥에서는 그대를 형틀에 묶은 뒤, 그대의 혀를 뿌리부터 들어 내어 판자 위에 걸칠 것입니다. 들어 낸 혀의 네 귀퉁이에 못을 박아 고정한 후, 나졸들이 그대의 혀를 망치로 내려치고 흉기로 갈아 댈 것입니다."

성원은 어안이 벙벙한 채 그 말을 듣다가, 염라대왕의 말이 끝나자마자 격하게 성을 내기 시작했다.

"아니, 지금 협박하시는 겁니까? 입 다물라고? 예? 뭘 어쩐다고요?"

따져 묻는 성원의 눈동자가 조금 떨리고 있었다. 성원은 계속해서 염라대왕에게 거칠게 항변했다.

"지옥은 다 없앴다면서요? 그걸 위협용으로 씁니까? 전문가라고 불러다 놓고 사람을 이런 식으로 대우하는 법이 있습니까?

조금 다른 의견을 말했다고, 뭐, 혀를 뽑아요? 예?"

염라대왕의 형형한 눈빛이 그대로 그에게 못박혀 있었다. 침묵하는 염라대왕에게 성원은 소리쳤다.

"그, 비유가 너무 과한 거 아닙니까? 예? 아니, 이런 식으로 극단적인 가정을 해 가지고서는…… 아니, 이보세요, 가정이라고 말을 하세요, 좀. 사람을 진짜 어디 보낼 것처럼, 그렇게 눈을 부라리면 대체 나보고 어쩌라는…… 아니 좀."

성원의 목소리에 점차 떨림이 섞이기 시작했다. 옆에서 지켜보던 호연조차 마음이 조마조마했다. 혹시 진심이신가? 정말 어딘가에 처넣을 작정이신가? 호연은 진심으로 의심했다. 염라대왕이 내려다보는 그 눈빛이 너무나 두려웠다. 대화가 가능한 저승의 관료라는 이미지가 한순간에 날아갔다. 염라대왕은 염라대왕이었다. 저승의 지배자요, 사후의 심판자인 그 이름도 유명한 염라대왕.

시선과 존재만으로 공기가 무거워진 듯했다. 이것은 관료가 실무자를 보는 눈빛이 아니라, 판관이 죄인을 바라보는 눈빛이었다. 성원은 압박감에 짓눌렸는지, 결국 입을 닫고 염라대왕을 마주보기만 했다. 더는 맞서는 눈빛이 아니었다. 그 시선으로부터 도망치는 순간 사달이라도 날 것만 같은, 포식자 앞의 제물처럼 얼어붙은 시선이었다. 눈동자는 쉴 틈 없이 불안하게 떨리고 있었다.

한동안 성원을 위압적으로 응시하던 염라대왕은 깊은 숨을 내쉬고는 눈을 한 차례 감았다 떴다. 마치 스위치를 끈 것처럼, 사나웠던 시선이 다시 평안해졌다. 염라대왕은 한결 차분해진 목소리로 성원에게 말했다.

"……나는 이 저승에 오는 망자들이 그대와 같은 반응을 보이는 걸 원치 않습니다. 지옥의 혹형은 그래서 없어진 것입니다."

성원은 대답하지 못했다. 염라대왕이 물었다.

"그대는 그대에게 위협이 가해졌을 때 순응해야겠다고 마음먹었습니까?"

그 물음에 성원은 대답하지 않았다. 단지 자신을 바라보는 염라대왕의 시선을 피할 뿐이었다. 성원은 자존심이 크게 상한 듯, 고개를 옆으로 돌리며 작게 혀를 찼다. 하지만 더 이상 따져 묻지는 않았다. 염라대왕은 그런 성원을 향해 말했다.

"그대의 지적에 일리가 있음을 부정하지 않습니다. 그렇지만 내 의견을 묻는다면, 나는 그런 생각으로 저승에 임하지 아니하였습니다. 답이 되었습니까?"

"……."

성원은 침묵했다. 염라대왕은 호연 쪽으로 시선을 옮겼다.

"한편 내 의견과는 별개로, 나는 이 일을 담당한 망자들끼리 합의한 결론이 있다면 그대로 진행하기를 바라고 있습니다. 설령 내 의견과 그 결론이 상충되었더라도 나는 지지하였을 것입니다."

눈앞에서 벌어진 일을 보고 어떻게 반응해야 좋을지 난처했던 호연은 말을 고르고 고르다 간신히 대답했다.

"……감사합니다."

"감사할 필요는 없습니다. 나는 여러분에게 권한을 위임하였고, 여러분은 위임된 권한을 행사하고 있을 뿐입니다."

호연은 안도 섞인 한숨을 내쉬었다. 비록 염라대왕의 강압에 의해서였지만 어려운 고비를 하나 넘긴 듯했다. 호연은 발표를 재개하기 위해 조금 전 어디서 끊겼는지를 되짚었다.

그런데 전혀 예상치 못한 곳에서 목소리가 들려 나왔다.

"아뢰옵기 송구합니다만, 한 가지 의견을 드릴까 합니다."

호연은 뜨악해하며 바라보았다. 정상재 교수였다. 이전 회의에 들어올 때마다 늘 즐겨 앉던 정중앙을 피해, 소강당 가장 구석진 자리에 존재감 없이 앉아 있던 그가 손을 들고 있었다. 나성원 책임으로 모자라 당신이냐고, 방금 염라대왕의 그 눈빛을 보고서도 무슨 말을 꺼낼 생각이 나더냐고, 호연은 버럭 소리치고 싶은 심정이었다. 하지만 그렇게 냅다 고함을 치자니, 염라대왕의 반응이 두려운 것은 호연도 마찬가지였다.

혼란에 빠진 호연이 반응하지 못하는 사이, 염라대왕이 정 교수에게 발언을 허했다.

"정상재 망자는 말하십시오."

정 교수는 앉은 자리에서 공손히 고개를 조아리고 입을 열었다. 그 내용은 호연이 듣기에 조금 놀라웠다.

"……제가 생각하기에도 앞서 그룹에서 승인한 것처럼 잔인한 서술을 지양하고 아동문학의 기준에 맞게 작성하자는 의견이 매우 타당하다고 생각합니다."

호연은 잠시 자신이 제대로 들은 것인지 의심했다. 나성원 책임 또한 정 교수 쪽을 당황스럽다는 듯 쳐다보고 있었다. 아마도 자기 편을 들어 줄 것이라고 내심 생각한 모양이었다. 그런 좌중의 반응에 개의치 않는 듯, 또는 모두 감수하겠다는 듯 초연한 표정으로 정 교수는 말을 이어 나갔다.

"특히, 염라대왕 폐하께서 말씀하시는 것을 듣고 한 가지 두려운 가능성이 떠올랐습니다. 만약 저희가 저승을 지옥과 같이 죄를 지으면 끔찍한 형벌을 받는 장소로 묘사할 경우, 후대의 독자들이 볼 때는 수용하기 어려울 수 있다는 생각이 듭니다. 게다가 위험한 문건으로 인식할 우려마저 있습니다. 맥락을 모르는 이들이 읽을 때 고문과 형벌에 대한 묘사가 가득한 문건이라면, 금서로 지정하거나 폐기하는 것도 능히 상상할 수 있는 귀결입니다."

그 말을 들은 호연은 살짝 충격을 받았다. 호연의 입장에서 너무나 타당하게 느껴지는 의견이었다. 더욱이 전문가들이 내린 결론에 부합하면서도, 토론에서는 제대로 다루어지지 않은 지점이기도 했다.

그랬다. 작성 방향을 정하는 동안 망자들은 미래의 독자들이 지옥의 잔인한 모습을 쉽게 받아들이지 못할 것을 두려워했다. 하지만 그 서술 자체가 독자에게 위협이 되리라는 가능성까지는 상상하지 못했다. 단 한 발짝만 더 나아가면 떠올릴 수 있는 추측이었지만, 아무도 거기까지는 생각하지 못한 채 결론이 맺어졌다.

상상해 보면 정말 소름끼치는 상황이었다. 어렵사리 기록물로 남긴 신시왕경이 수천, 수만 년을 견뎌 마침내 누군가에게 읽히지만, 그 직후 소름끼치는 내용이라며 전부 폐기된다면. 그 모든 노력이 산산조각 나는 광경을 떠올리자 호연은 등골이 오싹해지는 것을 느꼈다. 동시에 그 방향으로 진행하지 않기를 잘 했다는 깊은 안도감이 몰려왔다. 선택하지 않은 길에 도사리고 있던 큰 함정을 새삼스럽게 발견한 느낌이었다.

정 교수는 이어서 나성원 책임 쪽을 바라보며 말했다.

"나 박사님, 제 의견에 많이 당혹스러우실 것으로 생각됩니다만, 아무쪼록 이 부분까지 고려하셔서 재고하여 주시기를 청합니다. 저희는 기록물을 생산하는 것은 물론, 오래도록 남겨 최대한 많은 이들에게 전해야 하는 입장입니다. 후대의 문명인이 보기에 아무나 읽게 두어서는 안 되는 잔인한 문서로 비추어지면, 소수를 위한 연구 자료로 전락하거나, 최악의 경우 분서焚書마저 당할 수 있는 리스크가 생깁니다. 이런 중대한 위험을 감수할 수는 없다는 생각이 듭니다. 조금 전 박사님이 겪으셨던 난처한 상황을 신시왕경의 독자들이 겪게 하는 것 또한 부당하지 않겠습니까?"

또박또박 말을 이어 가는 정 교수를 피해 곤란한 표정으로 다른 데를 보고 있던 성원은, 한참을 끙끙대며 고심하다가 결국 백기를 들었다.

"……아니, 그……예, 그런 부분을 걱정을 한다면 뭐, 그렇게 가야겠죠, 예……."

성원의 입에서 머뭇거리며 수긍의 말이 흘러나왔다.

호연은 어안이 벙벙해져 정 교수와 성원을 번갈아 쳐다보았다. 호연은 정 교수가 그룹의 업무를, 나아가 자신이 그룹을 이끌어 나가는 것을 방해할 거라고 예상했다. 예슬이 다른 연구로 빠져나가는 것을 은근히 독려한 것도 그 때문이었다고 여겼다. 하지만 가장 결정적인 순간에 합의된 의견을 지지하고, 맹점을 지적하며, 그걸 통해 가장 비협조적이었던 인원의 동의까지 끄집어 낸 것이다. 정 교수를 어떻게 바라보아야 할지 혼란스러워지는 호연이었다.

그때 염라대왕이 말했다.

"의견이 잘 조율되어 다행입니다. 그럼 이 건에 대한 토의는 이쯤에서 마무리하고, 채호연 망자는 보고를 속개해 주기 바랍니다."

토의 종료가 선언되었다. 호연이 마음의 동요를 살펴보고 있을 만한 여유는 주어지지 않았다. 어수선한 마음을 애써 달래며 호연은 헛기침을 한 번 해 목소리를 가다듬었다. 복잡한 생각은 조금 미뤄 두자고 되뇌며, 호연은 보고를 시작했다.

"다음은 작성 언어에 대해서 말씀드리겠습니다. 신시왕경은 한국어 초안을 토대로 한글판과 한자판이 각각 작성될 예정입니다. 한자로 옮길 때는 현대 중국어보다는 고문헌의 표현들을 더 우선할 예정입니다."

이곳에 모인 사람들은 모두 한국어 사용자였기에, 초안 작성은 당연히 한글로 쓰일 것이었다. 한자로 쓰인 책을 굳이 만들어야 하는지에 대한 토의가 이어졌는데, 만들어야 한다는 쪽이 우위를 점했다.

신시왕경을 굳이 경문으로 부른 이유는 원래의 시왕신앙 경전들과 교차 해독할 가능성을 남겨두기 위해서였다. 한자는 인류 문명이 남길 실물 기록 유산들 가운데 가장 큰 부분을 차지하는 것이거니와, 지상에 남아 있는 시왕신앙 관련 자료들 또한 대체로 한문으로 쓰여 있을 가능성이 높았다. 따라서 교차 해독을 하기 쉽게 하려면, 한자로 쓴 경전이 필요하다는 것이 결론이었다.

"한자로의 번역 작업은 아직 최종 원고가 나오지 않은 상태지만 바로 착수할 예정입니다. 교정 과정에서 수정되는 부분을 그때그때 번역에 반영하려고 합니다. 최종적으로 어떤 언어로 된 버전을 지상에 내려 보낼지는 기록물 생산 여건에 따라 결정할 예정입니다."

호연이 언어 체계에 대한 보고를 마치자, 염라대왕은 고개를 끄덕인 뒤 전문가 일동을 둘러보며 물었다.

"이에 대해서 이견은 없었습니까?"

그런 염라대왕의 반응을 보는 호연의 마음은 조금 복잡했다. 역시 조금 전의 사달로 신뢰를 잃은 것이 아닐까 노파심이 들었다.

침묵하고 있던 전오석 교수가 갑자기 손을 들었다. 예상치 못한 일이었기에 호연은 조금 당황했다.

"이견까지는 아니지만, 의견이 있습니다."

전 교수가 중후하고도 차분한 목소리로 말했고, 염라대왕이 발언권을 허락했다.

"말씀하십시오."

잠시 할 말을 고르던 전 교수는, 심호흡을 한 뒤 천천히 이야기하기 시작했다.

"한국어라고 말씀하셨지만, 내 입장에서 이 언어는 조선말입니다. 아시는지 모르겠지만, 북남이 떨어져 산 지 70여 년이 다 되었습니다. 이제 조선말과 남조선말 사이에는 호상간에 뚜렷한 차이가 있습니다. 이번 초안을 쓰는 과정에 단어나 표현을 선택할 때, 조선 문화어보다는 남조선에서 쓰이는 소위 표준어가 기준으로 된 점을 언급하지 아니할 수 없습니다. 특히, 미국 영향을 받은 영어 단어들이 남조선말에 너무 섞여 있다 보니, 가끔은 글의 내용을 내가 리해할 수 없지 않았겠습니까?"

전 교수가 꺼낸 말은 남북 언어의 차이가 존중받지 못한 데 대한 항의에 가까웠다. 호연은 아차 하는 마음이 들었다. 전오석 교수가 전문가 그룹에 합류하고 그를 편찬위원으로 위촉했을 때 그 걱정을 하지 않았던 것은 아니었다. 실제로 남북의 언어를 어떻게 조화시킬지 토의를 진행한 적도 있었다.

토의 결과 되도록 대한민국 표준어를 사용하기로 결정하였고, 전오석 교수도 그 시점에서는 별다른 이의를 제기하기 않았었다. 하지만 그가 그때부터 꾸준히 불만을 꾹꾹 눌러 오고 있었던 것은 호연이 미처 살피지 못한 부분이었다. 호연은 매우 송구스러워하며 전 교수에게 대답했다.

"아…… 그 점에 대해서는 제가 거듭 양해를 구하겠습니다. 결코 문화어를 차별하거나 배제하려던 것은 아니었습니다."

호연은 그렇게 말하며 전 교수에게 깊이 고개를 숙였다. 그러고는 남한 표준어를 중심으로 편찬하게 된 이유를 염라대왕 앞에서 설명하기 시작했다.

북한은 고립된 폐쇄 사회인 데 비해, 남한은 전 세계와 무역을 교류하는 시장경제 사회였다. 만약 문명이 멸망한 뒤 후대에 한글로 된 자료가 살아 남아 발굴된다면, 남한에서 생산된 자료일 가능성이 압도적으로 높았다. 그렇게 발굴된 자료와 함께 해석하게 된다고 가정하면, 언어적 다양성을 반영할 여지가 그리 많지 않았다.

"……그런 이유로 전 교수님께 다시 한번 깊은 양해를 구하고자 합니다."

거듭 고개를 숙이는 호연에게, 전오석 교수는 대답했다.

"량해하는 것이야 어렵지 않지만, 지금 채호연 동지가 이야기한 반론에는 중요한 것이 결격되어 있소. 필요에 의하여 그리하였다고 하여 배제가 아니게 되는 것은 아니지 않소?"

두려워하던 정곡이었다. 호연은 고개를 떨구었다.

"……네, 맞습니다."

전오석 교수는 기록물 생산 그룹에 속한 유일한 북한 출신이었다. 그가 평양문화대학의 교수로 재직하며 획득한 많은 문학과 역사, 동양학에 걸친 폭넓은 인문학적 소양이 이번 초안 작업에 큰 도움이 되었다. 그런 그를 두고, 전문가 그룹은 그의 언어를 비주류라는 이유로 부정한 셈이었다. 호연은 종종 그 사실이 마음에 켕겼고, 마침내 지적을 받고 나자 몹시 부끄러워졌다. 변명할 수 없거니와 변명하고 싶지도 않았다.

책임을 통감하고 고개를 떨군 호연을 가만히 지켜보던 염라대왕은, 시선을 돌려 전오석 교수에게 물었다.

"이에 대해 시정을 요구하는 것입니까?"

전오석 교수는 감정을 읽기 어려운 굳은 표정으로 대답했다.

"량해한다고 하지 않았습니까? 이제 와서 시정은 필요하지 않습니다. 미래의 문명인들에게 해독의 곤란함을 안기고 싶지 않다는 취지에는, 나 또한 공감하기 때문입니다. 실제로 탈고하는 과정에서 수정의 결과물을 모두 량보하지 않았겠습니까?"

전오석 교수가 양보하자 호연은 그저 송구스럽고 감사할 따름이었다. 그는 발언을 이어 갔다.

"그럼에도 불구하고 이러한 내용을 말하는 목적은, 하나, 이 자리에 모인 전문가 동지들이 이 점을 잊어버리지 말기를 바라는 것, 둘, 지상을 위한 기록물에는 남기지 못하더라도 이곳 저승의 일꾼 성원들이 이 사실을 기억해 주기를 바라는 것 때문입니다."

세번째를 말하기에 앞서, 전오석 교수는 잠시 침묵했다. 말을 꺼내기를 주저하듯 잠시 시선을 이리저리 돌리던 그는, 곧 결심했는지 입을 떼었다.

"……그리고 마지막으로, 사후에라도 스스로 정한 립장을 당당히 선언해 보고 싶었던, 사적인 리유가 있습니다."

그렇게 말하는 전오석 교수의 표정은 여전히 딱딱했지만, 입꼬리가 슬며시 올라가 있는 것이 보였다. 급작스럽게 합류한 멤버였기에, 호연은 그의 생전 배경에 대해 들은 적이 없었다. 하지만 직함과 태도로부터 짐작되는 것은 있었다. 문학과 종교에 대한 풍부한 이해를 가졌고, 조선로동당원 뱃지를 패용한 평양문화대학 교수.

어쩌면 소신껏 자기 뜻을 밝혀 보는 것이 그의 생전 소원이었을지도 모른다고, 호연은 생각했다. 전 교수의 양해에 마음 깊이 감사하며 호연은 마무리를 위해 배석한 다른 전문가들을 둘러보며 물었다.

"또 다른 의견이 있는 분 계실까요?"

이시영 비서실장이 손을 들었다.

"언어와 관련해서 한 가지 제안하고 싶습니다. 제가 이번 발할라 탐사에서 경험한 바, 망자들 간에 이야기를 나눌 때는 언어의 장벽이 없으나, 기록물은 언어에 귀속되는 것으로 보입니다."

그렇게 운을 뗀 시영은 곧바로 본론을 말했다.

"현재 소통하고 있는 생존자 그룹 중, 미국 항공우주국 관계자들이 있습니다. 구미권 무신론자 저승과도 교류가 이어지고 있는 상황입니다. 언제 이들에게 기록물을 제공해야 할지 모르니, 선제적으로 영문 번역을 준비해 두는 것이 어떨지 의견 드립니다."

시영의 제안을 들은 호연은 갑자기 시야가 확 트이는 느낌이었다. 여태 한국어로 쓴 기록물을 한자로 번역할지 정도만 고민했지, 기록을 해외로 보낼 생각은 염두조차 하지 않았었다. 왜 미처 생각하지 못했는지 스스로도 당혹스러울 정도였다.

"영어 번역…… 저는 찬성이에요. 후대 문명이 한문을 발굴해 읽을 수 있다면, 영어 자료도 발굴해 해독할 수 있지 않을까요?"

호연이 황급히 의견을 밝히자, 옆에서 연신 고개를 끄덕이고 있던 조 선임도 동의했다.

"네. 시왕경이라는 이름을 붙이고 시작한 것은 좋았는데, 그 이름 탓에 동양적인 시각에 매몰되어 있었는지도 모르겠네요."

전오석 교수도 고개를 끄덕이며 큰 이견이 없음을 내비쳤다.

주요 편찬위원들의 의견이 일치하자, 호연은 뒤이어 떠오른 의문을 꺼냈다.

"그런데 한자 번역은 전오석 교수님이 주도적으로 진행해 주실 예정이었는데요. 영어 번역은 그럼 어느 분께서 해 주시면 좋을까요……?"

새로 일을 추진하려면 능력을 지닌 전문가가 있어야 했다. 지금 모여 있는 전문가 그룹 사람들 가운데 가장 영어를 잘 할 법한 이는 나사에서 근무하던 홍기훈 박사였다. 호연은 내심 호응을 바라며 그를 바라보았지만, 기훈은 눈빛으로 난색을 표해 왔다. 그 반응을 본 호연은 아차 싶었다. 문화적인 서술은 책임질 수 없다며 편찬위원 자리를 고사하지 않았던가.

달리 영어를 능숙히 할 수 있는 사람이 없으면 자신이 어떻게든 해야겠다고, 호연이 비장한 마음을 먹던 그때였다.

"혹시, 제가 자원하여도 되겠습니까?"

정상재 교수가 말을 꺼냈다. 깜짝 놀란 호연은 눈을 휘둥그레 뜨며 되물었다.

"네? 교수님……이요?"

그 짧은 반응 속에서 호연은 엄청나게 갈등하고 혼란스러워야 했다. 그를 교수라고 불러야 한다는 생각과 부를 가치가 없다는 생각, 되묻는 자신의 말투가 너무 사납지 않은가 하는 걱정과 휘몰아치는 의구심까지. 서로 모순된 여러 생각들이 복잡하게 호연의 뇌리를 스쳤다.

그런 호연을 바라보며, 정 교수는 말했다.

"채호연 그룹장께서 저를 신뢰하기 어렵다고 느끼시는 것을 잘 압니다. 하지만 제가 잘 해 낼 수 있는 분야에 참여할 기회를 간청합니다."

호연은 놀랐다. 정곡을 찌른 것은 그렇다 치고, '채호연 그룹장'이라는 호칭에 순간 닭살이 돋을 정도였다. 본인이 회의를 주도하던 동안에는 꼬박고박 '채호연 학생'이라 부르며 은근슬쩍 얕잡아 보던 그가, 깍듯한 호칭을 써 가며 호연에게 인정을 갈구하고 있었다.

여전히 의심스러운 시선으로 정 교수를 바라보며 불안이 남은 목소리로 호연은 물었다.

"잘 해내실 수 있으신 건가요?"

질문을 받은 정 교수는 어떻게 말하면 좋을지 모르겠다는 듯 입술을 꽉 깨물었다. 그렇지만 그런 번민도 잠시, 정 교수는 입을 열었다.

"……자천自薦하는 상황이니 염치불구하고 말씀드리겠습니다. 저는 미국 유학생활 경험이 있으며, 현지에서 대학 교보校報 기사 작성과 편집에 참여하며 전공 분야 외에도 다양한 영문 에세이 작성 경험이 있습니다. 또한 국내에서는 다수의 교양서 집필에 참여하였으며, 이 중에는 역사나 문화에 관한 내용 또한 다수 있었습니다. 이 같은 배경 지식을 바탕으로, 단시간 내에 번역본을 낼 자신이 있습니다."

조목조목 자신의 경험과 전문성을 강조한 정 교수는, 이어 염라대왕 쪽을 한 번 바라보더니 다시 호연에게로 시선을 돌려 말했다.

"앞서 염라대왕께서는 벌을 내리지 않겠다 하셨습니다. 그런 제가 신뢰를 회복하는 길은, 기꺼이 도울 수 있는 일을 도움으로써 증명해 보이는 것밖에는 없다고 믿습니다."

그렇게 말하고선 정 교수는 호연 쪽을 향하여 깊이 고개를 숙였다. 정 교수의 이런 반응이, 호연은 조금 두려울 정도였다. 상상 속에서 정상재 교수가 모든 잘못을 뉘우치고 전면적인 반성과 협조를 약속하는 모습을 떠올렸을 때도 이렇지는 않았다. 너무 차분하고 진지하며 협조적이었다. 호연은 그에게 다른 꿍꿍이가 있는 게 아닌지 의심했다. 하지만 동시에, 그렇게 의심하는 자신의 마음이 너무 닫혀 있는 것이 아닌지도 의심했다.

조금 전 타당한 지적과 함께 나성원 책임의 계속된 항의를 잠재우던 모습이 다시금 생각났다. 정말로, 성의껏 협조할 생각을 굳힌 것이 맞나?

호연은 달리 생각해 보았다. 정상재 교수가 자원하고 나선 것을 묵살하는 경우, 다른 이에게 맡기는 게 타당할지 고민해 보았다. 영어에 능통한 기훈은 배경 지식이 부족하다며 고사 중이었다. 문화적 전문성을 지닌 이들은 많이 모여 있었지만, 그것을 영문화하는 작업에 쉬이 뛰어들 만한 이가 보이지 않았다. 여차하면 호연 자신이 나설 각오까지 했었지만, 쉬운 일이 되지 않으리라 예감했다.

정상재 교수는 본인이 주장한 것처럼 적절한 인선임은 분명했다. 미국 현지에서의 체류 경험과 영작문 및 문화적 교양지식에 대한 풍부한 이해. 일전의 생각하기도 싫은 불쾌한 일들만 없었다면, 흔쾌히 그에게 맡겼을 것이다.

고민 끝에 호연은 조심스럽게 정 교수에게 물었다.

"……잘 하실 거죠?"

정 교수는 그저 차분하게, 결코 서두르지 않는 태도로 대답했다.

"모두를 위해 좋은 결과물로 보답하겠습니다. 참여를 허락해 주십시오."

호연은 눈을 질끈 감았다. 아량이 있는, 대화가 통하는, 타인의 뉘우침을 기꺼이 받아들일 수 있는 이로 남고 싶었다. 말이 안 통하고, 철벽 같고, 남을 깔아 뭉개는 리더로 기억되고 싶지는 않았다. 그건 바로 이전에 자신에게 보여 준 정상재 교수의 모습이었다.

"알겠습니다……."

호연은 결심했다.

"염라대왕님, 영역본 작성은 정상재 망자에게 위임하고자 합니다."

호연은 가라앉은 목소리로 염라대왕 앞에 보고했다. 염라대왕은 그런 호연을 잠자코 지켜봤다. 결정에 대한 이유를 묻거나 이의를 제기하지 않았다. 단지 고개를 한 번 끄덕이는 것으로 호연의 결정을 존중할 뿐이었다.

"좋습니다. 여러분의 노고를 치하합니다. 앞으로도 진행을 잘 부탁합니다."

그 선언을 들으며 정상재 교수는 진심으로 감사하다는 듯 앉은 자리에서 고개를 숙이고 있었다. 호연은 제발 자신의 판단이 헛되지 않기를 기원했다.

*

COIL 세미나실. 오늘도 사후세계 대표들과의 간담회를 겸하는 비상연구계획ERP 브리핑이 예정되어 있었다. 첫날 제법 거창하게 벽에 붙여 놓았던 간담회 명칭은, 빠르게도 간소화되어 개최 두 번만에 세미나실 문 앞에 붙여 놓는 종이 한 장으로 조촐해졌다.

하지만 그렇다고 보고의 격이 떨어진 것은 아니었다. 나사의 마지막 생존자들이 생의 마지막 연구 결과를 나누는 자리였고, ERP의 책임자로 지명된 찬드라세카 박사는 에니스 최 센터장의 전폭적인 응원 속에 꾸준히 팀원들과 연구에 임하고 있었다.

"오늘자 COIL-ERP 브리핑을 시작하겠습니다."

찬드라세카 박사가 발표를 시작했다. 자리에는 센터장인 최 박사와, 시설관리 담당자인 피네건 박사를 비롯한 여러 연구원들, 그리고 COIL에 출입하고 있는 세 영혼이 자리하고 있었다. 수현과 페레이라 박사, 그리고 여우 가면을 쓴 사신이 브리핑을 청취 중이었다.

"지난 며칠간 ERP에서는 지상에 남아 있는 관측 장비 일부에 대한 원격 접속 및 제어 권한 확보에 성공했습니다. 다음은 확보된 관측 장비의 목록입니다."

프레젠테이션 화면에는 열두 곳의 광학 망원경과 세 곳의 전파 망원경, 그리고 두 곳의 실내 관측 장비 시설이 정리되어 표시되었다. 총 열일곱 곳. 소재지는 주로 미국 내가 많았지만, 캐나다, 남아메리카, 오스트레일리아에 위치한 것도 있었다.

지하에 갇힌 상황에서 재해 상황을 이해하기 위해서는 먼저 재해의 형태부터 파악해야만 했다.

"저희는 이 장비 중 일부를 이용해 알두스의 현재 상황과 블랙홀 제트의 영향 범위를 파악하고자 했습니다."

물론 장비의 제어권이 손에 들어 왔다고 손쉽게 할 수 있는 일은 아니었다.

"제어 권한은 확보했지만, 운용은 극히 제한적입니다. 현장에 인력이 없기 때문에 기계 제어가 가능한 범위 안에서만 관측 설비를 조정할 수 있습니다. 게다가 장비들이나 부속된 회로들이 언제 우주 방사선의 영향을 받아 손상될지 알 수 없는 상태입니다."

그렇게 불안하게 운을 떼자마자 바로 다음 화면에서 그 불안이 현실로 나타났다. 앞서 표시되었던 열일곱 곳의 목록 중 한 개가 삭제선으로 지워진 화면이 나타났다.

"장비번호 O-7번 천문대를 이용해 야간 천문 관측을 시도하였으나, 고에너지 감마선의 대량 유입으로 인해 관측 화상을 얻을 수 없음이 확인되었습니다. 또한 관측창을 연 결과, 방사선이 유입되어 제어 장비를 손상시켰습니다. 따라서 이 천문대는 아쉽지만 앞으로 사용 불가능하게 되었습니다."

원격 제어를 통해 동작시킬 수 있는 광학 망원경들은 관측 시설의 동작이 완전히 전자화된 천문대였다. 당연히 천체 영상의 촬영, 기록, 전송 과정 모두가 전자화되어 있었다. 전자 회로란 본래부터 외부에서 들어오는 강한 방사선에 취약한 물건이었다. 원자력 발전소 사고 현장에 투입한 디지털 촬영 장비가 잔뜩 노이즈 낀 영상만을 보내 오다 순식간에 망가져 버린 일도 있었다. 센서는 오작동하고, 메모리는 멋대로 고쳐지며, 회로는 타 버린다. 이번에도 마찬가지였다. 천문대의 관측 돔을 열고 망원경을 하늘로 향한 순간, 그 틈으로 쏟아져 들어온 방사선이 제어 회로를 전부 망가뜨려 버린 것이다.

앞서 예상하지 못한 일은 아니었으나 실제로 한 번은 확인해 볼 필요가 있었다.

"이로부터 알 수 있는 사실은, 알두스는 직접 관측이 불가능하다는 점입니다."

현재 알두스의 모습을 관측할 수 없다는 것은 적잖이 곤란한 일이었다. 당장 우주 방사선의 근원이 어떻게 생겼는지 알 방법이 없다니. 정말 블랙홀인지 아니면 다른 천문 현상인지도 확신할 수 없는 상황이었다.

하지만 그 밖에도 천문대를 이용해 관측할 수 있는 것들은 존재했다.

"다음으로는 블랙홀 제트가 영향을 끼치는 범위를 확인하고자 했습니다. 감마선 영향을 최소화하기 위해, O-4번 및 O-5번 광학 망원경을 활용해 주간 관측을 실시했습니다."

우주 방사선이 천문대를 망가트린다면, 알두스를 등지고 해가 떠 있는 동안에 관측하면 되는 것이었다.

영향의 범위를 판단하기 위해서는 태양계 내의 다른 행성들을 관찰하는 방법이 제안되었다. 만약 멀리 떨어진 태양계의 다른 행성이 마찬가지로 우주 방사선에 타격 받고 있는 모습을 보인다면 블랙홀 제트의 폭이 그만큼 넓다고 추정할 수 있다는 원리였다. 하지만 이 방법 또한 쉽지는 않았다.

"불행하게도 알두스를 등지고 관측할 수 있는 태양계 주요 행성이 없었습니다."

찬드라세카 박사가 표시한 화면에는, 지구보다 바깥에 있는 태양계의 다른 행성들이 전부 지구의 밤 방향에서만 관측할 수 있는 위치를 돌고 있는 그래픽이 나타났다. 연구 방법론이 다시금 좌초될 위기였지만, ERP는 다음 방법을 찾아 냈다.

"대신 우리는 태양을 공전하는 주요 소행성들을 관측하기로 하였습니다."

태양계에는 지구, 화성, 목성과 같은 큰 행성들 외에도 무수히 많은 작은 소행성들이 존재한다. 특히 화성과 목성 사이의 우주 공간에는 소행성대라고 불리는 공간이 존재해, 많은 소행성이 궤도를 이루어 태양을 공전하고 있었다.

일차 조사 대상은 소행성대의 소행성들이었다. 번호순으로 나열된 주요 소행성들의 위치가 표시되었고, 그중 대다수가 우주 방사선의 직격을 받아 빛나고 있는 것이 목격되었다. 방사선의 힘에 의해 표면의 먼지들이 떠오르며 반사도가 높아진 것이다. 하지만 놀랍게도, 소행성대의 일부가 영향권 바깥에 있었다. 정상으로 보이는 소행성들의 현재 위치를 태양계 지도 위에 표시하자, 분명한 경계선이 나타났다. 소행성 번호 4번 베스타^{Vesta}는 영향권 밖으로 판단된 데 비해, 근처를 돌고 있는 9번 메티스^{Metis}는 영향권이었다.

"이 경계선을 한계 지점 A로 명명합니다."

이차 조사 대상은 목성 궤도에 떠다니는 소행성들이었다. 거대한 가스 행성인 목성의 중력과 태양의 중력 사이에서 교묘한 균형을 이룬 소행성들이 목성의 공전 궤도상 라그랑주 점^{Lagrangian Point}에 몰려 있었는데, 이들을 '트로이 소행성군'이라고 불렀다. 트로이 소행성군은 다시 둘로 나뉘어, 목성보다 공전 궤도를 앞서가는 L4 라그랑주 지점에 있는 것들을 '그리스 캠프'로, 목성을 뒤따라가는 L5 라그랑주 지점의 것들을 '트로이 캠프'라 칭하고 있었다.

"그리고 반대편 한계 지점 B가 '트로이 캠프' 관찰 과정에서 확인되었습니다."

목성이 알두스 방향을 공전하고 있기 때문에 끄트머리의 극소수만을 관측할 수 있었지만, 소행성 1871번 아스티아낙스 Astyanax가 간신히 관측 범위에 들었고, 영향을 받고 있지 않음이 확인되었다.

"이 두 지점에서 알두스 방향으로 평행선을 긋게 되면 다음 그림과 같습니다."

영향권 밖으로 관찰된 두 소행성을 기준으로 직선을 긋고 두 직선 사이에 색을 칠해 채우자, 태양계를 관통하는 기둥과 같은 형태가 나타났다.

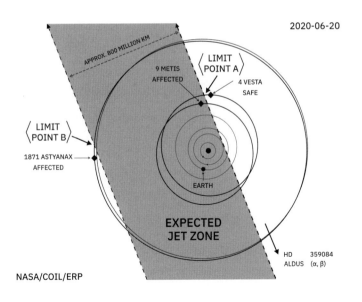

"이상이 블랙홀 제트의 추정 타격 영역입니다."

태양계 지도 위에 재해의 모습이 그려지는 순간이었다. 추정되는 우주 방사선 기둥의 폭은 대략 팔 억 킬로미터. 지구의 직경이 고작 12000킬로미터인 것을 생각하면 실로 압도적인 숫자였다. 그런데 막상 그 숫자와 모양을 목격한 수현이 처음 꺼낸 반응은 그 반대 방향이었다.

"생각보다 좁네요?"

분명 엄청난 넓이지만, 태양계 전체로 보면 오히려 좁은 편이었다. 블랙홀 제트가 휩쓸고 있는 영역의 폭은 최대치로 잡아도 목성 공전 궤도 지름의 절반 정도에 불과했다.

에니스 최 박사가 혀를 차며 탄식했다.

"정말 좁네. 거 조금만, 머리카락만큼만이라도 빗나갈 것이지."

피네건 박사도 신음을 흘렸다.

"그러게 말입니다……."

페레이라 박사도 고개를 가로저으며 애석함을 감추지 못했다.

"길 건너편에서 던진 바늘이 단추 구멍에 꽂힐 확률이군……."

이 방사선 기둥이 발사된 별인 알두스는 350광년이나 떨어져 있었다. 불과 몇백 분의 일 도 정도만 각도가 어긋났더라도, 블랙홀 제트가 지구는 물론 태양계를 스치는 일조차 없었을지도 모른다. 제트의 폭이 압도적으로 넓었다면 차라리 피할 길이 없었겠구나 하고 체념할 수 있었지만, 이렇게 좁은 제트에 공교롭게 직격당했다고 생각하니 괜시리 억울한 마음이 들지 않을 수 없었다.

하지만 이미 일어나 버린 불행한 결과를 애석해하고 있을 때가 아니었다. 찬드라세카 박사의 브리핑은 계속되었다.

"누적된 관측 및 시뮬레이션 결과로부터 두 가지 중요한 예측을 도출해 낼 수 있었습니다. 첫째로, 목성이 알두스와 블랙홀 제트를 가리는, '알두스 엄폐'가 일어날 것으로 전망됩니다."

멈춰 있던 태양계 지도 위에 있던 태양계의 각 행성들이 공전하기 시작했다. 어느 순간, 알두스와 목성과 지구가 일직선이 되는 순간이 나타났다. 화면에 나타난 두꺼운 블랙홀 제트 영역 표시에 아주 작은 그림자가 만들어졌다.

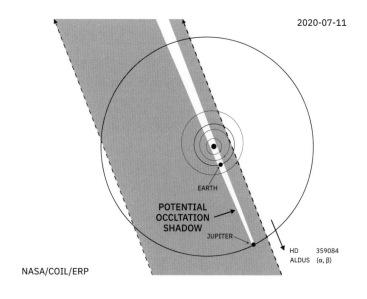

다시 화면이 전환되어, 가상으로 그려 낸 밤하늘의 별 지도가 나타났다. 그러자 하늘에서 알두스와 목성이 점차 근접하다가 목성이 알두스 앞을 가로막는 모습이 시뮬레이션되었다.

"그러면 무슨 일이 일어나나요?"

수현의 질문에 찬드라세카 박사는 슬라이드를 넘겼다. 복잡한 예측 계산이 따라붙었다. 목성의 직경, 목성의 자기장 크기, 방사선 회절의 영향, 지구-목성-알두스 간의 상대적 위치관계 등…… 그 결과를 요약해 찬드라세카 박사는 말했다.

"알두스에서 지구로 날아오는 제트가 조금 가려질 수 있습니다. 7월 11일 전후로 이틀 정도, 지상의 방사선 위험이 크게 줄어들 것으로 예상하고 있습니다."

요컨대 목성에 알두스가 가려진다는 것은, 마치 비 오는 길을 달려가다가 작은 우산 밑에 뛰어든 것과 같았다. 아주 잠깐이지만 치명적인 영향에서는 벗어날 수 있다는 의미였다. 그 뜻을 이해한 수현은 탄성과 함께 고개를 끄덕였다.

찬드라세카 박사가 화면을 넘기자 지구가 다시 공전하기 시작했다.

"둘째로, 몇 달 뒤 지구 공전 궤도가 블랙홀 제트를 벗어나는 기간이 존재합니다."

화면에서 지구를 나타내는 점은, 이제 블랙홀 제트를 나타내는 기둥 바깥에 찍혀 있었다. 자리한 전문가들로부터 일제히 탄성과 함께 웅성거림이 일었다. 하지만 보고될 내용을 이미

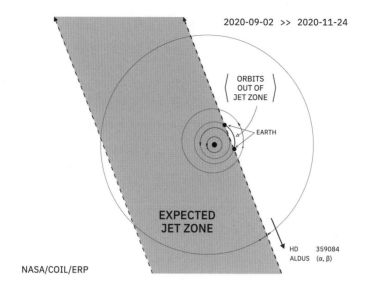

알고 있던 최 박사와 피네건 박사는 그저 심드렁한 표정이었다.

"다행이군요! 그럼 그때까지만 버티면……!"

페레이라 박사의 흥분된 목소리를 정중히 제지하며, 찬드라세카 박사가 부연했다.

"아니요. 그렇지만 그건 저희가 예측한 생존 가능 시기보다 뒤에 벌어지는 일입니다. 대략 9월 하순부터 11월 상순까지로 보고 있습니다."

COIL 내부 인원들의 생존 가능 시점은 8월까지로 전망되었다. 브리핑을 통해 이 소식을 지금 막 접한 연구원들의 표정은 허탈감과 실망감에 물들어 갔다. 최 박사는 담담하게 어깨를 으쓱하며 말했다.

"어쩔 수 없지 뭐. 그게 우리 운의 한계인 거지. 다들 너무 낙심들 하지 마. 어차피 그때 지상에 나가 봤자 전부 소득 당한 상태라 별로 득 될 것도 없을걸?"

찬드라세카 박사도 무덤덤한 목소리로 찬동했다.

"네. 앞서 보고 드렸듯이, 지상으로 진출한다 해도 생존을 장담하기는 어렵습니다. 참고 정보로만 알아 두십시오."

브리핑 발표 화면이 다시 바뀌었다.

"다음으로는 우주 방사선 타격으로 인한 장기적 영향을 살펴보겠습니다. 먼저 이대로 지구가 고에너지 방사선에 계속 노출된다면 대기가 소실될 수 있습니다."

방사선은 형체 없는 죽음처럼 추상적인 것으로 여겨지곤 하지만, 엄연히 빠르게 날아가는 고에너지 입자라는 실체를 가진 존재다. 그런 입자가 계속해서 쏟아지면 지구를 둘러싼 공기층을 물리적으로 벗겨낼 수도 있었다. 찬드라세카 박사는 마치 오물이 묻은 공에 호스로 물을 뿌린 것처럼 씻겨 나갈 수 있다며 섬뜩한 비유를 들었다.

실제로 화성의 대기가 희박한 이유 중 하나로 태양에서 뿜어져 나오는 우주 방사선을 막아 낼 행성 자기장이 너무 약하기 때문이라는 가설이 제기된 적도 있었다. 지구의 자기장은 태양의 방사선으로부터 대기를 지켜 낼 능력이 있었지만, 이번 블랙홀 제트에는 속수무책이었다. 그리고 공기층이 벗겨져 나가는 것은 단지 호흡이 어려워지는 데서 그치는 문제가 아니었다.

"대기가 소실되면, 만약 알두스의 블랙홀 제트로부터 벗어나더라도 태양이나 그 밖에 우주 천체로부터 들어오는 우주 방사선을 방어하는 장기적 보호 능력을 상실하게 됩니다. 수중 생태계에 해를 미칠 가능성이 있습니다."

그리고 나락은 거기서 끝나지 않았다. 화면이 바뀌자 더 엄청난 이야기가 나타났다.

"그리고 최악의 경우, 입자풍의 압력으로 인해 지구 공전 궤도가 뒤틀릴 가능성이 있습니다."

대기를 벗겨 낼 정도의 힘이라면, 태양을 공전하는 지구라는 행성 자체를 떠밀 수도 있으리라. 지구의 공전 궤도가 살짝 바뀌는 그래픽이 제시되었다.

"확실한 건가요?"

불안하게 묻는 수현에게, 찬드라세카 박사는 건조한 목소리로 답했다.

"아직은 모릅니다. 모든 가능성이 열려 있습니다. 별 문제가 없을 수도 있고, 지구가 태양으로 뛰어들 수도 있고, 화성이나 금성과 충돌할 수도 있고, 태양계에서 벗겨져 나갈 수도 있습니다. 더 이상 예측을 정교화하기에는 데이터가 부족합니다."

목소리는 딱딱하고 차분했지만 내용은 하나같이 충격적이었다. 곧 페레이라 박사가 물었다.

"최악의 경우에는 지구가 다시는 생명을 품지 못할 가능성도 고려해야 한다는 겁니까?"

"그렇습니다."

역시 차분하고 담담한 목소리였다. 페레이라 박사는 당혹스러워하며 수현을 바라보았다.

"아니, 그럼 기록을 남기려 하는 의미가……."

시왕저승에서 사후세계 기록을 남기려 하는 상황을 염려한 것이었다. 수현도 낭패감이 없지 않았지만, 그렇다고 잘못될 가능성만 걱정하며 가만히 있을 수는 없다는 생각이 들었다.

"……일단 저희는 할 수 있는 일을 다해 볼 생각입니다."

자신들이 바꿀 수 있고 해낼 수 있는 일이라고는 그것뿐이었다. 수현은 조금 고민하다가, 찬드라세카 박사에게 질문했다.

"혹시 지구가 아주 망한다면, 지구 밖으로 뭘 쏘아 보낼 수는 없습니까? 여러분들이 가진 장비로……."

"그건 제가 설명드리겠습니다."

시설 관리자인 피네건 박사가 손을 들고 답변권을 요청했다.

"우리가 확보한 것은 관측 장비에 대한 접근 권한뿐입니다. 그리고 우주로 발사체를 쏘아 보내는 것은 정말 고도의 작업입니다. 현장 인력 없이 원격으로 작업할 수 있을 리도 없고, 우리 연구진은 그런 걸 해낼 수 있는 전문 기술자들이 아닙니다. 우리에게 가능한 것은 관측, 연구, 그리고 생존입니다."

피네건 박사는 무리한 기대를 하지 말아 달라는 듯이 또박또박 설명했다. 수현은 수긍하고 고개를 끄덕였지만, 조금 실망스러운 것은 어쩔 수 없었다. 옆자리에 앉은 최 박사가 피네건 박사를 빤히 바라보았다. 그렇게까지 박정하게 설명할 것 있었 냐는 듯 힐문하는 표정이었지만, 피네건 박사는 설명해야 할 것을 설명했다는 듯 팔짱을 기고 의자에 기대어 앉았다.

찬드라세카 박사의 브리핑이 끝나고, 다음 순서는 저승 대표들의 차례였다. 수현이 시왕저승의 대응 상황 소개를 시작했다.

"저희 쪽에서는 한국에 있는 생존자들을 찾았습니다. 기록물 관련한 협조를 받을 수 있게 되었는데요. 지상으로 나가야 할 텐데, 알두스가 가려지는 날을 노리는 것이 맞을까요?"

자연스레 질문으로 이어졌다. 최 박사가 그 질문을 받아 토스했다.

"닥터 찬드라세카, 어떻게 생각해? 역시 그 편이 안전하지 않을까?"

찬드라세카 박사도 긍정했다.

"맞습니다. 만약 일정 시간 지상에서 일해야 한다면 알두스 엄폐 전후를 노리는 편이 낫습니다."

"시간대는 언제가 좋을지 정확한 방사선량 정보를 계산해 주실 수 있을까요?"

수현의 요청을 받은 찬드라세카 박사는 연구센터 책임자인 최 박사에게 시선으로 동의를 구했다. 최 박사는 고개를 끄덕이며 동의했다.

"좋은 아이템 아냐? ERP에서 한번 연구해 봐. 그걸로 논문 쓰면 인용지수 세계 넘버 원이야."

최 박사다운 막 던지는 농담이라고 생각한 연구원들은 다들 희미하게 웃음 지었지만, 최 박사는 뻔뻔한 건지 진지한 건지 모를 목소리로 이어 붙였다.

"농담 아니라니까? 저승에서 인용해 가면 그거 노벨상보다 대단한 업적이야."

주제에 대해 잠시 고민하던 찬드라세카 박사가 수현에게 부연 설명을 건넸다.

"······정말로 지상에서 다양한 활동을 하기 위한 자료라면 더 신중하게 접근할 필요가 있습니다. 지역별로 대기권의 현재 밀도가 균일하지 않을 수도 있습니다. 우선 추정치를 뽑아 놓고, 현지 정보를 반영할 수 있다면 조정하도록 하겠습니다."

"감사합니다."

시왕저승 쪽의 소개와 요청이 끝나고, 다음은 엘리시움 차례였다. 페레이라 박사가 조금 공교롭다는 듯 턱을 긁적이며 말했다.

"기록을 남기는 작업 말인데, 실은 우리 쪽에서도 시작했습니다."

수현은 조금 전 페레이라 박사가 당혹했던 이유가 이거였구나 하고 짐작했다. 시왕저승 쪽에 대한 염려도 물론 있었겠지만, 본인들도 비슷한 프로젝트를 시작했으니, 대기가 사라지네 공전 궤도가 비틀리네 하는 이야기들이 더욱 섬뜩했으리라.

페레이라 박사의 소개에 따르면, 엘리시움 학술원의 영혼들은 지상에 내려갈 수 있는 방법을 발견하자마자 북극해의 노르웨이 스발바르 섬으로 향했다. 생전에 그곳에서 근무한 적 있었던 노학자가 개인적으로 아는 생존자에게로 연결되는 길을 열어서 이승으로 내려가는 경로를 확보한 것이었다.

"아, 혹시 국제종자보관소를 찾아간 건가요?"

수현의 물음에 페레이라 박사는 고개를 저었다.

"아닙니다. 종자보관소의 지하 시설에는 상주 인원이 많지 않아요. 그만큼 유명하지는 않지만, 대신 스발바르 섬에는 다국적 비정부기구가 운영하는 세계문화기록보관소가 위치해 있습니다."

"뭐야, 그런 데가 있었어?"

들어 보지 못한 모양인지 최 박사가 의아해하자, 한 연구원이 설명했다.

"있습니다. 생긴 지 얼마 안 되었습니다."

계측 결과 연산을 담당하는 전산공학팀의 콜버트 연구원이었다.

"유네스코 지원과 기부금, 그리고 노르웨이 정부에서는 폐광 시설을 제공받아 운영되는데요. 딱 지금 같은 상황을 대비해 기록물을 보존하자는 목적으로 지하에 마이크로필름 기반의 기록물 보존 센터와 연구 센터까지 조성한 획기적인……"

"오케이, 고마워, 콜버트 연구원. 너 그런 거 좋아했지."

관심분야에 대한 해설이 폭발하려는 연구원의 대화를 조용히 잠재우고, 최 박사는 페레이라 박사에게 뒷이야기를 이어가도록 권했다.

엘리시움의 영혼들이 보관소에 도착했을 때 직원들은 재해 상황을 확인하고 내부 자료 보존을 위해 시설을 밀폐한 상태였다. 외부와의 연락이 모두 끊기자 이들은 상당 시간 고민한 끝에 전원 존엄사하기로 결정한 상태였다. 그러기 위해 기록물 처리용으로 사용되는 불활성 가스를 반출하려던 차에 엘리시움의 영혼들이 격벽을 뚫고 들이닥쳐 성급한 결정을 저지했다고 한다.

그 뒤 현지에서 가진 토론 끝에, 운영한 지 1년이 채 지나지 않은 보관소에는 아직 충분히 많은 기록물이 보존되지 못한 것이 드러났다. 이에 사후세계의 도움을 받아 종교적 사후관을 담은 기록물을 추가로 만들어 보존하는 방법이 채택된 것이었다.

"사실 그래서 아까 좀 많이 놀라긴 했습니다만."

페레이라 박사는 심난하게 한숨을 쉬었다. 수현의 짐작대로였던 모양이었다. 수현은 질문했다.

"그러면 어떤 기록물을 남길 생각이신가요?"

"그렇지 않아도 그것에 대한 제안이 있습니다."

페레이라 박사는 기다렸다는 듯 설명을 시작했다.

"엘리시움 학술원에서는 엘리시움을 포함해 가능한 한 많은 사후세계의 기록을 남기기로 결정했습니다. 시설의 취지는 물론 우리 엘리시움의 존재 의의를 고려해 종교적 의미로서가 아닌 문화적 기록물로서 말입니다."

스스로 종교로 행세하지 않고 다른 신앙의 사후세계까지 폭넓게 기록함으로써, 무신론자들의 사후세계를 기록으로 남기면 종교가 되지 않겠느냐는 모순을 절충하려는 모양이었다.

"엘리시움 도서관의 모든 자료와 학술원 멤버들의 학식을 총동원할 예정이지만, 이곳에 모여 있는 여러분께도 부탁을 드리고 싶습니다. 먼저 최 박사님."

페레이라 박사가 수현이나 여우 가면 사신에 앞서 자신을 부르자, 에니스 최 박사는 조금 놀란 듯 되물었다.

"응? 우리? 저쪽 말고?"

"네. 혹시 COIL 내부에 도서관이나 인터넷 백업 서버가 있습니까?"

"도서관은 있긴 한데 원하시는 자료가 있을지는 모르겠는데."

최 박사는 고개를 갸우뚱거리며 생각에 잠겼다. 그때 조금 전 발언했던 콜버트 연구원이 다시 손을 들고 발언했다.

"저, 혹시…… 위키백과라도 괜찮습니까?"

"콜버트 연구원, 인터넷은 단절되었습니다만."

피네건 박사의 면박에도, 콜버트 연구원은 주저하며 하려던 말을 이어 갔다.

"아뇨, 그게······ 실은 제가 취미생활로 위키백과 크롤링 Crawling 서버를 굴리고 있었거든요."

"뭐라고요?"

그 대답을 듣고 피네건 박사는 깜짝 놀랐다. 시설 안에서 사적 목적의 서버를 운영했다고?

크롤링 서버란 것은 인터넷상의 정보를 수집해서 저장해 놓는 용도인데, 위키백과를 대상으로 했다면 COIL 시설 내에 위키백과의 사본을 만들어 놓은 셈이었다. 하지만 그렇게 사본을 만들어 놓기 위해서는, 당연하지만 상당한 저장 공간과 통신 용량을 지속적, 주기적으로 소비하게 된다.

"콜버트 연구원, 개인의 취미생활을 위해 전산시설과 대역폭을 유용하는 것은 횡령 행위입니다!"

피네건 박사의 꾸짖음에, 콜버트 연구원은 항변했다.

"아닙니다! 허가 받았어요!"

"누구에게 무슨 허가를 말입니까?"

당황한 콜버트 연구원은 대답할 말문이 막힌 듯 황급히 손으로 최 박사를 가리켰다. 피네건 박사가 경악하는 얼굴로 돌아보자, 최 박사가 고개를 끄덕였다.

"응. 서버실에 자리도 만들어 줬었지."

"닥터 최! 대체 무슨 이유로 그런······."

참 예측하기 어려운 상사이자 동료였지만 피네건 박사는 도저히 익숙해지기가 힘들었다. 하지만 최 박사는 진지했다.

"뭘 걱정하는지 알겠는데, 장비는 자기 돈으로 사고 통신은 유휴 대역폭만 쓰기로 각서도 받았거든? 사무실에 가면 그때 허가 서류도 남아 있을 거야. 그리고 취미생활이긴 하지만 분명히 실용적인 명분은 있었어. 명목이 아마 '재난시 인터넷 단절 상황에서 비상 지식 공급원으로 사용하기 위함'이었을 텐데."

콜버트 연구원은 맹렬히 고개를 끄덕였다. 최 박사는 싱긋 웃으며 말했다.

"목적에 딱 맞고 좋네?"

피네건 박사는 한숨을 내쉬었다. 각서의 내용대로라면 횡령으로 보기 어려울 수도 있고 지금 이런 상황에서 도움이 되는 것도 맞지만, 상당히 즉흥적으로 일을 처리하는 최 박사의 성격은 좋은 의미로든 싫은 의미로든 도무지 적응이 되지 않았다. 체념한 피네건 박사는 양손을 들어 보이며 물러섰다.

"……문제없고, 예, 위키백과 사용 가능합니다."

"감사합니다. 많은 도움이 되겠습니다."

페레이라 박사가 쓴웃음을 지으며 감사의 뜻을 표했다. 이어 그는 좌우를 돌아보며 다른 사후세계의 대표들에게 물었다.

"그래서 두 분께서는……?"

수현은 기다렸다는 듯 대답했다.

"저희는 기꺼이 협조해 드릴 수 있습니다. 이미 추진 중이었는걸요. 기록물 초안이 완성되는 대로, 영어로 번역해 전달해 드리겠습니다."

때마침 선제적으로 영어 번역에도 착수한 차였다. 또 준비가 되면 엘리시움이나 COIL 쪽에 인수를 타진하는 것도 비서실에서 이미 검토 중이었다. 엘리시움이 이미 기록물 관련 계획을 추진 중이라면 이보다 더 좋을 수는 없었다.

한편, 황천에서 온 여우 가면의 사신은 미동도 없이 서서 즉답했다.

"관심 없다."

제안자인 페레이라 박사는 물론 지켜보는 이들마저 무안할 정도로 단호했다. 페레이라 박사는 너무나도 단호한 거절에 오기가 생겼는지, 사신을 거듭 설득하기 시작했다.

"음, 일본이라면 수많은 신과 신화의 나라가 아닙니까? 남길 수 있는 기록물이 참 많을 텐데요."

듣고 있던 에니스 최 박사도 한 마디 거들었다.

"꼬박꼬박 와 줘서 감사하기는 한데 그쪽 분은 좀 대하기가 많이 껄끄럽다는 거 알고 있죠? 협조 좀 하면 어때요?"

곧이어 수현까지 나서서 사신을 설득했다.

"사신님, 이 제안에는 응하시는 편이 좋습니다. 저희나 엘리시움은 스스로 기록을 남길 방법을 찾고 있지만, 이대로는 소실될지도 모르는 일본 저승의 기록을 남겨야……."

아니, 설득이라기보다는 도발이었다. 수현은 이 분위기를 틈타 지나치게 과묵하고 비협조적인 황천 측을 살짝 떠 볼 생각이었다. 자존심 강한 이들이니 살짝 무시하듯 말하면 성을 내리라. 그리고 수현의 생각은 적중했다.

"그럴 일은 없다."

가면 뒤의 표정은 알 수 없었지만, 조금 상기되고 빠른 템포의 목소리로 대답이 돌아왔다. 그리고 사신의 이번 대답은 단답으로 끝나지 않았다.

"팔백만 신들의 통일된 의견에 따라 일본 간토 지방 산간 지하의 중성미자관측소와 논의를 나누고 있다. 그러니 당신들은 신경쓰지 않아도 된다."

발끈했는지 짤막하게 던진 말이었지만, 많은 정보값을 가진 말이었다. 일본 측에도 생존자 집단이 있고, 그들도 지하 연구소에 고립되어 있으며, 아마 사후세계 기록물의 보존과 관련된 모종의 논의를 진행하고 있는 듯했다.

페레이라 박사는 서운한 목소리로 여우 가면의 사신에게 따졌다.

"아니, 그렇다면 왜 이야기하지 않은 겁니까? 우리들이 스발바르와 소통에 성공하기까지 얼마나 애를 썼는데…… 우리 기록물을 그쪽에 나눌 수도 있으니 협력하지 않겠습니까?"

그러나 사신은 아직 화가 덜 가라앉은 듯 빠른 목소리로 단호하게 대답했다.

"우리는 우리 나름의 방식이 있다. 도움은 필요하지 않으며, 우리가 도울 힘도 없다. 많은 어려움을 겪었지만, 우리는 스스로 미래를 결정할 것이다."

역시 행간에 많은 내용이 담겨 있었다. 황천의 팔백만 신들은 다른 저승 또는 지상 생존자들과의 협력에 딱히 적극적이지 않다는 점, 그리고 일본 생존자 그룹의 역량에 한계가 있다는 점. 어려움을 운운한 것은, 제한된 역량으로 인해 이미 곤란한 상황을 겪었음을 짐작하게 했다. 문제를 더 키우고 싶지 않아 보였다.

수현과 페레이라 박사는 서로를 돌아보았다. 수현은 살며시 고개를 저었고, 페레이라 박사는 고개를 끄덕였다. 저쪽과 전혀 이야기가 통할 조짐이 없으니 이쯤 하자는 의미가 눈빛만으로도 통했다.

"……그럼 여러분들의 협조를 기대하고 있겠습니다."

페레이라 박사는 수현과 COIL 연구진들을 차례로 바라보며 말했다.

＊

예슬은 처음 시왕저승 기록물 논의를 위해 모였던 선명칭원의 회의실에 다시 와 있었다. 장소는 같았지만 이전과는 다른 망자들과 함께였다. 회의실의 문 앞에는 '포교 연구 그룹'이라고 적힌 임시 간판이 세워져 있었다.

예슬이 사후 개종 문제를 연구하도록 지목된 뒤, 시영은 수현으로 하여금 예슬과 연구 추진 방향을 협의하도록 했다. 수현은 비서실의 믿음직한 관원들 몇 명을 데려와서 구상을 도왔다. 함께 여러 가지를 고민한 끝에, 생존자들을 통해 한국어 성경을 확보해 모두에게 가르친다는 계획이 채택되었다.

연구 그룹의 명칭은 처음에는 '사후 개종 연구 그룹'이라 붙였다가, 너무 강한 단어나 특정 종교색이 드러나면 예비 참가자에게 거부감을 유발할 수 있다는 우려가 제기되어 몇 차례 수정되었다. '성경 연구 그룹'과 '기독교 연구 그룹'을 거쳐, 최종적으로 결정된 것이 '포교 연구 그룹'이었다.

현재 유입된 망자들 가운데 기독교에 관심 있는 이들을 모으는 업무도 비서실 주관으로 추진되었다. 처음 모인 이들은 재해로 유입된 망자 그룹 선두에서 모집된 희망자들이었다. 예슬은 이들을 모으기 위해 현장의 관원들이 발로 뛰며 수소문을 했다는 이야기를 전해 들었다.

막상 일이 시작되자, 예슬은 이래도 되나 싶은 마음에 내내 불안했다. 하지만 정말로 계획이 본 궤도에 올라 뜻을 함께할 망자들이 모여들었고, 이제는 이것이 운명이라고 믿고 나아가야 했다.

회의실의 연단에 선 예슬은 목청을 가다듬고 포교 연구 그룹의 첫 모임의 문을 열었다.

"안녕하세요. 먼저 이처럼 곤란한 상황에 어려운 결정을 내리시고, 또 이렇게 모여 주셔서 진심으로 감사드립니다."

인사말을 건네자 모여 앉은 망자들 사이에서 떨떠름하고 어색한 박수가 흘러나왔다. 분위기를 좀 더 유하게 할 필요가 있어 보였다. 예슬은 적당한 질문을 던져 모여 앉은 이들의 말문을 열어 보려 했다.

"일단 각자 어떤 이유로 오시게 되었는지 이야기를 나눠 볼까요? ……저는 가족들이 전부 신자였고, 저 자신도 어렸을 때는 그랬구요……."

담담한 목소리로 예슬은 자신의 가족들과 동생 예은에 대한 추억을 짤막하게 이야기했다.

"저 빼고 부모님하고 여동생은, 정말 꼬박꼬박 교회를 잘 나갔어요. 저는 처음에는 공부가 바빠서 그 핑계로 주일에 안 나가기 시작하다가…… 그냥, 좀 마음이 떠나 버렸어요. 그렇게 안 나가도 하나님이 봐 주시겠지, 그렇게 생각했던 것 같아요."

그다음으로 해야 할 말은 예슬 스스로에게 너무나 아픈 지점을 지나는 이야기였지만, 이 자리에서 모두에게 꼭 밝히고 싶은 이야기이기도 했다.

"……그러다가, 여동생이 죽었어요. 가족 다같이 피서를 갔다가, 급류에 휩쓸려서 그만."

예슬은 눈을 질끈 감고 이를 한 번 악문 뒤에 모두를 향해서 말했다.

"예은이만 휩쓸린 것도 아니었어요. 여러 명이 같이 떠내려갔고, 또 그걸 구해 주시겠다고 뛰어든 분들도 여럿 계셨어요. 운명이 엇갈렸죠. 구해 나온 분도 있고, 다른 분을 구하려다가 돌아가신 분도 계시고…… 예은이는 업혀 나오긴 했어요. 하지만 눈을 뜨지 못했어요. 그리고 그 이후로 저는…… 교회를 안 나갔어요."

이것은 예슬이 잃어 버린 신앙에 대한 고백이었다.

"나가기가 힘들었어요. 예은이 생각이 너무 나서."

신앙을 회복하려면 그 고백을 나누는 것에서부터 시작할 수밖에 없다고 예슬은 생각했다.

"……그래도 죽으면 예은이를 만날 수 있을 줄 알았어요. 만나서 보고 싶었다고, 미안하다고 하고 싶었어요. 왜 그렇게 일찍 데려가셨느냐고 하나님께 묻고 싶다고 생각하기도 했어요. 그런데 지금 이렇게, 염라대왕이 계시는 곳으로 와 버렸으니까요."

동생의 뒤를 쫓아 보려는 마지막 시도 같은 거라고, 예슬은 모여 앉은 이들에게 설명했다. 울컥하는 마음과 미어지는 마음으로 가득했지만, 울음은 나오지 않았다. 곱씹듯이, 토해 내듯이, 하지만 담담하게 예슬은 말했다.

예슬이 그렇게 자신의 깊은 마음을 고백하고 나자 비로소 망자들도 하나 둘씩 입을 열기 시작했다. 중년 남성 한 명이 툭 던지듯 입을 열었다.

"……그 마음 이해합니다. 나는 마누라가 몇 년 전부터 교회를 다녔는데, 죽고 보니 만날 수가 없어졌지 뭐요. 내가 그쪽으로 따라가야 맞지 하는 생각에, 이렇게 와 봤습니다."

남성은 그렇게 말하고는 얄궂다는 듯이 웃었다.

"생전에 교회 같이 나가자고 그렇게 말을 해도 내가 들을 생각이 없었는데, 이렇게 길이 엇갈리고 나니까 갑자기 가슴에 사무치는 겁니다. 믿으랄 때 믿을 걸. 그렇다고 이게 믿는 사람의 태도가 맞는지는 모르겠습니다. 그래도 기회가 있다면, 내가 그쪽으로 가고 싶어서 그래요."

그 말을 듣고 있던 중년 여성이 고개를 크게 끄덕거리더니 말했다.

"아저씨네 사정이 나하고 아주 똑같네요. 우리 집에는 아들이 대학 선배 따라서 저기, 강남 어디 있는 큰 교회 가더니 너무 마음이 좋다고, 아버지까지는 데려가더라고요. 나는 이 나이 먹고 그런 데 가기 민망하다고 막 그랬는데…… 이제 와서 후회가 되는 거 있죠."

그 말을 듣고, 조금 전 자기 고백을 한 중년 남성이 솔깃한 표정이 되더니 물었다.

"저기, 강남에 큰 교회라고 하셨는데 혹시 역삼동 바른은혜교회는 아니지요?"

그러자 중년 여성이 화들짝 놀랐다.

"세상에, 거기에요!"

그러자 중년 남성은 너털웃음을 짓더니 말했다.

"아니, 세상에, 그러면 선생님 댁 가족들하고 우리 집사람하고는 같은 데 모여 있겠네요!"

"그러게나 말이에요,"

서로 전혀 모르고 있던 뜻밖의 인연을 발견하게 되자 화기애애한 분위기마저 감돌았다. 그 모습을 보고, 다른 참가자들 또한 주저를 마치고 자기 소개를 이어 나가기 시작했다. 그중 가장 많은 유형은 예슬처럼 기독교를 신앙했던 가족 친지들을 그리워해서 사후에라도 함께하고 싶어 찾아 온 이들이었다.

"……저는 언니가 성당을 다녔었어요. 따라서 천국에 간다는 생각보다는 그냥 한번 얼굴이라도 볼 기회가 생길까 해서 와봤어요."

"나는 시집 간 딸내미가 그 집안하고 다같이 교회 다닌다고 들었거든요. 그래서 여기, 우리 남편도 데리고 와 봤어요. 따로 믿는 종교도 없었던 우리가 그쪽으로 같이 가야 하지 않을까 생각해서요."

또한 예슬과 마찬가지로 생전 의식하고 있던 신앙과의 불일치를 경험한 이들도 있었다.

"저는 스스로 기독교인이라고 생각했는데 이런 데로 와 있어서요. 여기 관리하는 분들이 잘 안내해 주시고 챙겨 주신 건 알겠는데…… 그래도 제가 있을 장소가 아니라는 생각이 계속 들어요. 이런 모임에서 참가자를 모은다는 이야기가 돌길래 왔어요. '아, 늦지 않았다'는 생각이 들더라고요."

"나도 마찬가지예요. 내가 그래도 주일마다 교회는 꼬박꼬박 나갔다고 생각하는데, 이런 데로 뚝 떨어지니까 좀 어이가 없더라고요. 뭐가 문제였는지 아직도 모르겠다니까요. 아니, 메탈 좋아하는 게 잘못이에요? 염라대왕 나오는 만화 좀 본 게 잘못이냐고요?"

입교자 모집 홍보를 보고 다양한 차원에서 흥미가 동해서 찾아온 이들도 있었다.

"솔직히, 저승길이 너무 빡세더라고요. 저는 여기 분들이 일을 잘 하는지도 전혀 모르겠고…… 이 모임에 간다고 하면 차로 모시러 오더라고요. 그래서 조금 편하겠다 싶어서 와 봤어요. 그런데 다들 생각보다 진지하셔서…… 그냥 앉아 있어도 되죠? 배워는 보고 싶어요."

"저는요, 가능성의 탐구를 아주 좋아하는 사람입니다. 사후 세계가 존재한다는 게 얼마나 멋집니까? 그런데 여기서 새로 종교를 받아들일 수도 있다는 걸 들었을 때, 이건 대박이다 하는 생각이 들었죠. 제 삶의 마지막을 채워 주는 끝내주는 도전이 될 거 같아서 왔습니다."

그리고 어디선가 정말 예리한 소문을 듣고 찾아 온 이도 있었다. 한 십 대 여자아이가 내내 예슬을 빤히 바라보고 있다가 불쑥 말했다.

"저는 저승 다 망한다는 소문 듣고 왔어요."

예슬은 잠시 가슴이 철렁했다. 예슬은 조심스럽게 물었다.

"그런 소문이…… 돌고 있나요?"

여자아이는 고개를 끄덕였다.

"네. 업관인가? 거기 지나갈 때 여기 관리하는 분들이 수군거리는 걸 우연히 들었거든요. 이승에 있는 사람들이 곧 다 죽어서, 여기 저승도 언제 어떻게 될지 모른다고. 그래서 갈아타려고 왔어요. 천국은 영원하지 않을까요?"

또박또박 말하는 내용이 상당히 똑똑하게 상황을 관통하고 있었다. 예슬은 그 이야기를 들은 입교자들의 눈치를 살폈다. 혹시 이 저승이 무너진다는 말에 동요하는 이가 없을지 걱정되었다. 하지만 예슬의 생각보다 모인 이들은 동요하지 않았다. 이런 사정 저런 사정, 마음먹은 계기는 다양했으나, 모두들 이곳 시왕저승에 큰 미련을 가지지 않았기에 이 모임의 문턱을 넘을 수 있었을 것이다.

예슬은 조금 안도하며 조금 전의 여자아이에게 답했다.

"……네, 저도 그럴 거라고 믿어요. 천국은 영원하리라고."

그 답을 들은 여자아이는 샐쭉하니 웃으며, 앞으로의 일을 상당히 기대하는 듯한 눈빛으로 자세를 고쳐 앉았다.

예슬은 모여 앉은 이들을 다시금 둘러보면서 각자가 밝혔던 사연을 마음속에 새겼다. 모인 이들 중 열 명이 헤어진 가족을 그리워하는 이들이었고, 일곱 명은 스스로를 저승을 잘못 찾아온 기독교인으로 정의하는 이들이었으며, 여섯 명은 흥미로 찾아 온 이들이었고, 사후세계 운명에 대한 소문을 듣고 전략적으로 찾아 온 한 명이 있었다.

예슬은 심호흡을 하고 성서를 들어 보였다. 한국에 남아 있는 지상 생존자 그룹에서 소각해 저승으로 올려 보낸 물건이었다.

묵직한 개역개정판 성경전서는 밑면에 '군용'이라는 도장이 찍혀 있었고, 표지에 '입교자용'이라는 안내가 쓰여 있었다. 성경의 원문과 함께 해설을 실어 놓아 누구의 도움도 없이 교리 공부를 해야 하는 이 상황에서는 가장 바람직한 판본이었다.

"이곳 포교 연구 그룹에서는 이 성서를 활용해서 기독교에 대한 교리 공부를 하려고 합니다."

예슬의 선언에 빠르게 질문이 나왔다.

"질문이 있습니다. 여기 모여서 배우는 교리가 천주교입니까 개신교입니까?"

생전에 자신이 기독교인이라고 믿고 있었다던 이들 중 하나였다. 예기치 못한 질문에 예슬은 잠시 고민했다. 자신은 개신교 가정 출신으로, 가족들은 장로교회를 다녔었다. 하지만 꼭 개신교라야 할까? 만약 개신교 방향이라고 말하면, 가톨릭을 기대한 이들을 실망시키게 되지 않을까? 하지만 조금 더 생각해 보자 여기서 배울 교리가 가톨릭이라고는 말할 수 없는 이유가 떠오르기 시작했다.

"어, 그게…… 아마도 개신교가 될 거예요. 가톨릭 교리에 따르려면, 사도전승에 따라 자격이 있는 신부님께 세례를 받아야 하잖아요? 지금 여기에 신부님을 모실 수는 없어서요. 성경을 읽고 교리를 배워서 그리스도교인이 되는 방향이니까 개신교 쪽에 가까울 거예요."

예슬이 이유를 정리해 설명하자, 다들 고개를 끄덕거리면서 납득하는 분위기였다. 예슬은 조금 안도했다. 콕 집어서 가톨릭으로 입문하려는 이들이 만약 있었다면, 그게 사후에 왜 어려운지도 이해하리라. 방향도 확실히 정해졌으니 예슬은 본격적으로 성경 공부를 시작하고 싶었다.

"조금 전에 이야기해 주신 분이 계셨는데요. 이곳 저승이 버틸 수 있는 시간이 앞으로 그리 길지 않습니다. 대략 오십 일 정도 남았다고 보시면 될 것 같아요. 그래서…… 짧은 시간 안에 가장 핵심적인 교리를 중심으로 빠르게 배워나가야 할 것 같아요."

그렇게 운을 떼며, 예슬은 준비된 화이트보드에 기독교 교리의 핵심 개념들을 기억나는 대로 적어 나갔다. 주기도문, 사도신경, 삼위일체, 십계명…….

"주기도문을 말씀드렸는데요. 주기도문은 예수 그리스도께서 하나님께 바치는 기도의 형태는 이렇게 해야 한다고 정해 주신 내용이에요. 어떻게 시작하냐면요……."

예슬은 이 자리의 강사이자, 어쩌면 목사로서, 주기도문을 제대로 외우는 모습을 보여 주면서 배움의 시작을 열고 싶었다. 어릴 때 교회에 다니면서 수시로 외웠던 문장이고 지금도 뇌리에 선명히 떠오른다. 시범을 보이기 위해, 예슬은 입술을 떼었다.

"전능하사, 천지를 만드신 하나님 아버지를 내가 믿사오며……."

그리고 첫 줄을 읽자마자 예슬은 자신이 첫 단추를 완전히 잘못 꿰었음을 깨달았다.

이대로 읽으면 동정녀 마리아와 본디오 빌라도가 나온다. 이건 주기도문이 아니라 사도신경이었다. 그럼 주기도문은 뭐였더라? 주기도문도 첫 줄에 하나님을 찾고 시작하지 않던가? 어떻게 시작하더라? 어릴 때 외웠던 문장이었지만, 한편으로 조금 머리가 크고 나서는 한 번도 외우지 않았던 문장이었다. 예슬은 당혹감에 이어, 낭패감을 느꼈다가, 곧 스스로에 대한 씁쓸한 연민을 느꼈다. 이러니까 예은이도 부모님도 따라가지 못하고 시왕저승으로 왔지.

성경전서의 표지를 넘기자, 다행히도 주요 기도문을 발췌한 내용이 맨 앞에 수록되어 있었다. 마태복음 6장에서 발췌한 주기도문을 보다 보니, 기억이 서서히 되돌아오기 시작했다.

예슬은 회의실에 모인 이들을 둘러보며 말했다.

"……여기 모이신 여러분들께서 신앙을 새로이 하시려는 이유는 저마다 다를 거예요."

기도문을 읽기에 앞서서, 예슬은 모두와 이 감정을 공유하고 싶었다.

"저는 믿고 싶어요. 그 이유가 진실하다면, 분명 하나님께서 알아 주실 거라고."

절반은 고백이고, 절반은 당부인 말. 모두가 예슬을 지켜보는 가운데, 예슬은 성경전서 강독을 시작했다.

"함께 읽어 보죠."

*

솔개부대 회의실. 박인영 대위 및 두 명의 부대원을 혜영이 다시 마주앉았다.

"7월 11일 전후로 '알두스 엄폐'가 일어납니다."

며칠만의 대면 자리. 혜영은 가장 중요한 이야기부터 꺼내기로 마음먹었다.

"엄폐라니, 무슨 뜻이지?"

"우주 방사선이 그 앞을 지나가는 목성에 가려지는 것을 말합니다."

되묻는 인영에게 혜영은 짤막하게 대답했다. 그정도만으로도, 인영은 혜영이 무슨 목적에서 이야기를 꺼내고 있는 것인지 알아차렸다.

"그래서, 그때 지상에 나가서 당신네들의 그 뭐더라…… 사후세계 기록물?"

"〈신시왕경〉입니다."

혜영이 짤막하게 정정했다.

"그걸 기록으로 남기는 작전을 수행하면 된다는 말이지."

"네."

인영은 흠, 하고 콧숨을 내쉬었다.

사후세계의 기록물을 남겨야 하는 처지라고 말했었다. 그것도 몇천, 몇만 년을 내다 보고서. 솔개부대의 벙커 안에 그런 위업을 달성할 만한 재료나 장비가 있을 리 만무했기에, 이 목표는 당연히 지상으로 나가서 작업을 해야 달성되는 것이었다. 방사선으로 맹폭격을 당하고 있는 지상에 도대체 어떻게 나가서 일을 도우라는 것인지, 인영은 내내 의문스러웠다.

정말로 방법을 마련해 올 거라는 기대는 크게 하지 않았었다. 마땅한 계획을 제시하지 못한다면 벙커 안에서 필요한 최소한의 협조를 어떻게 할 수 있을지까지 고민하고 있던 인영으로서는, 놀랍고 의심스러우면서도 다행스러운 소식이었다.

복잡한 생각에 잠긴 인영에게, 혜영은 나사로부터 수현을 경유해 전달받은 상세한 정보를 전했다. 약 48시간 정도 이어지는 알두스 엄폐 기간 동안 블랙홀 방사선의 위험으로부터 벗어날 수 있다는 것, 대기권과 자기장이 파괴된 지구에 쏟아질 태양 방사선의 영향이 어느 정도인지 확답할 수 없다는 것. 그리고 이처럼 불확실한 지상 상황에 대응하기 위한 절차를 설명했다.

"따라서 당일 정오와 자정을 지상 활동을 할 후보 시간으로 둡니다. 전날 낮에 지상 방사능의 정도를 측정해 보고, 그 결과를 통해 최종 결정하겠습니다."

여기까지 설명한 혜영은 확인차 질문했다.

"방사능 측정 장비는 가지고 계시죠?"

인영의 옆자리에 배석한 김인국 소위가 고개를 끄덕였다.

"예. 구비되어 있습니다."

지상으로 올라갈 수 있다는 사실이 확정되고, 언제 어떻게 올라가면 될지 시기와 방법도 정해졌다. 이제 확실히 해야 할 것은 기록물을 남길 방법이었다. 내내 큰 기대를 하지 않았던 인영이었지만, '만약 지상에 올라갈 수 있다면'이라는 전제하에 가능한 방법을 구상해 두도록 간부진에게 지시한 상태였다.

김인국 소위가 상기된 얼굴로 계획을 설명하기 시작했다. 그는 회의실 테이블 위에 서울 시내 지도를 펼치며 혜영에게 물었다.

"저승사자님은 여기 위치가 어디인지 알고 계시죠?"

"네. 광화문 근처 지하로 보이던데요."

혜영의 말을 들은 인국은 고개를 끄덕이며 지도 위의 한 점을 짚었다. 경복궁의 동남쪽 모서리였다.

"맞습니다. 이곳은 〈동십자각 점거 벙커〉로 불리는 시설입니다."

그리고 인국은 동십자각에서 각각 동쪽과 남쪽으로 손가락을 그어 보였다.

"그리고 이곳 벙커로부터, 서울 구도심 내 지하 공간을 이용해 근처로 이동할 수 있는 통로가 연결되어 있습니다."

서울역에서부터 청량리역까지 이어지는 지하철 1호선이 건설될 때, 선로의 좌우로 상당히 넓은 여분의 지하 공간이 같이 건설되었다. 그 공간 중 일부는 초기 건설 계획상에만 존재했던 다른 지하철 노선을 위해 예비된 것이었지만, 일부는 서울 도심을 관통해 기밀 작전을 수행하기 위한 군사용 통로로 지정되었다. 동십자각에서 광화문 사거리 방향으로 이어진 지하 벙커의 끝 부분에서부터 통로가 시작되어, 지하철 터널의 측면을 따라 동으로는 청량리까지, 남으로는 서울역까지 도달할 수 있었다.

혜영은 지도를 흥미롭게 바라보았다.

"생각보다는 멀리 다닐 수 있군요. 문제는 이 지역에서 어떻게 기록물을 만드느냐는 것인데요."

어디까지 갈 수 있느냐보다, 그 범위 안에서 무엇을 할 수 있는지가 더욱 중요했다.

인영은 혜영에게 물었다.

"특별한 요구 조건이 있나?"

"무조건 오래 살아 남아야 해요. 문명이 언제 복구될지 알 수 없기 때문에…… 앞서 말씀드렸다시피, 최소한 만 년 단위를 대비해야 할 거라고 생각합니다."

혜영의 설명을 들은 인영은 궁리를 시작했다.

"그러면 종이나 이런 것은 다 삭아 없어질 것이고, 비석이면 되겠나?"

옆에서 듣고 있던 인국이 의견을 제시했다.

"돌도 몇천 년을 버티기 어렵지 않겠습니까? 광개토대왕비 같은 거 보면 글자가 많이 삭아 있지 않습니까."

이번에는 혜영이 대안을 언급했다.

"그럼 금속은 어떨까요?"

타당하다고 생각한 인영은 고개를 끄덕였다.

"금속…… 그렇군. 예를 들어 강철판에 새긴다거나 하면 분명 오래 가겠지."

인영은 인국의 반대편 자리에 배석한 하사관을 돌아보며 질문했다.

"바람직한 재질에 대해서 의견 있나?"

공병하사관 강재상 중사는 인영의 질문을 받고 잠시 생각했다. 손가락을 꼽아 가며 몇 가지 가능성을 검토하던 재상은 곧 결론을 내놓았다.

"……아연도금 강판이면 어떻겠습니까? 글자를 새긴다고 하셨는데, 그냥 강철판은 시간이 흐르면 부식되어 알아보기 어려워질 수 있고, 그렇다고 스테인레스스틸을 쓰면 마모를 피하기 어렵습니다. 하지만 도금 강판이라면 두 가지를 절충할 수 있습니다."

아연도금 강판은 내식성耐蝕性이 우수한 아연을 강철 위에 도금한 소재였다. 그 위에 글자 따위를 새겨 넣게 되면, 아연 도금 막이 글자를 따라 벗겨지게 된다. 자연히 부식이 일어나더라도 글자를 따라서 일어나게 되며, 글자를 훼손하기는커녕 오히려 도드라져 보이게 할 것이다. 또한 오랜 세월을 거치면서 강판이 일부 풍화되더라도 부식된 글자 부분과 도금된 다른 부분의 물성에 차이가 나게 되어, 다소 훼손되더라도 알아보기 쉬운 상태로 남을 것이라는 게 강재상 중사의 추측이었다.

하지만 재상은 곧이어 다른 문제를 언급했다.

"그런데 문제는, 그럼 철판을 어디서 구할 수 있냐는 것입니다만……."

혜영 또한 지도를 바라보며 조금 난처한 목소리로 말했다.

"그도 그렇네요. 갈 수 있는 곳이 주로 도심 지역이군요."

지하철 1호선을 따라 이동할 수 있다는 것은, 다시 말해 서울 구도심의 한복판인 광화문과 종로를 따라 움직여야 한다는 것이었다. 낡은 건물과 새 건물의 차이 정도는 있어도, 이 일대는 대체로 대형 상업 건물이 즐비한 곳이었다. 오랜 역사를 지니고 번영하는 도시를 상징하기에 좋은 거리였지만, 철판을 구하는 것과는 그리 인연이 없어 보였다.

지도를 뚫어져라 바라보던 혜영은 지도 위의 한 지점을 가리켰다.

"혹시 여기도 재개발이 되었나요?"

혜영이 가리킨 곳은 을지로3가 일대였다. 터널이 닿는 종로3가에서 조금만 남하하면 도달할 수 있는 곳이었다.

"제 생전에 을지로와 청계천에 가면 북괴 탱크도 만들어 나온다고들 했습니다. 지금도 그런가요?"

혜영은 생전에 서울에서 공무원 생활을 한 적이 있었다. 시청을 지나 조금만 나아가면 복개된 청계천 위로 고가도로가 달리고, 그 옆으로 놓인 을지로 블록에 수많은 공업사들이 존재했던 기억이 떠올랐다. 일대가 아직 큰 건물로 재개발되지 않았다면, 서울 도심에서 철판 따위를 구하기에 그보다 더 좋은 장소가 없을 것이다.

인영은 주변 요충지 답사 때 목격했던 을지로 일대의 풍경을 떠올렸다.

"김인국 소위, 내 기억에도 이쪽에 관련 업장들이 있었던 걸로 기억하는데."

일 년 전 즈음의 기억이지만, 도시 풍경이 그리 삽시간에 바뀌지는 않으리라는 생각이 들었다. 인국 또한 긍정했다.

"네, 제가 알기로 이쪽 골목 안에 지금도 경공업 작업장들이 다수 있습니다."

서울 도심 한복판에 유일하게 남아 있는 경공업 지구. 현재로서는 가장 유력한 후보로 보였다.

"그렇다면 작업 장소는 이 일대로 상정하는 것이 바람직하겠군."

혜영도 동의했다.

"네. 그럼 공업소들을 뒤져서 철판이나 가공 도구를 수배해 봐야겠군요."

그때 강재상 중사가 반대 의견을 꺼내들었다.

"의견 하나 드리겠습니다. 을지로는 좀 영세한 곳들이 많아서 불안하지 않을까요? 제가 알기로는 예전만 못하다고 들었습니다만."

"직접 가 보았나?"

인영이 그렇게 묻자 재상은 뒤늦게 자신이 없어졌는지 말을 흐렸다.

"직접 가 보지는 못했습니다만…… 이야기는 많이 들었습니다."

썩 미덥지 못한 대답이었다. 하지만 지상의 상황을 예단할 수 없는 이상, 인영으로서는 의견 자체를 묵살하거나 폄하하고 싶지는 않았다. 인영은 재상에게 물었다.

"대안은 있나?"

재상은 고개를 끄덕이며 지도 위의 다른 지점을 짚어 나갔다.

"저희가 서울역에서 지상으로 나갈 수 있지 않습니까? 전철 선로를 따라서 경부선 방향으로 이동하면, 한강철교를 건너서 서울 서남부로 진출할 수 있습니다."

도심의 작은 공업지구인 을지로에 의존하기보다 좀 더 넓게 준공업지구가 형성된 영등포, 문래, 구로로 향하자는 주장이었다. 일견 타당해 보이는 의견에 인영은 잠시 고민했다. 그러다가 곧 고개를 가로저었다.

"……아니, 역시 그 방안은 기각한다."

의아하게 바라보는 재상에게 김인국 소위도 같은 반응을 보였다.

"강 중사, 나도 같은 생각입니다."

"어째서입니까?"

설명을 요청하는 재상에게 인영은 설명했다.

"목성으로 인해 방사능이 줄어드는 기간이 고작 만 이틀 남짓이라고 말하지 않았나? 이동과 탐색에 들어 가는 시간은 최소화하는 것이 바람직해 보인다. 철도 노선을 따라 가면 분명 큰 장애물 없이 이동할 수 있겠지만, 현재 철도 차량을 운용할 수 없으니 이동에만 몇 시간은 걸릴 게 분명하다."

이어서 인국이 덧붙였다.

"도로용 차량을 이용하면 더 빨리 도착할 수 있겠지만, 재해로 인해 도로가 장애물 없이 무사한 상태인지를 담보할 수 없지 않습니까? 운전자가 갑자기 사망해 교통사고가 나 길을 막았거나…… 그리고 최악의 경우에는, 화재가 발생하거나 해서 우리가 목적하는 시설이 이미 훼손되었을 수도 있습니다. 강중사의 의견에는 일리가 있지만 멀리까지 나가기에는 불확실성이 너무 큽니다."

그러나 강재상 중사는 아직 온전히 납득할 수 없는 모양이었다.

"……이동 시간이 오래 걸린다는 말씀은 이해했습니다. 하지만 시설의 훼손 가능성이라면, 그건 을지로도 마찬가지 아니겠습니까?"

인영은 부정하지 않았다.

"그렇겠지만 적어도 가깝다. 강재상 중사의 의견은 제2안으로 두는 것이 바람직해 보인다."

당장 최우선으로 추진하기 어려운 의견이더라도, 모든 가능성을 열어 둘 필요는 있었다. 완전히 묵살되지 않고 제2안으로 채택되었다는 선에서, 재상은 타협을 보기로 한 모양인지 더는 이견을 제시하지 않았다.

그러자 인영은 혜영을 돌아보았다.

"그런데 시설 훼손 가능성 이야기가 나왔으니 말이다만, 유혜영 사자."

"네?"

"제안을 하나 하고 싶은데, 이 제안이 수락되지 않으면 작전의 수행 여부를 재검토할 수밖에 없음을 먼저 말해 두겠다."

제안을 시작하기에 앞서 갑작스럽게 엄포부터 놓는 인영의 모습에 혜영은 순간 긴장했다. 인영이 이렇게까지 말한다는 것은 그만큼 중요한 내용일 터. 혜영은 고개를 끄덕였다.

"네, 말씀하시죠."

인영은 본론을 꺼내 놓았다.

"유 중사 말대로 지상 시설물의 상태를 현재 전혀 알 수 없다. 을지로 일대의 안위는 물론이요, 공업소 내에 바람직한 재료가 남아 있는지, 장비가 남아 있는지도 미리 확인할 필요가 있다. 기록물 생산으로도 많이 바쁠 텐데, 당일에 탐색만 하고 다닐 수는 없지 않나?"

여기까지는 혜영으로서도 동의할 수 있는 지적이었다. 공업소들이 있고 재료와 장비가 구비되어 있다고 하더라도, 어디에 어떻게 구비되어 있는지를 확인하는 것은 또 다른 문제였다. 혜영은 부대원들이 작은 공업소들이 밀집한 을지로 뒷골목을 누비고 다니며 강판을 뒤지는 풍경을 상상해 보았다. 찾는 데에만 몇 시간씩 걸릴 것이 뻔해 보였다. 미리 찾아 놓을 수 있으면 바람직하겠으나…….

"하지만 지상은 지금 방사능으로 덮여 있지. 사전 정찰은 불가능하다."

인영은 건조하게 그 가능성을 부정했다. 혜영은 조심스럽게 대안을 제시해 보려 했다.

"돌아다니는 정도라면 낮에 어떻게든……."

인영은 손을 들어 혜영의 말을 가로막았다.

"아니, 잠깐씩 돌아다닐 수 있다고 해서 가능한 일이 아니다. 굉장히 긴 시간이 걸릴 것으로 본다."

"어째서죠?"

혜영의 물음에, 인영은 단언했다.

"공업소 영업장 문이 전부 잠겨 있을 테니까. 재해 발생 시간이 한국 시간으로 일요일 새벽이라면서?"

아, 하고 혜영은 탄식했다. 사전 탐색을 나가더라도 그냥 기웃거리며 다니는 것으로는 불가능했다. 주말을 맞이해 많은 영업장들이 휴무였을 게 분명했고, 셔터를 내리든 자물쇠를 걸든 각자 나름대로의 방법으로 문을 닫아 놓은 상태이리라. 철판을 찾고 장비를 찾으려면 그 문부터 하나씩 부수고 들어가야 했다. 이중고였다.

사전 탐색만으로 며칠씩 지상을 돌아다닌다면, 부대원들이 방사능의 영향으로부터 얼마나 자유로울 수 있을까. 혜영은 걱정이 앞서기 시작했다.

인영은 달리 생각한 게 있는지 거침없이 하고 싶은 말을 이어 갔다.

"그런 모든 문제를 해결할 수 있는 정찰 방법이 하나 있지."

혜영은 눈썹을 치켜떴다. 그런 신묘한 수단이 있다면 바로 사용하면 되지, 왜 제안을 수용하지 않으면 더는 협조하지 못하겠다는 둥 엄포를 놓았단 말인가? 혜영이, 또는 시왕저승이 허락하거나 돕기라도 해야 하는 일이란 말인가?

시왕저승이 나서서 정찰을 도울 수 있는 방법. 뇌리에 한 가지 가능성이 스쳐 지나갔다.

"설마……."

인영이 마침내 제안의 몸통을 꺼내 놓았다.

"그쪽, 저승사자들을 몇 명까지 불러 올 수 있지?"

혜영은 자신의 한 발 늦은 짐작이 맞았음을 알게 되었다.

"저희들보고 지상을 미리 정찰하고 오라는 말씀이시군요."

"합리적이지 않은가? 벽을 뚫고 다니고, 방사능에 죽지도 않겠지. 만약 가능하다면 돌아가신 분들 가운데 공업소 근무 경험이 있는 분을 저승사자로 모셔 올 수 있으면 좋겠군."

인영은 어깨를 으쓱하며 그렇게 대꾸했다.

혜영은 굉장히 복잡한 심정이었다. 일단 발상 자체에는 순수하게 감탄했다. 부대원들이 자주 나가지 못하는 이유는 방사선에 노출되어 목숨이 위태롭기 때문이다. 저승사자는 영혼이라 방사선의 영향을 받지 않는다. 밖에 자주 나가야 하는 이유는 공업소 문을 부수고 다닐 시간이 필요해서다. 저승사자는 문을 부수지 않고도 마음껏 건물 안을 들락거릴 수 있다. 그야말로 24시간 내내, 알두스가 하늘에 떠 있는 동안에도 탐색이 가능하리라. 인영의 말대로 해당 분야의 유경험자를 데려온다면, 탐색은 더욱 쉬워질 것이다.

하지만 동시에 공무원으로서 혜영은 이 제안이 지나치게 파격적이라고 생각했다. 저승사자인 자신이 지상에 주기적으로 내려와 산 사람과 소통하고 있는 것 자체가 전례 없는 파격의 결과물이고, 기존에 시왕저승이 세워 놓았던 수많은 규칙을 실시간으로 어기고 있는 상황이었다. 심지어 지상의 기물을 탐색할 목적으로 저승사자를 파견한다니. 터무니없는 짓에도 정도가 있었다. 아무리 염라대왕의 허가가 있었다고는 해도, 저승사자가 이렇게까지 이승에 개입해도 되는 것인지 의문이 들었다.

그 두 가지 생각의 충돌을 이 자리에서 혼자 정리할 수 없다는 것을 혜영은 인정하기로 했다.

"……합리적이에요. 저는 개인적으로 동의합니다. 하지만 상부에 확인을 받고 와야 하겠습니다. 저승사자가 보통 그렇게까지는 일을 하지 않기 때문에…… 제가 섣불리 결정을 내리기가 어렵습니다."

충돌하는 두 가치 판단을 모두 보고하고 상부에 책임을 넘기는 것이 최선이었다. 인영 또한 혜영의 그 대답에 깔린 갈등을 이해한 듯, 쉽사리 결론을 내리지 못하는 혜영의 모습에도 고개를 끄덕이며 수긍했다.

"가급적 바람직한 결론이 나오기를 바란다. 이미 우리와 이렇게 접촉하고 있는 것 자체가 굉장히 특수한 상황인 것으로 들었으니, 그 정도 노력은 할 수 있으리라 생각한다."

"저도 그렇게 되었으면 좋겠습니다."

꽤 커다란 보고 사안이 생겼구나 하는 생각에 머리가 아파 오는 혜영이었다.

*

염라대왕부 상황실에서 시영과 수현이 회의 중이었다. 여러 안건을 빠르게 점검하였고, 지금은 예슬의 포교 연구 그룹을 위해 합류 지원자를 모집하는 절차에 대한 보고 및 평가가 진행되고 있었다.

처음 자원자를 모을 때만 해도 관원들을 동원해 직접 고함치며 사람을 찾도록 했었다. 기존에 전문가들을 불러 낼 때와 같은 방법이었다. 하지만 전문가 그룹을 모을 때와는 달리, 아무리 적게 잡아도 수십 명 단위의 자원자를 받아들여야 하는 상황이었다. 현장의 관원들이 계속 돌아다니기에는 지나치게 번거로웠다.

그때 안유정 윤회정책비서관이 낸 아이디어가 수현과 시영의 동의를 얻어 실시되었다. 망자 행렬이 볼 수 있는 저승길 곳곳에 포교 연구 그룹의 홍보를 위한 입간판을 세운 것이다.

"망자들 현황은 어떻습니까?"

"사실 약간의 동요가 있는 편입니다. 입간판을 보고 버럭 화를 내는 분도 계시고……"

적지 않은 망자들이 그 간판을 보고 황당해했다. 나름 민속신앙이나 불교를 믿고 저승길에 올라 시왕을 만났다고 생각했는데, 난데없이 길가에 '주 예수를 믿으라'는 간판이 나타나면 당연히 혼란스러웠으리라. 시영은 걱정스레 물었다.

"평소의 신념에 반하는 분이 있겠지요. 재검토가 필요한 수준입니까?"

수현은 침착한 얼굴로 고개를 가로저었다.

"그렇지는 않아 보입니다. 관리 가능한 범위입니다."

당연히 비서실에서는 그런 반응을 예상했다. 입간판을 방치해 두지 않고, 우람한 역사들로 하여금 경비하도록 한 것이었다. 조금 강압적인 방법이기는 하였으나 그것만으로도 소란이 커지는 것을 어느 정도 억제할 수 있었다. 그 위압감을 무릅쓰고 다양한 어조의 항의를 보내는 이들은 있었으나, 최대한 설득해 돌려 보내는 것을 원칙으로 했다. 아직까지는 심각한 소동이 일어나지는 않았다.

"……현 시점에서 새로운 리스크이긴 합니다만, 그렇다고 저희가 그걸 감당하지 않을 수 없겠지요. 계획을 승인한 저희가 받아 내지 못하면…… 그 분노가 포교 연구 그룹에 바로 날아들지 않겠습니까."

수현은 쓸쓸한 목소리로 말했다. 시영은 그런 수현을 위로하듯 말했다.

"같은 생각입니다. 새로운 문제라고 생각하기보다는, 망자들의 평화를 위해 해야 할 일을 한다는 측면에서 계속합시다."

다음 안건은 유혜영 차사가 올린 제안서였다. 서울 생존자그룹과 협의해 기록물 생산 작전을 짜고 있는데, 기록물 생산을 위한 장소 및 재료의 탐색에 다수의 저승사자가 직접 활동할 수 있게 해 달라는 것. 지상의 물리적 장애물과 방사선 상황을 극복할 수 있는 가장 확실한 해결책이라는 근거 주장 또한 첨부되어 있었다.

시영은 제안서를 매우 흥미롭게 읽고는 수현에게 물었다.

"어떻게 생각합니까?"

"전례 없는 일이 되겠네요."

마찬가지로 굉장한 흥미를 갖고 제안서를 뚫어져라 읽던 수현은 곧 덧붙였다.

"그래도 합리적인 제안이라고 생각합니다. 승인하시는 것이 어떨까요? 염라대왕께서 제한 없는 협조를 허락하셨으니, 충분히 가능한 일이라고 생각합니다."

시영은 고개를 끄덕였다.

"나도 같은 생각입니다."

제안서의 결재란에 서명을 남긴 뒤, 시영은 혜영의 제안서를 기결함으로 옮겼다. 제안서가 승인되는 것을 보며 수현은 시영에게 물었다.

"그럼 바로 시행할까요? 제안서에 따르면 관련 작업 경험자를 저승사자로 선임해 내려 보내는 내용이 있습니다. 파견하는 데까지 걸릴 교육 시간을 생각하면 어서 인선부터 시작해야겠는데요."

"네, 이 회의 끝나는 대로 착수해 주십시오."

"알겠습니다. 추가로 재료나 공구를 잘 아는 망자를 탐색해 보겠습니다."

수현의 대답을 들은 시영은 곧바로 조언했다.

"일반 망자들 가운데서 찾으려면 시간이 오래 걸릴 겁니다. 염라대왕부 생산기획원의 관원들 사이에서 찾아보십시오. 생전에 관련 경험이 많을 것입니다."

"아, 그게 낫겠네요. 지시하신 대로 하겠습니다."

시영은 만족스럽게 고개를 끄덕인 뒤 덧붙였다.

"적임자를 찾는 즉시 저승사자로 교육시켜서 내려 보낼 수 있도록 해 주십시오. 자격 승인은 지금 미리 내려 놓겠습니다. 안 되면 다른 사자들을 시켜서라도 지상에서 탐색을 도울 수 있도록 하십시오."

"알겠습니다."

수현은 시영의 지시사항을 꼼꼼히 업무 수첩에 메모했다. 필기를 마친 뒤, 수현은 수첩에서 아직 미해결 상태인 안건을 확인하고 시영에게 질문했다.

"참, 엘리시움 쪽 요청 사항에 대해서는 아직 회신이 어려울까요?"

무신론자들의 사후세계인 엘리시움에서 진행하는 사후세계 기록 작업에 전달할 시왕저승의 기록물에 대한 건이었다. 시영은 지난 염라대왕전의 보고대회를 떠올리며 대답했다.

"영역본을 정상재 망자가 제작 중에 있습니다. 완성되는 대로 통지가 있을 겁니다."

"알겠습니다."

수현은 메모를 고쳐 적었다.

그때 상황실 밖에서 비서실 직원이 뛰어 들어와 시영에게 물었다.

"비서실장님, 접객 요청 드려도 되겠습니까?"

"접객이라고요?"

예상치 못한 요청에 의아해하는 시영에게, 비서실 직원이 간략하게 상황을 보고했다.

"진광대왕부가 사출산에서 영혼을 구조했는데, 섬광 반응이 없었던 상황이라 다른 저승에서 온 손님으로 보입니다. 그런데 기존에 저희가 알던 곳에서 온 분이 아닙니다. 이 저승의 책임자를 찾고 있습니다."

짧게 전해진 내용만으로 급작스런 상황임이 전달되었다. 시영은 본인이 챙겨야 할 일임을 판단했다.

"가 보겠습니다. 수현 군, 회의는 이만하면 마무리해도 될 것 같습니다만, 같이 가겠습니까?"

시영의 제의에 수현은 황급히 대답했다.

"아, 네!"

수현은 수첩과 서류를 쓸어 모은 뒤 곧장 성큼성큼 상황실을 나서는 시영의 뒤를 좇았다.

갑작스러운 손님은 한때 천문학자 전문가 그룹이 대기하던 장소인 광명왕원 제4회의실에 모셔져 있었다. 시영과 수현은 비서실 직원의 안내에 따라 신속히 회의실로 향했다. 문을 열고 들어서자, 초췌한 안색의 동양인 남성이 화들짝 놀라 의자에서 일어나 고개를 숙였다. 시영은 마주 고개를 숙여 인사했다.

"안녕하십니까. 찾으셨다고요?"

남성은 불안하게 떨리는 시선으로 시영을 바라보며 물었다.

"네, 안녕하십니까. 혹시 그쪽 분께서 이곳의 책임자이신지……."

시영은 그를 안심시켜야겠다고 생각했다. 시영은 차분하게 목소리를 낮추어 자신을 소개했다.

"시왕저승 염라대왕부에서 염라대왕 폐하를 보좌하는 비서실장 이시영이라고 합니다. 책임자로 간주하셔도 됩니다. 앉아서 편하게 말씀 나누시지요."

착석을 권하자, 남성은 떨떠름하지만 조금은 진정된 태도로 다시 의자에 앉았다. 시영과 수현은 그 맞은편에 앉아 대화를 시작했다.

"다른 저승에서 오셨다고 들었습니다. 성함과 출발하신 곳이 어떻게 되십니까?"

시영의 물음에, 남성은 자신에 대한 소개를 시작했다.

"이름은 최량원이라고 합니다. 종교 없는 저승세계에서 찾아왔습니다. 엘리시움의 학자들에게 소문을 들어서……."

"동양 무신론자들의 저승에서 오셨단 말씀이세요?"

깜짝 놀란 수현이 묻자, 량원은 바로 고개를 끄덕였다.

"예, 그렇게 부르셔도 되겠습니다."

량원은 이어서, 동양 무신론자 저승의 상황에 대해 간략히 설명했다. 서구 무신론자들은 일단 수가 많았고, 엘리시움이라는 도시를 세우는 등 상당한 결집력을 발휘하고 있었다. 그에 비해 동양 무신론자들은 그 수가 상대적으로 적었다. 그나마도 여러 가지 입장 차이 때문에 하나로 뭉치지 못하는 형편이었다. 마땅한 사후세계의 새 질서를 구축하지 못하다 보니, 생전의 민족적, 이념적 갈등이 사후에도 고스란히 이어졌고, 결국 뜻이 맞는 망자들끼리 소규모 분파를 이루어 뿔뿔이 흩어졌다. 량원은 그중 한 분파의 대표자였다.

"저는 망자 집단 '영락당'을 대표해서 왔습니다. 저희는 엘리시움에 우호적이고, 한국 문화에 대해 크게 거부감이 없는 편입니다."

평소 엘리시움과 교류가 있던 영락당에서는 이승에서 벌어진 재해와 관련해 비교적 빠르게 정보를 접했다. 그리고 영락당의 지도자들은 오랜 토의 끝에, 엘리시움과는 별도로 사후세계의 운명에 대한 결론을 내렸다.

"……저희 영락당에서는 이대로 가면 모든 사후세계가 사라진다는 쪽으로 의견 일치를 보았습니다. 종말을 받아들이고 체념하려던 차에, 마침 엘리시움 과학자들이 한국 전통 사후세계와 접촉했다는 이야기를 듣고 어렵사리 찾아오게 되었습니다."

지금까지 이어진 이야기는 동양 무신론자 저승의 상황과 영락당에 대한 소개에 가까웠다. 왜 이곳에 찾아오게 되었는지에 대한 설명은 아직 시작되지도 않은 상태였다. 시영은 그 부분을 단도직입적으로 물었다.

"저희가 어떤 걸 도와드릴 수 있겠습니까? 무신론 사후세계의 기록물은 엘리시움에서 남기고 계신 것으로 전해 들었습니다만."

단지 사후세계의 붕괴만이 걱정이라면, 엘리시움에 의탁하지 여기까지 찾아올 이유는 없을 것이다. 하지만 량원은 시영의 조심스러운 어림짐작을 듣고는 비관적으로 고개를 가로저었다.

"그들은 우리들까지 적어 주지 않을 겁니다. 그렇다고 우리들이 스스로 뭔가를 해 나가기는 너무 버겁습니다."

량원은 깊은 한숨을 내쉬고, 잠시 뜸을 들이다 말했다.

"……제가 여기까지 찾아오면서, 염라대왕 폐하 이름 네글자만 간절히 불렀습니다."

어깨를 늘어트리고 의자에 눌러앉은 그의 전신에서 절박함과 공허함이 느껴졌다. 량원은 의자의 팔걸이에 늘어트린 손으로 팔걸이를 간절하게 움켜쥐며 말했다.

"생전에는 천지 무서운 줄 모르고 살았고, 죽고 나서도 세상 두려울 게 없었습니다. 그런데 죽고 나서 또다시 죽게 될 거라 생각하니 마음을 둘 곳이 없습니다."

떨리는 목소리로 말을 이어 가던 그는, 몇 차례 뒷말을 잇지 못하고 말을 고르다가 겨우 말하고자 하는 바를 꺼내 놓았다.

"……저를 포함해서 영락당의 망자들 대부분이 염라대왕님께 의탁하려는 마음을 품었습니다. 생전의 뜻이 달랐던 것을 지금에라도 갚을 수 있을지……."

말을 여러 번 에두르기는 했으나, 그는 자신과 여러 영혼들을 시왕저승에 받아들여 달라고 간원하고 있었다. 주저하면서 한참 동안 본론을 꺼내지 못한 량원의 위축된 모습에서 시영은 많은 감정을 읽을 수 있었다. 종교적 신념과 관련된 혼란스러운 마음과, 거절당할 것에 대한 두려움, 그리고 소멸의 운명을 피하고자 하는 간절한 바람.

시영은 불안에 잠긴 그에게 가능한 한 또렷하게 확답을 주고 싫었다. 시영은 짧게 대답했다.

"가능합니다."

대답을 들은 량원은 반색했다.

"저, 정말입니까?"

시영은 고개를 끄덕였다.

"여기에 도착하셨으면 그걸로 된 것입니다. 찾아오는 길이 많이 힘들지 않으셨습니까?"

내내 절박하게 시영을 바라보던 량원은, 시영의 인정과 공감을 받자 무너지듯 울음을 터트렸다.

"아, 아아…… 예, 힘들었습니다. 많이 힘들었습니다. 산길도 그런 산길이 없어서, 앞은 아무것도 보이지를 않고, 벼랑 끝에 매달려도 오직 염라대왕님 이름만 외우면서……."

조금 전에도 그는 '염라대왕' 네 글자만 외우면서 건너왔다고 말했다. 희박한 정보로 저승길을 넘으려다 보니, 엄청난 시련을 마주했던 모양이었다. 고작 그 정도 정보만으로 저승길을 떠나 이곳에 온 것이 용하다고, 시영은 생각했다. 그렇다고 그가 딱히 어리석은 선택을 했다는 생각은 들지 않았다. 애초에 시왕저승에 대한 자세한 정보는 엘리시움에 제공되지 않은 상태였다. 염라대왕의 이름은, 어쩌면 량원이 시왕저승에 대해 얻을 수 있었던 정보의 전부였을지도 모른다.

시영은 그런 량원을 안타깝게 바라보다가 생각이 미치는 바가 있어 그에게 말했다.

"지금 그렇지 않아도 이곳 시왕저승의 모습을 묘사한 경전을 새로 만들고 있습니다. 그 경전의 사본을 제공해 드리겠습니다. 도움이 될 테니 널리 읽히도록 하십시오."

량원은 놀라움에 헛숨을 들이켜며 시영에게 물었다.

"그런 것이 있습니까? 그걸 외우도록 하면 누구라도 받아 주시는 것입니까?"

그는 일군의 망자들을 대표해 찾아왔다고 말했었다. 시영은 량원에게 즉답하는 대신 되물었다.

"영락당의 망자들 중 이쪽으로 오고자 하는 분들이 얼마나 계십니까?"

선의로써 도와주고는 싶었으나, 시왕저승도 현재 1400만 명의 망자들을 관리하느라 정신이 없는 상황이었다. 무리한 수의 망자가 새로이 유입되는 상황을 감수하기는 어려웠다. 시영은 최악의 경우 인원을 제한하거나 아예 거절할 수밖에 없겠다는 생각을 했다.

그러나 그런 걱정이 무색하게도, 량원은 대답했다.

"이곳에 오고자 하는 영혼의 수는, 저를 포함해 대략 250명 정도입니다."

시영은 내심 안도했다. 그 정도라면 감당할 수 있었다. 물론 그것은 신규 망자를 그만큼 더 받아도 큰 무리가 없으리라는 것이었고, 그들이 다른 저승에서 넘어왔다는 이유로 특별한 조치를 취하는 것은 어렵거니와 부적절하다는 게 시영의 판단이었다. 시영은 그 내용을 량원에게 설명했다.

"그 정도라면 모두 오셔도 됩니다. 하오나, 특별히 대우해 드리기에는 저희들의 사정도 좋지 못합니다. 저희 저승에 찾아온 다른 망자들과 같은 대우를 받으시게 됩니다."

어느 정도 선을 긋는 말이었음에도 불구하고, 시영의 말을 들은 량원은 연신 고개를 숙이며 고마워했다.

"저희가 어찌 대단한 특혜를 바라겠습니까."

가슴을 쓸어내리며 크게 안도하던 량원은 곧 시영에게 다시금 물었다.

"그럼 저희가 그 경전을 읽으면서 다시 찾아오면 되겠습니까?"

"예, 그렇습니다만……."

가볍게 긍정하고 지나치려던 시영은 그에게 좀 더 자세한 안내와 해설을 해야 한다는 생각이 들었다.

"그냥 읽는 것만으로는 부족할 수 있습니다. 경계를 넘는 요령을 알려드리겠습니다."

엘리시움 측도 저승의 경계를 넘는 방법을 터득한 지 얼마지나지 않았을 터인데, 량원은 그들로부터 다시 전해 들은 지식만으로 저승길을 넘어왔을 것이다. 경전을 들고 있다고 하더라도 오는 길이 쉬울 것 같지가 않았다. 시영은 그들이 불필요한 고생을 하지 않기를 바랐다.

"일단 제공해 드릴 경전의 내용을 최대한 꼼꼼히 외우십시오. 그걸 잘 외우면서 저승길을 나서야 합니다. 외우면서 길을 떠난다, 그것 자체는 정말 잘 하셨습니다."

량원은 고개를 끄덕이며 시영의 안내를 경청하기 시작했다. 시영은 머릿속을 더듬어, 저승을 건너는 요령을 어떻게 쉽게 설명해야 할지 고민하기 시작했다.

"……아주 별천지를 향한다는 생각은 하지 마십시오. 그보다는 내가 잘 아는 어떤 마을로 돌아간다는 생각으로, 계속 걸어오시면 됩니다."

어디선가 쉬운 비유가 떠올라 시영은 떠오른 그대로 차분히 설명했다.

"그리고 떠나실 때 '떠나고 있다'는 생각은 가급적 하지 않으시는 편이 좋습니다. 미련을 남기지 말고 마음을 단단히 먹으십시오."

문득 시영은 이 이야기를 지금 자신이 짜낸 것이 아니라는 생각이 들었다. 오래 전 다른 이에게서 들은 이야기라는 느낌이었다. 떠오르는 의문을 잠시 마음의 구석으로 치워 놓고 시영은 설명을 마무리했다.

"그렇게 걸어오시면, 조금 전 도착하셨던 그 칼나무 가득한 산에 다같이 도착하실 수 있으실 겁니다."

그리고 시영은 말을 멈췄다.

치워 놓으려 했는데, 그 의문의 답이 떠오르고 말았다. 시영은 이 모든 설명을 누구에게 언제 들었는지를 떠올려 냈다. 생각해 보면 너무나 뻔한 것이었다. 달리 누가 이런 해설을 자신에게 해 주었겠는가.

시영의 설명이 더 이어질까 잠시 기다리던 량원은 시영에게 조심스럽게 물었다.

"……저, 그것이 전부입니까?"

감상에 잠겨 있다가 아직 설명 중이었던 것을 깨달은 시영은 서둘러 설명을 마무리지었다.

"아, 예. 그렇습니다. 드리기로 한 경전인 신시왕경은 현재 교정 작업 중입니다. 충분한 정보가 없이 떠나시게 되면, 다시 오시는 길이 많이 버거우실 겁니다. 당분간 머무시다가, 초고가 어느 정도 마무리되면 그걸 들고 돌아가시지요."

또 염라대왕 네 글자만 외우면서 찾아와 가져 가라고 할 수는 없는 일이었다. 시영의 제안에 량원은 깊이 고개를 숙이며 감사의 뜻을 전했다.

"그렇게 하겠습니다. 배려에 감사드립니다."

시영은 비서실 직원을 호출해 량원을 안내하도록 당부했고, 직원이 오는 동안 량원과 엘리시움, 영락당, 그리고 시왕저승에 관한 이야기를 나누었다. 직원이 량원을 다른 대기 장소로 안내하여 회의실을 나섰고, 시영은 회의실 문간에서 그들을 배웅했다.

량원의 모습이 시야에서 사라질 때까지 기다리고 있던 수현이 조금 머뭇거리며 시영에게 물었다.

"실장님, 괜찮으십니까?"

그 목소리에 약간의 걱정이 실려 있었다. 시영은 수현이 무엇을 염려하는지 짐작할 수 있었다. 아마도 조금 전의 갑작스러운 침묵 때문이리라.

"예, 괜찮습니다. 잠시 감상에 잠겼을 뿐입니다."

시영의 답을 듣고 안도의 한숨을 내쉰 수현은 다시 조심스럽게 시영에게 물었다.

"……조금 전에 그 말씀, 혹시 산신노군께서 가르쳐 주셨던 내용이셨습니까?"

그 질문에 조금 전 시영을 멈춰 세웠던 선명한 감정이 다시금 시영의 마음속에 번져 갔다. 시영은 짧게 고개를 끄덕였다.

저승길을 넘을 때 별천지를 생각하지 말라는 이야기도, 미련을 남기지 말라는 이야기도, 모두 산신노군께 들은 이야기였다. 복숭아 나무 밑을 영영 떠나던 그날에도 거듭 당부하던 이야기였다. 시왕경을 읽고 시왕굿 노래를 외우며 저승을 건너는 요령으로 노군께 가르침 받은 것들을, 이제는 자신이 다른 이에게 전하고 있었다.

그 생각을 하는 순간, 가르침을 받는 입장에서 어느 틈엔가 가르치는 입장이 되었다는 것을 실감했다. 시왕저승에 넘어와 관원으로서 승진을 거듭하며, 남을 가르친 적은 이미 무수히 많았다. 하지만 그때와는 달리, 시영의 마음 깊은 곳에 번져 가는 애틋한 감정이 있었다.

마음속 울림에 잠겨 있는 시영을 수현은 조용히 바라보았다.

그런 수현에게 시영은 엷게 미소 지어 보였다.

"염려해 주어 고맙습니다."

미소를 받은 수현은 정말로 다행이라는 듯 얼굴에 화색이 돌았다. 그러고는 시영에게 말했다.

"혹시 또 무리하셨는가 했습니다. 업무적으로든 심정적으로든 지치시면 비서실을 의지해 주십시오."

말을 꺼내 놓고 조금 주제넘지 않았는가 고민한 수현이었지만, 시영은 순순히 그 격려의 말을 받아들였다.

"예, 그렇게 하겠습니다."

눈에 띄게 안도하는 수현에게 시영은 말했다.

"이번 건은 사안이 중대한 편이니, 제가 폐하께 직접 보고 드리도록 하겠습니다."

"네, 다녀오세요."

시영은 수현의 인사를 받으며 회의실을 나섰다.

염라대왕 집무실에 도착해 의전관들에게 긴급 알현을 요청하자, 곧바로 안내 받을 수 있었다. 집무실 책상에 앉은 염라대왕의 손에는 전문이 적힌 서류가 들려 있었다. 그 전문을 들어보이며, 염라대왕은 시영에게 먼저 물었다.

"전달은 받았습니다. 다른 저승의 사자가 왔다고요?"

"네. 조금 전 비서실에 다녀갔습니다."

시영은 곧바로 보고를 시작했다. 영락당 대표 최량원이 도착한 사실과, 그의 방문 배경, 그리고 그의 일파가 시왕저승으로의 종교적 망명을 요청하고 있다는 것, 그리고 그에게 신시왕경의 사본을 들려 보낼 예정이라는 점을 보고했다. 염라대왕은 시영의 판단과 결정에 동의의 뜻을 표하며, 다른 의문을 제기하지 않았다.

"그러고 보니, 신시왕경의 준비 상황은 어떻습니까?"

보고의 말미에 언급된 신시왕경과 관련해 염라대왕이 물었다. 시영은 대답했다.

"현재 한국어판의 일차 교정이 마무리되어 가는 중입니다. 우선 그 사본을 제공할 예정입니다."

"알겠습니다."

보고가 마무리되었다. 시영은 머리를 조아리며 염라대왕 앞에 퇴청의 의사를 밝혔다.

"그럼, 달리 하명하실 것이 없으시면 저는 복귀하겠습니다."

보통은 퇴청을 허락하는 발언으로 이어지곤 했던 의례적인 인사말이었다. 하지만 염라대왕은 곧바로 대답하지 않고 유심히 시영을 바라보다가 물었다.

"내가 신시왕경에 대해서 한 가지 제안이 있는데, 의견을 듣고 싶습니다."

"말씀하십시오."

대개의 경우 거침이 없고 망설임이 없던 염라대왕이, 이례적으로 잠시 주저하는 듯 고민하다가 시영에게 말을 꺼냈다.

"미리 이야기하겠지만, 하명하는 것이 아니라 의견을 구하는 것입니다."

시왕저승의 전권을 지닌 이로서 굉장히 이례적으로 조심스러운 질문이었다. 의아해하며 바라보는 시영을 향해 염라대왕은 물었다.

"신시왕경에 다른 저승세계를 더 담는 것은 어떻게 생각합니까?"

"무슨 말씀이신지……?"

갑작스러운 이야기였다. 시영은 염라대왕의 진의를 곧바로 파악할 수 없었다. 염라대왕은 곧이어 부연했다.

"그 자료를 영문으로도 만들어 엘리시움 측에도 제공할 것 아닙니까? 만약 그러하다면, 한반도 땅에 존재했던 여러 작은 저승세계들을 더 기록하여 함께 보존할 수 있지 않을까 하는 생각이 듭니다."

비로소 시영은 염라대왕이 어떤 이야기를 하려는 것인지 짐작할 수 있었다. 발할라에 도착했을 때, 탐사의 결론에 근접했을 때부터 머릿속에서 떠나지 않았던 가능성이었다. 이승의 신앙을 회복하여 저승의 회복을 도모할 수 있다는 것은, 비단 시왕저승에만 적용할 수 있는 일은 아니었다.

"단도직입적으로 말하겠습니다. 지리산 복사골을 신시왕경에 기재하는 것이 어떠한지 그대의 의견이 궁금합니다."

너무나 시의적절하고 필요한 제안이었다. 시영의 첫 느낌은 그랬다. '거자필반'. 산신노군께서 남긴 그 말씀 한 마디에 의지해 생각을 뻗어 나갔고 논의를 진행해서 발할라를 발견할 수 있었다. 그 결론 위에서 신시왕경을 만들자는 거대한 계획이 탄생했고 지금 어느 정도의 성과가 보이고 있었다. 감히 먼 이국의 저승에 내보일 수 있는, 다른 저승에서 찾아오겠다는 이들을 포용케 하는, 큰 발걸음을 내디딜 수 있는 계기가 되었다.

그리고 언젠가는 같은 원리에 의하여 산신노군을 다시 만나게 되는 날이 오지 않을지, 시영은 상상하곤 했다.

하지만 그 상상을 지금 처음 떠올려 본 것이 아니기에 시영은 마음속에서 이미 그에 대한 대답 또한 내려 놓고 있었다. 시영은 염라대왕에게 고개를 조아리며 정중히 답했다.

"현 시점에서 검토하기는 어렵다고 여겨집니다."

염라대왕은 예기치 못한 대답을 들었다고 생각하는지, 시영은 한동안 지긋한 눈빛으로 바라보았다.

"단호하군요. 어째서입니까?"

시영은 숨을 들이쉬고는 생각해 오던 결론을 설명하였다.

"제가 제 손으로 저의 안위만을 위한 일을 추진할 수는 없습니다."

"그것이 그대의 안위를 위하는 일로 여겨집니까? 산신노군께서 말씀하신 '거자필반'을 이루기 위한 일로는 생각하지 않습니까?"

염라대왕의 되물음에도 시영은 단호히 답했다.

"저는 폐하의 신하이며, 염라대왕부의 관원으로, 시왕저승에 속한 공복公僕입니다. 또한 복사골을 상실한 것은 제 손으로 벌인 일이오며, 오직 제가 감당해야 하는 큰 상실입니다."

그 사실을 담담하게 말하며 시영은 답을 이어 나갔다.

"따라서 시왕저승 전체의 안위가 아직 확보되지 않은 이 시점에, 오직 저에게 중요한 인연이었던 복사골의 기억을 덧붙여 남기고자 한다면, 이는 시왕저승의 기록물을 사유화하는 것에 다름없지 않습니까. 특히나 저는 비서실장으로서 기록물 생산 그룹의 모든 활동에 개입할 수 있는 위치입니다. 아무리 염라대왕 폐하의 명에 의해서라도 망자들의 활동에 직접 손을 대게 된다면 이는 이해관계의 충돌에 해당합니다."

시영의 대답을 듣고 곰곰이 생각하던 염라대왕은 다시금 시영에게 물었다.

"……나는 비단 복사골만을 의도한 것은 아닙니다. 우리가 교통하던 다른 저승들이 더 있지 않습니까. 그렇더라도 부적절하다고 보는 것입니까?"

시영은 다시 답했다.

"예. 그 또한 형평에 맞지 아니합니다."

만약 지금 사후세계 기록물을 증편해서 작은 저승들의 기록까지 담게 된다면 가장 상세하게 기록에 남을 곳은 분명 지리산 복사골 저승이다. 그 저승 출신자인 시영 자신이 여기 시왕저승에 와 있고, 그곳의 풍경과 교리를 낱낱이 진술할 수 있다. 하지만 다른 작은 저승들은 어떤가? 그곳들을 위해 증언할 이들이, 과연 이곳에 남아 있는가? 심지어, 산신노군은 시왕저승이 알지도 못하는 사이 나타났다가 사라져 간 여러 신령들에 대해 말씀하시기도 했었다. 그들 모두를 생각하면 이는 너무나 형평에 맞지 않았다.

이런 상황에서 복사골을 우선하여 기록하는 일이 빚어진다면 태백산의 산신께, 묘향산의 영정각시께, 제주도의 삼승할망께 크게 부끄러운 일임은 물론, 산신노군께도 누를 끼치는 일이 되리라고 시영은 판단했다.

사라진 노군에 대한 그리움과 돌이킬 수 없게 된 고향 저승에 대한 안타까움이 치솟을 때마다, 집무실 테이블 위에 놓인 복숭아나무 가지가 눈에 들어올 때마다, 마음속에서 고민해 온 일이었다. 하지만 여러 차례 돌이켜 생각한 끝에 시영은 그 모든 것을 미루기로 마음먹었다.

"더 바람직한 시기가 있을 것입니다. 시왕저승이 지금 저희들의 기대처럼 후대의 신앙을 회복한 다음, 저희 스스로의 내일을 더는 걱정하지 않아도 될 때가 올 것입니다."

아직까지는 멀고 먼 상상 속의 이야기지만, 시영은 마음속에 세웠던 결심을 온전히 고했다.

"그날이 온 뒤에 제가 사사로이 고향을 챙기는 것을 윤허하여 주신다면, 기꺼이 행하겠습니다."

그렇게 말하는 시영을 지긋이 바라보던 염라대왕은 곧 천천히 고개를 끄덕이며 대화를 마무리했다.

"……그렇군요. 지금은 아니라는 것입니까. 알겠습니다. 들어가십시오."

시영은 깊은 묵례를 남기고 집무실을 되돌아 나왔다.

*

신고전주의 양식으로 한껏 멋을 부린 건물 안은 겉보기만큼이나 웅장했다. 이곳은 엘리시움 학술원 본관이었다. 서양 무신론자들이 세운 사후 지성의 전당은, 형식과 규모 그 모든 면에서 그들의 지적 자부심을 고스란히 반영해 건물로 세워 올린 것처럼 보였다.

며칠 전, 페레이라 박사가 COIL 세미나를 통해 사후세계 기록 수집 계획의 총회가 열릴 것이라고 알려 주었다. 7월 1일에 열리는 총회에 신시왕경의 영역본을 제출하기로 내부 일정이 잡혔다. 담당자인 정상재 교수는 아슬아슬하게 시간에 맞춰 번역본을 넘겼다. 초역을 꼼꼼히 확인할 여유가 없어 아쉬웠지만, 중간 중간 몇 페이지를 골라서 확인한 바 큰 문제가 없어 보였다.

그리고 호연은 기록물 생산 그룹의 대표자 자격으로 신시왕경 영역본을 직접 들고 출석한 참이었다. 혼자서는 저승길을 넘는 데 부담이 있어 누군가에게 저승길 운전을 맡겨야 하는데, 이제는 시영이 자리를 비우기 어려운 상황이었다. 그 대신에 저승 퇴거 계획 수립이 마무리되어 잠시 업무에서 해방된 염라대왕부 비서실의 안유정 윤회정책비서관이 도움을 주었다.

호연은 잔뜩 긴장한 채, 품에 신시왕경 두루마리를 안고 넓은 홀 안으로 들어섰다. 안 비서관이 뒤를 따랐다. 회의실로 지정된 넓은 홀은 장엄하기로 작정한 것처럼 보였다. 층고가 높은 둥근 공간에 거대한 원탁이 배치되어 있고, 천장에 설치된 간접 조명이 천장화가 그려진 돔 안쪽을 비춘 반사광으로 방 안이 밝혀져 있었다. 반구면에 그려진 천장화는 별과 은하가 포함된 복잡한 그림이었다. 호연은 그 그림이 우주의 시작인 빅뱅Big Bang으로부터 현재에 이르는 우주의 역사를 그린 것임을 알아보았다.

'Korea'라는 명패가 쓰인 의자에 앉아 초조하게 회의 시작을 기다리자 영혼들이 하나둘 모여들기 시작했다. 양복이나 서양식 캐주얼을 입은 이들은 모두들 엘리시움 학술원 소속임을 나타내는 신분증을 패용하고 있었다. 다른 사후세계에서 온 것으로 보이는 이들도 있었다. 안면은 없지만 복장은 왠지 모르게 익숙한, 아마 발할라에서 넘어온 것으로 보이는 발키리가 따분하다는 표정으로 앉아 있었다. 아프리카풍 전통 복장을 입은 흑인 영혼의 무리도 회의실에 앉아 있었다. 호연은 모여드는 영혼 가운데 아시아계로 보이는 이가 아무도 없음을 깨달았다.

웅장한 종소리가 네 번 울렸다. 지금 시간으로 보아, 아마 세계협정시로 오후 4시임을 가리키는 것이리라. 타종을 기다렸다는 듯, 좌장석에 앉은 백인 남성이 헛기침을 하고 일어나 발언을 시작했다.

"안녕하십니까? 저는 엘리시움 학술원의 부총장인 막심 안더레흐트입니다. 먼저 다들 먼 길을 거쳐 이곳 엘리시움에 모여 주신 것에 진심으로 감사 말씀을 드립니다."

주름진 얼굴과 성성한 백발에도 불구하고 안더레흐트 부총장의 눈빛은 또렷하고 매서웠다. 겉모습은 생전에 먹은 나이의 영향일 것이고, 눈빛은 꺼지지 않은 영혼 때문일 것이리라. 그는 기조 발언을 이어 갔다.

"인류가 단 한 번도 겪어 보지 못한 이 재난 앞에, 17개소의 사후세계 대표 여러분들께서 연대해 주셨습니다. 그러면 참석하신 대표 여러분들의 출석 인사Roll call를 진행토록 하겠습니다."

그는 오른팔을 들어 원탁의 반시계 방향으로 인사를 권했다. 서양 학회에서는 이런 풍경이 종종 있었지만, 호연에게는 언제나 부담스러운 대목이었다. 발할라에서 온 발키리에 이어 엘리시움 학술원의 중남미사 전문가가 자기 소개를 하고, 다음으로 호연에게 차례가 돌아왔다. 호연은 굳은 목소리로 짧게 인사했다.

"한국 전통 저승인 시왕저승에서 온 채호연입니다. 반갑습니다."

여느 차례처럼 가벼운 환대의 박수가 있었다. 그 뒤로도 엘리시움의 여러 지역사 전문가들과 동아프리카 지역에서 온 전통 사후세계의 대표들이 자기 소개를 이어 갔다.

자기 소개가 한 바퀴를 모두 돌고 나자, 안더레흐트 부총장이 회의를 다음 순서로 진행시켰다.

"첫 순서로, 저희 엘리시움 학술원의 '화석화된 문명Fossilized Civiliazation', 약칭 FC 계획을 자세히 소개해 드리겠습니다."

부총장의 오른편에 앉은 엘리시움 학술원의 또 다른 학자가 발언권을 넘겨받았다. 자신을 사후세계 학회장인 베어링 박사라고 소개한 그는, 원탁 위에 잔뜩 늘어놓은 서류를 따라 읽어 가며 FC 계획이라 불리는 사후세계 기록물 보존 계획의 상세한 내용을 설명하기 시작했다.

엘리시움 학술원의 영혼들은 노르웨이 스발바르 섬에 위치한 세계문화기록보관소와 접촉해 전 세계의 사후세계에 대한 기록을 영구 보존하기로 협의해 둔 상태였다.

처음에 이들은 이승에 내려가 전 세계를 뒤져서라도 지상에 남겨진 문서 기록들을 복제해 남길 작정이었다. 하지만 엘리시움의 영혼들은 지상에 내려가 본 경험이 없었고, 그래서 영혼이 지상에서 물건을 만질 수 없다는 것을 몰랐다. 계획은 처음부터 어그러졌다. 지상을 출입할 때 연고가 있는 망자를 기준으로 삼게 되는 것도 문제였다. 엘리시움이 접촉할 수 있었던 소수의 생존자는 모두들 오지나 깊은 지하 시설에 머무르고 있었다. 북극해 외딴 곳의 스발바르 섬이든, 오대호반의 COIL이든, 이승 탐색 여정을 시작하기에 썩 좋은 장소는 아니었다.

"이처럼 지상의 기록물을 모으는 데 한계가 있을 수밖에 없습니다. 따라서 저희는 각 사후세계를 대표해 모셔 온 영혼 여러분들의 구술에 의지해, 되도록 많은 원시적 저승의 문화 기록을 만들고자 합니다."

베어링 박사는 조금 건조한 목소리로 계속해서 설명을 이어 나갔다.

호연은 불쾌했다. 조금 전 베어링 박사의 설명 중에 '원시적 저승'이라는 말 때문이었다. 영혼끼리의 대화가 언어의 장벽에 구애받지 않는다고는 하지만, 다른 언어로 말했을 때의 뉘앙스마저도 모조리 지워지는 것은 아니었다. 호연은 그가 영어로 말했고, 'Uncivilized'라는 단어를 썼다는 것을 알 수 있었다. 호연이 아는 한, 이 단어는 유럽인들이 문명화된 식민지를 개척한다면서 현지 문화를 하대해 부를 때나 쓰는 것이었다. 대체 언제적에 죽은 사람인가 하고 호연은 떨떠름한 불쾌감을 느꼈지만, 일단은 두고보기로 했다.

베어링 박사는 보관소에 보관될 기록의 형태에 대해 설명을 이어 갔다. 문자 기록물을 마이크로필름 형태로 보존해 내식성이 있는 캡슐에 담아 보존할 계획이고, 이를 위한 장비는 다행히도 보관소에 구비되어 있단다. 문자와 언어는 해독자의 편의를 위해 알파벳과 영어로 통일할 예정이었다.

"여기까지 혹시 질문이 있으신 분 계십니까?"

베어링 박사가 설명을 마무리하고 질문을 받기 시작했다. 모여 앉은 다른 이들은 침묵으로 일관했다. 궁금한 점과 석연치 않은 점이 있었던 호연이 홀로 손을 들고 질문했다.

"구술 문화를 채록한다면, 다른 저승과 접촉을 하셨다는 건가요?"

"그렇습니다. 대표 분들께서 여기 다들 모여 있지 않습니까?"

호연의 질문에 대답하며 베어링 박사는 원탁을 아울러 가리켰다. 그는 나름 친절한 사교적 미소를 지으며 말하고 있었지만, 호연에게는 영 불만스러웠다.

"그럼 이 분들이 전부인가요?"

원탁을 둘러보고는 호연은 자신이 느끼고 있는 불만이 타당하다는 것을 다시금 확인했다. 호연은 다시 베어링 박사에게 물었다.

"혹시 제가 오해했다면 죄송한데요. 문화권이 다소 편중되어 있지 않나요?"

아무리 생각해도 민족적, 문화적 다양성이 한참 부족해 보였다. 발할라에서 한 명이 왔고, 아프리카의 부족 전통을 대표해서 몇 명이 왔다. 그외의 문화권은 엘리시움의 백인 학자들만 잔뜩 소개되었고, 아시아권을 대표한 멤버는 호연밖에 없었다. 중국도, 일본도, 동남아시아의 여러 나라들도, 다양한 신앙의 용광로인 인도도 그 모습을 찾을 수 없었다.

"어떤 말씀이신지?"

강한 의혹을 느끼는 호연과는 딴판으로 진심 무슨 말인지 모르겠다는 듯 물어 오는 베어링 박사에게 호연은 따져 물었다.

"이를테면, 중동은요?"

오, 하고 이해했다는 듯 반응한 베어링 박사는 이거면 답이 되리라는 듯 당당하게 말했다.

"저희 FC 계획 추진단은 보편적 사후세계 가설을 채택하고 있습니다. 기독교도들의 사후세계를 기록한다면, 중동 무슬림 세계관은 같이 해결될 것으로 봅니다."

호연은 슬슬 짜증이 나기 시작했다.

"결국 따로 안 부르셨다는 거잖아요? 그리고 그 밖에도 세계가 넓은데……."

그때 안더레흐트 부총장이 대화에 끼어들었다.

"레이디, 제가 설명해 드리도록 하지요."

호연은 눈살을 찌푸렸다. 자신은 시왕저승의 대표자로 온 입장이었고, 영 부적절한 호명 방법이었다. 호연은 곧장 받아쳤다.

"채, 라고 불러 주시기 바랍니다. 안더레흐트 부총장님."

"음, 좋습니다, 레이디 채. 설명드리지요."

별로 나아진 것이 없었다. 호연은 꺼져라 한숨을 쉬었다. 새삼스럽고 세속적인 욕구였지만 생전에 학업이라도 마치고 '닥터 채'라고 불릴 근거나 만들어 놓았더라면 하는 생각이 들 정도였다. 그런 호연의 짜증을 알아차리지도 못한 안더레흐트 부총장은 해명이라며 긴 이야기를 풀어 놓았다.

먼저 중동권은 이슬람 문화권이므로 베어링 박사의 말처럼 기독교 사후세계관과 통합해서 기록할 예정이라고 했다. 호연은 이게 무슬림들에 대해 부당한 처사임은 물론 중동에서 명맥을 유지했을 여러 다른 종교에 대한 존중이 없는 결정이라고 느꼈다.

유럽에서는 북유럽 신화의 발할라, 아일랜드 신화 속 티르 나 노이, 그리스 로마 신화 속 하데스가 다스리는 명계 등이 기록될 예정이고, 엘리시움 도서관의 자료가 동원될 것이라고 했다. 호연은 당신들이 유럽인이어서 익숙하게 기록을 남겨 놓았을 뿐 아니냐고 되묻고 싶었다. 특히 아프리카와 중남미에 대해서는, 호연이 듣기에 정말 뻔뻔하다고 여겨지는 발언이 나왔다.

"불행하게도 아프리카와 중남미의 여러 전통 신앙들에 대해서는 남은 자료가 그리 많지 않습니다. 그래서 사후세계를 방문해 대표를 모시기도 어려웠습니다. 이곳에 모실 수 있었던 분들은 남아프리카공화국 출신인 우리 엘리시움 학술원 멤버분의 주선으로 간신히 연락이 닿았습니다."

그 아프리카와 중남미의 전통 신앙을 파괴한 것이 누구냐고 호연은 묻고 싶었다. 그나마 연락이 된 경로가 아파르트헤이트를 거쳤던 남아공을 경유해서라는 것도 답답했다.

안더레흐트 부총장은 아시아에 대해서도 설명했지만 매우 부실했다. 인도에 대해서는 힌두교 저승 진입에 실패했다는 말한 마디로 넘어 갔으며, 중앙아시아 민족들에 대해서는 언급조차 하지 않았다. 아시아를 통쳐서 불교권으로 칭한 뒤, 불교는 어차피 동북아시아에서 믿지 않느냐며 손쉽게 동남아시아를 누락했다. 마침내 동북아시아 국가들에 이르자 중국 사후세계는 연락이 닿지 않았고 일본 사후세계는 협조를 거부했기에 한국 시왕저승만이 아시아권의 유일한 대표로 남았다는 것이었다.

"그래서, 레이디 채, 저희는 한국 사후세계의 협조를 매우 값지게 생각하고 있습니다. 여러분들 덕에 자칫 재해 속에 잊혔을 수도 있는 신비한 동방의 사후세계를 기록으로 남겨 보존할 기회가 생긴 것입니다."

호연은 도대체 이 장광설을 어디서부터 문제 삼아야 할지 아득하기만 했다. 외국 학회를 다니면서 가끔 이런 유형의 사람들을 만났다. 구미 선진국 출신의 나이 든 학자들은 간혹 한국과 중국, 일본을 구별하지 못했다. 인사로 합장과 함께 '니하오'나 '곤니치와'를 들은 적도 있었다. 그저 서구 문명사회 바깥의 모든 것에 익숙하지 않은 이들이 제법 많았다. 그리고 이들 또한 마찬가지였다. 세계의 다양한 문화에 대해서, 전혀 고려도 대비도 되어 있지 않은 이들이 계획을 짜고 있었다.

같은 학술원 멤버라도, 페레이라 박사는 이렇지 않았다. 호연은 지금 이 자리에 나와 있는 엘리시움 학자들이 죄다 학술원의 고위 간부들이라는 것에 생각이 미쳤다. 죽음이 없는 사회에서 학식만으로 높은 자리에 오른 이들이, 대체 몇 백 년 묵은 선입견으로 뭉쳐 있을 것인가.

여기는 예슬이 왔어야 했다. 이건 아니라는 걸 아주 뚜렷하게 알 수 있었지만, 그렇다고 거기에 대해 조목조목 반박할 만한 지식이 호연에게는 없었다.

심란하게 짜증으로 빨려 들어가는 호연을 앞에 두고, 안더레흐트 부총장의 일방적인 설명은 계속되고 있었다.

"이처럼 소중한 한국 분들을 위해, 저희는 만반의 준비를 다 했습니다. 여러분들의 구전설화를 채록하기 위한 전문적인 학술원 멤버들이 대기하고 있습니다……."

여기 분위기가 이렇구나 하고 애써 참아 넘기려던 호연은 결국 더는 인내할 수 없었다.

"계속 '구전설화'라고 말씀하시는 이유가 뭐죠?"

호연의 지적에 안더레흐트 부총장은 양손을 좌우로 넓게 들어 보이며 말했다.

"그야, 신앙을 후대에 남기기 위해서는 기록된 경전이 필요하지 않겠습니까? 저희가 그 경전을 만들 테니 여건상 허락하시는 만큼 상세한 설명을 해 주시면 됩니다."

세계관이 얄팍한 것은 짜증을 내고 흘려보낼 수 있었다. 기록되지 못한 여러 문화권의 저승을 호연이 다 책임질 수도 없는 노릇이었다. 호연은 관련 전공자가 아니었고, 호연 자신 또한 그런 여러 저승에 대해 무지하기는 마찬가지였다. 하지만 시왕저승을 얄잡아 보고 잘못된 계획을 세우고 있다면 정정해야 했다.

"저희는 이미 스스로 경전을 만들어 왔는데요."

"뭐라고요?"

호연이 들고 온 두루마리를 들어 보이며 말하자 부총장은 물론 옆자리의 베어링 박사 또한 당혹스러움을 감추지 못했다. 호연은 온통 짜증이 실린 시선으로 그들을 바라보며 말했다.

"자료를 모은다고 하시기에 영어로 만들어서 들고 왔습니다만. 책 한 권 분량이고요."

베어링 박사가 믿을 수 없다는 듯 고개를 갸웃거리며 중얼거렸다.

"하, 하지만, 다른 어디서도 엄두를 내지 못한 일을 어떻게……."

호연은 성난 목소리로 쏘아붙였다.

"만들어 왔다니까요? 넣어 주시는 거죠?"

한국으로 말할 것 같으면 조선왕조실록과 승정원일기, 팔만대장경의 나라라고, 호연은 한바탕 퍼부어 주고 싶은 심정이었다. 두툼한 두루마리를 흔들어 보이며 따지는 호연을 보고서 베어링 박사는 곤란한 얼굴이 되어서는 안더레흐트 부총장에게 작은 소리로 무언가를 속삭였다. 두 학자는 몇 차례 귓속말을 주고받더니, 곧 베어링 박사가 호연에게 대답했다.

"……그 부분은 저희가 내용을 보고 조정하겠습니다."

성에 안 차는 대답이었다. 구술문화, 구술문화 하더니, 충분한 분량을 안배해 놓지 않은 것이 아니었을까. 호연은 의심을 지울 길이 없었다. 터져나오는 짜증에 힘입어, 호연은 안더레흐트 부총장과 베어링 박사를 연거푸 바라보며 물었다.

"그리고 방금 설명해 주신 내용은 잘 들었는데요. 남미, 동남아, 인도, 이런 곳에도 설명하신 것 말고도 다양한 신앙이 있을 텐데 제대로 고려하신 게 맞나요? 저희를 무슨 아시아 대표처럼 생각하시는데, 한국 시왕저승하고 중국 시왕저승이 다르고, 동북아시아 불교와 동남아시아 불교가 또 다릅니다. 어떻게 생각하십니까?"

자기 전공과 지식의 한계를 생각해서 하지 않으려 했던 말이었지만, 이제는 너무 속이 터진 나머지 묻지 않을 수가 없었다. 호연의 날선 질문을 받은 부총장이 손사레를 치며 대답했다.

"이런, 레이디 채, 너무 그렇게 노여워 마십시오. 설명드렸다시피 저희도 역량의 한계라는 것이 있어서, 정말 잘 모르는 곳들로부터는 영혼을 모셔 올 방법도, 접촉할 방법도 없었습니다."

"요컨대 아는 게 없으셨단 이야기네요?"

호연의 항의에 부총장은 답을 이어 가기를 멈추고 눈매를 잔뜩 찌푸렸다. 그때 베어링 박사가 끼어들었다.

"페레이라 박사의 보고에 의하면 나사에 위키백과의 백업본이 있다고 합니다! 우리가 그걸 최대한 조사해서 가능한 만큼은 기록물에 반영을 하려고……."

호연은 보라는 듯이 고개를 설레설레 저었다. 기껏 대안으로 제시한다는 것이 위키백과를 베끼겠다는 거라니. 호연은 추가로 문제를 제기했다.

"그리고 다른 지역을 떠나서, 유럽에만 무신론자들이 사나요? 다른 지역 무신론자들은요? 제가 알기로 동양계 무신론자들이 엘리시움 바깥에 있는 걸로 아는데요."

일차 교정본이 나왔을 때, 호연은 신시왕경을 배워 시왕저승으로 넘어 오겠다고 찾아온 영락당의 최량원 망자를 만날 기회가 있었다. 그들은 자신들이 엘리시움과 소통할 수는 있지만, 엘리시움 세력에게 배려받지는 못할 거라며 자력으로 생존을 모색하고 있었다. 대체 이 회의에서 그들의 자리는 어디로 사라졌단 말인가?

베어링 박사는 헛기침을 하고는 변명했다.

"부르기에는 아무래도 전문성이나 집단의 규모가 말입니다."

심기가 불편해진 듯한 안더레흐트 부총장도 퉁명스럽게 대꾸했다.

"그들은 알아서들 잘 처신하실 겁니다. 한국 저승 쪽으로 접촉하러 간 무리도 있다던데요? 여러분들께서 동포애로 잘 챙겨 주시는 거지요?"

대충 떠넘기려는 듯한 태도였다.

호연은 계속 쏟아져 나오려는 짜증을 슬슬 억눌러야 한다고 생각했다. 마음을 돌이키는 게 아니라 더 따진다고 달라질 것도 얻을 것도 전혀 없어 보였기 때문이었다. 시정의 의지도 없고, 개선의 여지도 없어 보였다. 신시왕경 영역본을 제대로 받아들이게만 만들어도 대단한 성과가 되리라는 생각이 들었다.

일을 성사시키려면 이 답답한 인종차별주의자들을 더 들쑤셔서 비협조적으로 만들어 봤자 의미가 없으리라고 호연은 판단했다.

불만스러운 표정을 지으면서 호연이 침묵하자 안더레흐트 부총장은 귀찮은 방해꾼이 사라졌다는 듯 서둘러 식순을 진행시켰다.

"자, 자, 일정이 지체되고 있습니다! 이제부터 구술 기록을 요청드리기 위해 각 대표분들께 개인 면담을 요청드릴 예정이오니, 스케줄을 확인해 주시고…… 한국 대표님은, 음, 그 이미 다 만들어 놓으셨다는 기록물만 주시고 그냥 가셔도 됩니다."

빈정이 상한 모양이었다. 잔뜩 스트레스를 받은 호연이 의자에 앉은 채 숨을 고르고 있자니, 엘리시움 학술원의 직원이 찾아와서 면담 스케줄이 적힌 종이를 건네고 갔다. 호연은 그 종이와 들고 온 신시왕경 영역본 책을 번갈아 바라보며 고민했다.

내내 침묵을 지키며 지켜보고 있던 안유정 비서관이 넌지시 물었다.

"어떻게 하시겠습니까? 기록물 전달하고 돌아가시는 겁니까?"

호연은 나사 쪽 세미나에 내려갔던 수현이 페레이라 박사에게 전해 듣고 매우 좋은 기회가 될 거라며 전해주던 말을 떠올렸다. 좋은 기회는 개뿔. 댁들 하고 싶은 대로 하라며 부총장 면전에 자료를 집어던지고 돌아가고 싶은 마음이 굴뚝같았다. 그래도 그럴 수는 없었다.

"……아뇨, 아무래도 안 되겠어요. 페레이라 박사님 때는 몰랐는데, 여기 분들 도무지 사람 대 사람으로 신뢰가 안 가네요. 자료만 넘겨 놓고 알아서 하게 주었다간 난도질을 당할 것 같아요. 남아서 직접 면담하면서 챙길게요."

"얼마나 걸리실까요?"

안 비서관이 질문했다. 그걸 왜 묻나 싶었던 호연은, 한 발 늦게 안유정 비서관이 자신의 교통편을 책임지고 있음을 떠올렸다.

"아참, 저하고 같이 움직이셔야 하죠. 어쩌죠? 이 분들 일하는 걸 봐야겠지만, 며칠은 걸릴 것 같은데요."

미안한 마음이 실린 호연의 대답에 안 비서관은 신경쓰지 않는다는 듯 담담히 대답했다.

"괜찮습니다. 며칠 대기하게 되면 저는 오히려 다행이죠."

"다행이시라고요?"

호연이 영문을 몰라 되묻자 안 비서관은 피로가 묻어나는 미소를 지어 보였다.

"저로서는 비서실에서 대기하는 것보다 여기가 낫습니다. 여긴 이시영 비서실장님도 강수현 비서관도 염라대왕 폐하도 안 계시니까요……."

"아……."

불가피한 출장지에서 일 없이 보낼 수 있다면 일찍 돌아가

업무를 보는 것보다 나으리라.

"……그럼 잘 부탁드려요."

"노고가 많으십니다."

애처롭다는 표정으로 감사의 뜻을 전하는 호연에게, 안 비서
관은 가볍게 고개를 숙여 보였다.

*

솔개부대 벙커의 출입구에서 유혜영 차사가 기다리고 있었다.

곧 허공에서 홀연히 형체를 드러내며 강수현 비서관과 한 명
의 망자가 나타났다. 유혜영 차사는 가볍게 고개를 숙여 인사
했다.

"수고하십니다."

수현도 마주 인사했다.

"감사합니다."

함께 온 망자는 작업복 유니폼 차림의 60대 남성이었다. 혜
영은 물었다.

"그쪽 분이 이번 탐사 도와주실 분이시죠?"

망자는 고개를 끄덕이고 스스로를 소개했다.

"이만석이라고 하외다. 염라대왕부 생산기획원에서 파견 나
오는 길이라오."

그는 오른팔에 '염라대왕부閻羅大王部'라고 한자로 적힌 완장을

차고, 가슴팍에는 생산기획원 장인임을 나타내는 명찰을 패용하고 있었다. 수현이 그의 신원에 대해 보충 설명을 덧붙였다.

"이번에 특별 차사로 파견되신 이만석 장인께서는 5년 전 저승으로 올라오시기 전까지 생전에 을지로에서 공업소를 운영하셨습니다. 그쪽 지리와 사물을 아주 잘 아실 겁니다."

"을지로 바닥은 아주 훤히 꿰고 있지, 암!"

만석은 호기롭게 가슴을 두드려 보이며 말했다. 혜영은 저승에서 탐색에 적절한 망자를 데려올 수 있었다는 것에 안도했다.

"그럼, 이쪽으로 함께해 주시기 바랍니다."

혜영은 모인 저승사자들을 벙커의 출구로 안내했다.

솔개부대 벙커에 연결된 군사용 비밀 통로의 중간쯤에서 위로 향하는 경사로가 갈라져 나왔다. 경사로의 끝은 두꺼운 철문으로 막혀 있었지만, 세 차사는 탈 없이 뚫고 지나갔다. 철문이 한 번 더 나온 뒤에는 철제 셔터로 통로가 막혀 있었다. 셔터까지도 뚫고 나가자 지하주차장이 나타났다.

종묘광장공원 지하에 설치되어 있는 지하 공영주차장의 한 구석이었다. 지하 5층 하부층의 구석에 기계실로 위장된 셔터가 닫혀 있었다. 이 셔터가 군사통로의 출입구였던 것이다.

"여기 이런 문이 있었구만?"

만석이 셔터를 신기한 시선으로 뒤돌아보았다. 혜영은 이들을 지상으로 인도했다.

"부대원들이 나올 때 이 문으로 나올 겁니다. 지상으로 올라가 보죠."

주차장 시설의 계단을 다시 올라가자 지상의 모습이 드러났다. 재해를 맞고 나서 대략 한 달이 지난 뒤의, 멸망한 서울 종로의 모습이 드러났다.

한밤중에 재해가 일어난 탓에 도로는 거의 비어 있었다. 하지만 그 시간에 도로를 운행하던 소수의 차량은 길 한복판에 멈춰 서 있거나 길가의 건물 또는 시설물로 돌진해 처박혀 있었다. 길바닥에는 말라붙은 나뭇잎이 잔뜩 쌓여 있었다. 한여름의 신록은 모두 사라지고, 선 채로 죽어 버린 가로수들이 말라붙어 앙상한 가지만 드리운 채 거리를 지키고 있었다.

종로4가 중앙차로 버스정류장 시설을 들이받은 승용차의 운전석에는 차 주인의 시신이 미라화된 채 차창 밖으로 삐져나와 있었다. 드물게 보이는 행인들의 시신도 모두 비슷한 모습이었다. 시신의 부패를 진행시킬 세균조차도 우주에서 쏟아진 방사선으로 모조리 소독되어 버린 탓에, 시신들이 썩지 않고 더운 여름 태양에 말라붙어 버린 것이었다.

끔찍한 광경을 목격한 수현과 혜영은 각각 침통하게 묵념했다. 만석은 두 손을 모아 쥐고 기도를 올렸다.

"아이고, 나무아미타불……."

영혼은 불멸하기에 저마다의 사후세계를 찾아갔으리라는 것을 누구보다 잘 아는 저승의 관리들이었지만, 그렇다고는 해도 선명한 죽음의 현장에는 애도를 표하지 않을 수 없었다.

만석이 안내하려던 을지로 일대의 공업소 거리는 바로 이 종묘의 맞은편에서부터 시작했다. 세운상가를 위시한 일련의 주상복합 상가 건물들이 이어지는 양 옆으로 수많은 공업소와 작업장이 위치한 서울 구도심 속 경공업의 메카와 같은 곳이었다.

하지만 조사는 처음부터 난관에 부딪혔다.

"아이쿠, 여기 불이 났었구만."

세운상가 앞의 작은 광장인 다시세운광장을 좌우로 둔 경공업 거리 전체가, 화재로 잿더미가 되어 있었다. 광장에는 그을음과 재가 가득했고, 뒤편의 세운상가 건물도 절반 정도 불에 탄 상태였다. 재해 발생 시점에 누군가가 다루던 화기나 담뱃불에서 불이 번져 나간 듯했다. 만석은 광장 오른편을 가리키며 안타깝게 혀를 찼다.

"저기 서편에 금속조각 다루는 업체가 제법 있었는데……."

"더 아는 곳 없으신가요?"

수현의 걱정 어린 물음에 심난하게 한숨을 내쉰 만석은 대답했다.

"청계천 건너가지 않고 이짝 동네에서 해결 볼 수 있으면 군인 양반들 다니기가 좀 편했겠는데, 건너가야 쓰겠어."

청계천을 건넌다는 것은 세운상가를 지나 남쪽으로 내려가야 한다는 것이었다. 세 차사는 세운상가 건물 아래로 이어진

도로를 따라 이동하기 시작했다. 화재로 인해 세운상가 1층의 점포들은 모두 불에 탄 상태였지만, 세운상가의 보행 데크 밑으로 이어지는 도로를 이동하는 데는 큰 어려움이 없었다.

건물이 위를 덮고 조명이 모두 꺼져 어두컴컴한 도로는 터널처럼 느껴졌다. 맞은편에 보이는 밝은 빛을 향해 걸어가며 만석이 의기양양하게 말했다.

"나 일하던 데가 저기 건너편에 있지. 우주금속공업이라고 있어."

그렇게 말하는 만석의 얼굴에 묘한 감회가 서려 있었다. 대재해로 멸망한 모습이라지만, 죽고 나서 5년 만에 처음 보는 생전의 일터 모습인 것이다.

세운상가 밑 도로를 빠져나오자 거대한 두 주상복합 상가를 연결하는 공중 보도와 그 아래로 놓인 넓은 다리가 나타났다. 청계천 위, 세운상가와 청계상가 사이에 놓인 세운교였다.

"자, 이제 여기 지나면…… 어? 뭐야?"

세운교를 지나서 청계상가의 오른편, 서쪽 방향을 바라본 만석은 그 자리에서 비명 같은 소리를 토하고는 발걸음을 멈추고 굳어 버렸다.

"무슨 일이시죠?"

황급히 달려온 혜영과 수현을 돌아보며 만석은 황망한 표정으로 말했다.

"여기 안쪽으로 골목이 있어야 하는데?"

그가 가리킨 곳은 청계상가에 붙어 있는 거리였다. 그곳에 남은 것은 컨테이너 가건물로 지어진 임시 상가 건물들과, 그 상가 건물마저 울타리의 일부로 삼은 듯 거리 한 블록 전체를 에워싼 높은 공사장 담장뿐이었다. 공사장 철문 위에는 '세운 재정비촉진지구 3-4, 5구역 재개발 사업'이라고 쓰여 있었다.

세 차사들은 어렵지 않게 사태를 파악할 수 있었다.

"맙소사, 재개발됐군요⋯⋯."

혜영이 탄식했다. 만석의 감정은 점차 분노로 바뀌어 가고 있었다. 그는 공사장 방향으로 삿대질을 하며 울분을 토해 내기 시작했다.

"아니, 뭐야? 동네를 밀어 버렸어? 재개발이 어쩌고 하더니 그 사이에 싸그리 밀어 버린 거야? 여기 장사하던 사람들은 다어디 가라고? 어느 미친놈들이 딴 데도 아니고 을지로를 밀어 버리느냔 말이야!"

수현이 걱정스레 만석에게 물었다.

"일하시던 데가 혹시 이 안쪽이신가요?"

한참 성을 내던 만석은 허탈하게 손을 들어 공사장 철문 쪽을 가리켰다.

"응, 저기 저 안쪽에⋯⋯ 여기 이쯤에서 들어가는 골목이 있었는데, 이게 뭐냐? 아이고⋯⋯."

만석은 낙심하여 고개를 떨구고 허탈해했다. 수현이 어깨를 늘어트리고 힘들어하는 만석을 다독이는 동안 혜영은 공사장 울타리를 따라 시청 쪽으로 조금 걸었다. 울타리가 끝나는 곳에서는 다른 공사장이 시작되고 있었지만, 두 공사장의 사이로 골목 하나가 살아 있었다. 골목 저 너머에는 아직 철거되지 않은 작업장들이 남아 있는 것이 보였다.

"여러분! 저 안쪽으로 들어가 보면 어떨까요?"

혜영이 소리쳐 부르자 만석과 수현이 걸어왔다. 골목을 내다보며 한참 쪼그라든 을지로 작업장 거리를 망연하게 바라보던 만석은 속상한 마음을 가득 담아 내뱉었다.

"아주 그냥 동네를 절반을 날려 먹었구만……."

수현이 조심스럽게 물었다.

"……이 주변에서 어떻게 안 되시겠습니까?"

고향처럼 기대하고 왔던 생전의 작업장이 흔적도 남지 않은 만석의 허탈함을 이해하지 못하는 바는 아니었지만, 도구와 재료를 찾기 위해 왔다는 원래의 목적을 미룰 수는 없는 노릇이었다.

만석 또한 그 사실을 잊은 것은 아니었다. 땅이 꺼져라 한숨을 내쉰 만석은 낙심해 구부정하니 굽히고 있던 허리를 곧게 펴며 마음을 다잡았다.

"되게 해야지. 있기는 다 있을 거야, 철판도 뒤지면 나오고 장비도 다 있기는 할 거야. 근데 좀 찾아야 쓰겠는데. 다 남의 가게라……."

충격에서 회복하는 만석을 다행스럽게 여기며 혜영이 앞장서 골목을 걸어갔다.

"차근차근 뒤져 보죠."

"그럽세."

만석과 수현이 그 뒤를 따랐다.

지도에서 입정동 공업소 거리라고 확인했던 골목은 절반 정도가 철거된 뒤였지만, 다행히 남쪽 절반에 해당하는 지역은 그대로 공업소들이 자리하고 있었다. 재해 직전까지 작업이 이루어졌던 듯 생생한 모습이었다. 인적이 끊기고 먼지가 잔뜩 앉았지만, 거리의 모습은 돌아오는 월요일에 다시 개장해 업무를 시작할 것처럼 정돈된 분위기로 멈춰 있었다.

만석이 찾아야 할 물건의 대략적인 형태를 설명하면 세 차사들이 저마다 길 주변의 가게를 하나씩 뒤지는 방법으로 탐색이 이루어졌다. 차 한 대가 간신히 통과할 만한 골목의 좌우로는 더 좁은 골목들이 많았고, 그 사이사이로 작은 공업소와 작업장들이 빼곡히 위치해 있었다. 차량으로 이동해 올 솔개부대원들을 고려해, 세 차사들은 중심이 되는 골목의 좌우에 위치한 공업소들을 우선해서 뒤지기 시작했다.

혜영이 금속판 가공 전문 작업장에서 무언가를 발견하고 만석을 불렀다.

"여기, 철판 종류가 있기는 한데요. 아연도금 강판이라고 쓰여 있는 게 맞죠?"

가공 전의 철판을 적재해 놓은 선반에는 알아보기 쉽게 명패

가 붙어 있었다. 판재를 본 만석은 고개를 끄덕이더니, 곧 좌우
로 갸웃거리며 곤란한 표정을 지었다.

"이게 맞기는 한데, 영 사이즈가 안 나오겠는데?"

"아, 조금 작겠네요…… 경전을 통째로 새겨 넣어야 하는데."

크기에 대해서 미처 생각하지 못했던 혜영도 안타까워했다.
만석은 선반에 놓인 여러 판재들을 살피더니 고개를 가로저
었다.

"더 큰 게 안 보이네. 안 되겠구먼. 다른 데를 봅세."

세 차사는 골목을 좀 더 남쪽으로 내려갔다. 골목 위에는 '소
상공인 다 죽는다'라는 철거 반대 현수막이 내걸려 있었다. 골
목 주변의 공업소를 몇 개째 뒤졌을까. 만석이 큰 소리로 두 차
사를 불렀다. 혜영과 수현이 닫힌 셔터를 뚫고 들어가자 만석
이 작업장 한구석을 가리키고 있었다.

"기계는 여기 있다."

손에 쥐고 쓸 수 있는 공업용 마모 가공 공구였다. 철판에 글
씨를 새기는 과정이 그리 쉬울 리는 없었으며, 전문적인 절삭
가공 장비를 군인들이 다루기에는 여러 모로 기술이 부족할 것
이 분명했다. 대안으로 찾고 있었던 것이 비록 힘이 들고 수고
스럽지만 적은 숙련도로도 금속에 원하는 것을 새겨 넣을 수
있는 다이아몬드 헤드 마모 가공 장비였다. 아연도금 강판에
도금된 아연막만을 벗겨내기에 충분했다.

"전기로 돌아가나요?"

수현의 물음에 만석은 고개를 끄덕였다.

"그렇지. 그, 군인들이 발전기 갖고 있지? 연결해다가 쓸 수는 있겠는데……."

만석은 장비에서 길게 빠져나온 220볼트짜리 전기 코드를 가리켰다. 그걸 본 수현이 혜영에게 물었다.

"부대 분들이 발전기를 갖고 계셨죠?"

"네."

"발전기를 돌릴 기름은요?"

혜영은 기억을 더듬어 보았지만 부대의 보급물자 사정까지는 알 방법이 없었다.

"글쎄요. 고립 근무를 하는 부대니까 어느 정도는 비축했겠습니다만, 알지 못합니다."

"주유소도 찾아 놓아야겠군요 그럼……."

확신할 수 없다면 대안이 있어야 했다. 산 넘어 산이라는 듯 수현이 중얼거리자 만석이 저 멀리를 가리키듯 손을 뻗으며 말했다.

"거, 여기서 좀 밑으로 내려가면 을지로 건너서 명보사거리 쪽에 주유소가 하나 있는데, 거기 불이나 안 났으면 좋겠구만."

수현은 고개를 끄덕였다.

"나중에 확인해 보죠."

장비는 찾았지만 탐색이 끝난 것은 아니었다. 신시왕경의 글자들을 새겨 넣을 철판이 아직 수배되지 않았다. 신시왕경의 방대한 내용을 모두 새길 수 있을 만큼 크고, 세월을 이겨낼 만큼 충분히 두꺼운 도금 강판.

거의 골목 끝이 보이고 슬슬 을지로가 나타날 무렵, 굉장히 낡은 간판을 붙인 오래된 철강 공업소 안에서 만석이 마침내 기쁘게 소리쳤다.

"강 차사! 유 차사! 여기 있다!"

흥분한 듯 거친 손짓으로 두 차사를 부르는 만석을 보고 황급히 달려간 혜영과 수현은 녹색 타포린 방수포에 반쯤 덮여 있는 육중한 철판을 발견했다. 두께는 3센티미터 가량에, 가로 4미터, 세로 2미터 정도는 되어 보였다. 그 큰 철판이 절단되지도 않은 채 공업소 안쪽 벽에 기대어 서 있었다.

"와, 크네요."

크기를 보고 입을 다물지 못하는 수현 곁에서 혜영이 감탄사를 흘렸다.

"이 양반네들은 뭘 어쩌려고 배 만들 때나 쓸 사이즈로 이런 걸 구해다 놨나 그래……."

만석도 막상 발견은 했으나 신기하다는 듯 중얼거렸다. 아무리 공업소 거리라지만, 도심 한복판인 이곳보다는 울산이나 광양의 조선소에 있어야 어울릴 크기의 대형 철판이었다.

다음 순서는 이 철판을 확보하러 올 솔개부대의 진입 경로를 확인하는 것이었다. 철강 공업소의 간판은 오래되었으나, 시설은 비교적 최근에 보수했는지 녹이 슨 데가 별로 없이 깨끗하고 튼튼해 보였다. 넓게 뚫린 작업장으로 들어오는 큰 출입구에는 모두 이중으로 철제 셔터가 내려져 있고, 각 셔터마다 두 개씩 자물쇠가 채워져 있었다.

"문단속을 정말 잘 해 놓으셨네요."

셔터를 가볍게 관통해 두 셔터 사이로 걸어 들어가 자물쇠의 상태를 살피던 수현이 혀를 내둘렀다. 셔터 안쪽에서 고개만 셔터 밖으로 삐죽이 내민 만석도 자물쇠를 보더니 난처함을 알겠다는 듯이 고개를 끄덕였다.

"뜯고 들어오려면 고생 좀 해야겠구만."

"저 자물쇠, 뜯을 수는 있을까요?"

"아니, 그보다는 절단기나 도끼 같은 걸로 셔터를 파괴하는 게 낫겠지."

그때 혜영이 한 가지 제안했다.

"기왕 셔터를 부술 거면, 몰고 온 차로 셔터를 들이받아서 한 번에 들어올 수 있지 않을까요?"

수현은 솔깃한 눈치였지만 만석이 곧바로 고개를 강하게 저었다.

"아니, 그건 안 되겠네. 이 건물 단층짜리라서 기둥이 약할 거야. 잘못 들이박으면 무너져."

이로써 장비와 재료에 대한 탐색은 모두 성공적으로 완료되었다. 세 차사들은 만일을 대비해 맞은편 작업장을 뒤져 셔터를 파괴할 수 있는 추가적인 장비가 있음을 확인했다. 그 작업장에 들어가기 위해서는 스테인리스로 된 문 하나만 강제로 열면 된다는 것도 확인해 두었다.

골목을 남쪽으로 빠져나온 세 차사는 을지로3가역 사거리를 돌아 나서 명보사거리 쪽으로 향했다. 도심의 여러 큰 건물 사이에 자리잡은 한 주유소가 다행히 화재에 노출되지 않은 채 서 있는 것도 확인했다.

"이제 그럼 다 된 건가?"

만석이 묻자 수현은 고개를 끄덕였다.

"일단 오늘 도와주실 부분은 다 되신 것 같습니다."

"오늘? 한 번이 아니었어?"

당황해하는 만석을 보며 수현이 황급히 물었다.

"어, 혹시 부담이 되실까요?"

그러나 만석은 만석대로 급히 고개를 가로저었다.

"아니, 아니! 상관이야 없지. 어차피 염라대왕부에 공장으로 돌아가도 할 일도 없는데. 이런 꼴이야 났지만, 이승 풍경도 볼 수 있으면 더할 나위가 없고."

"그러시다면 다행입니다."

수현이 안도하자 혜영이 업무 설명을 이어받았다.

"실은 조금 전에 찾으신 그 공구의 사용법이나 그런 걸 부대원들에게 미리 교육시켜 주셔야 할 것 같습니다. 몇 번 내려와 주셔야 할 것 같고요, 작전 당일에도 동행해 주시는 편이……."

그 이야기를 들은 만석은 너털웃음을 지으며 대답했다.

"그런 거라면야 대 환영이라오! 내 그 청년들 잘 한번 가르쳐 줌세."

*

에니스 최 센터장과 알버트 피네건 박사가 연구실 문을 열고 들어섰다. COIL 지하시설 안에는 연구자들 개개인을 위한 연구 공간이 배정되어 있었고, 이곳은 현재 비상연구계획 ERP의 리더를 맡고 있는 프리스틴 찬드라세카 박사의 연구실이었다.

두 사람이 이곳에 온 이유는 찬드라세카 박사의 긴급한 업무 협의 요청 때문이었다.

"닥터 찬드라세카, 왜 부른 거야?"

"보고 드릴 게 있습니다."

최 박사의 물음에, 찬드라세카 박사는 의자에 앉아 차분히 답했다.

"보고는 귀신들 와 있을 때 하면 되잖아."

대수롭잖게 어깨를 으쓱하며 말하는 최 박사였지만, 찬드라세카 박사는 고민스러운 표정이었다.

"……그들에게 알리는 게 맞는지 모르겠습니다."

심상치 않은 걸 알아냈음을 직감한 최 박사도 곧 진지하게 되물었다.

"뭔데? 말해 봐."

찬드라세카는 대답 대신에 마우스를 조작해 컴퓨터 화면에 정보를 표시했다. 나사의 비상시 권한 승계에 따라 확보하게 된, COIL에서 원격 조작 가능한 천문학 장비의 목록들이었다. 목록 자체는 최 센터장도 피네건 박사도 이미 여러 차례 본 적이 있었다.

그런데 목록 끝에 못 보던 항목 하나가 더 생겨 있었다. 찬드라세카 박사는 그 항목을 커서로 가리키며 보고했다.

"저희 쪽에서 제어가 가능한 천문 장비 한 개를 더 찾았습니다."

그 이야기를 들은 피네건 박사는 깜짝 놀라 되물었다.

"다른 거라니, 대체 어디서 찾은 겁니까? 나사의 네트워크에는 앞서 전달한 그 시설들밖에……."

찬드라세카 박사는 이번에도 대답 대신 마우스를 클릭해 보였다. 새로 만들어진 장비 항목에는 장비의 세부 내역과 위치가 표시되어 있었다. 위도와 경도로 나타난 위치 정보를 클릭하자 지도상의 해당 위치가 표시되었다.

"F-3번으로 명명한 장비의 위치입니다."

미대륙 북부, 오대호 주변, 외딴 숲 속, 호숫가. 피네건 박사는 눈매를 일그러트렸다.

"잠깐, 이 위치는……."

익숙한 지리였다. 최 박사가 턱을 매만지며 말했다.

"여기잖아?"

지도가 보여주고 있는 곳은 바로 이곳, COIL 지하시설의 위치와 같았다. 최 박사와 피네건 박사는 모두 설명을 바라는 눈빛으로 찬드라세카 박사를 바라보았다. 찬드라세카 박사가 자세한 구두 보고를 시작했다.

"이건 시설 점검 작업 중에 기술반의 보다렌코 연구원이 찾아 낸 겁니다. 장비 전수조사 도중 지하 20층의 예비 기계실에 실체가 확인되지 않은 서버가 있어 점검해 보니, 제어 인터페이스가 구축되어 있었습니다."

화면에 표시된 정보를 몇 번 클릭하자, 원격 제어를 통해 내릴 수 있는 명령어들의 목록이 나타났다.

"콘솔로 따낸 F-3번 장비의 원격제어 인터페이스 목록입니다."

"……이런 게 우리 COIL 시설 내에 있었단 말입니까?"

피네건 박사는 화면을 유심히 들여다보며 놀라워했다. 정체 불명의 장비에는 십여 가지의 명령어가 배정되어 있었다. 대부분은 전파망원경 제어 명령어들이었는데, 그외에도 몇 가지가 더 붙어 있었다. 한눈에 파악하기 어려운 명령어 목록을 들여다보며 피네건 박사가 그 정체를 추리하고 있던 그때, 마찬가지로 한참 동안 화면들 들여다보던 최 박사가 입을 열었다.

"나 이거 뭔지 알 것 같은데. DSN 아냐?"

"심우주통신망Deep Space Network 말입니까?"

뜻밖의 단어가 출현하자 피네건 박사는 조금 놀랐다.

"응. JPL 다닐 때 한두 번 봤었거든. 아마 이게 송신 스트림이고, 이게 수신 스트림."

최 박사는 덧붙어 있는 명령어들을 가리키며 설명했다.

심우주통신망이란 나사가 우주 탐사선들과 통신하기 위해 설계한 전파망원경들의 네트워크를 말하는 것이었다. 고성능 전파망원경의 전파 송수신 기능을 이용해, 지구로부터 멀리 떨어진 탐사선들에 명령을 내리고 자료를 받아오는 데 사용하고 있었다. 가깝게는 화성 탐사선들로부터, 수성과 태양으로 날아간 탐사선들, 심지어 태양계의 끝을 넘어 성간 우주에 진입한 보이저 2호까지도 심우주통신망을 통해 연결되어 있었다.

그런 데 쓰이는 장비가 시설관리자인 피네건 박사조차 모르는 사이 COIL 시설에 설치되어 있다니. 도무지 영문을 모를 일이었다.

"이건 조사를 좀 해 봐야 할 것 같습니다만."

피네건 박사는 석연치 않은 의문에 마음이 복잡해졌다. 이제부터 알아봐야 할 일들에 대한 걱정부터 뇌리에 들이닥쳤다. 하지만 최 박사는 찬드라세카 박사의 보고가 아직 끝나지 않았음을 짐작했다.

"찬드라세카 박사는 이미 조사를 해 본 모양인데? 그렇지?"

꼼꼼하고 치밀한 성격인 찬드라세카 박사가 이런 의혹만 가지고 시설 간부진의 독대 보고를 요청했을 리 없다고 최 박사는 생각했다. 아니나 다를까 박사가 말했다.

"……실은, ERP에서 이미 일차 조사를 마쳐 놓았습니다."

피네건 박사는 조금 당혹스러웠다. '시설 관리자인 내 허락도 없이 말입니까'라고 힐문하려던 그는, 곧 자신이 존재 사실 조차도 모르던 시설에 대한 이야기임을 상기했다. 피네건 박사는 호흡을 고르고 찬드라세카 박사의 이어지는 보고를 경청했다.

찬드라세카 박사는 조사에서 발견된 사항들을 요약해 놓은 클립보드를 집어 들고 읽어 나갔다.

"먼저 서버에 대해서입니다. 식별 코드는 'DSN-2'와 'DDSN'이 혼용되고 있습니다. 무엇보다 해당 기계실 출입문에 봉인지가 붙어 있었습니다만, 방위고등연구계획국 DARPA의 마크가 붙어 있었습니다."

"설마……."

피네건 박사는 신음했다. DARPA는 미군의 국방기술 연구 기관이었다.

"오, 슬슬 뭔지 알겠는데."

최 박사도 턱을 매만지며 흥미로워했다. 찬드라세카 박사는 이들의 의심을 긍정했다.

"네. 군사 목적으로 몰래 설치된 장비가 아닐까 의심하고 있습니다."

피네건 박사는 짐작이 간다는 투로 말한 최 박사에게 물었다.

"닥터 최, 뭔가 숨기는…… 아는 거라도 있는 겁니까?"

하지만 최 박사는 금시초문이라는 듯 팔을 천칭 모양으로 들어 보이며 고개를 저었다.

"아니, 전혀? 센터장이라고 숨기는 거 전혀 없어. 나도 이런 게 왜 우리 시설 안에 들어와 있는지 모르겠네."

"정말입니까?"

약간의 불신을 담아 묻는 피네건 박사에게 최 박사는 시원스 레 고개를 끄덕였다.

"응. 관리자가 DARPA라며. 나 같은 이민 가정 출신 아시안 한테 정보가 흘러오겠어?"

반박하기 힘든 설명이었다. 피네건 박사는 백악관과 워싱턴 에 자리잡은 백인 남성 집단을 떠올렸다. 국경에 장벽을 세우 자는 둥 이민자를 그만 받아야 한다는 둥 고함치는 이들이, 특 별히 이민 가정 출신의 최 센터장을 우대해 뭔가를 자세히 알 려 줬으리라는 기대는 들지 않았다.

최 박사는 그렇지만, 이라고 덧붙이고는 이야기를 계속해 나 갔다.

"합리적인 추측을 해 보자는 거지. 미군에 비밀 인공위성이 있을 거라는 소문은 예전부터 파다했잖아? 그럼 비밀 심우주 탐사선이 있어도 이상할 게 없지. 누가 알아? 미군이 파이오니 어 12호나 보이저 3호라도 비밀리에 쏘아 날렸는지? 하지만 우리는 그걸 알 길이 없는 거고."

"요컨대 닥터 최는 이 장비가 군사 목적으로 설치된 비밀 심 우주 통신장비라고 생각하는 겁니까?"

피네건 박사의 물음에 최 박사는 싱긋 웃으며 어깨를 으쓱해 보였다.

"그러면 재밌지 않겠어?"

"지금 재미의 문제가…… 아니, 됐습니다."

순간 울컥해 반박하려던 피네건 박사는 다시 말을 삼켰다. 이건 최 박사의 평소 스타일이었다. 재미있다는 단어로 표현을 하고 있을 뿐이지, 상황이 정말로 재미있다는 뜻이 아니다. 한편으로 최 박사의 추측은 상당히 무리한 감이 있었지만 이런 터무니없는 장비의 존재를 그런 무리 없이 설명할 방법도 드물 것이었다.

피네건 박사는 납득하기로 했다.

"역시 다른 가능성을 생각하기 어렵긴 하군요."

실제로 장비가 존재한다면 실체를 파악해야 마땅했다. 피네건 박사는 찬드라세카 박사에게 물었다.

"그래서, F-3번은 어디에 연결되어 있는 거야?"

찬드라세카 박사는 클립보드를 넘겨 손으로 간략히 그린 약도를 보였다.

"예비 기계실 안쪽으로 보수 통로가 설치되어 있고, 케이블이 그 안으로 연결되어 있었습니다. 통로 끝에서는 수직으로 지상에 나가도록 되어 있어, 더 이상 자세히 탐색하지는 못했습니다. 하지만 지상 시설의 구조에 관해서는 서버 내부에 자료가 남아 있었습니다."

찬드라세카 박사는 다시 마우스를 조작했다. F-3번 장비 내부의 데이터 저장 공간에 접속하자 파일 몇 개가 들어 있는 것이 나타났다. 그중 하나를 클릭해 열자 설계도면이 나타났다.

설계 도면은 평평한 지표면에 특수한 형태로 설치한 금속 파이프를 나타내고 있었다. 설명 또한 첨부되어 있었다. 이 파이프에는 전자기 코일이 내장되어 있으며, 여러 파이프를 동시에 연결한 뒤 파이프 사이에 간섭과 공명을 일으킬 수 있는 구조였다. 그리고 이를 통해 접시형 안테나로 된 전파망원경과 같이 우주에서 날아오는 전파를 받거나 우주로 전파를 쏘아 보내는 데 사용할 수 있다고 되어 있었다.

설명을 다 읽은 피네건 박사는 경악했다.

"그럼…… 우리 시설에 비밀 전파망원경 하나를 붙여 놓고 일부러 숨겨 놓았단 겁니까?"

"네."

"대체 왜?"

최 박사가 자신의 추측을 풀어 놓기 시작했다.

"아마 이곳을 유사시에 핵전쟁 대비용 벙커처럼 쓰려고 한 게 아닐까 싶긴 한데. 백악관 높으신 분들 생각에는, 기왕 땅 속 깊은 곳에 벙커를 파 놨는데 과학자들이 우주 이야기하는 데만 쓰게 두면 아깝다고 여겼나 보지."

시설을 지하에 숨기더라도 전파 송수신을 위해 사용되는 거대한 접시형 안테나가 설치된다면 숨긴 의미가 없다. DARPA

의 엔지니어들이 안테나조차 최대한 숨기기 위해 고민한 결과
가 이 '파이프형 전파망원경'이었을 거라고 최 박사는 생각했다.

찬드라세카 박사가 말했다.

"요점은 이겁니다. 우리는 이 시설에서 우주로 전파를 쏘아
보낼 수 있습니다."

피네건 박사는 한숨을 내쉬고는 찬드라세카 박사에게 물
었다.

"좋습니다. 그런데 그게 저희들에게 무슨 의미가 있습니까?"

이미 온 세상이 다 망해 가는 상황에, 전파망원경의 존재가
대체 무슨 의미가 있단 말인가? 하지만 그렇게 묻는 피네건 박
사도 찬드라세카 박사가 이미 어떤 답을 갖고 있으리라고 생각
했다.

예상대로 찬드라세카 박사는 클립보드를 집어 들며 말했다.

"의미가 있는지 없는지 확인하기 위해서 시간이 좀 걸렸습
니다."

클립보드에 엮인 메모지를 한 장 더 넘기자 복잡한 계산식이
드러났다. 파이프형 전파망원경의 예상되는 특성을 고려해 우
주로 쏘아 보낼 수 있는 전파의 최대 출력을 계산한 것이었다.

"그 전파망원경의 발신 성능을 최대한 이용한다면 우주로
상당히 강력한 전자기파 신호를 송출할 수 있습니다. ERP에
속한 몇몇 연구원들의 주장대로라면 우주의 다른 지성체가 충
분히 식별할 수 있는 정도의 출력을 낼 수도 있겠습니다."

최 박사가 흥미로워하며 말했다.

"우리가 우주로 로켓은 못 쏘아 보내도 전파는 쏘아 보낼 수 있다 이거지?"

"네. 저희가 중력파 실험용으로 비축해 둔 배터리 전력을 연결하면 고출력 송신이 가능합니다. 일부 비필수 시설의 전력을 차단하면 안정적으로 장기간 송신이 가능합니다. 전파망원경으로 조준할 수 있는 인접 항성계 목록도 뽑아 놓았습니다."

클립보드 위에는 태양계에서 가까운 별들의 목록이 적혀 있었다. Wolf 1061, LHS 1140, Gliese 667, Gliese 682…… 이 별들은 태양계에서 수십 광년 이내의 가까운 거리에 있으면서, 동시에 생명체가 살지도 모르는 적당한 온도의 바위 행성이 있을 것으로 관측된 별들이었다.

찬드라세카 박사는 이어서 덧붙였다.

"만약 이 별들 중 어딘가에 고등 지적 문명이 존재한다면 그들 또한 알두스에서 쏘아져 나온 상대론적 제트를 관측했을 겁니다. 그리고 그 제트의 경로에 다른 별이 위치한다면 정말 희대의 천문학적 사건으로 여겼을 겁니다. 지금도 실시간으로 태양을 관측하고 있겠죠…… 우리라도 그랬을 테니까요. 그렇다면 우리가 그쪽으로 전파를 쏘아 보낼 경우, 성공적으로 탐지해 낼 가능성이 상당히 높을 겁니다."

막막한 허공에 외치는 비명이 아니라, 무슨 일이 벌어졌는지 알고서 귀를 기울이고 있는 이들에게 속삭이는 것과 같아진다는 말이었다.

"그럼 바로 발신이 가능합니까?"

피네건 박사의 물음에 최 박사가 고개를 갸웃거리며 말했다.

"안 되지. 블랙홀 방사선에 압도당할 텐데?"

지금 지구 주변은 알두스에서 쏟아진 블랙홀의 감마선으로 온통 뒤덮여 있을 게 분명했다. 우주 방사선과 우주 전파는 에너지의 세기만 다를 뿐 똑같은 전자기파에 속했다. 인간이 쏘아 보낸 작은 전파는 무시무시하게 강력한 우주 방사선에 파묻혀 다른 별은커녕 달에도 닿지 못할 게 분명했다.

"네, 지금은 무리입니다."

찬드라세카 박사도 일단은 고개를 끄덕였다. 그리고 곧바로 덧붙였다.

"하지만 지구 공전 궤도가 블랙홀 제트를 벗어난 뒤라면 발신할 수 있겠죠."

찬드라세카 박사는 마우스를 움직여 지구의 공전 시뮬레이션 결과를 표시했다. 앞서 예측한 블랙홀 제트의 타격 범위에 따르면, 9월 하순부터 11월 중순까지 지구는 블랙홀 제트 바깥을 공전하게 된다. 이때 블랙홀 제트를 피할 수 있는 방향으로 전파를 쏘아 보내면 간섭당할 걱정을 하지 않아도 된다는 것이었다.

그러나 이것은 딱히 희망적인 소식이 아니었다. 잠시 두근거림을 느꼈던 피네건 박사는 곧바로 낙심하여 물었다.

"……저희가 그때까지는 생존할 수 없지 않습니까?"

COIL에 비축된 생존 물자는 8월까지 버틸 수 있는 분량이라는 것은 이미 확인된 사실이었다. 찬드라세카 박사는 고개를 끄덕이며 말했다.

"그래서 이걸 회의에 공개할지 말지 의견을 여쭤보려고 했던 겁니다."

피네건 박사는 잠시 말뜻을 이해하지 못했다. 공개하지 못할 이유와 그때까지의 생존 가능성이 무슨 연관성이 있는지 순간 파악이 되지 않았다. 하지만 잠시 뒤, 무서운 가능성이 떠올랐다.

8월까지 생존한다는 것은 생존 물자를 모두에게 공평히 분배한다는 전제하의 이야기였다.

지금 시설은 고립된 상태였고, 세계는 멸망했으며, 미래를 기약할 일은 없다. 모두 피할 수 없이 평등한 죽음을 맞이해야 한다면 다들 슬프지만 받아들일 것이었다. 하지만 불과 몇 달만이라도 뒤의 미래에 살아 남아야 할 중요한 이유가 생긴다면 …… 누군가는 분명 그 시기에 살아 남는 생존자가 되고 싶을 것이었다. 그리고 제한된 물자 속에서 누군가의 수명을 늘리려면, 누군가의 수명은 줄어야 했다.

피네건 박사는 신음했다.

"……이해했습니다. 이걸 함부로 공개하면 생존조를 자처하는 사람들이 나타나겠군요."

최 박사도 고개를 끄덕였다.

"누구를 살리네 누구를 죽이네 하는 이야기도 대뜸 튀어나올 거고."

찬드라세카 박사는 슬쩍 최 박사의 눈치를 보듯 물었다.

"……그렇게 할 생각이 있으십니까?"

하지만 최 박사는 단호하게 고개를 저었다.

"아니, 되도록 내 센터에서 그런 꼴은 안 보고 싶네. 살인이잖아 그건. 먼저 다른 대안이 없는지 생각해 봤으면 좋겠는데."

일단 이 일로 생존자들 간의 생존 경쟁 국면이 벌어지지 않았으면 한다는 데에는 이 자리의 세 사람이 모두 동의했다.

피네건 박사가 물었다.

"사람이 살아서 제어해야만 전파 발신이 가능합니까? 자동화할 수는 없습니까?"

찬드라세카 박사는 아쉽다는 표정으로 긍정했다.

"네. 그게 그렇게 간단하지 않다는 게 ERP 엔지니어들의 결론이었습니다. 물론 닥터 피네건의 교차 검증이 필요하겠습니다만."

찬드라세카 박사는 레터Letter용지에 인쇄된 보고서를 피네건 박사에게 건넸다. 지상의 파이프형 전파 망원경으로 우주 전파를 쏘아 보내려면 상당한 전력을 사용해야만 했다. 공교롭게도 이 전파망원경에는 별도의 전원이 연결되어 있지 않았다. 엔지니어들의 추측으로는 나중에 또 다른 비밀 시설을 이어 붙여 발전기를 연결하려던 것처럼 보인다고 했다. 즉 현재 설비를 이용해 전파를 쏘기 위해서는 COIL 시설 내부에서 전력을 조달해야 한다는 이야기였다.

다행히 COIL에는 원래 중력파 간섭기를 동작시킬 목적으로 대규모 배터리 축전설비에 상당한 양의 전력을 비축해 둔 상태였다. 어떻게든 이 전력을 전파망원경으로 보낼 수 있다면 전파 발신은 가능했다.

하지만 COIL 시설 내부의 전력망은 그런 고압전류를 견디도록 설계되어 있지 않았다. 설계 한도를 넘은 고전압이 인가되면 시설 전체의 전력 공급망을 망가트릴 우려가 있어, 전력 제어실에 사람이 상주하며 전력 공급 상황을 꼼꼼하게 모니터링하지 않으면 단선이나 화재로 이어질 수도 있었다.

요컨대 사람이 꼭 필요하고 자동화는 불가능하다는 것이 ERP 엔지니어들의 결론이었다.

피네건 박사는 보고서를 정독한 뒤, 한숨을 쉬며 답했다.

"조사 내용이 맞습니다. 이 제어 과정을 자동화하는 것은 제가 아는 한 불가능합니다."

최 박사가 아쉬움이 남는지 물었다.

"어떻게 안 될까?"

하지만 피네건 박사는 고개를 저었다.

"어떻게든 되게 했다가 문제가 안 생기도록 책임질 수 있을지 자신이 없습니다."

부정적인 대답에 최 박사는 진지한 표정으로 피네건 박사를 바라보며 물었다.

　"다른 의도 없이 하는 질문인데, 실력의 문제야?"

　엔지니어들은 임기응변에 강하다. 억지로 프로그램을 짜서 자동화를 시킬 수는 있었다. 하지만 그게 올바르게 동작한다는 보장을 하기는 어려운 환경이었다. 심지어 문제가 생기면 디버깅을 해 볼 수 있는 것도 아니고, 자신이 죽고 난 뒤에 동작할 프로그램이었다.

　그리고 피네건 박사는 COIL의 관리자였지, 설계자는 아니었다. 솔직히 자신이 없었다.

　"……그렇게 봐야겠습니다. 유지보수는 할 수 있지만, 고전압을 취급하는 자동화된 송전 구조물을 지금 당장 만들라고 하면 제 전문 분야는 아니고, 시설팀에도 그런 게 되는 인력은 현재 없을 겁니다."

　자존심이 상하는 일이었지만, 전문가로서 불가능한 일을 가능하다고 우길 수는 없었다.

　최 박사는 고개를 끄덕끄덕하며 이해를 표하더니 잠시 팔짱을 끼고 서서 생각에 잠겼다. 대안을 고민하는 모양이었다. 최 박사의 성격상 뭔가 혁신적인 아이디어가 나오지 않으면 뭔가 터무니없는 이야기가 나올 거라고 피네건 박사는 예상했다.

　그리고 아니나 다를까.

　"만약…… 귀신들한테 도와 달라고 하면?"

"예?"

터무니없는 정도가 실로 대단했다. 그러나 최 박사는 그답게도 자신의 의견에 매우 진지했다.

"그 왜, 엘리시움 학술원인지 있다며. 죽은 엔지니어들도 있지 않을까?"

"닥터 최, 그게 도움이 된다고 진심으로 믿는 겁니까?"

피네건 박사는 깊은 의심을 담아 물었다. 하지만 최 박사가 곧바로 받아쳤다.

"닥터 피네건, 그럼 도움이 안 된다고 단정할 수 있는 증거를 말해 봐."

입증 책임 떠넘기기라니. 그리 건설적인 토론의 방법은 아니었다. 도움이 될지 안 될지 증명하는 것은 말을 꺼낸 최 박사가 해야 할 일이었다. 하지만 한편으로 피네건 박사는 자신 또한 명확한 반론을 제시하기 어렵다는 것을 느꼈다. 피네건 박사는 여전히 사후세계에서 들락거리는 영적 존재들이 썩 편하지 않았고, 그런 사적인 비호감의 결과가 아니냐고 묻는다면 할 말이 없었다.

고심하는 피네건 박사에게 최 박사는 타이르듯 말했다.

"물어나 보자구."

피네건 박사는 최 박사에게 물었다.

"……충분한 도움을 얻을 수 없는 경우에는 어떻게 할 생각이십니까?"

"그때는…… 어쩔 수 없지. 누군가 살아 남아서 회로를 만져 야겠지."

"안 한다는 선택지는 없는 겁니까?"

결국 이 모든 고민은 전파 망원경으로 우주에 무슨 메시지 라도 쏘아 보내겠다는 발상을 했기 때문이었다. 무모한 도전을 포기하면 고민할 이유도 없어진다. 피네건 박사는 그 부분을 지적해 보고 싶었다.

그 질문에 최 박사는 되물었다.

"안 할 거야, 그럼?"

그렇게 말하는 최 박사의 목소리에는 약간의 분노와 실망감, 그리고 사명감이 묻어나고 있었다.

"성공하든 실패하든 우리가 외부 세계에 영향을 주고 사라 질 수 있는 유일한 기회라고 생각하는데? 실패를 두려워하는 건 다음 기회가 있기 때문이야. 우리에게 다음 기회라는 건 없어."

피네건 박사는 침묵했다. 최 박사는 계속해서 말했다.

"그냥 아무것도 안 하고 지구에 갇힌 채 땅 속에서 블랙홀 연 구만 하다가 편안하게 굶어 죽자고?"

연구실에 무거운 침묵이 내려앉았다.

최 박사는 대답을 재촉했다.

"어떻게들 생각해?"

찬드라세카 박사가 먼저 입을 열었다.

"……솔직히 저는 닥터 최와 같은 생각입니다."

최 박사는 그렇게 말하는 찬드라세카 박사를 향해 빙그레 미소 지었다. 찬드라세카 박사는 조심스러운 말투로 덧붙였다.

"회의에 알려도 좋을지 걱정했던 건 물론 생존자를 어떻게 남길 것이냐는 문제도 있었습니다만 사후세계 쪽에 괜한 희망을 주는 게 아닌가 싶었습니다. 하지만 도움을 받는다는 방향도 있겠군요."

생각을 정리하면서 점차 확신이 생겼는지, 찬드라세카 박사는 마지막에 이르러서는 제법 단호한 목소리로 말하며 고개를 끄덕였다. 최 박사도 마주 고개를 끄덕이며 말했다.

"응. 그리고 괜한 희망 좀 주면 어때. 실망시킨 죄는 어차피 목숨으로 갚으면 돼."

"닥터 최, 이 상황에서 좀 지나친 농담 아닙니까?"

피네건 박사가 핀잔을 주었지만 최 박사는 태연했다.

"틀린 말은 아니잖아? 그래서, 닥터 피네건은?"

의견을 확정할 시간이었다. 피네건 박사는 자신의 마음속을 들여다보았다. 석연치 않고 미심쩍은 부분이 너무도 많았으나 '그래서 아무것도 하지 말자는 것이냐'는 질문에 당당하게 그러자고 말할 수 있는 논리도 용기도 가진 것이 없었다.

희박한 가능성에 걸 수밖에 없는 순간이 왔다고 피네건 박사는 생각했다.

"……자동화 가능성에 대해서는 제가 좀 더 검토를 해 보고 싶습니다. 제가 모르는 걸 물어보려면, 질문 정도는 정리해 놔야겠지요."

피네건 박사의 대답에 최 박사는 다시금 히죽하고 기분 좋은 미소를 지어 보였다.

"좋아, 다음 ERP 브리핑 때 발표하기로 하자. 닥터 찬드라세카는 다른 거 준비 좀 해 주면 좋겠는데."

"말씀하십시오."

클립보드에 받아 적을 준비를 하는 찬드라세카 박사에게, 최 박사는 말했다.

"우주로 전파를 쏘아 보내려면 메시지 내용을 짜야 할 거 아냐? 규격을 좀 만들어 줬으면 좋겠어. 메시지 내용도 사후세계 대표들 도움을 받으면 좋겠는데, 한두 글자 보낼 수 있는 환경에서 갑자기 독립선언서 전문을 쏘아 달라고 그러면 곤란하니까."

전파 통신을 제공하려고 하면 통신 메시지의 규격은 반드시 결정되어야 하는 문제였다. 찬드라세카 박사는 고개를 끄덕이며 그 내용을 메모했다.

"알겠습니다."

최 박사는 문득, 이런 일을 흥미롭게 진행할 만한 직원의 얼굴을 떠올렸다. 스스로 위키백과의 사본을 보존하려 할 정도로 기록물에 대해 깊은 관심을 가진 연구원이 있었다. 최 박사는 약간 짓궂은 웃음기를 띠고 찬드라세카 박사에게 충고했다.

"콜버트 연구원 불러다가 이야기 좀 나눠 봐. 그런 거 맡기면 재밌어 할걸?"

*

 이만석 장인을 유혜영 차사 편에 일단 저승으로 돌려보내고 수현은 단독으로 솔개부대와 협의에 나섰다. 탐색 결과를 토대로 구체적인 작전 계획을 확정해야 하는 시점이었다. 박인영 대위의 의향과 유혜영 차사의 건의를 통해 저승 측의 최종 책임자가 협의에 나와야 한다는 데 의견이 모였다. 그렇지만 이시영 비서실장이 자리를 비우고 지상에 내려오기는 여러 모로 부담이 있었기에 실무 책임자로서 수현이 오게 된 것이었다.

 솔개부대 벙커 안 회의실에서 수현은 박인영 대위와 대면했다. 수현 쪽은 혼자였고, 부대 쪽에서는 생활관 책임자 김인국 소위와 공병하사관 강재상 중사가 배석해 있었다. 수현은 이들에게 고개 숙여 인사했다.

 "처음 뵙겠습니다. 염라대왕부 비서실의 강수현 비서관이라고 합니다."

 박인영 대위를 포함한 각 부대원들도 간단히 묵례로 인사했다.

 "솔개부대 부대장인 박인영 대위다. 귀측의 이야기는 여러 차례 들었다."

 서로 회의실 의자에 착석한 뒤, 인영은 더 이상의 인사치레 없이 곧바로 본론으로 들어갔다.

 "그래서, 탐색은 잘 마쳤나?"

수현도 그 편이 편했다.

"네. 을지로 입정동 일대에서 모든 자재와 공구가 확보가 되었습니다."

수현은 을지로 공업소 골목에서 발견된 금속 가공 공구와 거대한 아연도금 강판에 대해 설명했다. 지도를 짚어 가며 대략적인 발견 위치를 안내한 수현은, 공업소들의 문이 튼튼하게 잠겨 있었다는 점을 설명하며 자물쇠 파괴를 위한 장비를 최대한 휴대해 줄 것을 당부했다. 이어서 수현은 목적지까지 이동하기 위한 경로를 설명하기 시작했다.

"우선 확인차 여쭙겠습니다. 차량을 이용하시는 거지요?"

인영은 고개를 끄덕였다.

"당연하다. 부대 인원들을 지상의 안전하지 않은 환경에서 걸어다니게 할 생각은 없다. 실어 날라야 할 물품도 있을 테고, 차량은 필수적이라고 보고 있다."

"쓸 수 있는 차는 있는 거지요?"

수현의 물음에 인영은 담담하게 말했다.

"쓰면 된다."

징발하겠다는 의미였다. 솔개부대 부대원들은 전시 차량 징발에 대비해 키 없이 차량 문을 열거나 시동을 거는 훈련을 받았고, 종묘 공영주차장에 세워져 있는 아무 차라도 이용할 수 있었다. 국가적 긴급 상황에서 군인이 민간인 차량을 징발하는 것은 상정할 수 있는 일이었다. 지금은 어차피 모두 주인 없는 차가 되어 있을 것이었다.

"알겠습니다. 그럼 차량으로 이동한다고 할 경우…… 이 길로 이동하시게 됩니다."

수현이 안내한 경로는 종묘 공영주차장을 빠져나온 뒤 세운상가 건물 밑으로 놓인 도로를 남하해 청계천을 건너는 것이었다. 청계천을 건넌 뒤에는 다시 청계상가, 대림상가 밑을 통과해 을지로에 도착하고, 거기서 서쪽으로 이동해 입정동 공업소 골목으로 진입한다는 계획이었다.

수현이 지목하는 경로를 보고 있던 박인영 대위가 물었다.

"꼭 이 상가들 밑으로 통과해야 하는 건가? 비교적 최단거리인 것은 맞지만, 큰 길로 빠르게 이동하는 편이 낫지 않나?"

인영은 그렇게 말하며 서쪽으로 조금 우회해 종로3가역 사거리에서 충무로를 따라 남하하는 길을 가리켜 보였다. 하지만 수현은 동의하지 않는 입장이었다.

"건물 밑으로 난 도로가 좁긴 하지만 장애물은 없었습니다. 저로서는 이 길이 바람직해 보입니다. 왜냐면 하늘에서 방사선이 내려오고 있고, 차폐물은 조금이라도 많을수록 좋다고 생각합니다."

아무리 목성에 의해 알두스가 가려지는 날에 맞추어 이동한다고 하더라도 하늘에서 내려오는 알두스나 태양의 방사선 강도를 예상하기 어려운 상황이었다. 하늘은 최대한 많이 가려질수록 좋았다.

"사실 굳이 도보로 이동하신다고 하면 저는 아예 지하철 터널로 이동하십사 제안할 생각이었습니다. 종로3가역 환승통로를 통하면 을지로3가역까지 땅 속으로 이동할 수 있으니까요."

인영은 수현의 설명을 곧바로 받아들였다.

"그것도 좋은 경로지만, 차량 운용이 어렵겠군. 차폐물이 필요하다는 점은 완전히 이해했다."

수현은 금속 가공 공구를 동작시키기 위해 전기가 필요하다고 설명하고는 인영에게 물었다.

"발전기는 사용 가능합니까?"

"비품 중에 있고, 사용하게 될 거라고 생각해서 정비도 마쳐 놓았다. 종묘까지는 카트에 실어 인력으로 끌고 가면 되고, 거기서부터는 차에 싣고 가면 된다."

"알겠습니다."

인영과 수현 사이에 작전의 이동 경로가 확정되고 나자 김인국 소위가 솔개부대 측의 인력 동원 계획을 설명하기 시작했다. 그는 작전계획서에 도식화된 분대 편성도를 펼쳐 보였다.

"저희 부대에서 작전에 나서게 되는 인원을 추산한 내용입니다."

먼저, 실제 철판에 세공 작업을 진행할 인원 네 명을 배정하였다. 구체적인 작업 방법은 계속 고민해야 했지만, 3인 1조로 쉼 없이 작업하면서 한 명을 교대로 쉬게 하는 것이 목표였다. 가져갈 발전기를 관리하고 동작시키는 전담 인원이 한 명, 이상의 다섯 명을 태우고 갈 차량 운전자 한 명을 포함해 여섯 명이 1분대로 지정되었다.

나머지는 지원 및 지휘 인력이었다. 발전기에 기름을 공급하기 위해 차량 한 대를 더 징발하고, 운전사 한 명과 유류油類 배송조 두 명을 더 편성했다. 거기에 방사능 측정, 휴식 지원, 지상에서의 식사 공급 등 지원 업무를 도맡아 할 두 명의 보조 대기 인력을 포함해, 총 다섯 명으로 구성된 2분대가 지정되었다. 뒤이어 인영이 첨언했다.

"여기에 지휘관으로 내가 같이 나갈 예정이다. 총 열두 명이 되겠군."

김인국 소위는 분대 편성도의 보조 대기 인력을 가리켜 보이면서, 지상에서의 방사선 노출 대책에 대해 설명했다.

"부대에 보관된 방사능 계수기 수량이 부족해, 대기 인력이 한 대를 갖고 나갈 예정입니다. 누적 노출 방사선량이 기준을 초과하면 즉시 통신으로 경고하도록 합니다."

통신 장비는 대기 중 방사선에 의한 전파 교란 가능성을 고려해 유선을 기본으로 하고 비상용으로 무선을 휴대하기로 했다. 징발한 차량의 짐칸이나 트렁크에 통신선 릴을 싣고, 이동하면서 통신선을 끌고 가는 방법이 채택되었다. 이렇게 하면 현장의 부대원들이 솔개부대 벙커와 직접 유선으로 통신을 할 수 있다.

그때 공병하사관 강재상 중사가 말했다.

"박 대위님, 건의사항이 하나 있습니다."

"뭐지?"

"인원 세 명 정도로 구성된 탐색대를 별도로 편성하는 것은 어떻게 보십니까?"

인영은 건조하게 물었다.

"목적은?"

"식료품과 의약품의 조달입니다."

목성이 알두스를 가려 주는 동안에만 지상으로 안전하게 나갈 수 있으니, 그 기간 동안 시내를 최대한 돌아다니면서 식료품과 의약품을 긁어 모아 생존 기간을 최대한 늘려 보자는 것이었다. 여기는 서울 한복판이었다. 종로, 을지로, 청계천, 세종로 일대에 풍부한 소비자 물자가 공급되어 있었다. 편의점을 털고 약국을 털면 많은 물자가 확보되지 않겠냐는 것이 그의 의견이었다.

이 아이디어는 그렇지 않아도 수현이 고민하다가 한 번 낙심한 적 있는 내용이었다. 수현은 바로 반론을 제기했다.

"나사 관계자 분들은 지상으로 나가는 것에 회의적이셨습니다. 지상에 있던 식료품은 지나치게 방사선에 노출되어 상태가 멀쩡하지 않을 수 있다고 했습니다."

하지만 강재상 중사는 완고했다.

"그럴 거라고 짐작은 하고 있습니다만, 없으면 어차피 굶거나 병들어 죽을 것 아닙니까?"

김인국 소위가 조심스럽게 말했다.

"강 중사, 솔직히 말하면…… 그렇게 하면서까지 며칠 더 살아 남는 데 의미가 있습니까?"

두려움과 절망, 그리고 신중함이 잔뜩 담긴 지적이었다. 인영은 개입하지 않은 채 강재상 중사가 답하기를 유도했고, 강 중사는 큰 망설임 없이 곧바로 대답했다.

"저야말로 솔직히 말씀드리겠습니다. 저는 종교를 안 믿는 사람이고, 비록 이 작전에 대의명분이 있다고 생각합니다만 이 결과로 제가 직접적인 무슨 득을 볼 거라고는 생각하지 않습니다. 부대원들 중에 저 같은 사람 많을 겁니다. 지상으로 나가서 죽은 사람들 좋은 일만 해 주고 온다고 하면, 건전하지 못한 생각을 할 사람이 정말 없겠습니까?"

재상의 반박을 들은 인국은 침통한 표정을 지은 채 콧김으로 깊은 한숨을 내쉬었다. 인영이 재상의 반박 내용을 정리했다.

"요컨대, 지상 작전의 대내 명분을 쌓기 위한 활동이란 말이지?"

"그렇습니다."

인영은 인국을 돌아보았고, 인국은 납득했다는 듯 고개를 끄덕였다. 인영은 결론을 내렸다.

"……허락한다. 그러면 총 열다섯 명 편성이 되겠군. 차량도 한 대 더 필요하겠고."

부대 편성도에 삼인조로 구성된 3분대가 추가되었다. 당일 지상 작전에 대한 윤곽이 점차 또렷해지기 시작했다. 편성도를 가만히 내려다보던 인영은 고개를 들어 수현을 진지한 표정으로 바라본 뒤 물었다.

"그쪽의 유혜영 사자하고는 협의가 된 사안이다만, 작전의 지휘 전권은 내가 행사하기로 이야기가 되어 있다. 이의는 없겠지?"

수현은 고개를 끄덕였다.

"저희도 이미 보고 받은 내용입니다. 지휘권은 당연히 보장하겠습니다."

대답을 들은 인영은 조금 긴장한 듯 자세를 고쳐 앉으며 수현에게 고했다.

"그렇다면 분명히 선을 긋고 싶은데, 이번 작전 지휘 과정에서는 부대원들의 생존을 가급적 우선할 방침이다."

뚜렷한 의지가 느껴지는 강한 말투였다.

"나가서 가능한 한 오래 작업하되, 위험 요소가 발견되거나 방사능 위험 상황에 처하는 경우 부대원의 생존과 복귀를 우선으로 조치할 생각이다."

인영의 선언을 수현은 무표정한 얼굴로 듣고 있었다. 하지만 시선은 고민스럽게 떨리고 있었다. 빠르게 대답하고 맞장구를 치던 수현이 반응 없이 침묵한 것 자체가 심적 동요를 보여주었다. 안 그럴 수가 없었다. 솔개부대원들의 헌신적인 노력이 없으면, 신시왕경을 철판에 기록해 후대에 남긴다는 작전은 성립이 불가능하다. 지상에 나가 장시간 작업을 하기 위해서는 그만큼의 위험을 감수할 수밖에 없었다. 지구 종말 상황에서 사후세계의 종말을 막는다는 대의명분을 유혜영 차사가 간신히 납득시켜서 그 일을 해 줄 거라고 믿고 지금까지 상세 작전 계획을 짰는데 이제 와서 생존을 우선으로 하겠다고 하면…… 수현으로서는 작전의 추진력을 걱정하지 않을 수 없었다.

굳은 얼굴로 말을 고르고 있는 수현에게 인영이 선수를 쳐서 다시 말을 걸었다.

"무슨 말을 하고 싶은 건지 충분히 짐작이 가니까 숨길 필요는 없다."

결국 수현은 가볍게 한숨을 내쉬었다. 무표정하게 굳어 있던 얼굴에서는 어쩔 수 없는 낙심이 새어나왔다.

"……죄송합니다."

인영은 자신이 짐작한 것을 묻지 않았다. 수현도 딱히 구구절절 설명하지 않았다. 대신에 인영은 자신이 선언한 것에 대해 좀 더 깊은 이야기를 덧붙여 나갔다.

"작전의 목적과 동기는 이미 부대원들에게 공유되어 있다. 다들 헌신적으로 참가할 것으로 예상한다."

그 헌신은 사람마다 제각기 다른 성분으로 구성되어 있을 것이었다. 누군가는 자신이 죽어 향할 사후세계의 안녕을 위해서, 누군가는 죽은 대한민국 국민도 국민이니 지켜야 한다는 기묘한 사명감으로, 누군가는 단지 달리 매진할 일이 없어서, 누군가는 명령에 따르기 위해, 어쩌면 누군가는 강재승 중사의 건의대로 생존 물자를 노획하겠다는 기대를 품고 작전에 임할 것이다.

죽지 말라고 해도 죽을 각오를 하는 인원이 있을 법했다. 반대로 죽음을 각오하느니 작전을 망치려 드는 인원도 있을 법한 상황이었다.

"이런 상황에서 지휘관마저 그들을 사지로 내몰 수는 없다."

죽음을 각오한 이들을 죽게 만들 수도, 죽을 준비가 안 된 이들을 죽음에 내몰 수도 없었다. 이런 상태의 부대를 지휘하기 위해서 부대장은 부대원들의 생환을 우선시할 수밖에 없었다.

그리고 무엇보다…….

"그리고 무엇보다, 모든 부대원들에게 존엄한 죽음을 보장할 책임은 부대장인 내게 있다."

도의적으로 그래야 마땅했다.

인영의 이야기를 가만히 듣고 있던 수현은 고개를 숙였다.

"알겠습니다. 존중합니다."

수현으로서는 이미 죽어 저승에 적을 둔 입장에서 아직 목숨을 갖고 있는 이들에게 그 목숨을 쉬이 내놓으라는 말만큼은 결코 할 수 없었다. 특히 이미 죽은 몸으로 이승의 아무 것도 손댈 수가 없어 살아 있는 이들의 손을 빌리려는 입장에서는 더욱 그랬다. 인영의 선언은 분명 작전의 추진력을 걱정하게 하는 내용이었지만 전략적으로, 그리고 도덕적으로 타당했다.

남은 안건은 비교적 빠르게 정리되었다. 작전에 앞서 지표 방사선량 측정을 시도하고, 저승사자 편을 경유해 나사로 그 데이터를 보내 낮 또는 밤 중 언제 작전을 펼치는 것이 좋을지 최종 검토를 받기로 했다. 철판에 글자를 새기는 작업을 원활하게 하기 위해 작전에 앞서 염라대왕부의 장인이 내려와 부대원들을 교육하기로 하는 것에도 합의가 이루어졌다.

작전 준비 및 계획과 관련된 모든 내용의 검토를 마치고 수현은 저승으로 돌아갈 채비를 갖추었다.

"그럼 저는 이만 물러가겠습니다. 오늘 논의된 내용 일체는 염라대왕부에 공유해 놓도록 하겠습니다. 다음번에는 다시 유혜영 차사가 내려올 예정입니다만, 필요하시면 언제든 호출하시면 오겠습니다."

돌아가기에 앞서 수현은 인영을 포함한 부대 측 배석자들에게 하나하나 악수를 청했다. 비록 서로의 손을 잡을 수는 없었지만, 적당히 맞는 위치에서 손을 흔들며 악수가 이루어졌다.

작별 인사를 마친 수현의 모습이 점차 투명하게 흩어져 마침내 사라지자 부대 측 배석자들은 일제히 긴장이 풀린 듯했다. 김인국 소위는 한숨을 내쉬고, 강재승 중사는 크게 기지개를 켰다.

하지만 인영은 여전히 긴장이 풀리지 않은 모양새였다. 의자에 굳은 자세로 앉아 무언가를 골똘히 생각하던 그는, 곧 업무 수첩에 무언가를 적은 뒤 낱장을 쪽지로 찢어서 인국에게 건넸다.

"김인국 소위. 비품실에 가서 이걸 챙겨 놓도록."

인국은 쪽지를 받아들고 눈이 휘둥그레지도록 놀랐다. 인국은 황급히 인영에게 속삭여 되물었다.

"……진심이십니까? 존엄한 죽음을 보장하겠다고 하지 않으셨습니까?"

쪽지에 적혀 있는 것은 약품명으로, 치사성 독약이 든 캡슐이었다. 분명 보급품으로 준비되어 있기는 하였으나, 이는 전시에 부대 위치가 노출되고 적군의 강제 진입이 임박했을 경우를 대비한 최후 자결용이었다. 인국으로서는 도무지 영문을 알수 없는 지시였다.

하지만 인영은 따로 생각하는 바가 있었다.

"바로 그래서다."

더 영문을 몰라 하는 인국에게 인영은 작은 목소리로 단호하게 말했다.

"최악의 경우 우주 방사선에 노출된 우리 부대원이 어떤 상태가 될지 상상하고 싶지도 않다. 전신이 망가져 죽게 내버려둘 수는 없다. 그거야말로 존엄에 반한다."

아무리 생존과 복귀를 우선해 작전에 임하더라도 예기치 못한 사고는 어디서든 벌어질 수 있었다. 인영은 부대원들이 기왕이면 살아 돌아오기를 바랐으나 죽더라도 고통 없이 죽기를 바랐다. 인국은 비로소 인영의 말뜻을 이해했고 침통하게 고개를 끄덕였다.

인영은 그에게 다시금 당부했다.

"보급 준비를 부탁한다. 부대원들에게는 내가 직접 설명하겠다."

"알겠습니다."

인국은 쪽지를 잘 접어 품에 갈무리했다. 보급품 창고를 향해 인국이 걸어 나가고, 강재승 중사가 먼저 들어가 보겠다고 말한 뒤 회의실을 나섰다. 인영은 회의실에 혼자 남았다. 그제야 인영의 긴장이 무너졌다. 가슴 저 깊은 곳에서부터 끓어오르는 깊은 날숨을 토해 놓은 인영은 앉은 채로 회의실 책장에 팔을 괴고 머리를 묻었다.

작전에 나설 자신을 포함한 열다섯 명의 목숨과 존엄.

솔개부대 총 서른두 명 부대원의 목숨과 존엄.

그들을 살리는 방법으로 지휘하고 존엄히 죽도록 안배하는 행위의 무게가 가벼울 리 없었다. 결국에는 한 명의 인간일 뿐인 인영에게는 지나치게 무거운 책임이었다. 하지만 동시에 부대 지휘관으로서 박인영 대위라는 한 명의 인간이 지지 않고서는 누구도 감당할 수 없는 책임이기도 했다.

이것은 독배毒杯였다.

"……하나님. 대체 이 모든 시련에 무슨 의미가 있는 것입니까."

인영은 토하듯 꺼낸 이 물음에 답이 돌아왔으면 하는 생각을 지울 수 없었다. 기왕에 독배를 손에서 떨어뜨릴 수 없다면, 부디 필부인 자신의 뜻보다는 하늘의 뜻이 이루어지기를 바랄 수밖에는 없었기에.

*

엘리시움 학술원에 마련된 작은 대기실. 휴식을 취할 수 있는 침대가 있고 네 명이 앉아 업무 회의를 할 수 있는 탁자가 마련된 기숙사 방에 가까운 공간이었다. 창밖으로는 이승의 그것과 거의 다르지 않은 엘리시움 시내의 풍경이 엿보였고, 그에 걸맞은 도시 소음은 물론 여러 탁하고 달콤한 향기가 새어 들어왔다.

호연은 대기실에서 혼자 리뷰 결과를 초조하게 기다리고 있었다. 안유정 비서관도 함께였다. 지루한 시간이었다.

방 안에는 유선 라디오가 설치되어 있어 뉴스나 음악 채널을 재생할 수 있었다. 음성을 어떻게 전달하는지, 라디오에서 나오는 음성은 영혼 간의 대화처럼 해석이 되지 않고 원래의 언어로만 들렸다. 영어, 불어, 독일어 채널을 차례로 건너뛴 호연과 유정은 결국 클래식 음악 채널을 틀어 놓고는 학술원 도서관에서 허락을 받고 빌려온 책을 읽으며 시간을 보내고 있었다. 같은 영어라도 듣기보다는 읽기가 좀 더 편했다.

책장을 넘기면서도 산만하고 불편한 마음은 가실 길이 없었다. 호연은 넘기려던 페이지 끄트머리를 만지작거리며 중얼거렸다.

"고약한 사람들이야 진짜……."

호연은 기록을 수집하러 온 연구원을 붙잡고 신시왕경을 하나하나 전달할 작정이었지만 담당 연구원은 난색을 표했다. 엘리시움 학술원은 한국 쪽 기록물에 대해 그렇게까지 많은 분량을 안배한 상황이 아니었던 것이다. 협력 관계가 양호하고 대표단이 직접 방문했다는 등의 여러 우대 조건을 붙인 후에도 고작 신시왕경의 십분의 일도 담기 어려운 분량을 할애해 주었다. 이마저도 이들이 기록해 넣을 이름 모를 여러 다른 저승에 비해서는 십여 배나 많은 분량이라고 했다.

분량의 차이가 너무 현격했기에 담당 연구원은 대신 서적을 곧장 편집위원회에 올려 분량에 대한 평가를 받겠다고 선언했다. 여러 차례 회유했지만 달리 말이 통하지 않았고, 호연은 준비해 온 본문은 반드시 전부 반영되어야 한다고 강하게 주장하는 데서 그쳐야 했다.

"내가 한 말 제대로 안 전했을 것 같은데……."

호연이 전체를 반영해야 한다고 강하게 요구한 데에는 이유가 있었다. 신시왕경 영역본의 모체가 된 일차 초안은 마지막 편집 과정에서 홍기훈 박사의 제안으로 내용을 최대한 압축한 결과물이었다. 기록물을 남길 때 들어가는 품을 생각하면 분량은 적을수록 좋았다.

이미 한 번 압축한 것이었기에 신시왕경을 여기서 더 줄일 수는 없었다. 여기서 내용을 더 들어내면 시왕저승의 열 명 대왕과 여섯 명 왕 중 누군가는 되살아나지 못할 수도 있었다. 아니, 어쩌면 중국 시왕저승이 따로 있는 것처럼 불완전한 신시왕경을 보고 신앙을 키운 이들이 자기들만의 시왕저승을 탄생시키게 만들 수도 있었다. 어느 쪽이든 한국계 시왕저승의 완전한 부활을 기획하는 입장에서는 전혀 바람직하지 않은 결과였다.

그때 노크 소리가 들렸다. 호연은 황급히 대답했다.

"들어오세요!"

문을 열고 담당 연구원이 걸어 들어왔다. 안유정 비서관은 자신이 앉아 있던 호연의 맞은편 자리를 비워 주었다. 호연과 마주 앉은 엘리시움 학술원의 담당 연구원 베네토 카슨은 굉장히 살이 찐 남유럽계 남성이었다.

"미스 채, 편히 쉬고 계셨기를 바랍니다. 미스 안, 자리 양보 감사드립니다."

"감사합니다."

"천만에요."

서로 의례적인 인사말을 나눈 뒤, 카슨 연구원은 가져갔던 신시왕경 영역본의 원본 두루마리를 호연에게 반환했다.

"우선 이걸 받아 가십시오."

호연은 두루마리를 챙기고는 조바심을 내며 물었다.

"검토는 잘 끝났나요?"

카슨 연구원은 한숨을 쉬면서 대답했다.

"결론부터 말씀드리겠습니다. 편집위원회에서는 결정을 보류했습니다. 두 가지 편집안이 대립하다가 결론을 내지 못했습

니다."

호연은 실망감에 어깨를 늘어트렸다. 호연은 불만을 담아 따져 물었다.

"카슨 연구원님, 제가 여러 차례 강조해서 말씀드렸을 텐데요. 여기서 더 뺄 내용은 없어요. 정말 제대로 의견 전달해 주신 게 맞죠?"

그러자 카슨 연구원은 조금 난처하다는 듯 얼굴을 일그러트리며 대답했다.

"미스 채, 저도 주신 의견을 충실히 전달하려고 노력했습니다. 대충 무시하거나 태만하게 전하지는 않았다는 걸 알아 주셨으면 좋겠습니다만."

"……네, 그래서, 그 두 가지 편집안이 무엇이죠?"

호연의 물음에 카슨 연구원은 손가락을 꼽아 가며 대답했다.

"첫 번째는 의견 전달해 주신 대로 분량을 그대로 반영하는 겁니다. 전체 예상 분량에 큰 영향을 주지 않으니 전부 받자는 것이죠. 페레이라 박사님을 포함해 여러 분께서 주장해 주셨습니다."

그래도 안면이 있는 전문가가 그 자리에서 지지를 보내 주었구나 싶어서 호연은 조금 든든한 느낌을 받았다. 문제는 그다음이었다.

"두 번째는 분량을 오분의 일로 감축하자는 것입니다. 이쪽이 주된 의견이었고, 전문 반영을 주장하는 분들로서는 결정을 보류시키는 게 최선이었다고 생각합니다.”

호연은 분통이 터져 헛웃음을 뱉어내고는 카슨 연구원에게 따졌다.

“······대체 근거가 뭔가요? 그 분들 읽어나 보시고 그런 이야기를 하신 거예요? 한 번이라도 읽어 봤으면 뺄 내용이라곤 없다는 걸 잘 아실 텐데······.”

그런데 그때 카슨 연구원이 나직한 목소리로 호연의 거센 항의를 가로막고 나섰다.

“죄송합니다. 그보다 저야말로 한 가지 여쭤보고 싶은 게 있습니다.”

아연하게 바라보는 호연을 향해 카슨 연구원은 물었다.

“미스 채, 이런 걸 여쭙게 되어 죄송합니다만, 미스 채야말로 이 원고를 처음부터 끝까지 정독해 보셨습니까?”

호연은 순간 말문이 막혔다. 당연히 다 읽어 보았다. 아니, 직접 편집하고 편찬하는 작업을 눈앞에서 다 보았다. 신시왕경의 내용이라면 전부 다 알고 있다. 무슨 무례한 질문이란 말인가? 하지만······ 호연의 마음속에 석연치 않은 두려움이 샘솟아 올랐다.

눈앞에 있는 이 문서, 신시왕경 ‘영역본’ 자체를 꼼꼼히 검수한 적은 없었다. 몇 군데 중요한 페이지의 번역에 이상이 없는 것을 확인하고 급하게 들고 왔던 것이다. 호연은 정직하게 그 사실을 이야기하려다 입술을 깨물고 멈칫했다.

한동안 우호적이고 운명 공동체를 이룬 시왕저승의 망자들과만 이야기를 나누다 보니, 문제가 있으면 즉시 솔직히 털어놓는 게 습관처럼 되었다. 하지만 여기는 다른 저승이었고, 상대는 언제든 이쪽에 트집을 잡을 수 있는 상황이었다. 정치적인 메시지 관리가 필요했다.

머리가 아파 왔다. 그렇지만 호연은 애써 생각을 정리하고는 말을 골랐다.

"……저희 쪽 전문가가 철저히 검수한 내용인데, 의심이 가십니까?"

그리고 대답하는 동안 머릿속에서는 계속해서 다음 수를 찾아야 했다.

생각하고 싶지 않은 가능성이지만, 만약 이 영역본에 문제가 있다면, 그건 번역을 전담하고 아슬아슬한 시간에 결과물을 넘긴 정상재 교수의 책임이었다. 호연은 그를 믿어 보기로 한 마음이 배신당했으리라는 생각은 정말 하고 싶지 않았다. 그럼에도 불구하고 만약 문제가 지목된다면 그에게 책임을 돌릴 수밖에 없었다.

하지만 그건 시왕저승의 사정이다. 여기서 책임을 다른 이에게 돌린들 전부 '시왕저승의 실수'로 뭉뚱그려져 다루어질 게 분명해 보였다.

호연은 발상을 전환했다. 정상재 교수에게 오히려 권위를 실어 주기로 한 것이었다.

"미국에서 박사학위를 취득하고 문화적 교양이 풍부한 전문가가 작성하고 검수했습니다. 그 결과물을 저는 전적으로 신뢰합니다."

그의 책임이 시왕저승 전체의 책임으로 싸잡힐 상황이라면 그의 권위를 살려 시왕저승의 권위를 방어하는 것도 가능할 터. 호연은 그렇게 해서라도 이 상황을 잘 넘겨 보고 싶었다.

하지만 카슨 연구원은 호연의 답을 듣고 도리어 고개를 갸웃거렸다.

"검수한 결과물이란 말이지요……."

이 태도를 보니, 이제는 정말로 본문에 뭔가 중요한 문제가 있다는 생각밖에 들지 않았다. 호연은 최대한 침착하려고 애쓰며 카슨 연구원에게 질문했다.

"분량을 감축하자는 판단이 무슨 근거로 내려졌는지 말씀해 주시면 더 생산적인 대화가 되겠는데요."

질문을 받은 카슨 연구원은 대답 대신 가져온 서류를 하나 꺼내 놓았다.

서류는 호연이 가져온 신시왕경 영역본을 복사기로 복사한 것이었다. 긴 두루마리 형태로 되어 있던 신시왕경을 페이지 단위로 끊어 복사한 모양이었다. 표지에는 'FOR EDITING PURPOSE ONLY'라는 글자의 빨간색 도장이 찍혀 있었다.

카슨 연구원은 복사물의 페이지를 한참 넘기더니 한참 뒷부분의 어떤 페이지를 펼쳐서 테이블 위에 내려 놓은 뒤 페이지

위를 손가락으로 꾹꾹 눌러 가리켰다.

"이 부분이 가장 문제가 되었습니다."

호연은 카슨 연구원이 내민 내용을 들여다보았다.

내용상으로는 오도전륜대왕부 윤회청에 대한 설명과 함께 육도윤회에 대한 해설이 마무리되는 지점이었다. 그 설명이 끝나면 시왕저승이 존재하도록 돕는 여섯 작은 왕에 대해 소개한다는 서문이 나오고, 소육왕부를 다루는 장이 시작되어야 했다.

그런데 전혀 엉뚱한 내용이 적혀 있었다.

이상으로 시왕저승의 열 곳 대왕부에 대한 설명을 마친다. 부록을 다루기에 앞서, 이 문서 작성에 공헌한 이들에 대해 논하고자 한다.

호연은 순간 두 눈을 의심했다. 신시왕경에 이런 내용은 있을 수가 없었다. 시선을 아래로 이어 나가자, 영어로 쓰인 장황한 문장이 이어지기 시작했다.

먼저 이 문서를 작성하도록 명령한 염라대왕께 깊이 감사드린다. 행정 측면에서 비서실의 이시영 비서실장, 강수현 비서관 등의 헌신적 지원이 있었기에 작업이 가능하였다. 실무적으로 이 문서의 작성에 참여한 이들은 다음과 같다.

책임자 채호연, 이학석사(천문학), 송원대학교 천문학과 박사과정, 부책임자 김예슬, 인문학석사(민속학), 지리산 민속문화 연구센터 연구원…….

호연은 황급히 페이지를 넘겼다. 다음 페이지에도, 또 다음 페이지에도. 또 그다음 페이지에도. 무려 네 페이지에 걸쳐서 집필자들의 소개와 그 밖의 잡다한 기록들이 잔뜩 적혀 있었다. 흔히 말하는 '감사의 말', 학계 용어로는 이른바 '사사문謝辭文, Acknowledgement'이었다.

다시 앞 페이지로 돌아와, 호연은 문제의 사사문이 정확히 무슨 내용인지 살피기 시작했다. 먼저 신시왕경 집필 참여자 한 명 한 명의 이름과 약력을 전부 적어 내려간 것이 꽉 채워 한 페이지 분량이었다. 말해 주지도 않았던 사적인 정보들을 어떻게 수소문해서 알아냈는지, 한 명도 빠짐없이 생전의 소속 기관과 직급은 물론 학위까지 기재해 놓은 것이었다. 그 맨 마지막 줄에 정상재 교수가 본인의 소개를 적어 놓았다.

마지막으로, 본 문서의 영문 번역은 발해대학교 천체물리학과 교수이며, 이학박사(천문학)이자, 두 딸과 한 아들의 아버지요, 이희연의 남편이었던, 정상재가 작업하였다.

호연은 이마를 짚었다. 정상재 교수에 대해 정말로 알 필요도 없고 알고 싶지도 않았던 정보를 이런 곳에서 이런 식으로 알게 될 줄은 몰랐다. 그뿐 아니라, 다른 참여자들은 건조하게 약력을 적더니, 본인 소개에 이르러서는 자신만을 위해 감상적인 내용을 잔뜩 써 놓은 것이 어이가 없었다.

그다음으로는 저승 소멸을 둘러싼 연구의 과정을 설명한 글이 다시금 두 페이지 분량으로 적혀 있었다. 처음에 정상재 교수가 진행했던 기록물 조사부터 시작해 신시왕경의 제작에 이르는 내용이 구구절절 요약되어 있었다. 누가 무엇을 했다는 식의 인명 서술은 분량을 줄이기 위해서인지 빠져 있었는데, 당연히 정상재 교수의 실패도 누가 저지른 것이라고 적혀 있지 않았다.

그리고 그 글은 매우 감정이 실린 마지막 문장으로 마무리되어 있었다.

'신시왕경'을 읽는 후대인들이여, 우리 한국의 자랑스러운 사후세계를 기억해 달라. 그와 함께 이 같은 기록을 만드는 위업을 가능케 한 모든 이들을 함께 기억하여, 불멸로 이끌어 주기 바란다.

이로서 마무리되는 도합 네 페이지 분량의 예기치 못한 중간 삽입물.

심지어 '불멸'이라니. 영어로 적힌 사사문의 문장 안에서도 독보적으로 눈에 띄는 'Immortality'라는 단어. 저승 세계에 가장 안 어울리는 그 단어가 호연의 눈앞에서 환상처럼 맴돌았다. 온갖 어처구니없음과 당황스러움, 그리고 부끄러움이 뒤섞여 호연은 순간 머리가 아찔해졌다. 그런 호연에게 카슨 연구원이 말했다.

"보신 것처럼 명백하게 사후세계 기록으로 보기 어려운 내용이 있어, 일부 편집위원들은 이를 근거로 내용 전체를 엘리시움 학술원이 재해석해서 새로 적어야 한다고 주장했습니다."

호연이 생각하기에도 이런 내용이 들어 있는 것을 보았다면 당연히 나올 수 있는 주장이었다.

"전문을 보존해야 한다는 편집위원들께서, 이 내용에 대해 작성자의 의도를 확인해야 한다고 방어해서 보류로 결론이 난 겁니다. 미스 채, 이 내용에 대해 설명해 주실 수 있겠습니까?"

"이건, 이건 그러니까……."

호연은 더듬거리며 이 상황을 어떻게 돌파해야 할지 생각했다. 이 부분은 의도에 없었던 내용이니 빼겠다고 하는 것은 쉬웠다. 하지만 편집위원들을 믿을 수 없었다. 사사문을 빼겠다고 선언하는 순간 검수가 제대로 안 되었음을 인정하는 꼴이 된다. 당장 호연 자신부터가 제공한 분량의 빠짐없는 반영을 계속 요구해 온 입장이었다. 그 주장의 힘에 흠집이 나고 일부 편집위원들 의도대로 원문을 아예 남기지 못하는 상황으로 내몰릴 수도 있었다.

부적절한 내용과 허락된 분량을 묶어서 생각하고 있는 그들의 프레임에서 벗어나야만 했다. 호연은 필사적으로 시나리오를 짰다. 이 상황을 어떻게든 돌파하는 게 우선이었다. 정상재 생각은 조금 있다가 해도 된다. 여기서 조금도 손해 보지 않을 길을 찾아서, 호연은 머리를 쥐어짰다. 숨을 한 번 들이켜고 호연은 카슨 연구원을 똑바로 바라보며 말했다.

"……그러니까, 지금 이게 문제라고 말씀하시는 거야말로, 저는 어처구니가 없습니다만?"

뻔뻔하게.

"저희 기록물 생산 그룹은 모두 시왕저승을 위해 일하는 중입니다. 당연히 이 기록물에 함께 남을 자격이 있다고 생각해서 이런 내용을 넣은 겁니다. 저희 입장에는 변함이 없습니다. 제공해 드린 신시왕경의 전문을 빠짐없이 수록해 주십시오."

카슨 연구원은 의문스럽다는 듯한 눈빛으로 호연을 바라보았다.

"그럼 이게 검수를 통과한, 정말로 의도된 내용이라는 겁니까?"

호연은 고개를 끄덕였다.

"네."

가슴 속에서는 상황을 이런 식으로 거짓말까지 해 가며 수습해야 하는 수치심에 천불이 날 정도였지만, 호연은 우선 뻔뻔하게 치고 나갔다. 당연하지만 카슨 연구원은 난색을 표했다.

"……그 주장은 제가 차마 전달하기 어렵습니다. 편집회의에서 이 페이지들을 놓고 얼마나 신랄하게 비판이 있었는지 보지 못하셨지요. 엘리시움에서는 그 누구도 이런 데에다가 사사문 같은 걸 적지 않는다며……."

마음속의 천불이 만불이 되어 가는 것을 숨기며 호연은 다시 강하게 말했다.

"요컨대 그 분들은 이 사사문에 대해서만 불만이 많으셨던 거군요. 분량을 줄이자고들 하시면서, 다른 부분에서 덜어낼 만한 내용을 못 찾으셨으니까, 마음에 안 드는 한 부분만 가지고 전체 원고의 신뢰성을 의심하시려는 것 아닌가요?"

카슨 연구원은 자포자기한 듯 어깨를 으쓱하며 양 손바닥을 들어 보였다.

"짐작하신 대로일 겁니다. 그래서 어떻게 대응하시려는 겁니까?"

호연은 거듭 얼굴에 철판을 깔 각오를 했다.

"조금 시간을 주셔야겠어요. 시왕저승에 한번 돌아갔다가 오겠습니다. 집필진을 설득해야 하거든요."

그리고 이 부분이 중요했다. 호연은 자신이 생각해 낸 시나리오가 잘 먹히기를 바랐다.

"편집위원분들께서 문화적으로 굉장히 무례한 지적을 하셨다는 걸 이해해 주셔야 합니다. 동양 유교 사회에서 전해 내려오는 속담에 이런 말이 있습니다. '호랑이는 죽어서 가죽을 남기고, 사람은 죽어서 이름을 남긴다.' 자기 이름도 남기지 못하는 대업에 무슨 의미가 있겠어요?"

호연은 최대한 그럴듯하게 말이 되는 헛소리를 하기 위해 애써야 했다. 말이 된다고 맞는 말은 아니라고 거듭 되뇌면서, 호연은 생각이 떠오르는 대로 말을 이어 갔다. 엘리시움 학술원의 인사들을 보면, 여러 세계의 문화에 대한 이해가 그렇게 깊어 보이지 않았다. 그런 그들에게 동양의 유교 전통을 운운하며 배수진을 쳐 보자는 게 호연의 시나리오였다.

천만에 다행히도, 카슨 연구원은 호연의 항의를 진지하게 듣고 있었다. 문화적 무례라는 지적이 있고 나서부터는 특히 사뭇 심각해졌다.

호연은 계속 말을 이어 갔다.

"제가 돌아가서 설득이라도 할 수 있게, 재료를 좀 주셔야겠어요."

카슨 연구원에게 손가락을 두 개 펴 보이며, 호연은 말했다.

"둘 중 하나는 해 주셔야겠어요. 하나, 사사문에 대해 문제를 제기하신 데 대해 편집위원회가 공식적으로 사죄 성명을 내 주세요."

듣자마자 카슨 연구원은 고개를 세게 저었다.

"아니, 그것은 무리입니다."

"그럼 둘."

호연은 손가락을 하나 접고 말했다.

"사사문을 빼는 대신 같은 분량의 시왕저승 기록을 추가할 권리를 주십시오."

카슨 연구원은 고개를 가로저었다.

"그것도 어렵습니다."

하지만 호연은 물러서지 않고 고자세를 취했다.

"앞의 것보다는 쉬울 것 아니에요? 말씀드렸다시피 저희는 사과를 받아야 하는 입장입니다. 맞교환할 거리는 있어야죠."

이렇게 어물쩡 입장을 역전시키는 화법은 호연이 대학원 생활을 하면서 한두 번 당해 본 것이 아니었다. 분명 상대의 잘못을 이야기하고 있었는데, 어느 틈엔가 그 잘못을 지적하는 자신이 무례한 사람이 되어 있었다. 자신이 잘못한 것이 하나도 없다고 터무니없는 뻔뻔함을 보여 주는 사람 앞에서는 그 뻔뻔함을 의심하기도 어려운 법이었다.

호연은 자신이 겪어야 했던 고약한 사람들이 그랬던 것처럼 자신도 해 낼 수 있기를 바랐다.

"편집위원 분들께 전해 주세요. 전문을 그대로 싣는 것 외에는 용납할 수 없습니다. 그리고 정당한 공로자의 기록을 트집 잡은 것을 불문에 붙이는 대신, 저희가 정말 사후세계 기록에 충실한 내용을 새로 제공하면 받아들여 달라고요. 저희도 염치가 있으니 처음 드렸던 분량을 넘겨서 보장해 달라는 말은 드리지도 않겠습니다."

터무니없는 요구였다. 말하는 호연 자신이 가장 잘 알고 있었다. 지금 모든 권한은 엘리시움 학술원이 쥐고 있었다. 카슨 연구원이 호연의 요구를 편집위원들에게 전하지 않으면 그만이었다. 편집위원들은 호연이 무슨 요구를 하든 묵살하면 그만이었다. 그래도 저마다 무례를 저지르지 않는 착하고 합리적인 사람인 척하고 싶으리라. 호연은 그들에게 가짜로 도덕적 부담을 지울 생각이었다.

고민하던 카슨 연구원이 마침내 입을 열었다.

"……입장은 잘 이해했습니다. 편집위원회에는 그렇게 보고하겠습니다."

"네. 아무쪼록 잘 부탁드립니다. 저는 바로 시왕저승에 다녀오도록 하겠습니다."

그렇게 짧은 협의가 마무리되고, 카슨 연구원이 방을 나섰다.

문이 닫히자 호연은 그대로 고개를 숙여 책상에 머리를 파묻었다. 그리고 머리카락을 휘감아 잡았다. 안유정 비서관이 걱정스레 다가와 어깨를 다독였다.

"괜찮으십니까? 애 많이 쓰셨습니다……."

카슨 연구원에게 뻔뻔하고 당당해 보이기 위해 노력한 긴장이 풀리자 새삼 치밀어 오르는 분노에 온몸이 벌벌 떨리기 시작했다. 호연은 발작처럼 고함쳤다.

"정상재애애애애애!"

그리고는 악을 쓰며 심한 욕설을 몇 번 쏟아 냈다. 소, 닭, 개를 찾고, 환형동물과 무척추동물과 두족류의 이름을 불렀다. 그러면서 호연은 때때로 테이블을 주먹으로 내리쳤다. 몰아쉬던 숨을 차츰 고른 뒤, 호연은 안 비서관에게 떨리는 목소리로 말했다.

"⋯⋯제가 이만큼 화낸 건 비밀로 해 주세요."

안 비서관은 침착하게 고개를 끄덕였다.

"네, 물론입니다."

호연은 고개를 들었다. 퀭한 표정이었다. 하지만 마냥 화만 내고 있을 수 있는 상황이 아니었다. 호연은 마른세수를 하며 마음을 가다듬었다.

"비서관님, 일단 그⋯⋯ 시왕저승으로 잠시 돌아가야 할 것 같고요. 일단 저 사사문 무단 추가에 대한 고발부터 해야죠. 비서실장님부터 뵈어야겠어요."

안유정 비서관은 차분하게 대답했다.

"알겠습니다. 구름차로 안내해 드리겠습니다. 같이 가시죠."

*

안유정 비서관이 운전하는 구름차가 신속하게 저승길을 건넜다. 시영의 신중하고 능숙한 운전보다는 많이 격하고 흔들거렸지만, 느리다는 생각만큼은 들지 않았다. 하지만 조수석에 탄 호연은 안 비서관이 침착한 표정을 유지하면서도 핸들을 잔뜩 강하게 움켜쥐고 있는 것을 느낄 수 있었다. 방향을 바꾸거나 고도를 달리하는 움직임에서 초조함이 느껴졌다.

화를 내고 있는 거겠지. 호연은 그렇게 생각했다. 왜냐면 자기 자신도 잔뜩 짜증이 나 있는 상태였기에.

구름차가 광명왕원의 주차 시설에 내려앉자마자, 둘은 누가 먼저랄 것도 없이 차에서 내려 빠른 걸음으로 건물에 들어섰다. 이들은 바로 염라대왕부 비서실로 향했다.

"안유정 비서관 복귀했습니다. 비서실장님이나 강수현 비서관 안에 계십니까?"

비서실 문을 열어젖히며 복귀 신고를 한 안 비서관에게, 당직 사무를 보고 있던 서정열 연락비서관이 화들짝 놀라며 대답했다.

"어, 그, 강수현 비서관님은 서울 내려가 계십니다. 그리고 비서실장님은 지금 좀 큰일이 생겨서……."

"큰일이라뇨?"

심상치 않은 기색을 느끼고 호연이 끼어들어 물었다. 서 비서관은 떨떠름하니 대답을 이어 갔다.

"……자리 비우신 사이에 기록물 생산 그룹에 좀 문제가 생겼습니다. 소강당에 가 계신데요."

호연은 천장을 바라보며 어깨를 늘어트리고 한숨을 내쉬었다. 또 다른 문제가 생긴 건지, 아니면 호연이 발견한 이 처치 곤란한 기록물의 존재를 여기서도 알아차린 건지. 어느 쪽이든 아수라장의 크기가 줄어들 기미가 보이지 않았다.

낙심하고 난감해하는 호연을 안쓰럽게 바라보던 안 비서관은 곧 호연을 부드럽게 다그쳤다.

"서면 보고는 제가 써 놓겠습니다. 채호연 망자님께서는 그룹 쪽으로 가 보시는 게 좋겠습니다."

"아, 네! 감사합니다!"

퍼뜩 정신을 차린 호연은 비서실을 뒤로 하고 달려 나갔다. 계단을 몇 개씩 건너뛰며 허겁지겁 아래층으로 내려가 소강당으로 뛰었다. 소강당의 문은 반쯤 열려 있었고, 안에서는 소란스러운 고함소리가 들려오고 있었다. 문 앞에 도착한 호연의 귓가에 날아든 것은 정상재 교수의 노성이었다.

"제가 다 설명할 수 있다고 하지 않았습니까!"

소강당 한쪽 벽 구석에 정 교수가 몰려 있고, 기록물 생산 그룹의 여러 전문가 망자들과 이시영 비서실장이 그를 포위하듯 서 있었다. 시영이 호연을 보고 눈인사를 하는 찰나에, 이미 화가 머리끝까지 나 있는 조성영 선임이 정 교수를 향해 삿대질을 하며 고함쳤다.

"그럼 지금 설명해 보시라고요!"

정 교수 또한 거친 목소리로 맞받아쳤다.

"책임자가 오면 설명하겠다고 하지 않습니까!"

잔뜩 성난 목소리들을 듣고 있기 고통스러웠다. 호연은 큰 소리로 끼어들었다.

"도대체 무슨 일인가요?"

날카롭게 대화에 파고든 호연의 목소리에 옥신각신이 멎었다. 조 선임이 황급히 호연을 바라보며 한탄스럽게 말했다.

"아, 호연 씨, 영역본에 치명적인 문제가 있었어요!"

아니나 다를까. 호연은 짧게 한숨을 내쉬었다. 새로운 문제가 더 생긴 것은 아니었지만 예상했던 문제가 이미 곪아 터져 있었다. 호연은 조 선임에게 물었다.

"혹시 사사문 들어간 거 때문에 그러세요?"

"알고 계셨던 거예요?"

조 선임의 되물음에 호연은 싸늘한 목소리로 대답했다.

"아뇨, 알게 됐어요. 엘리시움 학술원 쪽에서 먼저 읽어 보고 저한테 말해 줬거든요."

호연은 이 모든 문제의 원흉으로 짐작되는 정상재 교수를 쏘아보았다. 끓어오르는 분노를 억제하는 데 많은 노력이 필요했다. 호연은 어떻게든 상황을 통제하고 싶었다. 원인을 드러내고 책임을 물을 것이다. 하지만 다음 순간 정 교수가 입을 열었다.

"다행입니다. 무사히 거기까지 전달이 되었습니까?"

그렇게 말하는 정상재 교수는 진심으로 원하는 바를 달성했다는 듯 기쁘게 웃고 있었다. 호연은 더 견딜 수가 없었다.

호연은 정상재 교수를 향해 성큼성큼 걸어갔다. 호연은 걸어가던 그 기세로 오른팔을 휘둘렀다. 호연의 뻗은 오른팔과 펴진 손바닥이 호선을 그렸다. 정상재 교수가 어이쿠 하는 소리와 함께 뒤로 한 걸음 물러섰다. 호연의 손바닥이 정 교수의 눈앞을 스쳤다. 호연은 이를 아드득 깨물었다. 호연은 다음 한 걸음에 힘을 싣고 왼손에 주먹을 쥐었다. 이승에서라면 이런 힘은 줄 수 없으리라. 하지만 영혼에게는 할 수 있다는 믿음만 있으면 됐다. 호연의 주먹진 왼손이 정상재의 명치에 박혔다. 정상재는 욱 하는 소리와 함께 허리를 굽히며 뒤로 헛걸음질을 쳤다. 자세가 무너지는 정상재에게 더 육박하면서 호연은 오른쪽 어깨로 그를 들이받았다. 정상재가 바닥에 나뒹굴었다. 더 접근하면서 호연은 쓰러진 그의 몸뚱이를 살폈다. 손 다음은 발이다. 어디를 걷어차야 저 자가 비명을 지를 것인가. 저 새끼에게 더 강한 한 방을 먹여야 한다. 얼굴을 노려서…….

다음 순간 호연은 뒤로 끌려 나왔다. 호연의 오른팔을 이시영 비서실장이 두 손으로 붙잡고 있었다.

"망자님! 그만하십시오!"

호연에게는 그 목소리가 닿지 않았다. 누군가에게 붙잡혔다는 것만 알 수 있었다. 호연이 시영을 거칠게 뿌리치려는 순간 주변의 망자들이 더 달려들었다. 조성영 선임이 호연의 허리를 붙들었다. 시영도 거듭 호연의 팔을 고쳐 잡으며 호연을 상재로부터 분리했다. 홍기훈 박사가 호연과 상재의 사이를 막아서고, BJ고려맨 진성관이 바닥을 뒹굴며 허우적대는 상재에게 달려가 그를 바닥에 바로 앉혔다.

불과 일 분도 안 되는 사이에 벌어진 일이었다.

"야!"

붙잡혀 바둥거리며 상재를 노려보면서 포효하듯이 고함을

내지른 다음에야 호연의 피가 식었다. 터무니없는 짓을 저질러 버렸다는 자각이 한 발 늦게 몰려들었다. 호연의 다리에 힘이 풀렸다. 그런 호연을 조 선임이 부축했다.

"호연 씨, 잠깐 앉아 있을래요? 괜찮아요?"

다급하게 묻는 조 선임에게 호연은 고개를 저었다.

"아뇨, 아니에요, 괜찮아요. 설 수 있어요."

호연은 자기 발로 서려고 했다. 비틀거리기는 했으나 자세는 유지할 수 있었다. 하지만 머릿속이 온통 백지와 같았고 마치 온 몸에 불이 붙은 듯 후끈한 감각이 느껴졌다. 육신은 죽고 없지만 온 혼신魂神이 분노에 사로잡힌 것만 같았다. 마음속에 타오르는 불로 사방을 태워 버릴 수 있을 것만 같았다.

떨리는 눈동자로 멍하니 정면을 바라보는 호연의 시야에 시영이 나타났다. 시영은 호연의 양 어깨를 강하게 붙잡고, 호연을 가까이서 정면으로 바라보며 다급하게 말을 걸었다.

"망자님, 제 목소리가 들립니까?"

"네…… 네, 들려요."

호연은 간신히 대답했다. 시영은 그런 호연에게 당부했다.

"심호흡하십시오. 정신을 유지하셔야 합니다. 자칫하면 혼백이 흐트러지십니다."

시영은 조금 다급했다. 영혼이 분노, 증오, 고통에 휩싸이면 그 정신이 망가진다. 사출산에서 칼나무에 베여 죽음의 고통에 신음하던 영혼들은 원혼이 되어 버린다. 중국 시왕저승에서 숱하게 보지 않았던가. 그리고 극심한 스트레스 속에 시영 자신 또한 몇 번이나 정신의 끈을 놓칠 뻔한 적이 있지 않았던가.

호연이 그렇게 궤도를 벗어나는 광경을 보고 싶지는 않았다. 시영이 시키는 대로 호연은 몇 차례 심호흡을 했다. 처음에는 아무 생각도 못 한 채 그저 시키니까 무작정 따라하는 것이었지만, 점차 이성이 회복되었다.

사리분별을 다시 할 수 있게 되자마자 호연이 꺼낸 말은 사과였다.

"죄송합니다……."

시영은 그런 호연에게 말했다.

"상황부터 정리하고 말씀 나눕시다. 평정을 유지하실 수 있으시겠습니까?"

"……아마도요……."

간신히 안도한 시영이 호연을 붙잡고 있던 팔을 떼어 놓았다. 호연은 조금 휘청거리면서도 자기 발로 다시 설 수 있었다. 자세를 회복할 만큼 정신을 차린 뒤에 호연의 마음속에 밀려온 것은 어마어마한 후회와 부끄러움이었다. 대체 무슨 짓을 한 거지? 치고, 때리고, 차고…….

호연은 세차게 고개를 저었다. 마음속에서 무럭무럭 자라나려는 자괴감을 흩어 버리고 싶었다. 시영이 말한 대로 지금 이 상황부터 정리해야 했다. 호연은 방 안을 돌아보며 물었다.

"도대체 이쪽에서는 무슨 일이 있었던 거죠?"

"제가 설명드릴게요."

조 선임이 가장 먼저 나서서 설명을 시작했다. 그 밖에도 다른 전문가 망자들과 시영 등이 토막토막 뒷사정을 설명하기 시작했다.

호연은 영역본을 들고 엘리시움에 파견 나가기 전에, 동양계 무신론자 망자들의 집단인 '영락당'에 제공하기 위한 신시왕경 사본 한 부를 전달했었다. 그런데 호연이 엘리시움으로 떠난 뒤, 영락당 대표가 다시 방문해 뒤늦게 영어로 번역된 자료를 요청해 오게 되었다.

영락당이 염라대왕부와 접촉했다는 소문이 돌자, 함께 건너오려는 다른 무신론자 망자들이 영락당에 다수 모여들었다. 그리고 이들 가운데는 한국 출신뿐 아니라 일본, 중국, 베트남, 필리핀, 태국 등지에서 온 이들이 포함되어 있었다. 시영은 다시 인원을 확인한 뒤 그들 또한 시왕저승으로 받아들이기로 결정했다. 문제는 그들이 읽을 신시왕경이었다. 서로 언어가 다른 이들 모두가 조금씩이라도 읽을 수 있기 위해서는 영어 버전이 필요했지만, 막 작성이 끝난 단 한 부의 신시왕경 영역본을 호연이 엘리시움으로 가져가 버린 상황이었다.

그런 이유로 시영의 부탁을 받고, 조성영 책임이 정상재 교수에게 영어 번역본의 또 다른 사본이 있는지 물어본 것이다. 정 교수는 처음에는 남은 사본이 없다고 말했고, 조 선임은 그 말에 수긍했다. 하지만 어떻게든 다른 대책을 마련해 보려고 정상재 교수가 번역 업무를 위해 사용하던 사무실에 다시 찾아갔을 때 조 선임은 정 교수가 영어가 적힌 대량의 두루마리를 방에서 들고 나오는 것을 발견했다.

조 선임은 자료가 없다더니 어떻게 된 일이냐고 따져 물었다. 정 교수는 작업 도중의 불완전한 자료일 뿐이라고 둘러대었다. 정 교수가 처음에 거짓말을 했다고 여긴 조 선임은 한동안 그와 실랑이를 벌였다. 결국 다른 전문가 그룹 망자들은 물론 시영의 눈에도 띄게 되었다.

시영의 입회하에 그에게서 두루마리를 빼앗아 내용을 확인하자 거의 온전한 형태의 신시왕경 영역본이 수록되어 있었다. 정상재 교수가 왜 그 두루마리를 없다고 했는지 모두들 궁금해하던 차에, 중간에 뜬금없이 삽입된 사사문이 발견되었던 것이다.

정 교수는 최종본에는 이 내용이 들어가지 않았다고 변명했지만, 이미 다들 그 말을 믿지 못하는 상황이었다. 정말 안 들어간 게 맞느냐고 여러 망자들이 캐묻던 끝에 결국 정 교수는 호연이 돌아오면 다 설명하겠다며 반쯤 실토하기에 이르렀다.

그 뒤로 조금 전의 소동이 이어지고 있었던 것이다.

설명을 다 들은 호연은 답답하게 한숨을 내쉬고 바닥에 주저앉아 있는 정상재를 쳐다보았다. 정상재 교수는 그런 호연을 빤히 마주보면서 오히려 당당한 태도로 묻고 있었다.

"도대체 뭐가 잘못된 겁니까?"

상황을 이해할 수 없다는 듯 정상재는 진심으로 호연에게 질문하고 있었다.

"뭔가, 현지에서 문제라도 있었던 겁니까?"

자신은 정상적인 일을 했고 호연이 화가 난 이유는 다른 데 있을 거라는 듯한 태도였다. 호연은 그런 그에게 무슨 이야기를 어떻게 꺼내야 할지 한참 고민해야만 했다. 말없이 그저 환멸이 가득한 눈빛만을 보내고 있는 호연을 보고 조 선임이 끼어들어 말했다.

"지금 상대하지 마세요. 조금 있다가 이야기하세요."

하지만 호연은 고개를 저었다.

"아녜요, 제가 궁금해요. 그리고 상황을…… 해결해야죠."

일은 이미 벌어졌다. 시간적 여유가 그렇게 많은 것도 아니다. 지금 이 자리에서 해결을 보는 편이 나아 보였다. 잔뜩 걱정스럽게 바라보는 조 선임에게 호연은 애써 웃어 보이며 말했다.

"괜찮아요. 다시 안 그럴게요."

호연은 정상재에게로 걸어가 그 앞에 섰다. 여태 자리에서 일어나지 못하고 있는 정상재를 가까이서 내려다보며 호연은 캐물었다.

"왜 그러셨어요?"

정상재는 눈도 깜빡하지 않고 곧바로 대답했다.

"내 나름의 배려이고 선의에서 조치한 것입니다. 대체 무슨 문제가 있습니까?"

"선의라고요?"

호연은 혀를 내둘렀다.

"그렇게 생각하시는 이유가 궁금한데요."

정상재는 깊이 한숨을 내쉬더니 호연을 똑바로 바라보며 말했다.

"기록에 적어 놓은 그대로입니다. 나는 이 모든 일들이 위업이라고 생각합니다."

사뭇 엄숙한 표정을 지은 정상재는 마치 텔레비전 프로그램에서 그가 늘상 하던 강의처럼, 자신감에 찬 목소리로 주장을 이어 나갔다.

"참여한 이들의 이름이 오래도록 기억되어야 마땅한 위업이라고 생각합니다. 불경에 나오는 사리불처럼, 성경의 베드로처럼, 여기 있는 모든 이들의 이름이 아라한과 사도들처럼 기억될 만한 가치가 있는 작업을 하고 있다고, 나는 믿었습니다."

호연은 영역본의 문제가 된 부분에 적혀 있었던 문장을 다시금 떠올렸다. '이 같은 기록을 만드는 위업을 가능케 한 모든 이들을 함께 기억해 달라', '불멸에 이끌어 주기 바란다.' 도대체 무슨 의도로 적은 글인지 궁금했는데, 호연은 눈앞에서 정상재가 하는 말을 듣자 점점 그 속뜻의 윤곽이 잡혀 가는 것을 느꼈다.

자신은 그 자리에서 논리를 방어하기 위한 정신 나간 주장이라고 생각하면서 사사문의 정당성을 강변했었다. 그런데 그걸

써 넣은 장본인에게 있어서는 그냥 그게 온전한 진심이었다. 그야말로 호랑이가 죽어서 가죽을 남기기 위한 행위에 불과했던 것이다.

정상재는 자리를 털고 일어났다.

"방대한 기록물을 외부에 보낼 수 있다면, 통상 이 정도의 삽입은 허용됩니다. 그래서 선의로서 추가한 내용입니다. 엘리시움이 받아들이는 데 전혀 문제가 없었을 것입니다. 대체 무엇이 문제였습니까?"

확신에 가득 찬 말이었다.

호연은 정상재를 계속 쏘아보며 한 마디 한 마디 강조해 누르듯이 대답했다.

"그딴 걸 적어 놓고, 문제가 없을 거라고 생각하셨다고요?"

엘리시움에서 도대체 무슨 일이 있었는지 호연은 설명했다. '순수한 저승의 기록물인 줄 알았더니 어떻게 이런 사사로운 내용을 삽입할 수가 있느냐'던 엘리시움 측의 지적에 대해 말했다. 호연이 증언을 이어감에 따라, 듣고 있던 다른 망자들 중 몇몇은 호연이 느낀 분노나 난처함에 공감하기 시작했다. 가장 가까이서 듣고 있던 조성영 선임은 계속 '세상에'라는 감탄사를 비명처럼 흘렸다.

호연은 엘리시움 측의 의심을 불식시키기 위해 자신이 그 부당한 기록물을 옹호해야만 했다는 사실까지 털어놓았다. 그러고는 정상재에게 따져 물었다.

"제가 거기서 얼마나 궁지에 몰렸는지 알아요? 내가 당신 권위까지 드높여 주면서 변명을 해야 했다고요!"

하지만 정상재는 침착하게, 미온의 표정 변화도 없이 대답했다.

"그건 제가 제공한 번역본을 온전히 존중하고 받아들이지 않으려 한 학술원 관계자들의 잘못입니다. 잘 대처하셨습니다."

여전히 자신이 무슨 잘못을 했느냐며 뻔뻔하게 시선을 보내오는 정상재를 마주하며, 호연은 저 치가 정말로 마음속에서는 자기 자신의 선의를 굳건히 믿고 있는 것 아닌지 의심했다.

하지만 정상재의 부릅뜬 눈을 보고 호연은 그 의심을 거두었다. 필요 이상으로 크게 뜬 눈. 작게 떨리는 눈동자. 회의에서 호연의 의견을 격하하기 위해 갖은 언설을 쏟아 내던 순간 보았던 독사 같은 눈빛이 새어 나오고 있었다. 그 눈빛에는 숨길 수 없는 적개심이 담겨 있었다.

어떻게 저게, 선의를 베풀고 오해를 산 자의 눈빛일 수 있을 것인가.

그때 옆에서 다른 목소리가 대화에 끼어들었다.

"정상재 교수! 변명하지 마시오!"

기록물 생산 그룹의 전오석 교수였다. 내내 침착한 태도를 견지해 오던 그가 격분하고 있었다. 전 교수는 우렁찬 목소리로 정상재에게 고함쳤다.

"그렇게 생각했으면, 왜 론의 도중에 말하지 않았어!"

정론이었다. 내용을 고치고 싶었으면 진작에 이야기했어야 마땅했다. 하지만 정상재는 다시금 그 질문을 받아 넘겼다.

"국문본이 탈고를 마친 뒤에야 뒤늦게 떠오른 아이디어였습니다. 그 점은 유감입니다."

능구렁이처럼 자신을 방어하는 정상재에게 전오석 교수는 삿대질과 함께 거듭 일갈했다.

"그렇다고 해서 공적인 저작물을 비법非法하게 사유화하면 안 되지 않은가!"

그때 처음으로 정상재의 표정에 약간의 짜증이 스쳐 지나갔다. 전 교수에게 살짝 눈을 흘긴 그가 퉁명스럽게 대꾸했다.

"전오석 교수님, 제가 수령 동지 이름이라도 적어 넣자고 이렇게 한 게 아니지 않습니까?"

"뭐야?"

분노가 임계점을 넘어 팔을 걷어붙이는 전 교수를 홍기훈 박사가 달려가 뜯어 말렸다.

"전오석 교수님, 부디 진정하십시오. 그리고 정상재 교수님, 말씀이 과하십니다."

뒤이어 날아든 기훈의 지적에 정상재는 응답하지 않았다. 호연은 그런 정상재에게 쏘아붙였다.

"좋은 일 한 척하지 마세요. 뒤늦긴 했지만 다 봤어요. 왜 다른 분들은 약력만 간단하게 적어 놓고, 자기 혼자서만 부인 성함에 자식 몇 명 있는지까지 꼼꼼하게 적으셨어요?"

모두를 위한 선의라는 지금 그의 변명은 전혀 앞뒤가 맞지 않았다. 가장 마지막 줄에, 정상재 본인을 위해서만 특별하게 마련된 서술이 있었다. 그걸 어떻게 선의로 해석할 수 있을 것인가?

정상재는 계속해서 날아드는 추궁을 회피했다.

"그건 다른 분들께 물어볼 여유가 없어서 그랬던 겁니다."

호연은 그런 그를 뒤쫓듯이 캐물었다.

"거짓말하지 마세요. 그 부분이 본심인 거죠? 집필자들이 불멸하기를 바란다고 써 놓으셨던데요."

그 단어야말로 호연의 입장에서 가장 어처구니없는 내용이었다.

전 인류의 멸망 앞에서, 저승 전체의 멸망으로 위기가 이어져, 그것을 극복해 보자고 많은 이들이 힘을 합쳐서 만든 기록물이었다. 그런데 거기에, 개별 망자들과 관원들의 불멸을 기원하는 내용을 끼워 넣은 것이었다. 엘리시움의 관계자들에게 그 내용에 대해 어떠한 변명도 할 수 없게 만든, 그렇잖아도 당혹스럽던 호연을 가장 부끄럽게 만든 단어가 바로 그것이었다.

불멸, Immortality, 不滅.

호연의 날 선 지적에도 불구하고, 정상재는 빚어 놓은 도자기처럼 흐트러짐 없는 표정으로 대답했다.

"그거야말로 제가 여러분 모두를 위한 저의 선의로……."

호연은 심장도 안 뛰는데 혈압이 오르는 기분이었다. 정상재 본인을 위해 할애된 분량은 염라대왕에 대한 치사보다 길었다. 본인 외에 참여자 모두를 나열하였다고는 하나 정상재는 기록물을 읽을 독자들에게 '저승'이 아닌 '작성자들'을 기억해 불멸케 해 달라고 간청했다. 호연은 이 두 가지 어처구니없음이 별개의 문제로 여겨지지 않았다. 아마 그 사이에 정상재의 진심이 있으리라. 호연은 상재를 향해 옥박질렀다.

"둘 합치면 결국 뭔데요. 정상재 교수님. 콕 집어서 당신이 베드로나 사리불이 되고 싶었던 거잖아요!"

성인들의 모든 제자들이 동등하게 기억된 것은 아니다. 누구는 더 많이 언급되고, 누구는 상대적으로 덜 주목받았다. 모든 선지자들에게는 '수제자'가 있었다. 호연은 정상재가 바로 그 수제자의 자리를 노리려 한 것이 아닌지 의심했다.

일부러 기록물에 손을 대서라도, 다른 참여자들을 줄줄이 언급해 그 사이에 섞이는 방법으로라도, 자기 자신의 불멸을 바랐을 뿐이 아닌지 의심했다.

그렇게 의심을 이어 가면서도 호연은 그 의심이 자신의 마음속 분노로부터 자라난 몹쓸 잡초가 아닐지 계속 고민했다. 차라리 자신이 부끄러운 의심을 했고 아무도 큰 잘못을 한 게 아니길, 정상재의 변심 내지 개심을 믿었던 이전의 자신이 실수한 것이 아니었기를 바라는 마음도 있었다.

하지만 다음 순간 정상재가 내내 차갑게 굳혀 놓았던 입꼬리를 움직였다. 이죽이며 그는 말했다.

"……그러면 안 됩니까?"

호연은 생각했다. 아니구나. 진심이구나. 진심에서 우러나와 계획적으로 저지른 일이구나.

정상재는 몸을 돌려 자신을 에워싼 여러 망자들을 돌아보며, 모두를 향해 물었다.

"나야말로 여러분들에게 묻고 싶습니다. 무섭지도 않습니까?"

그의 말은 점차 항변에서 호소로 바뀌어 가고 있었다.

"냉정하게 생각하십시오, 여러분. 저승에서도 영혼이 살아 움직이니까, 마치 죽음도 별 것 아닌 것처럼 착각하고 있지 않습니까? 아니요, 생전에 그토록 두려워하던, 바로 그 죽음의 순간이 이번에는 진짜로 찾아오고 있단 말입니다. 앞으로 며칠 남았습니까? 한 40일 남았습니까? 그 뒤면 우리는 골라야 합니다. 지능도 없는 물고기가 되든가, 아니면 이 저승과 함께 순장되든가. 우리 영혼은 거기서 끝장나는 겁니다."

그는 자기 마음속에 들어 있던 더 많은 생각과 이유들을 쏟아 냈다. 그리고 선언했다.

"나는 그 위기 앞에서 보험을 든 것입니다."

고로 자신은 정당하다.

"그리고, 기왕에 말하자면, 영역본의 다른 부분은 여러분이 기대하는 가장 완벽한 번역문을 제공하였으니 걱정하지 말기 바랍니다. 나는 그런 노력을 성심껏 다했습니다. 그러니 이 정도의 자유는 부여해 주어도 되는 것 아닙니까?"

고로 자신에게는 그럴 자격이 있다. 당당하기는 처음과 같았지만 그 방향이 조금쯤 달라져 있었다. 선의로 헌신했다고 말했고, 선의를 베풀었다고 말했다. 이제는 자신이 모두를 구제했다고 주장하고 있었다. 호연은 그가 자신의 주장에 덧발라 놓은 껍질을 하나씩 까발려 나가는 것 같은 기분이었다. 지긋지긋했다.

호연은 정상재를 향해 말했다.

"……요전에 그쪽이 헛소리했을 때, 예슬이가 물었었죠. 무서워서 그러시냐고."

이전에 그런 대화가 있었다. 정상재는 그때 온갖 논리를 동원해서 저승에는 어떠한 이변도 일어나지 않을 거라는 주장을 방어하려고 애쓰고 있었다. 무엇을 위해 그렇게까지 하느냐는 질문에, 정상재는 '내가 뭐가 무서워서 그러겠느냐'고 대답했었다. 맥락에서 벗어난 대답은 아니었지만, 묻지도 않은 답이 묻어 나왔다는 느낌을 지울 수 없었던 순간이었다. 그때 예슬은 정상재에게 큰일이 일어나는 게 무서워서 그러느냐고 물었었다.

호연은 그 순간을 떠올렸다. 그리고 고쳐 물었다.

"특별한 존재가 아니게 되는 게, 그렇게나 무서우세요?"

그때 예슬의 추궁을 정상재는 무례한 질문이라며 받아 넘겼었다.

지금 호연의 추궁에 정상재는 그저 침묵할 뿐이었다. 호연은 다시금 캐물었다.

"직함을 구구절절 적고, 성인들 제자를 운운해 가면서 불멸 같은 소리까지 한 게 그래서예요?"

저승을 살리기 위한 큰 계획, 그걸 위한 밑그림. 그 모든 것에 무임승차하며 심지어 적잖이 좋은 자리를 강탈해서라도 이루고 싶은 불멸의 욕망. 그런 욕망을 가능하게 하는 음침한 마음에 대해서 호연은 상상했다. 그 또한 억측이 아닐까 번민하는 호연이었지만, 정상재 교수는 호연의 가장 나쁜 추측이 가리키는 방향으로 계속해서 자신의 껍질을 벗어 나갔다.

"나야말로 묻겠습니다. 아깝다는 생각도 안 합니까?"

정상재는 그렇게 물었다. 호연은 대답했다.

"그럼 지금 그런 게 아깝다는 생각씩이나 하고 계셨어요? 당장 나도 모두도 저승도 다 사라질 판에?"

호연이 지금까지 해 올 수 있었던 모든 일들은, 결국 이승의 멸망과 저승의 멸망이라는 파도 앞에서 밀려오는 두려움을 힘으로 삼아 해내 온 것이나 다름없었다. 저승마저도 위험해질 거라는 가능성을 처음 떠올렸을 때 등골이 오싹해질 정도로 당황했고, 그럴 리 없다는 억지에도 곧바로 수긍하고 싶을 만큼 혼란스러웠다.

그렇지만 적어도 그 두려움에 꺾이고 싶지는 않았다.

"저는 적어도 남들 모르는 데서 몰래 뭔가 저질러 놓고 안심하고 싶다는 생각은 안 했는데요."

그 두려움이 헛된 것이 아니라고 받아들이고 싶었다.

외면하기보다는 규명하고 증명해 받아들이고 싶었다.

그래서 그렇게 했다. 아무 문제도 없을 것이고 너의 두려움은 허구라고 말하던 바로 그 정상재를 상대로 문제를 제기했다. 그리고 그 두려움을 어떻게 이겨 낼 수 있을지 함께 고민할 기회를 얻을 수 있었다.

염라대왕 보고 회의에서 전향적인 모습을 보이는 정상재를 보고 호연은 마침내 그가 좀 더 모두를 위하는 방향의 고민에 동참하는 것이 아닐까 생각했다. 그 생각을 믿어 보았다. 그러한 믿음 끝에 보게 된 결과가 이런 거라는 현실이 호연에게는 매우 참담할 뿐이었다.

"모두를 위해 헌신할 기회를 달라고 하셨잖아요. 그걸 이런 식으로 갚나요? 이렇게 물으면 '갚은 게 이거'라고 하시겠죠? 왜 아무도 바라지 않는 걸 혼자 베풀어 놓고 선의로 받아들이기를 바라세요? 제가 엘리시움에서 고생한 건 누구 탓이고요?"

거세게 항의하는 호연에게, 정상재는 처음의 변명을 반복했다.

"그러니까 그건 그들이 잘못한 겁니다. 알아 봐주지 않는 그들이……."

이제는 허탈하기까지 했다. 호연은 비아냥거리며 물었다.

"네, 정상재 교수의 위대한 저작물을 알아봐 주지 못한 그들이 잘못했다 이거네요."

"모두의 저작물입니다."

"모두에게 물어보지도 않고서요?"

호연은 이대로라면 이야기가 계속 헛돌게 되리라는 것을 느꼈다. 정상재에게 퍼부어 주고 싶은 것은 많았지만, 정상재 또한 온갖 말로 주장과 변명을 오갈 게 뻔했다.

호연은 결국 외부의 힘을 빌어오기로 했다. 호연은 시영 쪽을 돌아보며 물었다.

"비서실장님, 제가 책임자로서 이 상황에서 어떻게 할 수 있죠?"

갑작스러운 질문이었고 둘의 말다툼을 보면서 전혀 다른 생각을 하고 있던 시영이었지만, 시영은 간명하게 곧바로 대답했다.

"염라대왕부가 조치할 수 있는 사항이라면 어떤 형태로든 지원하겠습니다."

호연이 이 그룹을 관리할 권한은 염라대왕이 승인한 사항이었다. 호연이 절차에 따른 개입을 요청한다면 시영으로서 거절할 이유는 없었다.

시영의 이러한 대답에 그룹에 속한 모든 전문가 망자들의 시선이 호연에게로 모아졌다. 정상재 또한 호연을 바라보았다. 그리고 호연은 정상재의 그 시선에서 조용한 업신여김을 느꼈다. 뭐든 할 테면 해 보라는 듯한, 아무튼 자신이 한 행동은 정당하다고 선언하는 듯한, 단단한 자의식의 그림자.

호연은 다른 이들을 바라보았다. 조성영 선임은 분노를 삭이지 못하고 있었다. 전오석 교수도 마찬가지였다. BJ 진성관은 난처하게 어깨를 으쓱할 뿐이었다. 홍기훈 박사는 호연을 바라보며 단호히 고개를 끄덕였다. 나성원 책임은 신경도 안 쓰고 싶다는 듯 회의실의 먼 구석 의자에 앉아 이쪽을 돌아보지도 않고 있었다.

책임자로서 행동해야 할 순간이었다. 호연은 다시 정상재를 바라보았다. 고집이 느껴지는 그의 시선을 마주 받아 내며 호연은 시영에게 요청했다.

"그렇다면 저 분에게 염라대왕부 차원의 징계를 해 주세요."

"징계 심판을 청구하시는 겁니까?"

시영의 되물음에, 호연은 정상재에게서 시선을 떼지 않은 채로 다시 부연했다.

"네. 신시왕경 영문 번역문에 합의되지 않은 내용을 독단으로 삽입하고, 자기 영달을 추구하여 엘리시움 학술원에서 시왕 저승 전체가 치욕을 당할 뻔 했던 데 대해서 책임을 지셔야 해요. 비서실장님, 갑작스러운 요청 드려서 죄송하지만 이 분께 저승의 징계로써 판단을 내려 주세요."

"알겠습니다."

그 요청을 시영은 곧바로 온전히 수용했다. 수용하지 않을 이유가 없었거니와 전혀 갑작스럽지도 않았다.

시영은 호연과 상재의 다툼을 보면서 내내 기록물에 손을 대는 일의 부당함에 대해 생각하고 있었다.

얼마 전, 염라대왕에게 직접 제안받은 적도 있었다. 신시왕경에 복사골의 기록을 끼워 넣을 생각이 없느냐고. 같은 문제로 오래 고민한 끝에 시영이 내린 결론은 지금은 그럴 때가 아니라는 것이었다. 시왕저승을 위해 일하는 이가 시왕저승을 구하자고 벌어지는 일에서 자기 본위로 이익을 추구해서는 안 된다고 믿었다. 특히 그렇게 할 수 있는 권한과 위치에 있는 이가 함부로 그렇게 해서는 안 된다는 게 시영의 생각이었다. 더 이상 급박한 이해관계가 없게 될 먼 훗날을 기약하리라고 마음먹었었다.

시영은 자신의 그 판단에 다시금 확신을 가지게 되었다. 기쁜 마음으로, 간절한 마음으로, 산신노군을 그리는 마음으로 복사골의 기록물을 들고 나섰을 때, 자신이야말로 지금 정상재가 선 자리에 설 수도 있었다는 생각이 들었다. 설령 그렇게 되지 않았더라도, 지금 이 사태 앞에서 정상재를 규탄할 명분이 없게 되었을지도 모른다.

복잡한 생각을 마음속에 가두며 시영은 곧바로 통신기를 꺼내들고 비서실에 연락을 넣었다.

"이시영 비서실장입니다. 광명왕원 소강당으로 역사力士 한 명 긴급 배치 바랍니다."

순간 방 안에 술렁거림이 지나갔다. 이곳에 온 망자들 중 다수는 진광대왕부에 몰려드는 망자들의 질서를 유지하기 위해 쇠몽둥이로 칼나무를 베고 다니던 건장한 역사의 모습을 한 번

씩은 목격했었다. 그런 역사가 온다는 것은 이제부터는 대화를 넘어서 힘이 개입하게 되리라는 신호와 같았다.

그때 정상재가 호연을 바라보며 말했다.

"후회할 겁니다, 채호연 양."

이제 그는 분노와 짜증을 숨길 생각이 없어 보였다. 정상재는 이어 다시금 다른 망자들을 아울러 돌아보며 소리쳤다.

"다들 이대로 흐지부지되고 싶지 않을 거 아닙니까. 냉정하게 생각을 좀 하십시오! 나 박사님, 안 그렇습니까?"

말을 이어 가던 말미에 상재는 먼 데 앉아 있는 나성원 책임을 향해 큰 소리로 물었다. 갑자기 이름이 불려 퍼뜩 놀란 성원은 앉은 채로 엉거주춤 돌아보며 신경질적으로 대꾸했다.

"……아니, 왜 그걸 나한테 물으세요?"

말 걸지 말라는 반응에 가까웠으나 정 교수는 계속해서 그에게 물었다.

"한번 생각해 보십시오, 우리가 해 온 일이 있는데, 우리가 과연 후대에 기록될 만한 가치가 없는지, 우리가……."

하지만 성원은 상재의 말을 끊고 말했다.

"그러니까 그걸 왜 나한테 물으시냐고요. 남한테는 함부로 이상한 거 적으면 안 된다고 뭐라고 하더니, 뭘 혼자서 저질러 놓고 동의를 구하려고 그래요?"

"그때 그건 내가 편을 못 들어 주었는데, 그럼에도……."

상재가 타이르듯 말했지만 성원은 더 이상 그와 관련되고 싶지 않다는 듯 퉁명스럽게 대응했다.

"정 교수님이 요전에 말씀하셨던 그 말, 제가 그대로 돌려 드리면 되잖습니까. 쓴 사람 이름 잔뜩 남겨 놓으면 퍽이나 후대에 진정성 있게 읽겠네요. 아니, 신이 내려 준 말씀이라고 해도 모자랄 마당에 사람들 이름을 잔뜩 적어 가지고 뭐가 되겠어요? 이거 우리가 지어낸 겁니다, 하는 꼴밖에 더 돼요?"

순간 호연은 무심코 고개를 끄덕였다. 성원이 지적한 내용이 통쾌할 정도로 옳았다. 잔인한 지옥 이야기를 적어야 하지 않느냐고 주장하던 성원에게 정상재는 그런 잔인한 저작물이 후대에 받아들여질 것 같냐고 지적했었다. 이제는 입장이 바뀌어 있었다. 성원의 지적대로, 공치사와 제작 의도가 잔뜩 섞인 사사문이 붙으면 사후세계의 모습을 전하는 종교적 기록물로서의 가치가 현저히 훼손될 것임은 명백해 보였다.

그 순간 정상재가 울컥 하는 말투로 성원 쪽을 향해 소리쳤다.

"그 반대입니다! 우리가 신이 될 수 있는 것 아닙니까!"

다음 순간 모두가 침묵했다. 말을 꺼낸 상재 또한 더 말을 이어 가지 못했다. 흥분 속에서 분출되어 나온 말이었고, 아마도 단속하지 못한 실언에 가까웠겠지만, 그가 온갖 말로 감싸 놓고 있던 날것의 진심에 가장 가까운 말이었을 터였다. 그리고 동시에, 그 오만함으로 어떤 선을 훌쩍 넘어 버린 말이기도 했다.

'저승 이야기를 들려 주는 신과 같은 존재로서 불멸을 누려야 마땅하다.'

호연은 그런 정상재가 이제는 어처구니없는 것을 넘어서 가엾어 보일 정도였다. 너무나, 너무나 강하게 자기 존재가 위대해지는 것을 갈망하는 게 느껴졌다. 배울 만큼 배우고, 이름을 알릴 만큼 알리고, 생전에 누릴 만한 것들을 어지간히 누렸던 존재 치고는 너무나 필사적이었다. 또한 그렇기에 가엾고 나약해 보였다. 이미 이것은 권력욕으로도 보이지 않았다. 헤어 나오지 못할 늪에 빠져, 지푸라기라도 붙잡으려 허우적대는 모습에 가까워 보였다.

어쩌면 이 자리에서 가장 왜소한 존재가 아닌가.

그때 소강당 문에 커다란 그림자가 나타났다. 키가 이 미터는 족히 넘고 탄탄한 근육을 갖추었으며, 튼튼한 관복을 입고 등에는 쇠몽둥이를 휴대한 저승 관원 한 명이 방으로 들어섰다. 역사가 지금 여기에 망자를 잡아가려고 나타났다.

시영은 손을 들어 상재를 가리켜 보였다.

"저 망자를 광명왕원 지하에 하옥下獄하십시오."

역사는 고개를 끄덕이고 성큼성큼 걸어 상재 눈앞으로 육박했다. 상재는 뒤로 주춤주춤 물러서며 웅얼거렸다.

"잠깐, 이러지 맙시다, 왜 이렇게까지, 어어어."

다음 순간 역사는 무릎으로 앉아 상재의 허리를 휘어감은 뒤 그대로 벌떡 일어서며 그를 오른쪽 어깨에 들쳐 멨다. 한 순간에 발이 허공에 뜬 상재는 팔다리를 바둥거리며 고함을 치기 시작했다.

"내려놓으십시오! 내리세요! 내가 뭘 그렇게까지 잘못했습니까! 대화를 합시다! 더 들으면 당신들 모두 이해할 테니까!"

다음 순간 역사가 상재를 왼쪽 어깨로 들어다 옮겼다. 고함을 치던 상재의 머리는 이제 역사의 등이 아닌 정면을 향하게 되었다. 거친 대우에 놀란 상재가 뭐라 다시 소리치려 입을 열던 그때, 역사가 오른손으로 상재의 머리를 살며시 감쌌다. 큼직한 손이 그의 머리를 온전히 가렸다.

그 광경을 본 호연은 등골이 서늘했다. 한 순간 역사가 상재의 머리를 한 손으로 쥐어 으스러트리려는 것처럼 보였던 것이다. 두상을 완전히 감싸인 상재 또한, 엄습하는 위압감에 입을 다물 수밖에 없었다.

침묵한 정상재를 가뿐히 들고 역사가 소강당을 걸어나갔다.

소란스럽던 소강당에는 갑자기 적막이 찾아왔다. 전오석 교수의 화기 어린 한숨소리와, 조성영 선임이 분을 못 이기고 바닥을 걷어차는 소리가 들렸다. 호연 또한 긴장이 풀렸다. 잔뜩 굳어 있던 어깨를 축 늘어트리면서 호연은 지친 숨을 내쉬었다. 정말로, 혼이 온통 마모되어 가는 것만 같은 순간이었다.

호연은 돌아서서 방 안의 망자들을 향해 고개를 숙였다. 그리고 사과했다.

"……죄송합니다. 화를 이기지 못하고 추태를 부렸습니다."

조금 전, 정상재에게 가했던 폭력에 대한 것이었다. 그때 전오석 교수가 버럭 소리쳐 호연을 두둔했다.

"저 놈은 혼쌀을 내어 마땅한 놈이었으니 사죄할 필요가 없소!"

하지만 호연 스스로 쉽게 자신의 행동이 납득이 되지 않았다. 호연은 허전한 얼굴로 시영에게 말했다.

"저도 스스로 징계 대상이 되어야 맞을 것 같네요."

"채호연 망자님, 우선 그 문제는 이 일이 다 마무리된 뒤에 이야기 나누도록 합시다."

"저 스스로가 용서가 안 돼요."

"우선 해야 할 일을 하셨으면 좋겠습니다."

시영이 거듭해 타일렀지만, 호연의 번민은 쉬이 가라앉지 않았다. 그렇지만 계속 혼자서 잘못만 뉘우치고 있을 상황이 아닌 것은 분명했다. 호연은 힘겹게 고개를 끄덕였다.

그때 조성영 선임이 호연에게 말을 걸어 왔다.

"그래서 엘리시움에서 있었던 일이 정확히 어떻게 되나요? 미안한데 다시 정리해서 한 번 이야기해 주셨으면 좋겠어요."

호연이 혼란을 수습하는 것을 돕도록 일부러 일을 만들어 내는 느낌 절반, 정말로 정리가 필요해서 묻는 느낌 절반이었다. 배려해 주는 것이라면 감사한 일이었고 직책을 존중해 주는 것이라면 더욱 감사한 일이었다. 호연은 마음을 다잡고 엘리시움에서 있었던 일을 다시 차분히 설명해 나갔다.

자초지종을 모두 전해들은 망자들은 다음 단계의 허탈함에 잠겨들었다. 예상하지 못한 내용의 삽입으로 모자라, 엘리시움에 기록물을 전달하는 과정 자체가 트집을 잡힌 것을 알게 된 것이다.

"저희가 본 그 내용이 그대로 최종본에까지 들어간 것이 맞군요."

기훈이 씁쓸하게 말했다. 내심 최종본에는 사사문을 삽입하지 않았다는 정상재의 변명이 사실이길 바랐던 적도 있었기에 더욱 마음이 좋지가 못했다.

"그럼, 후속 대응은 어떻게 진행하기로 된 것입니까?"

시영의 물음에, 호연은 대답했다.

"안유정 비서관님이 서면 보고서로 올린다고는 하셨지만요."

호연은 자신이 정상재의 삽입물을 옹호하는 것을 지렛대로 삼았고, 원본 분량을 사수하는 데까지는 성공했다는 이야기를 전했다. 그 협상의 전말을 듣던 조 선임은 호연에게 공감하며 분통을 터트렸다.

"화 날 만했네요. 칠 만했어. 난 호연 씨 편이에요."

기훈도 고개를 끄덕이며 동의했다.

"정말, 애 많이 쓰셨습니다."

사사문이 빠진 자리를 다른 내용으로 채워 가기로 하고 돌아왔다고 호연이 설명을 마쳤다. 기록물 생산 그룹의 망자들은 하나같이 고민에 빠져들었다. 조 선임이 고민스럽게 중얼거렸다.

"그래도 아직 걱정이 남기는 하네요. 그만한 분량을 새로 써 가야 한단 말이죠⋯⋯."

"네, 그 부분에 대해서 다 같이 좀 고민을 해 봐야 할 것 같아요."

그렇게 말하는 호연에게 시영이 물었다.

"제가 혹시 도와드려야 할 일이 있겠습니까?"

"아니요, 지금은 괜찮습니다."

시영을 향해 고개를 저으며 호연은 대답했다.

그런데 대답을 위해 시영을 바라본 순간 호연의 머릿속에 아이디어 하나가 스쳐 지나갔다. 솔깃한 보충 방법 하나가 떠올랐는데 할 수 있는 일인지 당장 확신할 수는 없었다. 섣불리 제안했다가 상황이 괜히 복잡해질지도 모른다고 생각한 호연은 우선 살짝 말을 돌리기로 했다.

"⋯⋯정상재 그 사람 어떻게 되는지만, 나중에 좀 알려 주세요."

"그렇게 하겠습니다. 그 밖에 필요한 일이 있으면 비서실로 연락 주시기 바랍니다."

대답을 남긴 시영은 조금 바쁜 걸음으로 소강당을 나섰다. 앞서 잡아 간 정상재의 처우를 챙기려 하는 모양이었다. 그렇게 시영이 먼저 나선 뒤, 호연은 방 안에 남은 망자들에게 말했다.

"일단, 머리를 좀 식힐 시간을 잠시 주시겠어요? 생각을 좀 정리하고 올게요."

그 말을 들은 조 선임이 옆에서 격렬하게 고개를 끄덕였다.

"그래요, 그래요. 여기 있는 분들끼리 아이디어 모으고 있을 테니까 바람 좀 쐬고 와요."

그렇게 말하고는 호연의 등을 문 쪽으로 떠밀기 시작했다. 호연은 방 안에 모인 이들에게 조심스레 양해를 구하고 문을 나섰다. 그리고 달리기 시작했다.

시영을 본 순간 호연은 떠올릴 수 있었다. 신시왕경의 내용과 그 목적에 부합하면서도, 여러 페이지를 할애해 설명할 만한 가치가 있는 다른 소재가 한 가지 있었다. 한국 문화권에는 시왕저승만이 있는 것이 아니었다. 당장 이시영 비서실장은 지리산 복사골이라 불리는 다른 민속 저승 출신이라지 않았던가. 시왕저승과 문화적으로 이웃하고 있었던 여러 작은 저승 세계들의 기록을 추가로 모으면 어떨까 하고, 호연은 생각했다. 그런 내용이라면 엘리시움의 학자들도 기꺼이 받아들일 것이었다. 이미 완성된 기록을 억지로 잡아 늘릴 필요도 없었다. 그리고 무엇보다……

'……사라진 복사골 저승도, 소육왕부도, 어쩌면 원래 그대로 되살릴 수 있을지 몰라요.'

자신이 시영에게 건넸던 그 말이 계속 마음에 남았다.

지금 호연이 생각하는 내용을 적기 위해서는 반드시 도움을 구해야 할 인물이 두 명 있었다. 그중 한 명은 당연히 시영이었다. 그에게서 복사골에 대한 증언을 얻을 수 있다면 좋은 기록물이 나올 것이다. 하지만 책임감이 강하고 공사 구분에 철저해 보이는 시영이 순순히 받아들일 거라는 생각은 들지 않았다. 그래서 이 제안을 곧장 공식화해도 될지에 대해서는 자신이 없었다.

대신, 호연은 다른 한 명을 찾아 준비를 할 작정이었다. 호연은 3층으로 내려가 선명칭원으로 연결되는 구름다리로 발길을 옮겼다. 천장이 유리로 된 구름다리를 건너가는 동안, 호연의 마음속에서 몇 가지 혼란스러운 생각들이 요동쳤다. 이 내용으로 좋을까? 이 내용밖에 없을 것 같아. 도움을 구해도 될까? 아마도 도와줄 거야. 허락을 받을 수 있을까? 기꺼이 허락해 주실 거야. 시작한 일이 꼬였으니 수습해야 했고, 불안이 가득하지만 어떻게든 떠오른 아이디어를 붙잡아 잘 해결해 보고 싶었다. 호연은 조금 더 빠르게 뛰었다. 숨이 찰 것처럼 뛰었다. 숨이 차지 않으리라고 믿었지만, 이내 숨이 벅차올랐다. 저승에서도 체력의 한계가 있구나 하고 호연은 달리기를 멈추고 숨을 몰아쉬었다. 마음속의 망설임과 고민들이 발목을 잡아당기는 것만 같았다.

호연은 천천히 선명칭원의 복도를 걸어 포교 연구 그룹의 방으로 향했다. 그룹의 이름이 붙여진 문은 굳게 닫혀 있었다. 안에서는 이런저런 이야기 소리가 들려오고 있었다. 호연은 머뭇거리다가 문을 노크했다. 오래지 않아 예슬이 문을 열고 나왔다. 예슬은 호연이 있는 것을 보고 조금 놀랐다.

"어? 여긴 어쩐 일이야?"

"예슬아, 뭐 좀 잠깐 도와줄 수 있어? 좀 일이 생겨서……."

호연은 겸연쩍게 뒷머리를 긁적이며 물었다.

"왜? 무슨 일인데?"

걱정스럽게 물어 오는 예슬에게 호연은 정상재가 저지른 사고에 대해 설명했다. 이야기를 들은 예슬은 혀를 차며 눈살을 찌푸렸다.

"그 교수님 결국에는……."

그리고 설명을 마친 호연은 곧장 본론으로 들어가기로 마음먹었다.

"그래서 말인데, 지금 그 분량을 채워야 하거든."

"어…… 그래서?"

의아하게 묻는 예슬에게 호연은 부탁했다.

"혹시 작성을 도와줄 수 있을까?"

"……내가?"

예슬은 떨떠름하니 되물었다. 호연은 고개를 끄덕였다.

"시왕저승에 대한 기록은 이미 충분해. 그러니까 거기에 간략하게, 한국의 다른 민속 저승들 기록을 조금 끼워 넣으면 될 것 같다는 생각이 들어."

조금 굳은 얼굴로 가만히 자신을 바라보는 예슬을 마주보며 호연은 생각했던 것들을 설명하기 시작했다.

"너도 이야기했잖아? 지리산 복사골에 사당 있다는 산신령님 이야기. 이시영 비서실장님이 그 산신령님네 저승 출신이라고 했었고. 그러니까 예슬아, 네가 기조를 잡고 비서실장님 인터뷰라도 해서 복사골 저승 이야기라도 간단하게 실으면 충분한 독창성과 가치가……."

빠르게 이야기를 이어 나가던 호연을 예슬이 제지했다.

"잠깐만, 잠깐만, 호연아. 잠깐만."

말을 가로막혀 호연은 곤혹스럽게 예슬을 바라보았다. 하지만 예슬이야말로 잔뜩 곤혹스러운 표정이었다. 미간에 주름이 가득한 채 호연을 마주 바라보지 못하고 바닥을 바라보며 시선을 피하고 있었다. 굉장한 주저와 망설임, 고민이 느껴졌다. 예슬은 한동안 침묵했다. 호연은 예슬의 이런 반응을 곧바로 이해하기가 어려웠다.

잠시 시간이 흐르고 예슬의 입에서 머뭇거리는 목소리가 흘러나왔다.

"……아니, 안 돼. 못 도와주겠어. 미안해."

호연은 다급히 물었다.

"왜? 부족한 거라도 있어? 기록물 생산 그룹이 다 같이 고민하면……."

예슬이 단호하게 호연의 질문을 가로막았다.

"아니, 그런 문제가 아냐."

예슬은 뒤돌아 방 안을 보았다. 포교 연구 그룹의 방 안에는 수십 명의 자발적 신도들이 모여서 교리 공부를 하고 있던 참이었다. 이야기를 진행하던 예슬이 언제 돌아올지 기다리며 문

밖을 기웃거리는 이들이 보였다.

다시 호연을 돌아보며 예슬은 말했다.

"……나는 지금 저 사람들하고 함께하고 있어. 이제는 떠나기 어려워."

호연의 표정이 굳었다.

"잠깐이면 돼."

하지만 예슬은 거듭 대화를 거절했다.

"그 잠깐이 어려운 거야."

예슬은 짧게 한숨을 내쉬고 호연에게 타이르듯이 이야기했다.

"우리는 천국에 가려고 모였어. 하나라도 더 배우고, 복음서 한 줄이라도 더 읽어야 해. 계속 새로운 분들이 함께하고 계시고, 한 분 한 분 챙겨 드리고 싶어. 정말 시간이 없어. 내가 스스로 이렇게 말하기도 뭐하지만, 양치기가 양을 버려 놓고 다른 이야기를 하러 갈 수는 없는 거야. 이런 상황에서 다른 저승에 대해서 많은 고민을 하기는 좀…… 버거워. 미안해."

당혹스러운 감정과 큰 실망이 호연의 마음속에 차오르기 시작했다. 괜히 스산해지는 가슴께를 느끼며 호연은 조금 쏘아붙이듯이 되묻고 말았다.

"그게…… 그렇게 버거울 정도야?"

예슬은 곧바로 답했다.

"결국 따지고 보면 우상이고 미신이잖아."

호연의 사고가 멎었다.

짧은 그 한 마디 말을 다 듣자마자 눈을 부릅뜨며 입을 닫아 버리는 호연을 보고 예슬은 마음이 철렁했다. 이런 식으로 말하지 말자고, 배타적으로 굴지 말자고 다짐하고 시작했었는데.

"……미안, 말이 심했지. 그러니까 말이 그렇다는 거고…… 그러니까……."

그렇지만 호연은 예슬과 대화를 이어 갈 마음이 꺾이고 말았다.

"……알았어. 그런 입장이구나."

머리를 긁적이며 호연은 시선을 피했다. 예슬은 조금 떨리는 목소리로 호연에게 사과했다.

"미안해."

"아냐. 내가 무리한 부탁을 했나 보다. 내가…… 어떻게든 해 볼게."

하지만 마음이 한 번 접힌 호연에게는 닿지 않았다. 호연은 대화를 마무리 짓고 더는 대답을 기다리지 않은 채 돌아섰다. 돌아서서 한 걸음 걷자마자 온갖 감정이 소용돌이쳐서 다시 뒤돌아보았다.

"……그냥 묻는 건데."

호연은 예슬을 바라보며 물었다.

"어느 날 갑자기 말도 안 하고 천국으로 확 사라져 버리는 거 아니지?"

그러지 않기를 바라며 호연은 예슬을 그 말로 붙잡을 것처럼 말했다. 예슬은 그것 하나만큼은 분명히 말할 수 있었다. 예슬은 곧바로 대답했다.

"응. 안 그럴게."

하지만 호연에게는 그 모습이 전혀 다르게 보였다. 호연은 오히려 좀 더 진지하게 생각하고 대답해 달라고 되묻고 싶었다. 조금의 고민도 없이 말할 수 있는 문제냐고 묻고 싶었다. 단지 그것을 물을 힘이 남아 있지 않았다.

"……그래."

발걸음을 돌려 호연은 선명칭원을 뒤로 했다. 기록물 생산 그룹으로 돌아가야 했다. 걸어가는 호연의 머릿속은 엉망진창이었다. 정상재에 대한 분노가 화산처럼 쓸고 지나간 자리에 잿더미가 내려앉는 기분이었다.

호연은 지금 느끼고 있는 감정이 당혹인지, 충격인지, 슬픔인지, 실망인지, 분노인지 또는 그 모두인지……. 그런 것을 정리하고 싶지도 않았다. 무슨 색이라도 칠했다가는 사방 일색이 되어 마음이 무너져 버릴 것 같은 두려움에 호연은 머릿속을 비워 버렸다. 아무 생각 없이 계단을 내려가 구름다리를 건너 계단을 올랐다.

돌아가서 무엇을 할지만 생각하기로 했다. 빈 내용을 채워야 한다. 엘리시움에 가져갈 새 내용을 만들어야 한다. 예슬을 빼고, 다른 전문가들과 협의를 해야만 한다…….

멍한 표정으로 터덜터덜 걸어가던 호연을 누군가가 불렀다.

호연은 한 번에 반응하지 못했다.

"채호연 망자님!"

두 번 불리고 나서야 호연은 퍼뜩 돌아보았다. 복도참에서 안유정 비서관이 호연을 바라보고 있었다. 호연이 돌아본 것을 확인하고 안 비서관이 비서실 쪽을 가리켰다.

"비서실장님이 찾으시는데요."

"아…… 네."

호연은 비서실로 발걸음을 돌렸다. 문을 열고 들어서자 조금 초조하게 기다리고 있던 시영이 호연을 반갑고 다급하게 맞이했다.

"아, 오셨습니까. 상황이 다급하지만 새로 부탁드릴 일이 …… 혹시 또 무슨 일이 있으셨습니까?"

그리고 넋이 반쯤 나간 듯한 호연의 모습에 걱정스레 물었다. 하지만 호연은 흘려 넘겼다.

"아녜요. 신경 안 쓰셔도 됩니다. 무슨 일이시죠?"

호연의 모습이 조금 신경이 쓰이긴 했지만 시영으로서도 급하게 당부할 일이 있어 호연을 찾고 있던 차였다. 시영은 곧장 본론을 꺼냈다.

"지금 강수현 비서관이 서울 생존자 그룹에 내려가서 탐색과 협의를 진행하고 있습니다. 원래 강수현 비서관이 가던 나사 쪽 회의 일정이 겹쳐서 유혜영 차사가 바뀌서 내려갔습니다만, 문제가 좀 생겼습니다."

지난 번 회의 때의 안내대로라면 이번 나사 쪽 검토 회의는 일반적인 진행 상황 공유 정도로만 예정되어 있었다. 그래서 유혜영 차사가 대신 가도 문제없으리라 판단한 것이었는데, 막상 도착해 보니 나사 측 책임자가 난색을 표했다. 갑자기 중요한 안건이 새로 생겼다면서 기술적 문제에 대해 판단할 수 있고 결정을 내릴 수 있는 망자를 데려와 달라고 요구했다는 것이었다.

"그래서 유혜영 차사가 급히 도로 올라왔습니다. 같이 내려갈 사람이 필요한데 아시다시피 저는 내려가기가 어렵습니다."

"아, 그럼 혹시 제가……."

자신을 찾은 이유를 짐작하는 호연에게 시영은 고개를 끄덕였다.

"네, 다급한 상황이지만 부탁을 좀 드리겠습니다. 유혜영 차사가 나사로 안내할 겁니다."

그렇게 안내를 마치고 시영은 호연의 안색을 다시 살폈다. 역시 얼굴에 아무 표정도 나타나지 않는 것이 어지간한 스트레스를 받고 진이 빠진 듯한 모양새였다. 그리고 선명칭원에서 무슨 일이 있었는지는 시영이 당연히 알 리가 없었다.

시영은 호연이 정상재와 있었던 일의 충격을 아직 수습하지 못한 것이라고 생각하고, 위로의 말을 건넸다.

"죄송합니다. 저쪽에서 일어난 일을 정리하기도 전에 엉뚱한 부탁을 드리게 되었습니다."

그리고 호연은 희미하게 웃어 보이면서 대답했다.

"아니에요. 나사잖아요? 천문학도로서는 오랜 로망이 있죠.
잘 됐네요."

호연은 일단 주어진 일에 최선을 다하기로 했다.

눈앞에 나타난 업무에 집중하다 보면 번잡한 감정들은 모조
리 잊을 수 있으니까.

*

유혜영 차사의 인도를 받아 호연은 곧장 이승으로 내려갔다.
다른 저승으로 가기 위해 저승길을 넘는 것과는 방법이 많이
달랐다. 지상으로 내려가기 위해서는 특수한 문을 지나야 했
다. 그 뒤에 천지 사방을 분간할 수 없는 이상한 공간을 거쳐서
이승의 특정 장소를 향해야 했다. 유혜영 차사의 말로는 저승
사자들은 이런 공간에서 이승의 영혼을 기준으로 위치를 파악
하고 마침내 공간을 건너는 훈련을 한다고 했다.

사방의 모습을 구분할 수 있게 되었을 무렵 혜영과 호연은
높은 하늘에서 말라붙은 숲을 향해 추락하고 있는 중이었다.
둘은 그대로 땅을 뚫고 지하로 내려가 이윽고 COIL의 지하
시설에 닿았다.

혜영과 호연이 COIL 회의실에 나타났다. 혜영이 먼저 한국
어로 인사를 건넸다.

"안녕하세요. 금방 다시 인사드립니다."

회의실에서 기다리고 있던 에니스 최 박사가 반색하며 대답했다.

"어이쿠, 또 못 보던 분이 오셨네?"

"안녕하세요, 채호연이라고 합니다. 에니스 최 센터장님 맞으시죠?"

호연은 최 박사에게 인사를 건넸다. 얼마 전부터 수현을 통해 비서실에 보고되는 내용들을 간간히 들었기에 호연도 에니스 최 센터장이라는 사람에 대해서는 약간의 정보가 있었다.

"그래요. 어서 와요. 오늘 기술적인 이야기를 좀 하게 될 거 같았는데 강수현 씨가 못 내려온다고 그러지 뭐에요. 그런데 그 분이 왔어도 아마 전문가를 불러 오라고 시켰을 것 같네요. 혹시 전공이?"

"천문학 박사과정 밟고 있었어요."

"세상에, 어쩌다가 그렇게 끔찍한 선택을 했담?"

자학적인 농담에 호연은 떨떠름하게 웃었다. 최 박사가 종교적으로든 과학적으로든 엄청나게 열린 마음을 가진 사람일 거라는 선입견을 갖고 있었는데 첫 인사 교환에서부터 자신이 제대로 믿어 온 게 아닐까 생각이 들었다.

그렇게 담소를 나누고 있던 사이, 회의실에 또 다른 영혼이 모습을 드러냈다. 남유럽계 여성이었고, 호연은 곧바로 그를 알아보았다. 페레이라 박사였다.

"아, 채호연 씨!"

페레이라 박사가 영어로 말을 걸었다. 말로는 서로 곧장 뜻이 통하던 저승에서는 알기 어려웠던 라틴계 영어 악센트가 확 느껴졌다. 호연은 잠깐 당황했지만 곧 영어로 대답했다.

"안녕하세요. 오랜만에 뵙네요. 편집위원회에서 말씀 잘 해 주셨다고 들었어요."

엘리시움 편집위원회 이야기가 나오자 페레이라 박사가 걱정과 염려를 잔뜩 담은 목소리로 호연에게 물었다.

"도대체 무슨 일이 있었던 겁니까?"

사건의 내막을 밝혀도 될지 고민하던 호연은 비교적 우호적이었고 이런저런 일들에서 협력해 왔던 페레이라 박사에게는 어느 정도 설명을 해도 될 거라고 생각했다. 호연은 정상재가 무단으로 삽입한 사사문에 관한 이야기를 간단히 전했다. 페레이라 박사는 이제야 모든 것이 설명되었다며 연신 고개를 끄덕였다.

"……이해했습니다. 그런 류의 글을 써서 보낼 분들은 아니라고 믿었습니다."

"이 사정은 저쪽에는 적당히 숨겨 주시고요."

호연의 당부에 페레이라 박사는 눈을 찡긋하며 말했다.

"압니다. 보류 결정에 대해서는 이미 일차 리뷰가 있었는데, 채호연 씨 의도한 대로 '사과하는 대신 협상하자'는 위원들을 몇 명 만들 수 있겠습니다."

그렇게 말하며 페레이라 박사는 손가락으로 따옴표를 만들어 보였다. 호연은 학회에서 만난 서양권 학자들이 저 제스처를 쓰는 경우를 종종 본 적이 있었다. 단어나 표현에 따옴표를 엮어서 인용하겠다는 표시였는데 가끔 이렇게 '이러저러한 거짓말을 해 보았다'는 용도로도 쓰곤 했다.

"다행이네요."

페레이라 박사의 진의를 이해하기에는 부족함이 없었다. 호연은 의례적인 미소를 보냈다.

더 잡담을 나눌 시간은 없었다. COIL 직원들이 회의실에 하나둘 들어오기 시작했다. 느긋하게 의자에 앉아서 웃고 있던 에니스 최 센터장이 일어나 연단으로 걸어갔다. 세미나가 시작될 시간이었다. COIL ERP의 보고회를 쭉 진행해 오던 찬드라세카 박사 대신 오늘은 최 박사가 직접 설명을 진행할 모양이었다.

호연은 두근거리는 마음으로 회의실 안을 둘러보다가 회의실 한쪽 구석에서 또 다른 영혼의 모습을 발견했다. 일본식 기모노를 입고 얼굴에는 전통 양식의 여우 가면을 쓴 영혼이 미동도 없이 가만히 회의실 안을 응시하고 있었다. 하지만 그 모습에 호연이 신경 쓸 겨를도 없이 최 박사의 발언이 시작되었다.

"안녕하세요, 여러분. 오늘은 좀 중요한 이야기를 하려고 하는데요."

벽면의 빔 프로젝터 스크린에는 찬드라세카 박사가 쓰던 것과는 완전히 다른, 프레젠테이션 에디터의 기본 양식을 그대로 사용한 발표 자료가 나타나고 있었다. 그 와중에 글씨체는 산세리프체가 아닌 동글동글한 코믹 서체였다. 최 박사가 발표용 리모컨의 버튼을 누르자 'Important Issue!' 라고 장난스럽게 적힌 화면이 나타났다.

"지구상의 기록물을 우주로 전송할 수 있게 되었다는 걸 말씀드리고 싶네요."

옆에서 듣고 있던 피네건 박사가 점잖게 끼어들어 정정했다.

"정확히는 가능성을 검토 중인 겁니다."

"에이, 이제부터 자세히 설명할 건데 꼭 트집을 잡네."

발표 자료가 익살스러운 것은 여기까지였다. 그 뒤의 화면들은 여전히 서식이 다듬어지지 않은 상태였지만, 여기저기서 가져 온 자료의 원본을 그대로 붙여 넣은 듯했다. 예쁘지 않고 불친절했다. 하지만 내용은 풍부하기 이를 데 없었다. 최 박사는 막힘없이 그 내용을 읽어 나갔고, 우주로 전파를 보낼 수단과 그 방법에 대해 설명했다.

호연은 그 이야기를 정신없이 듣고 있었다. 어지러운 마음을 가라앉히기에는 솔깃한 과학 이야기가 도움이 되었다. 집중해서 듣고 있던 호연을 최 박사가 보더니 싱긋 웃으면서 손으로 가리켰다.

"그래서 마침 한국 사후세계에서 천문학자 분이 한 분 내려

오셨는데. 어때요? 뭐 이상한 거 없죠?"

"아, 저기……."

깜짝 놀란 호연은 잠시 머뭇거렸다. 나사 관계자가 일개 박사과정인 자신에게 크로스체크를 요청한 게 아닌가. 하지만 고쳐 생각해 보면 대답하기 어려운 이야기는 아니었다.

그리고 더는 망설이지 말자고 다짐했었다. 이미 자신은 시왕저승에 블랙홀 가설을 공론화해 본 적이 있었고, 엘리시움에서 청중도 정해지지 않은 발표를 해 본 경험이 있었다. 충분히 자신감을 가져도 된다. 이 관계자들 또한 스스로 충분히 검증해 본 뒤 제3자의 시선을 요청하는 것일 게 분명했다. 지레 두려워할 이유는 전혀 없었다.

조금 전에 들었던 전파 전송 방법을 다시 한번 머릿속으로 되짚어 보고 나서 호연은 대답했다.

"……네, 타당하다고 생각합니다."

호연의 답을 들은 최 박사는 밝은 미소와 함께 엄지를 들어 보였다. 그리고는 COIL 관계자들을 향해 당부했다.

"좋아요. 우선 전송 방법에 대해서는 우리 ERP에서 이미 기술적 검토에 들어갔는데, 이제 공식적으로 우리 센터 사람들 모두 도울 수 있는 부분은 돕는 게 좋을 것 같고. 다들 이해했지? 우리가 해 볼 수 있는 마지막 발악이라고 생각하고 있는 힘껏 날뛰어 보자고."

모여 있는 연구원들과 직원들 사이에 기대와 우려가 섞인 술렁거림이 번져 갔다.

"그리고 저승 쪽 관계자분들, 잠깐 이야기 좀 나눌 수 있을까요?"

최 박사의 대화 제의에 페레이라 박사가 손을 낮게 들어 먼저 발언권을 요청했다.

"물론입니다. 혹시 저희가 제공해 드리는 기록물을 전송해 주실 수 있겠습니까?"

페레이라 박사는 우주 전파 전송이 가진 가능성을 바로 캐치했는지 곧바로 제안을 꺼내들었다. 최 박사는 그 말을 듣고 손가락을 튕겼다.

"바로 그거예요. 우리 쪽에서 두 가지 부탁하고 싶은 게 있는데, 그게 첫 번째거든요? 사후세계 기록물을 잔뜩 만들고 있다고 들었는데 그걸 좀 받아오고 싶고요. 물론 닥터 채한테서도 받아와야겠고요."

최 박사가 자연스레 자신을 돌아보며 '닥터'라고 부르자 호연은 쑥스럽게 뒷머리를 긁적였다.

"저기, 전 그냥 박사과정이라……."

최 박사는 너털웃음을 지으며 말했다.

"그냥 그런 척해요. 어차피 지도교수도 죽었을 거 아냐. 박사 다섯 명 데려다가 커미티Committee 해 줄까요?"

커미티라는 건 학위논문 심사위원회를 말하는 거였다. 지도교수나 다른 박사학위자들이 모여 논문을 평가하고 심사 대상자의 학위를 인준하는 과정이다. 요컨대 자기가 호연에게 박사학위를 줄 수도 있다는 말에 다름없었다. 정말 엄청난 방향으로 날아가는 농담에 차마 마음 놓고 웃을 수가 없어 호연으로서는 떨떠름한 미소밖에는 지을 수가 없었다.

한편 페레이라 박사는 의욕적으로 최 박사와 기록물에 관련된 협의를 시작했다.

"아무튼 자료가 완성되는 대로 바로 사본을 만들어 제공할 수 있습니다."

"아, 그런데 그 부분에 한 가지 사소한 문제가 있을 거예요. 닥터 찬드라세카, 설명 좀."

최 박사는 기다리고 있던 찬드라세카 박사에게 대화를 넘겼다. 찬드라세카 박사는 클립보드에 적어 온 체크리스트를 보며 기록물 전송에 관한 좀 더 자세한 이야기를 꺼내 놓았다.

"요점부터 말씀드리면, 문자로 된 기록물은 저희가 받지 않기로 했습니다."

"예?"

페레이라 박사가 믿을 수 없다는 듯 되물었다. 호연 또한 깜짝 놀랐다. 문자 기록을 받지 않겠다니?

"어째서죠?"

호연의 질문에, 찬드라세카 박사는 차분히 설명을 이어 나갔다.

"전파 메시지의 규격과 관련해 내부 검토를 거친 결과, 모든 전파 메시지는 그림의 형태로 송신하는 것으로 결정되었습니다."

"하지만 글보다 전달 능력이 현저히 떨어지지 않습니까?"

페레이라 박사는 이해할 수 없다는 듯 다시금 물었다. 그에 대해 찬드라세카 박사는 거꾸로 질문을 던졌다.

"박사님께서는 전파로 알파벳 'A'를 어떻게 적으시겠습니까?"

곧장 자신 있게 대답하려던 페레이라 박사는 곧바로 말문이 막혀 버렸다.

"어…… 모스 부호 같은 걸 쓰지 않습니까? 그보다 더 나은 방법을 개발하셨으리라고 생각합니다만."

하지만 찬드라세카 박사가 말하려던 문제는 문자 전송에 어떤 방법을 사용할지가 아니었다.

"모스 부호나, 아스키 코드나, 유니코드 문자 집합이나…… 방법은 많습니다. 인간들끼리 통신을 할 때는 그렇게 'A'라는 글자를 어떤 전파 파형으로 표현할지 합의할 수 있습니다. 하지만 이 전파를 받을지도 모르는 외계인들과는 그런 합의가 불가능합니다."

페레이라 박사는 마침내 자신이 놓친 부분을 깨닫고 조용히 탄성을 내질렀다. 그리고 찬드라세카 박사는 이미 문제에 대한 해결책을 갖고 있었다.

"저희는 앞서 같은 고민을 한 사람들의 결과물을 참조하기로 했습니다."

찬드라세카 박사는 최 박사에게서 발표용 리모컨을 전달받아 화면을 몇 장 뒤로 넘겼다. 회의실의 발표 화면에는 점으로 이루어진 기호의 집합체가 나타났다. 여러 부분으로 구성된 그림이었다. 한 눈에 봐서는 정확히 무슨 뜻인지 파악하기가 어려웠다. 하지만 호연은 본 기억이 있는 그림이었다. 찬드라세카 박사의 설명이 이어졌다.

"1974년 푸에르토리코의 아레시보 천문대에서 허큘리스 대성단 방향으로 발사된, 이른바 '아레시보 메시지'입니다."

당시 뛰어난 성능의 전파 망원경을 새로 건설한 천문학자들은 새 망원경의 성능을 전 세계에 과시하고자 했다. 우주 탐사 붐 속에서 천문학자들은 지구의 위치, 생명의 원리, 인류 문명의 규모 등을 담은 그림 메시지를 만들었고, 이를 전파에 실어 별로 가득한 우주 저편의 성단을 향해 쏘아 보낸 적이 있었다. 그것이 지금 화면에 나타나 있는 '아레시보 메시지'라고 불리는 그림이었다.

아레시보 메시지는 가로 스물세 칸, 세로 일흔세 칸, 총 1,679칸의 점들로 구성되어 있었다. 전파는 한 줄로만 메시지를 전할 수 있기에 그림을 보내려면 그림의 가로 세로 길이를 함께 보내서 재배열하도록 해야만 했다. 이 메시지는 가로와 세로 길이를 각각 소수素數로 정의하였기 때문에, 메시지의 전체 길이를 알면 가로 세로 길이를 수학적으로 유추해 낼 수 있었다. 우주에서 이 전파를 수신할 수 있는 수준의 문명은 비교적 쉽게 평면 그림을 복원할 수 있을 것이다. 그야말로 당대의 천문학자들이 함께 고민하여 만들어 낸 역작이었다.

"저희는 이 양식을 재활용하기로 결정했습니다. 저희는 오직 그림만을 우주로 보내게 됩니다."

찬드라세카 박사의 이러한 설명에 호연이 조심스레 의문을 제기했다.

"무리가 있지 않을까요? 표현 공간이 너무 제한적이에요."

그리고 당연히 여기에 대한 답도 이미 준비되어 있었다.

"그래서 이 양식으로 큰 그림을 전송할 수 있는 방법을 찾았습니다. 저희는 1,679칸으로 이루어진 그림 블록을 패킷^Packet으로 사용해, 여러 블록의 메시지를 연속해서 전송할 예정입니다."

찬드라세카 박사는 다시 발표 화면을 한 장 넘겼다. 메시지를 어떻게 보낼지에 대한 내용이 나타나 있었다. 찬드라세카 박사는 차근차근 그 내용을 설명했다.

먼저 원본 아레시보 메시지를 두 번 보내서, 1,679칸이라는 주기를 학습시킨다. 이제 이 전파를 받는 외계인들은, 그 뒤에 따라오는 모든 메시지를 1,679칸 주기로 잘라낸 뒤 가로 스물세 칸, 세로 일흔세 칸의 그림으로 복원하게 될 것이었다. 그다음에는 원본 아레시보 메시지를 약간 고쳐서, 블랙홀 제트로 인해 지구가 멸망하게 되었음을 설명하는 메시지를 두 번 보낸다. 이제 외계인들은 이 전파가 왜 발신되었는지 알게 될 것이었다.

그다음으로는 사각형이 그려진 그림이 전송되게 되어 있었다. 이것은 이후의 메시지를 어떻게 재조합해야 할지에 대한 설명서였다. 1,679칸 단위로 전달된 그림 메시지를 다시 가로 열아

홉 칸, 세로 열한 칸으로 배열하면 보다 큰 그림을 얻을 수 있게 된다는 의미였다. 그다음부터 전송되는 메시지는 큰 그림을 한 칸씩 조각 내서 보내는 내용이 될 것이었다. 서로 전파 송수신 방법에 대한 약속을 할 수 없는 상황에서 최소한의 규격으로 통신을 성립시키기 위한 고육책이었다.

"그렇게 하면 상대적으로 큰 그림을 보낼 수 있겠군요……."

호연은 아레시보 메시지를 재활용하는 방법에 감탄을 표했다. 하지만 페레이라 박사는 여전히 난처한 기색이었다.

"그래도 부족합니다. 게다가 흑백 그림만 가능하다는 것 아닙니까? 크기라도 좀 키울 수 없습니까?"

이렇게 조각난 그림 한 장은 가로 437칸, 세로 803칸의 흑백이 될 예정이었다. 호연은 컴퓨터에서 사용하던 화면 해상도를 떠올려 보았다. 포털 사이트의 배너광고보다 조금 큰 사이즈로, 색상도 음영도 없이 완전한 흑백 도트 그림을 그려야 했다. 페레이라 박사의 지적대로였다. 표현 공간이 너무 제한적이었다. 찬드라세카 박사는 고개를 저었다.

"네. 저희도 많이 고민했지만, 일정 이상 복잡하면 여러 가지 문제가 생길 수 있다고 봅니다."

그러면서 몇 가지 문제의 예를 들었다. 이를테면, 메시지가 너무 길어져 전송 과정에서 누락될 수 있었고, 단위 그림의 크기가 너무 커져 버리면 상대방이 자연적인 천체 노이즈 전파와 구분하지 못할 수 있다는 걱정도 있었다. 서로 통신 방식을 협의했다면 이럴 때 오류를 어떻게 막을지에 대해서도 미리 약속을 할 수 있었지만, 그렇지 못한 상황에서 취할 수 있는 선택의 폭은 제한적이었다.

"그렇게 그림 스무 장에서 쉰 장 정도를 보내는 걸로 예상하고 있습니다. 스무 개만 보내도 4,183개 블록에 약 700만 비트의 정보가 수록됩니다. 약 850키비바이트^{KiB}의 용량이 됩니다."

많다면 많은 것 같고 적다면 적은 것 같은 용량. 페레이라 박사는 실망감을 감추지 못하며 말했다.

"⋯⋯전혀 예상하지 못했던 부분입니다. 이건 학술원에 보고를 하고 의견을 받아 와야겠습니다."

"저희도 마찬가지예요. 그림을 그려야 하리라고는 예상하지 못해서⋯⋯."

호연 또한 난색을 표했다. 단지 그런 반응 또한 최 박사 입장에서는 이미 예상 범주 내였다.

"응, 그럴 거라 생각했거든요. 그래서 정보 용량과 방법이 제한된 이유에 대해서 정확하게 이해하고 의견을 전해 줄 사람들이 오셨으면 했어요."

최 박사는 특히 호연을 바라보며 말했다. 호연은 굳이 자신이 내려와야 했던 이유를 납득했다.

전달할 내용이 어느 정도 전달되었음에도 페레이라 박사가 고민하고 있자 최 박사는 빙그레 웃으며 다시 입을 열었다.

"아, 참고로 너무 무리는 하지 않아도 괜찮아요. 부담 갖지 말고요. 왜냐면 사후세계 분들이 아무 데이터도 안 주셔도 우리는 그냥 우리 다 죽었다는 메시지 하나 만들어서 보낼 거니까. 저기 두 번째 보이죠? 새로 쓸 이차 아레시보 메시지. 인류의 단말마.”

부담을 덜어 주겠다는 의도였지만 자신들은 전혀 곤란할 게 없으니 알아서 잘 대응해 달라는 배수진처럼 들리는 말이기도 했다. 페레이라 박사는 끙, 하고 앓는 소리를 냈지만 호연으로서는 차라리 후련했다. 뭔가를 해 가야 한다는 부담은 이미 엘리시움 쪽에 지고 있으니, 되면 좋고 안 되면 말고 식으로 대응할 수 있다면 비교적 마음 편하게 준비할 수 있을 것이었다.

최 박사가 또 다른 부탁을 꺼내 놓았다.

“그리고 사실 우리가 두 번째 부탁할 사항이 있는데, 엔지니어링적으로 도움을 좀 받아야 할 것 같고요. 우리 지식만 가지고 안 되겠더라고. 닥터 피네건?”

“혹시 함께하는 망자⋯⋯분들 중에, 음.”

피네건 박사는 스스로 ‘망자Deceased’라는 표현을 써 놓고도 상당히 거북한 느낌을 받았다. 종교적 거부감과 현실적 생경함에 더해, 이 호칭이 사후세계 영혼들에게 정치적으로 올바른 호칭인지도 걱정이 되는 와중이었다. 피네건 박사는 그런 고민을 잠시 미뤄 두고 본론을 이어 갔다.

“⋯⋯아무튼, 망자 분들 중에 고전압 전기 공학이나 전력 그리드Grid 설계에 관한 지식이 있는 영혼이 있다면 그 지식을 빌리고자 합니다. 우주 전파 송신을 위해 우리 시설 내부의 전력 공급 시스템이 무인 상태에서 제어되어야 하는데 설계 역량이 부족합니다."

피네건 박사는 전력 공급 설비와 관련해서 확인된 사실들을 자세히 설명했다. 호연과 페레이라 박사는 각자 이에 호응했다.

"돌아가서 확인해 보겠습니다."

"학술원에 관련 전공자가 있는지 알아보도록 하죠."

기록물을 새로 고민해야 하는 상황보다는 좀 더 대응하기 쉬운 요청이었다.

부탁하려는 안건 두 가지의 설명이 모두 만족스럽게 끝나자 최 박사는 혼자 가볍게 박수를 치며 대화를 마무리 지었다.

"좋아요, 오늘 전달사항은 여기까지. 이틀 뒤에 다시 모일 때 답들 줄 수 있을까요?"

"그렇게 전달하겠습니다."

"저도 학술원의 추인을 그때까지 답변 받아 오도록 노력해 보지요."

회의가 공식적으로 종료되었다. 호연은 여전히 곤란한 표정으로 고개를 갸웃거리는 페레이라 박사와 잠시 이야기를 나누기로 했다.

"박사님, 그럼 메시지 준비 혹시 어떻게 하실 건가요?"

페레이라 박사는 한숨을 내쉬고는 팔짱을 끼었다. 곤란한 것은 곤란한 것이고 머리를 쥐어짜면 이런저런 대응 방안은 나오기 마련이었다.

"일단…… 엘리시움에 돌아가면 화가를 찾아야겠군요. 아니면 데포르메Deforme에 능한 만화가를 찾는 편이 나을지도. 어느쪽이든 위원회의 결정을 따르게 됩니다만."

"만화가는 좋은 생각인 것 같아요. 저희도 그쪽으로 생각해봐야겠네요."

그림을 그리더라도 그림의 크기가 굉장히 작은 상황이라 호연이 생각하기에도 일반적인 미술 작품을 잘 만드는 사람은 도움이 되지 않을 것 같았다. 그보다는 내용을 단순한 그림체에 압축해서 전달할 수 있는 재능이 필요했다. 호연은 일러스트레이터나 만화가가 적임자이리라는 생각을 했다. 어쩌면 또 다른 전문가 망자들의 그룹을 구성해야 할지도 모른다.

그렇게 궁리를 이어 가던 호연의 시선이 여전히 미동도 없이 가만히 회의실 한 구석을 지키고 서 있던 일본 사신에게 닿았다. 회의가 종료되자 그는 몸을 돌려 돌아가려 하는 모양이었다.

그런 그에게 호연은 불쑥 말을 건넸다.

"……저기, 그쪽은 아무 참여 안 하셔도 괜찮아요?"

페레이라 박사는 호연을 말렸다.

"놔두세요. 협조하지 않습니다."

일본 사신이 저런 태도라는 것은 이미 몇 차례 비서실 쪽으로부터 전해들은 적이 있었다. 하지만 호연은 뭐라도 말을 걸고 싶었다. 그의 태도가 답답하게 느껴졌다.

"우주로 쏘아 보내는 거라구요. 여기서밖에는 못 해요."

호연이 거듭 말을 걸자 사신은 가면을 쓴 얼굴을 호연 쪽으로 향하며 짤막하게 대꾸했다.

"다른 세계에 기록을 남기는 것에는 관심이 없다."

"어째서죠?"

거듭 되묻는 호연에게 사신은 다시금 단호한 말투로 대답했다.

"땅이 다르면 사는 신도 다르다. 땅을 떠나서 모셔질 리도 없고 바라지도 않는다."

그 말만 남긴 채 사신의 모습은 연기처럼 흩어져 사라졌다. 고향 저승으로 돌아간 것이리라.

"정말 이해하기 어렵단 말이야……."

페레이라 박사는 그 뒷모습을 보며 이해할 수 없다는 듯 고개를 갸웃거리고 있었다. 하지만 호연으로서는 사신이 말한 대답을 어렴풋하게라도 이해할 수 있을 것 같았다. 좀 더 전통 문화에 뿌리를 둔 신앙을 가진 이들은 그 문화가 그대로 살아나지 않을 거라면 별로 기록물을 남기거나 할 이유를 느끼지 못하는 것이 아닐까 호연은 추측했다.

이제 호연도 돌아가야 했다. 호연은 회의실 뒤편에서 기다리고 있던 유혜영 차사와 함께 복귀 준비를 시작했다.

"그럼 저희도 돌아갈까요. 손 꼭 붙잡으시고요."

호연은 고개를 끄덕이고 혜영의 손을 잡았다. 새로 주어진 일을 생각하며 호연은 중얼거렸다.

"……돌아가면 다른 망자 분을 수소문해야겠네요. 자꾸 번거롭게 일이 생기는데 괜찮겠죠?"

걱정어린 호연의 물음에, 혜영은 웃으며 답했다.

"지금 저희가 다른 할 일이 뭐가 있겠어요. 또 간판을 세우고 찾아다니면 돼요. 걱정하지 마세요."

그 대답을 들은 호연의 마음속에는 어떻게든 될 거라는 희망적인 기대가 샘솟아 올랐다. 막히는 일이 있고 실망하는 일이 있으면 또 다른 일거리들과 좋은 아이디어들이 주어지기도 하는 것이었다.

시야가 흐려지며 사방이 어지러워졌다. 호연은 유혜영 차사의 손에 이끌려 다시 저승으로 향했다.

*

정해진 순서대로 기도문을 읽어 나간다. 오늘 배워야 할 내용을 정리하고, 말씀을 나누고, 지혜를 함께 알아 간다. 포교 연구 그룹은 양식을 갖춘 한 차례의 개신교식 예배를 또 한 번 완전하게 치러 냈다.

함께하는 망자들의 수는 조금씩 줄고 늘기를 반복해 왔다.

함께하기 어렵다고 생각한 사람들은 진작에 이탈했다. 그러는 동안에도 환생문을 향하던 행렬에서 소문을 듣고 찾아온 이들이 새로 합류했다. 그렇게 여러 차례의 인원 변동을 겪으면서 이제 이곳에는 기독교적인 교리를 마음에 새기고 그 구원에 몸을 의탁하기로 마음을 굳게 먹은 이들만이 남아 있었다.

찬송가까지 모두 부른 뒤 예슬은 예배를 정리하고자 입을 열었다.

"모두들 깊은 마음으로 기도합시다. 우리는 머지않은 가까운 날에 하나님께서 계신 터전을 향해 직접 발걸음을 옮기게 될 것입니다."

그렇게 말하는 예슬의 목소리는 조금 떨리고 있었다. 오랜 강독과 노래 부르기로 인한 피로는 아닐 것이었다. 저승에서는 신체의 피로가 누적되지 않는다.

"모든 곳에 임재하시는 하나님의 말씀이 마음속에 충만히 차오른다면 길은 열릴 것입니다."

예슬은 솔직히 불안했다. 자신의 뜻으로 시작한 일이었다. 간신히 구한 성경전서 한 권에 의지해 아무 것도 없는 곳에서 기독교 교리 공부의 싹을 틔웠다. 당연하지만 제대로 된 예배를 이끌거나 전수해 줄 만한 목사가 있을 리 없었다. 여기 모인 영혼들 중 예슬을 포함해 어렸을 적 교회에 출석한 경험이 있었던 이들이 모여야 했다. 파편 같은 기억을 서로 그러모아 하나의 완성된 예배를 간신히 만들어 낼 수 있었다. 이런 신앙으로 충분할까 하는 걱정이 당연히 들지 않을 수 없었다.

그룹 안의 다른 망자들은 사실상 목사 역할을 하는 예슬을 믿고 따르고 있었다. 예슬은 달리 믿고 따를 존재가 없었다. 있어도 그 분은 성경 안에 계시고, 다른 하늘에 계셨다.

그리고 그 분께서는 어떠한 답도 주지 않고 계셨다. 하다못해 이렇게 신앙을 배워서 언제 천국으로 떠날 수 있을지 예슬로서는 도저히 확신할 수 없었다. 할 수 있는 것은 반복적인 교리 공부와 예배뿐이었다.

"그럼 잠시 쉰 뒤에, 다시 강독회를 열도록 하겠습니다. 산책이라도 다녀오세요."

예슬은 몇 번이나 계속해 온 순서대로 다음에 할 일을 고했다. 쉬고 나서 강독회를 열고, 다시 쉬고 나서 서로 교리 토론을 할 것이며, 다시 쉬고 나서 예배를 볼 것이다.

지치지 말아야겠다고 생각하며 예슬은 기지개를 켰다. 그러고는 연단에 펼쳐져 있던 성경전서를 집어서 회의실 책상 위에 옮겨 놓으려 했다. 그 순간 예슬은 손에서 힘이 빠져 책을 놓치고 말았다. 반사적으로 붙잡으려는 손짓에도 책은 잡히지 않고 튀어 나가 테이블 위로 떨어졌다.

회의실 테이블의 정면 가운데에 정확히 책등 쪽으로 떨어져 좌우로 펼쳐졌다. 마치 그 앞에 서서 읽으라는 듯 너무 완벽한 위치에 완벽한 형태로 펼쳐져서.

예슬은 펼쳐진 성경전서를 향해 다가갔다. 그리고 무심코 펼쳐진 대목을 읽어 나갔다. 요한계시록 21장이었다.

"……내가 들으니 보좌에서 큰 음성이 나서 이르되, 보라 하
나님의 장막이 사람들과 함께 있으매 하나님이 그들과 함께 계
시리니, 그들은 하나님의 백성이 되고 하나님은 친히 그들과
함께 계셔서 모든 눈물을 그 눈에서 닦아주시니……."

예슬은 무언가에 홀린 듯 그 문장을 읽어 나갔다. 마치 자신
의 목소리로 말하는 것이 아닌 것만 같다고 생각하면서 예슬은
멈추지 못하고 다음 문장으로 시선을 옮겼다.

"다시는 사망이 없고 애통하는 것이나 곡하는 것이나 아픈
것이 다시 있지 아니하리니, 처음 것들이 다 지나갔음이러라.
보좌에 앉으신 이가 이르시되, 보라 내가 만물을 새롭게 하노
라 하시고, 또 이르시되, 이 말은 신실하고 참되니 기록하라 하
시고."

예배를 마치고 방을 나서던 망자들이 일제히 멈춰 서서 그
목소리에 귀를 기울였다.

"또 내게 말씀하시되, 이루었도다, 나는 알파와 오메가요, 처
음과 마지막이라. 내가 생명수 샘물을 목마른 자에게 값없이
주리니……."

여기까지 읽었을 때 예슬의 눈에서 굵은 눈물이 흘러나와 책
위로 떨어졌다. 자신이 눈물을 흘렸다는 것을 깨달은 다음 순
간 예슬의 다리에 힘이 풀렸다. 예슬은 테이블에 펼쳐진 성경
앞에 주저앉아 통곡했다. 손만은 읽고 있던 성경의 페이지 위

에 굳게 올려둔 채였다.

예슬은 자신이 왜 울고 있는지 처음에는 알 수 없었다. 왜냐면 마음이 지극히 평온했기 때문이었다. 울어야 할 이유는 전혀 떠오르지 않았다. 하지만 다음 순간 자신의 마음에 가득하던 불안이 모두 사라지고 그 사이사이에 평화가 깃들었음을 느끼게 되었다. 이 눈물은 안도의 눈물이었다.

왜 하필 그 순간 성경이 손에서 미끄러져 나왔을까? 왜 하필 이 같은 문장을 보게 되었을까? 왜 그것을 읽고, 마음에 사무치도록 받아들이게 되었는가? 모든 것들이 우연이었을까?

주변에서 흐느끼는 소리가 들려와 예슬은 고개를 들었다. 주위에 모여 있는 포교 연구 그룹의 다른 망자들 또한 여태껏 본 적 없는 편안한 표정으로 예슬을 지켜보고 있거나 흐느끼며 눈가를 훔치고 있었다. 깊은 숨을 내쉬며 가슴을 두 손으로 부여잡으며 모두가 이 순간에 같은 생각을 하고 있었다.

성경 너머로부터 응답이 왔다고. 예슬과 모두가 믿었다.

"……저희가 이제 며칠을 더 보내야 할까요?"

예슬은 모두를 차례로 돌아보며 물었다. 한 망자가 곧바로 말했다.

"하루는 너무 짧습니다."

다른 망자가 부연했다.

"사흘……도 갑작스럽겠어요."

또 다른 망자가 자신 있게 말했다.

"닷새 뒤로 합시다."

그리고 더는 아무도 말하지 않았다.

"네. 저희는…… 닷새 뒤에 길을 나서기로 해요."

모여들었던 사람들이 다시금 흩어졌다. 하지만 조금 전 예배 의식을 마치고 나서 휴식을 찾으러 향하던 때와는 완전히 다른 분위기 속에서였다. 마치 하늘 높은 곳으로부터 연옥에 내려온 한 가닥 동아줄을 만난 것처럼 포교 연구 그룹에 속한 이들 모두가 강한 확신을 갖고 있었다.

닷새 뒤 천국으로 향할 것이다.

모두가 저마다의 방법으로 이 작은 기적에 기뻐하고 또 감사하는 동안 예슬은 천천히 회의실을 걸어 나왔다. 한동안 걸어 다른 이들의 모습이 뜸한 계단참까지 걸어 온 예슬은 조용한 곳에서 두 손을 모으고 고개를 숙여 깊은 감사의 기도를 올렸다. 또한 결심의 기도를 함께 했다.

천국을 향한다 해도 저승길을 혼자서 넘는 것은 어려울 것이었다. 떠나기로 했다면 이시영 비서실장에게 이야기를 해야 한다. 그룹의 활동이 종료되었음을 알리고 합당한 도움을 구해야 한다.

그리고 떠난다고 이야기를 해야만 했다. 떠나기 전에 이야기하기로 약속했기 때문에. 그 말을 꺼내기 위한 용기가 예슬에게는 지금 이 순간 무엇보다도 절실했다.

기도를 마친 예슬은 굳게 마음을 먹고 계단을 내려갔다. 구름다리를 건너서 광명왕원으로 향했다. 비서실과 소강당 중 어느 쪽을 먼저 향할지 고민하던 예슬은 기록물 생산 그룹이 있는 소강당으로 먼저 향했다. 소강당 안에서는 북적거리는 소리가 들려오고 있었다. 예슬은 닫힌 문 앞에서 잠시 머뭇거렸다. 한 번, 두 번, 세 번 주저하다가 문을 붙잡아 열었다.

안에서는 대단한 일이 벌어지고 있었다. 기록물 생산 그룹의 전문가 망자들이 모조리 책상 하나를 둘러싸고 서 있었다. 응원하는 이도 있고, 신기해하는 이도 있고, 조언을 건네는 이도 있었다. 책상에는 처음 보는 망자 세 명이 앉아 있었는데 그 시끄러운 가운데에서도 적극적으로 대화를 나누며 손을 열심히 움직이고 있었다. 그들은 모두 두루마리 위에 그림을 그려내고 있었다.

그때 호연이 문 쪽을 돌아보았다. 그리고 예슬을 발견했다. 호연은 얼굴에 화색을 띄며 예슬을 반갑게 맞았다.

"어? 어서 와! 어쩐 일이야? 혹시 뭐 필요한 거 있어?"

호연의 목소리를 듣고, 다른 망자들도 저마다 예슬에게 인사를 건네 왔다. 조 선임이 손을 흔들었다.

"아, 김예슬 연구원님! 와서 그림 좀 보세요! 일러스트 전문가 그룹을 저희가 조직했거든요!"

성관 또한 작업 중인 테이블을 가리키면서 과장되게 감탄의 포즈를 취해 보였다.

"명불허전 완전 대박이거든요?"

그리고 예슬에게는 그런 반응이 부담스러웠다. 예슬은 다시 조금 머뭇거리다가 입을 열었다.

"……그, 이야기할 게 있어서 왔어. 여러분께도 드릴 말씀이 있어요."

"응?"

되묻는 호연을 바라보고 다시 다른 망자들에게로 시선을 옮긴 뒤 예슬은 차분하게 고했다.

"응답을 받았습니다. 저희는 닷새 뒤에 천국으로 출발하려고 합니다."

웅성거리던 망자들이 순간 숨을 죽였다.

반갑게 예슬을 맞이하던 호연의 표정 또한 빠르게 어두워 졌다.

"……그, 그렇구나."

예슬은 말없이 고개를 끄덕일 뿐이었다.

"비서실장님께 보고는……?"

"아직."

길게 이어지지 못하는 대화.

호연은 예슬을 바라보며 말했다.

"……같이 갈까?"

예슬은 아주 잠깐 고민했다. 이 부탁은 들어주고 싶었다.

"그래."

호연은 눈인사로 기록물 생산 그룹의 망자들에게 양해를 구한 뒤 예슬과 함께 종종걸음으로 소강당을 나섰다.

소강당을 나와서 계단을 여러 번 오르면 비서실이 있는 층으로 통한다. 호연과 예슬은 소강당을 나오고 나서도 한동안 대화를 이어 가지 못했다. 계단을 오르기 시작할 무렵 호연이 많은 생각 끝에 다시 입을 열었다.

"저기, 질문 하나 해도 돼?"

"응?"

한 칸 먼저 걸어 올라가던 예슬이 돌아보자 호연은 조심스럽게 물었다.

"역시 지난번에 이야기한 그거…… 어렵겠니?"

민속 신앙 저승의 기록물을 보충하는 이야기를 말하는 것이었다. 예슬은 천천히 고개를 저었다.

"……응. 역시 여유가 없을 것 같아."

호연은 조금 작심하고 예슬에게 다시 부탁했다.

"너는 여유가 없겠지만, 나도 다른 대안이 없어. 여기서 민속학을 가장 잘 아는 게 너잖아. 한 두 마디 지식이라도 보태 줄 수 없니?"

그렇게 말하는 호연은 많이 절박해 보였다.

예슬은 무심결에 자신이 무엇을 해 줄 수 있는지 되짚어 보았다. 가장 먼저 떠오르는 것은 이시영 비서실장의 출신지요, 자신이 생전 틈틈이 연구하기도 했던 지리산 산골의 복사골 산신령 신화였다. 그것을 어떻게든 정리할 수 있을지도 모른다.

그 순간 예슬은 조금 오싹한 느낌을 받았다. 더 생각하고 싶지 않다는 거부감이었다. 산신령은 유감스럽지만 신앙의 대상이 될 수 없다. 그것은…… 우상이다.

예슬은 말을 흐리며 대답을 회피했다.

"……지식이라면 비서실장님이 더 많이 갖고 계시겠지. 그쪽 출신이시라며."

시영에게 물어도 소용없으리라는 걸 짐작하면서 하는 이야기였다. 하지만 호연 또한 그래서 묻는 것이었다.

"여쭤도 사양하실 게 뻔해서 네게 묻는 거야."

간절하고 간곡하게 말해 오는 호연을 바라보던 예슬은 다시 고개를 돌리며 건조하게 말했다.

"그러면 달리 길이 없는 거네."

"……그래."

그리고 비서실에 도착하기까지 호연과 예슬은 다시 이야기를 나누지 않았다.

비서실에 도착하자 강수현 비서관은 부재 중이었다. 다른 비서관을 붙잡고 예슬은 시영과의 면담을 요청했다. 서둘러 달려가 보고한 비서관의 덕분에 면담은 바로 성사되었다.

시영은 예슬이 하나님의 응답을 받았다는 사실에 적잖이 놀라워하는 모습이었다.

"……무슨 말씀이라도 들으신 겁니까? 저승을 건너서 어떤 통신이 있었던 겁니까?"

구체적으로 물어 오는 시영에게 예슬은 추상적으로 답할 수밖에 없었다.

"아뇨. 그냥 다 같이 알 수밖에 없는…… 그런 순간이 있었어요."

시영은 좀 더 자세히 다시 물어볼까 하다가 곧 예슬이 자신과는 다른 종교적 가치관을 연구해 왔음을 상기하고 말을 아꼈다. 포교 연구 그룹이 어떤 종교적 기적을 경험했을 거라고 짐작한 시영은 그대로 수긍하기로 마음먹었다.

"그렇습니까. 닷새 뒤라는 날짜 또한 그렇게…… '알게' 되신 겁니까?"

"네."

시영은 종교적 신비의 영역에 참견하지 않기로 했다.

"……알겠습니다. 5일 후군요."

시영은 곧장 달력을 펼쳐 포교 연구 그룹의 출발 날짜를 기록했다.

한편 그렇게 받아들이고 넘어가는 시영을 보고 있는 호연은 조금 속상하고 답답한 심정이었다. 호연으로서는 갑작스럽게 떠남을 고하는 예슬에게 시영이 뭔가 좀 더 깊은 속사정을 묻고 붙잡아주기를 바랐다.

하지만 시영은 철저히 실무적인 질문만을 이어 나갔다.

"현재 몇 명이 모여 계십니까?"

"저 포함해서, 모두 합해 142분이 계세요."

"알겠습니다. 구름차를 타고는 어렵겠군요. 진광대왕부 사출산을 지나 걸어서 이동하시는 게 낫겠습니다."

시영은 달력에 메모를 추가하고는 별도의 두루마리에 업무
지시 초안을 기록했다. 떠오르는 대로 지시 내용을 적어 나가
며 시영은 예슬에게 말했다.

"김예슬 망자님을 포함해 다들 저승길을 건너는 데 익숙하
지 않으실 겁니다. 충분히 훈련된 염라대왕부 비서관이나 기타
관원이 호송할 것입니다. 필요하다면 제가 직접 인솔하겠습니다.
닷새 뒤에 광명왕원 주차장으로 모이십시오. 진광대왕부까지
는 저희가 구름차 편으로 모셔다 드릴 테니, 거기서부터 여정
을 시작하시면 될 것입니다."

142명의 망자를 시왕저승 밖의 다른 저승으로 호송하기 위
한 대책이 시영의 손끝에서 일사천리로 구성되어 갔다.

"네, 감사합니다."

예슬은 시영이 더 깊이 묻지 않아 주는 것이 다행스럽고 감
사했다. 그 충만한 감정을, 마음에 다가오던 확신을, 그 자리
에 없었던 다른 이에게 설명할 수 있을 거라고는 생각하지 않
았다.

한편 호연은 적잖이 충격을 받은 듯했다. 시영의 지시는 너
무나도 막힘이 없었다. 그것은 전혀 호연이 바라는 바가 아니
었다. 시영의 빠르고 합리적인 일처리가 이렇게 원망스러운 것
은 죽은 뒤로 처음이었다. 사실 호연은 바라면 안 될 것을 바라
고 있다는 것을 잘 알고 있었다. 시영이 예슬을 붙잡아 놓아야

할 이유는 전혀 없었다. 그것은 자신에게도 마찬가지였다. 그렇지만…….

그때 시영이 호연에게 당부했다.

"채호연 망자님은 기록화 작업에 계속 신경을 써 주시면 감사하겠습니다."

호연은 시영의 시선을 느꼈다. 간파당했다는 것을 알았다.

"……네, 알겠습니다."

모르고 하는 일이라면 원망할 수 있지만 알고도 하는 일이라면 그럴 수 없었다. 호연은 고개를 떨구고 곧 시영의 당부를 받아들였다.

비서실을 돌아 나와 다시 광명왕원의 계단을 내려가는 길에 호연은 다시금 앞서 걸어가는 예슬의 뒷모습을 보며 잠긴 목소리로 물었다.

"간다 간다 하더니, 이제 진짜 가는 거야?"

예슬은 바로 답하지 않았다. 호연은 거듭 말을 걸었다.

"솔직히 좀…… 서운하네. 새삼스럽지만."

예슬은 짧게 한숨을 내쉬더니 조금 빠른 목소리로 대답을 던졌다.

"그래도 죽고 나서 조금이라도 더 함께 있을 수 있었잖아."

"그야 그렇지만."

서운하게 대꾸하는 호연에게 예슬은 문득 말했다.

"원래대로라면 사고 났던 그날 다른 길로 갔어야 했던 건데 말이지."

계단을 따라 내려가던 호연이 그 자리에서 멈춰 섰다. 발소리가 들리지 않아 돌아본 예슬은 자신을 딱딱한 표정으로 내려다보고 있는 호연을 발견했다.

"……그렇게 말하면 좀 많이 서운한데."

딱딱하다기보다는 울 것 같은 표정이었다. 호연은 다시 입을 열어 토해내듯이 말했다.

"이렇게 훌쩍 떠나면서 아예 만나지도 말았어야 한다고 말하는 게 어디 있냐고!"

호연은 한 번 눈가를 훔치고 예슬에게 한탄했다.

"죽은 뒤라고는 해도 너하고 같이 있을 수 있어서 그래도 두렵지 않고 든든했어. 격려도 해 주고, 많이 도와주기도 했잖아. 나는 그게 너무 고마웠어. 그런데 네가 이제 와서 그렇게 말하면 나는 어쩌라는 거야? 그래도 함께 여기 있을 수 있어서 다행이었다고 생각한 나는 뭐가 되는데?"

그 말을 듣고 있던 예슬은 잠시 눈을 감고, 심호흡을 하고, 이를 악물고, 다시 눈을 떴다.

자신이 실언을 했지만 호연의 이 말은 그냥 들어 넘길 수가 없었다.

예슬은 또박또박 한 글자 한 글자 조심스럽게, 하지만 단호하게 대답했다.

"나는, 호연이 너를 안심시키기 위해서 여기 온 게 아니야."

"그런 말이 아니잖아, 나는……."

다시 뭔가 말하려 하는 호연을 예슬은 먼저 낸 목소리로 가로막았다.

"난 죽으면 예은이 만날 수 있을 줄 알았어."

호연은 꺼내려던 말을 삼켜야만 했다. 예슬은 호연을 정면으로 바라보며 하던 말을 이어 갔다.

"그게 아닌 걸 알게 되고 바스라지는 마음을 간신히 붙잡고 있었던 거야. 너는 나한테서 안심을, 격려를, 힘을 얻어 가니까 편했어?"

그렇게 묻는 예슬의 눈빛은, 호연이 몇 번 겪어 보지 못한 분노와 실망을 품고 있었다.

호연에게 예슬은 분명 위로와 안심의 대상이었다. 만약 혼자 저승 세계에 떨어졌다면, 아무도 의지할 데 없이 홀로 죽음 뒤의 여정을 견뎌야 했다면, 지금 이 자리에 있지도 못했을 것이었다. 적어도 함께 있으니까 마음을 다잡고 재해에 대해 아는 게 있다고 자신 있게 나설 수 있었다. 마음이 꺾일 때마다 응원을 건네주고, 때로는 호연을 대신해 직접 목소리를 높여 주기도 했던 예슬이었다. 그 뒤로도 저승을 살릴 방법을 같이 고민하고, 중간까지 같이 계획을 세웠던, 가장 믿을 수 있는 친구였다.

하지만 예슬에게 자신은 과연 어떤 존재였을까.

과연 호연 자신은 예슬에게 그런 믿음과 안심을 주는 존재였을까. 자신의 실패와 자신의 무력함에 대해 계속 예슬에게 의지하는 동안 예슬이 예은이를 계속 그리워하는 마음을, 그저 타인의 사정이라며 강 건너 불구경하듯 바라본 적이 정말 없었을까. 그리고 만약 그랬었다면 예슬이 그걸 몰랐을까.

호연은 예슬에게 그 답을 구하려고 입을 열었지만, 차마 말을 떼지 못했다. 예슬은 호연에게 물었다. 호연은 질문이 아닌 대답을 해야만 했다. 하지만 예슬의 물음에 대답할 수 있는 말이 없었다. 호연이 꺼낼 수 있는 모든 단어가 슬픔과 부끄러움 속에 잠겨 있었다.

그동안에도 예슬의 서운한 이야기는 계속 이어지고 있었다.

"너는 가족들 걱정 안 하잖아. 적당히 어떻게든 만날 거라고 생각하고 있잖아. 내 생각은 해 봤어? 죽어서도 부모님하고 예은이하고 아주 떨어졌다고 온몸으로 알아야 하는 기분 생각은 했어?"

"예슬아, 내가,"

"헛된 희망이라고 되뇌면서 이젠 안 되겠구나 하고 마음 내려놓는 게 얼마나 힘들었는지 알아?"

예슬은 이제 울고 있었다. 호연은 그 눈물을 닦아 주고 싶었다. 동시에 억울했다. 왜 네가 우는데.

"그러다가 기적처럼 길이 보인 거야."

호연의 굳은 얼굴을 바라보며 예슬은 더 속상함이 복받쳐 올랐다. 실낱같은 희망이 현실이 되려는 이 시점에 와서 왜 붙잡기밖에 하지 못하는지. 왜 화밖에 내지 못하는지. 잘 됐다고 축하해 줄 수는 없었던 건지.

예슬은 호연에게서 다시 고개를 돌리고는 가슴 깊은 데서 솟아오른 덩어리 같은 말들을 쏟아 냈다.

"……처음부터 민속학 같은 거 관심도 가지지 않았으면 좋았을 텐데. 죽어서까지 염라대왕이 어떻고 산신령이 어떻고 하는 사람이 되어 놓아서, 결국엔 이런 데 와서 이렇게 힘들어야 했던 거야."

호연도 예슬에게서 시선을 피하며 말했다.

"……이런저런 일을 만들지 말걸 그랬네. 나야말로 아무것도 이야기 꺼내지 말걸 그랬어. 알두스 이야기도, 저승 이야기도, 아무것도, 전부."

예슬을 바라보지 못한 채로 호연은 예슬에게 물었다.

"이거 하나만 물어볼게. 정말로 바라지 않는 작업을 한 거야?"

호연의 그 질문에 가까운 기억들이 떠올랐다. 지금 포교 연구 그룹이 쓰는 회의실은 한때 기록물 생산 그룹의 첫 거점이었다. 저승을 되살려 보자고 호연이 발할라를 찾아 떠난 동안 조성영 선임과 BJ고려맨 진성관 두 명과 협력해 시왕저승의 여러 구석을 탐방하고 그 기록을 남겼다. 바라지 않는 작업이었다고는 말할 수 없었다. 흥미롭지 않았다는 말도 할 수 없었다. 하지만 그 끝에는 예은과 완전히 길이 갈라졌음을 인정해야 하는 고통이 있었다.

"……그렇지는 않았어. 하지만."

지금에 와서는 그 모든 길이 예은으로부터, 하나님으로부터 멀어지는 긴 여행길이었던 것처럼 느껴졌다.

예은은 혼잣말을 중얼거리듯이 호연에게 말했다.

"가야 했던 길은 아니었는지도 몰라."

"그래."

서로의 시선으로부터 벗어난 둘은, 서로를 시선에 담고 싶지 않은 둘은, 광명왕원의 계단 한 가운데에서 서로 다른 방향을 바라보며 한동안 우두커니 서 있었다.

침묵을 깬 것은 호연이었다. 깊은 숨을 들이켜고, 마음을 고쳐먹고 예슬을 다시 바라보며 말했다.

"……딱 한 가지만 부탁해도 돼?"

예슬은 여전히 시선을 피한 채로 그 목소리를 들었다.

"떠날 때 배웅하게 해 줘."

호연은 예슬을 지긋이 바라보며 가장 소박하고 가장 간절한 부탁을 꺼내 놓았다.

"죽고 나서 너한테 내가 어떤 존재였는지는 몰라도 나는 친구랑 함께 있을 수 있어서 좋았어. 적어도 우리 사이에 마침표를 찍게 해 줘."

예슬은 어지러운 마음을 정리하고서 호연과 마주하고 싶었다. 지금은 대화를 나누고 싶은 마음 상태가 아니었다. 너무나도 어지럽고, 답답하고, 혼란스러웠다. 하지만 이 부탁에 대답하지 않는 것에는 죄악감이 들었다.

"……그래."

예슬은 짤막하게 대답을 남기고 호연에게 시선을 돌이키지 않은 채로 계단을 먼저 걸어 내려갔다. 호연은 계단 위에 멈추어 선 채 선명칭원으로 향하는 구름다리로 걸어가는 예슬의 뒷모습을 바라보았다.

호연은 날짜를 계산해 보았다. 오늘로부터 닷새 뒤라면, 정말 공교롭게도 아주 중요한 날 출발하게 되는 셈이었다. 그날은 목성이 알두스를 가리는 날이었다. 이승의 생존자들이 죽기 전 어쩌면 마지막으로 지상에 나갈 수 있는 날이었고, 서울과 미국에서 여러 가지 계획과 작전들이 수행되기로 한 바로 그날이었다.

호연은 알지 못하는 신에게 물었다. 정말 일부러 노리고서 하필 그날 데려가려는 거냐고. 서글픈 마음을 애써 혼자 다독이며 호연은 기록물 생산 그룹이 기다리는 소강당으로 향했다.

5장

대한민국 표준시 7월 11일 오전 10시 30분 서울.

적막 속에 회백색 먼지가 바람에 실려 휘날리고, 해는 밝게 빛나는데 하늘은 아침답지 않게 어두웠다. 하늘의 이 편에서 저 편까지 빛나고 있어야 할 오로라가 확연히 줄어든 하늘이 오늘이 우주 방사선으로부터 벗어날 수 있는 날임을 알려 주고 있었다.

서울 구시가지의 중심인 경복궁. 그 한 귀퉁이에 위치한 동십자각의 기단부에서 은밀하게 문이 열렸다. 문으로부터 노란색 방사능 방호복을 입은 인간이 손에 방사능 측정기를 들고 걸어 나왔다. 사직대로 한복판까지 걸어 나와 하늘을 향해 방사능 측정기를 들어 보인 인간은 곧 빠르게 몸을 돌려 문 안으로 돌아갔다.

돌로 위장된 바깥 문 안쪽으로는 육중한 철문과 강철 셔터가 모두 열려 있었다. 이처럼 겹겹이 보호된 동십자각 안의 비밀 공간에는 지하 깊은 곳으로 이어지는 수직 사다리와 소형 곤돌라가 설치되어 있었다.

인간은 사다리를 타고 신중하게 한 발씩 지하로 내려갔다. 10분 가까이 사다리를 내려가자 바닥에 닿았다. 다시 철문이 나타났다. 인간은 철문을 열고 들어갔다.

군복을 입은 군인들이 그가 내려오기를 기다리고 있었다. 인간은 방호복을 벗었다. 지상 방사능 측정조로 자원한 백재완 병장이었다.

"지상 방사능, 나사 지정 수치 미만입니다. 출입구 개방하고 내려왔습니다."

대기하던 군인들이 일제히 안도했다. 백재완 병장은 벽에 설치되어 있는 구내 통신기를 집어 들고 같은 내용을 보고했다. 그 보고 내용은 조금 떨어진 종묘공원 출입구에서 출진을 대기 중인 부대원들에게 전달되었다.

지상에서 기록물 생산을 하기 위해 보장되어야 하는 방사능 수치의 한계치가 저승사자들을 경유하여 미국 나사의 연구진들로부터 전달되었다. 알두스의 방사선을 피할 수 있는 날이지만, 약해진 지구의 자기장이 태양의 방사선을 막아낼 수 있을지가 핵심이었다. 다행히도 지상의 방사선 수치는 안전 범주 내에 들어 있었고, 작전을 수행할 수 있는 상황이었다.

지하 작전통로 한 중간에 위치한 거대한 철문 앞에 부대원들이 모여 있었다. 박인영 대위가 이끄는 열다섯 명의 지상 출동조와, 그에게서 지하 벙커 지휘권을 일시 인계 받을 부부대장 이혜진 중위, 그리고 시설관리자로서 통로 개방을 실시할 김인국 소위가 대기하고 있었다. 지상 출동 부대원들은 모두 약한 방사선과 태양 자외선으로부터 자신을 보호하기 위해 전신 경량 방호복을 입고 있었으며, 지상으로 나가지 않을 이혜진 중위와 김인국 소위는 평상복에 방독면을 착용하고 있었다.

인영은 작전 개시를 확인하고, 부대원들의 앞에 서서 명령했다.

"국군강령 제창!"

모여 있던 부대원들이 일제히 국군강령을 낭독하기 시작했다.

"하나! 국군은 국민의 군대로서, 국가를 방위하고 자유 민주주의를 수호하며, 조국의 통일에 이바지함을 그 이념으로 한다. 둘! 국군은 대한민국의 자유와 독립을 보전하고, 국토를 방위하며 국민의 생명과 재산을 보호하고, 나아가 국제평화의 유지에 이바지함을 그 사명으로 한다. 셋! 군인은 명예를 존중하고 투철한 충성심, 진정한 용기, 필승의 신념, 임전무퇴의 기상과 죽음을 무릅쓰고 책임을 완수하는 숭고한 애국애족의 정신을 굳게 지녀야 한다!"

인영은 만족스럽게 고개를 끄덕이며 작전 훈시를 시작했다.

"애석하게도, 방위하고 통일을 이루어 내야 할 우리 조국도, 지켜내야 할 국민의 생명과 재산도, 우주적 재해 앞에 산산 조각 나 흩어졌다. 그럼에도 불구하고, 우리는 우리 스스로의 존엄을 지키고, 다른 곳으로 떠난 대한민국 국민들의 항구적 안녕을 확보하고자 한다."

인영은 자신과 함께 지상으로 나갈 열네 명의 부대원들을 한 명 한 명 바라보며 말했다.

"우리 일생의 마지막 작전이 될지도 모른다. 어쩌면 대한민국 국군의 마지막 작전이 될 수도 있다. 신념과 용기를 갖추고 각자 맡은 바 역할을 다할 것을 당부한다. 그리고 죽음을 무릅쓰는 것은 좋으나, 굳이 감수하지는 않기를 당부한다."

짧고 단호한 훈시를 마친 뒤 인영은 호령했다.

"장구류 확인!"

"확인완료!"

"비품 확인!"

"확인완료!"

출진 전 점검이 마무리되자 인영은 선언했다.

"'직지' 작전 개시!"

인영의 작전 개시 선언과 함께 김인국 소위가 소리쳤다.

"종묘공원 출입문 개방!"

그는 철문의 봉인을 해제하고 철문을 고정하고 있던 회전 자물쇠를 두 손으로 돌려 풀어 나갔다. 회전 자물쇠를 세 바퀴 정도 돌리자 비로소 철문을 움직일 수 있게 되었다. 그 상태에서 자물쇠를 손잡이 삼아 잡아당기자 육중한 무게의 철문이 천천히 열리기 시작했다.

인영은 이혜진 중위를 바라보며 말했다.

"부부대장, 부대 지휘권을 임시 인계한다. 부탁한다."

혜진은 경례를 붙이며 작전 지시를 받아들였다.

"인계 받았습니다. 건승하십시오."

사전에 약속된 대로 혜진은 인수인계 직후 곧장 지하 기지로 복귀하기 위해 이동했다. 그 뒤를 김인국 소위가 뒤따라갔다. 세 개 분대로 편성된 지상 출동조 열다섯 명은 개방된 문을 향해 걸어 나갔다. 부대원들은 발전기와 각종 장구류가 실린 짐수레를 끌고 지하 기지에 속하는 땅을 벗어났다.

철문 밖은 암흑 속이었다. 부대원들은 스포트라이트를 전개했고, 종묘 공영주차장 지하 5층의 모습이 드러났다. 그 조명에 의지해 작은 펜라이트를 든 부대원들이 주차장 곳곳으로 흩어졌다. 차량을 징발하기 위해서였다. 통신 연결을 담당한 부대원은 벽의 배전반을 뜯어 내고 솔개부대 쪽에서 끌어 낸 통신선을 주차장 내 배선에 연결했다.

곧 지하주차장에 부릉, 하고 자동차의 시동이 걸리는 소리가 연이어 들렸다. 차량의 헤드라이트가 켜졌다. 총 세 대의 SUV 차량이 징발되었다. 각 차량은 분대별 이동 수단이 될 예정이었다. 부대원들은 저마다 차량에 탑승했다. 1분대인 작업반에는 박인영 대위를 포함해 여섯 명이 포함되었다. 발전기를 실은 수레를 차량의 후미에 연결하고, 을지로 철공소 골목으로 향할 예정이었다. 2분대인 유류조에는 다섯 명이 편성되었고, 역시 발전기를 한 대 끌고 가까운 주유소를 찾아 나설 예정이었다. 3분대인 탐색조에는 세 명이 편성되어 종로와 을지로 일대의 편의점과 약국을 돌며 물자를 조달할 예정이었다.

모든 인원들이 탑승하고 차량이 천천히 지하주차장을 빠져 나가기 시작했다. 전기가 끊겨 암흑에 잠긴 지하주차장 안을 눈부신 헤드라이트가 밝혔다. 램프를 오르고 또 올라서 지상을 향했다.

마침내 빛이 들어오는 주차장 출구에 도착했다. 넓은 마지막 램프에 올라서자 눈부신 빛이 가득한 지상에 도착했다. 주차장 입구 위로 드리운 철제 구조물이 직사광선을 막아 주고 있었다. 사방의 풍경은 선명한 태양빛으로 빛나고 있었다.

3분대 탐색조 차량은 방향을 왼쪽으로 꺾어 종로4가 방면으로 달리기 시작했다. 작업반과 유류조 차량은 잠시 멈춰 섰다. 유류조 차량에서 내린 통신병이 1층 배전반에 통신 케이블을 연결하고 지하 기지와 연결이 잘 이루어지는지 점검하기 시작했다.

그동안 차에 타고 있던 부대원들은 멸망해 버린 지상의 풍경을 천천히 관찰할 수 있었다.

작업반 차량의 운전대를 잡고 있던 병사가 조수석에 앉아 있던 인영에게 떨리는 목소리로 말했다.

"대위님, 상상 이상입니다."

"……그렇군."

각오는 하고 있었지만 인영 또한 동요를 아주 억누르기는 어려운 풍경이었다. 끔찍하다기보다 초현실적이었다. 멈춰 서거나 처박힌 차량들, 말라붙은 가로수와 부서져 먼지가 되어 가는 나뭇잎, 죽음의 순간 그 모습 그대로 미라가 된 운전자와 행인들의 유구. 온통 회색 먼지에 뒤덮인, 고요하고 잔인한 광경을 맨눈으로 보게 된 것이다.

인영은 마음속으로 죽은 이들의 명복을 비는 기도를 한 뒤 무전기를 집어 들었다.

"여기는 작업조 박인영. 유류조, 탐색조 무선 감도 이상 없는지. 이동 간에 시민의 유구를 손상하는 일이 없도록 유의 바람. 이상."

통신 테스트도 테스트지만, 덧붙인 당부의 말을 전하고 싶었다. 곧 2분대 차량과 3분대 차량에서 회답이 돌아왔다.

〈유류조 최진수 무전감도 이상 무. 이동 간에 시민유구 손상 유의 전달 받았습니다. 이상.〉

〈탐색조 오성국 무전감도 이상 무. 시민 유구 손상에 유의하라는 지시 전달 받았습니다. 이상.〉

지표면까지 태양풍이 내려오면 무선 통신이 방해를 받을 수 있어 통신 케이블을 지상까지 연결하기로 한 것이었는데 다행히도 무선 통신에 큰 장애는 없었다. 하지만 천문 상황이 언제 어떻게 바뀔지 모르는 바 준비해 온 통신선 연결은 그대로 수행할 필요가 있었다.

통신선 연결이 완료되고 통신반원이 작업조 차량 뒤에 실린 수레에 통신 케이블 릴을 설치했다. 이제 이 차량은 달리면서 케이블을 부설할 수 있게 되었다. 이동 준비가 완료되었다.

차량 두 대가 이동하기 시작했다. 유류조 차량이 앞서고 작업조 차량이 통신 케이블을 끌며 그 뒤를 따랐다. 종묘 주차장 입구의 진입로를 오른쪽으로 빠져 나간 뒤 종로를 횡단했다. 사전에 저승사자들이 답사했던 길을 따라서 다시세운광장 오른편의 골목으로 진입해 세운상가 아래를 통과했다. 말라붙은 청계천을 세운교에서 건넌 뒤 청계상가 밑을 통과해 을지로 방향으로 나아갔다.

우회전하여 을지로에 진입한 두 차량 중, 유류조는 그대로 시청 방향으로 직진해 나아갔다. 중부경찰서 앞의 주유소로 향하는 것이었다. 작업조는 을지로3가역 사거리에 못 미쳐 입정동 철공소 골목 쪽으로 우회전해 들어갔다.

그리고 그곳에 시왕저승에서 파견 나온 저승사자들과 망자들이 기다리고 있었다.

여러 차례 방문했던 유혜영 차사와 지난번 답사에 왔던 이만석 장인의 모습이 보였다. 그외에도 젊은 여성의 영혼과 나이든 남성의 영혼이 함께 서 있었다.

멈춰 선 차에서 인영이 내렸다. 혜영이 그에게 고개 숙여 인사했다.

"오시느라 수고하셨습니다."

"귀측에서 미리 경로를 잘 탐색해 준 덕분이다."

인영은 간략히 감사의 인사를 전하고 도착한 영혼들의 면면을 살폈다.

"이만석 장인께서 오셨고, 그쪽 두 명의 소개를 부탁할 수 있는지."

여성 영혼이 먼저 고개를 꾸벅 숙이며 자신을 소개했다.

"생전 한국콘텐츠문화원에서 근무하던 조성영 선임이라고 합니다. 감수 보조역입니다."

인영은 고개를 끄덕이고 옆에 선 남성 영혼에게로 시선을 옮겼다. 회갈색 양복을 단정하게 차려입은 노신사였다. 그리고……
인영은 그의 가슴팍에 패용된 배지를 보고 한 순간 얼굴이 굳어졌다.

낫과 망치와 붓. 조선노동당 마크였다.

"평양문화대학 전오석 교수입니다. 한문 감수역으로 왔습니다."

그런 그의 시선을 익히 예상했다는 듯, 전 교수는 꼿꼿이 서서 인영에게 말했다.

인영은 잠시 당혹스러워하다가 대답 대신 혜영 쪽을 바라보며 물었다.

"북한 사람을 데려온 건가?"

혜영은 차분한 목소리로 설명했다.

"시왕저승이 모실 수 있었던 가장 뛰어난 고전 문학 전문가들 중 한 분입니다. 한자에 능통하셔서 감수역으로 가장 적합하십니다."

인영은 온전히 경계심을 거두지 못한 시선으로 다시 전 교수를 바라보며 물었다.

"……국군과 업무를 함께하는 것에 거부감은 없습니까?"

"나야말로 묻고 싶습니다. 평양 사람과 일하는 것이 께름칙한 것은 아닙니까?"

대담하게 되묻는 전 교수에게 인영은 툭 털어놓듯이 대답했다.

"거짓말은 안 하겠습니다. 께름칙합니다."

그러나 그 대답을 들은 전 교수는 오히려 엷게 미소 지었다.

"아무 생각도 안 든다고 말한다면 믿지 않을 작정이었습니다. 거짓말일 테니까."

전 교수는 악수를 청하며 손을 내밀었다.

"어차피 나라들도 모두 스러진 뒤입니다. 호상互相 간에 적대할 리유理由가 없습니다. 나는 귀관과 협력하는 데 아무런 지장이 없습니다."

인영은 머뭇거리다가 그의 손을 붙잡으려고 손을 뻗으려 했고 한 번 그의 손을 통과한 뒤에야 그런 식으로 하면 안 되는 것을 알았다. 인영은 적당한 위치에 손을 두어 전 교수의 손과 교차시켰다.

어렵사리 계略를 초월한 악수를 나누며 인영은 말했다.

"……하나된 조국의 안위를 위해 애써 봅시다."

전 교수는 고개를 끄덕이며 화답했다.

"그 또한 내가 하고 싶었던 말입니다."

인사 교환이 끝나자 바로 작업 준비가 시작되었다. 미리 저 승사자들이 파악해 두었던 철공소의 셔터를 작업조가 부대에 서 준비해 온 공구로 부수고 뜯었다. 육중한 도금강판의 모습 이 드러났다. 공병하사관 강재상 중사는 그 강판의 실물을 보 고 놀라움을 금치 못했다.

"이렇게 큰 철판을 용케도 찾으셨습니다?"

이만석 장인이 들뜬 목소리로 맞장구를 쳤다.

"나도 놀랐다니까? 생전에 이런 게 을지로에 들어오는 걸 본 기억이 손에 꼽는데, 있더란 말이지."

"들어온 적이 있긴 했습니까?"

"자네 못 들어 봤나? 을지로 청계천에 가면 탱크도 뚝딱 만 들어 나온다는 이야기?"

재상은 혀를 내둘렀다.

거대한 강판 위에 글씨를 새기기 위해서는 일단 그 강판을 바닥에 눕힐 필요가 있었다. 인영과 재상을 포함한 작업조 전 원이 달라붙어 철판의 여러 모서리를 붙잡고 철공소 작업장 바 닥에 천천히 눕혔다.

그 뒤는 일사천리였다. 차에 끌고 온 발전기에 시동을 걸고 케이블을 끌어 와 전기를 연결시켰다. 근처의 금속 조각 공업소에서 꺼내 온 철공용 드릴에 전원을 넣고 잘 작동하는지 확인했다. 철공 드릴의 사용 방법은 이만석 장인의 도움으로 벙커 안에서 미리 학습을 마친 상태였다.

재상은 가져온 군용 배낭을 바닥에 뒤집어 엎었다. 두툼한 서류철과 함께 여러 자루의 유성펜이 굴러 나왔다. 서류철에는 한자로 옮겨 놓은 신시왕경의 문장이 적힌 종이들이 담겨 있었다. 기간병 한 명이 나서서 바닥에 서류철을 펼쳐 놓고 서류에 적힌 한자를 강판 위에 유성펜으로 옮겨 적기 시작했다. 이 유성펜의 자국을 따라 금속 드릴로 글자를 깎아 낼 예정이었다.

작업 속도를 빠르게 하기 위해, 모든 작업이 동시에 진행되었다. 유성펜으로 글자를 옮겨 적으면, 지켜보고 있던 조 선임과 전 교수가 글자에 틀림이 없는지를 점검했다. 만약 틀린 부분이 있으면 다른 부대원이 그 부분만 가필 수정했다. 모든 검수가 마무리된 부분부터 곧장 드릴 작업이 시작되었다. 맹렬하게 회전하는 다이아몬드 비트가 아연도금 강판의 도금을 벗겨 내고 그 밑에 있는 철판에 깊이 홈을 내기 시작했다. 강한 마찰로 불꽃이 튀고 드릴을 잡은 강재상 중사는 방호복에 더해 시야 보호용 고글을 낀 채로 작업에 임했다.

모두 말없이 그저 때로 틀린 부분을 지적하는 짤막한 대화만이 오가는 가운데 온통 금속을 가르고 찢는 요란한 소리가 공간을 지배했다. 을지로 하늘에, 서울 하늘에, 살던 사람들이 모두 저승으로 떠나 버린 죽음의 대지에, 요란한 인공의 소리가 되돌아왔다.

작업이 이어지는 가운데 쉼 없이 돌아가는 발전기에 보충할 유류가 도착했다. 유류조 조장 최진수 중사가 차에서 내려 경례와 함께 보고했다.

"주유소 확보되어 경유 일차 공급하러 왔습니다."

"수고했다."

인영은 마주 경례하며 보고를 받았다. 유류조에 속한 부대원들 중 두 명이 내려 기름통을 발전기 옆에 차례로 내려놓았다. 그 모습을 보고 있던 인영은 첫 번째 드릴 작업을 마치고 교대해 손을 쉬게 하고 있던 강재상 중사에게 부탁했다.

"강재상 중사, 잠시 기록 작업을 감독해 줄 수 있겠나? 유류 공급조 현장 상황 점검을 다녀오려고 한다."

"알겠습니다. 다녀오시지요."

잠시 작업반의 지휘권을 넘긴 인영은 유류조가 몰고 온 SUV 차량에 몸을 실었다.

차량은 을지로3가역 사거리를 좌회전해 충무로에 진입해서 오래 가지 않아 우회전해 마른내로로 진입했다. 인적이 끊긴 대형 건물들 사이에 제법 큰 주유소 하나가 위치해 있었다.

주유소에는 유류조의 나머지 부대원 두 명이 상주하고 있었다. 차로 끌고 왔던 두 번째 발전기를 설치해 놓고 전기로 유류

펌프를 돌려 지하 저장 탱크에서 경유를 뽑아 올리고 있었다.

차량이 도착하고 인영이 내리자 작업 중이던 부대원들이 경례를 올렸다.

"충성, 유류 공급 상태 이상 없습니다."

"저장량은 충분한가?"

"네. 발전기에 쓰고도 남습니다. 부대로 반입합니까?"

인영은 부대원이 보여 주는 저장고의 미터기를 확인하고 고개를 끄덕였다.

"가능하다면 그리 하도록. 우선 발전기의 사용량을 보고 남는 유류는 주차장으로 옮겨 놓기 바란다."

그때 인영의 눈에 주유소 한 구석에 멈춰 서 있는 소형 유조차가 눈에 들어왔다. SUV에 플라스틱 용기를 실어 나르는 것보다는 좀 더 효과적으로 기름을 운반할 수 있어 보였다. 인영은 유조차를 가리켜 지시했다.

"저 유조차 징발도 고려하도록."

"알겠습니다."

주유소 옆에는 세차 시설과 함께 편의점이 위치해 있었다. 인영은 그 문을 열고 들어섰다. 40여 일간 방치되어 먼지가 자욱하게 내려앉은 제품들이 인영을 맞이했다. 재해 당시 근무하던 야간 아르바이트 직원은 카운터 안쪽에 미라가 되어 누워 있었다. 인영은 마음속으로 그의 명복을 빌며 편의점 안 여러 물건들의 상태를 살피기 시작했다.

신선식품류는 모조리 말라 비틀어져 있었다. 진열된 상태 그대로 방사능 소독을 당해 부패를 일으킬 곰팡이도 세균도 다 죽어 버려 썩지는 않았다. 그렇다고 사람이 먹기에는 영 곤란한 형상이었다. 샌드위치는 젖었다가 말라붙은 책처럼 변해 있었고, 삼각김밥은 마치 돌처럼 보였다. 인영이 조심스레 참치마요김밥 하나를 집어들자 김밥은 곧 포장지 안에서 퍼석하니 가루가 되어 부서졌다. 포기하는 게 나아 보였다.

가공식품류와 레토르트 제품은 포장지의 색이 심하게 바랜 상태였다. 강한 감마선의 영향이었으리라. 하지만 겉포장을 뜯고 내용물을 열어 보자 의외로 상태가 나쁘지 않아 보였다. 호흡기 필터가 붙은 방호복으로 인해 냄새를 맡기는 어려웠지만 과자와 시리얼은 제 형체를 유지하고 있었고 전자레인지나 열탕을 사용하는 레토르트 제품류도 원래의 형상을 유지하고 있는 것처럼 보였다. 통조림 또한 마찬가지로 상태가 양호한 편이었다. 참치, 과일, 해물, 햄 등의 통조림을 확인해 보니 내용물의 형상이 모두 정상적이었다.

인영은 무전기를 들고 말했다.

"탐색조, 여기는 부대장. 식료품 상태 확인하였는지. 레토르트와 통조림 중심으로 확보하였으면 한다는 전달. 이상."

곧 탐색조로부터 회신이 들어왔다. 통신에 약간의 잡음이 끼고 있었지만 의사소통에 어려움이 있는 정도는 아니었다.

〈부대장, 여기는 탐색조 오성국. 편의점 5개소 확인하였으며 레토르트, 통조림, 라면 종류 확보하였으며, 약국 2개소 확인하여 상비의약품도 구비하였음. 계속 탐색하겠음, 이상.〉

"잘 확인하였음. 이상."

초동 조사를 마친 인영은 편의점에서 걸어 나왔다. 두 번째 기름 공급 차량이 출발하기에 앞서 인영을 기다리고 있었다. 인영은 작업 중이던 부대원들에게 당부했다.

"유증기 사고 등 각별히 유의하도록."

"네, 알겠습니다."

인영은 차량 편으로 작업반에 복귀했다.

철공소 작업장에서는 주 작업자를 계속 교대해 가며 계속해서 초벌 적기와 새김 작업이 반복되고 있었다. 인영은 작업 과정을 조금 초조한 마음으로 감독하기 시작했다. 스톱워치를 이용해 시간을 재 매 30분마다 작업 인원을 교체하기 시작했다. 초벌 적기를 마치면 드릴 작업을 하고 휴식을 취한다. 정해진 순서대로 역할을 순환하며 작업은 쉬지 않고 계속되었다.

"그만, 작업자 교대!"

"수고하셨습니다!"

인영이 다시금 교대 지시를 하자 주저앉아 기록물을 만들던 작업자들이 한숨을 돌리고 일어서 기지개를 켰다. 세 번째로 드릴 작업에 나섰던 강재상 중사가 얼얼해진 손을 털며 걸어 왔다.

"진도는 어떤가?"

인영의 물음에 강 중사는 담담하게 대답했다.

"솔직히 한참 남았습니다…… 그보다 저희 슬슬 배가 고픕니다, 대위님."

작업에 착수한 지 어느덧 세 시간째. 태양은 중천에 걸리고 슬슬 살아 있는 작업자들은 식사를 할 시기가 다가오고 있었다. 인영은 고개를 끄덕였다.

"그럴 때가 되었군. 식사를 추진하도록 하지."

식사라고 해도 대단할 것은 없었다. 외부의 식량 사정을 확신할 수 없었기에 차에 야전용 전투 식량과 정수된 물을 싣고 왔다. 맛이 대단히 좋다고는 말할 수 없었지만 안전하게 섭취할 수 있는 음식물들이었다. 교대 작업자들은 작업을 멈추지 않거나 휴식을 취해야 함이 마땅하기에 지휘권자이자 감독자인 인영이 직접 식량 배급을 진행했다. 강 중사부터 식사를 시작했고 다음 차례 휴식자가 그다음으로 식사를 할 예정이었다.

단조롭고 반복적인 시간이 흘렀다. 다행히도 예기치 못할 일은 없었다. 모든 것이 아직까지는 계획대로였다. 작업자들은 교대로 식사를 하고 계속해서 작업에 임했다. 전력으로 동작하는 발전기에는 꾸준히 경유가 새로이 공급되었다. 때때로 탐색조로부터 약을 찾았다거나 식량을 찾았다는 짤막한 보고가 통신을 통해 날아들곤 했다.

이윽고 해가 천천히 서쪽 하늘로 가라앉기 시작했다. 지상에 어둠이 내릴 즈음, 발전기에 연결된 눈부신 작업등이 켜졌다.

대기권의 두께가 얇아져 노을은 더 이상 아름답게 타오르지 않게 된 모양이었다. 대신 밤이 찾아오면서 하늘을 모조리 메운 엷은 오로라의 형상이 더욱 선명하게 드러나기 시작했다.

이윽고 목성이 떠올랐다. 망원경이 없이도 한눈에 알 수 있었다. 알두스를 절묘하게 가리고 있는 목성은 그 크기가 평소의 다섯 배는 되어 보였고, 그 몇 배나 되는 거대한 구름 같은 것에 둘러싸여 있었다. 알두스의 우주 방사선을 정면으로 받아 산산조각 나고 있는 목성의 가스 표면이 태양계에 흩뿌려지는 광경이었다.

작업자들은 모두 그 광경을 보았다. 어느 누구도 그에 대해 말을 꺼내지 않았다. 지나치게 초현실적이면서도, 지나치게 현실적이었으며, 지나치게 아름답고, 지나치게 흉흉했다.

인영이 손에 든 스톱워치가 교대 시간을 알렸다. 인영은 별에게서 시선을 떼고는 다시 작업자들을 바라보았다.

"……작업자 교대!"

*

미국 동부 일광절약시간 7월 11일 오전 0시 30분.

COIL 세미나실의 빔 프로젝터 스크린에 기묘한 형태의 그림이 나타나 있었다. 두꺼운 점들로 구성된 극도로 추상화된 그림. 그 원본이 된 그림은 천문학과 우주에 관심을 가졌던 이들이라면 한 번쯤은 본 적이 있는 그림이었다. 지구의 전파망원경으로부터 우주의 벗을 향해 발사되었던 아레시보 메시지. 지금 화면에 나타난 것은 그것을 약간 변조한, 지구의 마지막 인사를 담은 메시지였다.

메시지의 시작은 아레시보 메시지에도 나타났던 인간의 형상이었다. 그 옆으로 금년 기준 지구 인구인 약 78억 명의 수치가 이진수로 제시되었다. 그리고 인간 형상에서 화살표가 그려진 뒤, 생명을 구성하는 5대 원소를 나타내는 이진수로 된 숫자들이 흩어진 채 나타났다. 인간이 원소로 변했다는 의미를 통해 추상적 그림 속에서 생물학적 죽음의 개념을 전달하기 위한 노력이었다.

다음으로는 원래의 아레시보 메시지에서 나타나던 태양계 행성의 배열이 나타났다. 대신 태양에서부터 화성 궤도까지의 색이 반전되어 있었다. 알두스의 블랙홀 제트가 영향을 미치고 있는 범위였다. 공전 궤도가 제트를 일부 벗어나는 지구와 화성 근처는 반전된 색칠 상자의 두께가 조금 얇게 그려졌다.

이어서 알두스로부터 지구까지의 거리가 이진수로 제시되었다. 352광년의 거리를 이 메시지의 전파 파장 길이인 12.6센티미터로 나누어 65자리의 이진수로 표현할 수 있었다. 알두스에서 감마선이 쏘아져 나왔다는 것을 주장하기 위해 점점 짧아지는 파형의 그림이 뒤이어 나타났다.

마지막으로 어떻게 이 전파 메시지를 보낼 수 있었는지에 관한 증언이 자리했다. 태양을 도는 공전 궤도가 제트로부터 잠시 이탈하게 되며 그동안 제트와 수직이 되는 방향으로 전파를 쏘아 보내고 있음을 나타내는 그림이었다.

전체 그림을 지긋이 바라보고 있던 에니스 최 박사는 곧 만족스럽게 고개를 끄덕였다.

"그럴싸한데?"

한편 ERP에서 만든 메시지 최종본을 보고차 가져온 피네건 박사는 심드렁한 표정이었다.

"사실 저는 저 아레시보 메시지 원본부터가 좀 미심쩍기는 합니다만…… 과연 저걸 알아볼까요?"

아무리 소수素數, 전파의 파장, 원소 주기율표 순서, 이진수 등 우주 보편적인 진리에 기반해 열심히 짜 맞춘 메시지라고 해도, 문화도 기술도 생명의 원리도 다를지 모르는 외계인 입장에서 과연 원래 뜻대로 해독하는 것이 가능할지 피네건 박사는 영 믿을 수가 없었다.

그런 피네건 박사에게 최 박사는 능청스럽게 말했다.

"에이, 위대한 칼 세이건 박사님이 조언한 메시지라구?"

"그렇다고는 해도 말입니다."

여전히 의구심을 지우지 못하는 피네건 박사를 앞에 두고 최 박사는 어깨를 으쓱하며 말했다.

"하긴. 애초에 그 메시지 발송 자체가 전파출력을 과시하려는 쇼에 불과했다는 말도 있긴 하지."

한순간에 말하려는 내용이 180도 뒤바뀌어 있었다. 에니스 최다운 화법이었다. 피네건 박사는 쓴웃음을 지었다.

"닥터 최, 레퍼런스에 대한 신뢰를 쌓아 나갈 생각이 있기는 한 겁니까?"

"물론이지, 닥터 피네건."

최 박사는 빙긋이 웃고는 손에 들린 클립보드를 내려다보았다. 화면에 나타나고 있는 메시지가 인쇄된 결재 서류가 끼워져 있었다. 펜을 들어 센터장 결재 서명을 남긴 뒤 잠시 서류를 응시하던 최 박사는 서류의 제목에 적힌 '제2아레시보 메시지'라는 문장에 빗금을 쳤다. 새로 제목을 적어 넣은 뒤 피네건 박사에게 넘겼다. 피네건 박사는 클립보드를 받아들고는 헛숨을 내뱉었다.

"허, 세상에. 이름을 'COIL 메시지'로 하자고요?"

"아레시보에서 쏘아 보냈으니까 아레시보 메시지. 그러니까 우리 COIL에서 쏘아 보낸 건 COIL 메시지라야 하지 않겠어?"

피네건 박사는 최 박사의 마이웨이에 더 간섭하지 않기로 마음먹었다.

"좋습니다. 뜻대로 하십시오, 닥터 최."

시시콜콜한 이야기에 트집을 잡다가 또 자기 혼자만 피곤해지는 상황은 사양이었다. 그런 이유가 아니더라도 오늘은 챙겨야 할 일이 많은 날이었다. 에니스 최 박사도 곧바로 다음 안건에 대해 점검을 시작했다.

"지금 알두스 엄폐 중이지? 전파망원경 작업 시작했어?"

"착수한 걸로 압니다."

조금 전부터 지구는 목성이 알두스를 가린 그림자에 들어가 잔혹한 우주 방사선으로부터 일시 해방되어 있었다. 지상에 올라가 파이프식 전파 망원경의 상태를 점검하고 우주로의 전파 송신 준비를 할 수 있는 48시간 정도 되는 기회의 창이 열린 상태였다.

"메시지 송신 장치는?"

"그건 어제부터 준비 중입니다. 직접 확인하겠습니까? 지금 가장 중요한 전력 공급계통 엔지니어링에서 다소간 문제가 있으니 이것도 확인해서 결정이 필요합니다."

피네건 박사의 권유에 최 박사는 선뜻 고개를 끄덕였다.

"오케이."

두 사람은 그 길로 회의실을 나서 바쁜 걸음으로 지하 시설의 복도를 걸어갔다.

복도에는 여러 연구원들과 엔지니어들이 바쁘게 돌아다니고 있었다. 벽에 붙은 배전반을 점검하고 전압을 측정하며 비품 창고에서 공구나 케이블 따위를 운반하느라 바빠져 있었다. 지상으로 올라가려고 방호복을 입고 이동 중인 이들도 보였다.

최 박사와 피네건 박사는 걸어가는 길에 행정 직원을 만나 결재가 끝난 'COIL 메시지'의 서류를 넘겨 준 뒤 곧장 서버실에 부속된 전산실로 향했다.

전산실에서는 메시지 발송을 제어하는 프로그램을 만들고 있었다. 프로그래머들이 서버실 여기저기에 흩어져 제어 프로그램을 만들고 또 설치하는 한편으로 우주로 송신할 자료들을 저승에서 전달 받는 작업도 진행되고 있었다.

전산실 한쪽에 모여 있는 찬드라세카 박사와 ERP 팀을 향해 최 박사가 인사를 건넸다.

"안녕! 수고들 많아."

"잘 오셨습니다. 조금 전에 한국 사후세계 쪽에서 첫 자료가 왔습니다."

찬드라세카 박사의 보고에 최 박사는 눈을 반짝거리며 물었다.

"그래? 뭐에다 담아서 왔든? USB? CD?"

찬드라세카 박사는 웃어넘기며 대답했다.

"그럴 리가요…… 지금 저쪽에서 '전송' 작업 중입니다."

그러면서 전산실 안쪽, 창문이 달린 벽 너머에 있는 부속실을 가리켜 보였다.

그곳에 ERP 엔지니어들과 함께 시왕저승에서 온 것으로 보이는 저승사자가 와 있었다. 저승사자는 세미나에 온 적은 없는 새 얼굴이었다.

저승의 정보를 이승으로 바로 옮길 수는 없었다. 저승사자가 보여 주는 기록을 산 사람이 보고 받아 적어야 했는데, 그 일을 효율적으로 하기 위한 장치가 그곳에 설치되어 있었다.

부속실의 테이블 위에는 대형 평판 텔레비전이 눕혀져 있었다. 저승사자가 저승에서 가져온 동양식 종이 두루마리를 텔레비전 위로 펼치자 두루마리에 그려져 있던 픽셀 단위로 그려진 그림이 화면 위로 반투명하게 나타났다. 기다리고 있던 직원이 노트북을 이용해 그림의 픽셀을 하나씩 기록해 나가자 기록된 결과물이 평판 텔레비전 화면에 나타났다. 반투명하게 비쳐 보이는 두루마리와 완전히 똑같은 크기로 텔레비전 위에 픽셀 그림이 나타났다. 원래 의도했던 칸이 칠해졌는지 실시간으로 확인할 수 있었다. 작업자가 잘못된 곳에 픽셀을 그려 넣어도 두루마리와 다르게 기록되었음을 한눈에 알 수 있게 되었다.

작업의 편리성은 물론이고 오류 정정을 동시에 수행할 수 있다는 장점이 있었다. 최 박사는 매우 감탄했다.

"와, 머리 잘 썼네? 누구 아이디어야?"

"가이 콜버트 연구원이요."

찬드라세카 박사의 대답에 최 박사는 놀랍다는 듯 눈썹을 치켜떴다.

"그 친구 의외로 아이디어뱅크네. 일찍 알면 좋았을걸."

"아이디어가 지나치게 나오긴 합니다. 저걸 만들고 나서 적외선, 자외선, X레이 카메라를 이용해서 저승사자의 두루마리를 관측해 자동 영사映寫 장치를 만든다고 애썼지만 실패했습니다."

그 말을 들은 피네건 박사가 인상을 쓰며 물었다.

"그 고급 장비들을 그냥 쓰게 두었습니까?"

찬드라세카 박사는 조금도 동요하지 않고 담담하게 대답했다.

"아껴 놓아도 저희가 살아서 다시 쓸 일이 많지는 않겠지요."

피네건 박사는 음, 하고 신음을 흘렸다. 규정상 장비를 그렇게 막 쓰면 안 되는 것이었지만 저 말에는 확실히 반박할 도리가 없었다. 찬드라세카 박사는 부속실의 장치에 대한 소개를 계속 이어 나갔다.

"저 기록 보조 장치는 자동화 연구반에 내려왔던 엘리시움 학술원의 엔지니어도 배워 갔습니다. 자기들 기록물 프로젝트에 참조하고 싶다고 하더군요."

"좋네. 그거 특허료 받아야 하는데."

분명 내용상 막 던지는 농담이겠지만 최 박사의 표정과 말투는 사뭇 진지했다. 그런 모습을 오래 보아 온 피네건 박사와 찬드라세카 박사는 자연스럽게 그 말을 흘려들었다.

찬드라세카 박사가 들고 있던 태블릿PC에 그림 한 장을 표시해 보였다.

"좀 큰 그림으로 보시겠습니까? 조금 전 기록 완료된 첫 번째 페이지입니다."

최 박사는 그림을 보고는 고개를 끄덕였다. 익숙한 그림체였다. 낮은 해상도의 흑백 그림이라 아주 유려하게 그려낼 수는 없었지만 알아보는 데는 무리가 없었다. 그림의 한가운데에 염라대왕을 포함한 열 명의 저승 대왕 모습이 그려져 있고 그 옆으로 여섯 명의 작은 왕들이, 그 아래쪽으로는 저승 관원들과 역사들의 모습이 그려져 있었다. 한국 시왕저승의 분위기를 전체적으로 나타내는 표지 그림이었다.

"그리고 이게 지금 기록 중인 중간 내용이고요."

한참 기록이 진행 중인 다음 페이지에는 사람이 죽어서 칼날 가득한 숲으로 떨어지는 광경이 그려지고 있었다. 최 박사는 흥미로워하며 말했다.

"저승 어디서 좋은 일러스트레이터를 데려왔나 보네. 디테일이 괜찮은데?"

"예, 놀랍군요."

피네건 박사는 적당히 맞장구를 치며 고개를 끄덕였다.

기록물 관리 그룹에서 필요한 점검을 마친 최 박사는 피네건 박사의 인도에 따라 다시 긴 복도를 이동했다.

"그래서 자동화 쪽 문제는 뭔데?"

"지난번에 이야기했던 그 난관을 결국 넘기 어려웠습니다."

지상으로 가는 엘리베이터가 있는 중앙 홀을 지나면서 최 박사는 작업도구들을 둘러매고 방호복 차림으로 지상을 향하는 엔지니어들과 하이파이브를 했다.

"곤란해지면 나 불러! 아마 분명히 내가 필요한 순간이 있을 테니까."

호기로운 격려를 보낸 최 박사는 곧 지하시설의 체육관에 도착했다. 이곳에서 자동화 연구반이 전력 공급망 전환을 자동화하는 방법에 대해 검토하고 있을 터였다.

체육관 바닥에는 설계도면과 노트북이 어지럽게 널려 있었다. 시설반 엔지니어 다섯 명이 모여 있었다. 그 밖에도 시왕저승에서 온 망자 셋과 엘리시움에서 온 망자 둘이 다 함께 고민을 나누고 있었다.

피네건 박사는 체육관에 들어서며 말했다.

"결정권자를 모셔 왔습니다."

최 박사는 예기치 못한 표현에 의문을 드러냈다.

"결정권? 내가? 알아서 합의하지 않구?"

"결정이 필요할 만한 상황이니까 요청한 겁니다."

피네건 박사의 말을 들은 최 박사는 고개를 갸웃거리면서도 상황을 파악하기 위해 모여 있던 이승과 저승의 엔지니어들에게 질문했다.

"흠, 그래서 뭐가 문제야? 뭐가 문제인 거죠? 그보다 소개 좀 부탁할게요."

엘리시움 측의 망자들이 먼저 나섰다. 고전적인 정장을 입은 노년 남성과 현대적 캐주얼 복장의 중년 여성이었다.

"프레드릭 하인만 박사입니다. 엘리시움 학술원의 전기기술 수석 기록자입니다."

"엘리제 몽플레지르 박사입니다. 학술원 특별 촉탁연구원이고, ESA 전파통신 엔지니어였습니다."

이어서 시왕저승에서 온 세 망자가 스스로를 소개했다.

"홍기훈입니다. 나사 태양연구센터에 근무했습니다. 한국 사후세계에서 파견되어 왔습니다."

"나성원 책임연구원입니다. 대전과학기술원 전파연구센터 소속입니다."

"서혜지라고 합니다. 사후세계 공무원입니다. 이 분들 교통편 제공을 위해 왔습니다."

최 박사는 만족스럽게 고개를 끄덕였다.

"좋아요, 좋아요, 나사 동료분도 계시고 ESA 분도 계시고 전파 잘 아는 분도 계시고 전기 잘 아는 분도 계시고. 완벽하네요. 그래서 문제는 뭐죠?"

몽플레지르 박사가 바닥의 설계도면을 한 손으로 넌지시 가리키며 입을 열었다.

"지상에 설치되어 있다는 F-3 전파통신 장비의 설계도를 봤습니다. 매우 특이하더군요."

특이하다는 것이 좋은 의미는 아니었다. 전파망원경을 접시형으로 만드는 것은 당연히 그 구조가 전파를 보내고 받는 효율이 좋기 때문이었다. 그런 보편적인 형태를 버리고 파이프 형태의 전자기 공명 구조로 전파망원경을 만든 이상 전력 효율은 도저히 기대할 수가 없었다. 기술적인 긴 설명에 뒤이어 나성원 책임이 문제점을 요약했다.

"보통 전압을 걸어서는 우주 멀리 전파를 발신하는 게 어렵습니다.”

하인만 박사가 팔짱을 끼고 전신으로 곤란함을 드러내며 말했다.

“문제는 저희가 시설팀 분들을 통해 확인했는데, 배터리 축전설비에서 전파망원경까지 안정적인 송전망을 만들 수가 없습니다.”

여기까지는 최 박사도 이미 알거나 짐작하고 있는 내용이었다.

“그 이야기는 들었어요. 더 구체적인 문제가 파악되었나요?”

시설팀 엔지니어가 바닥에 펼쳐져 있던 도면 중 시설 단면도를 짚어 가며 대답했다.

“지금 작업이 필요한 전력 구간이 모두 세 개 있습니다.”

단면도에는 구간 A, B, C라는 표지가 붉은 펜으로 덧그려져 있었다.

구간 A는 잉여 전기가 저장되어 있는 대용량 배터리의 회로를 시설의 일반 전력망과 연결하는 구간이었다. 구간 B는 시설 전력망 내의 여러 위험한 부분들을 보강해 고압 전류를 송전하는 부분이었고, 구간 C는 COIL 시설의 출구인 수직 공동구를 거쳐서 F-3 전파망원경의 전원 배선 접속부에 이르는 구간이었다.

엔지니어는 각각의 구간을 어떻게 극복할 계획인지도 설명했다. 구간 A에는 시설 내의 비축 자재를 이용해서 짧은 구간에 초고압 송전선을 연결할 수 있었다. 구간 C에는 시설 건설 당시에 공사용으로 설치되었던 초고압 송전선을 되살릴 수 있었다. 문제는 구간 B였다.

최 박사는 의아해하며 물었다.

"배터리에서 바로 지상으로 나가는 전선이 있지 않아? 외부 전기를 공급하던 초고압선이 있을 텐데?"

시설팀 엔지니어는 고개를 가로저었다.

"그건 배터리 쪽 환기공동구에 따로 붙어 있어 사용할 수 없습니다."

시설관리 책임자로서 피네건 박사가 설명을 보충했다.

"배터리 시설의 전력망은 너무 초고압 대응이라 중력파 간섭계에만 연결하고, 누전 등 사고를 우려해 시설 내 일반 전기 계통과는 분리하는 게 원칙이었습니다. 그쪽은 변압기도 지상에 있는데, 아마 방사선으로 인해 망가졌을 겁니다."

최 박사는 흐음 하는 신음과 함께 고심에 잠겼다. 그동안에도 엔지니어의 설명은 계속되었다.

"ERP에서 고려한 대안은 시설 내부의 간선 전력망을 연결해 병렬로 전력을 보내는 것입니다만……."

찬드라세카 박사의 ERP에서 작성한 보고서에 따르면 COIL 시설의 중앙 전력 제어실에서는 간선 전력망의 여러 제어 스위치를 관리할 수 있었다. 각 스위치에 걸리는 전압과 전류의 상태를 모니터링하고 스위치를 일시적으로 차단하거나 우회하는 등의 조작이 가능하기에, 적절한 조작으로 병렬 송전선 구성에 성공한다면 통상 용량을 뛰어넘는 전력을 수용할 수 있었다.

"제가 보기에는 그나마 가능성이 있는 방법입니다."

홍기훈 박사가 첨언했다. 하지만 여기서 문제가 해결된 거라면 최 박사가 '결정권자'라며 불려 올 일은 없었을 것이다.

"조작이 가능한 거면, 뭐가 문제인 거죠?"

최 박사는 기훈을 바라보며 물었다. 피네건 박사가 대신 설명했다.

"자동화가 어렵습니다."

"닥터 피네건, 그건 요전에 들었어. 시간을 들여서 그 결론을 재확인했을 뿐이라면 적어도 더 확실한 근거는 얻은 거지?"

피네건 박사는 무겁게 고개를 끄덕였다.

"전력 제어 스위치의 설계 사양을 극복할 수 없다는 걸 재확인했습니다."

"그게 그렇게 어려워?"

최 박사는 그렇게 물었지만 이건 단순히 기술적 난이도의 문제가 아니었다. 피네건 박사는 제어 스위치의 사양에 대한 배경 설명을 시작했다.

"COIL 설계 당시에 적성 국가의 사이버 공격 등 보안 이슈가 있었습니다. 특히 시설관리 컴퓨터에 웜 바이러스가 침투하는 게 한참 문제시되던 시기였고요."

이란의 핵 프로그램에 사용되는 우라늄 원심분리기가 컴퓨터 바이러스에 의해 망가졌다는 소식이 산업계를 뒤흔들던 무렵의 이야기였다. 전산 공격이 개인용, 사무용 컴퓨터를 넘어 산업 사양의 기계로 확대될 수 있다는 위협이 대두된 것이다.

"그래서 COIL에 반입된 몇몇 전기, 전자 장비는 군사용 수준으로 보안 조치가 되었는데, 그중 하나가 이 간선 전력망 스위치와 전력 제어 시스템입니다. 단순한 제어 메시지조차도 종단간 암호화하고 있고 디컴파일Decompile도 불가능합니다."

제어 과정을 자동화시키기 위해서는 외부에서 새로 설치한 컴퓨터 프로그램이 현재의 전력 공급 상황과 각 스위치에 걸리고 있는 부하를 측정할 수 있어야 했다. 하지만 제어 스위치는 그 정보를 꽁꽁 숨겨 놓고 오직 중앙 제어실의 제어용 컴퓨터만이 알 수 있게 전송하고 있었다. 당연히 그 제어 컴퓨터도 분해나 개조가 불가능했다.

설명을 묵묵히 듣던 에니스 최 박사는 긴 내용을 나름의 이해 끝에 요약했다.

"……내가 컴퓨터공학은 잘 모르겠는데. 대충 이해해 보자면 못 건드린다는 거야?"

피네건 박사는 긍정했다.

"그렇습니다. 최초 설계한 대로 사람이 조작할 수 있을 뿐, 전자적으로는 외부에서 데이터를 뽑을 수도 명령을 보낼 수도 없는 구조입니다."

"칩 뜯어 봤어?"

최 박사는 혹시나 하며 물었지만 기훈은 애석하다는 표정을 지으며 말했다.

"저희가 모여서 며칠 동안 함께 진행한 게 그 작업입니다만……"

기훈에게서 시선을 받은 몽플레지르 박사가 이어서 짧은 한숨과 함께 문제점을 설명했다.

"제어 프로그램의 암호 보안을 뚫을 수 없었습니다. 물리적으로 하드와이어 되어Hard-wired 있거나, 프로그램이 난독화되어 있거나……"

군사 수준의 보안이란 이만큼 철저하다는 것을 확인하는 것이 전부였던 것이다. 물론 뛰어난 컴퓨터 보안 전문가라면 뚫을 수 있을지도 몰랐다. 하지만 전 세계가 멸망한 상황에서 이승과 저승의 손이 닿는 전문가를 되는 데까지 수소문해 모았음에도 애석하게도 그런 전문가를 찾아 내지는 못했다.

"그럼 자동화는 아주 불가능한 거라고 봐야 하나? 어떻게들 생각해요?"

최 박사가 모여 있는 자동화 연구원들을 돌아보며 질문하자 하인만 박사가 나섰다.

"저희가 대안을 한 가지 제시하긴 했습니다."

하인만 박사는 복잡한 전기공학적 설명을 시작했고, 그 내용을 홍기훈 박사나 피네건 박사가 틈틈이 요약해 정리했다. 제시된 대안이란 B 구간의 시작과 끝 부분에 각각 전류 측정 장비를 설치하고 배터리에서 들어온 전기와 수직 공동구로 나가는 전기의 전압, 전류, 파형을 각각 실시간 모니터링하는 방법이었다. 만약 중간에 누전이 생기거나 과부하가 걸리면 두 지점 측정값에 불일치가 생기게 될 것이고 그것을 계산해 전류를 제어하자는 아이디어였다.

"과부하가 예상되면 배터리 쪽에서 전압을 일시적으로 낮추거나 송전을 일시 중단하도록 해서 단선만은 막자는 것입니다."

하인만 박사는 단언했다. 몽플레지르 박사와 나성원 책임이 덧붙였다.

"그렇게 제어할 수 있는 프로그램도 개발해 놓기는 했습니다."

"시뮬레이션도 돌려 보았고요."

최 박사는 고개를 끄덕였다. 여전히 안심할 수 없는 상황이라는 것을 깨달았다.

"대안이라고 말씀들 하시는 건 그다지 멋진 방법은 아니라는 뜻이겠죠?"

정곡이었다. 대안을 말하던 이들은 착잡한 표정으로 침묵하며 천천히 고개를 끄덕였다. 홍기훈 박사가 천천히 입을 열었다.

"유감스럽게도 예측되는 성공률이 50퍼센트 수준입니다."

전체 시설 전력망에 걸리는 정확한 부하를 알지 못한 채, 공급되는 전력만을 제어해서 문제를 극복해야 했다. 기훈은 이것이 마치 '용의 꽁무니를 붙잡아 용을 조종하려는 것'이나 다를 바가 없다고 설명했다. 시뮬레이션을 통해서 전력망에 어떤 문제가 생겼을 때 어떻게 전류의 흐름이 변화할지를 미리 예측해놓을 수는 있었다. 하지만 그 정확도에는 한계가 있었다.

"분명하게 말씀드릴게요. 이 이상 예측 정확도를 올릴 수는 없어요."

몽플레지르 박사가 진절머리 난다는 듯 두 손을 들어 보이며 말했다.

이제 문제의 전말이 명확해졌다. 최 박사는 체육관 천장을 바라보며 한숨인지 심호흡인지 구분하기 어려운 깊은 숨을 내쉰 뒤 다시 모여 있는 이들에게 시선을 옮겼다.

"좋아요. 상황을 정리해 봐도 될까요?"

최 박사는 손가락을 꼽아 보였다.

"첫째. 사람이 제어실에 앉아서 제어하면 확실하게 성공한다. 둘째. 자동화를 시키면 50퍼센트 확률로 시설에 불이 난다."

"엄밀히 말해 화재가 난다는 것은 아니고 단전을 포함한……무슨 말인지는 압니다, 닥터 최."

피네건 박사가 사실관계를 지적하다가 물러났다. 최 박사의 표정이 심상치 않았다.

"그렇군."

평소 진지해 보이는 얼굴로 터무니없는 말을 하기 좋아하는 에니스 최 박사였지만, 정말로 중요하고 진지한 말을 할 때의 표정은 확연히 달랐다. 마치 습관처럼 언제나 입가에 살짝 감도는 미소마저 사라진, 생경할 정도로 딱딱한 얼굴이었다.

그도 그럴 것이 에니스 최 박사로서는 가장 두려워하던 고민거리를 마주한 상황이었다. 성공하든 실패하든, 한국식 속어대로 '죽이 되든 밥이 되든' 자동화에 맡겨 볼 셈이었지만 확률이 지나치게 낮다면 무턱대고 성공을 기대할 수도 없었다. 결국 시설 내의 누군가가 그때까지 생존해서, 수작업으로 제어를 해야만 하는 것이 아닌지 되묻지 않을 수가 없었다.

그리고 생존자를 남기기 위해서는 결국 살아 남을 사람과 그렇지 않은 사람을 가르는 과정이 필요해진다.

최 박사가 이곳에서 가장 보고 싶지 않은 상황이 눈앞에 성큼 다가와 있었다.

*

진광대왕부는 고요했다.

진광대왕 본인을 포함해 최소한의 인력만 남겨둔 채 이곳에 근무하던 모든 관원과 역사들은 이동 중인 1400만여 명 망자들의 행렬을 관리하느라 차출되어 나간 뒤였다. 지상에서 죽어 올라올 이들은 이제 거의 남지 않은 상태였다. 아직 죽지 않은 생존자들은 모두 염라대왕부에서 직접 생사를 챙기고 있었다. 모든 건물의 불은 꺼졌고 사출산에 도착하는 영혼의 섬광도 사라졌다.

건물 로비로 들어가는 모든 문은 열린 채로 부서져 있었다. 밀어닥치는 망자들을 수용하려는 노력의 흔적이었다. 건물 앞의 작은 공터는 역사들이 나서서 칼나무를 정리한 끝에 잔뜩 넓어져 민둥산이 된 언덕의 등을 고스란히 노출하고 있었다. 생기 없는 회갈색 흙이 먼지처럼 깔려 있었다.

그 공터에 구름차 버스들이 도착했다. 저마다 스무 명에서 서른 명에 이르는 승객을 태운 버스 다섯 대가 하늘을 날아와 사뿐히 내려앉았다. 문이 열리자 망자들이 내리기 시작했다. 그중에 예슬이 있었다. 포교 연구 그룹의 망자들이었다. 오늘은 목성이 알두스를 가리는 날. 생존자들이 마지막으로 지상에 나서는 날. 시왕저승에서는 멀리 새로운 여행을 떠나려 하는 이들이 모여들었다.

공터에는 이시영 비서실장이 앞서 도착해 이들을 기다리고 있었다. 곁에는 호연도 함께 서 있었다.

시영은 약속대로 이들의 저승길을 직접 안내해 예우를 갖추기 위해서였다.

호연은 약속대로 예슬의 마지막 가는 길에 동행하기 위해서였다.

포교 연구 그룹의 신도 142명을 대표해 나선 예슬은, 시영에게 고개 숙여 감사의 뜻을 전했다.

"나와 주셔서 감사합니다."

"아닙니다. 그동안 고생 많으셨습니다."

예슬은 시영의 옆에 선 호연에게로 시선을 옮겼다. 마주보는 눈빛은 교차했지만 바라보는 마음은 답답하고 편안하지 못했다. 머뭇거리던 예슬은 말을 고르고 고른 끝에 조금 떨떠름하게 호연에게 물었다.

"……엘리시움 쪽, 안 가 봐도 되겠어?"

망설이는 예슬에 비해 호연은 차분하고 담담하게 대답했다.

"강수현 비서관님이 대신 가 계셔."

호연 또한 마음이 편치 않았다. 떠나는 친구에 대한 마음은 차갑고 아프게 굳어 있었다. 얼굴 표정과 말투에, 온몸의 태도에서 그 슬픈 서늘함이 새어 나오는 것을 예슬이라고 모를 리 없었다.

"……가지."

"……두고?"

예슬이 시선을 피하며 웅얼거리자 호연은 예슬을 바로 바라보며 짤막하게 답했다. 둘의 대화는 거기서 어색하게 끊어져 버렸다.

버스에서 포교 연구 그룹의 모든 망자들이 내려 공터에 모였다. 시영이 확성기를 들고 안내를 시작했다.

"지금부터 여러분들께서는 사출산을 건너서 다른 저승으로 이동하시게 됩니다. 여러분들께서 새로이 믿게 되신 신앙에 따라 도착해야 할 저 건너편의 모습을 상상해 주십시오. 여러분들께서 강하게 떠올려 주신다면 더 쉬이 도착할 수 있을 것입

니다."

시영의 태도는 지극히 사무적이고 정중했다.

"저는 여러분들을 제가 아는 기독교의 천국으로 인도할 것입니다만, 저는 만일의 경우를 대비한 안내역이라고만 생각해 주셔도 됩니다. 여러분들이 믿는 바에 따라 마땅한 곳에 도착하실 수 있기를 바랍니다."

시영은 구름차에 기대어 놓았던 긴 깃대를 치켜들었다. 상여에 앞세우는 만장이었는데 적힌 글귀도 문장도 아무것도 없이 흰색 천만이 걸려 있었다.

"이 만장을 보고 저를 따라오십시오. 그리고 만장이 보이지 않을 때는 함께 걸어가는 동료 분들을 바라보십시오. 어느 쪽이든 시야에서 놓치지 않도록 주의하시기 바랍니다."

저승길 이동 방법에 대한 안내를 마친 시영은, 곧 일행을 이끌고 사출산 계곡 쪽으로 출발했다. 만장을 높게 든 시영이 앞서고 그 뒤를 호연이 따랐다. 예슬은 호연의 두 걸음 뒤에서 걷기 시작했고 나머지 신도들이 예슬을 따라 길을 나섰다.

사출산의 굽이치는 산길을 걸어가며 호연은 문득 시영에게 물었다.

"차를 안 타고도 저승길을 건널 수 있군요."

"예전에는 이렇게 이동했습니다. 길을 아는 이가 앞장서면 뒤따라 나아가곤 했습니다."

호연은 시영이 든 만장을 올려다보며 그걸 들고 걸어가는 시영의 모습을 눈에 담았다.

"……이 길을 혼자서 넘어오셨던 거구요."

"그랬었지요."

그때는 저런 만장도 없었으리라. 호연은 지금 같은 관록이 없는, 어쩌면 지금보다 좀 더 어려 보였을 시영이 홀로 험한 길을 걸어 가는 모습을 상상했다. 그리고 출발지인 복사골 저승의 모습을 상상했다.

역시 그 기록을 남길 수 있으면 좋을 텐데, 하고 생각하던 호연은 곧 뒤따라 걸어 오고 있는 예슬에 대한 복잡한 감정이 되살아 나려는 것을 느꼈다. 호연은 생각을 멈추려고 빠르게 고개를 저었다.

친구가 영영 떠나는 길인데 싫은 생각은 하고 싶지 않았다. 말없이 발걸음 소리만 가득한 길이 이어졌다.

사출산의 정돈된 산길은 오래 가지 않아 돌이 발에 차이는 오솔길로 바뀌었다. 조금 더 걸어가자 높이가 제법 되는 오르막과 발을 딛기 적잖이 위험한 내리막이 반복되는 계곡길이 이어졌다. 좁은 길 좌우로 치솟은 칼나무 숲은 점점 더 울창해지고 흉흉한 잎을 단 나무의 키 또한 점점 높아지는 것처럼 보였다. 구름차로 하늘을 날아 빠르게 넘나들 때와는 비교가 되지 않을 만큼 두려운 광경이었다.

괜찮을 거라는 걸 알면서도 겁이 나기 시작한 호연은 조금의 동요도 없이 묵묵히 만장을 세우고 걸어가는 시영을 보며 애써 술렁거리는 마음을 삭였다. 예슬이 신경 쓰여 뒤를 살짝 돌아보았다. 묵묵히 발을 딛는 바닥을 바라보며, 작은 소리로 꾸준히 기도를 외우며 걷고 있는 평온한 표정의 예슬을 보았다. 그리고 그 뒤를 묵묵히 따르는 많은 신자들을 보았다.

호연이 다시 앞으로 시선을 돌렸을 때 등 뒤에서 예슬의 작지만 또렷한 목소리가 들렸다.

"……아멘."

기도의 끝에 신음처럼 흘린 그 말이 뒤따르는 신도들에게도 차츰 번져 갔다.

"아멘."

"아멘."

"아멘."

길은 점점 더 험해져, 불규칙한 바위를 계단처럼 딛고 올라야 하는 가파른 오르막이 일행의 앞에 나타났다. 사방에는 안개까지 옅게 내려앉기 시작했다. 시영은 능숙하게 만장 깃대를 끈으로 등에 둘러맨 뒤 바위 계단을 오르기 시작했다. 호연은 그런 시영을 보며 어떻게 저럴 수가 있는지 놀라워하다가 그 뒤를 따라 오르막을 오르기 시작했다.

육체의 힘으로 가는 길이 아니라서인지 올라갈 수 있다고 되뇌며 팔다리를 움직이자 그렇게까지 고되지는 않았다. 하지만 눈으로 보이는 뻗은 팔다리에 느껴지는 가파르고 험한 길이 계속 마음에 두려움과 어려움을 심어 놓았다.

"차로 갈 때랑은 정말 많이 다르네요!"

힘든 마음을 쫓아낼 심산으로 호연은 시영에게 외쳤다. 앞서 가는 시영도 이제는 정말 어려운 길을 걷고 있는 모양이었다. 시영은 대답하지 않았다. 대신 등산에 가깝게 길을 나아가면서 도 틈틈이 통신기 화면을 확인하며 화면에 나타난 성경 구절들을 읊조리고 있었다. 호연은 그런 시영의 모습을 보고 이를 악물고 다시 바위를 딛고 오르기 시작했다.

바위산을 뒤덮은 안개가 점점 짙어지고 있었다. 시영이 등 뒤를 바라보며 외쳤다.

"안개가 짙어졌습니다! 앞서 가는 분과 떨어지지 마십시오!"

조금 위에서 그 목소리가 들려온다고 생각하며 호연은 계속해서 바위를 타고 올라갔다. 머지않아 바위에 몸을 기댄 채 멈춰서 있는 시영을 따라잡게 되었다. 시종 아래쪽을 바라보며 염려의 시선을 보내고 있었다.

호연은 시영의 맞은편 바위를 붙잡고 서서 물었다.

"문제가 있나요?"

"……저승길을 잘 모르는 이만한 인원을 데리고 가는 것은 처음입니다. 길을 잃을까 걱정이군요."

그 목소리는 조금 아래에서 바위 계단을 오르던 예슬에게도 들렸다. 예슬은 잠시 고민하다가 바위를 붙잡고 뒤돌아서서 포교 연구 그룹의 신도들을 향해 외쳤다.

"앞 사람을 붙잡아 주세요!"

그러고는 오른손을 내밀었다. 예슬의 손을 잡은 신도가 다음 신도에게 왼손을 내어 주었고, 그 손을 잡은 이의 옷자락을 다음 사람이 붙잡았다. 오르막 아래를 바라보며 모두 서로를 잘 붙잡는지 확인하고 다시 위로 시선을 옮긴 예슬은 바로 앞에까지 내려온 호연을 발견했다.

호연은 예슬이 잡을 수 있게 왼손을 내어 주었다.

"……고마워."

예슬의 짤막한 감사에 호연은 말없이 고개를 끄덕였다. 호연은 오른손을 시영에게 내밀었고 시영은 그 손을 붙잡았다. 걸어가는 모든 이들이 이제 서로의 손, 몸, 옷을 붙잡고, 하나의 끈이 되었다.

"다시 출발하겠습니다."

짙은 안개 속에서 시영의 그 말과 함께 만장이 움직이기 시작했다. 시영이 나아가자 호연이 나아갔다. 호연이 나아가자 예슬이 나아가고 뒤따르는 모든 이들이 함께 나아갔다.

"……날빛보다 더 밝은 천국, 믿는 말 가지고 가겠네……."

저 아래쪽에서 찬송가 노래 소리가 들려왔다. 예슬이 곧바로 노래를 받아 부르기 시작했다.

"믿는 자 위하여 있을 곳 우리 주 예비해 두셨네."

신도들이 저마다 같은 노래를 같은 마음으로 부르며 바위 계단을 올랐다.

"이제 곧, 이제 곧, 이제 곧, 이제 곧, 요단강 건너가 만나리."

"이제 곧, 이제 곧, 이제 곧, 이제 곧, 요단강 건너가 만나리."

조용한 합창이 이어지는 가운데 사방은 이제 완전히 하얀 안개에 잠식되었다. 시영이 등에 맨 만장조차 보이지 않게 되었다. 호연은 붙잡고 있는 시영과 예슬의 손만 간신히 알아볼 수 있었다. 시영의 눈앞으로는 아무것도 보이지 않았다. 하지만 시영은 이것에 익숙했다. 이제 거의 도착한 것이나 다름없었다. 시영은 차분히 한 걸음씩 험난한 바위 계단을 오르기 시작했다.

아무도 다듬지 않은 바위 계단이 이어졌다. 어느 틈엔가 바위의 간격이 일정해졌다. 울퉁불퉁하던 산 속 바위가 아니라 누군가의 손에 잘 다듬어진 평탄한 돌계단처럼 바뀌어 갔다. 이제 눈앞이 보이지 않더라도 걸음을 이어 나가는 데 무리가 없었다. 단 높이가 일정하고 발을 디디면 또렷한 발소리가 남는 계단이 시작되었다. 시야를 가로막은 안개는 걷히지 않았지만, 모두가 짐작할 수 있었다. 머지 않았다는 것을.

계단을 계속해 올라가자 안개 저편에서 희미한 빛이 보이기 시작했다. 서두르지 않고 한 걸음씩 접근하자 그 빛은 점점 황금빛으로 밝아지기 시작했다. 시영은 점점 커져 가는 안개 너머의 눈부신 빛을 향해 발을 내디뎠다. 호연은 이를 악물고 그 빛에 뛰어들었다. 예슬은 죽은 심장이 두근거리는 것을 느끼며, 광휘光輝에 잠겨들었다.

걸어 온 모두가 눈을 뜰 수 없는 빛에 휘감겼다. 모두가 눈을 질끈 감은 채로 계단을 올랐다. 앞서가던 이와 뒤쳐진 이 사이에 먼저 나중이 없이, 불가사의하게도 모두가 동시에 그 계단의 마지막 단을 올랐다.

그 순간 비로소 안개가 한 순간에 걷히고 시야가 열렸다. 지평선까지 무한히 이어진 얕은 구름. 황금빛 하늘에 떠가는 구름. 그리고 지평선 끝에 보이는, 성채.

시영은 그 성채의 모습을 확인하자마자 성을 등지는 방향으로 섰다. 호연 또한 허겁지겁 시야를 손으로 가리고 성채를 맨눈으로 바라보지 않으려 뒤돌아섰다. 자연히 호연은 예슬과 신도 일행들의 모습을 보게 되었다. 하나같이 주변의 풍경에, 그리고 땅 끝의 성채에 시선을 빼앗기고 있었다. 특히 예슬은, 너무나 눈이 부셔 정면으로 바라보지 못하고 눈가를 손으로 가리면서도, 호연의 등 뒤 방향 멀리로 보이고 있을 성채로부터 시선을 떼지 못했다. 포교 연구 그룹의 신도 한 명이 그 자리에서 무릎을 꿇고 주저앉으며 두 손을 꼭 맞잡았다.

"오, 오오오, 천국…… 천국이 임했다."

그 탄식 같은 외침을 시작으로 신도들은 저마다 여러 가지 감탄사를 외치거나, 주의 이름을 부르거나, 그저 흐느껴 울었다. 나이 든 남성 신도 한 명은 하늘을 바라보며 만세 자세를 취하고 계속해서 외치고 있었다.

"아멘, 아멘, 아멘, 아멘……!"

환호와 장엄 속에서 예슬은 마침내 두 눈을 손으로 감싸 쥐고 떨며 눈물을 흘렸다. 호연은 그 모습을 보고 이제 예슬과 함께할 수 있는 순간이 정말 얼마 남지 않았다는 슬픈 느낌을 받았다.

한동안 울먹이던 예슬은 곧 눈물을 훔쳐 내고 포교 연구 그룹의 신도들을 돌아보았다.

"여러분, 저희는 마침내 도착했습니다. 이제, 이제 곧 부름이 있을 거라고 생각합니다. 다들 침착하게, 함께 기도합시다. 그러면……."

호연은 예슬의 벅찬 설교를 들으며 그 목소리를 조금이라도 더 또렷하게 기억하려고 했다. 이제 다시는 들을 일이 없을 것만 같았다. 왠지 모르게 그럴 거라는 강한 확신이 들었다.

그때 시영이 호연의 어깨를 살짝 두드렸다. 의아하게 바라보는 호연을 마주보며 시영은 말없이 하늘 방향을 손가락으로 가리켰다. 호연은 시선을 위로 향했고, 눈이 휘둥그레져 몇 걸음 뒤로 물러났다. 예슬의 목소리에 집중하려던 마음을 한 순간에 집어삼키는 두려운 존재가 내려오고 있었다.

하늘을 나는 존재의 큰 그림자가 땅 위에 드리워지기 시작했다. 위를 보고 있다가 그 모습을 발견한 신도들은 그 무시무시한 형상에 순간 비명을 지르지도 못하고 집어삼켰다. 그 반응을 본 예슬도 다른 신도들과 함께 하늘을 보았다.

몸통이 어디인지, 있기나 한지 구분할 수 없는 수많은 깃털 날개와 그 날개의 곳곳에 박힌 또렷한 눈동자. 지상에 없는 형상의 존재. 천사가 셋이나 날아 와 모여 있는 신도들의 머리 위를 원을 그리며 맴돌고 있었다.

"어, 어어?"

예슬은 천사의 어마어마한 형상에 기겁할 정도로 놀랐다. 순간 다리가 풀려 주저앉고 말았다. 신도들 사이에서도 두려움의 웅성거림이 일기 시작하려는 그때 호연이 외쳤다.

"천사예요! 놀라지 마세요!"

외침 소리에 예슬은 호연을 바라보았고, 둘은 서로를 바라보았다.

호연은 간신히 말했다.

"……맞이하러 온 거야."

"……응."

예슬은 고개를 끄덕이고는 호연을 똑바로 바라보며 또렷하게 말했다.

"고마워."

호연은 뭐라고 대답하고 싶었지만 차마 뭐라고도 말할 수 없어 고개만 끄덕였다. 이제 정말 마지막이었다. 울음이 터져나올 것만 같았다. 그렇지만 적어도 예슬이 떠나기 전까지만은 참고 싶었다.

천사가 빙빙 돌며 점점 땅으로 내려오기 시작했다. 신도들은 이제 망연하게 그 모습을 바라보거나, 반대로 열광적으로 기도문을 외치며 천사를 맞이하고 있었다.

호연을 계속 바라보던 예슬은 눈을 지그시 감았다. 천사는 계속해서 내려오고 있었다. 그림자가 더욱 짙어지고 또렷해졌다. 호연은 예슬의 모습을 마지막까지 눈에 담고 싶었다. 하지만 천사가 호연과 예슬 사이로 내려앉아 시선을 가로막았다.

신도들을 에워싸듯이 세 모서리에 내려앉은 천사는 곧 날개를 폈다. 활짝 편 날개 사이에서 다시 날개가 뻗어 나오고, 그 날개 끝에서 또 다른 날개가 펼쳐졌다. 천사 셋의 날개는 계속 넓게 뻗어 나가 이곳에 모인 142명의 신도들을 반구형으로 둘러쌌다.

무수한 날개에 가려 모여 있는 영혼들의 모습이 전혀 보이지 않게 된 순간, 그 천사들의 날개가 서서히 황금색 빛을 발하기 시작했다. 이내 깃털은 태양처럼 찬란하게 빛나기 시작했다. 시영은 서둘러 눈을 가렸다. 천국의 이적이 일어나는 것을 직감한 것이다.

호연 또한 너무나 눈부신 빛에 황급히 눈을 감고 눈앞을 가렸다. 하지만 곧 팔을 거두고 눈을 떠서 빛을 정면으로 응시했다. 영혼은 육신이 없다. 뛰어도 지치지 않는다. 눈부신 빛을 보더라도 눈이 멀 일은 없을 것이다. 사방을 구분할 수 없을 만큼 찬란한 빛으로 시야가 완전히 압도되었지만 호연은 또렷이 뜬 눈으로 정면을 계속해서 바라보았다. 그 빛 속에서 마지막 길을 떠나려 하는 친구의 모습을 끝까지 바라보고 싶었다.

빛만 쏟아져 나온 것은 아니었다. 감싸인 깃털 안에서는 이제 말소리로 분간하기 어렵게 뒤섞인 신도들의 아우성이 흘러

나왔다. 고함소리, 찬양 소리, 울음소리, 비명소리. 거기에 마치 모터가 도는 것처럼 웅웅거리는 낮은 진동음이 천사의 날개 곳곳에서 들려왔다. 분명히 무슨 일인가가 일어나고 있었지만 그 광경을 볼 수는 없었다. 천사들이 내뿜는 빛은 깃털 너머는 물론이고 깃털의 모습조차도 볼 수 없도록 온 공간을 빛으로 지배했다.

그렇지만 호연은 눈을 감지 않았다. 눈물이 왈칵 새어나오는 와중에도 호연은 눈을 부릅떴다.

그 순간이었다.

"예은아!"

호연은 헉 하고 신음을 삼켰다.

"예은아, 예은아!"

예슬의 목소리가 빛 너머로부터 또렷하게 들려왔다.

"가지 마! 가지 마!"

이미 압도적이던 빛은 이제 눈부심을 넘어 압력이 느껴질 정도로 강해져 있었다. 호연은 아무것도 보이지 않는 백색의 세계에서 눈동자를 필사적으로 돌리며 예슬의 모습을 찾았다.

빛이 사라졌다.

그 사실을 깨달을 틈도 없이, 엄청난 바람이 몰아쳐 왔다. 호연은 반사적으로 눈을 감아 버리고 뒤로 넘어져 나뒹굴었다. 구름 대지는 폭신하지만 둔탁한 느낌이었고, 호연은 그 위를 엉망으로 몇 번이나 구른 뒤에야 멈춰 섰다. 만장 깃대를 붙잡고 간신히 자세를 유지하고 있던 시영이 달려 와 쓰러진 호연을 부축했다.

"괜찮으십니까?"

갑작스러운 충격에 순간 겁을 먹었던 호연은 곧 침착함을 회복하고 일어섰다.

"……네, 괜찮아요."

호연은 서서 천사들이 있던 방향을 바라보았다.

그리고 경악했다.

모두가 사라져 있었다. 세 천사는 물론이고, 그 천사가 감싸 품었던 백여 명의 신도들 또한 언제 그곳에 있었냐는 듯 흔적도 없이 자취를 감추고 말았다. 하지만 호연이 경악한 이유는 다른 데 있었다. 한가운데에 예슬이 혼자 우두커니 서 있었던 것이다. 호연은 황급히 예슬을 향해 뛰어갔다.

"예슬아……? 예슬아!"

예슬의 이름을 고함쳐 부르며 달려간 호연은 서 있는 예슬의 어깨를 붙잡고 흔들었다.

"김예슬! 괜찮아? 어떻게 된 거야? 천사는? 다른 사람들은?"

영문을 알 수 없었던 호연이 다그쳐 묻자 예슬은 울음범벅이 되어 완전히 넋이 나간 듯이 멍한 표정으로 말했다.

"……예은이를 만났어."

호연은 가슴께에서 묵직한 두근거림을 느꼈다. 예슬은 뒤이어 말했다.

"그리고 예은이가 가 버렸어……."

그러고는 그대로 정신을 잃고 호연의 품으로 쓰러져 버렸다. 호연은 엉겁결에 예슬을 품에 안았다가 예슬의 의식이 없는 것을 발견하고 서둘러 예슬을 바닥에 눕혔다.

"예슬아? 김예슬! 왜 그래!"

심상치 않은 상황임을 알게 된 시영이 급히 달려왔다. 시영은 눈을 감고 쓰러진 예슬을 목격하고 상당히 당황스러워하며 말했다.

"아니, 어떻게…… 다른 분들은 모두 사라진 겁니까?"

호연은 울상이 되어 고개를 끄덕였다. 시영은 허탈함이 느껴지는 목소리로 중얼거렸다.

"……어떻게 이 분만 남겨 놓고……."

그때 두 명에게 어두운 그림자가 드리워졌다.

시영이 놀라 돌아보자 또 다른 천사가 내려와 있었다. 천사는 적당한 높이에 둥실 떠서 시영과 호연이 지평선 너머의 성채를 바라볼 수 없도록 시야를 가로막고 있었다. 날개에 박혀 있는 수많은 눈동자는 하나같이 시영과 호연 쪽을 똑바로 응시하고 있었다.

"어…… 어떻게 하죠? 왜 저러는 거죠?"

호연은 떨리는 목소리로 시영의 의견을 구했다. 시영은 입술을 깨물며 천사를 응시하다가 답했다.

"용무가 끝났으면 떠나라는 게 아닐까 생각됩니다."

"하지만 예슬이가⋯⋯."

예슬은 호연의 품 안에서 눈을 뜨지 못한 채 축 늘어져 있었다. 호연은 예슬을 바라보다가 천사에게로 시선을 옮겼다. 자애로운 바라봄인지 분노의 노려봄인지는 알 수 없었지만, 또렷하게 이쪽을 향한 천사의 시선은 분명히 무언가를 요구하거나 압박하고 있었다.

그 눈동자들을 하나하나 살피던 호연은, 욱하는 심정을 이기지 못하고 천사에게 소리쳤다.

"왜 안 데려갔어!"

천사는 조금의 움직임도 없었다.

"다른 사람들은 다 데려가면서 왜, 왜 하필 얘만 놔 둔 거냐고!"

호연이 두 번째로 고함치자 천사는 날개를 좀 더 넓게 펼쳤다. 두 배로 불어난 날개에도 눈동자가 있었다. 그 모든 눈동자가 말없는 시선으로 요구하고 있었다. 호연은 그 눈동자 하나 하나와 눈싸움이라도 할 작정이었지만, 오기로 상대하기에는 눈의 개수가 너무 많았다. 마주 노려보기는커녕 한 번에 헤아리지도 못할 만큼 많은 눈동자가 묵언의 압박을 가하고 있었다.

호연은 눈을 질끈 감고 의식이 없는 예슬을 들쳐 업었다. 시영은 시왕저승으로 돌아갈 준비를 했다. 천사가 불어 낸 강풍에도 찢어지지 않은 만장을 들고 시영이 앞장서 걸었다. 오래 걷지 않아 구름 밑으로 꺼지듯 내려가는 내리막길이 이어지기 시작했다. 호연은 구름 아래로 발걸음을 옮겨 갔다.

천국을 떠나기 전에, 호연은 마지막으로 뒤를 한 번 돌아보았다. 지평선에는 천국의 성이 있고, 하늘에는 드문드문 천사들이 날아다녔다. 이제 그 광경에서는 두려움도 유혹도 느껴지지 않았다. 호연에게는 그저 오싹할 뿐이었다. 141명이나 되는 영혼을 새로 맞아들이면서, 한 명의 영혼은 받아들이지 않고 쫓아 냈다. 그리하였음에 어떠한 기쁨도 분노도 표하지 않고 그저 고요하기만 한 그 모습이, 이제 호연에게는 오싹하게만 느껴졌다.

*

슈페리어 호반의 숲을 울창하게 이루던 가문비나무와 전나무는 모두 그 숨을 다했다. 잎은 모두 죽어 떨어지고 부엽토조차 되지 못한 채 갈색으로 말라붙어 땅을 뒤덮고 있었다. 곧게 하늘로 솟은 나무줄기는 바싹 말라붙어 삭아 가고 있었다. 스산한 바람이 불어올 때마다 말라붙은 줄기들로부터 희뿌연 먼지가 떨어져 나왔다. 생명을 잃은 세포 조각들이 산산조각 나흩어지고 있었다.

새벽 1시. 암흑에 잠긴 지상에서 경량 방호복을 입은 COIL ERP 연구원들이 지상의 전파 망원경 보수 작업을 진행하고 있었다. 원래 일몰 시점까지 마무리하려던 작업은 예상보다 길어지고 있었다.

숲 속에 은폐되어 있었던 파이프식 전파 망원경의 설비 자체는 다행히도 망가지지 않고 우주 방사선의 폭격을 견뎌 내고 있었다. 그렇지만 몇몇 회로와 전선이 망가져 보수가 필요한 상황이었다. 연구원들은 회로를 교체하고 필요한 부분에 방사선 차폐 작업을 진행하는 중이었다.

바쁘게 움직이는 연구원들 사이에 방호복을 입은 에니스 최 박사가 있었다. 적당한 바위 위에 주저앉아 바닥의 배선함 속 전자 회로에 케이블로 연결된 노트북을 조작하고 있었다. 그 옆에는 찬드라세카 박사가 마찬가지로 방호복을 입고 앉아 있었다.

최 박사가 타이핑 중인 노트북은 시설에 단 두 대 구비되어 있는 특수 노트북으로, 다소의 방사능이 있는 환경에서도 동작할 수 있도록 설계된 물건이었다. 재난시 사용 목적으로 센터 장실 부속 비품창고에 들어 있는 것을 꺼내 와 지상에서의 회로 재프로그래밍 작업에 동원하고 있었다.

한참 말없이 타이핑을 이어 가던 최 박사가 문득 말했다.

"그런데 말이야, 닥터 찬드라세카. 이상하지 않아?"

"어떤 게 말씀입니까?"

최 박사는 손으로 계속 자판을 두드리며 시선은 고개를 들어 나무 그루터기 뒤편을 향했다. 거대한 인공물, 직경 1.5미터에 길이 20미터에 달하는 강철 파이프가 짙은 회갈색으로 도색된 채 숲 속을 가로질러 놓여 있었다. 숲이 울창했더라면 쓰러진 나무 기둥이라고 생각했을 테지만, 모든 나무가 선 채로 죽어 버린 지금에는 선명히 구분할 수 있었다.

이런 파이프가 숲 속에 총 서른 개가 숨겨져 있었다. 그 배치는 다섯 겹의 정육각형을 만드는 형태였다.

"COIL을 짓는 김에 설치했다고 하기에는 너무 본격적이고 거대한 설비 같지 않아?"

"그건 그렇습니다."

찬드라세카 박사는 고개를 끄덕였다.

"COIL 시설과는 전혀 다른 쪽에서 기획했다는 의심이 듭니다. COIL 설계는 전력 계통까지 강하게 보안을 걸어 놓으면서, 이 장치는 미완성인 채로 재프로그래밍이 가능하게 방치되어 있었습니다. 설계 원칙이 서로 일관되어 있지 않아요."

혼잣말처럼 대답을 이어 가던 찬드라세카 박사는 문득 노트북 화면을 가리켰다.

"닥터 최, 거기 변수가 잘못 들어갔습니다. 델타 인수가 아니라 감마 인수예요."

"아, 그랬나?"

최 박사는 빠르게 잘못된 부분을 수정하며 말했다.

"그렇지만 이 프로그램 말이야. 미완성이라고는 해도 누가 엄청나게 애를 쓴 게 보여. 이 수많은 계산식들을 좀 보라고. DARPA에서건 어디서건 천재를 몇 명 갈아 넣어서 만든 게 분명해."

두 박사가 달라붙어서 수정하고 있는 것은 안테나의 신호 처리 프로그램이었다. 지상 설비의 회로는 물리적으로 구축만 되어 있을 뿐 내장 프로그램은 불완전한 상태로 방치되어 있었다. 완성된 프로그램의 코드는 COIL 시설 데이터베이스의 보안 영역에 보관되어 있었다. 코드 안에는 육각형으로 배치된 파이프로 접시 안테나와 유사한 효과를 일으키기 위해 파이프 간에 정밀하게 전파 간섭이 일어나도록 조절하는 복잡한 수학 계산 과정이 포함되어 있었다.

최 박사도, 찬드라세카 박사도, 그외 COIL ERP에 참여한 여러 박사와 연구원들 모두 한 번도 이런 게 가능하리라는 상상조차 해 본 적 없는 특이한 구조였다. 그렇지만 놀랍게도 계산식을 검증해 보자 실제로 동작할 것임이 이론적으로 확인되었다.

찬드라세카 박사는 중얼거렸다.

"만약 그렇다면…… 대체 누굴까요. 어디의 천재적 지성이 이런 공식을, 저런 구조를 짜 낸 걸까요."

그 말에서 진한 호기심과 아쉬움이 동시에 느껴졌다. 연구자로서 느끼는 외경심畏敬心이었다. 누구도 상상해 보지 못한 누구도 이루어 내지 못한 발상을, 지상의 어디에선가 비밀리에 먼저 붙잡아 낸 사람이 있었다. 이름 모를 그 선구자가 무슨 목적으로, 무엇을 대가로 이 일을 해 냈는지 이제 알 방법은 없으리라. 하지만 그의 헌신이 있었기에 인류는 최후의 순간에 단말마의 비명이라도 우주로 지를 수 있게 되었다.

프로그램 소스 코드 어디에도 작성자나 발명자를 유추할 만한 정보는 없었다. 일부러 흔적을 말소하기라도 한 듯 주석에 이니셜 하나조차 남아 있지 않았다. 아마 앞으로도 영영 이 업적이 누구의 것인지 규명되는 날은 오지 않으리라.

계속해서 타이핑을 이어 가던 최 박사는 마침내 요란하게 엔터키를 누르며 말했다.

"됐어! 재프로그래밍 들어갔네."

전자 회로에 접속해 회로의 내용물을 다시 쓰기 시작한 노트북을 바위 위에 조심스레 내려 놓았다. 기지개를 켜는 최 박사를 찬드라세카 박사가 격려했다.

"애쓰셨습니다. 그래도 직접 나서 주신 덕분에 빠르게 잘 마무리되었습니다."

최 박사는 방호복을 입은 채 손으로 브이자를 그려 보이며 웃었다.

"말했잖아? 분명히 내가 필요한 순간이 있을 거라고."

허리를 비틀어 스트레칭을 하며 최 박사는 찬드라세카 박사에게 말했다.

"아무튼 작업 잘 끝났으니까 닥터 찬드라세카는 내려가 봐. 내가 정리해서 내려갈게."

"……괜찮겠습니까?"

염려스럽게 묻는 찬드라세카 박사에게 최 박사는 고개를 끄덕여 보였다.

"땅에서 무리해서 위험한 사람은 나보다 닥터 찬드라세카일 거야. 평소에 운동이나 요가 같은 거 잘 안 했지?"

찬드라세카 박사는 쓴웃음을 지었다.

"남은 시간 동안은 좀 시도해 보겠습니다. 무리는 하지 말고 내려오시죠."

"오케이."

대답을 들은 찬드라세카 박사는 몸을 돌려 지하 출입구 쪽으로 걸어갔다. 최 박사는 노트북 화면을 한 번 확인하고 정상임을 확인한 후 주변을 둘러보았다. 마침 근처의 배선 계통에서 작업 중인 연구원들과 엔지니어들이 보였다. 최 박사는 그들을 향해 손을 흔들어 보였다.

"이봐 친구들! 나 일 끝났는데 내가 도와줄 거 없어?"

방호복을 입고 있어 얼굴 표정을 보일 수 없는 연구원이 과장된 경례 제스처와 함께 마주 외쳤다.

"괜찮습니다!"

"센터장 부려 먹을 평생 마지막 기회인데 그렇게 날리려구?"

짓궂게 말하는 최 박사의 말에 한참 웃던 연구원은 근처의 회로 박스를 가리켜 보였다.

"예, 그럼 여기 콘크리트 붓는 거 좀 도와주십쇼!"

"진작 말을 하지 그랬어."

파이프식 전파망원경을 제어하기 위한 전자 회로는 얕은 땅 속에 묻힌 배전반 박스 안에 설치되어 있었다. 잘 은닉되어 있었지만 재해급 우주 방사선으로부터는 안전하지 않아 회로가 모조리 타 들어간 상태였다. 연구원들은 그 회로의 구성을 복구하는 한편 엄폐 현상이 끝나고 하늘에 다시 알두스가 나타났을 때 회로가 손상되는 일이 없도록 방사능 차폐 작업을 하고 있었다.

복귀하겠다던 최 박사는 요청을 받자마자 거리낌 없이 다시 현장에 뛰어들었다. 레미콘 수레의 핸들을 붙잡고 최 박사는 작업 중이던 엔지니어에게 물었다.

"여기다가 퍼붓기만 하면 되는 거야?"

"네, 철판으로 일차 차폐를 해 놓았고, 그 위에 최소 4인치 두께로 속건성 콘크리트를 부으면 됩니다."

대답을 들은 최 박사는 쯧 하고 혀를 찼다.

"왜 인치를 쓰고 그래. 십 센티미터 정도면 되는 거지?"

연구원은 떨떠름하니 단위를 정정했다.

"어…… 네. 그렇습니다. 방사선 취급 매뉴얼에 그렇게 쓰여 있어서 말입니다."

최 박사는 알 만하다는 듯 고개를 끄덕이고는 하늘을 바라보며 중얼거렸다.

"어쩌다가 지구가 망할 때까지 미터법을 제대로 못 썼을까, 우리들은."

곧 작업이 시작되었다. 재구성을 마친 회로를 두꺼운 철 상자로 감싼 뒤 접지했다. 배전반의 외부 철문을 닫고, 그 위에 속건성 콘크리트를 두껍게 부어 나갔다. 바퀴가 달린 손수레형 간이 레미콘에서 섞여 나온 콘크리트가 노즐로부터 쏟아져 나왔다. 최 박사가 레미콘을 붙잡고 있는 동안 연구원 한 명은 노즐을 붙잡아 콘크리트를 뿌렸다. 다른 엔지니어 한 명은 밀대를 들고 그 콘크리트를 평평하게 펴 발랐다.

이제 하늘에서 쏟아지는 방사선 입자는 일차로 콘크리트에 막힐 것이고, 이차로는 철 상자로 만든 일종의 패러데이 상자 Faraday Cage에 유도되어 그 밑에 있는 회로를 손상시키지 못하게 될 것이었다.

배전반들 사이를 연결하는 케이블들 또한 보수 대상이었다. 전파망원경의 동작에 필요한 케이블들은 땅을 더 깊게 파서 묻은 뒤 그 위를 콘크리트로 덮어 가능한 한 노출되지 않도록 했다. 케이블 자체를 더 튼튼하고 절연이 더 잘 되어 있는 케이블로 교체해 놓기도 했다. 최 박사는 손수 레미콘을 끌고 여기저기에 콘크리트를 부어 넣는 일에 함께했다.

이제 마지막 배전반이 남아 있었다. 조금 전까지 최 박사와 찬드라세카 박사가 프로그램을 수정하던 곳이었다. 최 박사는 노트북의 화면을 확인했고 회로 프로그램 재구성과 검증이 모두 끝난 것을 확인했다. 최 박사는 즐거운 마음으로 회로에 연결되어 있던 케이블을 뽑았다.

"좋아! 여기도 부어! 그러면 끝!"

마찬가지로 철 상자를 집어넣고 그 위에 두꺼운 콘크리트를 채웠다.

연구원들이 모여 손전등 불빛 아래에서 전체 보수 도면을 마지막으로 확인했다. 모든 배전반이 보수되었고 모든 케이블들이 재매설되었다. 파이프식 전파망원경의 보수 작업이 끝난 것이다.

"작업 완료! 철수합시다!"

현장 작업반은 그 선언과 함께 장비를 챙겨 귀환 준비를 시작했다. 최 박사는 노트북을 수습해 가져온 가방 안에 집어넣고 접속용 케이블을 둘둘 감아 함께 구겨 넣었다.

그러면서 다시 하늘을 바라보았다. 지금 이 순간에만 볼 수 있는, 어쩌면 다시 못 볼 풍경을 눈에 담아 두고 싶었다.

동쪽 하늘에는 반달이 낮게 떠 있었다. 태양계의 여러 다른 행성들이 점점이 보이고 있었다. 달의 왼편으로 뜬 화성은 평소보다 밝게 보였다. 알두스를 가리고 있는 목성과 그 옆에 뜬 토성은 별의 크기보다 몇 배나 크게 보이는 눈부신 후광을 두르고 있었다. 거대한 가스 행성의 자기장과 그 표면에 쪼여지고 있는 강력한 방사선이 만들어 낸 흉흉한 오로라였다. 달의 오른편으로는 해왕성이 위치해 있을 터였지만 목성이나 토성처럼 빛나고 있지 않아 맨눈으로는 보이지 않았다. 블랙홀 제트의 영향권 밖을 돌고 있을 거라는 예상대로였다.

연구원들은 저마다 가져온 장비를 모두 정리하고 COIL 시설 입구를 향해 걷기 시작했다. 철수하던 한 연구원이 하늘을 바라보며 그 자리에 못 박힌 듯 서 있는 최 박사를 불렀다.

"닥터 최!"

하지만 최 박사는 대답 대신 가방의 주머니를 부시럭거렸다. 업무용 태블릿PC를 꺼낸 최 박사는 카메라 어플리케이션을 켠 뒤 하늘을 향해 들어 올렸다. 그리고 여러 방향을 바라보며 하늘 사진을 찍었다. 특히 크게 빛나는 목성을, 그 뒤에서 타오르고 있을 알두스의 그림자를 열 장도 넘게 찍었다.

"이 끝내주는 경치를 다들 못 보고 죽었단 말이지."

최 박사는 씁쓸하게 중얼거렸다.

저 목성만 없다면 알두스를 맨눈으로 볼 수 있으리라. 물론 그런 것은 불가능하다. 알두스의 빛을 맨눈으로 본 사람은 그 빛의 일부인 살인적 방사선도 함께 받게 될 것이다. 지금으로서는 오직 상상밖에는 할 수 없는 영역이었다. 하지만 그래도…….

최 박사는 하늘을 향해 검지손가락을 들어올렸다. 손가락으로 목성을 짚어서 옆으로 밀었다. 당연하게도 목성을 밀어서 알두스를 잠금해제할 수는 없었다.

피식 헛웃음을 짓고 에니스 최 박사는 태블릿PC를 가방에 다시 집어넣고 지하로 돌아가기 위해 몸을 돌렸다.

*

인영은 버려진 철공소의 공구 상자에 대충 걸터앉은 채, 에너지바를 으적으적 씹고 있었다. 유류조가 기름 배달하는 길에 근처 편의점에서 가져온 물건이었다. 은빛이 나는 비닐 포장지에 그려진 인쇄는 강한 방사선 탓인지 모조리 바래 있었다. 내용물에는 딱히 문제가 없어 보였다. 맛도 평범했다.

하지만 외부 음식물로 인해 예상치 못한 문제를 경험한다면 부대장인 자신이 먼저여야 한다고 인영은 생각하고 있었다.

오로라가 뿌려진 밤하늘에 여명이 들기 시작했다. 7월 12일이 밝아 오고 있었다. 이제 지상에서 작업할 수 있는 시간은 대략 열 시간 정도 남아 있었다. 마지막으로 잠에서 깨어난 지 어언 24시간째. 인영은 틈틈이 쪽잠만 자 가며 작전 지휘를 손에서 놓지 않았다.

인영은 시계의 타이머를 바라보았다. 슬슬 교대를 지시할 시간이었다.

그때였다.

"으억!"

고통스러운 비명소리가 들려왔다. 인영은 먹던 것을 내팽개치고 황급히 달려갔다.

"무슨 일이야!"

당번 작업자인 김철 하사가 철판 옆에 쓰러져 있었다. 그의 가슴에 흉칙한 것이 박혀 있었다. 금속 가공용 공작 드릴의 다이아몬드 비트 끝부분이었다.

"김철 하사! 김철!"

인영은 김 하사의 이름을 크게 불렀다. 의식을 확인하고 싶었지만 가슴에 이물이 박힌 환자를 함부로 흔들 수가 없었다. 김 하사는 고통스러운 신음으로 간신히 응답했다.

"어떻게 된 거야!"

인영이 사건 경과를 다그쳐 묻자 작업을 보조하고 있던 윤수일 일병이 겁에 질려 대답했다.

"드, 드릴이 망가졌습니다…… 비트가……!"

오랜 작업 시간을 견디지 못하고 드릴 비트가 부러지고 말았다. 그러고는 하필이면 다른 데로 튀지 않고 드릴을 가깝게 잡고 있던 김 하사에게로 튕겨 날아든 것이다.

당연히 지켜보고 있던 저승 망자들 또한 크게 당황하고 있었다. 이만석 장인은 사색이 되었다.

"이, 이건 내 잘못일세! 이만치 쓰면 망가질 수 있다는 걸 생각을 못 했어!"

그때 쓰러져 있던 김 하사가 더듬거리며 말했다.

"어르신 잘못이…… 아닙니다……."

목소리에서 바람 새는 소리가 느껴졌다. 인영은 다급히 김 하사에게 고함쳤다.

"말하지 마라!"

직감적으로 폐 부상이 의심되었다. 인영은 무전기를 들고 급히 다른 분대에 연락을 넣었다.

"여기 작업조 박인영, 유류조 응답 바람. 부상자 발생하였으니 후송 지원 필요하다. 이상."

비트가 박힌 위치로 보아 폐를 찔렀거나 심혈관계에 심각한 부상을 입혔을지도 모르는 상태였다. 최대한 빨리 벙커 내의 의무실로 후송해야만 했다.

〈여기 유류조 최진수, 후송 지원 요청 응답받았으며 이동한다고 전함, 이상.〉

긴장한 목소리였으나 유류조가 응답했다. 인영은 무전기를 내려 놓고 김철 하사를 초조하게 바라보았다.

시선을 옆으로 돌리자 작업 중이던 신시왕경의 모습이 눈에 들어왔다. 회청색의 도금 강판 위에 김철 하사가 흘린 피가 점점이 흩어져 있었다.

"……작업은 얼마나 진행된 거지?"

인영의 물음에 조성영 선임이 답했다.

"거의, 거의 다 됐어요. 그래도 아직 200자 정도가 남았는데……."

인영은 곧바로 작업반의 다른 부대원들을 돌아보며 물었다.

"교대조, 작업 가능한가?"

"가능합니다! 그런데……."

대답하던 오태양 상병이 떨떠름하니 말을 흐렸다.

"또 뭐가 문제야?"

"발전기에 문제가 생긴 것 같습니다……."

오 상병은 손으로 발전기를 가리켰다. 조금 전까지 드릴을 돌리던 발전기의 터빈 배기구에서 시커먼 연기가 올라오고 있었다.

"이건 또 뭐야……."

공병하사관 강재상 중사가 달려와서 발전기를 살폈다. 터빈 옆의 도어를 열자 거기서도 시커먼 연기가 훅 하고 솟아올랐다.

터빈 내부를 살피던 강 중사가 인영에게 물었다.

"대위님, 경유 넣은 게 맞습니까? 이거 발화점이 안 맞아서 안에서 찌꺼기가 생겨 잘못 타들어 갔는데 말입니다. 휘발유나 등유 들어간 거 아닙니까?"

"아니, 유류공급조가 제대로 경유를 공급하고 있는 걸 내가 확인했다."

곧바로 부정한 인영이었지만 이내 영 좋지 않은 추측이 떠올랐다.

"……가만, 강재상 중사, 혹시 방사능에 노출되면 석유도 변질될 수 있나?"

"……어…… 모르겠습니다. 그런데 아주 가능성이 없지는……."

강 중사로서는 전혀 생각지도 못한 부분이었다. 곰곰이 머릿속 지식을 끌어 모으던 강 중사는 불안한 목소리로 대답했다.

"……어쩌면 그럴 수도 있겠습니다. 석유도 결국에는 탄화수소 유기물이니 강한 방사선에 계속 노출되면 변질되었을지도 모릅니다."

"석유가 변질될 정도의 에너지가 들어갔으면 보통은 폭발하지 않나?"

"그것도 그렇습니다만. 이런 경우는 저도 정확하게는 배운 적이 없습니다. 그럴 수도 있다는 추측 정도입니다."

강 중사는 다른 여러 가능성에 대해서도 이야기했다. 유류조가 정말로 뭔가 실수를 해서 혼유가 발생했을지도 모른다. 혹은, 단순히 너무 오래 연속 기동해서 망가졌을지도 모른다.

"……아무튼 수리는 가능하겠나?"

인영으로서는 이유보다는 복구 가능성이 중요했다. 강 중사는 고개를 저었다.

"무리입니다. 공장에 보내야 할 상황입니다."

그 공장이란 건 이제 없다. 세상은 망해 버렸다. 여기 있는 사람들끼리 해낼 수 없는 일이라면 이제 불가능한 일이었다.

"대위님."

인영은 자신을 부르는 목소리에 뒤를 돌아보았다. 윤수일 일병이 울상이 된 채로 물어 왔다.

"저희 이만하면 할 만큼 하지 않았습니까? 그만해도 안 되겠습니까?"

"야, 윤수일! 무슨 소리야!"

옆에서 그 이야기를 들은 오태양 상병이 화들짝 놀라 고함쳤다. 윤 일병은 박인영 대위를 바라본 채로 절박하게 호소했다.

"대위님, 저는 진짜 더는 못하겠습니다. 손이 벌벌 떨립니다, 대위님……."

윤 일병은 봐달라는 듯이 손을 들어 보였다. 정말로 벌벌 떨리고 있었다. 그 모습을 마땅찮게 바라보고 있던 오 상병이 곧 성난 목소리로 인영에게 말했다.

"저는 하겠습니다, 대위님. 여기까지 했는데 아깝습니다!"

윤 일병은 급기야 오 상병에게 따져 물었다.

"뭘로 작업할 겁니까!"

"다른 작업장이라도 뒤져야지!"

오 상병 또한 거칠게 고함치며 맞받아쳤다. 그러고는 인영을 바라보며 간곡히 작업 재개를 청했다.

"대위님, 뭐라도 챙겨 오겠습니다! 허락해 주십시오!"

강재상 중사가 거들고 나섰다.

"필요하면 저도 찾으러 나가겠습니다."

그때 유류조의 차량이 도착했다. 차에서 내린 부대원들이 신음하고 있는 김철 하사의 용태를 보고 경악하고 있었다. 다행히도 유류조 차량에는 들것을 실어 놓았었다. 들것을 꺼내 달려오는 부대원들을 보며 인영은 의견이 갈린 작업조 부대원들을 바라보았다. 그리고 지시했다.

"……윤수일 일병은 가서 김철 하사 후송을 돕도록."

"아, 알겠습니다."

윤 일병이 뛰어갔다. 인영은 만석에게 물었다.

"이만석 선생님, 지금 다른 장비는 확인된 게 없습니까?"

만석은 속상함과 안타까움을 감추지 못하며 대답했다.

"없네. 건너편 철공소에 있던 장비도 이미 꺼내다 쓰지 않았나."

절망적인 상황이었다. 작업의 완성이 목전인데 도구가 없다. 인영은 뭐라도 찾을 요량으로 철공소 안을 이리저리 두리번거렸다. 철공소 벽에 걸린 공구함에 꽂혀 있는 드라이버를 발견했다.

"……저걸로 내리찍으면 안 됩니까?"

드라이버를 가리켜 보이는 인영에게 만석은 염려 섞인 조언을 건넸다.

"되기야 하겠지만 품이 많이 들 걸세."

그렇게는 작업할 수 없으리라는 의미에 가까웠지만 인영에게는 '가능하다'는 것만으로도 충분했다. 성큼성큼 걸어간 인영은 공구함에서 드라이버와 함께 그 옆에 꽂혀 있던 쇠망치를 뽑아들었다.

"대위님?"

"아니, 자네?"

그 광경을 바라보던 오 상병과 만석이 당황스럽게 바라보는 것을 아랑곳하지 않고 인영은 철판 앞에 무릎을 꿇고 앉았다. 한 손에는 드라이버를, 한 손에는 망치를 들고서.

"200자 남았다고? 그 정도는 맨손으로 어떻게든 가능하겠지."

인영은 철판의 한쪽 구석을 망치로 강하게 내리쳐 보았다. 깡 하는 요란한 소리와 함께 흠집이 났다. 이만한 흠을 낼 수 있다면 글자를 새길 수도 있으리라.

옆에 놓여 있던 마른 걸레를 집어든 인영은 김철 하사가 철판 위에 흘린 피를 닦아 냈다.

"고지가 코앞이다. 오태양 상병이 보조를 서도록. 강재상 중사, 조명 좀 가까이 이동시키고."

"네!"

"알겠습니다."

직접 작업을 강행하겠다는 지시에, 오 상병과 강 중사가 서둘러 움직였다. 걱정스럽게 바라보던 조성영 선임이 물었다.

"괜찮으시겠어요?"

인영은 담담하게 답했다.

"괜찮지 않아도 해야겠지."

전오석 교수는 그런 인영을 한동안 묵묵히 바라보더니 목소리를 가다듬고 말했다.

"……내가 다음 자를 불러 주어도 되겠습니까?"

"부탁합니다."

인영은 고개를 끄덕였다. 전 교수 또한 고개를 끄덕이고 두루마리를 다시 펼쳐 신시왕경의 다음 글자를 읽기 시작했다.

"다음 자는 '검을 현' 자입니다."

그렇게 인영의 맨손으로 마지막 부분의 작업이 시작되었다.

선행 작업자가 유성펜으로 철판 위에 그려 놓은 한자의 형상을 그대로 파내기 위해 드라이버를 여러 방향으로 꺾어 가며 망치질을 해야 했다. 망치로 머리를 한 번 내리칠 때마다, 철로

된 투박한 일자 드라이버는 요란한 소리를 울렸다. 옆에서 김철 하사가 응급조치를 받고 들것에 실려 나가는 동안에도, 인영은 쉬지 않고 망치를 휘둘렀다.

인영의 마음속에 초조함이 엄습해 왔다. 작업해야 하는 글자의 수가 그렇게까지 많은 것은 아니었지만 작업할 수 있는 시간 또한 그렇게까지 많이 남아 있는 것은 아니었다. 중상을 입은 김철 하사의 용태도 계속해서 신경이 쓰였다.

몸으로는 피로감이 함께 찾아왔다. 망치를 충분히 세게 휘둘러야 철판의 코팅을 벗겨내고 글자를 새겨 넣을 수 있었다. 드릴로 정교하게 획을 깎아낸 다른 글자들에 비해 알아보기 어려울까 걱정스러웠다. 드라이버와 망치를 쥔 양 손은 바짝 긴장해 잔뜩 힘이 들어가 있었다.

깡, 깡, 깡, 깡.

불러주는 글자와 보이는 글자가 같은지를 확인하고, 글자의 모양을 옮기며, 정신과 체력을 동시에 쏟아 붓는 반복 작업. 오른손에 든 망치가 드라이버를 때릴 때마다 충격음이 귀를 뚫고 뇌리에 닿았다. 서른 자를 넘게 새겨 넣었을 때 즈음 인영은 작업에 완전히 몰입되었다. 자의식이 빠르게 움직이지 않았다. 온 몸이 글씨를 새기는 기계가 된 것만 같았다. 모든 생각은 손놀림에 지배당했다. 인영은 의식이 몸을 떠나는 것을 느꼈다. 계속해서 바쁘게 움직이는 자신의 몸을, 글자를 살피는 자신의 눈을, 더는 의식이 지배하지 않는 것만 같았다. 마음만이 떨어져 나와 자신의 몸을 멀리서 지켜보는 것처럼 느껴졌다.

인영은 생각했다.

'나는 도대체 무엇을 하고 있는가.'

전오석 교수가 말했다.

"어질 인."

깡, 깡, 깡, 깡. 한자의 네 획을 쏘아 내는 소리.

인영은 생각했다.

'나는 무엇을 위하여 이렇게 땀을 흘리고 있는가.'

조성영 선임이 다급히 지적했다.

"검을 흑 자의 밑점 하나가 빠졌습니다."

깡, 하는 소리와 함께 점 하나가 늘어났다.

"드라이버 새로 쓰십시오!"

강재상 중사가 인영의 손을 붙잡아 끝이 다 뭉개진 드라이버
를 빼앗고 새 드라이버를 쥐어 주었다.

인영은 생각했다.

'단지 부탁을 받고 부탁을 들어주고 있을 뿐인가.'

오태양 상병이 고함쳤다.

"대위님! 한 칸 아래입니다!"

유혜영 차사가 초조하게 바라보며 외쳤다.

"힘내십시오!"

그 목소리들을 들으며 인영은 생각했다.

'아니다.'

인영은 그렇지는 않으리라고 생각했다. 그때나 지금이나 사실 반신반의했다. 사후세계의 존재도, 염라대왕 운운하는 이야기들도, 오며 가며 출현하는 저승사자와 망자들도. 온전히 이해할 수 없었고 편히 믿을 수도 없었다. 그렇지만 그 실체가 무엇이든 간에 선의를 바라며 도움을 요청해 온 존재들이 있었다. 그들의 이야기를 듣고 그들의 부탁을 들었다. 대화를 나누었고 서로의 입장을 이해했다.

결과적으로 그들을 온전히 믿지 않고 때로는 강하게 의심하면서도, 그들에게 자신이 무엇을 해 줄 수 있는지를 고민하여 할 수 있는 일을 해 주려고 한 끝에 여기까지 이른 것이었다. 인영은 그들을 돕고 싶었다.

망치를 내리치며 인영은 하늘에 계신 아버지께 물었다.

'하나님, 이 일은 용서받을 수 있는 일이겠습니까?'

소리 없이 던진 그 질문이 인영의 마음속에서 마치 종소리처럼 거듭해 맴돌았다.

자신은 과연 우상의 경전을 새기고 있는 것일까. 아니면 이것마저도 하늘에서 계획되어 땅에서 이루어지는 숱한 일들 중 하나인 것일까.

망치를 내리치고 또 내리친다. 글자를 새기고 또 새긴다.

인영은 다음 순간 마음이 청량해지는 것을 느꼈다. 찰나의 순간 모든 고민과 걱정과 번민이 사라졌다. 마치 잠에서 깨어나듯, 인영은 퍼뜩 정신을 차렸다. 그 순간 내리치던 망치가 빗

나갔다. 인영은 급히 드라이버를 다시 붙잡고 망치질을 했는데 그만 드라이버와 같이 엄지를 세게 내리치고 말았다.

"윽!"

신음과 함께 인영은 드라이버와 망치를 놓치고 손가락을 부여잡았다.

"대위님!"

"괜찮으십니까?"

지켜보고 있던 강 중사와 오 상병이 다급히 물었지만 인영은 그들을 안심시켰다.

"괜찮다! 찧었을 뿐이다."

인영은 전오석 교수를 바라보며 물었다.

"다음 글자가 뭡니까."

두루마리를 들여다보던 전 교수는, 인영에게 말했다.

"……없습니다."

"없을 무입니까?"

되묻는 인영에게, 오석은 빠르게 고개를 저었다.

"아니오, 더는 없습니다. 다 했습니다."

조성영 선임이 믿어지지 않는다는 듯 더듬거리며 말했다.

"4972자…… 모두 기록했습니다."

인영은 자신이 새기던 신시왕경의 본문을 내려다보았다. 마지막 글자 마칠 료ㄱ와 함께, 넓은 철판 위에 길고도 긴 한자 경문이 빼곡하게 자리잡은 광경이 눈에 들어왔다.

살아 있는 사람도 죽어 있는 망자도 하나같이 진이 빠져 그 모습을 바라보고 있었다. 끝날 것 같지 않던 긴 작업이, 마지막까지 어려움이 가득했던 작업이, 마침내 끝난 것이다. 철공소 바닥에 그저 누워 있을 뿐인 철판이 뿜어내는 존재감에 압도당해 한동안 누구도 말을 꺼내지 못했다. 그 침묵 사이에서 인영은 잠시 눈을 감았다가 그대로 정신줄을 놓고 잠들 뻔했다. 그걸 알아챈 순간 인영은 자신의 뺨을 손바닥으로 강하게 때려 잠에서 깨어났다. 그 사나운 소리에 모두가 퍼뜩 놀랐다. 인영은 자신이 다시 정신을 차려야 할 때라고 생각했다.

"……이러고 있을 때가 아니다. 작전은 아직 완료되지 않았다. 시간이 없다."

차분하게 말하는 인영을 보고 부대원들은 사전에 숙지했던 직지 작전의 마지막 단계를 다시금 상기하기 시작했다. 강재상 중사가 다른 부대원들에게 서둘러 지시를 내렸다.

"차! 차 후진시켜! 윈치!"

작업조의 차량을 후진시켜 철공소 안에까지 들이고 차 후미에 설치한 윈치에서 케블라Kevlar 밧줄을 풀어냈다. 방치되어 있던 운반용 팔레트를 몇 개나 가져와서 철판 밑으로 하나씩 밀어 넣었다. 팔레트 사이를 노끈으로 단단히 묶어 고정하고 다시 그 팔레트를 밧줄로 윈치에 걸어 차 후미에 매달았다.

작업을 마치고 인영은 차량에 올라탔다. 모든 작업조 부대원들도 함께였다.

낮은 기어로 천천히 가속하자 SUV는 육중한 철판을 끌고 나아가기 시작했다. 철공소에서 철판을 끌어내 을지로로 빠져 나왔다. 그리 세련되게 설계되지 않은 팔레트에 달린 운반용 바퀴가 요란한 소리를 내며 도로 위를 구르기 시작했다.

직지 작전의 마지막 단계는 신시왕경을 새긴 철판을 적당한 장소에 위치시키는 것이었다. 이 경문은 수천, 수만 년 뒤의 미래를 위한 것. 지리가 달라지고 도시가 흩어져 파묻히더라도 최대한 발견되기 좋은 곳에 위치시킬 필요가 있었다. 인공적으로 개척되어 자연의 침식이 덜하면서도 사방에 높은 건축물이 적어 붕괴에 휘말릴 걱정을 덜 수 있는 곳. 그러면서도 이동 거리상 서울 구도심에서 멀리 벗어날 수는 없었다.

차량은 철판을 끌고 서울광장을 지나 세종대로를 따라 북상했다. 광화문 삼거리에 도착한 차량은 그대로 직진했다. 차량이 낮은 연석을 타고 올라 광화문 앞에 도달했다. 부대원들은 일제히 하차해 차량의 윈치에 걸려 있던 케블라 케이블을 분리했다.

그리고 그 케이블을 당겨 철판을 끌어서 광화문을 통과했다.

신시왕경은 경복궁으로 반입되었다. 광화문에서 흥례문 사이, 건물이 없이 박석으로 된 돌길이 이어지는 넓은 공간이 있다. 바로 그 한가운데에 철판을 놓기로 계획되어 있었다. 북으로 흥례문, 동으로 협생문, 서로 용성문, 남으로 광화문이 위치하는 네모진 경복궁 안뜰 박석 위에, 아연도금 강판에 한자

4972자를 새긴 거대한 강철 비석이 자리 잡았다.

비석에서 팔레트와 케이블 따위를 모두 제거한 뒤 대원들은 일제히 묵념했다. 저마다의 방법으로 이 경문이 무사히 미래에 전해지기를 기원했다.

모든 일이 끝나자 적막이 찾아왔다.

"이제…… 어디로 갑니까?"

오태양 상병의 물음에 인영은 말했다.

"돌아가야지…… '집'으로."

인영은 무전기를 집어 들었다.

"여기는 작업조 박인영. 유류조, 탐색조 응답하라. 작업조 작전 종료되었음에 따라 각 조 상황 확인 가능한지, 이상."

곧 부대원들로부터의 회신이 들어오기 시작했다.

〈여기는 유류조, 김철 하사 후송 후 이미 기지로 복귀하였음을 알림, 동행한 작업조 윤수일 일병도 귀대 조치하였음을 알림. 이상.〉

〈여기 탐색조 오성국, 용두역 대형마트 노획 식량 확보하여 종로 방면 이동 중. 금번 수집품 반입 후 복귀 예정임을 알림, 이상.〉

인영은 주변의 부대원들을 돌아보며 명령했다.

"다들 들어오는 모양이다. 대원들은 모두 복귀하도록."

부대원들은 터덜터덜 걸어 동쪽의 협생문 방향으로 걸어가기 시작했다. 인영도 발걸음을 뗐다가 고개를 돌려 웅장하게 누워 있는 신시왕경 비석을 한동안 바라보았다.

인영은 저 강철 비석에 걸린 운명의 무게를 떠올렸다. 단순히 솔개부대의 마지막 작전인 '직지' 작전에 따른 결과물로만 생각해도 부대원들이 오랜 기획 끝에 만 이틀에 걸친 시간을 들여, 여러 부대원들의 노고를 들여, 심지어 중상자를 낳아 가며 이룩한 성과물이었다. 미래에 저 경문을 읽을지도 모르는 어떤 존재들을 생각하면, 그리고 그때 '되살아날' 것이라고 주장하는 어떤 사후세계를 생각하면, 아득한 마음밖에는 남는 것이 없었다.

그 마음을 마음 한편에 접어 둔 채 인영은 다시 걸음을 옮겼다. 협생문을 지나 경복궁 주차장 출구로 나섰다. 삼청로에 접어들어 남쪽으로 향하면 동십자각이 있고, 그곳에 솔개부대 지하 벙커로 이어지는 주 출입구가 있다. 원래는 안에서밖에 열 수 없는 문이지만 어제 방사능 측정조가 올라올 때 열어 놓은 상태였다.

문 앞에 부대원들이 모여 인영을 기다리고 있었다. 강재상 중사가 인영에게 복귀를 권했다.

"대위님부터 내려가시죠. 지치셨습니다."

인영은 단호히 고개를 저었다.

"탐색조 복귀시까지는 지상에서 기다리겠다."

인영의 강고한 성격상 마음을 돌이키지 않으리라는 것을 부대원들은 직감했다. 더 권하지 못하고 재상을 위시한 부대원들

424

은 말없이 동십자각 안으로 발을 들였다.

인영은 열린 문 옆 석축에 기대어 한숨을 내쉬었다.

그때 경복궁 쪽에서 저승사자와 망자들이 다가오는 모습이 보였다. 인영은 다시금 자세를 바로 했다.

"무리하지 마십시오. 쉬고 계셔도 됩니다."

몸가짐을 다잡는 인영을 보고 유혜영 차사가 걱정스레 당부했지만 인영은 그에 응답하는 대신 혜영에게 되물었다.

"유혜영 차사, 우리가 귀측의 기대에 부응하였는지 모르겠군."

"겸손한 말씀이십니다. 저희야말로 쉬이 갚을 수 없을 은혜를 입었습니다."

"어차피 그쪽에서 갚아 줄 방법이 없다는 걸 알면서 시작한 일이다."

그렇게 말하며 인영은 씁쓸한 듯 허탈한 듯 웃어 보였다. 인영은 저승에서 내려온 전문가 망자들을 향해 말했다.

"와주신 여러분들도 수고했습니다."

"정말로 수고하셨어요."

조성영 선임이 고개를 꾸벅 숙이며 대답했다.

"실려간 친구가 무사하기를 빔세. 애썼어."

이만석 장인이 걱정을 담아 격려했다.

"덕분에 남조선 구경은 원 없이 했습니다."

전오석 교수는 그렇게 말하며 빙그레 미소 지어 보였다.

"그럼, 저는 여러분들을 모시고 귀환해 보겠습니다. 부대에 저희와 인연이 닿는 생존자께서 계신 동안은 저희가 계속 여러 분을 챙기겠습니다."

마지막으로 혜영이 깊은 감사를 담아 화답했다.

"기대하겠다. 여러분들도 조심히 돌아가시기를."

인영은 혜영에게 고개를 끄덕여 보이고 다른 여러 망자들에 게도 작별의 인사를 전했다.

머지않아 저승에서 온 영혼들의 모습은 언제 그곳에 있었냐 는 듯이 흐려져 보이지 않게 되었다.

인영은 하늘을 올려다보았다. 이제 조금 뒤면 알두스가 그 모습을 다시 드러내리라. 동이 튼 하늘은 아침답지 않게 어둡 고, 현란한 오로라가 마치 물 위에 뜬 기름띠처럼 검푸른 하늘 을 물들이고 있었다.

지상에서 볼 수 있는 마지막 하늘이었다.

국직 특수부대원들인 솔개부대원들은 부대 내에 어떠한 개 인용 정보통신기기도 휴대할 수 없었다. 인영은 카메라나 스마 트폰 따위가 자신의 수중에 있었더라면 이 하늘의 모습을 사 진으로 찍어 남겼을 거라고 생각했다. 아쉽거나 아깝지는 않았 다. 기록은 기억을 오래 남기기 위해 필요한 것이다. 자신은 기 억이 기록을 의지해야 할 만큼 오래 살아 남지 못할 것이 분명 했다.

그렇지만 작전을 마친 뒤의 이 풍경은, 말 그대로 죽을 때까 지 잊기 어려울 것 같았다.

무전기에서 목소리가 흘러나왔다.

〈탐색조, 조금 전 종묘 통로로 귀환 완료하였음을 알림, 이상.〉

인영은 무전에 응답했다.

"부대장 박인영이다. 현 시점부로 직지 작전을 종료한다. 탐색조는 종묘 출구 절차에 따라 봉쇄하고 귀환하도록. 이상."

무전기를 주머니에 수납하고, 인영은 동십자각 안으로 걸어 들어갔다. 밖에 드러난 돌로 된 문을 당겨 닫는다. 무거운 철문을 닫고 레버를 돌려 봉쇄한다. 올라가 있던 셔터를 내리고 자물쇠를 건다. 적어도 공식적으로는 다시 열리지 않을 바깥 세상으로의 문이 온전히 닫혔다.

인영은 지상을 뒤로 하고 사다리를 내려가기 시작했다.

그리고 그가 다시 이 사다리를 올라오는 일은 없었다.

*

COIL 시설 내 체육관. 시설 안에서 가장 넓은 공간이자 시설에 근무하는 모든 직원들이 한 번에 들어올 수 있는 유일한 공간이기도 했다. 그리고 지금 그게 가능하다는 것이 실제로 확인되고 있었다. 모든 시설 근무자들이 예외 없이 체육관으로 소집되었다. 연구원들과, 엔지니어들과 시설 지원 직원들 모두가 한 곳에 모였다.

체육관의 작은 단상 위에는 에니스 최 센터장이 앰프 스피커에 연결된 마이크를 잡고 서 있었다. 직원들이 모두 도착한 것을 확인한 최 박사는 입을 열었다.

"다들 잘 와 줬어요."

모여 있는 직원들을 왼쪽에서 오른쪽으로, 오른쪽에서 왼쪽으로 한 번씩 시선으로 훑으며 바라본 뒤 최 박사는 말했다.

"다른 이야기를 하기에 앞서서 먼저 오늘 지상에 나가서 작업해 준 ERP 엔지니어 여러분들에게 박수 좀 보내 줬으면 해요."

직원들 사이에서 차분한 박수 소리가 터져 나왔다. 지상에서 전파망원경 작업을 했던 연구원들은 감사의 뜻을 표하며 동료들에게 손을 흔들어 보였다.

최 박사가 다시 마이크를 통해 말했다.

"여러분을 전부 다 오라고 한 건, 오늘은 ERP가 거창한 계획 세우는 날이 아니기 때문이에요. 오히려 그 반대죠. 계획을 정리하는 날이 될 거예요. 닥터 피네건, 자동화 연구 결과와 결론을 이야기해 주겠어요?"

최 박사의 부름을 받은 피네건 박사가 연단에 올라섰다. 마이크를 넘겨받은 피네건 박사는 직원들을 바라보며 설명하기 시작했다.

"우선 우리가 우주로 지구 최후의 전파 신호를 쏘아 보내기로 결정했다는 건 모두 알고 있을 거라고 생각합니다."

말을 잠시 멈추고 동의를 구하듯 직원들을 한 번 둘러본 피네건 박사는 곧 다시 입을 열었다.

"하지만 기회의 창문은 우리가 살아서 도착할 수 있는 시간 너머에 열립니다."

에둘러 표현한 것이었지만 그것이 어떤 절망적인 운명을 말하는 것인지 시설 내의 누구도 모르는 이는 없었다. 두려운 적막이 직원들 사이에 퍼져 갔다. 그것을 느끼면서 피네건 박사는 설명을 이어갔다.

"그 창문을 우리가 부재한 상태에서도 열 수 있도록 하기 위해서 많은 사람들…… 많은 영혼들이 함께 모여서 대책을 세웠습니다."

피네건 박사는 전파망원경에 전력을 공급하기 위한 최종 계획을 모든 COIL 직원들에게 설명했다.

사람이 손으로 제어하는 경우 거의 백 퍼센트 성공률을 보장할 수 있는 지침서와 매뉴얼은 완성되어 있었다. 하지만 사람이 살아 있지 않으면 쓸 수 없다는 것이 유일하고도 가장 치명적인 문제였다. 시스템 보안을 우회하는 방법으로 자동화를 시킬 수 있는데, 전력의 공급량만으로 제어해야 하기 때문에 성공률은 오십 퍼센트도 채 되지 않았다.

"자동화 시스템의 동작 신뢰도를 가능한 한 끌어올리기 위해서 앞으로 며칠간 전력계통의 재배치가 있을 예정입니다. 필수적이지 않은 시설은 단전시킬 것이고 일부 생활공간의 재배치도 예정되어 있습니다. 간선 전력망에는 정류기를 설치해 대비할 계획입니다."

그렇게 대비를 하더라도 완벽한 작동을 보장할 수는 없었다. 정류기를 설치하고 시나리오를 짜는 데도 한계가 있었다. 가장 위험도가 높은 전력 분기점에 정류기를 설치해서 대비하더라도 이론적으로는 모든 배선이 타 버릴 수 있었다. 배터리의 전력이 계속 방출된다고 가정할 때, 완전히 자동화된 정류를 도입하면 첫날 모든 송전선이 타 버릴 가능성이 여전히 50퍼센트 이상이었다.

이러한 내용을 피네건 박사는 꼼꼼하고 차분하게 소개했다.

"이상이 전파 발신을 위한 자동화 시나리오입니다. 질문 있습니까?"

피네건 박사는 어떤 결론도 내지 않았지만 이 계획의 행간에 숨어 있는 내용은 명백했다.

사람이 살아 있으면 확실하게 시나리오를 성공시킬 수 있다. 사람이 아무도 남아 있지 않으면 상당한 확률로 모든 계획이 수포로 돌아간다.

"제비뽑기 시간이군요."

누군가가 체념한 듯한 목소리로 중얼거렸다. 작은 목소리로 혼자 말한다는 것이었는데 모두가 침묵하며 고민하는 와중에, 특히 체육관 안에서는 또렷하게 울리기 마련이다. 모든 직원들이 저마다 그를 바라보았다.

발언의 당사자, 중력파 연구반의 조에 알라인 박사는 갑작스러운 시선에 당황하며 어쩔 줄 몰라 하더니 이내 자포자기 한 듯 어깨를 늘어트리고는 하고 싶었던 이야기를 하기 시작했다.

"……아니, 사실이 그렇지 않습니까? 지구의 역사를 남기고 지구 영혼들의 미래를 우주에 맡기는 큰일 아닙니까? 이렇게 애써서 준비해서는 신뢰도 50퍼센트짜리 기계에 맡겨 놓자고요? 잘못되기라도 하면 얼마나 큰 기회를 놓치는 겁니까?"

직원들 사이에 술렁거림이 감돌기 시작했다.

"어차피 죽어서도 영혼이 남는다는 걸 알게 되었지 않습니까? 소수의 살아남을 사람들을 남기고 나머지는 육신을 버리는 편이 낫지 않겠습니까?"

모여 있는 이들 가운데는 이 주장에 동의하는 이도, 반대하는 이도 있을 것이었다. 알라인 박사가 드러내 놓았기에 모두가 한 번씩은 생각해 보지 않을 수 없을 것이었다. 생존자를 남기기 위해 누군가의 희생을 유도해야 한다는 주장에 대해서.

단상 위의 최 박사는 그 말을 듣고 천천히 고개를 끄덕끄덕하더니 피네건 박사에게 손짓해 마이크를 넘겨받았다. 그리고 알라인 박사를 마주 바라보며 물었다.

"그러면 제비를 뽑자는 거지? 그리고 선발된 사람들한테 식량과 물을 다 몰아주고, 나머지 사람은 죽자?"

알라인 박사는 조금 오기가 생긴 듯 바로 물음에 답했다.

"죽는 게 아닙니다. 영혼이 되어 사후세계로 가는 겁니다. 그리스도의 천국이든, 부처의 천국이든, 어디로든 말입니다."

사람들 사이의 술렁거림은 보다 커져 갔다. 그걸 들은 최 박사는 어깨를 으쓱했다.

"재미있는 관점이네. 다들 정말 많이 유연해졌어."

처음 COIL에 저승사자가 찾아왔을 때는 사람이 기절하는 소동이 빚어졌었다. 종교 상관없이 죽으면 좋은 데로 가자는 말이 나오기까지 참 많은 일이 있었다. 최 박사는 그 변화가 즐겁고 신기했다. 하지만 그 인식의 변화가 이런 말을 허용하게 되는 것은 즐겁게 볼 수가 없었다.

"그럼 이거 하나 물어보자. 다들 천국 간다고 진지하게 믿고 있는데, 죽어서 갈 천국을 지키자고 이승을 지옥으로 만들어도 좋다는 뜻이야?"

최 박사가 조금 매섭게 묻기 시작하자 알라인 박사는 항변했다.

"그런 의미가 아니지 않습니까."

최 박사는 물러섬이 없었다.

"아니긴 뭘 아냐. 우리 COIL 연구원들끼리 서로 죽고 죽이라는 이야기잖아?"

"왜 꼭 그렇게 끔찍한 쪽으로만 생각하십니까? 발전적인 미래를 생각하자는 겁니다."

어느 틈엔가 단상에 선 최 박사와 연구원들 사이에 선 알라인 박사의 일대일 토론 같은 상황이 빚어지고 있었다. 알라인 박사가 관점의 재고를 요구했지만 최 박사는 계속해서 알라인 박사에게 다그쳐 묻기 시작했다.

"그게 안 끔찍해? 제비뽑기가 안 끔찍해? 같이 제비를 뽑았는데 누구는 죽는 표를 뽑았어. 산 표를 뽑은 내가 그 사람 먹을 점심식사를 대신 먹어치웠어. 그러면 내가 그 사람 굶겨 죽인 셈 아냐?"

알라인 박사는 한숨을 쉬고는 고쳐 말했다.

"……제비뽑기가 아니라도 더 좋습니다. 좀 더 나은 방법을……."

"더 나은 방법? 누구를 죽음의 운명으로 떠밀지 더 정교하게 결정하자고?"

최 박사가 계속 따져 물었다. 알라인 박사는 조금 억울한 마음이 들기 시작했다. 괜히 입을 열어서 센터장에게 표적이 되어 논박을 당하고 있다는 생각이 들었다. 그래도 마음속에 납득이 갈 때까지는 따져 보고 싶었다. 알라인 박사는 천천히 생각을 가다듬어 가며 다시 최 박사의 지적에 반박했다.

"……그러니까 막, 그, 서로가 서로를 어쩌자는 것이 아니라 민주적인 결정에 의해서 정당한 책임자의 입회하에……."

하지만 최 박사는 더욱 강고하게 나섰다. 혀를 차더니 쏘아붙인 것이다.

"와, 진짜 무섭다. 시설 책임자는 난데? 나보고 사형 집행인이 되라고?"

알라인 박사는 자신이 들어서면 안 되는 논리의 구멍에 잘못 들어섰음을 깨달았다. 그는 잠시 고민하더니 양 손을 낮게 들어 보였다.

"······그런 의도는 아니었습니다. 미안합니다."

그러고는 입을 다물었다. 최 박사는 이미 확고한 의사를 가지고 있었고 그걸 관철하기 위한 논리까지 이미 잔뜩 들고 있는 것으로 보였다. 운 나쁘게 본보기로 당한 것이었다.

에니스 최 박사는 짧게 한숨을 내쉬고 알라인 박사에게 사과했다.

"아니, 나야말로 미안해요. 닥터 알라인을 표적으로 삼을 생각은 없었어. 그래도 그런 무서운 이야기를 꺼내는데 내가 아무 말 안 하고 넘어갈 수는 없는 거잖아."

이어, 최 박사는 직원들을 돌아보며 덧붙였다.

"······여러분을 다 오라고 한 건 이런 이야기가 나올 것 같아서 모이라고 한 거였고요. 닥터 알라인이 아니라 여러분 중 누가 말했더라도 나는 같은 반응을 보였을 거예요."

가볍고 경쾌하며 농담을 좋아하는 최 박사였지만 누가 봐도 지금은 전혀 가볍지 않은 목소리로 이야기하고 있었다. 타이르듯이, 부탁하듯이, 당부하듯이, 훈계하듯이, 최 박사는 발언을 이어 갔다.

"나는 이 센터의 대통령도 아니고 왕도 아니에요. 나는 그냥 나사에서 시설에 대한 책임을 부여받았을 뿐인 과학자일 뿐이에요. 여러분들 모두처럼 그냥 직업인이죠. 하지만 만약 내가 여러분들에게 강제력을 미칠 수 있는 결정을 딱 하나 내릴 수 있다면 지금 그렇게 하고 싶네요."

그렇게 말하고 최 박사는 단언했다.

"제비뽑기 같은 건 하지 않습니다. 우리는 모두 같은 기회를 가지고 살아 남을 거예요."

직원들의 술렁거림이 잦아들었다.

최 박사의 선언을 들은 피네건 박사는 만감이 교차해 나직이 한숨을 내쉬었다. 피네건 박사는 굳이 따지자면, 인위적인 생존자를 두지 않기를 바라는 쪽이었다. 하지만 유인 제어 시나리오를 포기하지 않고 개발하도록 둔 것은, 그 결과를 성실히 보고한 것은, 어쩌면 다른 결론이 날지도 모른다는 염려가 있었기 때문이었다. 모든 염려가 사라지는 순간이었다.

최 박사는 강한 목소리로 또박또박 말했다.

"식량 공급은 지금까지처럼 조리사 여러분들이 맡아 주실 거예요. 당초 계산했던 것처럼, 전원이 마지막까지 제대로 된 식사를 평등하게 공급받을 거예요. 그 뒤는 자연의 뜻에 맡깁시다."

모든 것은 원래의 규칙과 자연의 뜻에 따라. 최 박사는 마지막으로 덧붙였다.

"따라서 전파 발신도 자동화 루틴에 맡기도록 해요. 그 또한 하늘이 정한 대로 이루어지겠죠."

이것이 결론이었다.

"우리 시설의 방침은 이상입니다. 따라 주세요."

최 박사는 그렇게 말하고 마이크를 내려놓았다.

직원들의 반응은 다양했다. 마땅한 결정이라며 고개를 끄덕이는 이들, 소리죽여 박수를 치거나 단상을 향해 엄지를 들어 보이는 이들도 있었다. 한편으로 눈에 띄게 허탈해하거나, 이건 아니라는 듯 고개를 젓거나, 낙심하고 애석해하는 이들도 있었다. 하지만 그런 직원들의 모습을 살펴보던 피네건 박사는 최 박사의 결론이 옳은 방향이었다고 생각했다.

왜냐면 이제 적어도 두려워하는 이는 없었기 때문이었다. 비록 공정한 수단을 통해서라도 평등하지 않게 찾아왔을지 모르는, 내가 아닌 누군가를 살리기 위한 이른 죽음의 그림자는 사라졌다.

피네건 박사는 그 풍경을 바라보며 설명을 위해 가져온 자료를 정리했다. 생존자들을 위해 만든 어려운 매뉴얼은 아쉽지만 이제 필요 없어질 터였다.

최 박사는 조금 후련한 표정이 되어 단상에서 내려왔다. 그때 ERP의 자동화 연구 그룹에 속해 있던 한 엔지니어가 바쁜 걸음으로 최 박사에게 다가왔다.

"닥터 최."

"아, 미스터 피터스버그. 왜 그렇게 서둘러? 불만 이야기하러 온 거야?"

피터스버그는 고개를 맹렬히 저었다.

"아뇨, 아뇨! 그럴 리가 없습니다! 정말 꼭 필요한 이야기였습니다."

그는 이내 못내 아쉽다는 표정을 지으면서 덧붙였다.

"……그래도 아쉬운 건 어쩔 수가 없습니다, 닥터 최. 단 한 명, 단 한 명이라도 살아남아서 배전반을 수동 조작할 수 있다면 거의 확실하게 동작을 보장할 수 있습니다. 그게 저는 정말 아쉬워서……."

아쉬움을 토로하던 그는 이내 왈칵 울음을 터트리고는 연신 미안하다고 말하며 코를 풀었다.

최 박사는 요란하게 우는 피터스버그의 어깨를 툭툭 쳐서 다독이며 말했다.

"그건 걱정하지 않아도 돼. 내가 끝까지 챙길 테니까."

"말씀만이라도 고맙습니다, 닥터 최."

눈물을 말 그대로 들이삼키며 피터스버그는 의례적 감사의 인사를 전했다. 피네건 박사도 으레 있는 감동적인 격려이겠거니 생각하고 있었다.

하지만 에니스 최 박사가 돌연 진지하게 말하기 시작했다.

"아니, 진짜로. 아까 자연의 뜻에 맡기자고 했는데, 우리가 식량이 고갈된다고 곧바로 다음날 죽는 건 아니잖아? 다들 최대한 버텨보자고. 나도 최대한 오래 살아 보려고 노력할 테니까."

피네건 박사도, 엔지니어 피터스버그도, 평소의 에니스 최 박사가 돌아온 것을 깨달았다. 그는 진지한 얼굴로 터무니없는 말을 하는 한없이 진지하면서 어디까지 짓궂은 것인지 모르는 고양이 같은 표정을 짓고 있었다.

피네건 박사는 이 미끼를 물어야 하는지 말아야 하는지 몇 초 정도 망설였다. 물어보면 최 박사는 또다시 엄청난 이야기를 하기 시작할 것이 분명했다. 그 의도에 넘어 가도 되는 것인가?

"……진짜로 몇 달씩 식량 없이 살아남을 작정입니까?"

결국 피네건 박사는 질문했다. 최 박사는 흐음, 하고 콧소리를 내며 운을 떼더니 기다렸다는 듯이 입을 열었다.

"못할 것 같아? 내가 예전 나사 커리어 시작할 무렵에 캘리포니아에서 민간 우주기업하고 나사하고 합작프로젝트 하는데 말단으로 끼었던 적이 있었거든."

그리고 피네건 박사가 예상한 대로 한동안 다물지 않았다.

"그때 LAX인지 SFO인지는 기억이 안 나는데 공항 가는 길에 요가 호흡법 광고물을 본 거야. 삶이 윤택해지고 건강이 좋아지고 요통 개선 효과가 있다고 하더라고. 사실 내가 고질적인 요통이 있었어. 여기 박사들은 많이들 공감할 건데, 마지막 논문학기에 의자에 웅크려 앉아서 논문 쓰다가 자다가 밥 먹다가 했더니 내 추간판Vertebral disc이 강착원반Accretion disc이 되었는지 하루 종일 등허리가 아프기 시작하더라고. 학교를 떠나고도 2년간 그 고통을 달고 살았는데, 딱 그걸 본 거야. 아 이거다, 싶어서 신청해서 갔지. 거기 선생이 베트남계 근육남이었는데, 튼실한 근육에 몸놀림에 유연성에 아주 장난이 아니더라고. 솔직히 말하면 꼬셔 보려고 했는데 잘 안 됐어. 이유가 두 가지인

데, 하나는 그 때 일이 너무 바빠서. 꼬시려면 밥도 먹고 데이트도 하고 했어야 하는데 요가 수업 마치면 집에 들어가서 잠자기도 바빴어. 협업하는 회사 사장 등쌀에 새벽에 출근을 했거든. 다들 알지 그 아저씨? 일주일에 백 시간도 일할 수 있다는 그 아저씨. 사태 터지기 직전에 유인로켓도 쐈는데 바로 세상이 망해버렸네. 입자풍 얻어맞고 ISS랑 같이 떨어졌겠지. 슬픈 일이네…… 아무튼 다른 이유가 뭐냐면 우연히 알았는데 퇴근길에 마중 나오는 늘씬한 남자친구가 있더라구. 쿨하게 보내줬지. 대신 수업은 진짜 잘해서, 요통도 낮고 장기적인 피로랑 컨디션 관리에도 정말 도움 많이 되더라. 특히 중요한 게 호흡법인데, 사람이 대사를 많이 해서 빨리 허기가 지고 수명이 소모되는 거야. 대사속도를 늦추려면 호흡을 천천히 확실하게 해야해. 그 호흡법으로 신진대사를 조절하면 한번 먹은 끼니로 더 오래 버틸 수 있다는 거지."

흥미롭고 먼 이야기였다. 최 박사가 또 엄청난 이야기를 시작하자 음유시인의 노래라도 들으려는 것처럼 사람들이 모여들었다.

논문 학기의 고통과 실패한 로맨스 시도와 성공 목전에 세상이 망해버린 우주 기업의 이야기를 어지럽게 따라가던 피네건 박사는 간신히 요점을 잡아 최 박사에게 되물었다.

"어…… 요약하면, 그래서 요가, 명상, 단식을 통해 살아 남겠다 이 말입니까?"

최 박사는 진지한 표정으로 고개를 끄덕였다.

"바로 그거야."

피네건 박사는 최 박사가 진심으로 저렇게 말하고 있다는 걸 알 수 있었다. 경험이었다. 최 박사와의 커뮤니케이션에 그만큼 익숙하지 않았던 피터스버그는 물론 모여든 여러 직원들은 헛웃음과 함께 유머로 받아들일 준비를 하고 있었다.

최 박사는 웃으려는 사람들을 의아하게 바라보며 말했다.

"왜? 나 진지해? 누가 먼저 죽는지 내기할까? 책상머리에만 계속 붙어있던 우리 닥터들보다는 오래 살 것 같은데?"

여기서 말하는 닥터는 그야말로 책상머리에서 연구만 하던 박사들 이야기였지만 모여든 이들 중에는 의무실 의사도 있었다. 그는 최 박사에게 절규하듯이 말했다.

"닥터 최! 항상 충고하지만 유사의학에 너무 지나치게 진지하세요!"

시설 의사로서 직원들의 생존 스케줄을 계산한 입장에서는 이게 무슨 터무니없는 소리인가 싶을 수밖에 없었으리라. 하지만 최 박사는 그런 의사의 경고에도 불구하고 자신만만하게 말했다.

"아무튼 두고 보자구. 내가 못 믿을 자동화 설비 따위 다 무시하고 이렇게 저렇게 해서 우주 전파를 쏘아 줄 테니까."

가능하리라는 근거는 조금도 없었다. 의사도 터무니없다고 말하고 있었다. 아무 문제도 없다는 듯이 자신이 다 해결할 거라고 장담하는 최 박사의 뻔뻔한 표정은 그걸 지켜보는 사람들에게 묘한 신뢰를 불러 일으켰다. 그리고 묘한 낙관조차도.

피네건 박사는 결국 그런 최 박사를 바라보면서 씁쓸한 미소를 짓고야 말았다. 에니스 최 박사는 역시 터무니없고 곤란한 사람이지만 이런 방향으로 결코 헛된 사람은 아니라고, 그것이 정말 다행스러운 일이라고 생각했다.

＊

솔개부대 벙커에는 부대원 전원이 다닥다닥 붙어 앉을 수 있는 작은 강당이 있었다. 교회에서 흔히 쓰는 다닥다닥 붙어 앉을 수 있는 긴 의자를 좁은 간격으로 배치해 놓은 방이었다.

복무 효율화를 위해 조회를 폐지한 지 오래되어, 정말 중요한 일이 아니면 이곳에 벙커의 부대원들을 불러 모으는 일은 없었다. 오늘은 그만한 일이 있는 날이었다. 지상에 나갔던 인원 전원의 복귀를 확인한 뒤, 박인영 대위는 솔개부대의 전원을 강당으로 소집했다.

총 마흔두 명. 그중 의무실에 누워 있는 김철 하사와 의무관 오서영 중위, 그리고 그 곁을 지키고 있는 부부대장 이혜진 중위 등 세 명이 부재중이었다. 필사적인 작전의 성공과 안타까운 중상자의 발생. 사건들의 무게 앞에 모여 앉은 부대원들의 표정은 어둡고 무거웠다.

인영은 강당 앞의 연단에 서서 마이크를 켰다.

"모두들 긴 하루였다. 고생이 많았다."

그는 부대원들에 대한 감사로 발언을 시작했다.

"먼저 이번 '직지' 작전에 동참해 준 인원들에게 모두 박수를 보내 주기 바란다."

부대원들이 일제히 큰 박수를 터트렸다. 지상에 다녀온 부대원들은 조금은 뿌듯한 듯, 하지만 부상을 입은 전우 앞에서 마냥 기뻐할 수 없는 애석함이 드러나는 표정으로 그 박수를 들었다.

인영은 박수가 잦아들기를 기다려 부대원들에게 훈시를 시작했다.

"……금번 직지 작전과 관련해서 저마다 다양한 생각을 했을 것이다. 시설에 저승사자와 유령이 출입했고, 그들의 요청을 받아서 우리가 작전을 수행했다. 누군가는 기쁘게 받아들였겠지만, 누군가는 수상하게 여겼을 만하다. 나부터가 그랬으니까."

인영은 생활관에 유령이 나타났다는 보고를 받았을 때를 떠올렸다.

"하지만 나는 이번 작전을 종교적 신념과는 무관한 것으로 여기고 싶다. 내게 찾아왔던 저승사자가 내게 이런 말을 했다. 자신들을 종교나 영혼이 아닌, 특수한 곳에 특수한 형태로 존재하는 사람들로, 대한민국 국민으로 생각해 주면 안 되겠냐고."

유혜영 차사와 마주앉은 회의실에서 머리를 굴려 가며, 어떻게든 설득하려는 망자 대 쉽게는 설득당하지 않을 사람으로서 마주했던 순간을 떠올렸다.

"굉장히 기이한 임무였지만, 우리는 목숨을 잃고 다른 세상에 간 국민들을 위해 봉사한 것이라고 생각하고 싶다."

인영은 협의에 임하던 유혜영 차사를, 그 상관이라며 내려와 작전 협의를 마무리 지은 강수현 비서관을 떠올렸다. 드릴을 다루는 방법을 알려주고 철공소에서의 작업을 도왔던 이만석 장인과 자신과 같은 시간을 살아가다가 먼저 세상을 뜬 공공기관원인 조성영 선임을, 죽은 뒤에 휴전선을 넘어와 자신과 손을 맞잡게 되었던 전오석 교수를 떠올렸다.

"한편 우리는 우리의 마지막 지상 작전을 통해 적지 않은 수의 식료품과 연료를 획득할 수 있었다. 우리에게 남은 시간이 비록 제한적일지언정, 우리는 우리의 존엄을 유지한 채로 살다가 떠나게 될 것이다."

그리고 이번 작전에 함께했던 부대원들을 떠올렸다. 계속해서 기름을 나르던, 묵묵히 주어진 임무에 최선을 다했던, 그리고 부상자의 후송으로 임무를 종결해야 했던 유류조원들을 떠올렸다. 말없이 시내의 여러 가게를 돌며 식료품과 의약품을 수집하던, 직지 작전과는 상관없이 부대원 모두의 미래를 위해 헌신한 탐색조원들을 떠올렸다. 그리고 끊임없이 교대하며, 산 사람과 죽은 영혼들로부터 도움을 받아 가며, 오천 글자에 가까운 한자를 철판 위에 새겨 낸, 그리고…… 작전에서의 유일한 사상자를 낳은, 그것을 자신이 지켜보고 있으면서도 차마 막을 수 없었던 작업조를 떠올렸다.

그때 한 부대원이 손을 들었다. 인영은 그를 바라보며 침묵으로 발언을 허용했다.

"대위님, 그러면 저희는 죽어서 모두 천국에 가는 겁니까?"

나올 법한 질문이었다. 인영 자신부터가 스스로에게 몇 번이나 되물었던 질문이기도 했다. 거듭된 질문에 스스로 할 수 있었던 최선의 대답을 인영은 있는 그대로 솔직하게 꺼내 놓았다.

"……알 수 없다. 나는 그들을 민간인들로서 대우했지 종교적인 존재로서 대우하지 않았다. 그들이 교리를 설명하거나 사후세계의 모습에 대해 설명하기를 원하지 않았다. 그렇기 때문에 보장해 줄 수는 없다."

인영은 작전 협조의 조건으로 사후세계의 구조에 대해 저승사자들과 망자들이 함구할 것을 요구했던 기억을 떠올렸다.

한편으로 유혜영 차사가 지나가듯이 말했던, 기독교의 천국이 따로 있고 죽은 뒤에라도 그곳으로 들어가기 위해 애쓰는 이들이 있다는 이야기를 떠올렸다.

처음에 인영이 함구를 요구한 것은 저승사자들이 섣부른 포교를 할 것이 두려워서였다. 사후의 안녕을 보장한다는 달콤한 유혹을 건네 아직 살아 있는 부대원들을 혼란스럽게 만들기를 원하지 않았다.

그렇지만 지금 인영은 조금 달리 생각하고 있었다. 그들 또한 그 무엇도 보장해 줄 수 없었다. 그들도 멸망의 위기에 처해 있었다. 조금이라도 더 나은 내일을, 아니, 내일 그 자체를 맞기 위해 고군분투하는 중이었다. 그 모든 치열한 노력에 어떠한 보답도 없다면 얼마나 허무하고 마땅치 않은가.

인영은 종교와 믿음을 떠나서 한 인간으로서 그들 모두에게 축복을 전하고 싶었다.

"적어도 믿는 종교가 있고, 믿는 사후세계가 있다면, 올바른 길로 들어설 수 있으리라고 생각한다. 하나님 곁으로 갈 이들은 가게 될 것이고, 다른 믿음을 가진 이들은 다른 곳으로 가게 되겠지."

그것은 작업을 마치고 돌아오는 길에 인영이 깊은 번민 속에서 지은 결론이었다.

"나는 오늘 우리가 해 낸 일이 선한 일이었다고 믿는다. 우리의 사후에 우리의 영혼을 지켜볼 분들 또한 그렇게 생각하리라 믿는다."

그것은 인영이 간절히 바라고 기도하는 것이기도 했다.

그때 닫혀 있던 강당의 문이 거칠게 열렸다. 의무실에 나가 있던 이혜진 중위였다.

"대위님."

인영은 그 말만으로 상황을 직감했다. 모여 있던 부대원들 또한 마찬가지였다. 인영이 제일 먼저 강당을 뛰어나가고 조금의 주저 끝에 작업조원들이 그 뒤를 따랐다.

인영은 한달음에 의무실로 향했다. 의무실 안으로 뛰어들자 의무관 오 중위가 김철 하사를 살피고 있었다.

오 중위가 인영을 보고 고개를 저었다. 인영은 김 하사에게 다가가려 했으나 오 중위가 팔을 들어 그의 접근을 막았다.

"대위님, 환자가 감염될 우려가 있습니다."

인영은 잠긴 목소리로 그에게 물었다.

"감염시키지 않으면 살아 나는 건가?"

오 중위는 한숨을 쉬고 고개를 젓더니 인영의 접근을 허락했다. 그의 뒤를 따라 김 하사와 마지막 작업을 함께했던 작업조원들이 따라와 김 하사의 주변을 메웠다.

인영은 김 하사의 손을 붙잡았다. 그의 손은 차갑고 거무죽죽했다.

"김철. 듣고 있나?"

김 하사의 의식은 없어 보였다. 가까스로 쉬는 숨에 피가래 소리가 끓었다. 가슴의 관통부에서 흘러나온 피가 지혈 거즈에 엉망으로 묻어 있었다. 심박은 불규칙하고 느렸다.

인영은 그 손을 강하게 쥐었다.

"내가, 내가……."

인영은 한순간 갈등했다. 자신이 미안하다고 말해도 되는가. 작전에 흠이 있었음을 인정해도 되는가. 만약 그리한다면, 그 흠이 있는 완벽하지 않은 작전에 따라야만 했던 대원들은 무엇이 되는가. 자신이 실패를 인정한다면 그들의 실패를 인정하는 셈이 되지는 않는가.

하지만 곧 인영은 그 모든 복잡한 생각이 자신을 위한 정교한 변명이라고 생각했다. 작전에 나섰고 동료가 중상을 입었다. 누군가는 자신이 좀 더 잘 했더라면 이것을 막을 수 있었을 거라고, 누군가는 자신이 대신 다쳤으면 좋았겠다고 생각할지도 모른다.

그렇게 생각하는 것은 자신 혼자여야만 했다. 그러기 위해서는 해야만 하는 말이 있었다.

"……전적으로 내 지휘가 미숙했던 탓이다. 모든 것은 나의 불찰이다. 부덕한 지휘관으로 인해…… 고생이 많았다."

인영이 그 말을 맺는 순간 인영은 손 안에서 작은 움직임을 느꼈다. 붙잡고 있는 김철 하사가 손을 맞잡아 온 듯한 찰나의 미동.

다음 순간 심박계의 불규칙한 소리가 평탄해졌다.

의무관 오서영 중위는 심박계를 재확인하고 호흡을 확인한 후 고했다.

"……7월 12일 15시 38분, 김철 하사, 사망추정."

인영은 부대원의 장례 절차를 떠올렸다.

솔개부대는 비밀 부대였기에 운영 매뉴얼대로라면 사망자가 발생한 경우 시신은 즉시 지상으로 이송한 뒤 명목상의 소속 부대로 옮겨 그곳에서 사망한 것으로 처리해야만 했다. 당연히 장례도 해당 부대의 기준에 따르게 되어 있었다.

시설 내에서 장례를 치러야 하는 상황에 대한 절차는 존재하지 않았다.

김철 하사의 목에서 벗겨져 침상 위에 가지런히 놓여 있는 십자가 목걸이에 시선을 옮기며 인영은 물었다.

"김 하사, 가톨릭 신자였던 걸로 기억한다만."

"맞습니다."

오 중위가 대답했다. 인영은 한숨을 쉬며 말했다.

"연락할 성당이 남아 있을 리가 없군…… 성사聖事를 치러 줘야 하는데."

인영은 모여 있는 부대원들을 돌아보며 물었다.

"부대원들 가운데 가톨릭 예식에 밝은 사람, 있나?"

의무실에는 묵직한 침묵만 이어졌다.

죽음을 맞은 부하를 위해 해 줄 수 있는 일이 많지 않았다. 절차를 따르고 예를 치르고 싶지만 그럴 수 있는 사람도 자원도 없었다.

하늘에 계신 분께서도 이 사정을 굽어 살피시리라. 인영은 그렇게 믿으며 말했다.

"……그렇다면, 적어도 김철 하사를 위해 함께 기도하였으면 한다."

그저 이곳에서 할 수 있는 최선을 다해, 가장 간절한 마음을 전해야 마땅하다고 인영은 생각했다.

그는 침대에 두 손을 올리고, 그 앞에 무릎 꿇고 앉아 고개를 숙였다. 여러 부대원들이 그에게 동참했다. 이혜진 중위와 오서영 중위는 각자 눈을 감고 묵념했다.

인영은 기도했다.

"주님, 김철이 세상을 떠나 주님께 그의 영혼을 맡깁니다. 그가 지은 죄를 사하시고, 그의 영혼이 고통 없이 바른 곳에 향하도록 허락하소서. 아멘."

누군가는 아멘, 하는 기도로서. 누군가는 숨죽인 울음소리로, 누군가는 깊은 묵념으로, 김철 하사의 떠나는 길을 배웅했다.

그 뒤 인영의 기억은 혼란스럽고 몽롱했다. 긴장으로 미루어 놓았던 모든 피로가 비탄과 함께 찾아온 모양이었다. 그 와중에도 인영은 오 중위와 물리적인 장례 절차를 협의했다. 부대원들이 모두 조문할 수 있도록 하고, 조문시 김 하사의 시신은 그의 존엄을 위해 관을 대신하여 운구백에 담도록 했다. 장례를 여러 날 치르는 것은 이 환경에서 합리적인 선택은 아니었다. 특히 시신이 부패되는 것이 걱정이었다. 지하에서 벙커 벽을 파내고 매장을 할 수도 없는 노릇이라 인영은 화장을 검토하도록 지시했다. 시설 내의 특수 소각로를 이용해 시신 화장이 가능한지 알아보라고 오 중위에게 지시한 뒤 인영은 의무실을 뒤로 하고 걸어 나왔다.

그러고는 아무런 생각을 더 하지 못한 채 자신의 침실로 향했다. 피로와 스트레스에 지배당해 멎어 버렸던 인영의 뇌를 다시 깨운 것은 복도 한복판에서의 예기치 못한 만남이었다. 어두운 벙커 복도 한가운데의 전등 아래에 유혜영 차사가 정자 세로 서 있었다.

인영은 잠시 멈춰 서서 혜영을 묵묵히 바라보다가 간신히 사고를 회복했다. 그리고 쥐어 짜내듯이 물었다.

"……돌아간 게 아니었나?"

"급히 다시 찾아 뵈었습니다."

낮은 목소리로 대답한 혜영은 깊이 고개를 숙였다.

"직지 작전과 관련한 희생자가 발생한 데 대하여, 염라대왕 폐하 및 비서실 일동의 조의를 전달하기 위해 왔습니다."

깊은 사죄.

"김철 하사님께 삼가 조의를 표합니다."

인영은 한순간 뭐라고 대답해야 할지 고민스러웠다. 말문이 막혔다.

책임의 문제를 따지자면 이 모든 게 온전히 인영의 책임만은 아니었다. 직지 작전을 지휘한 것은 인영이지만 요청하고 토의한 것은 시왕저승의 저승사자들이었다. 그들에게 책임을 지우고 싶은 마음이 인영이라고 왜 없었을까. 그렇기에 이 사죄는 인영이 내심 바랐던 것이었다.

하지만 동시에 인영이 결코 바라지 않는 것이기도 했다.

인영은 순간 울컥하는 마음을 느끼고, 그 마음이 대체 무엇인지 따져 볼 겨를도 없이 혜영에게 소리쳤다.

"저승사자가 할 말인가, 그게?"

혜영은 대답하지 않고 인영의 고함을 묵묵히 들었다.

"꼭 그렇게 급하게 데려갔어야 하냐는 말이다!"

죽은 사람들을 위하다가 사람이 죽었다.

정말 이런 사죄를 들으려고 한 일이 아니었는데 이렇게 되고
야 말았다. 이 기괴한 현실로부터 터무니없는 불합리함이 느껴
졌다. 그런 배배 꼬인 마음이 욱하는 마음에 쏟아져 나왔음을
인영은 소리를 지르고 나서야 살필 수 있었다.

없는 기력을 쏟아 부어 거세게 외친 탓에 인영은 숨을 헉헉
대며 혜영을 바라보았다. 굳은 표정으로 인영의 항의를 가만히
듣고 있던 혜영은 잠시의 간격을 두고 인영에게 말했다.

"……하사님의 목숨은 저희 관할이 아닙니다."

이건 또 도대체 무슨 소리란 말인가.

"지금 그런 말이 나올 때인가!"

인영이 다시금 뭐라고 노성을 지르기에 앞서 혜영이 곧바로
부연했다.

"김철 하사님의 영혼은 무사히 하나님께서 계신 곳으로 향
했습니다. 믿으셔도 좋습니다."

인영은 숨을 삼켰다.

"……관할이 아니라면서 그걸 어떻게 보증하지?"

설명을 요구하는 인영에게 혜영은 답했다.

"제가 온 것은 만약 김철 하사님의 영혼이 받아들여지지 못하고 지상에 남겨지게 되는 경우, 최대한의 예우를 갖추어 시왕저승으로 모셔 가기 위함이었습니다. 하지만 불가능했습니다."

업경을 통해 김철 하사가 임종을 앞둔 것을 확인한 시왕저승에서는 이시영 비서실장의 특별 지시에 따라 즉시 혜영을 지상으로 파견했다. 하지만 혜영은 지상으로 내려오는 길에 자신과 엇갈려 빠르게 하늘을 향해 사라지는 영혼의 존재를 느꼈다. 사출산으로 향하는 영혼은 아니었다. 지상의 방향으로는 표현할 수 없지만, 그 영혼이 향하는 방향은 전혀 다른 영적인 방향을 향하고 있었다. 어떠한 망설임도 없이 가야 할 곳을 이미 알고 있다는 듯이 빠른 속도로 멀어져 갔다.

그 선명한 궤적을 떠올리며 혜영은 말했다.

"아마 천국에 도달하셨으리라고 저는 생각합니다."

혜영의 설명을 들은 인영은 한동안 침묵하다가 천천히 입을 열었다.

"……그래, 그런가."

적어도 구천을 떠도는 영혼이 되지는 않았다는 것이다.

"그런 것인가……."

저승사자도 붙잡지 못할 곳으로 가 버렸다는 것이다.

"그랬으면 좋겠군……."

인영은 김철 하사의 영혼이 마땅히 가야 할 곳으로 떠났을 거라는 혜영의 말을 믿고 싶었다. 그리고 그 믿음은 최소한의 안도감이 되었다. 긴장이 풀리고, 극심한 피로는 다시 인영의 전신을 지배했다. 인영마저도 건강을 해치는 건 아닐지 걱정하는 혜영의 걱정을 사양하고 그를 저승으로 돌려 보냈다. 그 뒤무전기를 들고, 이혜진 중위에게 전언을 남겼다. 김철 하사에 대해 저승으로부터의 조의 표명이 있었음을 부대원들에게 공유하도록 조치했다. 그의 목숨이 헛되지 않았다는 것을 모두에게 알리고 싶었다.

몽롱한 가운데 그 모든 일들을 마치고 인영은 복도 끝에 도달했다. 부대장 개인실. 문을 열고 들어서자 책상, 캐비닛, 침대만이 있는 삭막한 침실이 나타났다.

직지 작전을 개시하고 나서부터 제대로 한 숨도 잠을 자지못했다. 인영은 옷을 갈아입지도 못한 채 침대 위에 쓰러졌다. 결코 편안하다고 할 수 없는 군용 침상이 마치 구름처럼 폭신하고 늪처럼 깊게 느껴졌다. 인영은 그대로 깊은 잠 속으로 빠져들었다.

그의 긴 하루가 마침내 끝났다.

*

수현이 모는 구름차가 사출산 저승길을 빠져나와 빠른 속도로 염라대왕부를 향해 날았다. 호연을 대신해 엘리시움과 기록물 관련 협상을 마무리하고 돌아오는 길이었다.

호연은 추가 기록물을 궁리하는 것만으로도 바빠 보였던 데다가, 예슬이 떠날 날을 통지한 이후로는 많이 낙심해 있는 상태였다. 수현은 호연을 설득해 추가 기록물의 고안에 집중하라고 타이른 뒤 자신이 담판을 지으러 나섰다. 어차피 호연의 기지로 어느 정도 방향성은 정해졌기에 더 직위가 높은 자신이 나서서 밀어붙여도 충분하리라고 생각한 것이었다. 시영의 재가를 받아 수현은 엘리시움을 향했고 나름 만족스러운 결과를 얻어 돌아왔다.

구름차를 염라대왕부 광명왕원의 주차장에 세우고 생존자 상황실로 복귀하던 수현은 복도에서 유혜영 차사와 마주쳤다.

"안녕하세요. 서울 내려갔다 오시나 봅니다? 작전은 잘 되었나요?"

반갑게 인사를 건네는 수현에게 혜영은 썩 편안하지 않은 표정으로 대답했다.

"네. 그런데 그게……."

혜영은 방금 박인영 대위에게 김철 하사에 대한 조의를 전하고 복귀하는 길이었다. 혜영은 수현에게 서울에서 벌어진 '직지' 작전 도중에 사망자가 발생했고, 그의 영혼은 관할권이 없어 시왕저승이 수습할 수 없었다는 내용을 설명했다.

"……그랬군요. 애쓰셨습니다. 조의를 전달해 주셔서 감사합니다."

수현은 안타까워하며 혜영을 격려했다.

"아닙니다. 비서실장님께서 적시에 지시하셔서 다녀오게 되었을 뿐입니다."

자연스레 상사에게 공을 돌리며 겸손을 취한 혜영은 수현에게 물었다.

"그보다 엘리시움 쪽은 어떠십니까?"

기꺼이 설명을 시작하려던 수현은 곧 자신이 비서실로 복귀하던 길이었음을 자각했다.

"따로 말씀드리기보다는 어차피 보고 드려야 하니 같이 가시죠."

"예. 그러시죠."

수현과 혜영은 복도와 계단을 지나 생존자 상황실로 향했다.

상황실에는 이시영 비서실장이 근무하고 있었다. 예사롭지 않게도 그는 두루마기와 여러 장식으로 구성된 정복을 입고 있었다.

"실장님, 복귀했습니…… 아니, 새삼 정복을 왜 입고 계십니까?"

인사를 하다 말고 의아하게 묻는 수현에게 시영이 답했다.

"아, 왔습니까? 나는 곧 심판정에 나가 봐야 합니다."

망자에 대한 심판은 이미 중단된 지 한참 되었다. 그럼에도 지금 시점에서, 그것도 이시영 비서실장이 손수 정복을 입고 심판정에 서야 할 일이란 도대체 무엇이란 말인가? 수현으로서는 한 가지밖에 짚이는 것이 없었다.

"아직 시간이 좀 있으니 요약해서 보고 요청하겠습니다."

시영의 지시에 수현은 예정했던 보고를 시작했다.

"알겠습니다. 오는 길에 유혜영 차사님께 서울 작전은 성공했다고 들었습니다. 엘리시움 쪽은 다행히 큰 탈은 없습니다."

엘리시움에 파견된 수현은 사전에 시영의 허락을 받아 고위 관료 행세를 했다.

'시왕저승 염라대왕부 문화전통성文化傳統省 장관'이라는 거창한 일회성 직함을 받은 것으로 모자라 예복 차림의 역사를 대동하고 시영이 이용하던 세단형 구름차까지 빌렸다.

엘리시움 학술원 측은 예상대로 당혹감을 감추지 못했다. 자신들 이외의 사후세계 존재에 대해 익숙하지 않았던 그들에게, 소위 '동방 사후세계 정권의 각료'는 쉬이 거스르기 어려운 신비로운 존재로 비춰졌다. 수현은 등 뒤에 역사를 세워 놓고 고압적으로 행세하며 유럽인들로 구성된 엘리시움 학술원을 압박했다.

수현은 먼저 호연의 타협안을 철회하고, 정상재가 쓴 사사문을 그대로 집어 넣으라고 요구했다. 난색을 표하는 편집위원들과의 한바탕 말싸움이 이어졌다. 그 와중에 엘리시움 측의 관계자들과 데려간 역사가 몸싸움을 하는 일까지 벌어졌지만, 결국 수현은 원하는 바를 얻어 냈다. 내용에 대한 지적에 동의하며 일보 후퇴하는 척하면서 분량만큼은 무조건 보존받아야겠다는 대안으로 다시 물러선 것이다.

"그냥 깔끔하게 포기하고 오면 안 되었던 겁니까?"

장절한 외교적 말다툼 이야기를 듣고 있던 혜영이 조금 질린다는 표정으로 물었다. 하지만 수현은 고개를 저었다.

"원래 담당자였던 채호연 망자님이 분량 보존 방향으로 이야기를 해 놓은 상태이기도 했고, 완전히 물러나지 않고 우리 주장을 관철시키는 모습을 보일 필요가 있었습니다. 협상만 하면 다 끝나는 일도 아니었고요."

절대 얕보이지 않음으로써 이미 건네 준 신시왕경 영역본의 문제없는 부분이 제대로 대우받아 기록되도록 보장할 필요가 있었다. 수현은 담판이 끝난 뒤에도 역사를 데리고 학술원에 며칠간 눌러앉아 엘리시움 학자들이 그 기록을 가공하고 지상의 생존자들에게 넘기는 과정을 낱낱이 감시한 뒤 돌아왔다.

"이제 관건은 대체 기록물의 생산입니다. 빨리 추가 자료를 줘야 넣을 수 있다고 해서 잠시 돌아왔습니다. 이상입니다."

"알겠습니다. 정말 수고가 많았습니다."

시영이 노고를 치하하자 수현은 때마침이라는 듯 이야기를 꺼냈다.

"사실 그 추가 기록물에 대해서 의견이 있습니다만……."

시영이 자연스레 가로막았다.

"그건 잠시 뒤에 채호연 망자님과 직접 상의해 보시기 바랍니다. 그보다 미안하지만 보고를 조금 일찍 마무리 지어도 되겠습니까?"

수현은 말을 꺼내기도 전에 거절당한 기분이 들었다. 그야 꺼내려던 말이 시영에게 달갑지 않으리라는 예상이 있었기 때문이었다. 하지만 수현은 굳이 그 점을 내색하지 않기로 했다.

"……아, 심판정으로 가실 시간입니까?"

왜 달가워하지 않을지 그 이유를 충분히 짐작할 수 있었고 아직 그것을 극복할 만한 묘안이 없기도 했다. 달리 말할 기회가 또 올 것이다.

"그렇습니다. 오겠습니까?"

"당연하지요. 유혜영 차사님께서는……?"

수현이 돌아보며 물어보자 유혜영 차사는 한숨을 푹 쉬더니 진절머리를 치며 말했다.

"그 분, 진광대왕부에서 제가 수속했었거든요? 처음 볼 때부터 분위기가 뭔가 묘하더라니…… 보러 가겠습니다."

시영은 고개를 끄덕였다.

"그럼 따라오십시오."

시영은 도포 자락을 휘날리며 상황실을 걸어 나섰다. 수현과 혜영은 뒤를 따랐다.

광명왕원 대심판정으로 이어지는 복도에서 호연과 마주쳤다. 호연은 많이 피로하고 퀭한 눈빛이었다. 호연이 먼저 인사를 건넸다.

"안녕하세요."

시영이 걱정스레 물었다.

"김예슬 망자님은 좀 어떠십니까?"

"……아직 의식이 없어요."

그 문답을 들은 수현은 기겁했다. 진작 떠났어야 할 김예슬 망자가 아직 이곳에 계시고, 심지어 의식이 없다니? 출장 나가 있었던 수현은 무슨 일이 있었는지 모른다는 것을 알아차린 혜영이 옆에서 전후 사정을 속삭여 주었다.

그동안 호연은 답답해하며 시영과 대화를 나누고 있었다.

"도대체가…… 이미 죽은 영혼인데, 의식을 잃을 수도 있는 건가요?"

시영은 침통하게 고개를 끄덕였다.

"예, 가능합니다."

영혼은 본인에 대한 생각과 인식대로 느끼고 행동하게 된다. 숨이 찰 것 같은 길을 걸으면 숨이 차지만, 같은 길을 숨이 차지 않을 거라고 믿고 빠르게 나아가면 가뿐히 나아갈 수도 있다. 숨을 쉬지 않지만 숨이 막히기도 하고, 뛰지 않는 심장의 쿵쾅 거림을 느끼기도 한다.

마찬가지로 무엇도 느낄 수 없고 무엇도 할 수 없다고 생각하게 된다면, 보고 들은 것에 압도된다면, 생각 속에 잠겨 의식을 등지는 것도 가능하다.

실은 남 이야기가 아니었다. 소육왕부에서 탈출한 직후 시영 자신도 한동안 바른 정신을 유지하기가 어려웠다. 그때는 공포로 인한 것이었지만, 예슬에게는 무언가 다른 것이 와 닿았을 것이라는 짐작만을 할 수 있었다.

"……충격이었나 봐요, 역시."

호연은 안타까움을 담아 한탄했다.

"왜 혼자만 남겨진 걸까요. 정말, 어떻게 예슬이 혼자만……."

말 한 마디 한 마디에서 깊은 속상함이 묻어 나왔다.

시영은 예슬이 받아들여지지 못한 이유에 대해 이런저런 추측을 갖고 있었지만, 그것을 입 밖으로 내지 않았다. 무엇을 말하든 포교 연구 그룹장으로 활동했던 예슬의 실패를 논하는 이야기가 될 것이었고, 기독교 교리에 대해 충분히 이해하고 있다고 볼 수 없는 자신이 내놓는 추측이 옳다는 보장도 할 수 없었다. 당사자 예슬은 물론이요, 의식을 잃은 친구를 걱정하는 호연에게도 결례만 될 것이었다.

시영은 호연은 나직이 다독였다.

"……의식을 회복하시면 이야기를 들어 보도록 합시다."

"그래야겠죠……."

호연은 그제야 수현이 동행 중인 것을 알아차렸다.

"아, 강수현 비서관님도 계셨네요."

수현은 조금 어쩔 줄 몰라 하며 호연에게 말했다.

"네, 그…… 이야기는 들었습니다. 김예슬 망자님이 혼자 돌아오셨다고요……."

호연은 쓸쓸하게 미소 지으며 말했다.

"어떻게 그렇게 되어 버렸네요. 그보다 기록물 때문에 돌아오신 거죠? 저희가 대안을 빨리 찾아서 어떻게든 해 보려고 하니까요."

업무 이야기를 하며 애써 힘을 내 보려는 게 느껴졌다. 수현은 격려하는 마음으로 응했다,

"네, 좀 있다가 같이 말씀 좀 나누면 좋겠습니다."

문득 수현은 복도 저편에 보이는 심판정 정문을 바라보았다.

"먼저 이 건 정리부터 좀 해야겠습니다만."

호연도 심판정 쪽을 바라보고는 생각만 떠올려도 매우 불쾌한 듯 눈살을 찌푸렸다.

"……그렇네요. 저 분부터 어떻게 수습하고 나서 뒷이야기를 해야겠죠."

그들은 복도를 걸어가 심판정에 들어섰다.

이승에 있는 여느 법정들과 비슷한 모양새였지만 장내는 동양풍의 인테리어로 웅장하게 장식되어 있었다. 높은 천장 안쪽으로는 시왕도에서 염라대왕부에 해당하는 그림이 탱화체로 그려져 위압감을 드리우고 있었다.

시영은 심판정 안쪽으로 걸어 들어갔다. 수현, 혜영, 호연은 측면의 계단을 통해 방청석으로 이동했다. 방청석에는 이미 전문가 망자 그룹의 여러 망자들이 자리를 잡고 있었다. 조성영 선임과 홍기훈 박사가 입장하는 호연에게 눈인사를 보냈다.

방청석에서는 재판정 중앙이 온전히 내려다보였다. 정면에는 재판관석이 있고, 왼편에 위치한 녹사석에 시영이 자리 잡았다. 원래 그 옆에 놓여 있어야 할 업경은 상황실로 반출되어

받침대만 남아 있었는데 오늘 심판에 필요한 기자재는 아닐 터였다. 망자석 오른편에는 변호역을 맡을 보살석이 있었지만 '보살'이란 명패가 치워진 채 공석이었다.

그리고 피고인석에는 정상재가 서 있었다.

불안하고 초조한 기색이 역력한 그는 당장이라도 도망치고 싶은 듯 보였지만 피고석 좌우에 험악한 역사들이 쇠몽둥이를 들고 서 있어 엄두를 내지 못하는 모양이었다.

녹사석에 들어서는 시영을 보며 상재는 간절한 목소리로 애원했다.

"비서실장님, 꼭 이렇게까지 진행되어야 하겠습니까? 비서실장님!"

시영은 들고 온 심판 서류를 정리할 뿐 그의 목소리에 응답하지 않았다.

그때 판관석 뒤편에 대기하고 있던 의전관이 파초선을 들어 올리며 외쳤다.

"염라대왕 폐하 입정하십니다!"

판관석 쪽의 문이 열리고 정복을 차려입고 옥류관을 쓴 염라대왕이 걸어 나왔다. 이어 자연스럽게 판관석에 자리 잡았다. 판관석은 그저 검소한 나무 의자에 불과하였으나 의관을 완벽하게 갖춘 염라대왕이 앉자 마치 황금을 칠한 옥좌인 것처럼 웅장해 보였다.

염라대왕은 선언했다.

"지금부터 염라대왕부 특별심판을 거행하겠습니다."

그녀는 죽비를 세 번 내리쳐 재판의 시작을 알렸다.

"특별 녹사 이시영은 망자의 죄과를 고하십시오."

염라대왕의 지시를 받고 보란 듯이 두루마리를 펼쳐 든 시영은, 청량한 목소리로 그 내용을 읽어 나가기 시작했다.

"망자 성명 정상재, 2020년 6월 7일 망ㄷ, 향년 59세. 혈통은 원천 정씨 오성공파 23대손이요, 생전에는 감천국민학교, 상원중학교, 상원제일고등학교, 발해대학교, 미국 펜스테이트 대학교를 거쳐 천문학 박사학위를 받았으며, 국립남원천문대 연구원, 성한대학교 조교수를 거쳐 발해대학교 천문학과에서 교수를 맡았고, 한 차례 결혼하여 슬하에 자녀가 셋이온데, 금번 천문 이변으로 비명에 횡사한 이라 하겠사오며."

망자의 생전 내력이 읊어졌다. 그 내용은 정상재 본인이 문제의 사사문에 적어 놓은 자기소개보다 더욱 장황했다. 그 한마디 한마디를 들으면서 그는 눈을 질끈 감고 있었다.

"이 망자는 이승의 대재해에 즈음하여 천문학 의견을 듣기 위해 초빙한 전문가 망자들 중 한 명입니다. 그러나 저승의 안위와 관련하여 검증이 부족한 주장을 하여 여러 이들이 다양한 수단을 통하여 이를 반박하여야만 했던 전력이 있습니다."

이 부분을 고하면서는 시영 또한 엷은 죄책감을 느꼈다. 그때의 혼란에는 자신의 책임 또한 있었다. 하지만 이번 심판에서 다루어져야 할 문제는 오직 정상재 망자 본인 손에서 빚어진 일이었다. 시영은 계속해서 두루마리를 읽어 나갔다.

"이후 신시왕경 생산 과정에 협조적으로 나서며 기록물 생산 그룹의 신임을 회복하였으나, 영문 신시왕경의 번역 작업을 맡은 뒤 동료 전문가 망자들의 어떠한 허락도 구하지 않고 부적절한 내용을 무단으로 작성해 삽입한 바, 다른 저승으로 출장을 나간 담당자를 크게 난처하게 한 것은 물론 시왕저승의 대외 위신을 실추시키는 결과를 초래한 바 있음에 본 특별 심판을 통해 망자의 죄과를 논하고자 하옵니다."

이를 악물고 듣고 있던 상재는 시영의 탄핵문이 마무리되자마자 서둘러 입을 열었다.

"저는 억울합니다! 스스로를 변호할 기회를 주십시오!"

그의 오른편에 서 있던 역사가 낮은 목소리로 경고했다.

"발언이 허락되지 아니하였소."

상재는 성난 표정 그대로 역사를 돌아보며 고함쳤다.

"그럼 발언을 허락하여 주십시오!"

왼편의 역사가 들고 있던 쇠몽둥이 끝을 바닥에 찧었다. 쿵하는 둔탁한 소리가 났고, 상재는 한순간에 겁을 먹어 움츠러들었다.

"허락되지 아니하였소."

역사가 다시 한번 경고하자 상재는 완전히 침묵했다.

그 광경을 판관석에서 내려다보고 있던 염라대왕이 말했다.

"망자는 할 말이 참 많은 모양입니다."

역사에게 위협을 당한 상재는 하고 싶은 말과 억울한 것들이 너무나 많다는 듯 애처로운 표정으로 염라대왕을 올려다보았다.

염라대왕은 그런 그를 다시 한동안 내려다보더니 불쑥 물었다.

"질문 하나 하겠습니다. 왜 그랬습니까?"

좌우 역사들의 눈치를 보는 상재에게 염라대왕은 발언을 허락했다.

"대답해도 좋습니다."

막상 발언이 허락되고 나자 상재는 한참을 침묵했다. 입술을 떼었다가 다시 닫기를 반복하며 우물쭈물했다. 어떻게 말을 꺼내야 할지, 무슨 말로 자신을 변호해야 할지, 계속해서 단어와 표현을 골라내는 것처럼 보였다.

이윽고 그는 대답을 꺼내 놓았다.

"……역시, 앞서 한 차례 해명하였던 것과 같습니다."

한 번 말문이 열리자 그답게 유수처럼 말이 흘러나오기 시작했다.

"저는 오직 선의로 행동하였을 뿐입니다. 이 작업에 참여한 분들, 그리고 이 작업을 승인하여 주신 분들께 진심으로 감사의 뜻을 전하고 싶었습니다. 다시 부여해 주신 신뢰에 보답하고 싶었습니다."

막힘없이 이어지는 말이라고 해서 그 내용까지 솔깃한 것은 아니었다. 방청석에서 상재의 말을 듣고 있던 호연은 질려서 혀를 내둘렀다. 어쩜 저렇게 뻔뻔할 수가 있는지 모를 일이었다.

"그래서 저는 할 수 있는 일을 하였을 뿐입니다. 우수한 번역본을 제공하였고, 동시에 크게 문제가 되지 않는 범위 내에서 여러분 모두에게 도움이 될 일을 하고자 했을 뿐입니다. 결과적으로 원치 않은 결과가 빚어져 송구할 따름입니다만, 저에게 지나친 책임을 물으심은 부당합니다."

울컥 올라오는 짜증을 더 참기 어려웠던 호연은 방청석에서 상재를 삿대질하며 소리를 치려다가 조금 전 발언권이 없다며 상재를 침묵시킨 역사의 모습을 떠올리고는 다시 입을 닫고 이를 악물었다.

그 모습을 염라대왕이 보았다. 염라대왕은 방청석의 호연을 가리키며 말했다.

"방청석에서 의견이 있는 모양입니다."

"……감사합니다."

발언권을 허락받은 호연은 염라대왕에게 짤막히 감사 인사를 표한 뒤 상재를 똑바로 쏘아보며 입을 열었다.

"저야말로 그때 드렸던 말씀을 반복하게 되겠네요. 불멸不滅을 달라는 글은, 그럼 왜 적으셨어요?"

피고석에서 자신을 올려다보는 정상재를 방청석에서 내려다보며 호연은 계속해서 그를 몰아세웠다.

"저희들은 이 저승이 언젠가 부활하기를 바라서 이 모든 작업을 한 거예요. 그런데 참여한 각 개인의 이름에만 불멸을 바란다는 내용을 붙여 놓는 게 어떻게 허락될 수가 있겠어요? 왜 작업을 엉망진창으로 만드시냐고요!"

상재가 호연의 말을 가로막고 나섰다.

"엉망진창이라고 부르지는 말아 주십시오. 채호연 양, 내가 번역을 허투루 하기라도 했습니까? 왜 싸잡아서 비난을 합니까? 저지르지 않은 잘못을 한 것처럼 몰아가지 마십시오!"

그냥 감정적으로 맞받아쳐도 된다고 생각했다. 그래도 호연은 조금이라도 틈을 보이고 싶지 않았다. 호연은 상재가 제공했던 신시왕경의 영역본에 문제가 없었는지 되새겼다. 자신이 아는 한에는 없었다. 호연은 자신 대신 엘리시움에 갔던 수현을 돌아보았다. 수현은 작은 목소리로 속삭였다.

"번역에 문제는 없었습니다. 하지만 하고 싶은 말씀은 하셔도 된다고 생각합니다."

"감사해요."

속삭여 답한 호연은 헛기침을 하고 상재에게 다시 고함쳤다.

"지금 그 번역을 잘 했고 못 했고가 문제가 아니잖아요! 잘한 일이 있다고 잘못한 일이 없어지는 게 아니고요! 지금 교수님은……"

상재는 호연에게서 시선을 피해 다시 염라대왕을 바라보며 항변을 이어 가기 시작했다.

"염라대왕 폐하, 불멸을 기원하는 글을 적은 경위에 대해서도 소상히 설명하겠습니다."

무시당한 호연이 그를 어처구니없이 바라보았다. 물은 것은 자신인데 답은 염라대왕 앞에 바치고 있었다. 그런 가운데 상재의 주장은 계속되었다.

"저는 살아생전에 늘 두려웠습니다. 죽는 것이 두려웠습니다. 일평생 이루어 온 일들이, 쌓아 온 경험과 지식이, 한 순간에 이 몸뚱이와 함께 흙무더기로 돌아간다는 생각을 하면 너무도 두려웠습니다. 하지만 바로 그래서, 죽음의 순간조차 모른 채로 저승에 도착했을 때 저는 안도했습니다. 너무나도 안도했습니다. 저의 영혼이, 이 정신이 건재함에 안도했습니다."

그는 절박하게 자신의 가슴을 두드려 가며 자신의 결백을 호소했다.

"죽음 이후의 삶에서 다시 살아 갈 수 있는 기회가 왔다고 생각했습니다. 이 생각을, 저의 이 감정을, 여기 계신 모든 망자 분들께서 아마 공감하시리라고 생각합니다."

거듭해서 상재는 자신이 느끼는 감정이 특별한 것이 아니고 여기에 자리한 모든 망자들이, 모든 영혼들이 함께 느끼고 있을 것이라고 주장했다.

"저는 저의 지혜가 이곳 저승에서도 쓰일 곳이 있으리라고 믿었습니다. 제가 할 수 있는 일이 있으리라고 믿었습니다. 주어지는 기회가 있다면 최선을 다하려고 했습니다. 이 두 번째 삶을 낭비하고 싶지 않다고 생각했습니다. 이 삶이 끝나기를 바라지 않았습니다. 그래서 앞서와 같이 참담한 실수도 저지르고 만 것입니다."

겹겹이 말로 감싼 주장이었다. 호연은 이제 그의 본질을 제법 투명하게 볼 수 있었다.

이제는 이렇게 갖은 변명으로 에워싸도 숨기기가 어려웠다. 정상재는 저승에서조차도 자신의 능력을 인정받고자 했다. 저승을 죽음 이후의 삶의 공간으로 여기고, 자신의 능력을…… 어쩌면 자신의 권위를, 다시금 널리 펼칠 수 있기를 원했던 것이다.

단지 그것이 자신만 가지는 욕망이 아닐 거라면서 일반화시키고, 그랬기에 자신의 모든 행동에는 이유가 있었다며 죄 없음을 주장할 따름이었다.

호연은 상재의 항변 속에서 엘리시움 학술원의 책임자들을 떠올렸다. 저승에서 죽지 않고 늙어 간, 강고한 권위를 유지하는 존재들. 어쩌면 정상재는 이곳 시왕저승에서 그런 존재가 되고 싶었던 것은 아니었을까 하고 호연은 생각했다.

정상재의 이야기를 가만히 듣던 염라대왕이 문득 물었다.

"요컨대 우도왕부 기록물 조사를 통해 그릇된 결론을 내세운 것은, 그대가 새로운 삶을 살아가야 할 이 저승이 위태롭다는 것을 인정하기가 두려웠기 때문이라는 것입니까?"

"그렇습니다."

떳떳한 자신을 변호하는 모습으로 정상재는 대담했다.

호연은 속에서 또다시 분노가 치밀어오르는 것을 느꼈지만 이번에는 참아냈다. 염라대왕이 아직 정상재의 말을 듣고 있었다.

'우리가 신이 될 수 있는 것 아닙니까!'

앞서 정상재는 그런 말을 했었다. 호연은 그가 이참에 좀 더 말하게 두기로 했다. 아직 튀어나올 말이 아마 더 많을 것이다.

차갑게 방청석에서 자신을 바라보는 호연의 시선을 아는지 모르는지 상재는 염라대왕을 바라보며 간곡한 목소리로 웅변했다.

"제가 이처럼 저의 과오를 고백하는 이유는 오직 하나뿐입니다. 이 사후의 세계에서도 지식을, 지혜를, 공정함을 빛내고 계신 여러분 모두에게 호소하기 위해서인 것입니다. 저는 적어도, 이 위대한 기록물 작업에 함께한 분들만큼은, 특별히 후대에 기록을 남길 필요가 있다고 생각했습니다. 이 저승과 함께 후대인들에게 기억되어 마땅하다고 믿었습니다. 저는 오직, 여러분 모두를 위해, 여러분 모두의 불멸을 바란 것입니다. 여러분이 가지신 능력과, 해 오신 노력에 대한 합당한 보상으로서, 영원한 복락을 누리시기를 바랐을 뿐입니다. 드릴 말씀은 이상과 같습니다."

염라대왕은 긴 항변을 모두 들은 뒤 잠시 생각에 잠겼다. 짧은 시간이 흐르고 염라대왕은 고개를 한 번 끄덕이고는 말했다.

"그 말에도 일리는 있어 보입니다."

상재의 얼굴이 한 순간 안도감으로 환해졌다. 반면 호연은 염라대왕의 긍정적인 코멘트에 당황해 판관석을 바라보았다. 호연은 녹사석의 시영을 바라보았으나 시영의 표정은 조금의 동요도 없이 차분했다. 호연은 그런 시영의 반응을 보고 당황을 잠재울 수 있었다. 시영은 상사인 염라대왕의 화법에 익숙했다. 여기서 그치지 않을 것이 분명했다. 잠시 다행스러움을 누리던 상재에게 염라대왕의 다음 말이 쏟아져 내렸다.

"그리고 세상에 누구 하나 일리 없는 이유로 잘못을 저지르는 이는 없습니다."

상재의 표정은 곧장 굳어졌다. 그런 그에게 염라대왕은 물었다.

"정상재 망자에게 한 가지 묻겠습니다. 그것이 그렇게 정당하다고 믿는다면 왜 허락을 구하지 않았습니까?"

우물쭈물하며 그는 대답했다

"……허락을 구할 만한 시간적인 여유가 없었습니다."

"새로이 글귀를 써 내릴 시간은 있었으나 허락을 구할 시간은 없었다는 것입니까?"

"이 정도는 사소하여 문제가 되지 않을 것으로 생각하였습니다."

"그럼 그 사소한 일이 상대방에게 진정 보상이 되는 일인지는 어떻게 확신할 수 있었습니까?"

거듭해 묻는 염라대왕 앞에서 상재는 다시금 말문이 막혔다. 염라대왕의 지적이 이어졌다.

"이름과 경과를 남김으로써 후대인들에게 기억되는 것이 보상이 될 것이라는 취지는 이해합니다. 모두가 그 보상을 받을 필요가 있었다고 믿은 것도 선해善解해 보겠습니다. 하지만 진정 모두를 위한 선한 행동이라면 그 선행을 받을 이들과 상의하고 허락을 구했어야 마땅합니다."

잠시 말을 쉰 뒤 요약하듯이 염라대왕은 말했다.

"이를테면 혼자서 쓴 기여자의 목록이 얼마나 타당하다고 주장할 셈입니까?"

"저는 빠짐없이 적고자 노력하였습니다."

상재는 곧바로 반박했지만 염라대왕은 이번에는 상재가 아닌 방청석 방향을 향하여 질문을 던졌다. 호연을 바라보면서였다.

"신시왕경 편찬에 참여한 다른 망자들도 이에 동의합니까?"

호연은 마른침을 삼켰다.

감정적으로 화를 내는 것은 쉬운 일이었다. 전혀 동의한 적 없다고 단번에 말하는 것은 너무나 쉬웠다. 하지만, 여기는 저승의 심판 자리였다. 정상재라는 망자가 무엇을 잘못했는지, 무엇에 책임을 져야 하는지, 정제된 말로 규탄해야 한다는 데 호연의 생각이 미쳤다.

엘리시움에서 그 사사문을 읽은 순간을 호연은 다시금 떠올렸다.

정상재는 '빠진 이름은 없었다'고 주장하고 있었다. 기억하기에 분명 작업에 참여한 이들 중에 빠진 이는 없었다. 승인권자인 염라대왕과 이시영 비서실장, 일을 많이 도와 온 강수현 비서관, 그리고 자신과 예슬을 포함한 기록물 생산 그룹의 모든 망자들이 나름 꼼꼼하게 그 목록에서 호명되었던 건 사실이었다.

하지만 생각해 보면, 빠진 이가 없는 것은 아니었다. 언뜻 지나다니며 보기에도 비서실 인원은 열 명이 넘었다. 수현까지는 언급되었지만 다른 비서관들은 기여한 바가 없었나? 예를 들어 안유정 비서관의 이름은 왜 들어 가지 못했나?

거기까지 생각을 뻗어나간 호연은 생각을 좀 더 확장시켰다. 그리고 마침내 정상재가 만든 목록의 더 근본적인 문제를 발견할 수 있었다. 지적해야 할 것은 누가 빠졌는지가 아니었다.

호연은 염라대왕을 향해 말했다.

"……아니오, 저는 동의하지 않습니다."

곧바로 피고석에서 정상재의 항의가 날아들었다.

"빠진 이가 있었다면 추가하면 됩니다. 누가 더 필요했습니까? 말하세요."

호연은 그런 상재에게 눈길을 돌리지 않은 채 계속 염라대왕을 바라보며 대답했다.

"빠진 이름이 좀 많습니다. 염라대왕 폐하, 질문을 하나 드리고 싶습니다."

"허락합니다."

염라대왕의 허락을 받고 호연은 질문했다.

"시왕저승의 관원 분들이 전부 몇 분이 되십니까?"

질문을 받은 염라대왕은 자연스레 녹사석의 시영을 바라보았고 시영이 대신 대답했다.

"어림잡아 4만 명 정도입니다."

호연은 원하던 대답을 들었다는 듯 고개를 끄덕인 뒤 상재를 바라보며 말했다.

"누가 빠졌냐고 물으셨죠? 그 4만 명 관원 분들의 성명이 전부 빠졌습니다. 넣어 주시겠어요?"

정상재는 그런 호연의 말에 미간을 일그러트리며 당황스러워했다. 도대체 무슨 뜻으로 하는 말인지 한참 생각하던 상재는 곧 이해를 포기한 듯 호연에게 따져 물었다.

"……지금 나를 골리려고 하는 말입니까?"

호연은 침착하게 대답했다.

"저는 진심인데요. 그리고 그걸로도 부족하네요."

호연은 조금 전의 요구에서 한 걸음 더 나아갔다.

"함께 사망한 망자 1400만 명의 이름을 다 올리지 못한다면 그 목록은 완전한 목록이 아닙니다."

이 말까지 듣고 나자 정상재는 어처구니없다는 듯한 표정으로 호연을 쳐다보았다. 그리고 그제야 호연이 무슨 말을 하려는지 알아차린 모양이었다.

조금 전 호연은 생각했다. 안유정 비서관이 빠졌다고 주장하는 것은 쉽다. 하지만 그렇다면 비서실의 다른 관원들은 이름이 올라가지 않아도 되는가? 비서실 인원들까지는 수록한다면 염라대왕부의 다른 관원들은 빠져도 되는가? 진광대왕부의 저승사자들은? 호연이 아직 존재도 이름도 모르는 시왕저승의 모든 다른 관원들은 기록물 생산 그룹의 망자들에 비해 중요하지 않다는 말인가? 더 나아가서 죽어 저승에 온 모든 망자들에 비해서 자신들이 특별히 언급된 말한 가치가 있는 존재인가?

정상재의 말처럼 '신'이 되고 '불멸'을 얻어 마땅한 존재인가?

호연은 그렇게 생각하지 않았다. 그래서 그 부분을 지적하고 싶었다.

공로자 목록의 완성도는 문제가 아니었다. 목록 따위를 만들었다는 것 자체가, 수많은 영혼들 가운데 자의적으로 어떤 이들의 이름을 골라내 나열했다는 것 자체가 문제라고 지적하고 싶었다.

한동안 대답을 만들어 내지 못하는 상재를 향해 염라대왕이 물었다.

"정상재 망자, 반박할 말은 없습니까?"

상재는 곧 고개를 설레설레 저으며 입을 열었다.

"……일을, 일을 그런 식으로 해서는 안 됩니다."

그 목소리에는 당황과 불만이 섞여 있었다. 상재는 소리쳤다.

"머리를 쓰고, 일을 하고, 성과를 낸 이들이 그에 걸맞는 대우를 받아야 하는 것 아닙니까?"

그는 방청석의 호연을 다시 정면으로 바라보며 물었다.

"채호연 양, 아니, 채호연 책임자! 냉정하게 생각해 보십시오. 뭇사람들과 여러분이 같습니까? 다른 누구보다 우선적으로 기억될 만한 명예를, 가치를, 스스로 입증해 오지 않았습니까?"

그렇게 말하는 정상재의 모습이 호연에게는 너무나 추해 보였다.

뭇사람보다 우선적으로 기억될 가치라니. 뭇사람은 누구를 말하는가? 가치란 도대체 무엇을 말하는가? 세상의 모두가 죽어 잊혀져도 자신들은, 또는, 자신만큼은, 그렇게 되지 않아야 한다는 너무나 강한 확신. 그 확신이, 너무나도 추해 보였다.

"……그런 생각을 가지고 여태 참여해 오신 거예요?"

호연은 진절머리가 난다는 듯 되물었다. 옆에서 계속 호연과 상재의 대화를 듣고 있던 조성영 선임은 정상재를 거의 벌레 보듯이 쳐다보며 중얼거렸다.

"사람이 어떻게 저래……."

방청석으로부터 내려오는 경멸스러운 시선을 마주하고 정상재는 항변했다.

"왜 그런 시선으로 나를 봅니까?"

그는 다시 염라대왕에게 고개를 돌려 방청석을 손가락으로 가리키며 읍소했다.

"염라대왕 폐하! 저들이 위선을 부리고 있습니다! 피차 나약하고 두려워하는 인간이면서 혼자 고고한 척을 하고 있지 않습니까! 이 모든 게 저들의 사사로운 감정에 따른 것입니다! 저를 모함하려고 일부러 저런 태도를 취하는 것입니다!"

그는 재판정이 떠나가라 소리쳤다.

"대답해 보세요! 죽음이 무섭지 않은 이가 있었으면 말해 보세요! 지금 사라져 가는 저승이, 영원한 망각이 두렵지 않은 이가 있으면 말해 보십시오!"

그때 내내 침묵하며 듣고 있던 홍기훈 박사가 목소리 높여 말했다.

"그렇다고 억지로 이름을 남겨서 후대에 종교적으로 떠받들어질 생각을 하지는 않습니다."

호연도 상재를 내려다보며 말했다.

"저는 제가 다른 망자 분들에 비해 특별하게 기억되어야만 한다고 생각 안 해요. 만약 신시왕경이 훗날 누군가에게 읽혀, 시왕저승이 다시 살아 난다면 저도 함께 살아 나겠죠. 여기서 머물기로 한 모든 망자분들도 같은 미래를 맞을 거고요. 왜 누군가는 거기서 우선이 되어야 하죠?"

그렇게 말하면서 호연은 순간 마음속에 기묘한 생각이 흐르는 것을 느꼈다.

호연은 자신이 마치 시왕저승의 관원인 양 이곳에 속한 존재로 영영 남을 것 같은 입장에서 말하고 있음을 알아차렸다. 정체를 알 수 없는 예감처럼, 근거 없는 직감처럼, 짧은 생각의 토막이 호연의 마음에 파문을 일으켰다.

　하지만 그 생각에 집중할 상황이 아니었다. 정상재가 다시 고함을 쳐 왔다.

　"그러니까 그것이 위선이라는 겁니다! 철없는 소리를 좀 그만하세요!"

　호연은 날카롭게 쏘아붙였다.

　"위선이면 어때서요!"

　깊은 분노와 환멸을 자신이 말하는 한 글자 한 글자마다 실어서 호연은 상재를 향해 고함쳤다.

　"위선이면 뭐가 어때서요! 당신은 그냥 절차를 무시한 악이잖아!"

　호연의 그 말을 듣고 상재는 이제껏 보이지 않았던 강한 불쾌감을 드러내며 호연에게 말했다.

　"말이 짧아집니다?"

　호연은 그런 상재가 가소롭게 보였다. 역시 말의 내용은 하나도 신경 쓰지 않고 말투부터 거슬려 할 줄 알았다고 호연은 생각했다.

　정상재는 본격적으로 거친 속내를 드러내기 시작했다. 순수한 분노를 이제는 숨기지도 않고 상재는 방청석의 호연을 향해 삿대질을 하며 윽박질렀다.

"갈 데까지 가 볼까? 채호연, 야 이 어린 것아!"

목소리의 톤이 달라졌다. 목구멍 깊은 데서부터 올라오는 듯한 분노와 저주를 담아 상재는 호연에게 악담을 쏟아 냈다.

"아는 것도 없으면서 촐싹촐싹 나대면서 책임도 못 질 말이나 뱉어 대다가 용케 그 자리까지 가더니, 여전히 철딱서니없는 짓만 골라서 하냐! 그러니까 생전에 학위도 못 따고 죽은 것 아니겠어!"

생전에 이런 말을 들었더라면 과연 엄청나게 상처입고 스트레스 받았을 것이었다. 호연의 지도교수가 딱 저런 말을 해 대는 작자였다. 아무리 그래도 죽기 전에 박사학위 못 딴 걸 욕으로 쓰는 것은 반칙이라고 호연은 생각했다.

하지만 지금 호연은 비교적 평온한 마음으로 저 악다구니를 흘려 넘길 수 있었다.

이유는 달리 없었다. 비록 죽은 뒤라고는 하지만 자기 힘으로 온전히 뭔가를 이루거나 바꿀 수 있음을 배웠고 섣불리 자신을 깎아내리며 물러설 필요가 없다는 것을 배웠기 때문이었다. 호연은 이제 두려울 것이 없었다. 그리고 여전히 온갖 것들을 두려워하고 저주하는 정상재가 너무나 작게 느껴졌다.

호연은 상재를 향해 나직이 대꾸했다.

"유치한 소리는 그만 하세요. 지겨우니까."

정상재는 호연에게서 원하는 분노를 이끌어 내지 못하자 곧장 다시 염라대왕에게로 방향을 돌렸다. 애절하고 처절한 목소리로 상재는 염라대왕에게 청원했다.

"염라대왕 폐하, 제가 간곡히 충고드립니다. 이 저승의 모습을 후대에 남긴다는 역사적 결정의 주인공이 되셔야 마땅합니다. 지금이라도 늦지 않았습니다. 엘리시움에, 지상에 전달해 주십시오. 설령 이 저승이 후대에 남지 못한다 하더라도, 저희들만큼은 남아야만 합니다!"

염라대왕은 흥미롭다는 듯 말했다.

"충고라고요. 참 갸륵합니다."

상재는 방청석의 호연을 손가락질하며 염라대왕을 향해 소리쳤다.

"저런 철없는 위선자들에게 넘어가면 안 됩니다. 이건 제가 교수 생활 20년 경험을 토대로 말씀드릴 수 있습니다. 그렇게 하시면 안 됩니다! 일하는 사람을, 머리 쓰는 사람을 중용하셔야 합니다! 스스로를 포함해서요!"

상재의 이 같은 변을 들은 염라대왕은 순간 빙긋이 미소지었다.

"그래서 그대는 지금 그 20년의 경험을 토대로 이 염라대왕에게 충고를 하는 것입니까?"

그 모습을 본 녹사석의 시영은 순간 긴장했다.

곧바로 염라대왕의 얼굴에 잠깐 떠올랐던 미소가 싹 사라졌다. 염라대왕이 의전관을 향해 손짓을 하자 그의 등 뒤로 파초선이 화려하게 드리워졌다.

다음 순간 염라대왕이 판관석에 놓여 있던 죽비를 오른손으로 집어 들어, 왼손이 아닌 판관석 위를 힘껏 내려쳤다. 쿵 하는 엄청난 충격음이 재판정 안에 울렸고 입정한 모두는 무서운 위압감을 느꼈다. 그리고 염라대왕은 판관석에서 일어났다. 옥류관의 옥구슬 너머로 망자 정상재를 아득히 아래로 내려다보며 고함쳤다.

"어디서 말 같지도 않은 소리를 하는가!"

심판정이 떠나갈 듯한 불호령이었다. 상재는 뒤로 주춤 물러서다가 제 발에 걸려 피고석 의자에 주저앉았다. 시영과 수현, 그리고 혜영은, 예상했던 분노를 마주하며 그럼 그렇지 하는 표정이 되어 있었다.

염라대왕의 노호성이 이어졌다.

"교수로 쌓은 20년의 경험 따위를 말했는가? 그런 망자는 내가 저승에서 염라로 300년을 살면서 망자처럼 오만방자한 자들을 얼마나 많이 만났는지 짐작이라도 하겠는가?"

호연은 탄식했다. 방금 정상재가 떠든 말이야말로 수백 년씩 살아온 망자들이 가득한 저승에서는 가장 터무니없는 방식의 유세였던 것이다. 염라대왕 앞에서 경력으로 훈수를 두다니.

염라대왕은 진노를 숨기지 않는 목소리로 정상재에게 고했다.

"그대가 남들을 가리켜 하는 비난은 전부 그대 자신을 드러내는 말에 다름없다. 그대야말로 위선자요, 그대야말로 가장 철없는 자다! 그대야말로 제 두려움을 남들에게 뒤집어씌우려 했으며, 그대야말로 타인을 모함하고 있으며, 그대야말로 자신의 감정에 치우쳐 그때그때 태도를 바꿔 대는 자가 아닌가!"

상재는 의자에 주저앉아 허망하게 두 눈을 뜨고 염라대왕을 바라보며 그 진노를 받아 삼켜야만 했다.

"생전의 추태를 들출 방도가 없어, 오직 이 재판에서 보이는 모습으로 그대가 어떤 영혼인지 살피고자 하였다. 그대가 이 자리에 있는 다른 망자들에게 어찌 행하는지 두고 보고자 하였다. 앞서 내가 내렸던 꾸지람을 반추라도 할 거라고 믿었느니라! 그럼에도 불구하고, 망자는 스스로 죗값을 덜기는커녕 벌기만 하는구나!"

그 노성을 들은 호연은 염라대왕이 지금까지 상재의 말을 일부는 긍정해 가며 차분하게 들어온 것이 진득한 인내심에서 비롯된 것임을 알 수 있었다. 그리고 그 인내가 마침내 한계에 다다른 것이리라. 염라대왕은 정상재를 시험했고 상재는 그 시험에서 오만과 추태를 보였다. 염라가 견딜 수 있는 한계에 이를 때까지.

판결의 시간이 임했음을 누구나 짐작할 수 있었다. 염라대왕은 시영을 바라보며 명했다.

"이시영 비서실장은 고하십시오. 시왕저승의 기록물을 멋대로 고친 자는 어찌 벌해 왔습니까?"

시영은 침착하게 대답했다.

"……저승사자와 결탁하거나 사자를 협박해 수명부를 날조한 자들에 대한 전례가 있습니다. 지옥이 있던 무렵이었고 생사법을 능욕하였다 하여 흑암지옥에 던졌다 합니다."

"지금은 어찌 처벌해야 온당하겠습니까?"

질문을 받은 시영은 잠시 고민 끝에 답했다.

"흑암지옥은 철폐되었고 오도전륜대왕부 교정청의 운영은 중단되었으니 새로운 처분이 필요합니다."

이번에는 염라대왕이 잠시 궁리의 시간을 가졌다.

"……그렇다면 달리 묻겠습니다. 권력과 탐욕에 집착한 자는 어찌 벌해 왔습니까?"

"초강대왕부 교정청에서, 베풀지 않은 이들에게 생전의 탐욕이 헛된 것임을 교육해 왔습니다. 또한 평등대왕부에서 권력을 남용한 이들을 수감하고, 생전의 업적을 부정하는 벌을 내리고 있습니다."

시영의 보고를 들은 염라대왕은 고개를 끄덕였다.

"좋습니다. 참고가 되겠습니다."

염라대왕은 오른손의 죽비를 이번에는 자신의 왼손 안에 내리쳤다.

"판결을 내리겠습니다."

청량한 죽비 소리에 이어 준엄한 목소리로 선고가 시작되었다.

"정상재 망자, 그대는 시왕저승이 초정한 전문가 망자들의 의견을 고의로 묵살하고, 본인이 불멸하고자 하는 생각에 사로잡혀 무단으로 기록물을 변조하였습니다. 자신을 드높이기 위해 자신의 소속 집단을 우대하는 한편, 나와 비서실장에게 아부를 해서까지 그 뜻을 관철하려고 하였습니다. 망자는 그러한 행위에 대해 용서를 구하기는커녕, 이곳 심판정에 와서조차도 오만과 독선으로 일관하였습니다. 이는 망자가 저지른 죄에 해당하며 그 책임을 물어야 마땅합니다."

죄를 밝히고 처벌이 뒤따랐다.

"먼저 정상재 망자가 생산한 사사문에 관하여 명령합니다. 그 사사문을 누락하거나 대체하되, 어떠한 경우에도 정상재 망자의 성명만큼은 포함되지 않도록 조치하기 바랍니다."

녹사인 시영이 그 내용을 받아 적었다.

"그리고 정상재 망자에 대해 처분하겠습니다."

그때 상재가 황급히 비명처럼 외치며 끼어들었다.

"기다려 주십시오!"

염라대왕이 불쾌하게 내려다보았으나 처지가 경각에 처한 그에게는 두려울 새도 없었다. 상재는 애타는 목소리로 호소했다.

"사후 심판을 취소하셨다고 들었습니다! 그렇다면 저에게도 공평하게 처우해 주십시오! 저만 심판받는 것은 억울합니다!"

그러나 염라대왕은 곧바로 그 호소를 기각했다.

"그대는 망자들 중에서도 염라대왕부가 책임을 지고 불러들인 전문가입니다. 그것을 승인한 것에 대해 책임을 지기 위해서라도, 나는 그대를 처분하지 아니할 수 없습니다."

대답을 들은 정상재는 절망적인 표정으로 어깨를 늘어뜨렸다. 그리고 마침내 염라대왕은 처분을 내렸다.

"처분의 내용은 다음과 같습니다. 정상재 망자의 전문가 망자 초빙을, 원천 무효로 한다."

잠시 심판정 안이 조용해졌다.

그 침묵 속에서 조성영 선임이 작게 중얼거렸다.

"겨우 그것만이에요……?"

그것은 호연 또한 묻고 싶은 심정이었다. 그처럼 분노하고 책임을 묻겠다 선언한 뒤 본인에게 내려지는 처분이 고작 전문가 초빙을 물리는 것이라니?

하지만 염라대왕의 선고는 더 이어졌다.

"이는 곧 그대를 전문가로서 불러들인 결정을 소급하여 철회하는 것입니다. 그대의 기여 사실은 사사문뿐 아니라 염라대왕부의 모든 기록에서도 제외될 것입니다. 저승은 그대를 전문가 망자의 일원이 아닌 평범한 망자들 중 한 명으로 기억할 것입니다."

선고 내용을 모두 들은 정상재는 그야말로 혼이 빠져 버린 것과 같이 절망한 표정이었다. 그는 염라대왕을 바라보며 선고의 내용을 믿고 싶지 않다는 듯 고개를 천천히 가로저었다.

"잠깐…… 잠깐만……."

중얼거리던 상재는 다급히 염라대왕에게 소리쳤다.

"재고해 주십시오! 차라리 저를 엄벌에 처해 주십시오! 지옥이든 어디든 달게 가겠습니다! 제가 해 온 일들을, 제 능력을 부정하심은 가혹합니다!"

호연은 그의 반응에 깜짝 놀랐다. 하지만 돌이켜 보면 저승에 아무 문제가 없으리라는 그의 주장이 무너졌을 때에도 그는 고개를 조아려 엄벌에 처해줄 것을 요청했었다. 그때 염라대왕은 벌을 받기를 원하고 있기 때문에 벌을 내리지 않는 것이라고 말했었다.

자신이 무거운 벌을 받고 온갖 수모를 겪는 것보다 전문가로서의 자격 박탈에, 자신의 이름이 지워지는 것에 더욱 좌절하는 존재라니.

그의 마음속에서 가장 무거운 것이 무엇이었는지 호연은 어렴풋이 짐작할 수 있었다.

한편 염라대왕의 선고는 아직 마무리된 것이 아니었다. 염라대왕은 시영에게 물었다.

"비서실장, 정상재 망자가 초빙된 장소가 어디였습니까?"

"진광대왕부 입구였습니다."

"더 정확한 장소를 알고 있습니까?"

그때 방청석에 있던 유혜영 차사가 번쩍 손을 들었다. 염라대왕이 시선을 보냈다. 혜영이 말했다.

"폐하, 제가 수속을 했습니다."

그 말을 들은 상재가 방청석을 올려다보았다. 혜영 또한 상재를 내려다보았다. 혜영이 정상재 교수에게 처음 보냈던 시선은 유능함과 선량함에 대한 신뢰의 눈길이었다. 그러나 지금 상재가 받는 시선은 그저 고발하는 자의 것이요, 무정하기만 한 것이었다.

혜영은 상재의 떨리는 눈가에서 마지막 지푸라기를 붙잡고자 하는 듯한 간절함을 느꼈다. 도와달라는 듯한. 뭐라도 좋은 말을 해 달라는 듯한. 말없는 호소. 혜영은 그저 한숨을 쉬었다. 어쩜 이런 인연이 다 있담. 혜영은 망설임 없이 염라대왕에게 고해 바쳤다.

"그가 있었던 곳은, 진광대왕부 청사 로비 1층입니다. 그곳에서 사망 처리 수속을 밟았습니다."

보고를 받은 염라대왕은 지시했다.

"알겠습니다. 그럼 저 망자를 초빙되었던 바로 그 장소로 돌려 보내도록 하세요."

상재는 거듭 경악하며 염라대왕을 바라보았다. 염라대왕은 상재를 짓누르는 듯한 시선으로 마주보며 말했다.

"그곳으로 돌아가, 여느 망자들이 그랬던 것처럼 스스로 환생문을 향해 걸어가도록 하십시오. 가는 길에 쉬어도 좋고 그냥 머무르다가 이 저승의 마지막을 맞이하여도 상관하지 않겠습니다."

단지 직함을 박탈하고 대우를 박탈하는 것에서 그치는 선고가 아니었다. 시간을 거슬러 올라가 그의 초빙 사실을 아예 삭제하라는 것이 염라대왕이 선고한 내용의 본뜻이었다. 그의 노력은 사라지고 그의 기록은 지워질 것이며 시간을 거슬러 올라가 그가 한 명의 망자로서 저승에 도착했던 그 순간으로 다시 되돌려 보내겠다는 의미였다.

다른 모든 망자들은 진광대왕부에서부터 열 개의 대왕부를 제 발로 걸어서 이동해 오고 있었다. 철교를 건너고, 산을 넘고, 관문을 지나서. 정상재가 그런 고생 없이 진광대왕부에서 곧장 구름차로 모셔져 온 것은 천문학 전공자를 찾는 염라대왕부의 지시에 의해서였다.

거의 모든 망자들이 오도전륜대왕부에 접근하고 있는 지금 상재는 다시 진광대왕부로 돌아가 그곳에서부터 저승 여행을 재개해야만 했다. 상재는 자신에게 내려진 처분이 무엇을 의미하는지 온전히 이해하고는, 망연자실한 채 자비를 구하는 눈빛으로 계속해서 염라대왕을 바라보았다.

그런 상재에게 염라대왕은 준엄하게 고했다.

"그대는 우리 저승에 진입한 1400만여 명 망자들 중 하나에 불과합니다. 아무것도 특별하지 않고, 어떠한 특권도 없습니다. 그대가 전문가로 초빙되어 소정의 권한을 누리던 동안에도 내내 그러하였으나, 이제 그 사실을 스스로 확인할 기회가 될 것입니다. 이것이 내가 그대에게 내리는 처벌입니다."

염라대왕은 죽비를 세 번 내리쳤다.

"이상, 심판을 종료합니다."

그 순간 퍼뜩 정신이 들었는지 상재는 황급히 절박한 목소리로 고함쳤다.

"잠깐만요! 잠깐만! 이럴 수는 없습니다! 내가 기여해 온 것이 얼마인데! 내가 얼마나 노력을 했는데! 아니, 앞서 있었던 일들을 다 없던 일로 해도 좋습니다! 하지만 내가 아직 할 수 있는 일이 많습니다! 나를 신임하세요! 도움이 될 겁니다! 내가 일할 자리를 주십시오! 새로운 일을 맡겨주십시오! 나는 유능합니다! 나는 특별한 인재란 말입니다!"

염라대왕은 거들떠 보지도 않고 심판정을 퇴장했다. 그 모습을 본 상재는 피고석을 벗어나 판사석 방향으로 뛰어들었다. 그러면서 계속 소리쳤다.

"나는 그런 대우를 받을 사람이 아니야! 거기서부터 내가 어떻게 여기까지 왔는데! 뭐라도 해 보려고 내가 어떻게 노력을 했는데! 어중이떠중이 속에 파묻히지 않으려고 얼마나 애썼는데!"

발악하는 상재의 비명 같은 항변을 들으며 유혜영 차사는 진광대왕부에서 그를 처음 만났을 때를 떠올렸다. 잘났지만 겸손하고 겸손하지만 잘난 존재로 있으려던 그의 모습을. 필요할 때 유명인과 학자의 권위를 내세우면서도 남에게 추켜세워질 순간을 기다리며 몸을 사리던 그의 모습을. 그 모든 것이 어쩌면 뭇사람과 다른 자신, 군계일학인 자신을 나타내기 위한 선택이 아니었을까 하고, 혜영은 생각했다. 이미 그 순간부터 아무 망자가 아닌 특별한 존재로 남기 위해서 손에 잡히는 어떤 기회도 낭비하려 하지 않았겠구나 하는 짐작도 할 수 있었다.

자신이 수속한 망자가 그 수속의 순간으로 돌아가는 광경은 혜영에게 조금쯤 참담하게 느껴졌다. 혜영은 공허한 호소를 이어가는 상재를 안타깝게 바라보았다.

흥분한 상재는 판사석으로 향하는 울타리를 기어오르기 시작했다. 하지만 울타리를 타넘기 직전, 역사가 상재의 어깨를 붙잡아 끌어내렸다. 붙들려서도 발버둥을 치는 그를 보며 시영은 지시했다.

"역사들은 그를 압송하십시오."

상재의 좌우로 다가선 역사들은 지시를 받자마자 그의 양쪽 어깨를 각자 붙잡아 거뜬히 들어올렸다. 상재는 그 상태로 이제는 알아듣기로 어려운 고함소리로 한동안 악을 썼지만 역사들이 그를 매달고 심판정을 걸어 나감에 따라 곧 팔다리를 늘어트리고 침묵했다. 심판정의 피고용 출입문 너머로 그 모습이 사라지고 곧 문이 닫혔다. 그것이 호연이 본 정상재 교수의 마지막 모습이었다.

호연은 방청석 의자에 멍하니 앉아서 비어 있는 피고석을 바라보다가 눈가를 손으로 짚었다. 복잡한 생각이 어지럽게 마음속을 교차했다.

후련했다. 아주 속이 다 시원했다. 혼자서 먼 길 한 번 걸어와 보라지. 권력자가 아니라는 걸 느껴 보라지. 고생 좀 해 보라지. 하지만 그를 고생시키는 게 옳은 일이었을까? 심판까지 끌고 왔어야 하는 일이었을까? 적당히 추궁하고 수습할 수 있는 일은 아니었을까? 그가 저승길을 걸어오며 개고생을 한다고, 호연 자신이 얻을 것은 없지 않은가? 그렇지만 저걸 그냥 놔둬야 했을까. 저질러 놓은 짓에 대한 아무 책임도 안 지게 놔둘 수는 없지 않았나.

그 책임을 묻는 자신에게는 권력이 없었을까? 혹시 자신이 그룹 책임자로서의 권한을 휘둘러 그를 억지로 찍어 누른 것은 아닐까? 혹시 그 권력으로 정상재 교수를 고발하는 대신 그를 용서하거나 구제할 수 있는 것은 아니었을까? 그에게도 충분히 억울한 마음이 있는 건 아니었을까? 그걸 듣기 위해서 자신이 좀 더 노력했어야 하는 게 아니었을까?

그에게 주먹을 휘두르고 발길질을 하려 했던 자신은 과연 아무런 책임도 지지 않고 넘어가도 되는 존재일까? 하지만 자신보다 두 배는 넘게 살았으면서 타인을 무시하고 기만하며 온갖 문제를 일으킨 것은 분명 정상재 교수 본인이었다.

그래도 역사들에게 붙들려 끌려갈 때에는 조금 불쌍해 보였다. 조금도 불쌍하지 않았다. 씁쓸했다. 개운했다. 지나쳤나 싶었다. 진작 이럴 걸 싶었다. 서로 상반되는 수심愁心을 겪으며 번민하는 호연의 어깨를 누군가 짚었다. 유혜영 차사였다.

혼란스러운 눈빛으로 바라보는 호연에게 혜영은 말했다.

"잘 하신 거예요."

"……잘 한 게 맞나요?"

떨리는 목소리로 되묻는 호연에게 혜영은 고개를 끄덕였다.

"네. 잘 하신 게 맞아요. 정당한 고발을 하셨고, 처분에 대해서는 염라대왕 폐하와 비서실장님의 결정을 신뢰하셔도 됩니다."

그러고는 조금 장난스럽게 미소 지으며 말했다.

"저승 법정은 믿으셔도 괜찮아요. 못다 이룬 정의 구현이 전문인걸요."

호연은 신시왕경을 편집하면서 읽었던 내용들을 떠올렸다. 그중 예슬이 꼭 적어야 한다고 강조했던 문장이 있었다.

'이승이 살아 남은 가해자들의 땅이라면 저승은 먼저 죽은 피해자들의 땅이다.'

지연된 정의가 성취되는 곳.

납득과 함께 천천히 고개를 끄덕이고는 호연은 혜영에게 인사했다.

"……말씀 감사합니다."

유혜영 차사는 가볍게 마주 고개를 숙였다.

그때 그 대화를 옆에서 지켜보고 있던 수현의 통신기에서 진동이 울렸다. 수현은 통신기를 집어 들었고 짤막한 보고를 받은 뒤 호연에게 손짓을 해 보였다.

"채호연 망자님."

"네?"

돌아보는 호연에게 수현은 전했다.

"김예슬 망자님께서 깨어나셨습니다."

*

광명왕원 3층의 작은 휴게실. 침대가 마련되어 있는 공간이었고, 예슬이 정신을 잃은 뒤 옮겨져 휴식을 취하고 있던 곳이었다. 호연은 문에 노크를 한 뒤 응답이 돌아오는 것도 기다리지 못하고 문을 벌컥 열어젖히며 방에 뛰어들었다.

"예슬아!"

침대에서 몸을 일으켜 앉아 있는 예슬은 눈가가 퀭해 보였지만 침착하고 진정된 표정이었다. 호연의 호들갑에 놀랐는지 잠시 귀를 막고 있었다.

"난 괜찮아. 너무 고함치지 말아 줘. 귀가 좀 울리네……."

예슬은 가라앉았지만 또렷한 목소리로 말했다.

"정말 괜찮은 거야?"

호연은 걱정을 잔뜩 담아 물었다. 예슬은 작게 고개를 끄덕이며 답했다.

"걱정 안 해도 돼."

"그래……."

호연은 그 대답을 듣고 한숨을 돌렸다. 그러고는 잠시 말문이 막혔다. 부랴부랴 달려왔지만 무슨 이야기부터 꺼내야 할지 고민스러웠다. 대체 무슨 일이 있었는지 물어보는 것이 두려웠다. 결국 실패에 대한 이야기가 될 것만 같았다. 위로를 해 주고 싶어도, 결국 피해 갈 수가 없는 부분이었다. 그렇다고, 천사를 만난 뒤의 이야기를 하지 않는다면, 정신을 잃었다 깨어난 친구와 도대체 무슨 이야기를 나눠야 할지 난감하기만 했다.

그때 예슬이 먼저 입을 열었다.

"……예은이를 만났어."

호연은 화들짝 놀라 예슬을 바라보았다.

예슬은 허공을 바라보며 담담히 말을 이어 갔다.

"천사가 내려오고 나서 사방이 온통 빛으로 가득차고…… 그 뒤에 있었던 일이 정확하게 기억이 나는 건 아니지만 분명 예은이를 만났다는 생각이 들어."

천천히, 하지만 또박또박 잔잔한 목소리로 그곳에서 있었던 일을 회상하는 예슬.

"그랬……구나."

호연은 그런 예슬을 보면서 조금 떨리는 목소리로 물었다.

"……이야기라도 나눌 수 있었던 거야?"

예슬은 고개를 저었다.

"자세한 건 전혀 기억이 안 나. 그 언저리에 무슨 일이 있었는지, 정확히 어떤 모습이었는지, 무슨 이야기를 했는지…… 떠올릴 수 있는 건 딱 두 가지야."

예슬은 손을 들어 손가락을 꼽아 가며 말했다.

"예은이를 만났어. 그리고 빛 속에서 긴 이야기를 나눴어."

손가락을 두 개째 접은 예슬은 문득 손가락을 하나 더 꼽아 보였다.

"……그리고 하나 더."

희미한 미소와 함께 예슬은 말했다.

"언젠가 다시 만날 수 있어."

"응?"

무슨 뜻인지 혼란스러워 되묻는 호연에게 예슬은 차분히 답했다.

"예은이가 그렇게 말했다는 느낌이 들어. '언젠가 꼭, 다시 만날 수 있다'고. 이제 와서 하는 생각이지만, 어쩌면 그때 날아왔던 천사들 중 하나에 예은이가 깃들어 있었던 건 아닐까 하는 생각도 들고 그래."

호연은 고개를 끄덕였다.

"그래."

그 순간 호연이 떠올린 것은 포교 연구 그룹의 신도들이 모두 사라지고 나서 다시 하늘에서 내려와 자신들을 내보내려는 듯 지긋이 바라보던 천사의 모습이었다.

그 순간에는 기괴하고 두렵게 느껴졌던 광경이, 예슬의 말을 듣고 나서 회상하자 마치 말없이 차분한 배웅처럼 느껴졌다.

"……그럴지도 모르겠다."

다시 잠시간의 침묵이 이어졌다.

호연은 몇 번이나 생각 속에서 말을 고쳤다. 사정을 알았으니 전하고 싶은 이야기를 전하고 싶었다. 위로를 건네고 싶었다.

"저쪽 천국으로 못 가게 된 거…… 너무 마음 아파하지 않았으면 좋겠어."

간신히 고르고 고른 말을 꺼내 놓고서도, 호연은 무성의하게 말한 게 아닌가 깊이 고민하고 말았다. 하지만 예슬은 괜찮다는 듯이 고개를 저었다.

"아니야. 괜찮아. 정말로. 할 만큼 했고 다른 사람들이 넘어가도록 도왔다는 생각도 들고."

예슬은 가슴께를 오른손으로 감싸며 말했다.

"……예은이를 만날 수도 있었던 것 같고."

이미 죽은 영혼에게 심장은 뛰지 않는다. 하지만 마치 그곳에 깊은 온기가 깃든 것처럼, 예슬은 심장이 있었을 언저리를 스스로 토닥였다.

"나로서는 답을 구했다는 느낌이야."

그렇게 말하는 예슬은 그저 평화로워 보였다.

호연은 고개 숙여 사과했다.

"떠나기까지 좀 더 많이 못 도와줘서 미안해."

"아니야. 나야말로 갑자기 빠져 나왔는걸. 미안."

예슬도 마주 사과했다. 그리고 물었다.

"그러고 보면, 그때 기록물 건은 결국 어떻게 되고 있어? 지상에서의 작전이나 새로 만들어야 한다던 기록물이나."

비로소 예전처럼 편하게 대화를 나눌 수 있게 되었다. 호연은 그 사실에 감사하고 안도하며 천천히 이야기하기 시작했다.

"일단 서울에서는 기록이 끝났어. 미국 나사 쪽에서는 전파 전송을 준비 중이고. 문제는 엘리시움에 보낼 대체 기록물인데…… 일단, 책임자에 대한 처벌은 방금 끝났어."

"처벌을 했다고?"

놀라워하는 예슬에게 호연은 정상재 교수의 특별심판 이야기를 설명했다. 자신이 한 고발에 의해서 정상재 교수가 저승 법정에 섰고 염라대왕의 심판을 받았음을. 그리고 아마 지금쯤 진광대왕부에 돌려 보내졌으리라는 것을.

"그랬구나…… 별로 즐겁지는 않은가 보네."

이야기하는 호연의 표정을 살피며 예슬은 물었다. 호연은 고개를 끄덕였다.

"후련하기는 하지만…… 즐겁다고는 말 못 하겠어. 저지른 일에 대한 책임이지만 사실 그렇게 책임을 질 일을 처음부터 안 하시고 이런 결과가 없었으면 좋았을 거라는 생각이 들어."

호연은 쓸쓸하게 미소 지었다.

"어떻게 못된 사람이 벌 받는 걸 기뻐만 할 수 있겠어. 못된 짓을 못 하게 막았어야 기쁜 거지."

예슬은 공감한다는 듯 고개를 끄덕였다.

"추가로 넣을 기록물은 아직 완성 못 했고?"

호연은 고개를 끄덕이고 사정을 설명했다.

그 뒤로 여러 고민을 했지만 기록물 생산 그룹의 관계자들은 서울에서 진행된 직지 작전이나 미국에서 진행된 자동화 연구를 돕기 위해 많은 사전 준비를 해야 했다. 알두스 엄폐가 일어나던 당일에는 대거 지상으로 향해야 했다. 아무래도 논의나 작업을 꼼꼼히 진행할 수 있는 상황은 아니었다.

예슬은 호연의 이야기를 듣고 잠시 생각하다가 말했다.

"……나 떠나기 전에 와서 말했었지. 복사골 저승 기록으로 대체하면 어떻겠냐고."

"응. 하지만 혼자서 그걸 어떻게 할 수도 없어서……."

난처하게 말하는 호연에게 예슬은 제안했다.

"도와줄까? 늦었지만."

얼마 전에는 그렇게 듣고 싶었던 이야기였지만 지금 호연에게는 오히려 미안하기만 했다.

"아냐, 아냐. 쉬어. 너 여기 와서 진짜 고생은 할 만큼 충분히 했어. 무리 안 했으면 좋겠어."

큰일 치르고 정신까지 잃은 뒤 돌아온 예슬이 너무 안쓰럽고 걱정스러웠다. 하지만 예슬은 다시금 호연에게 말했다.

"아무것도 안 하고 있으면 내 마음이 안 편할 것 같아서 그래."

재차 사양해야 하나 호연은 고민했다. 하지만 피로해 보이는 와중에도 또렷한 눈빛으로 자신을 바라보고 있는 예슬을 보고 호연은 고개를 끄덕였다.

"……그렇다면 부탁할게."

호연은 앞서 처음 예슬에게 부탁하려고 찾아갔을 때부터 생각했던 그때 차마 다 설명하지 못했던 이유들을 이야기했다.

"엘리시움 쪽에서 부족하게나마 세계 여러 종교의 저승 세계를 기록하고 있어. 하지만 한국의 작은 민속 신앙들은 아마 그쪽에서 참고할 수 있는 기록이 없을 거야. 이대로는 영영 잊힐 거고. 그 작은 저승들 기록을 우리가 남겨 줄 의미가 있을 거야."

보충해야 할 기록을 다양한 한국 민속 저승으로 기록해야 하는 당위성은 호연이 생각하기에 차고도 넘쳤다. 호연이 설명하는 이유를 들으면서 예슬은 꾸준히 고개를 끄덕였다.

거기에 호연은 한 가지를 덧붙였다.

"그리고 무엇보다도, 이시영 비서실장님의 출신지이기도 하고."

예슬은 잠깐 고민스러운 듯 눈가를 찡그리더니 조심스럽게 호연에게 말했다.

"……그건 이유로 삼으면 안 될 것 같은데."

"응?"

호연은 움찔하며 놀랐다. 예슬은 고개를 끄덕이고 잠시 생각을 정리한 뒤 호연에게 지적했다.

"비서실장님을 고려해서 이런 걸 계획하는 건…… 도움이 안 될 것 같아. 아니, 그 정도도 아니겠다. 부적절하다고 생각해."

예슬은 천천히, 하지만 또박또박한 목소리로 자신이 느낀 걸 설명하기 시작했다.

"생각해 봐. 민속 저승 기록이 들어가서 이곳 저승에 있는 사람들 중에 이득을 보는 사람이 누굴까?"

"이득……이라니, 아무도 그런 건……."

떨떠름하니 말하던 호연은 곧 그렇지 않다는 사실을 자각했다. 예슬이 상당히 강한 단어를 쓰며 물어봐서 무심결에 부정하게 되었지만 본질이 그렇지 않다는 걸 스스로 잘 알고 있었다.

애초에 이시영 비서실장의 출신지가 복사골이라는 것을 의식한 것부터가 그에게 소정의 보상이 돌아가게 될 거라고 생각했기 때문이었다. 고향 저승의 기록을 남겼다는 감정적 만족감이든, 추후 기록물을 읽은 후대인들에 의한 복사골 저승 부활의 가능성이든.

호연은 발할라에서 보았던 시영의 표정을 떠올렸다. 복사골도 되살려낼 수 있을지도 모른다고 말했을 때 시영의 표정은 안도하기보다는 오히려 굳었다. 그러고는 '언급하기 좋은 때가 아니다'고 말했다.

호연은 조심스럽게 시영과 기록물을 연결 짓는 것이 어쩌면 썩 좋은 방향이 아닐 수도 있겠다는 생각을 했다.

"……응, 이해했어. 역시 부적절할까?"

호연의 물음에 예슬은 다시 고개를 끄덕였다.

"그렇다고 생각해. 왜냐면…… 그런 내용으로 기록물을 내보낼지 말지, 결국 최종 결정하는 게 그 분이잖아. 아마 본인이 본인에게 득이 되는 결정을 내리는 데 대해 바람직하지 않다고 생각하실 거야. 그리고…… 음."

말을 이어 가던 예슬은 문득 호연의 눈치를 살짝 보았다. 호연은 고개를 갸웃했고 예슬은 결심한 듯 이야기를 마저 이어 갔다.

"……결국 그 기록물이 특정한 누군가가 그 자리에 있었기 때문에 만들어질 수 있는 물건이 된다면 정상재 교수 그 분이 저지른 일이랑 다르지 않게 된다는 생각도 약간 드네."

"어, 그 정도라고 생각해?"

호연은 당황했다.

"아니, 하지만…… 기록물과 관련한 책임자는 나야. 그리고 그룹 분들의 동의도 거칠 거고, 네 도움도 받을 거고…… 이건 합의된 방향일 거라구."

예슬은 차분하게 호연을 타일렀다.

"내 생각에는 합의의 문제는 아닌 것 같아. 분명 정상재 교수님은 독선적으로 일을 저질렀지만……호연아, 만약 그 분이 사전에 합의를 받으러 가져왔으면, 동의했을 거야?"

호연은 고개를 저었다. 그 점에 대해서는 심판정에서 스스로 꺼냈던 말이 자신의 마음속에서도 맴돌고 있었다.

"아니. 취지에 벗어나는 일이었을 테니까. 시왕저승의 안녕을 바라는 기록물에, 특정인의 안녕을 바라는 기록물을 끼워 넣을 수는 없었으니까."

"응. 바로 그거야."

예슬은 시종 차분하게 절대 비난하기 위해 하는 말이 아니라는 것을 알아 달라는 것처럼 신중하게 호연을 설득했다.

"앞서 말했던 이유들은 분명 일리가 있다고 생각해. 나도 같은 생각이야. 시왕저승에 대해서 우리가 일부러 더 적을 수 있는 건 없을 거야. 민속 저승들을 보존해서 서양 사람들이 챙겨 주지 못하는 동양의 전통을 조금이라도 살려 놓는 건 바람직하다고 생각해. 그렇지만 그렇게 넣는 기록물이 이시영 비서실장님의 고향 저승이라는 이유로 들어가는 것은 아니어야 한다고도 생각하고."

예슬은 조금 고민하더니 설명을 덧붙였다.

"……그리고 비서실장님이 정상재 교수 재판에 참여했다면 본인도 이미 그렇게 느끼고 계셨을 거야. 저런 식으로 기록물에 스스로 손대는 일을 만들지 않으리라고 다짐하고 계신 거 아닐까."

호연은 조금 부끄러웠다. 아니, 많이 부끄럽고 당황스러웠다. 정상재 교수가 그렇게 기록물을 뒤에서 주물럭거린 것에 대해서 지독한 배신감을 느꼈다. 그리고 그것이 단순한 배신감이 아니라 기록물의 사유화에 대한 정당한 분노라고 믿었다. 단지 합의가 이루어지지 못한 것만이 문제가 아니라 누군가를 우선해서 챙기는 기록물이 바로 그 당사자에 의해 작성되었기 때문에 문제인 거라고 합리적인 판단을 했다고 믿었다.

약간만 관점이 흔들리자 호연 자신조차도 같은 함정에 발을 딛을 뻔 했던 것이다. 정상재를 위해 사사문과 기여자 목록을 넣는 것이 부당하다면 이시영을 위해 복사골을 다루는 것도 마찬가지로 부당하다는 생각에 쉽게 이르지 못했다.

자신이 보상과 불멸에 연연하지 않으려 했던 마음이 진심이었다면 남을 우러러서도 그러지 말았어야 했다.

호연의 마음속에서는 조금 억울하다는 생각도 빠르게 자라났다. 경우가 다르지 않은가? 정상재와 자신의 생각을 같이 취급해도 되나? 이시영 비서실장은 정상재보다 압도적으로 많은 기여를 하지 않았나? 그냥 친구로서 편을 들어주면 안 되나? 그렇게 부끄러움을 피하기 위해 화를 내라고 부추기는 마음이 호연의 깊은 곳에서 아우성을 치고 있었다.

호연은 그러지 않기로 했다.

"……내가 크게 잘못 생각했었네. 지적해 줘서 고마워."

호연은 고개 숙여 사과했다.

위험한 생각이라는 것을 알게 되었다면 그걸 피해 갈 방법을 고민하면 된다. 더 많은 이들과 문제를 공유하고 정말로 가서는 안 되는 길인지, 아니면 다른 길을 찾을 수 있는지 함께 생각하면 될 것이다.

문제가 있을 법한 일에 문제가 없다고 생각하고 지적을 피하기 위해 적당히 덮어 넘기고 숨기는 것이야말로 정상재스러운 행동이리라고 호연은 생각했다. 그런 억울함은 반드시 극복할 필요가 있었다.

예슬은 그런 호연의 어깨를 다독였다.

"나야말로 화내지 않고 이야기를 들어 줘서 고마워."

예슬의 대답을 듣고 호연은 다행스러움에 목이 메어 오는 기분이었다. 잘 한 선택이었다.

"어떻게 하면 좋을까, 그럼?"

호연은 예슬의 의견을 구했다. 예슬은 생각 끝에 말했다.

"아까도 말했지만 민속 저승들로 내용을 채우는 건 맞는 방향이라고 생각해. 문제가 되는 건 그 작업이 이시영 비서실장님을 의식하거나, 비서실장님의 도움을 받거나…… 어떤 형태로든 이해관계 충돌의 부담을 주게 되는 부분일 거고."

두 가지는 서로 묶여 있는 문제처럼 보이지만 예슬은 떼어 놓고 진행할 수 있을지도 모른다는 생각이 들었다.

"비서실장님을 아예 배제하는 방향으로 진행해 보면 어떨까? 내가 최대한 도울게."

예슬의 의견에 호연은 고개를 끄덕이며 물었다.

"고마워. 그럼 최종 승인을 구하는 과정까지는 이야기 드리지 않는 게 나을까?"

잠깐의 고민을 거쳐 예슬은 말했다.

"……그건 우리보다 더 잘 알 만한 사람에게 물어보자. 강수현 비서관님이나 그런 분들하고 상담해 보는 게 어떨까?"

그리고, 뒤늦게 생각났다는 듯 덧붙였다.

"그리고 기록물 생산 그룹 안에서도 제대로 의견 일치를 구하고."

호연은 계속해서 고개를 끄덕였다.

"물론 그렇게 할 거야."

그런 호연을 보며 예슬은 편안하게 미소 지었다.

"안심이 됐어?"

호연도 마주 웃어 보였다.

"응. 덕분이야."

예슬은 고개를 끄덕이고는, 조금 후련해졌다는 듯 호연에게 말했다.

"……그래, 어쩌면 더 해 줘야 할 일이 있어서 돌아왔는지도 모르겠네."

그 말에 담긴 우정과 신뢰의 무게를 호연은 느꼈다.

*

인영은 부대장실의 개인 침대에 누워 신음하고 있었다. 온몸이 자신의 지배를 벗어나는 것처럼 아팠다. 특히 소화기관이 온통 엉망이었다. 반복되는 구토와 설사, 그리고 장출혈을 의심케 하는 증상들. 지금도 창자를 빨래처럼 쥐어짜는 듯한 감각에 시달리고 있었다. 심한 탈수로 인해 얼굴빛은 심하게 쇠약했고 약한 황달이 오르고 있었다.

몇 시간 전부터는 그런 눈에 띄는 증상도 없이 전신에 욱신 거리는 고통이 반복되고 있었다. 팔다리에 기운이 없고 몸을 도저히 움직일 수가 없었다.

인영은 간신히 움직이는 손가락으로 너스 콜 용도로 사용하 는 무전기의 버튼을 눌렀다. 곧 의무관 오서영 중위가 급히 달 려왔다.

"대위님. 필요한 게 있으십니까?"

인영은 쇠약한 목소리로 말했다.

"……부대 상황을…… 확인해야겠다. 부부대장을 불러오도록."

오 중위는 즉시 이혜진 중위를 부르러 갔다. 잠시 혼자 방 안 에서 신음하며 기다리고 있던 인영의 눈에 소리 없이 나타난 사람의 형상이 비추었다. 유혜영 차사였다. 인영은 웃음인지 탄식인지 모를 목소리로 나직이 중얼거렸다.

"……저승사자가 왔나."

쓴 농담이었다. 하지만 유혜영 차사는 쉬이 받아 낼 수가 없 었다.

"염려가 되어, 급히 방문했습니다."

조심스러운 그 대답 뒤에 어떤 방문 경위가 숨어 있는지 인 영은 짐작할 수 있었다. 왜냐면 자신도 지금 같은 것을 짐작했 기 때문이었다.

곧 오 중위가 부부대장 이혜진 중위를 데리고 방으로 돌아왔다. 그들은 방 안에 도착해 있는 유혜영 차사를 보고 조금 놀랐지만, 곧 인사를 교환하고 인영의 곁에 모였다.

"대위님, 지시사항이 있으십니까?"

긴장된 표정으로도 침착하게 묻는 이혜진 중위에게 인영은 물었다.

"……현재 부대 상황은."

완전히 지하에 고립된 솔개부대에 있어 상황이 바뀔 것은 없었다. 바뀔 수 있는 것은 부대의 인원뿐이었다. 혜진은 침통함을 드러내지 않으려 애쓰며 보고했다.

"지난 24시간 동안 인원 손실 세 명입니다. 두 명은 영양실조로 추정됩니다. 한 명은…… 스스로 목숨을 끊었습니다."

혜진의 보고를 들은 인영은 한숨을 내쉬었다.

"그런가…… 해당 인원들 분량의 식량은 지시대로 분배했겠지."

"네. 정량대로 생존자들의 가용 식량에 편입하였습니다."

직지 작전 종료 후 부대 지휘부 내에서 계획해 놓았던 사망자 대응 체계대로였다.

"고맙다……."

본래 자신이 챙겨야 했던 지휘관의 업무였다. 인영은 대행으로서 지시를 정확히 이행해 준 혜진에게 감사의 뜻을 전했다. 그런 인영을 초조하게 바라보고 있던 의무관 오 중위가 참다 참다 참을 수 없었던 것처럼 물었다.

"대위님. 역시 항생제 치료라도 시도해 보시는 편이 어떻겠습니까. 이대로는……."

"진통제로 충분하다."

인영은 그의 말을 중간에 가로막았다.

"장기가 망가진 걸 항생제로 달랠 수 있을 리가 없지…… 그건 오 중위가 더 잘 알 텐데."

인영의 증상은 일종의 방사능 피폭 증상으로 의심되었다.

탐색조가 지상에서 가져온 식료품이 문제였다. 인영은 부대 내에 보존된 안전한 식료품을 모두 부대원들에게 재배분하고 자신은 지상에서 반입된 식료품에 의존했다. 며칠 식사한 뒤 안전성이 확인되면 반입 식료품의 공급을 시작해 부대원들에게 방대한 식량을 제공하고자 하는 계획이었다.

예상보다 이르게 탈이 났고, 지상에서 가져온 식료품은 모두 폐기되었다.

소화기관과 몸 곳곳에 기능 부전이 일어났다. 장기간 고에너지 방사선 입자에 노출된 식품에 예기치 못한 분자 변성이 일어났을 가능성이 뒤늦게 진단되었다. 영양분의 분자 구조가 뒤바뀌거나 방사능을 가진 동위원소가 생겨난 것으로 추정되었다.

"하지만 그래도……."

그 가능성을 조기에 예측하지 못한 것이 오 중위에게 큰 후회로 남았다. 인영은 그가 자신의 회복에 매달리는 이유를 알고 있었다.

"어차피 목숨을 길게 부지해야만 할 이유도 없다. 너무 심려치 말도록. 모두 내 결정이었고 제한된 환경에서 최선의 결과를 추구했을 뿐이다."

"그래도……."

인영은 깊은 한숨을 내쉬고 덧붙였다.

"이미 늦었어."

그 짧은 말로 이 자리에 모인 모두의 마음이 내려앉았다. 모두가 짐작했지만 짐작했다고 생각하고 싶지 않았던 것을 마주해야 할 순간이었다. 인영에게 주어진 시간이 얼마 남지 않았다.

"이혜진 중위."

"네, 대위님."

최대한 평정심을 유지하며 대답한 혜진에게 인영은 말했다.

"정식으로 부대 지휘권을 인계한다. 남은 부대원들의 편안한 마지막을 부탁한다."

"예."

대답을 들은 인영은 당부를 이어 갔다.

"모두가 질서 있는 최후를 맞이할 수 있도록 부탁한다. 행동을 제약하지 말되, 서로 다투거나 상해하도록 하지 말 것. 싸움을 일으킨 자는 독실에 식량과 함께 구금하도록."

말을 멈추고 몇 차례 숨을 몰아쉰 뒤 인영은 덧붙였다.

"……그리고 밖으로 나가고 싶은 이가 있다면 보내주도록

하라. 나갈 때는…… 동십자각 출입구 말고, 종묘 쪽을 사용하
도록. 나가는 사람이 닫고 나가기 불편한 구조로 되어 있다."

다시 거친 숨소리를 이어 가던 인영은 고개를 끄덕이고는 이
혜진 중위를 바라보며 말했다.

"……더 생각나는 건 없다. 이행을 당부한다."

"알겠습니다."

혜진은 이를 악물고 인영에게 경례를 올렸다. 누워 있던 인
영은 살짝 고개를 끄덕여 답한 뒤 유혜영 차사를 바라보았다.

"유혜영 차사."

"네."

굳은 표정으로 바라보는 혜영에게 인영은 나직이 물었다.

"내가, 우리가 해 준 일은 도움이 되었나?"

혜영은 고개를 끄덕였다.

"물론입니다."

인영은 깊은 한숨을 내쉰 뒤 혜영에게 물었다.

"부대에 그쪽으로 받아들여질 생존자가…… 몇 명이었지?"

"현재 네 분이 계속 생존해 계십니다."

"대충 짐작이 가는군…… 김인국 소위, 서상철 하사, 백재완
병장, 조원일 상병. 이상 네 명이겠지."

인영은 떨리는 목소리로도 부대원 네 명의 이름을 조목조목
짚어 냈다. 혜영은 조금 놀랐다.

"……어떻게 알아 내신 거죠?"

인영은 희미하게 미소 지었다.

"부대원의 종교 정도는 외우는 게 부대장의 소임이다."

이어서 혜영에게 부탁했다.

"각자 갈 곳으로 가겠지만 그쪽으로 받아들여지는 부대원들에 대해서는, 예우를 요청한다."

혜영은 공손히 인영에게 고개를 숙이며 대답했다.

"물론입니다. 저희가 제공할 수 있는 최대한 성의껏 모시겠습니다."

인영은 깊이 한숨을 내쉬고 눈을 감았다. 그의 입에서 꺼져가는 목소리가 흘러나왔다.

"오 중위, 성경책을……."

오서영 중위가 침대 옆 협탁 위에 놓여 있던 인영의 성경전서를 집어 들어 그의 품에 안겼다. 스스로 움직일 힘이 없는 인영의 팔을 이끌어 가슴으로 성경을 품어 쥘 수 있게 도왔다.

인영은 작게 숨을 흘리며 입술을 달싹였다. 기도였으리라. 모여 있던 이들은 그의 마지막 기도를 온전히 듣지 못했다. 인영의 마지막 숨은 희미하고, 작고, 은밀했다.

오직 하늘에 계신 분과 인영만이 그 내용을 온전히 알았으리라.

떨어졌다 붙었다를 천천히 반복하던 인영의 입술이 멈추었다. 약하고 천천히 오르내리던 가슴도 멈추었다. 오 중위는 인영의 호흡을 확인하고 맥박을 확인했다. 세 번 다시 확인한 뒤 오 중위는 잠긴 목소리로 선고했다.

"……7월 29일 17시 29분, 솔개부대 부대장 박인영 대위 사망확인. 절차에 따라 부대지휘권한이 부부대장 이혜진 중위에게 인계되었음을 확인합니다."

이혜진 중위는 침통한, 그렇지만 무너지지 않은 강직한 표정으로 그 선고를 접수했다.

"……확인하였습니다."

인영의 앞에 고개 숙여 묵념했다. 오서영 중위와 유혜영 차사도 묵념에 동참했다.

오 중위가 인영의 시신을 수습할 준비를 시작했다. 이제 부대장이 된 이혜진 중위는 한동안 인영의 부재를 실감할 수 없다는 듯 그 모습을 바라보고 있었다.

그러다 문득 유혜영 차사에게 물었다.

"사자님, 대위님께서는…… 어디로 떠나셨습니까?"

혜영은 담담한 목소리로 대답했다.

"저로서는 알 길이 없습니다. 사후에 떠나시는 길은 믿음에 따라 나뉘니까요."

그리고 혜진을 바라보며 확언했다.

"하지만 제가 모셔 갈 틈은 없었습니다."

"모셔 가려고 오신 거였습니까."

씁쓸히 묻는 혜진에게 혜영은 긍정했다.

"네. 혹시라도 저희가 부탁드린 것 때문에 신앙을 인정받지 못하시는 처지가 되시면…… 저희가 사죄드리는 마음으로 모시려고 했습니다."

만약 인영의 영혼이 천국으로 떠나지 못하고 지상에 붙잡히는 처지가 된다면, 지금 혜영의 눈앞에 그의 영혼이 보이고 있을 것이었다.

혜영은 죽은 인영의 손을 잡아 저승으로 이끄는 것을 상상하기도 했다. 신앙을 빗나가게 만든 것에 대한 사죄의 말까지도 몇 번이나 고민했었다.

하지만 그 상상이 현실에 구현되는 일은 없었다. 임종의 순간, 인영의 영혼은 혜영의 눈앞에서 그저 온데간데없이 사라지고 말았다.

그리고 그 사실을 달리 해석하고 싶지 않았다.

"아마도 이후는 하나님께서 관장하시겠지요."

혜영의 이야기를 들은 혜진은 납득했다는 듯 고개를 천천히 끄덕였다.

"그렇습니까."

그 뒤 오 중위가 시신 운구백을 가져와 인영의 시신을 옮기고 부대원들에게 그 사실을 공지하기까지 혜영은 자리를 지키며 인영의 마지막 모습을 지켜보았다.

할 수 있는 예우를 갖추었으니 귀환할 시간이었다. 혜영은 이혜진 중위를 바라보며 인사했다.

"몇 차례 더 찾아뵙겠습니다. 아직 살아 계신 분들이 떠나실

때는 가급적 입회하겠습니다. 저희가 모셔 가야 할 때는 물론이고요."

"알겠습니다."

이혜진 중위는 경례로 답했다. 혜영은 그에 마주해 고개를 꾸벅 숙이고 저승으로 복귀했다. 지상의 언어와 방위로 설명되지 않는 짧은 비행을 거쳐 혜영은 염라대왕부로 복귀했다. 이승문을 빠져나오자마자 혜영은 통신기를 꺼내들고 마지막 사망자들의 인수를 위해 진광대왕부에 남아 있는 당직 관원을 연결했다.

그리고 물었다.

"유혜영입니다. 사출산에 동향 없습니까? 서울에서 방금 한 분이 사망하셨습니다. 내가 모셔오려고 했는데 영혼을 붙잡을 수가 없어서…… 그래도 혹시나 해서 확인차 연락했습니다."

빠르게 물어본 혜영의 질문에 당직 관원은 간략히 답했다.

"없다고요."

당직자는 죽은 사람이 네 명의 서울 생존자들 중 누구인지 물었다.

"아뇨, 그 분들 아니고…… 기독교 믿는 분이셨어요. 개신교. 아니, 알아요, 아는데, 그래도."

그러면 오실 리가 없지 않습니까, 라는 당직자의 말에도, 혜영은 쉬이 포기가 되지 않았다.

하지만 역시 그렇게는 되지 않았다는 것을 인정해야만 했다.

"……혹시나 했죠. 알겠습니다."

인영은 정말로 시왕저승으로는 오지 않았다. 그 사실이 약간 실망스럽고 너무나도 다행스러웠다. 복잡한 마음을 정리할 수밖에는 없었다. 혜영은 본 적도 믿어본 적도 없는 신에게 기도를 올렸다. 그의 영혼에 흠이 잡히지 않고 무사히 그가 바라던 천국으로 향했기를. 자신들과 함께했던 일이 그의 사후에 누가 되는 일이 없었기를. 그의 영혼에 합당한 위로와 영광이 가득하기를.

혜영은 상황실을 향해 걸어갔다. 박인영 대위의 죽음을, 그의 소천을, 시영에게 보고해야만 했다.

솔개부대는 이후 십여 일을 더 버틴 뒤 식량이 바닥났다. 식량이 고갈될 무렵부터 부대 내에 전염병이 돌기 시작했다. 조기에 감염의 확산을 막지 못했고 의약품도 금세 바닥났다. 쇠약해 있던 부대원들은 차례차례 온갖 합병증으로 목숨을 잃었다. 감염에서 간신히 회복된 마지막 부대 생존자들은 지상에서 생존을 모색하겠다며 벙커 밖으로의 진출을 시도했으나, 그 뒤의 소식은 남지 않았다.

*

시영이 한숨을 내쉬더니 대답했다.

"아니요, 저 스스로 이미 고려 끝에 하지 않기로 한 사안입니다.

이해하여 주십시오."

상황실로 찾아온 호연으로부터 기록물 보강을 위해 한반도의 민속 저승 기록을 수록할 계획이라는 보고를 받자마자 꺼낸 단호한 답변이었다.

하지만 다행히도 호연으로서는 이미 예상하고 있었던 반응이었다. 앞서 예슬과 이야기를 먼저 나누었기에 마음의 준비를 해 둘 수 있었다. 물론 마음의 준비만 한 것은 아니었다. 호연은 침착하게 시영에게 물었다.

"어째서 그런 결정을 하셨는지, 설명해 주실 수 있을까요?"

한편 시영 또한 언젠가 이런 질문을 받을 수 있다고 생각했기에 미리 생각해 둔 대답이 있었다. 시영은 차분한 목소리로 말했다.

"아시겠지만, 그중에는 복사골이 포함됩니다. 그리고 그곳은 제 출신지이기에 제가 책임져야 할 일들이 많습니다. 그 모든 것을 종합하면 지금 추진할 수는 없다고 판단했습니다. 저는 시왕저승의 안위가 완전히 보장되기 전에는, 즉 시왕신앙의 회복이 이루어져 저승이 멸망의 위기를 벗어났다고 판단할 수 있는 날이 오기 전까지는 복사골을 포함한 민속 저승의 기록을 회복하는 일에 서둘러 나서지 않고자 합니다."

호연은 심호흡을 한 번 했다. 준비했던 대로 행동할 각오를 굳히고 시영에게 말했다.

"그럼에도 불구하고 추진했으면 합니다."

시영은 고개를 저었다.

"말씀드렸지 않습니까? 다양한 문제가 있습니다."

하지만 호연은 곧바로 시영에게 말했다.

"생각하신 문제가 무엇인지 제시해 보시면 문제가 없는 이유를 제가 설명해 드릴게요."

시영은 조금 놀란 듯이 호연을 바라보았다.

염라대왕의 제안에도 스스로 거절한 일이었다. 강수현 비서관이나 기록물 생산 그룹 쪽에서 이 같은 제안이 나올 가능성이 있다는 것은 너무나 당연한 사실로 여기고 있었다. 그래서 최대한 정중히 거절하기 위한 말들도 이미 잔뜩 생각해 놓고 있었다. 그 상황에서 그 거절을 반박하겠노라고 나선 호연의 행동력이 시영은 대단히 놀랍게 느껴졌다.

시영은 마음을 새롭게 했다. 이 대화는 비서실장 이시영이 어떤 조치를 승인할지 말지 '결정'하는 자리로 그치지 않을 가능성이 높아 보였다. 그보다는 기록물 생산 그룹의 책임자 채호연과 대등하게 업무상 토론을 해야 하는 상황에 가까웠다. 자신이 고심 끝에 내린 결정을 의심의 여지없이 방어하거나, 또는…… 정당한 의심에 의해 부정하게 되는 대화가 되리라.

잠시 입을 닫고 시영은 생각을 한 차례 정리했다. 자신이 했던 고민들과 스스로에게 물었던 질문들을 추렸다. 시영의 머릿속에서는 지금 민속 저승의 기록을 함부로 남길 수 없는 이유에 대한 목록이 만들어져 나갔다.

그 목록을 시영은 또렷한 목소리로 하나씩 읽어 나가기 시작했다.

"첫째. 기록물 생산의 목적은 신시왕경이었습니다. 십대왕부와 소육왕부에 속하지 않는 사후세계의 기록을 투입하는 것이 정당화될 수 있습니까?"

호연은 예슬과의 대화를 떠올리며 대답했다.

"네. 그 이유는……."

"신시왕경의 초안을 다시 늘리는 건 그거대로 문제야. 너도 알겠지만, 분량을 맞추면서도 모든 저승 대왕들에게 공평하게 비중이 주어지도록 애썼잖아? 어느 한 대목만 떼어서 더 서술하는 것은 부당해. 추가 분량을 유지하겠다면, 우리는 시왕저승 바깥의 기록을 유치할 필요가 있어."

예슬은 침대 매트리스 위에 손가락을 두드려 가며 호연이 시영 앞에서 이야기할 논리를 만들어 나갔다.

"그리고 아까 네가 말한 것처럼, 우리가 살릴 수 있는 다른 저승을 하나라도 더 살려 나가는 방법이 될 수도 있고. 민속 저승을 선택할 이유는 그것만으로도 충분해."

시영은 호연의 답을 부정할 수 없었다. 절대적으로 옳고 그름을 가를 수는 없는 문제였다. 그리고 호연이 말한 중요성은 시영이 듣기에 합리적이었다.

하지만 시영이 느끼는 문제점은 아직 많이 남아 있었다.

"둘째로, 그럼 그런 내용을 넣는 것이 절차적으로 정당한 일입니까? 앞서 정상재 망자가 저지른 일과 같이 잘못된 경로로 기록물에 손을 대는 것이라는 의심을 피할 수 있습니까?"

"이미 기록물 생산 그룹 전원의 동의를 구했습니다."

호연은 막힘없이 대답했다.

"그 과정은……."

나성원 책임이 불만을 제기했다.

"기록물에 손대는 아이디어를 또 만들어 와도 되는 겁니까? 정상재 교수는 그렇게 쫓아 냈잖아요?"

한 차례 정상재에게 데인 적이 있는 성원이었지만 그렇다고 새로운 방향에도 온전히 납득할 수는 없는 모양이었다. 하지만 이제 호연은 그의 반대가 껄끄럽지 않았다. 대화할 수 있을 것이다. 호연은 성원에게 고개를 끄덕였다.

"그래서 지금 여러분들께 합의를 청하고 있어요. 제대로 된 절차를 밟아서 추진하려고요."

"절차라고 해 봐야 다수결 아닙니까?"

의심 가득한 성원을 바라보며, 호연은 선언했다.

"아니요, 만장일치로 하려고 해요."

"네?"

조 선임이 놀라 비명을 질렀다. 조 선임은 성원이 반대할 거라고 믿는 눈치였다. 성원도 그런 시선을 모르지 않았고, 호연에게 물었다.

"……만장일치라니, 내가 반대하면 포기할 거란 말입니까?"

호연은 망설임 없이 고개를 끄덕였다.

"네. 여러분들의 반대를 무릅쓰고 기록물을 만들 수는 없어요. 지금까지 계속 그랬었죠. 기권을 하신 분들은 있었지만, 저희가 편집상 반대 의견을 묵살한 적이 있었나요?"

그리고 덧붙였다.

"만약 정상재 교수 그 분이 처음부터 삽입을 제안하셨다면, 동등한 의견으로 대우했을 거예요. 물론 정당하게 반대 의견을 받으셨을 것 같지만…… 필요하면 설득을 하거나 의견을 수정해서 받아들였을지도 몰라요. 몰래 일을 저지르심으로서 그 기회를 스스로 포기하셨지만요."

성원은 한숨을 내쉬었다.

"그러니까 내가 그 사람 두둔하자고 이런 이야기를 하는 건 아닌데……."

뒷머리를 긁적이던 그는 머지않아 호연에게 의견을 답했다.

"알겠습니다. 동의합니다."

생각 외로 빠른 그의 수긍에 다른 전문가 망자들이 술렁였다. 성원은 변명하듯 중얼거렸다.

"아니 뭐, 나도 반대를 위한 반대를 하고 그러는 사람은 아닙니다. 사실 따지고 보면 딱히 반대할 이유는 없는 거고.

사람 그렇게 이상하게 보지들 마세요, 좀."

긴장하고 있던 호연은 안도의 한숨을 내쉬었다.

"……그럼 다시금 모든 분들께 여쭙겠습니다. 추가 기록을 민속 저승 모음으로 만드는 데 동의하시는 분?"

모두가 손을 들었다.

"반대하시는 분?"

아무도 들지 않았다.

"기권하실 분?"

역시 모두가 침묵했다.

호연은 벅차오르는 마음과 함께 선언했다.

"그러면 만장일치로 추진하겠음을 보고 드립니다."

시영은 고개를 끄덕였다. 합의를 미리 하고 가져왔다면 기록물 생산 그룹 차원에서 절차적인 문제를 지적할 필요는 없을 듯 했다. 하지만 절차적인 문제는 다른 방향에도 있었다. 바로 시영 자신에 대한 것이었다.

"셋째로, 그럼에도 불구하고 그 작성 과정과 결정 과정에 제가 개입을 하지 않을 수 없습니다. 복사골 출신인 제가 비서실장의 직함을 가진 채로 관련된다면, 그 자체로 이해관계 충돌에 해당합니다. 다른 민속 저승들을 아우름으로써 공정성을 보장하려 해도, 제가 참여한다면 복사골에 더 큰 비중이 실리게 되는 것은 피할 수 없을 겁니다. 극복할 방안이 있습니까?"

시영은 질문을 던지면서도 묻는 의미가 있을지 모르겠다고 생각했다. 그 이해관계가 해소되려면 시영이 전혀 손도 못 대는 상황에서 작성이 이루어져야 했다.

호연은 시영의 예상보다 빠르게 답변을 내놓았다.

"그 대책도 고민했어요. 바로……."

"난센스예요!"

조성영 선임이 외쳤다.

"이시영 비서실장님이 그곳 출신자인데 도움을 안 구하고 직접 작성한다구요? 김예슬 망자님, 그게 가능해요?"

예슬은 고개를 끄덕였다.

"가능해요. 정확히는, 가능한 만큼만 해 봐야죠. 잘 하자고 무리한 일을 할 수는 없어요."

BJ고려맨 진성관이 팔짱을 끼고 심각하게 고개를 끄덕였다.

"김예슬 님 말씀에 정말 일리가 있다는 생각이 드네요. 그렇죠. 이건 이시영 비서실장에 대한 기피 사유가 되는 것이지요."

"그분을 과정에서 배제하자는 것이지 미워하자는 말은 아니지 않습니까?"

홍기훈 박사가 의아하게 묻자, 성관은 보충했다.

"아, 그러니까…… 제가 법을 잘은 몰라도 법이나 행정에서는 단어를 그렇게 쓰더라고요. 재판 같은 거 할 때 법관이 사건과 관련이 있으면 재판 당사자가 그 법관을 피해 가는 걸 기피, 법관이 사건을 피하는 걸 회피라고 한다고 알고 있거든요."

전오석 교수가 고개를 끄덕였다.

"과연, 요컨대, 리시영 비서실장과 리해관계가 생길 수 있는 사안이므로, 일부러 절차에 끼지 못하도록 하는 것이군."

호연은 고개를 끄덕였다.

"정확해요. 그래서 되도록이면 내용을 기획하고 만드는 과정에서 최대한 비서실장님을 기피하는 가운데 작업을 추진할 계획입니다."

시영은 잠시 말문이 막혔다.

"지금…… 저를 기피한다고 하셨습니까?"

"네. 말씀하셨듯이 이해 관계자이시니까요."

시영이 시왕저승으로 넘어 왔을 무렵은 이미 이승에서 인연이 있던 이들은 모두 진작 저승길을 지난 뒤의 일이었다. 그가 재판관으로 일하는 동안 기피받거나 회피해야 할 사건은 없었다. 비서실로 이동하고 나서는 더욱 그랬다. 저승의 망자들에게 사리사욕을 추구할 의미는 없었고 당연히 행정적 이해관계를 고민할 이유도 없었다. 그렇기에 공무적 기피라는 것은 논리적으로만 알고 있는 지식에 불과했다.

하지만 이번 재해를 계기로, 심지어 자신의 책임으로 산신노군을 상실한 시영에게는, 이제 충분한 이해관계가 생겼다 해도 무방하리라.

실제로 적용 받을 기회가 거의 없었던 개념의 대상이 된 것에 시영은 묘한 경이로움을 느꼈다. 호연이 생각 이상으로 준비를 치밀하게 해 놓은 상태였다.

시영은 다른 문제를 제기했다.

"넷째로 묻겠습니다. 절차적으로 제 동의 없이 하겠다는 말임은 이해했습니다. 하지만 내용 면에서의 협조도 필요 없다는 말씀이십니까? 내용의 충실함을 담보할 수 있습니까?"

질문을 던져 놓고 나서 시영은 후회했다. 마치 복사골 저승을 기록하고자 한다면 자신이 나서서 뭔가를 해 줄 수 있다는 듯 으스대는 발언처럼 여겨졌다.

시영이 그 점을 부연해 설명할까 고민하는 사이 호연이 곧장 대답했다.

"네. 작성의 준비는⋯⋯."

호연에게서 기록물 생산 그룹의 결정 사항을 전달받은 강수현 비서관은 한참 입을 다물지 못하더니, 곧 호연에게 호들갑을 떨며 박수를 쳤다.

"잘하셨어요. 정말 잘하셨어요."

"감사합니다. 어, 그런데 정말 좋으신가 봐요?"

굉장한 반응에 호연이 놀라자 수현은 멋쩍어하며 뒷목을

읽었다.

"아니, 사실 저도 계속 생각을 했었거든요. 복사골이라도 넣자고 건의를 드려야지 했는데…… 그런데 정말 잘 결정하셨어요. 저도 그게 이해관계 충돌이 될 거라는 생각은 했는데, 아예 기피하고 진행하면 된다는 상상은 못 했네요."

수현의 감사와 찬사를 들으며 호연은 처음에 문제를 지적해 준 예슬이 그저 고마울 따름이었다.

"그래서 여쭤보고 싶은 게 기록물의 내용에 대해서인데요. 혹시 시왕저승에 다른 민속 저승들의 자료가 보관된 곳이 있을까요?"

호연의 질문에 수현은 바로 고개를 끄덕이며 답했다.

"당연히 있죠. 비서실장님은 내내 그런 거 없다 부족하다 하시지만, 당장 좌도왕부의 본원경들은 전부 소육왕부에서 빼내 왔는걸요. 제가 보기엔 그걸로도 충분할 것 같은데요."

"아, 그 저승길 내비게이션으로 쓰는 자료들 말씀이시죠?"

호연은 시영과 함께 구름차를 타고 저승길을 넘나들 때, 좌도왕부에서 다른 저승의 신앙 자료를 받아와 사용했던 기억을 떠올렸다.

이 저승에서 다른 저승을 떠올려 찾아갈 수 있는 정도의 정보라면 이승의 사람들도 그걸 보고 그 저승에 찾아갈 수 있는 게 아닐까 호연은 생각했다.

"바람직해 보여요. 초안으로 삼을 수 있겠네요. 저나 예슬이가 좌도왕부에 연락할 방법이 있을까요?"

"네? 아뇨, 그건 제가 도와드려야죠."

나서는 호연을 수현은 만류했다. 호연에게는 나름의 이유
가 있었다.

"강수현 비서관님께는 다른 걸 좀 부탁드리고 싶어서요."

호연은 가져온 두루마리를 꺼내 보였다. 좌도왕부에서 막 받
아 온, 주요 한반도 민속 저승의 이정표인 본원경들이었다.

"이 자료를 적절히 요약하는 방법으로, 내용은 거의 채울 수
있을 거라고 생각합니다. 이해관계 충돌을 감안하면서 비서실
장님의 구술 자료에 의존하거나 하는 일은 없을 겁니다."

"그렇……습니까."

시영은 순간 굉장한 실망감을 느꼈다. 자신이 기여할 수 있
으리라 믿은 일을 못하게 되었을 때의 실망감이었다. 하지만
곧 시영은 그렇게 실망한 자신에 대해서 거듭 실망했다. 무슨
말도 안 되는 생각이란 말인가. 자신이 참여해야 내용을 충실
히 할 수 있다고 생각한 것 자체가 그야말로 명백한 이해관계
요, 기피사유일 것이었다.

"준비를 철저히 하셨군요."

시영은 그 감상을 입에 올렸다.

"감사합니다."

호연은 담담하게 답했다.

이제 시영으로서는 꺼낼 수 있는 반대의 이유가 그리 많이
남아 있지 않았다.

"……마지막으로 여쭙습니다. 그 내용이 되어야 하는 이유
도, 결정 과정도, 작성 과정도, 저를 기피하겠다는 취지도 모두
이해했습니다. 합리적인 선택입니다. 그렇지만 그걸 지금……
제게 보고하거나 승인받으시려는 것입니까?"

시영은 이제 그 지점이 의심스러웠다. 자신이 엮일 것을 생
각해 모든 절차를 치밀하게 밟아 놓고 마지막 도장을 자신에게
받으러 왔다면 모든 것을 망치는 셈이 되지 않는가? 호연의 모
든 설명을 듣고 나자 호연이 이 안건을 자신에게로 가져온 것
자체를 이해하기 어려워지게 되었다.

하지만 호연은 도리어 빙긋 웃었다.

"아니요. 통보해 드리러 왔습니다."

시영은 다시금 머리를 강하게 얻어맞은 듯한 신선한 충격을
받았다. 통보라고?

"말씀드렸다시피 이 내용은 비서실장님과는 이해관계가 있
는 내용이죠. 그래서 저희는 비서실장님의 결재선을 회피하기
로 했습니다."

강수현 비서관은 손가락을 세 개 펴 보았다.

"모든 안건에는 규정 상 세 명의 결재동의가 필요합니다.
비서실 내부의 업무는 그래서 비서관 분들이 결재안을 올리

시면 제가 이차 결재를 하고, 비서실장님께서 최종 결재를 하십니다. 염라대왕님 승인이 필요한 경우에는 기안자, 비서실장, 염라대왕님 순으로 올라가고요."

호연은 새삼 저승의 관료제에 압도되는 기분이었다.

"그럼 지금까지 저희가 제안하거나 했던 게 전부 그런 절차로 승인된 거였나요?"

"네. 그때 올린 기안서들 다 공문서로 보관되어 있답니다. 몇 개는 제가 정리해 적었죠."

수현은 조금 뿌듯해하며 대답했다.

옆에서 이야기를 듣고 있던 안유정 윤회정책비서관이 대화에 끼어들었다.

"그러면 이 건 결재안은 제가 쓰겠습니다."

"안 비서관님께서요?"

호연이 예상치 못했던 안 비서관의 제안에 되묻자 안 비서관은 고개를 끄덕였다.

"두 가지 타당한 이유가 있습니다. 비서실장님을 기피할 거면, 결국 세 명을 통해서 올라가야 하거든요. 제가 쓰고, 강 비서관님이 결재하시고, 비서실장 유고로 보고 차상위자 이신 염라대왕 폐하 결재를 받으면 되겠네요. 그리고, 저는 기록물 그룹에서 무슨 이야기가 오갔었는지 잘 모르는 입장이고요. 객관적으로 쓸 수 있겠죠."

호연은 안 비서관에게 감사의 뜻을 표했다.

"도움에 감사드려요."

안 비서관은 지극히 사무적인 태도로 호연에게 재촉했다.

"뭘요. 행정 절차를 촉진하는 일인걸요. 제안의 이유부터 말씀해 주시면 도움이 되겠습니다."

호연이 내밀어 보이는 비서실 결재 문서에는 세 개의 도장이 당당하게 찍혀 있었다. 안유정 비서관의 개인 도장, 강수현 비서관의 개인 도장, 그리고 그 두 도장을 압도하는, 네모지고 웅장한 형태로 당대 염라의 법명을 전서체로 담은, 옥새 날인.

그 밑에는 염라대왕의 친필로 승인 사항이 쓰여 있었다.

'신시왕경 부록으로서 민속 저승 기록의 신조^{新調}를 허함.'

시영은 깊은 한숨을 내쉬었다.

"……알겠습니다. 결정사항의 통보라는 것이군요."

"네."

호연의 당당한 대답에 시영은 씁쓸하게 웃고 말았다.

왜 이런 상황을 예상하지 못했겠는가. 거절할 준비를 다 마쳤다고 해서 그 거절이 통하지 않을 경우를 상상하지 않을 리가 없었다. 시영의 일머리는 바쁘게 움직여 그 경우에 어디까지 타협할 수 있을지를 진작 계산해 놓고 있었다.

시영이 정상재 교수를 규탄할 때의 마음은 진심이었다. 공적인 책임을 가진 자가 마음대로 결정권을 휘둘러 자기 자신을 위하는 일을 저질러서는 안 된다. 때문에 만약 염라대왕이 재차 지시하더라도, 수현이 간원하더라도, 호연이 합의를 바탕으로 결정을 요구하더라도, 시영은 있는 그대로 받아들이지는 않을 생각이었다. 허락할 수 있는 최소한의 선은 좌도왕부의 기록물을 활용하도록 종용하는 것이었고 그 과정에서도 복사골을 수록하는 것은 거절할 생각이었다.

그 모든 것은 시영 자신에게 최종 결정을 맡기려 했을 때를 대비한 것이었다.

그리고 그 걱정 자체를 호연은 기우로 만들어 버린 것이다. 거부할 수 없는 근거로 확실한 동의를 얻어 충분한 내용을 갖추고 자신이 결정에 관여할 틈조차 주지 않았다. 시영이 걱정하던 모든 일들은 이미 자신이 알지도 못하는 사이에 종료된 채로 넘어 왔다. 깔끔한 솜씨였다.

시영은 한편으로 반성했다.

"……인정하겠습니다. 이해관계가 있는 내가 이 일을 어떻게 거절하고 다루어야 할지, 많은 고민을 했습니다. 하지만 그 일이 내 손을 거쳐 가지 않을 리 없다고 생각했던 것 자체가 이미 나 자신의 고집이었는지도 모르겠습니다."

공사를 완벽히 구분한다면 오히려 신경조차도 쓰지 않았을 일이었다.

쓸쓸하게 말하는 시영을 바라보며 호연은 안타까움을 느꼈다.

"역시, 많이 그리우신가요?"

시영은 그 질문에 대답하기를 조금 주저했다. 비서실장인 자신이 사적 감정에 따라 대답해도 되는 질문인지 조심스러웠다. 하지만…… 이 일에서 자신은 이미 완벽히 배제되어 모든 절차가 끝난 뒤였다.

고민과 함께 헤매던 시영의 시선이 집무실 테이블 위에 여전한 고요함으로 놓여 있는 복숭아나무 가지에 내려앉았다. 그 순간 솟아오른 아쉬움과 후련함이 뒤섞인 이상한 기분에 이끌려 시영은 마음을 털어놓았다.

"……예. 솔직히 그렇습니다. 어떻게 안 그렇겠습니까."

한 번 말문이 열리자 시영의 입에서는 여러 감정들이 흘러나오기 시작했다.

"저는 노군께서 당부하신 말씀에 따라 이곳 시왕저승으로 넘어온 형편입니다. 가서 지어야 할 선업이 있다 하시기에 와서 일하고 있습니다. 매 순간마다 떠올리지 않을 수가 없지 않겠습니까."

기억과 회한의 파도가 밀려 왔다. 시영은 지나 온 과거를 회상했다.

아무 것도 모르던 어릴 적에는 자신이 죽어서도 공부를 하고 이윽고는 세상이 망하는 순간에 저승에서 벼슬아치가 되어 있을 거라는 상상은 하지 못했다. 큰일을, 선업을 쌓기를 바라는 노군의 뜻을 받아 한 번 죽어 도착한 저승을 멀리했다. 합리적이고 공정하게 모든 일을 처리하기 위해 최선의 노력을 다했다.

그렇게 시작된 시왕저승에서의 공직 활동이 결국 복사골을 자기 손으로 떠나 보내는 형태로 귀결되리라는 것도 전혀 상상할 수가 없었다.

하지만 지금은 달리 생각하게 되었다. 시영 자신이 이승의 멸망이라는 재해 앞에서 감당해야 했던 그 모든 시련과 고통도, 저지르고 말았던 실수와 오판조차도 지금의 자신을, 그리고 지금 시왕저승에서 이루어 낸 모든 일들을 도울 수 있게 해 준 인과였을지도 모른다고 시영은 생각했다.

시영은 다시금 사무적인 태도를 되찾으려 애쓰며 담담하게 말했다.

"덕분에 필요한 자료가 충분한 내용과 함께 전달될 수 있게 되었습니다. 기획과 추진에 감사드립니다."

비록 자신이 겪었던 복사골의 이야기를, 자신이 경험한 복사골의 풍경을 덧댈 기회는 사라졌지만 호연이 선택한 길은 행정적으로 완벽했다. 시영은 이 결과를 받아들이기로 했다.

호연은 시영에게 또 다른 두루마리를 꺼내 보이며 말했다.

"그 건과 관련해서 염라대왕 폐하의 또 다른 지시사항을 가져왔습니다."

"무슨 말씀이십니까?"

호연은 조금 떨리는 마음으로 두루마리를 열어 보였다.

두루마리는 비서실 결재안이었다. 마찬가지로 기안자는 안유정 비서관이었다. 내용은 기록물 생산 그룹의 어떤 건의에 대한 것이었다. 민속 저승 기록을 새로 만들기로 하였으므로 저승의 여러 부서에 작성에 대한 협조를 요청할 권리를 위임해 달라는 것이었다. 협조 대상 부서 두 곳이 적혀 있었다. 한 곳은 좌도왕부였고 다른 한 곳은 염라대왕부 비서실이었다.

좌도왕부에 협조를 구하는 이유는 자명했다. 그리고 비서실에 협조를 구하는 이유는 비서실에 특정 민속 저승과 관련한 배경 지식을 가져 새로 만든 부록의 검수가 가능한 자가 근무하고 있기 때문이었다.

안유정 비서관과 강수현 비서관과 염라대왕의 승인을 거쳐 결재안은 가결되었다.

"염라대왕 폐하의 협조 지시에 따라 이시영 비서실장님께 신시왕경 부록 민속 저승편의 검수를 요청드립니다."

그렇게 말하는 호연의 표정은 지금 찾아와 이야기를 시작한 이래 가장 조심스럽고 긴장되어 보였다.

시영은 호연이 들어 보인 결재안 두루마리와 그 위에 적힌 염라대왕의 명령을 한참 바라보았다. '비서실의 이시영 비서실장은 검수에 협조하라.'

아쉬워할 기회조차도 봉쇄당했다는 것을 시영은 깨달았다.

시영은 진심으로 궁금해져서 호연에게 물었다.

"이 기획을 정말 혼자서 하셨습니까?"

호연은 고개를 저었다.

"아뇨. 저 혼자서는 전혀 생각지 못했어요. 이야기를 나누고, 조언을 구하고, 지시를 받아 가면서…… 부탁드릴 수 있게 된 거예요."

시영은 한동안 자신이 염라대왕부 비서실을 구성하는, 그리고 오작동이 허락되지 않는 시스템에 불과하다고 생각했다. 시스템인 자신이 사적 감정을 품어서는 안 된다고 생각했다. 그 생각이 처음 흔들린 것은 염라대왕의 명령으로 잠시간 파직되어 있을 때였다. 시영이 손을 댈 수 없을 때, 손을 대서는 안 될 때, 주변의 다른 유능한 이들이 그런 시영을 남겨둔 채 깔끔하게 문제를 해결해 나갔다. 그 흐름 속에서 시영이 소외되는 일도 없었다. 시영을 피해야 할 모든 곳에서 시영을 피하면서도 자신의 경험을 활용할 수 있는 기회를 남겨두었다.

정말 새삼스럽지만 시영은 생각했다. 노군께서 나를 정말 좋은 곳으로 보내셨구나.

"초안을 지금 가지고 계십니까?"

"아, 네."

호연은 세 번째 두루마리를 꺼내들어 시영에게 건넸다. 신시 왕경의 부록 초안. 시영은 두루마리를 펼쳐 서두를 읽어 나갔다. 목차에는 총 다섯 곳의 민속 저승이 나열되어 있었다. 첫 번째로 지리산 복사골 저승 세계에 대한 묘사가 이어졌다.

호연이 물었다.

"묘사가 잘 되어 있나요?"

시영은 내용을 한동안 읽었다. 좌도왕부의 본원경에 기반해 작성된 것으로 보였다. 본원경 자체가 저승길을 넘는 데 부족함이 없도록 작성되어 있는 문서였고, 교류가 잦았던 이웃 저승들인 만큼 그 내용도 충실했다. 거기에 좌도왕부가 보관 중이던 다른 부속 문서들을 여럿 조합하여 비록 짧기는 하나 어엿한 신화의 모습을 담아내고 있었다.

하지만 시영이 기억하는 복사골 저승의 그 많은 모습들을 온전히 담고 있지는 못했다. 언제나 제철인 듯 울창한 잎과 흐드러진 열매를 자랑하던, 산중의 바위처럼 굵고 높고 거대한 기둥뿌리를 가지고, 줄기로는 온 하늘을 뒤덮어 그늘을 드리우던 거대한 복숭아나무를. 그리고 언제나 그 그루터기에 앉아 죽음을 맞이한 영혼들을 보살피던 인자한 산신령의 모습을.

자신에게 작성을 조금이라도 맡긴다면 아마 지금 할애된 분량의 몇 배나 되는 이야기를 쏟아 내려고 했을 것이 분명했다.

그렇게 할 수는 없었다. 지금 자신에게 주어진 역할은 오직 검수였다.

시영은 이미 적혀 있는 내용에 크게 틀린 내용이 없는지 그것만을 살폈다. 그리고 두루마리를 다시 접어 호연에게 돌려주었다.

"문제없어 보입니다."

그렇게 말하는 시영의 표정은 평화로웠다. 늘 조금쯤 굳어 있던 입가에서는 힘이 빠져 그의 얼굴에는 잔잔한 미소가 내려

앉아 있었다.

"협조에 감사드립니다."

호연은 마주 미소 지으며 시영에게 말했다.

*

강수현 비서관의 인도를 받아 예슬을 포함한 신시왕경의 편집위원들은 지상으로 향했다. COIL의 생존자들이 준비 중인 우주로의 사후세계 기록 전송 계획의 최종 점검을 위해서였다.

늘 회의가 열리던 회의실에서 편집위원들은 에니스 최 박사, 피네건 박사, 그리고 찬드라세카 박사를 만나 최종 점검에 착수했다.

"우리는 많아봤자 쉰 개쯤 보내겠거니 생각했는데 생각보다 많이들 보내왔지 뭐에요?"

최 박사가 신기하다는 듯이 말했다. 찬드라세카 박사가 부연했다.

"엘리시움에서 쉰두 개 사후세계에 대해 159장을 제공하였습니다. 한국 쪽에서 제공해 주신 열일곱 장은 이렇게 기록되어 있습니다."

빔 프로젝터 화면에 열일곱 장의 그림이 나타났다. 흑백의 카툰체로 그려진 새로운 형태의 시왕도였다. 십대왕부와 소육왕부의 구조를 나타낸 첫 장, 각각의 대왕부를 나타낸 그림이 모두 열 장, 그리고 소육왕부를 모아서 나타낸 그림이 한 장이었다. 그리고 거기에 더해 한국의 여러 민속 저승들을 나타내는 그림 다섯 장이 추가되어 있었다.

원본이 그려진 두루마리를 든 조성영 선임이 꼼꼼하게 두 그림을 교차 검증했다. 모두 시왕저승 쪽에서 만들었던 모양대로 잘 준비되어 있었다.

시왕저승 측 자료의 검증이 마무리되자 호연은 찬드라세카 박사를 바라보며 물었다.

"혹시 엘리시움 쪽에서 보내온 자료도 좀 볼 수 있나요?"

"물론입니다."

찬드라세카 박사는 화면을 전환해 엘리시움 측이 제공한 그림들을 확인했다. 화풍은 역시 많이 달랐다. 구름 위의 성채로 나타나는 천국의 모습, 단테의 "신곡"에서 유래했을 법한 7층의 지옥, 이슬람에서 말해지는 천국의 복된 풍경 등이 차례로 나타났다. 방대한 분량의 그림이 이어졌고 개중 직관적으로 잘 그린 자료가 없지 않았지만, 대체로 서구적 시선을 유지하고 있는 것이 흠이었다.

예슬은 그림들을 보면서 문화적인 불일치를 강하게 느끼고 안타까워했다. 이를테면 아무리 봐도 힌두교를 묘사하려 한 듯한 그림이 보였는데 코끼리 신 가네샤를 적당히 중심에 그려놓은 그림이었다. 저승 세계에 대한 합당한 서술이라는 생각이 들지는 않았다. 아프리카 민속 신앙에 대한 천편일률적인 묘사와 상세한 사후관에 비해 분량이 적게 배정된 중남미 신앙 등. 딱히 세계적인 종교관에 대해 깊은 전공 지식을 쌓았다고 볼 수 없는 예슬이었지만 짚이는 데가 너무 많았다.

예슬의 반응으로부터 그림의 상태를 짐작한 호연은 많이 답답했다. 엘리시움에서 있었던 일들이 새삼 떠올랐다. 하지만 이미 저쪽에서 다 만들어 온 그림을, 발등에 불이 떨어진 이쪽에서 어떻게 수습해 줄 수 있는 것도 아니었다. 그저 홀대받은 저승에게도 마땅한 재생의 기회가 있기를 기원할 뿐이었다.

그런 복잡한 심경을 아는지 모르는지 최 박사는 앞으로의 계획에 대해서 느긋하게 설명했다.

"이제 디데이만 기다리면 되는 거고요. 우리는 최대한 오래 살아남을 만반의 준비를 마쳐 놓았고."

피네건 박사가 태블릿PC에 띄워 놓은 소비계획표를 참조하며 부연했다.

"식량과 물 등의 자원은 각자 소비할 분량을 균등 분할해서 계획적으로 소비하고 있습니다. 앞으로 최소 일주일은 더 버틸 수 있을 것으로 예상합니다. 이는 정상 공급량 기준이며 변동될 수 있습니다. 일주일 뒤부터는 식사 공급량이 단계적으로 줄어들 예정이며, 이주일 뒤부터는 정수된 물만 계속해서 공급될 것입니다."

"그러면 얼마나 오래 버티실 수 있는 거죠?"

호연은 조심스럽게 물었다. 옆에 있던 최 박사가 너스레를 떨며 끼어들었다.

"그건 그때 가 봐야 알 것 같은데?"

피네건 박사와 찬드라세카 박사는 최 박사의 호언장담에 웃지도 찡그리지도 못했다. 찬드라세카 박사가 대답했다.

"……식량 공급 중단 후 최대 2주 정도 보고 있습니다. 8월 중순 바라봅니다."

피네건 박사가 다시 덧붙였다.

"식품 공급 없이 식수만으로 생존할 수 있는 기간을 추산한 것으로 변동될 수 있을 것입니다."

"그렇……군요."

호연은 순간 질문한 것을 후회했다. 전파 발신 때까지 살아 있을 수 없다는 이야기는 이미 들었었는데 굳이 확인을 했어야 했나 하고 자책감이 들었다.

이들은 지금 자신들이 앞으로 며칠을 더 살아남을 수 있는지 자신들의 수명을 계산하고 있었다. 그걸 되새기게 만든 것 같아 마음이 무거워졌다.

지구는 망해가고 있고 미련은 두고 싶지 않았다. 호연은 곧바로 사과했다.

"죄송해요. 답하기 곤란한 것을 물어본 것 같네요."

한편 피네건 박사와 찬드라세카 박사는 각자 호연이 그런 부분을 사과할 거라고는 예상하지 못했다. 피네건 박사가 조금 놀라며 호연을 안심시켰다.

"아니, 물어볼 수 있는 내용이었습니다."

찬드라세카 박사도 동의하며 호연에게 인사했다.

"그렇지만 염려해 주신 것에 대해서는 감사드립니다."

호연은 쑥스럽게 고개를 숙였다.

그때 최 박사가 가볍게 분위기를 환기하는 박수를 치며 이야기했다.

"자, 자, 너무 그렇게 심각해들 하지 말아요. 여러분들 우리보다 먼저 죽었잖아요? 뭐 새삼 죽는 거 가지고 심각하게 표정 구기고 그래요."

그렇게 말하며 호연과 전문가 그룹 망자들을 향해 씨익 웃어 보이는 최 박사를 보며 호연은 도대체 어떻게 반응해야 할지 곤란할 정도였다. 좋은 의미로 어처구니가 없어진 호연의 입가에 웃음기가 흐르자 다른 망자들도 애써 씁쓸한 웃음을 함께했다.

그렇지만 닥터 최의 무리수 발언은 아직 끝난 게 아니었다.

"그리고 나는 전파 발신 시작될 때까지 살아 있을 수 있다고 자신하는데 아무도 믿지를 않는단 말이죠."

"네?"

살아 남을 수 있다니? 의아해서 되묻는 호연을 보고 피네건 박사가 급히 끼어들었다.

"닥터 최는 늘 이렇습니다. 너무 기대는 마시기 바랍니다."

거의 면박에 가까운 덧붙임이었다.

"닥터 피네건, 죽을 때 다 되어 간다고 너무 막 나가는 거 아니야?"

씨익 웃으며 받아치는 최 박사에게 동요되지 않으려 애쓰며 피네건 박사는 호연을 바라보며 계속 설명했다.

"여러분들도 진실은 알아야 할 것 아닙니까? 잘 들으세요. 닥터 최는 요가로 수명을 연장시킬 수 있다고 믿고 있을 뿐이니까 지나친 기대는 하지 마시기 바랍니다."

조성영 선임이 예슬에게 속삭였다.

"……가능성 있는 거 아니에요?"

"글……쎄요."

요가에 대해서라고는 아는 게 없는 예슬은 떨떠름하니 말을 흐렸다.

하지만 최 박사는 그저 당당했다.

"뭐, 기대가 통할지 어떨지 그건 시간이 말해 주겠지. 빠르건 이르건 시간이 말해 줄 거야."

요 며칠 계속 들어온 이야기였기에 피네건 박사와 찬드라세카 박사는 더 이상 최 박사의 장수 장담에 뭐라 토를 달지는 않았다.

최 박사는 기록물 전송 계획과 관련된 이야기가 대충 마무리되었다고 판단했는지 다시 호연을 포함한 모든 시왕저승 망자들을 돌아보며 말했다.

"아무튼 기록물 준비는 다 끝났어요. 프로그램 준비도 다 끝났고. 이제 사후세계 여러분들은 하늘 높은 곳 편안한 자리에서 기다리고 있으면 되는 거예요. 지상의 일은 지상의 전문가들에게 맡겨 놓고 이제는 진짜 좀 평화롭게 쉬어요. Requiescat in Pace.”

수현과 호연이 차례로 나서 최 박사에게 감사 인사를 전했다.

“시왕저승 모든 대왕님들과 모든 행정조직을 대신하여 진심으로 감사드립니다.”

“기록물 생산 그룹 멤버들도 함께 감사드려요.”

최 박사는 마주 빙긋 웃으며 답했다.

“우리야말로 인생 마지막에 신비한 경험을 할 수 있게 해 줘서 고마워요.”

그렇게 말하고서 최 박사는 묘하게 짓궂은 미소를 지은 채로 잠시 호연을 빤히 바라보았다.

“……혹시 하실 말씀 있으세요?”

그렇게 묻는 호연에게 최 박사는 히죽 웃으면서 말했다.

“닥터 채, 정말 커미티 안 해 줘도 되겠어요?”

호연은 아, 하고 깨달은 뒤 웃음을 터트렸다. 앞서도 이미 한 번 들었던 이야기였다. 학위과정을 마치지 못하고 죽은 호연에게 자신이 그 기회를 주고 싶다는, 절반 정도는 진담처럼 느껴지는 농담이었다.

호연은 차분하게 고개를 저었다.

"괜찮아요. 이제 와서 뭘요."

"그래도 그 고생한 게 있는데 기분이 좀 나아지지 않겠어요?"

다시금 권하는 에니스 최 박사의 말에 호연은 새삼 많은 생각들을 하게 되었다. 고생한 걸 권위로 되돌려 받으려 하는 행동의 허무함을 정말 숱하게 겪을 수 있었던 지난 수십 일이었다. 호연은 다시금 최 박사에게 말했다.

"……정말 필요 없어요. 학위가 있든 없든, 저는 그대로 저인걸요."

그 말을 들은 최 박사는 가장 즐겁고 기쁜 웃음을 지어 보였다.

"멋지네요! 닥터 최, 드디어 박사학위라는 헛된 몽상으로부터 벗어나 니르바나Nirvana, 열반에 이르렀군요? 나는 그렇게 못 했어요. 너무 좋은 선택이에요."

예전 같았으면 난처하고 떨떠름하게 웃어 넘겼을 것 같은 농담이었지만 오늘은 호연은 순수하게 마주 웃을 수 있었다.

"감사합니다."

이것도 기왕이니까, 하며 최 박사는 내려온 모든 망자들에게 악수를 권했다. 서로 붙잡을 수는 없어서 손 언저리를 교차시키기만 할 뿐이었지만 모두가 납득할 수 있는 마무리를 만들기에는 이보다 좋은 것도 없었다. 피네건 박사와 찬드라세카 박사는 서로 시선을 교환한 뒤 마찬가지로 악수를 위해 나섰다.

최 박사와 전오석 교수가 악수할 차례. 최 박사가 한국어로 물었다.

"북쪽에서 오셨네요?"

"조선말을 모르는 건 아니시었군요."

여전히 가슴에 로동당 뱃지를 단 전 교수가 악수를 권하며 말했다. 최 박사는 미소 지으며 악수를 나누었다.

"잘 와 주셨어요. 내세에는 모쪼록 평화롭게 지냈으면 좋겠네요."

"래세의 안녕을 보전할 수 있기를 바랍니다."

모든 관계자들이 악수를 교환하고 다시 깊은 감사를 담은 작별 인사를 나눈 뒤 서로 손을 맞잡은 망자들은 이승에서의 모습을 흐리기 시작했다. 뿌옇게 흩어지는 그들의 형상에 대고 최 박사는 손을 흔들며 외쳤다.

"Au Revoir!(안녕히!)"

다음 순간 모든 망자들은 저승으로 돌아갔다.

그 초현실적인 만남이 언제 이루어졌냐는 듯 COIL 회의실은 차분한 적막 속으로 되돌아왔다.

후련함과 함께 복잡한 서운함이 내려앉았다.

"……에니스, 왜 하필 프랑스어였습니까?"

피네건 박사는 물었다. 최 박사는 뒷머리를 긁적이면서 말했다.

"아니, 또 만나자는 인사를 하고 싶었는데 생각 나는 게 그거였거든. 한국말로 할 걸 그랬나?"

피네건 박사는 어깨를 으쓱했다.

"정말 살아 남을 자신 있습니까?"

"응. 너는?"

자신이 요가 호흡법으로 생존할 거라는 호언장담에 대해서 정말 한 치의 의심도 걱정도 없는 듯한 뻔뻔한 미소. 너무 터무니없어서 처음에는 불신하게 되지만 긴 시간 동안 그를 겪으면서 간혹 저런 장담을 정말로 실현해 버리고 했던 그의 대담함.

피네건 박사는 웃었다.

"저는 자신이 없군요."

그 자신은 도저히 따라갈 수 없는 길이었다. 하지만 최 박사라면 가능할지도 모른다는 생각이 들었다.

COIL 생존자들의 대부분은 예측대로 식사 공급 중단 이후 이주일을 넘기지 못했다. 또 그들이 계산해 냈던 블랙홀 제트로부터의 이탈을 목격하지 못했다. 식사가 멈추는 날까지 스스로 목숨을 등진 이는 없었다. 그렇지만 마지막 만찬을 마친 뒤 몇몇 직원들은 일몰 시간에 맞추어 방호복을 갖춰 입고 지상으로 향했다. 삶의 마지막을 지상에서 오로라와 알두스를 보며 맞이하겠다는 이들이었다.

그들은 돌아오지 않았고 시설에 남은 이들은 차례로 자신의 방에서 평화로이 죽음을 맞이했다.

*

염라대왕부의 상황실은 이제 텅 비어 있었다.

지상 생존자의 수가 다섯 명으로 줄어들었다. 생존자들의 모습을 비추던 업경의 대부분은 그 신비한 빛을 잃고 그저 평범한 거울처럼 방 안의 모습을 비추고 있을 뿐이었다.

천수과에서는 생존자들의 남은 수명을 7일 정도로 예상하고 있었다.

관리 대상이 크게 줄어듦에 따라 생존자의 위치를 낱낱이 표시해 놓던 빔 프로젝터도 꺼진 지 오래였다. 남은 생존자들의 동향은 이제 염라대왕이 집무실에서 직접 확인하고 있었다.

상황실 한쪽 벽에 걸린 칠판에 그때그때 상황을 정리하며 기록해 놓았던 메모들만이 지구 멸망의 마지막 순간에 저승이 어떻게 노력을 해 왔는지에 대한 실마리처럼 남아 있었다.

임무가 종료된 상황실에 이시영 비서실장이 혼자 머무르고 있었다. 그는 칠판을 바라보며 손에 든 두루마리에 무언가를 계속해서 적어 내려 가고 있었다. 때때로 칠판의 글귀를 보고, 기억을 되짚어 보고 썼던 내용을 고치거나 지우기도 했다.

"실장님, 여기 계셨군요."

문간에서 상황실 안을 기웃거리던 강수현 비서관이 시영을 발견하고 걸어왔다.

"아, 수현 군. 다 끝난 겁니까?"

시영의 물음에 수현은 고개를 끄덕였다.

"네. 엘리시움 쪽의 기록물 프로젝트가 최종적으로 성공했습

니다."

　수현은 호연과 함께 엘리시움 측 망자들의 안내를 받아 지상의 스발바르 제도 국제문화기록보관소에 다녀오는 길이었다. 신시왕경의 영역본에 더해 복사골 저승을 포함한 한국 전통의 민속 저승 다섯 곳에 대한 간략한 기록이 전달되는 것을 지켜보기 위해서였다.

　여러 우여곡절 끝에 신시왕경 영역본에서 사사문을 제거하고 남은 잉여 페이지에는 동일한 분량으로 한반도의 다섯 민속 저승에 대한 기록물이 담길 수 있었다. 단 한 글자도 양보하지 않고 신시왕경을 구성하는 전체 내용이 그대로 지상에 내려갈 수 있었다.

　국제문화기록보관소의 직원들은 엘리시움에서 온 영혼들이 보여주는 대량의 사후세계 기록 문서를 빠른 속도로 타이핑해 문서 기록으로 남겼다. 그 내용을 모니터에 띄워 여러 차례 오탈자를 교정한 뒤 마이크로필름에 인쇄했다. 그렇게 만들어진 마이크로필름들은 기록물 보관소의 수장고에 엄중히 보관되었다.

　보관소를 밀폐한 다음 내부를 불활성 기체인 질소로 가압한 직원들은, 수면제를 복용한 뒤 자신들의 거주 공간에 대량의 이산화탄소 기체를 불어 넣어 잠자듯이 이승을 떠났다. 그중 일부는 엘리시움에서 맞이할 수 있었다고 페레이라 박사는 전했다.

수현은 차분히 그 모든 내용을 보고한 뒤 마무리를 지었다.

"이로써 지구 저승의 모습을 후대나 우주에 알리려고 한 모든 기록물 계획이 성공적으로 완료되었습니다."

시영은 짧게 안도의 한숨을 토했다.

"그렇군요. 잘 되었습니다."

대답을 남긴 시영은 생각났다는 듯 두루마리에 다시 몇 문장을 적어 나갔다. 그러고는 수현에게 물었다.

"퇴거 계획 실행의 마무리는 잘 되어 가고 있습니까?"

"네. 이제 거의 다 끝나 갑니다."

수현은 고개를 끄덕였다.

망자들의 상당수가 오도전륜대왕부를 거쳐 해저 생물로의 윤회를 선택했다. 그리고 적잖은 수의 망자들이 잔류를 원했고 각 대왕부 관원들 중 자원한 이들이 남아서 망자들과 함께 저승에서의 임시 거처를 마련했다. 이제 떠날 사람은 대부분 떠났고 남을 이들만이 남아 있었다.

염라대왕과 산하 비서실은 모두 잔류를 결정했다. 의견이 통일되는 것이 어떤 압박으로 작용할 수 있다고 생각한 시영이 몇 차례에 걸쳐 재고를 종용했지만 비서실 구성원들은 각자의 자발적 의지로 비서실을 끝까지 지키겠다고 선언했다. 물론 윤회를 결정한 관원들도 다수 있었다. 이를테면 진광대왕은 자신이 저승에서 해야 할 일을 모두 마친 것 같다며 자리에서 물러났다. 윤회청에서 행정 봉사를 하다가 적절한 시점에 지상으로 돌아갈 예정이라고 했다. 다른 시왕들이나 소육왕부의 왕들 사이에서도 잔류와 윤회의 입장은 엇갈리고 있었다.

망자들 중에서는 20퍼센트 가량이 잔류를 결정했다. 그들 사이에서도 결이 나뉘고 있었다. 잠재적 소멸의 가능성보다도 해저 생물로의 윤회 쪽이 더 거부감 있는 망자들이 가장 많았다. 어떤 망자들은 문화적인 이유, 또는 인류애적인 이유로 이 저승과 운명을 함께하기로 마음먹기도 했다. 자신이 저승에 와서 평가받아야 할 생전의 선행이나 악행, 피해나 가해 사실을 털어놓으며 제대로 된 심판을 거치지 않고는 떠날 수 없다는 이들도 있었다. 그중 일부는, 저승에서 직을 맡아 봉사할 기회가 있는지 적극적으로 묻기도 했다.

수현이 이 같은 내용을 요약해 보고하는 동안 시영은 계속해서 두루마리에 글귀를 적어 나가고 있었다. 수현은 그 내용에 관심을 보이며 물었다.

"……아직도 일하고 계신 겁니까? 저희도 이제 할 일은 다 끝나지 않았나요?"

수현은 시영이 이제 정말 아무 부담 없이 쉬기를 원하고 있었다. 그런 걱정을 능히 짐작했기에 시영은 빙그레 웃으며 대답했다.

"아닙니다. 이건 내가 취미로 하는 일입니다."

그렇게 말하는 시영의 얼굴은 긴장이 없이 평화로워 보였다. 항상 기강이 잡혀 있고 대쪽 같은 시영의 얼굴을 보아 온 수현에게는 새롭고 놀라운 표정이었다. 하지만 수현은 시영의 그런 편안한 얼굴이 너무나도 기쁘고 다행스러웠다.

"취미라니, 무얼 쓰고 계십니까?"

수현의 질문에 시영은 두루마리를 테이블 위에 길게 펼쳐 보여주었다.

두루마리에는 시영이 적어 나간 어떤 기록물의 초고가 쓰여 있었다. 시영은 칠판에 적혀 있던 메모들을 참조해 염라대왕부 비서실이, 기록물 관리 그룹이, 나아가 시왕저승과 그에 연관된 여러 저승들이 어떻게 일을 처리해 왔는지를 정리하고 있었다.

수현은 깜짝 놀랐다.

"일하고 계신 것 맞잖습니까! 이건 역사 사료라고요!"

"이게 일처럼 보입니까? 즐겁게 적어 나가는 중입니다만."

진지하게 의아해하는 시영을 보며 수현은 안타까움을 한껏 담아 중얼거렸다.

"정말, 쉬는 법도 모르실 만큼 너무 열심히 일해 오시긴 했습니다……."

수현은 시영이 펼쳐 보인 기록물을 빠르게 살펴보았다. 시영 본인은 취미로 한 일이라고 했지만, 절대 그렇게 보이지 않는 꼼꼼한 기록이었다. 두루마리의 시작은 진광대왕부에 대량의 망자가 유입되던 그 순간부터 다루고 있었다. 모든 것이 뒤바뀌어 버린 그 순간으로부터 약 2개월간, 저승 역사에 여태껏 없었던 수많은 일들이 새로 일어났다. 그 하나하나를 기록한 경과 보고서에 가까운 것을 시영은 만들고 있었다.

"이걸 기록해서 어떻게 하실 생각이십니까?"

지상으로의 기록물 전달은 모두 끝났다. 지금 남기는 기록물은 이곳 시왕저승이 7일 뒤에 맞게 될 운명과 함께하게 될 것이 자명했다. 수현의 질문에 시영은 어깨를 으쓱했다.

"모르겠습니다. 그냥 만들어 놓고 싶었습니다. 그래서 취미라고 말하는 겁니다."

"……그러시군요."

담담하게 말하는 시영을 보며 수현은 그 마음을 조금이나마 알 것 같은 기분이 되었다.

누군가가 지시한 일도 아니고 직책상 부여받은 임무도 아니고 필요에 의해서 하는 일도 아니다. 염라대왕부라는 조직 사회에서 항상 성실하게만 살아 온 시영에게는 이 정도만 되어도 충분히 여가이고 취미가 될지도 모르는 일이었다.

"이제 이 저승에 새로이 망자는 오지 않습니다. 마지막 망자 집단이 환생문을 향하고 있고, 머지않아 모든 게 정리될 겁니다."

시영은 두루마리를 다시 갈무리하며 말했다.

"그런 지금 만약 내게 할 수 있는 일이 남아 있다면…… 오직 기록하는 것뿐 아닌가 생각했습니다. 가능한 한 마지막 순간까지 내가 목격한 바를 남겨 놓고 싶었습니다. 저승의 앞날이 위태로운 마당에 이 기록이 과연 살아 남을지 알 수 없는 상황이지만 만약에라도 후대에 남길 수 있다면 값진 기록이 되겠지요."

"비서실장님다우십니다."

수현은 안쓰러운 마음과 존경스러운 마음을 함께 담아 미소 지었다. 그러고는 시영에게 물었다.

"혹시 도와드릴 일이 있을까요?"

시영은 고개를 저었다.

"아닙니다. 수현 군이야말로 이제 챙길 일은 없는 겁니까?"

"네. 남은 업무는 모두 윤회청이 현장에서 챙길 예정입니다."

더 도울 일이 없다는 것을 알게 된 수현은 약간의 후련함과 아쉬움을 담아 꾸벅 인사했다.

"그러면 저도 좀 쉬고 있겠습니다. 필요하시면 부르십시오."

시영은 편안한 얼굴로 고개를 끄덕였다.

"알겠습니다. 쉬십시오."

수현이 상황실을 종종걸음으로 나섰다. 시영은 다시 두루마리를 펴고, 취미로 쓰는 기록물의 초고를 정리해 나가기 시작했다. 시영의 만년필이 빠른 속도로 종이 위를 달렸다.

나는 염라대왕부의 비서실장으로서 이 모든 사건이 일어나는 동안 문제 해결을 위한 활동에 직접 참여하거나 각지에서 일어난 일들을 낱낱이 전해 들었다. 이것은 내가 직접 보고 들은 내용을 간추린 기록이다. 전 지구적인 재해 앞에서 우리 시왕저승이 어떻게 대처하였고, 어떤 방법을 이용하여 그 명맥을 유지할 수 있었는지를 남기고자 했다.

우리는 급하게나마 이루어진 탐색과 검증을 통해 선택한 이 방법이, 염라대왕 폐하 이하 열 대왕과 여섯 왕께서 다스리는 이 저승을 유지하고 이곳에 영혼을 의탁한 1400만여 명 망자들을 안전하게 다음 세계로 인도할 수 있는 방법이라고 확신한다.

하지만 언젠가 이 저승에서 눈을 뜰 존재가 누가 될지 나는 알지 못한다. 발할라가 그랬던 것처럼, 무엇이 변했는지도 모를 순간에 다음 세계를 맞이할지도 모른다. 지상에서 기적적으로 다시 일어난 어느 문명이 신시왕경을 읽고 새로이 이곳에 발을 딛을지도 모른다. 어쩌면, 우주 저편의 전혀 새로운 존재들이 우리의 전언을 읽고 찾아오게 될 지도 모르는 일이다.

그러나 누가 되었든 누군가 사후에 도착한 이 세계에서 이 기록을 발견하여 한 세계가 파괴되었음에도 살아 남은 저승의 역사를 바로 알게 된다면, 비록 그 순간에 내 영혼이 남아 있지 않더라도 나는 그 이상 후련하고 기쁠 수 없을 것이다.

막힘없이 적어 내려 가던 시영은, 잠시 고민하다가 한 문장을 더 적었다.

아무쪼록 우리 명계의 모든 대왕, 관원, 차사, 그리고 망자들에게 명복冥福이 있기를.

죽은 이의 명복을 책임져 줘야 할 저승이 큰 위기에 처해 스스로의 명복을 빌어야 하는 순간을 맞이했다. 그렇지만 할 수 있는 일을 다 했고, 차분히 운명을 기다릴 수 있게 되었다.

시영은 작성된 초고에 만족하고 두루마리를 챙겨 일어났다. 무슨 일이 일어날 때까지 계속해서 이 기록물을 다듬고 꾸며 나갈 작정이었다.

상황실을 나서며 방 안을 둘러본 시영은 전등의 전원을 내렸다.

생존자 상황실의 불이 꺼졌다.

광명왕원에 적막이 내려앉았다.

*

사후 망자들이 이르는 종착지, 오도전륜대왕부 윤회청.

주변의 내리막 비탈 여기저기에는 급조된 텐트촌이 여럿 세워져 있었다. 그중 일부는 심해저 생명으로의 윤회를 희망하는 이들이 순서를 기다리는 곳이었고, 다른 일부는 시왕저승에 머물며 훗날을 기약하려는 망자들이 기거하는 사후의 난민촌과 같은 장소들이었다.

여기까지 도달한 이들 중 윤회를 원하는 이들은 언제든 윤회청으로 들어가는 줄에 설 수 있었다. 순서대로 환생문 앞에 도달해 마음이 가는 대로 이끌리는 환생문을 직접 골라서 걸어 들어갈 수 있었다.

호연과 예슬은 함께 그 줄에 섰다.

"처음 도착했을 때 생각 나?"

호연이 불쑥 물었다. 예슬은 고개를 끄덕였다.

"그럼. 산 속에서 구조대 만날 때까지 헤맸잖아."

"간판에 명복을 빈다고 적혀 있어서 얼마나 놀랐는지."

진광대왕부에 처음 도착했을 때 그 간판을 본 기억이 호연의 뇌리에는 아직 생생히 남아 있었다.

"그러게. 무슨 열차를 타야 한다고 하고 말이야."

"결국 못 탔지만."

일제히 연착되던 열차 도착 전광판. 대기실로 밀려들던 망자들. 그 혼란의 순간에 나서서 행동할 수 있었던 것은 정말로 다행스러운 일이었다.

"갑자기 손 들고 나서서 좀 놀랐었다니까."

내가 사건의 전모를 짐작하고 있다며 진광대왕부의 관원들을 불러 세우던 호연의 모습. 예슬은 그 순간을 돌아보았다. 갑작스러웠고, 놀라웠고, 엉겁결에 휘말려 든 것만 같았지만, 그 순간 보였던 호연의 용기와 당당함은 예슬의 마음에 깊게 남았다.

그런 예슬에게 호연은 빙긋 웃으면서 말했다.

"그래도 그래서 같이 여기까지 온 거잖아."

예슬도 마주 미소 지었다.

"그러게."

사실 호연이 불쑥 손을 들었을 때 예슬은 생각했었다. 호연이라면 분명 자신 있게 뭔가를 주장할 것이다. 그 주장이 만약 받아들여진다면 호연은 높은 분들과 이야기를 나누기 위해 홀연히 떠날 거라고.

그 생각이 형체를 이루기도 전에 호연은 함께 가야 한다면서 예슬을 잡아끌었다. 새삼스럽지만 그렇게 같은 길로 이끌어 준 것에 예슬은 고마움을 느꼈다.

무엇보다 그렇게 함께했기 때문에 만나게 된 이들이 있었다.

"이런저런 회의도 들어갔었지."

호연이 말했다. 예슬은 고개를 끄덕였다. 만났던 면면들을 떠올렸다.

염라대왕부 비서실의 이시영 비서실장, 강수현 비서관. 여러 번 이야기를 나눌 기회가 있었던 안유정 윤회정책비서관. 선임 저승사자로 이승을 오간 유혜영 차사. 그 밖의 많은 비서실 직원들과 저승 관원들. 그리고 그들 모두를 굽어 살피는 염라대왕.

나사에서 온 믿을 수 있는 조언자 홍기훈 박사. 시큰둥하니 협조적이지 않았지만 때때로 뚜렷한 의견을 말하곤 했던 나성원 책임. 그리고 그 눈빛을, 그 태도를, 그 절규를 잊을 수 없는 정상재 교수.

"……정상재 교수 그 분, 지금 어디쯤 걸어오고 있을까?"

예슬이 문득 중얼거리자 호연은 어깨를 으쓱했다.

"그러게. 그냥 전부 내려 놓고 주저앉아 포기하고 있을지도 모르겠다."

"진광대왕부에서 영영?"

"망연자실하게."

그렇게 말하는 호연의 표정은 썩 즐거워 보이지는 않았다. 여전히 그를 내치기로 한 결정에 대해서는 그에게 내려진 판결에 대해서는 많은 생각을 하게 만드는 부분이 있었다. 호연은 중얼거렸다.

"처음에는 그렇게 자신만만해하더니."

예슬도 씁쓸하게 말했다.

"그 사람도 나약한 사람이었던 거야."

"그러게나 말이야."

저승에는 아무 문제가 없으리라고 단언하는 그의 주장에 맞서서 위험을 알리기 위해 목소리를 높여야만 했다. 그 과정에 여러 어려움도 있었다. 뒤늦은 문제 제기로 시영을 벼랑 끝에 내몬 것이 아닌지 자책하던 순간도 있었다.

하지만 그 혼란스러운 순간은 또 다른 가능성을 생각하게 되는 계기가 되었다. '거자필반'을 이루기 위한 고민을 다함께 모여 이어 간 끝에 저승의 위기에 맞서기 위한 새로운 길을 찾아낼 수 있었다.

"발할라 가는 길에는 정말 다신 못 돌아오나 싶을 때가 있었 다니까."

"그동안 나는 저승 구경하고 있었지……."

그리고 서로가 본 풍경을 나중에는 어떤 식으로든 공유하게 되기도 했다.

예슬이 보았던 저승의 모습은 신시왕경이 되어 호연이 편집 하게 되었다.

"정말 대단하다고 느꼈어. 정리하느라 고생했겠더라."

새삼스레 말하는 호연에게, 예슬은 웃어 보였다.

"아냐, 나 혼자서 기록한 건 아닌걸."

콘텐츠문화원 출신의 조성영 선임연구원. 역사를 다루는 BJ '고려맨' 진성관. 두 명과 함께, 수현의 안내를 받으며 이런저런 이야기를 나누며 저승을 돌아봤었다.

"오히려 네가 편집하느라 너무 애를 썼고."

호연에게 공을 돌리는 예슬에게 호연은 천만에 아니라는 듯 고개를 저었다.

"아니야. 너도 많이 도와줬잖아. 그리고 편집이야말로 기록 물 그룹에 있던 분들이 함께 해 주셨고."

특히 맨 나중에 합류했던 한문에 해박하고 설화에 밝은 평양 에서 온 전오석 교수의 큰 도움이 있었다.

"그래도 신시왕경을 만드느라 정말 애 많이 썼네, 우리."

뿌듯한 듯 말하는 호연의 곁에서 예슬은 고개를 끄덕였다.

"그러게. 정말 많은 일들을 했네."

그렇게 예슬이 보고 들었던 풍경들은 호연에게 전해졌다.

그리고 호연이 보고 들었던 풍경 중 가장 경이로웠던 풍경인 유일신교의 천국의 풍경은, 예슬이 직접 방문하게 되면서 예슬에게 전해졌다.

지평선의 거룩한 성, 천사의 모습, 그리고…….

포교 연구 그룹에 대해서 호연과 예슬은 각자 많은 것들을 회상하면서 서로에게 더 이야기를 건네지 않았다. 예슬은 이미 느낄 수 있는 모든 감정을 느끼고 온 뒤였다. 호연은 예슬이 그 순간의 기억을 다시 더듬게 되지 않기를 바랐다.

예은이를 만날 수 있었다는 그 기억과 증언만으로 충분했다.

줄의 끝에 도달했다. 윤회청의 옥상으로 나서는 문 앞에서 직원이 형식적으로 성명을 확인했다. 예슬은 대답하고 호연은 말없이 그 뒤를 따랐다. 암흑을 향해 뻗어 나간 거대한 테라스의 바닥에는 법륜法輪의 모양이 그려져 있었고, 그 바퀴의 모양을 따라서 서른여섯 개의 환생문이 웅장하게 서 있었다.

마음이 이끄는 아무 문으로나 가셔도 됩니다, 라고 직원은 말했다. 예슬은 가만히 환생문들을 응시하더니 가장 안쪽에 있는 출구의 정면으로 보이는 환생문을 향해 걸어갔다. 호연은 그 뒤를 따랐다.

걸어가면서 예슬은 말했다.

"……그래도 정말, 할 수 있는 일은 다 했다는 생각이 들어."

그 걸음걸이는 차분하고도 당당했다.

예슬의 뒤를 따르며 호연도 말했다.

"정말로. 할 수 있는 일을 다 했네…… 그래서 조금이라도 온 세상에 도움이 되었을까?"

호연의 물음에 예슬은 고개를 끄덕였다.

"그럴 거라고 믿어."

마침내 거대한 환생문이 둘의 눈앞으로 다가왔다. 두 개의 육중한 대들보 위로 기와지붕이 올라간 형태의 문이었다. 기둥 사이에는 문짝이 없고 검은 어둠이 마치 물처럼 흐물거리며 일렁이고 있었다. 한 번 들어가면 돌아 나올 수 없다는 것을 보기만 해도 알 수 있는 생사의 갈림길.

아무나 뛰어들지 못하도록 환생문 앞을 가로막던 철제 게이트는 활짝 열려 있었다. 육도를 나누어 행선지를 알리던 간판에는 그저 '수생水生'이라는 글자만이 적혀 있었다.

가만히 환생문을 바라보던 호연은 마찬가지로 환생문을 응시하고 있는 예슬을 돌아보며 물었다.

"……정말 가는 거야?"

예슬은 호연을 돌아보고 고개를 끄덕였다.

"응."

굳은 결심이 느껴지는 대답이었다.

"할 수 있는 일을, 해야 할 일을 다 마쳤으니까…… 다시, 돌아가려고."

신시왕경과 관련된 모든 계획이 종료되었다는 사실을 확인한 뒤 예슬은 지상으로 돌아가겠다고 말했다. 호연은 차마 예슬을 두 번 붙잡을 수 없었고 두 번 못 가게 만들고 싶지도 않았다. 그저 할 수 있었던 부탁은 천국을 향해 떠날 때처럼 가는 길에 함께할 수 있게 해 달라는 것뿐.

그렇게 떠나고자 하는 이와 배웅하고자 하는 이로 같은 줄에 서서 환생문 앞에 이르렀다.

문으로 걸음을 옮기지 못한 채 이번에는 예슬이 호연에게 물었다.

"너는, 남을 거고?"

그리고 호연 또한 예슬에게 고개를 끄덕였다.

"응."

역시 단단히 굳은 마음에서 나오는 대답이었다.

호연은 생전에 경험했던 많은 갈등과 배움을 뛰어넘어 자기 자신의 약함을 돌아보게 되는 일들을 저승에서 계속 마주할 수 있었다. 남을 믿는 경험과 배신당하는 경험을 반복했다. 바른 순간에 목소리를 높이지 못하는 자신에 대해 후회했고 너무 지나치게 자신의 감정을 폭발시켜 폭력을 휘두른 경험에 대해 후회했다. 그런 후회에 침전되지 않고 실수를 반복하지 않는 것이 무엇인지를 배웠다. 목소리를 당당하게 높일 때 무엇을 이룰 수 있는지, 뜨거운 감정을 넘어서 상대를 규탄하는 것이 무엇인지를 알게 되었다.

호연은 좀 더 천천히 이승의 것이 아닌 시간을 들여서 고민을 이어 가고 싶다고 생각했다.

"여기서 내가 좀 더 해야 할 일이 있을지도 모르겠다는 생각이 들어. 어쩌면 갚아야 할 업도 남았을 것 같다는 생각이 들고."

그렇게 말하는 호연을 보며 예슬은 문득 피식 웃어 보였다.

"비서실에라도 들어가려는 것처럼 보인다?"

호연은 마주 웃었다. 그건 또 전혀 생각하지 못한 가능성이었지만 흥미로운 이야기이기도 했다.

"그러게. 어쩌면 그렇게 될지도 모르겠네…… 언제 어떻게 될지는, 나도 모르겠지만."

대화가 끊어지고 잠시 서먹한 침묵이 둘 사이를 스쳐 지나갔다.

서로를 바라보며 잠시 시간이 흐른 뒤 예슬이 입을 열었다.

"……예은이가 나한테 그랬어. 꼭 다시 만날 수 있을 거라고. 천국에서 들은 이야기니까, 아마 분명 이유가 있겠지. 분명 방법이 있을 거야. 그래서 정말…… 많은 생각을 했어."

그 생각 하나하나를 예슬이 호연에게 말한 것은 아니었다. 하지만 천국에서 돌아오고 나서, 의식을 찾고 신시왕경의 부록을 만드는 내내 예슬이 이따금씩 깊은 고민에 잠기는 것을 호연은 보고 있었다. 그렇게 이어진 깊은 성찰의 결론이었을 거라고 호연은 생각했다.

"여기서 앞일이 어떻게 될지 기다려 보는 것도 좋겠지만……

예은이하고, 부모님하고 같이 살았던 지구로 다시 돌아가서 거기서 다시 길을 찾아보고 싶어."

말을 이어 가던 예슬은 문득 호연을 돌아보며 조금 장난스럽게 말했다.

"혹시 알아? 지금은 바다 속 물고기지만 언젠가는 다시 하나님 말씀이 지구에 다시 내릴지?"

그 밝은 미소를 보면서도 호연은 순간 울 것만 같은 기분이었다.

그렇지만 울고 싶지 않았다. 이번에야말로 정말 영영 떠나보내는 길이다. 울먹여서 엉망이 된 얼굴로 보내고 싶지 않았다.

"……응. 그렇게 될 거야."

호연은 마음을 굳게 먹고 고개를 끄덕였다.

"꼭 그렇게 될 거야. 왜냐면 네가 고른 길인걸."

그것은 호연이 예슬에게 건네고 싶은 가장 확실하고 간절한 축복이자 작별 인사였다.

"고마워."

예슬은 호연의 말에 답하고 예고 없이 호연에게 다가와 호연을 보듬어 안았다. 호연의 어깨를 다독였다. 호연은 예슬을 마주 안았다. 서로 이미 죽은 신세, 온기는 전혀 느껴지지 않았지만, 호연은 설명할 수 없는 따뜻함이 전해져 오는 것을 느꼈다.

그 영혼의 온기를 그저 이 자리에 붙잡아 놓고 싶건만 그럴 수는 없으리라.

예슬은 호연으로부터 물러 나와 짤막히 이별을 고했다.

"……그럼, 갈게."

호연은 고개를 끄덕여 답했다.

예슬은 깊은 아쉬움과 함께 호연을 바라보다가 그 아쉬움을 떨쳐 내고 환생문 쪽을 향했다. 일렁이는 어둠을 향해 걸어 나가기 시작했다. 예슬은 문득 앞으로 손을 뻗었다. 손끝이 어둠에 휘감겼다. 보이지 않는 그 어둠 너머에서 맥동하는 두근거림이 느껴졌다. 예슬은 그 어둠에서 생명을 느꼈다.

돌아가야 할 곳을 찾았다는 강한 이끌림을 받았다.

그 어둠에 삼켜지듯 발을 내디디려는 예슬의 귓가에 호연의 외침 소리가 날아들었다.

"저기, 있잖아!"

예슬은 뒤를 돌아보았다.

호연은 울고 있었다. 울고 있는데도, 울고 있지 않은 것처럼 얼굴을 뻣뻣하게 만들려고 애쓰고 있었다. 호연은 늘 그랬다. 뜻하는 바가 명료하고 감정의 힘이 강해서 화를 낼 때는 화를, 슬퍼할 때는 슬픔을 감추지 못하는 성격이었다. 호연의 그런 뚜렷한 성격이 예슬에게는 눈부시게 보였다.

그래도 자신을 상대로 이런 표정이 되는 것은 알고 지낸 이래로 처음이었다. 호연은 예슬을 바라보며 쥐어짜내듯이 외쳤다.

"……생전에도 사후에도 같이 지낼 수 있어서 기뻤어!"

늘 그렇게 감정을 쏟아 내고 나면 상대에게 전하려던 뜻보다는 그 감정에 휘말린 겉모습만 기억하게 두었다며 호연은 후회하곤 했었다.

하지만 예슬에게는 지금 호연의 감정이 가장 기뻤다.

"……응. 또 만나자."

예슬은 호연에게 미소 지어 보였다. 그러고는 어둠을 향해 한 발을 내디뎠다.

호연은 크게 고개를 끄덕이고 눈을 질끈 감았다. 예슬이 환생문을 넘는 순간을 볼 자신은 정말 없었다.

아마 순식간이었을 것이다. 하지만 눈을 감고 있는 그 순간이 호연에게는 끝나지 않는 긴 시간처럼 느껴졌다.

만약 저승이 끝장날 운명이라면 하다못해 내가 눈을 뜨기 전에 모두 끝나 버렸으면. 저승 최후의 날이 오늘 바로 이 순간 찾아오면 좋을 텐데.

호연은 가슴 깊이 밀려드는 상실감을 붙잡고 한동안 울었다.

"모두들 안녕? 오늘도 즐거운 하루가 되기를! 오늘은 10월 3일 화요일이고, 날씨는 언제나 그렇듯이 구름 한 점 없이 맑고 어두컴컴한 날씨야. 대기권 깎여 나간 정도를 측정해 봤는데 기압이 오분의 일로 떨어진 것 같더라. 우주 방사선 정말 무섭지. 아무튼 오늘로 우주 전파 전송 13일째를 맞이하고 있는 COIL 중앙제어실에서 아무도 듣지 않는 라디오 방송을 오늘도 힘차게 진행해 보겠어요. 나는 진행자 에니스 최라고 해요."

중앙제어실의 모니터에는 반자동화된 배전반의 제어 프로그램이 나타나 있었다.

많은 사람들의 걱정처럼 송전 자동화 메커니즘은 불안정했다. 실제로 9월 21일자로 전파 발신이 개시되자마자 모든 송전선이 과전류로 타 버릴 뻔했다. 12시간 동안 유사한 위기가 다섯 차례. 자동화 제어에만 맡겨 놓았더라면 전파 발신은 고작 3시간여 만에 중단될 뻔했다.

하지만 에니스 최 박사가 중앙제어실에 있었다.

"오늘도 전력 공급 상태는 양호해. 생전에 연구원들이 남겨 놓은 수동 제어 매뉴얼을 절반 정도 믿고 나머지 절반은 오로지 내 감에 의존해서 배전량을 조절했는데 다행히도 아무 문제가 없었어. 이제는 별로 조절할 일도 없어 보이네. 누구한테 기도한 게 먹힌 걸까? 정신없이 하나님, 부처님, 군신 관운장에 나바호 토템까지 찾았던 것 같은데. 어디든 영험했으면 된 거겠지."

에니스 최 박사는 모니터를 바라보는 의자에 앉아 있었다. 테이블 위의 랩톱 컴퓨터에 켜 놓은 녹음 프로그램에는 그의 또박또박한, 하지만 많이 거칠어진 목소리가 기록되고 있었다. 얼굴에는 낙관적인 미소가 가득했지만, 그 미소를 담던 상쾌한 얼굴은 이제 퀭하니 말라 있었다.

"오늘도 생존자는 한 명, 나뿐이야. 좀 늘어나지 않을까 기대해 봤는데, 역시 아무도 죽은 지 사흘 만에 부활하지는 않더라고. 한편으로 혼자 살아 남은 지 오늘로 만 30일째를 맞아요. 모두 박수…… 고마워요. 먹을 것이 다 떨어진 지는 한 달이 넘었고, 지난주부터는 정수기에서 물도 안 나오네요. 그래도 살아 있네. 사람 목숨 정말 질기다 진짜…… 아, 이 영광을 로스앤젤레스 퍼시픽요가아카데미의 레오나르도 팜 선생님께 돌립니다. 그

광고판, 로스앤젤레스 국제공항 앞길이었어. 맞아. 거기였어. 응."

최 박사는 모호했던 기억이 또렷하게 떠오르자 만족스럽게 고개를 끄덕였다.

"참고로 앞서 떠난 사람들이 어떻게 갔느냐 하면 대개…… 음 …… 그래요, '적절한' 방법으로 저마다 자발적으로 잠들었어요. 이걸 후대에 어떤 사람들이 들을 줄 알고 사람 죽는 방법을 시시콜콜 설명하겠어요? 정신건강에 해로워요 그런 거. 우리같이 궁지에 몰린 게 아니면 자기 목숨은 소중히 여겨 주기 바라요. 어떤 사람들은 눈으로 별을 보고 떠나겠다고 지상으로 나갔어요. 알두스는 못 봤을 거예요. 그걸 눈으로 볼 수 있는 환경이면 즉사했을 테니까. 그렇게 떠난 사람들에게 바치는 사진이 한 장 있어요."

최 박사는 떨리는 손으로 마우스를 조작해 노트북 바탕 화면에 놓인 사진 한 장을 불러 왔다.

지상에 살아 있는 광학 천문대를 동원해, 우주로의 전파 발신이 시작된 이후, 즉 지구가 알두스의 블랙홀 제트 영향권으로부터 벗어난 이후에 촬영한 사진이었다. 거대한 강착 원반이 되어 기괴한 형태로 빛나는 알두스를 꼭짓점으로 지평선을 가득 채울 만큼 거대한 방사선 입자 제트의 윗뿔이 흐릿하지만 흉흉하게 빛나는 모습이 지구의 저녁 하늘 위로 드리워져 있었다.

"……정말 누구 하나라도 이 사진을 보고 죽었으면 좋았을 뻔했는데. 나 혼자 보기는 너무 아깝잖아."

최 박사는 짧게 한숨을 내쉬었다. 길게 내쉴 만큼은 숨을 들이켜지 못하는 상황이었다.

"그리고 사후세계 대표들이 오지 않은 지도 꽤 되었네요. 언젠가부터 발길이 끊어졌는데, 그 사후세계로 가야 할 사람들이 다 사망해서 그런지도 모르겠어요. 그러면 그 사후세계는 일시적으로 소멸 상태가 되어 있는 걸까요? 아니면 내가 기억해 주고 있으니까 아직 존재를 유지하고 있을까요? 모르겠네요. 찾아오지를 않으니까 물어볼 방법도 없고. 나는 삶에 도움이 될 것 같으면 종교를 가리지 않고 의지하는 성격이거든요? 그래서 사실 내가 죽으면 어떤 사후세계로 갈지도 나는 모르겠네요. 어딘가로 가긴 갈 텐데."

최 박사는 마른침을 삼켰다. 몸에서 맴도는 이 세상 마지막 수분. 텁텁한 감미로움을 느끼며, 최 박사는 사후세계의 존재들에 대해 생각했다. 멍한 정신 속에, 알아볼 수 없는 얼굴들로 이루어진 몽롱한 기억이 스쳐 지나갔다. 저승사자들, 연구자들, 여우 가면, 천문학도, 박사. 어쩌면 이 시설에 살아 있던 이들 중에서도 누군가는 향했을지도 모르는, 삶 너머의 세상.

"……그렇지. 어딘가로 가긴 갈 거야."

하지만 최 박사에게는 왠지 모를 기묘한 확신이 들었다.

"그런데 말야, 어쩐지 나를 찾아왔던 그 사후세계들은 아닐 것 같단 말이야. 왜냐면, 논리적으로 생각해 봐. 내가 한국 저승이든, '엘리시움'이든 갈 수 있을 것 같았으면 거기 저승사자들이 지금 나하고 이야기 나누고 있었을 거 아냐? 아무래도 영 이상한 데로 가겠네. ……진짜로 정말로 대단히 재밌는 여행이 되겠네요."

노트북은 최 박사의 말소리를 녹음해서, DVD에 실시간으로 기록하고 있었다. DVD와 같은 광학 매체는 적어도 개인 컴퓨터용 전자 기록 매체들 중에서는 가장 오랜 기간 정보를 유지할 수 있을 터였다. 물론 서울에 남겨졌다는 경전이 쓰여진 철판보다는, 북극해의 섬에 보관되었다는 마이크로필름보다는 약하다. 기껏해야 십여 년을 버티고 삭아 버릴지도 모른다. 그 사실을 알면서도 에니스 최 박사는 어딘가에 이 음성을 기록으로 남겨 놓고 싶었다.

한편 지금 이 시설에서는 실시간으로 우주의 다른 존재들에게 또 다른 기록을 전하고 있었다.

"……지금은 전파가 볼프Wolf 1061로 날아가고 있어요. 만약 그곳에 문명을 가진 지적 생명체가 살고 있어도, 닿으려면 최소 몇 년은 걸리겠죠. 해독까지 제대로 되려면 그보다 더 걸릴지도. 만약 이 전파에 실린 사후세계 중 하나로 가게 된다면, 해독이 다 끝난 뒤에 다시 깨어나게 되지 않을까 하는 생각이 드네요……."

최 박사는 다시 숨을 내쉬었다. 이제 숨을 다시 들이마시기가 버거웠다.

깊은 졸음이 몰려왔다. 최 박사는 저항하지 않고 눈을 감았다. 잠이 오면 눈을 감고, 잠이 깨면 눈을 떴다.

어쩌면 다시 눈을 뜨지 못할지도 모른다고 생각하면서도, 죽음과 구별되지 않는 피로에는 맞서고 싶지 않았다.

이것이 죽음 뒤의 풍경인지 아직 살아서 보는 꿈인지는 알 수 없었다.

에니스 최 박사는 넓은 벌판에 서 있었다. 하늘은 온통 회색이다. 추위도 더위도 느껴지지 않고 앞쪽으로도 뒤쪽로도 끝없이 메마른 벌판이 평평하게 이어져 있었다.

그리고 그 벌판을 좌에서 우로 길게 가로지르는 넓은 강이 보였다. 그 강물은 깊이를 알 수 없도록 검었지만 이 말라붙은 벌판에서 유일하게 촉촉한 생명을 가지고 파도치며 어딘지 모를 곳으로 흘러가고 있었다.

그 강물에 에니스 최 박사는 발을 담갔다. 평생 느껴 본 적 없는 상쾌함과 돌이킬 수 없이 위태로운 감각이 온 영혼을 내달리는 느낌이었다. 다시 한 발을 물속으로 내딛고 또 한 발을 내디디며 그는 점점 강물의 더 깊은 곳으로 걸어 들어갔다.

이곳은 아무도 아직 도착하지 못한 저승 세계일까? 자신이 최초의 '염라'가 되어 삼도천을 넘는 것인가? 아니면 이것은 꿈인가?

죽음의 순간에 뇌가 만들어 내는 환각에 불과한 것일까? 이곳은 어디일까?

나는 과연 살아 있는가, 죽어 있는가?

이렇게 생각하는 자신은 그럼 누구이고, 무엇인가?

모든 것을 잊어버려도 좋다고 속삭이는 듯한 물살에 몸을 맡겼다.

다음 순간, 에니스 최 박사는 눈을 떴다.

일러두기

작품에 대하여

• 본 작품은 픽션이며, 작품에 등장하는 인물, 단체, 사후세계는 모두 창작된 것입니다.

• 과학적 현상과 문화적 전통을 인용하는 과정에서, 필요한 경우 이야기에 맞추어 왜곡을 가하거나, 편의적으로 적용하거나, 완전히 창작한 경우가 있습니다. 따라서 본 작품은 어떠한 새로운 지식을 배우거나 도출하는 데 있어서 최초 출처로 사용하여서는 안 됩니다.

• 본 작품은 창작 시점인 2019~2021년 연간의 사회적, 문화적, 윤리적, 과학적 배경에 기초하고 있습니다. 따라서, 새로운 과학적 발견이나 사회문화적 환경의 변화로 인해 독자의 작품 경험이 달라질 수 있습니다.

• 본 작품의 배경에는 코로나바이러스감염증-19(COVID-19, 코로나19) 판데믹 확산으로 인한 사회적 영향이 반영되어 있

지 않습니다. 본 작품의 배경 시기는 2020년이지만, 코로나19
가 발생 또는 확산되지 않은 것으로 간주합니다.

• 본 작품의 서사와, 본 작품에 등장하는 인물들의 인종, 성별,
정체성, 지향성 구성은 특정 인종, 성별, 정체성, 지향성에 대
한 배제나 차별을 의도하지 않습니다.

• 본 작품에서 명시적으로 언급되지 않은 인물의 개인적 특징,
외모, 성별, 정체성, 지향성 등은 작가가 규정하지 아니하며,
작가는 이러한 부분에서 등장인물들이 반드시 사회적 다수성,
보편성, 정상성을 띄거나, 이분법적 분류 중 어느 하나에 속할
것으로 예단하지 아니합니다.

• 본 작품은 특정 실존인물, 국가, 문화, 종교, 신앙, 및 신앙의 대
상 등에 대한 옹호나 비난을 의도로 창작되지 않았습니다.

• 또한, 작가는 본 작품의 전체 또는 일부 내용을 사회적 편견이
나 차별을 옹호, 조장, 선동하려는 목적에서 인용하는 것을 반
대합니다.

천문학에 대하어

• "알두스"라는 천체는 실제로 존재하지 않습니다. 이름이
"알-"로 시작하는 것은 알데바란, 알타이르, 알니타크, 알닐
람, 알골 등 아랍 천문학의 영향을 받아 지어진 많은 별 이름으
로부터 착안해 차용한 것이지만, 명백한 어원이 되는 아랍어

이름이 설정되어 있지는 않습니다. 또한, 알두스에 대해 제시된 헨리 드레이퍼 천체 목록 번호 HD 359084는 실제 존재하지 않습니다. HD 목록은 359083까지만 존재합니다.

- 알두스 쌍성계의 구조, 블랙홀로부터의 상대론적 제트 발생, 및 그 전후로 관측되거나 일어난 각종 현상들은 과학적으로 검증되어 있지 않습니다. 또한 그 원인을 설명하기 위해 작중에서 제시된 가설 또한 엄밀한 과학적 입증이 되어 있지 않습니다.

- 초신성이나 블랙홀에 의해 발생하는 고에너지 우주 방사선이 실제로 태양계와 지구에 어떠한 영향을 미칠 수 있을지에 대해서는 충분한 과학적 검증이 되어 있지 않습니다. 또한, 목성에 의한 알두스 엄폐로 인해 지구에 약 48시간의 방사선 차단이 발생한다는 것은 극적인 전개를 위해 창작된 배경입니다. 실제로 목성 등 태양계 내 행성에 의한 태양계 밖 천체의 엄폐 현상이 이처럼 장시간에 걸쳐 유의미한 효과를 일으킬 수 있는지에 대해서는 과학적 입증이 되어 있지 않습니다.

- 태양계 내 행성 및 소행성들의 배치와 블랙홀 방사선 제트의 위치 관계는 전문적이지 않은 일반인용 무료 시뮬레이션 도구를 이용하여 어림짐작 되었으며, 실제에 비추어 정확하지 않을 수 있습니다. 4장에 삽입된 삽화 또한 동일한 시뮬레이션 도구의 표시에 기반해 그려진 것으로, 정확도를 보장하지 않습니다. 사용된 시뮬레이션 도구는 다음 웹사이트에서 확인하

실 수 있습니다.

The Sky Live (https://theskylive.com/)

Space Reference (https://www.spacereference.org/)

- 본 작품에 등장하는 이른바 '파이프식 전파 망원경'은 실제로 존재하지 않으며, 실현 가능성이 검증되지 않은 창작된 물체입니다. 이러한 전파 망원경을 이용하여 우주로 유의미한 출력의 전파를 발신할 수 있는지 여부와, 그에 따르는 각종 과학적, 공학적 절차들 또한 극적 흥미를 위해 창작된 것으로, 과학적 입증이 되어 있지 않습니다.

- 본 작품 속의 천문학적 요소들 중 일부는 해도연 작가님(천문학 박사)의 도움 말씀을 받아 수정되었습니다. 바쁘신 와중에도 기꺼이 자문에 응해 주신 해도연 작가님께 깊이 감사드립니다.

민속과 문화에 대하여

- 본 작품은 국내외의 신앙 및 민속 체계에 대한 불완전한 묘사를 포함하고 있습니다. 불완전하거나 왜곡된 형태로 표현된 신앙적 요소들은 어떠한 문화적 비하 또는 무시의 목적을 가지지 않으며, 이야기의 목적을 위해 의도된 것이거나, 창작 과정에서 직면한 한계에 기인한 것입니다.

- 본 작품 속에 다루어진 시왕저승은 부분적으로 상충되는 여러

민담을 조합한 뒤 작품에서 다루기 편리한 방법으로 재조합 및 변형한 것입니다. 예를 들어, 시왕저승에는 본래 서천꽃밭이 존재하는 등 향기나 맛에 관련된 설화가 존재하지만, 본 작품에서는 여러 가지 이유로 누락하였습니다.

- 본 작품에 등장하는 무속 신앙의 의례들은, 특히 무가(巫歌)의 경우, 가능한 한 자료를 참조하였으나 작품 내의 필요에 따라 활용하기 위해 의도적으로 변형, 개작, 조합한 부분들이 있는 창작의 결과물입니다. 특히 작품 내에서 언급된 '시왕굿 노래' 또한 이처럼 원전을 응용한 창작물이므로, 실제의 무속 신앙에 부합하지 않을 수 있습니다.

- "소육왕부"의 존재와 그 명칭은 모두 본 작품에서 창작된 것이며, 이들을 저승 시왕에 견주는 독립적 왕들로 추대하는 것 또한 창작된 것입니다. 그 근거로 활용된 '시왕굿 노래'의 제11~제16왕 대목은 이 설정의 강화를 위해 완전히 창작된 내용을 일부 포함하고 있습니다.

- 본 작품에 등장한 여러 한반도 민속 사후세계는 모두 창작된 것입니다. 또한 이 서술은 한반도 내의 민속 또는 무속 신앙의 유형을 특정 몇 가지로 한정할 의도가 없습니다.

- 본 작품에 등장한 그 밖의 모든 사후세계 또한 창작된 것으로, 가능한 한 자료와 전승을 참조하였으나 새로이 창작된 풍경의 묘사를 다수 포함하고 있습니다. 따라서 실제 해당 사후세계에 관해 독자께서 갖고 계신 신앙 또는 인식과 차이가 있을 수

있습니다. 본 작품은 사후세계와 관한 기존의 신앙 또는 교리를 왜곡하거나 갱신하고자 하는 의도를 갖지 않습니다.

• 본 작품에 등장한 복성(複姓)인 "백목(柏木)"은 국내 인구조사에서 집계된 적이 없으며, 창작된 성씨입니다. 또한 정씨 성의 본관 중 원천 정씨라는 본관은 창작된 것입니다.

지리에 대하어

• 서울특별시의 경복궁 동십자각 지하에 설치된 지하 벙커는 존재하지 않습니다. 서울 지하철 1호선과 함께 건설된 비밀 지하통로는, 초기 지하철 건설 계획에 따라 미리 지어졌던 추가 선로 공간으로부터 모티브를 얻은 것이지만, 역시 존재하지 않습니다.

• 전라북도 남원시의 행정구역에 도화면은 존재하지 않습니다. 지리산 형제봉 천문대는 가상의 천문대로 실재하지 않습니다. 또한, 지리산의 계곡이나 마을들 가운데 복사골이나 그와 유사한 장소는 존재하지 않습니다.

• 북극해 노르웨이 스발바르 섬에는 유네스코가 지원한 국제 문화기록 보관소가 존재하지 않습니다. 실제로는 노르웨이 정부가 출자한 국제종자저장고가 있고, 민간기업이 폐광을 임차해 운영하는 기록물 보관소가 존재합니다. 본 작품에 등장하는 보관소는 상기 두 개 시설과 전혀 무관한 창작의 산물입니다.

참고문헌

저승의 모습과 관련하여

- 법보신문. (2017). 김성순의 지옥을 사유하다 – 45. 도교의 지옥과 시왕신앙. www.beopbo.com/news/articleView.html?idxno=101289
- 한국콘텐츠진흥원 문화콘텐츠닷컴 문화원형 용어사전. (2020년 확인). 명부시왕(冥府十王), www.culturecontent.com (폐쇄)
- 국립민속박물관 한국민속대백과사전. (2009). 시왕도(十王圖)(김헌선). folkency.nfm.go.kr/kr/topic/detail/2456
- 한국학중앙연구원 한국민족문화대백과사전. (2011). 시왕상(十王像)(김정희). encykorea.aks.ac.kr/Contents/Item/E0069187
- 유성욱. (2015). 불교 야마(Yama) 신격의 기원과 특성 (인문사회연구지원사업 결과보고서). 대한민국: 한국연구재단.

www.krm.or.kr/krmts/link.html?dbGubun=SD&m201_
id=10048523&local_id=10075058

- 김지연. (2017). 무속신앙에 비춰진 불교의 신앙. 런민대학 불
  교와 종교학이론연구소, 도요대학 동양학연구소, 금강대학교
  불교문화연구소, 불교와 전통문화사상 (금강대학교 불교문화
  연구소 금강학술총서 30). 대한민국: 도서출판 여래.

- 스노리 스툴루손. (2013). 에다 이야기 (이민용 옮김) (을유세
  계문학전집 66). 대한민국: 을유문화사.

- 진성기. (2016). 제1부 일반본풀이편 – 8. 저승본. 제주도 무가
  본풀이사전. 대한민국: 민속원

천문현상과 관련하여

- NASA Jet Propulsion Laboratory. (2020). About the Deep
  Space Network. deepspace.jpl.nasa.gov/about/

- Wikipedia. (2021). Arecibo Message (Revision 2021-02-20).
  en.wikipedia.org/wiki/Arecibo_message

- Kurzgesagt – In a Nutshell. (2016). Death From Space —
  Gamma-Ray Bursts Explained. www.youtube.com/watch?
  v=RLykC1VN7NY

- Cornell Chronicle. (1999). It's the 25th anniversary of Earth's
  first attempt to phone E.T. news.cornell.edu/stories/1999/

11/25th-anniversary-first-attempt-phone-et-0

- Gherels, N., et al. (2003). Ozone Depletion from Nearby Super-
novae. The Astrophysical Jornal, 585, 1169-1176. doi:10.1086
/346127

작품 본문에서 인용된 연구와 소설들

- Isaac Asimov. (1979). How it Happened. Asimov's SF
Adventure Magazine, 1(2) (Spring 1979), 64-65. https://
archive.org/details/Asimovs_SF_Adventure_Magazine_
v01n02_1979-Spring/page/n63/mode/2up
- FiveThirtyEight (ABC News). (2015). How Many People Can
You Remember? fivethirtyeight.com/features/how-many-
people-can-you-remember/

상, 그리고 2018년 SF 컨벤션에서 들은 김창규 작가님의 세계 멸망 SF에 대한 강연이 계기였습니다. 여기에 더해 컨벤션 자리에서 손에 넣은 안전가옥 "대멸종" 공모전의 리플렛. 운명처럼 다가온 세 가지 정보의 틈에서 기묘한 상상이 떠올랐습니다. 지구가 멸망하면, 죽은 사람들은 모두 어디로 갈까? 저승은 과연 그 엄청난 수의 죽음을 감당할 수 있을까? 아니, 어쩌면 …… 저승도 위험해지지 않을까? 그렇게 이 소설의 실마리가 되는 단편《저승 최후의 날에 대한 기록》을 쓰게 되었고, 그것이 공모전에 입선하며 안전가옥과 연을 맺게 되었습니다.

그 순간의 제게 돌아가서 이렇게 속삭인다면 뭐라고 반응할까요. 맙소사, 이걸 장편으로 다시 쓴단 말이야?

2019년 4월 안전가옥으로부터 장편소설 집필 제안을 받았을 때, 저는 품에 안고 있던 모든 아이디어를 다 들고 찾아갔습니다. 지금은 이전해서 없어진 안전가옥 옛 사옥의 3층 회의실에서, 김신 PD님과 당시에 나눈 이야기가 지금도 생생합니다. "역시 다른 소설들보다 '저승'이 최고인 것 같아요." 신 PD님, 마치 라이온 킹에서 심바를 들던 원숭이처럼 단편 버전의 미약한 원고를 추켜세워 주셨다는 이야기를 들었습니다. 덕분에 여기까지 오게 되었습니다. 이 자리를 빌어 깊은 감사의 말씀을 전합니다.

그렇게 장편 작업이 시작되었고, 2019년 연말 완성을 목표로 집필을 했습니다. 그 시절의 저에게 돌아가 미래의 모습을 그려 주며 이렇게 속삭여 봅니다. 아마 참지 못하고 눈물을 흘리겠지요. 2019년 내에 2장도 채 못 썼다는 게 사실이냐고. 초고만 64만 자에 달했다는 게 사실이냐고. 그리고 2020년부터 온 세상이 아수라장이 되는 게 사실이냐고.

이 작품은 2020년 시작된 코로나19 대유행의 한가운데에서 쓰여졌습니다. 집필을 시작했을 즈음만 하더라도 전 지구를 휩쓰는 대재해는 그저 이야기 속에나 있는 것이었지만, 작품을 쓰는 도중에 실제로 현실에서 전 지구적 재해가 일어나고야 말았습니다. 그리고 지금도 끝날 기미를 보이지 않고 있습니다. 작가의 말을 쓰고 있는 지금, 오미크론 변이의 높은 해일이 전 세계를 휩쓸고 있습니다. 마지막 파도라고 예측하는 사람들도 있지만, 오직 시간만이 답을 해 주겠지요.

작품의 후기인 이 글에서 험한 시국에 대해 전하고 싶은 이야기가 있습니다. 에니스 최 박사와 같이 성실하고 진지한 과학자 여러분들께 깊은 신뢰를 보냅니다. 박인영 대위와 같이 묵묵히 주어진 일에 최선을 다하는 방역 일선의 모든 분들의 노고에 존경을 표합니다. 그리고 염라대왕부와 이시영 비서실장이 그러하였듯이, 지도자들이 필요한 곳에서 필요한 책임을 마땅히 다하기를, 그리고 자신의 오판을 되돌이킬 용기를 가질 수 있기를 간절히 바랍니다. 그리고 마지막으로 전 세계 사람들의 쾌유와 안녕을 기원합니다.

언젠가 이 단행본을 읽는 분들이 이 문장을 그저 지난 시절의 신기한 이야기라고 받아들일 날이 오면 좋겠습니다.

또한 이 작품은 많은 죽음을 거치면서 썼습니다.

죽음 너머의 세상을 다루는 글을 쓰는 내내, 많은 사람들이 다양한 이유로 우리 곁을 떠나갔습니다. 천수를 다해서, 병환으로 인해, 사고를 당해서, 자연 재해로 인해, 산업 재해를 당하여서…… 그리고 때로는 그저 슬픔으로 바라볼 수밖에는 없는 여러 이유로, 많은 사람들이 우리 곁을 떠나갔습니다. 작품을 쓰는 동안 사망하신 모든 분들의 명복을 기원합니다. 저마다의 사후세계에서 마땅한 평화를 누리고 계시기를 바랍니다.

쉽게 시작한 작품이었지만 쉽게 마무리 지을 수 없었습니다. 원고를 읽고 다시 읽을 때마다, 이 부분을 이렇게 써서는 망자와 생자 중 어느 한쪽에게는 분명 실례가 된다는 마음을 떨칠 수 없는 부분들이 눈에 들어와, 거듭 고쳐 써야만 했습니다. 부디 읽는 분들과 여러 고인들께 누가 되는 작품이 아니었기를 간절히 바랄 따름입니다.

작품에 직접적으로 영향을 끼친 몇몇 죽음들에 대해서는 언급하지 않는 것이 예의라고 생각합니다. 그러나 이 자리를 빌어 단 한 분만을 호명하자면, 고(故) 변희수 육군 하사님의 명복과 온전한 명예 회복을 기원합니다.

세상에는 여러 빌런들이 존재합니다.

2020년 7월, 힘든 마음으로 초고를 완성하고 모든 일이 끝났다고 믿던 저에게 속삭여 봅니다. 네가 아는 빌런 목록에 한 명을 추가하게 될 것이라고. 시작부터 끝까지를 다시 한번 새로 쓰게 될 것이라고. 과거의 저는 경악하면서도 곧 납득할 것입니다. 그 시점에 작품의 프로듀싱을 인계받아 완성까지 이끌어 주신 안전가옥 김홍익 대표님의 제안이 바로 그 내용이었고, 실제로 저는 그 내용에 홀리듯 납득하여 원고를 반 년이나 더 쓰게 되었기 때문입니다. 최종 원고는 90만 자에 육박하게 되었습니다만, 어쩔 수 없는 선택이었지요.

정상재 교수라는 인물이 그렇게 등장했습니다. 초고에서는 그 자리에 다른 인물이 있었습니다. 비슷한 설정의 천문학 교수지만, 보다 평면적이고 빌런이라기보다는 단지 귀찮은 장애물에 가까웠습니다. 처음 기획 단계에서 〈저승 최후의 날〉의 최대 빌런은 알두스였고, 모든 다른 등장인물들은 알두스가 드리운 재해를 극복하는 데 최선을 다하는 이들로 설정되었습니다. 하지만 완성된 이야기에 아주 약간 감칠맛이 부족했습니다. 교활한 빌런을 하나 추가하자는 제안을 받았습니다. 상상해 보니 너무나도 멋진 이야기들이 새로이 추가되는 셈이었습니다. 이건 된다. 반드시 된다.

그런데 이걸 다 누가 쓰지. 내가 써야 하네. 맙소사. 하지만 써 냈습니다. 정말 어쩔 수 없는 일이었지요.

정상재 교수라는 캐릭터는 우리 사회 곳곳에 도사리고 있는 언뜻 보면 선량하지만 내면은 사악한 사람들로부터 가져왔습니다. 타인의 자존감을 도둑질하고, 본인의 명예를 갈구하고, 강자에게 공손하고 약자에게 무례한 사람들. 그런 사람들에게 시달린 경험이 있는 독자분들이 계시리라 믿습니다. 소설 속에서 정상재가 맞은 결말을 통해 조금이나마 위안을 얻으셨기를 바랍니다.

집필을 마친 후로도 정신없는 나날의 연속이었습니다.

2021년 3월, 카카오페이지에서 웹소설 연재가 개시되었습니다. 처음 쓰는 여러 권 규모의 긴 장편 소설을, 처음으로 웹소설 플랫폼에서 연재라는 형식을 통해 공개하게 되었습니다. 좋은 연재의 기회를 열어 주신 카카오페이지 플랫폼 관계자 여러분들, 그리고 실시간으로 연재에 함께해 주시면서 즐겁게 반응을 남겨 주신 독자 여러분들께 감사의 인사를 전합니다.

그리고 그 연재의 결과로, 2021년 제8회 SF 어워드에서 웹소설 부문 대상이라는 과분한 영광을 품에 안았습니다. 트로피는 물리적으로도 무거웠지만, 제 마음에도 무겁게 다가왔습니다. 세상의 온갖 격랑을 함께하며 쓴 소설이니만큼, 그저 웃고 기뻐하기만 할 수 있는 것은 아니었습니다. 심사평을 읽으면서 내가 쓴 작품이 이런 것이었구나. 이런 평가를 받게 되는 것이었구나, 하고 느꼈습니다. 환희의 가벼움보다는 호평의 무거움이 더욱 크게 다가왔습니다. 한 가지 확실한 것은 여기에서 멈출 수 없다는 결심을 하게 되었다는 점입니다.

긴 작품은 끝났지만 작가 시아란의 이야기는 계속될 것입니다.

2018년 가을의 저에게 위의 모든 이야기를 들려준다면 과거의 저는 제게 되묻겠지요. 그럼 앞으로는 어떻게 되는 거냐고. 저는 계속 소설을 쓰겠다고 답할 것이고, 과거의 저는 그 대답만으로도 충분히 만족할 거라고 생각합니다.

〈저승 최후의 날〉과 함께해 주셔서 감사합니다. 저는 많이 늦지 않은 시일 내로 새로운 이야기로 여러분께 다시 인사드리고 싶습니다. 구체적인 계획을 말해 놓고 부도를 내는 부끄러운 사람은 되고 싶지 않아, 무엇을 어떻게 하겠다는 약속을 드리지 못하는 점 양해 부탁드립니다. 지켜봐 주시면 어디선가 시아란의 이야기 소식이 또 들려올 것입니다. 기대해 주세요. 앞으로의 작업들도 많은 응원을 부탁드립니다.

이제 작가의 말을 끝맺을 때가 된 것 같습니다.

3년 가까운 시간 동안 확고한 신뢰와 함께 〈저승 최후의 날〉의 작업을 지원해 주신 안전가옥에 감사드립니다. 초고의 착수와 집필에 내내 함께해 주셨던 김신(Shin) 전 PD님께 다시금 감사를 전합니다. 수정고 작업의 프로듀싱과 작품의 퍼블리싱 과정을 강력하게 뒷받침해 주신 김홍익(Rick) 대표님께도 진심으로 감사드립니다. 작품의 검토에 함께해 주신 정지원(Remy), 윤성훈(Teo) PD님, 퍼블리싱 총괄 박혜신(Mo)님, 그 밖의 모든 전현직 운영멤버 여러분들께도 감사드립니다. 단행본의 편집과 교정을 이끌어 주신 문정민 편집자님과, 단행본 작업에 참여해 주신 여러 제작 관계자 여러분들께도 깊은 감사의 말씀을 올립니다. 모든 분들 덕분에 이 거대한 말뭉치가 빛나는 단행본으로 다시 태어날 수 있었습니다.

작품을 쓰는 내내 응원을 보내 준 가족들에게 마음으로부터 깊은 감사를 전합니다. 또한 단편을 쓸 때부터 지금 단행본의 탈고에 이르기까지 제 주변에서 함께해 준 많은 친구들과 동료 작가분들께도 한없는 감사의 인사를 전합니다. 저의 편안한 휴식을 도와준 복실복실 털인형 친구들에게는 한결 같은 애정을 남깁니다. 마지막으로, 저의 원고 메이트에게 특히 각별한 감사의 마음을 전합니다. 많은 신세를 졌습니다. 앞으로도 잘 부탁드립니다. 그럼 저는 또 다른 이야기에서 인사드리겠습니다.

작가의 말 마무리는, 지난 SF어워드 대상 수상 소감의 마지막 문장으로 맺겠습니다.

"바라건대 우리가 어떠한 어려움을 겪더라도, 우리의 내일
은 우리의 오늘보다 더욱 존엄하기를 기원합니다."

2022년 4월, 이승에서
시아란 드림

프로듀서의 말

2018년 겨울, 안전가옥의 두 번째 공모전을 심사하던 중이었습니다. '대멸종'이라는 주제로 모인 여러 작품들을 읽던 스토리 PD 신이 갑자기 자리에서 일어나 어떤 원고를 끌어안으며 좋아하는 것이었습니다. 결국 최종 선정되기도 했던 그 작품이 바로 시아란 작가님의 단편소설《저승 최후의 날에 대한 기록》이었습니다. 일반적인 소설이라기보다는 일종의 모큐멘터리 형식을 빌린 작품이었고, 아주 지적이면서도 단단하고 집요한, 동시에 아주 흡인력 있게 읽어 내려갈 수 있는 작품이었습니다.

어떤 재해로 인해 지구가 통째로 멸망해 버려 더는 이승에 단 한 사람도 남지 않게 된다면, 저승은 어떻게 될까? 이 질문에서 시작해 만들어진 단편소설의 세계관은 더 크게 확장될 수 있는 가능성이 있어 보였습니다. 그렇게 확장되었을 때 훨씬 더 재미있을 수 있겠다는 확신도 들었죠. 그에 대해서는 저희와 작가님의 생각이 같았습니다. 그렇게 지금으로부터 약 3년 전인 2019년 4월, 단편소설 《저승 최후의 날에 대한 기록》을 둘러싼 거대한 이야기를 다루는 장편소설 〈저승 최후의 날〉은 시작되었습니다.

1. 단편소설, 장편소설, 웹소설

그렇게 작가님과 본격적으로 이야기를 만들기 시작했습니다. 세계를 더 정교하게 구상하고, 주요 사건들을 정의하고, 사건에 관여하는 인물들을 조직했어요. 그러다 보니 첫 번째로 들었던 생각은 이 작품이 생각보다 스케일이 커질 수밖에 없겠다는 것이었습니다. 페이지 수가 적당히 긴 장편 수준이 아니라, 아예 권번이 붙는 시리즈의 작품이 될 것 같았습니다. 그 첫 번째 갈림길에서 안전가옥과 작가님은 사건의 '스케일'에 베팅하기로 했습니다. 그래서 분권을 결정하고 두 배가량의 분량으로 작업하는 것에 합의했습니다.

그런데 집필을 하다 보니 그것으로도 부족하더군요. 플롯을 고민하다 구상하게 된 무신론자의 저승 '엘리시움'도, 소멸했다 재건된 북유럽 신앙의 저승 '발할라'도 작품의 메인 배경인

'시왕저승'만큼이나 중요한 저승이었습니다. 그러니 그 배경들을 허투루 지나칠 수 없었습니다. 그렇다면 아예 이 작품의 사이즈를 더 키우는 것이 맞겠다, 그리고 그 첫 공개 매체는 단행본이 아니라 (아무래도 분량의 제약으로부터 상대적으로 자유로운) 웹소설이겠다는 생각을 했습니다. 그래서 카카오페이지와 연재에 대한 논의를 시작했지요.

이 소설은 단행본 한 권짜리 소설들과 분량도, 설정의 스케일도, 사건의 진행 방식도 조금은 다릅니다. 그리고 웹소설이라고 하면 흔히 떠올리는 소위 '사이다' 혹은 '회빙환'의 문법과도 또 달라요. 그 사이 어딘가에 있는 독특한, 그리고 양쪽 모두의 외연을 조금씩 넓힐 수 있는 힘을 지닌 작품을 만들기 위해 고민했습니다. 첫 개발 미팅으로부터 2년여가 지난 2021년 3월 말, 카카오페이지의 오리지널 작품으로 〈저승 최후의 날〉의 연재가 시작되었습니다. 약 4만 자 가량이었던 단편소설 《저승 최후의 날에 대한 기록》은, 거의 90만 자에 육박하는 웹소설이 되었죠.

2. 이시영, 산신노군, 정상재

모큐멘터리 형식이던 단편소설과 카카오페이지에 연재했던 웹소설은 같은 세계와 같은 인물, 즉 시왕저승 염라대왕부 비서실장의 이야기입니다. 다만 웹소설로 개발하며 그 인물의 조형은 좀 달라졌습니다. 단편소설 속의 비서실장은 담담하고 건조한 느낌이라면 웹소설 속의 비서실장은 좀 더 뜨겁습니다. 좀 더 풀어 쓰자면 새로 조형된 비서실장 시영(과 그 일행)은 이야기 속에서 '주인공으로서의 시련'을 더 치열하게 경험하고, 더 깊은 고민에 빠지고, 더 큰 용기를 내어 더 극적인 여정을 스스로 마주합니다.

독자들과 함께 90만 자에 이르는 거대한 이야기를 유영하기 위해서는 주인공이 좀 더 능동적이고 입체적이어야 한다는 기술적인 고민에서 비롯한 결과였습니다. 그리고 결과적으로 그것이 더 개연성이 있고 재미있다는 이유도 있었습니다. 그렇다면 그 이야기의 주인공이 가져야 할 가장 큰 시련은 무엇이어야 할까, 그리고 그 주인공의 시련과 극복을 자극할 만한 안타고니스트는 무엇이어야 할까, 고민했죠. 작가님과 여러 차례 개발 미팅을 하며 아이디어를 모았던 것이 바로 산신노군과의 관계성, 그리고 빌런 정상재 캐릭터였습니다.

시영은 자신의 멘토 산신노군이 있는 저승에 대하여 치명적인 의사결정을 내립니다. 그리고 그 결과에 대한 책임을 지기 위해 위험천만한 저승 간 여행을 자원하죠. 그런 시영을 자극하는 존재는 의뭉스러운 망자 상재입니다. 시영도, 산신노군도, 상재도 우리가 살아가며 어디선가 볼 수 있는 인물입니다. 혹은 우리 안의 어딘가에 살아 있는 우리의 일부일지도 모릅니다. 2020년 11월로 기억하는데요, 너무 멋진 캐릭터로 만들어진 이 인물들 간의 대화를 보며 시아란 작가님과 새삼 감동했던 어떤 날이 떠오르네요.

3. 재난 SF인데 배경이 저승?

프로듀서로서 이 작품을 읽는 가장 큰 묘미를 꼽는다면, 세계관이라 할 수 있겠습니다. '저승' 하면 이제 대중문화 콘텐츠들도 꽤 많아져서 《신과 함께》 시리즈나 《경이로운 소문》, 《쌍갑포차》 등을 떠올립니다만 이 작품 속 저승은 엄정한 사고실험을 통해 만들어진 '조직'이라는 점에서 특별합니다. 이 작품의 장르를 판타지가 아니라 재난 'SF'라고 정의하는 까닭은, 우주 스케일의 재난 때문이기도 하지만 세계관과 인물에 대한 설정이 시아란 작가님의 다정하면서도 꼼꼼한 합리성에 기반하고 있기 때문입니다.

특히 시왕저승은 그 조직의 모습이 이상적이라 할 수 있을 정도입니다. 소수자와 약자에 대한 사상과 정책은 바르기 그지없고, 집행 과정 역시 합리적이고 상식적이죠. 그래서 오히려 '판타지'스러울 수 있을 것도 같아요. 천문학적인 사건으로 세상이 통째로 소멸해 버릴 것 같은 중대 재난 상황에서도 염라대왕부는 응당 그래야 하는 바대로 모든 일을 상식적으로 행합니다. 염라대왕 이하 책임을 가진 자들은 용기를 갖고 그 끝을 피하려 하지 않고요. 개발을 시작할 때만 해도 예상치 못했던 코로나 19, 그리고 요즘의 사회상을 보고 있노라면 이 작품이 또 달리 보일 겁니다.

이 소설은 시아란 작가님에게도 안전가옥에게도 도전적인 프로젝트였습니다. 플랫폼에 연재하며 실시간으로 반응을 확인했던 것도 처음이었고, 이를 위해 90만 자나 되는 거대한 분량을 작업해본 것도 처음이었으며, 작품 개발을 위해 구글 스프레드시트로 장면별 내용과 글자 수(!)를 전부 체크하며 실시간으로 작가님과 소통한 것도 처음이었습니다. 하지만 늘 새로운 도전을 마다하지 않으셨던 작가님과의 협업 덕분에 이 모든 과정이 무탈하게 잘 진행되었고, 좋은 작품을 만날 수 있었습니다. 3년에 가까운 시간을 함께해 주신 작가님께 존경과 감사를 전합니다.

안전가옥은 여러 프로듀서와 사업 담당이 팀을 이루어 프로듀싱을 진행합니다. 프로듀서 레미와 테오는 저와 함께『저승 최후의 날』을 함께 고민하고 읽고 토론하며 이 작품의 가능성에 대해 믿음을 함께했습니다. 또한 단행본 제작, 유통과 카카오페이지와의 연재 협상을 포함한 프로젝트 전반을 함께해줬던 안전가옥의 운영멤버들, 쉽지 않은 단행본 작업을 함께해 주고 계신 훌륭한 제작 파트너분들께, 그리고 이 작품의 반짝

이는 가능성을 가장 먼저 알아본 신에게도 특별한 마음을 전합
니다.

아, 제가 TMI를 알리는 데 신나 버려서 큰 자랑 하나를 빼먹
었네요. 이 작품은 2021년 한국 SF 어워드의 웹소설 부문 대상
을 수상했습니다. 물론 수상 경력이 모든 것을 설명하는 것은
아닙니다만, 이 작품이 좋고 재미있다는 점을 그래도 다소 객
관적으로 인증받았음을 한번쯤 자랑해 보고 싶었어요. 이 작품
은 수만 가지의 장점이 있습니다만, 가장 큰 장점은 재미예요.
시아란 작가님이 펼쳐놓은 세계 속 이야기를 통해 여러분에게
도 재미있는 여정을 경험했으면 좋겠습니다. 진심으로 고맙습
니다.

안전가옥 대표 겸 〈저승 최후의 날〉의 프로듀서
김홍익 드림

저승 최후의 날 3

초판 1쇄 발행 2022년 3월 31일
초판 2쇄 발행 2022년 11월 24일

지은이 시아란

기획 안전가옥
콘텐츠 총괄 이지향
프로듀서 김홍익, 정지원
고혜원, 김보희, 신지민, 윤성훈
이은진, 임미나, 조우리, 황찬주

퍼블리싱 박혜신, 이범학
편집 문정민
디자인 스튜디오 더블디

경영전략 나현호
비즈니스 이기훈
서비스 디자인 김보영
경영지원 홍연화

펴낸이 김홍익
펴낸곳 안전가옥
출판등록 제2018-000005호
주소 04779 서울특별시 성동구 뚝섬로1나길 5, 헤이그라운드 성수 시작점 201호
대표전화 (02) 461-0601
전자우편 marketing@safehouse.kr
홈페이지 safehouse.kr

ISBN 979-11-91193-42-8 (04810)